JENNY ASHCROFT
Wo der Himmel leuchtet

W0467177

GOLDMANN
Lesen erleben

Jenny Ashcroft

Wo der Himmel leuchtet

Roman

Aus dem Englischen
von Anja Mehrmann

GOLDMANN

Die englische Originalausgabe erschien 2020 unter dem Titel »Meet me in Bombay« bei bei Sphere, London.

Sollte diese Publikation Links auf Webseiten Dritter enthalten, so übernehmen wir für deren Inhalte keine Haftung, da wir uns diese nicht zu eigen machen, sondern lediglich auf deren Stand zum Zeitpunkt der Erstveröffentlichung verweisen.

Dieses Buch ist auch als E-Book erhältlich.

MIX
Papier aus verantwortungsvollen Quellen
FSC® C014496

Penguin Random House Verlagsgruppe FSC® N001967

1. Auflage
Deutsche Erstveröffentlichung April 2021
Copyright © der Originalausgabe by Jenny Ashcroft
Copyright © der deutschsprachigen Ausgabe 2021
by Wilhelm Goldmann Verlag, München,
Penguin Random House Verlagsgruppe GmbH,
Neumarkter Str. 28, 81673 München
Umschlaggestaltung: UNO Werbeagentur, München
Umschlagmotiv: Strand, Brand, Himmel: FinePic®, München;
Frau, Terrasse, Palme: Lee Avison/Trevillion Images
Redaktion: Antje Steinhäuser
MR · Herstellung: kw
Satz: KompetenzCenter, Mönchengladbach
Druck und Bindung: GGP Media GmbH, Pößneck
Printed in Germany
ISBN: 978-3-442-49102-5
www.goldmann-verlag.de

Besuchen Sie den Goldmann Verlag im Netz

Für Molly, Jonah und Rafferty

Ein Brief an jemanden, von jemand anderem

Heute Abend kann ich mich nicht einmal entsinnen, welches Jahr wir haben. Sosehr ich es auch versuche, ich weiß nicht mehr, wie lange ich schon in diesem Pflegeheim bin, das in Wirklichkeit ein Krankenhaus ist – ein Ort für Alte, Gebrechliche, Vergessene … und Vergessliche. Ich habe eine Krankenschwester – eine junge Frau mit Sommersprossen und einer leisen Stimme – gebeten, es mir in Erinnerung zu bringen, aber sie hat es nicht getan. Sie sagte, dann würde ich nur wieder in Panik verfallen, und ich solle mir keine Sorgen machen; Zeit spiele keine Rolle. Dabei bedeutet mir Zeit so viel. Weißt Du, ich bin mir sicher, dass ich schon viel zu lange an diesem Ort bin. Ich habe das schreckliche Gefühl, dass ich mich seit sehr vielen Jahren hier aufhalte.

Ich weiß, dass ich 1915 zum Patienten wurde. Wenigstens daran erinnere ich mich noch. Und dass ich das Datum in dem Buch markiert habe, das ich damals geschenkt bekam: ein ledergebundenes Tagebuch, das Dr. Arnold mir während der ersten Sitzung ausgehändigt hat, damit ich darin alles notiere, was meinem kaputten Gedächtnis sonst entfallen würde. Alles, was Ihnen in den Sinn kommt, *hatte Arnold gesagt,* schreiben Sie es sofort auf. *Seine Worte habe ich irgendwie behalten. Obwohl ich so vieles vergessen habe, höre ich seine Stimme sogar jetzt noch. Vor meinem geistigen Auge sehe ich das Kaminfeuer in seinem Arbeitszimmer, ich fühle die Wärme, als säße ich noch davor, mit kribbelnder Haut unter meiner blauen Krankenuniform.* Betrachten Sie Ihre Vergangenheit als ein Puzzle, *sagte er,* eins, das Sie zusammensetzen müssen. Lassen Sie kein Teil unter den Tisch fallen. *Ich habe Arnold schon lange nicht gesehen. Ich weiß nicht mehr, wann oder warum wir auseinandergegangen sind. Vielleicht ist er irgendwann an meinem Puzzle verzweifelt.*

Etwas, das ich mir selbst niemals erlauben werde.

Heute bin ich nach dem Morgentee unversehens eingeschlafen. Es passiert einfach. Ich wehre mich nie dagegen. Meine Träume sind alles, was mir aus jener anderen Welt noch geblieben ist, aus der Welt, zu der ich mit Sicherheit einmal gehört habe. Sie war voller Wärme, Licht und Farben, voller Leben. Es gab eine Party und das Ufer eines Meeres. Ganz anders als das langweilige Zeug, das wir hier erleben – keine Sandwiches, die ohne Besteck gegessen werden, kein verdünnter Likör und keine Kräcker, die beim Hineinbeißen gar nicht krachen. Es war laut und brechend voll; eine Band spielte Ragtime.

Eine Gestalt – eine Frau in einem Seidenkleid –

stand mit dem Rücken zu mir in der Dunkelheit, ihre behandschuhten Finger berührten eine Stuhllehne.

Das warst Du Ich bin mir sicher, dass Du es warst.

Der Himmel über uns schien zu explodieren. Du blicktest nach oben, ich sah die geschwungene Linie Deines Halses. Ich wartete darauf, dass Du dich umdrehen und mich ansehen würdest. Irgendetwas – eine Erinnerung? – sagte mir, dass Du es tun würdest.

Jubelrufe erfüllten die Nacht, die Auftaktakkorde eines Liedes, das ich nicht einordnen kann, und noch immer wartete ich.

Langsam senktest Du den Kopf. Dein Kinn neigte sich auf Deine nackte Schulter; Dein Wangenknochen war andeutungsweise zu sehen.

Ich hielt den Atem an. Selbst wenn ich in meinem Sessel saß und schlief, hörte ich auf zu atmen.

Als ich aufwachte – wie immer, ehe Du mir einen flüchtigen Blick in Dein Gesicht erlaubst –, waren meine Wangen feucht von Tränen.

Ich erinnere mich nicht mehr, wie Du aussiehst, und dennoch weiß ich: Wenn ich Dich erblickte, würde ich Dich sofort erkennen. Ich bin mir sicher, dass Du schön bist. Ich will glauben, dass wir einst zusammen glücklich waren. Ich versuche zu glauben, dass unsere gemeinsame Geschichte wundervoll war. Aber nun sitze ich hier, alt und allein, und Du bist nicht bei mir, und darum frage ich mich, wie das möglich gewesen sein soll.

Ich muss Dich wiederfinden. Das ist alles, was ich brauche, doch mit jedem Tag, der vergeht, kommt es mir unwahrscheinlicher vor. Denn sooft ich auch davon träume, so geduldig ich warte, dass mein verlorenes Gedächtnis mir einen kleinen Fingerzeig gibt, der mich vielleicht zu Dir zurückführt – eine Initiale, einen Ortsnamen, irgendein winziges Detail –, es passiert einfach nicht. Ich weiß nicht, woher Du kommst, wer Du für mich bist, ja, ich weiß nicht einmal, ob Du überhaupt noch lebst. An jedem Tag und zu jeder Stunde strenge ich mich so sehr an, mich zu erinnern, aber manchmal vergesse ich sogar, dass ich mich an Deinen Namen erinnern soll.

Und nach all diesen Jahren habe ich noch immer keine Ahnung, wo ich war, welche Ereignisse mich von Dir weggeführt haben und wie ich 1915 in dieses Krankenhaus kam.

Oder wer um alles in der Welt ich eigentlich bin.

Kapitel 1

Bombay, 31. Dezember 1913

Maddy fand es seltsam, dass sich das Leben innerhalb weniger Augenblicke vollständig wandeln konnte – ohne dass eine Andeutung oder ein ungutes Vorgefühl die bevorstehende Veränderung ankündigte. Vor allem nach jenem Silvesterabend 1913 hatte sie oftmals innegehalten, bestürzt, wie arglos sie in den Stunden vor Mitternacht gewesen war, gepackt von der Euphorie der Party im Royal Yacht Club, ohne die geringste Ahnung, was ihr unmittelbar bevorstand. Aber in jener Nacht, während die Uhrzeiger auf das Jahr 1914 vorrückten, hatte sie nichts anderes im Sinn als die Hitze und die Musik. Die Ragtime-Band stimmte fröhlich ein neues Set an, flutete den heißen, von Kerzen erleuchteten Ballsaal mit Scott Joplins Klängen, und die vibrierende Tanzfläche füllte sich mit Paaren – ein Gewimmel von paillettenbesetzten Kleidern und Abendanzügen, die in einem weiteren schweißtreibenden Quickstepp über die Bretter rasten.

Sie hatte nicht den Hauch einer Ahnung, was ihr das Leben sehr bald bescheren würde.

Sie hielt sich am Rand der Tanzfläche auf. Nachdem sie die letzten fünf Stücke durchgetanzt hatte, war sie froh, vorerst zuzusehen, wieder Atem zu schöpfen und die lindernde Kälte des Gin Tonic auf Eis zu spüren, den sie sich an die Wange drückte. Sie rollte das Glas auf ihrer brennenden Haut hin und her und ließ den Blick über die Opulenz um sich herum schweifen. Die Party war verschwenderisch, selbst für Bombayer Verhältnisse, und sie, die gerade erst aus der ruhigen, gemütlichen Welt ihrer Tante und ihres Onkels in Oxfordshire hierhergekommen war, musste sich immer wieder ins Gedächtnis rufen, dass sie nicht unerlaubt die Bühne eines Theaters betreten hatte, sondern nun tatsächlich in dieses feuchtheiße Land gehörte. Mit weißen Tüchern bedeckte Tische säumten die Tanzfläche und ächzten unter Servierplatten voller Curry-Puffs, Naanbrot und exotischer Früchte. An der langen Holztheke drängten sich auf engstem Raum Punschterrinen und Champagnereimer. Auf Tischen und an Wänden brannten bunte Laternen und tauchten den getäfelten Saal in farbiges Licht. Ihr wachsartiger Duft vermischte sich mit Parfüms und Haarpomade und der drückenden Hitze, die zu den halb offenstehenden Verandatüren hereindrang. Es gab keinen Weihnachtsbaum – offensichtlich war in Indien keiner zu bekommen –, stattdessen hatte man Mango- und Bananenbaumäste mit Weihnachtskugeln geschmückt, ein Arrangement, das nun über dem Haupteingang des Ballsaals unsicher das Gleichgewicht hielt. Die Konstruktion sah recht merkwürdig aus, ganz anders als die Tannen, die Maddy bisher als Weihnachtsbaum kannte, und irgendwie ließ es die Szenerie nicht feierlicher, sondern im Gegenteil noch weniger weihnachtlich wirken – genau wie die von der schwülen Luft klammen Hüte, die sie auf Geheiß von Maddys Vater Richard am ersten Weihnachtsfeiertag alle tragen mussten. Es war ihr sehr unpassend vorgekommen, auf der von der Sonne ausgedörrten Veranda der Villa Truthahn zu Mittag zu essen, während Pfauen vorbeistolzierten.

Richard trug nun einen anderen Hut als üblich. Es war unmöglich, bei seinem Anblick auf der anderen Seite des Saals nicht zu lachen – der Verwaltungschef von Bombay, die Verkörperung des angesehenen Kolonialbeamten mit makellos weißem Halstuch, trug eine violette Krone mit Punkten, die ihm kess und schief auf dem ergrauenden Haar saß. Gerade versuchte er, Maddys Mutter Alice zum Tanzen zu überreden. Alice, die im Gegensatz zu allen anderen im Saal immer noch so kühl wirkte wie die Gurke im Pimm's, mit tadellos liegenden Locken und keiner Spur von Glanz auf ihrem Porzellanteint, hob abwehrend die behandschuhten Hände. Maddy fragte sich, ob vielleicht ein winzig kleiner Teil ihrer Mutter versucht war, das Gegenteil zu tun und zu sagen: »Oh ja, ja bitte. Ach verdammt, was soll's?« Maddy wünschte sich, Alice würde es tun. Es wäre schön gewesen, hätte sie sich ausnahmsweise einmal gehenlassen und mit Richard ins Getümmel gestürzt, ebenso glücklich und gelöst wie alle anderen.

Aber Richard wandte sich bereits ab, das von der Sonne gegerbte Gesicht resigniert in Falten gelegt. Maddy verspürte einen Anflug von Mitleid mit ihm und dann noch einmal, als er sich mit gerecktem Kinn auf den Weg zur Theke machte. Warum konnte Alice nicht einfach mit ihm tanzen? Maddy zupfte am feuchten Ausschnitt ihres Kleides und versuchte gar nicht erst, sich diese Frage zu beantworten. Sie war seit zwei Monaten in Indien, wo sie nach über zehn Jahren in England wieder bei ihren Eltern lebte (sie war in der Heimat zur Schule gegangen wie fast alle Kinder der herrschenden britischen Klasse, auch, um den tropischen Fieberkrankheiten zu entkommen, für die sie als Kind so anfällig gewesen war. »Du warst hier ständig krank«, hatte ihr Vater häufig mit trauriger Miene gesagt. »Es war schrecklich …«). Trotzdem hatte sie häufig das Gefühl, ihre kühle, verschlossene Mutter kein bisschen besser zu verstehen als an jenem glühend heißen Oktobertag, an dem sie in Bombay an Land gegangen war und sie wiedergesehen hatte.

»Guck nicht so ernst«, schreckte Maddy eine Stimme von links auf, »nicht an Silvester.«

Sie drehte sich um und begegnete dem scherzhaft tadelnden Blick ihrer Freundin Della Wilson. Die beiden hatten die Anreise aus Tilbury gemeinsam unternommen, in derselben Reihe von Kabinen wie alle anderen alleinstehenden Frauen auf dem Weg zu ihren Familien in Indien – in Dellas Fall war das ihr Bruder Peter, bei dem sie wohnen würde. Die beiden hatten sich bei den unvermeidlichen frühen Abendessen an Bord angefreundet. Es einte sie das Unbehagen angesichts der Tatsache, dass die anderen Passagiere sie als Mitglieder der »Fischfangflotte« betrachteten, als Frauen, die sich in Indien auf die Suche nach einem Ehemann machten. *Obwohl meine Mutter natürlich hofft, dass ich genau das tun werde,* hatte Della gesagt, den Mund voller Schokoladen-Éclair. *Nur darum lässt sie mich herkommen. Nicht dass ich was dagegen hätte,* sagte sie, nachdem sie den Bissen hinuntergeschluckt hatte. *Nur dass ich stattdessen viel lieber auf Tigerjagd gehen würde.*

»Wo kommst du denn plötzlich her?«, fragte Maddy sie nun. »Ich habe dich den ganzen Abend noch nicht gesehen.«

»Ich bin gerade erst gekommen«, sagte Della. »Du kannst Peter die Schuld dafür in die Schuhe schieben, falls er beschließt, doch noch zu kommen.«

»Wo ist er?«

»Weiß der Himmel. Er hat sich vorhin mit einem Freund im Taj Mahal Hotel getroffen, wollte aber eigentlich wieder nach Hause kommen und mich abholen. Wahrscheinlich haben sie sich in die Taj Bar verzogen.« Sie fächelte sich Luft in ihr leicht gerötetes Gesicht. »Ich hatte schon befürchtet, ich würde Mitternacht verpassen, darum habe ich mir eine Rikscha gerufen. Sag Peter nichts davon. Er schimpft immer mit mir, wenn ich allein in einer fahre.«

Maddy, die Peter oft hatte klagen hören, wie viel einfacher das Leben gewesen war, ehe seine unbändige Schwester ihm ins Haus geschneit war, lachte und sagte: »Armer Peter.«

»Von wegen armer Peter«, sagte Della. »Himmel«, sie schob die Unterlippe vor und blies sich Luft ins Gesicht, »hier drin ist es so heiß wie in einem Backofen. Kommst du mit raus? Wir können rasch eine rauchen, eher er kommt und mich auch dafür tadelt.«

Maddy beschloss, dass sie eine Zigarette gut gebrauchen konnte – und zwar ohne dass ihre Mutter erneut eine Braue hochzog. Sie nickte.

»Und, mit wem hast du schon getanzt?«, fragte Della, als sie sich gemeinsam einen Weg durch die wogende Menschenmenge bahnten.

»Mit den üblichen Verdächtigen«, sagte Maddy und zählte einige Hauptmänner der Armee auf, einen ständig sonnenverbrannten Marineoffizier und eine Handvoll Beamter, die wie Peter für ihren Vater in den Amtsstuben von Bombay arbeiteten.

»Nicht mit Guy Bowen?«, fragte Della betont unschuldig und deutete mit einem Kopfnicken auf die Stelle, an der Guy mit einigen anderen Chirurgen des Militärkrankenhauses ins Gespräch vertieft war.

Maddy verdrehte die Augen. »Kannst du damit bitte aufhören?«, sagte sie. »Er ist ein Freund meiner Eltern.«

»Aber auch *dein* Freund. Er schaut ziemlich oft bei dir vorbei.«

Maddy stieß die Verandatür weit auf. »Er könnte mein Vater sein.«

»Nein, eigentlich nicht«, sagte Della. »Er kann nicht viel älter als vierzig sein, und du bist fast dreiundzwanzig.«

»Ich bin mir ziemlich sicher«, sagte Maddy, »dass er mich als kleines Mädchen auf den Knien geschaukelt hat.«

»Und, war es gut?«, sagte Della auf eine Art, die sie beide in Gelächter ausbrechen ließ.

Sie gingen weiter in die schwüle, warme Nacht hinaus. Als sie die Terrasse mit Meeresblick betraten, spielte die Band noch immer, und die Uhr in dem pulsierenden Ballsaal hinter ihnen schlug elf: Die allerletzte Stunde des Jahres 1913 hatte begonnen.

Draußen war es leiser, die schwüle Luft wirkte wie ein Schalldämpfer für die Musik und die Stimmen der Leute, die umherliefen oder es sich an den Tischen in der Dunkelheit bequem gemacht hatten. Fackeln knisterten und leuchteten Maddy und Della den Weg zur Ufermauer. Nicht dass sie darauf angewiesen waren. Schließlich verschwanden sie nicht zum ersten Mal, um gemeinsam eine Zigarette zu rauchen. Sie hatten die verborgene Stelle auf der Treppe zum Strand bei einer Feier kurz nach ihrer Ankunft entdeckt und benutzten sie seitdem, um den wachsamen Blicken ihrer Verwandten und dem Tratsch der Memsahibs zu entkommen – auf dieselbe Art waren sie während der Überfahrt auf dem P&O-Linienschiff immer auf das Deck mit den Rettungsbooten geschlüpft.

Während sie durch die Dunkelheit liefen, öffnete Maddy ihre Clutch und suchte nach den Zigaretten, mit denen der Diener ihrer Eltern sie regelmäßig versorgte. (»Ich mache es für kleines Entgelt, ja?«, hatte er hoffnungsvoll gefragt, als sie ihn das erste Mal darum gebeten hatte. »In Ordnung«, hatte sie zugestimmt und ihm ein paar Rupien gegeben. »Ja. Und für meine geistige Gesundheit.«) Sie wühlte noch zwischen ihrem Kamm, den Zündhölzern und dem Kompaktpuder herum, da griff Della nach ihrer Hand und schrie leise auf: »Schnell, Peter kommt!«

Reflexhaft drehte sich Maddy zu dem herrschaftlichen Taj Hotel um und ließ dabei die Zündhölzer fallen. Sie bückte sich, um sie aufzuheben, den Blick auf Peter gerichtet, der immer näher kam. Selbst auf der dunklen Promenade war er an seiner schlanken Gestalt und dem schlendernden Gang leicht zu erkennen. Er hatte sie nicht gesehen. Er sprach mit dem Mann, der ihn begleitete, vermutlich der Freund, den er im Taj abgeholt hatte, dachte Maddy. Sie musterte ihn, ließ die Silhouette des Fremden unter den Palmen auf sich wirken. Er war größer als Peter und auch kräftiger. Flüchtig fragte sie sich, wer er war, dachte aber nicht weiter darüber nach. Dazu blieb ihr keine Zeit, denn Della forderte sie mit energischem Winken auf weiterzugehen.

Maddy ließ die Streichhölzer liegen und folgte Dellas hastigen Schritten. Sie raffte ihre Seidenröcke, stieg über die Ufermauer und dann die feuchten Stufen hinunter und ließ sich neben der atemlosen Della auf der üblichen Stufe nieder.

Hier war es ruhiger, obwohl die Stelle direkt unterhalb der Terrasse lag. Kräuselwellen plätscherten an die Steinmauer, und Kinder aus dem Ort planschten und spielten trotz der vorgerückten Stunde im Arabischen Meer, kletterten in die nahegelegenen Fischerboote und sprangen wieder hinaus. Eine sanfte Brise wehte von der Innenstadt, die Luft war muffig vor Pollen, Staub, Abwassergeruch und der Hitze Hunderttausender Menschen. Maddy spürte, wie ihr der Wind über den verschwitzten nackten Rücken und die Oberarme strich, und sie senkte die Schultern und genoss die Ruhe nach der funkelnden Helligkeit über ihnen. Sie schob sich eine Zigarette zwischen die Lippen, beugte sich zu Della, die sie ihr anzündete, inhalierte und schloss die Augen, weil ihr plötzlich leicht schwindelig wurde.

»Ich frage mich, was die Leute drüben im grauen alten England machen«, sagte Della in einem Tonfall, der deutlich zum Ausdruck brachte, wie sehr ihr der Gedanke gefiel, dass es dort, wie auch immer es sein mochte, auf jeden Fall völlig anders war als hier.

»Fehlt England dir wirklich nicht?«, fragte Maddy. »Nicht mal ein kleines bisschen?«

»Nicht mal ein klitzekleines bisschen«, gab Della zurück. Sie musterte Maddy von der Seite, in ihren runden Augen lag Spott. »Das solltest du auch mal versuchen, du würdest dich gleich viel besser fühlen.«

»Du hast gut reden«, sagte Maddy und hatte damit recht. Della besaß eine Dauerkarte, sie konnte nach England fahren, sooft sie wollte; sie wusste, dass sie ihre Familie und Freunde auf jeden Fall wiedersehen würde.

»Du hast dich so sehr darauf gefreut herzukommen«, rief Della ihr ins Gedächtnis. »Mit dem Schiff.«

»Ja, ich weiß«, antwortete Maddy. »Du hast ja recht.« Aber während der Reise hatte sie noch geglaubt, dass ihr Ausflug nach Indien genau das war: nur eine Urlaubsreise. Sie war aufgeregt gewesen. Nach dem Collegeabschluss hatte sich all das wie ein großes Abenteuer angefühlt, eines, das sie genießen sollte, ehe sie die Stelle als Lehrerin annahm, die man ihr angeboten hatte.

Und sie hatte sich verzweifelt gewünscht, ihren Vater wiederzusehen. Im Gegensatz zu ihrer Mutter hatte er sie alle zwei Jahre in Oxford besucht, wo sie bei ihrer Tante Edie gewohnt hatte – seiner jüngeren Schwester. Als Maddy klein war, hatte sie die Tage bis zu seinem nächsten Besuch in ihrem Tagebuch abgehakt und minutiöse Pläne für Picknicks, Theaterbesuche und ähnliche Dinge ausgearbeitet. Die Aussicht, längere Zeit mit ihm zu verbringen, war ihr sehr verlockend vorgekommen. Sie hatte sich sogar erlaubt, auf … *irgendetwas* mit ihrer Mutter zu hoffen: vielleicht eine Beziehung, die über geschraubte Briefe mit ausländischen Marken auf dem Umschlag hinausging. Doch irgendwann zwischen dem Zeitpunkt, an dem ihr P&O-Linienschiff Port Said verlassen hatte, und ihrer Ankunft im chaotischen Hafen von Bombay war die Beziehung zwischen Tante Edie und Onkel Fitz in Oxford in die Brüche gegangen, und Maddy hatte in England kein Zuhause mehr, in das sie zurückkehren konnte. Wegen Onkel Fitz hatte sie auch keine Arbeit und keine Mittel mehr, um sich eine eigene Existenz aufzubauen. Nur eine Mutter, die noch schweigsamer wurde, wenn Maddy auf das Thema zu sprechen kam, ob sie und Richard ihr vielleicht zu beidem verhelfen könnten.

»Es wird immer leichter werden«, sagte Della.

Maddy atmete den Rauch aus, sodass die Sterne hinter einer hellgrauen Wolke verschwanden. »Ja«, sagte sie, »natürlich wird es das.« An einem Abend wie diesem, weit entfernt von den schweigsamen Tagen mit Alice in der Villa, mit der Musik, die über ihren Köpfen spielte, und den Kindern, die unten lachten, fiel es ihr leicht, daran zu glauben. »Außerdem«, sagte sie, »weiß ich aus zuverlässiger Quelle, dass es mindestens ein Jahr dauert, bis man an einem neuen Ort wirklich angekommen ist.«

»Und von wem weißt du das?«

»Von meinem Vater.«

»Ausgezeichnet«, sagte Della. »Peter würde dem gewiss zustimmen.«

Maddy lächelte. Um das Gespräch auf ein anderes Thema zu lenken, fuhr sie fort: »Wie war dein Weihnachten?«

»Wunderbar«, sagte Della und berichtete, dass sie eine Reise gebucht und Peter überredet hatte, ihren Eltern nichts davon zu erzählen – eine geführte Tour auf den Wasserstraßen von Kerala, so viele Sonnenuntergänge, Besuche in den Dörfern am Ufer und frisch gefangener Fisch, der jeden Abend über Holzkohle gegrillt wurde. Es klang tatsächlich alles ganz wunderbar.

»Du Glückspilz«, sagte Maddy. »Ein paar Cocktails im Gymkhana Club waren bei uns an Weihnachten schon das größte Abenteuer. Obwohl«, fügte sie hinzu, »der Koch hat den Truthahn zum Lunch mit Curry zubereitet.«

»Wie heimatverbunden«, sagte Della.

»Ehrlich gesagt glaube ich«, fuhr Maddy fort und streifte die Asche ab, »dass es ihm eher darum ging, den Geschmack des Fleisches zu überdecken.« Keiner von ihnen hatte auch nur die geringste Ahnung, wie lange der unglückliche Vogel bereits gerupft und küchenfertig auf dem Markt auf sie gewartet hatte. Hinterher ging es allen schlecht. (»Wie zu erwarten war«, hatte Richard am nächsten Tag bei trockenen Keksen und Tonic gesagt. »Noch ein paar von diesen Currys, und ich habe mein Idealgewicht wieder.« – »Richard«, hatte Alice ihn getadelt, »ich muss doch sehr bitten!«)

»Hast du viel Zeit mit Guy verbracht?«, fragte Della.

Maddy stöhnte. »Nicht schon wieder!«

»Komm schon, sag's mir, raus damit«, sagte Della.

»Della, er ist wie ein Onkel für mich.«

»Aber ein sehr aufmerksamer.«

Maddy antwortete nicht und hoffte, dass der Blick, mit dem sie Della bedachte, genügen würde, um ihr das Thema zu verleiden.

Was natürlich nicht der Fall war. »Irgendwie gefällt mir der Gedanke an einen älteren Mann, weißt du«, sagte Della. »Und Guy ist so ein guter Knieschaukler. Geradezu himmlisch, wenn du mich fragst.«

»Ich frage dich aber nicht.«

»Noch dazu ist er Chirurg. Denk nur, was er mit seinen Händen alles ...«

Maddy trat nach ihr.

»Autsch!« Lachend griff Della sich ans Schienbein. »Na schön, ich höre schon auf.«

»Gott sei Dank.« Maddy schnippte ihre Zigarette ins Meer und blickte zum Club hinauf, in Richtung der Musik, die durch die Luft zu ihnen herüberwehte. »Bereit für den Rückweg?«, fragte sie.

»Ja, wir sollten allmählich aufbrechen«, sagte Della. »Sonst steht zu befürchten, dass Peter am Ende doch noch nach Hause fährt, um mich abzuholen.«

Peter war nicht nach Hause gefahren, um sie zu holen. (»Was für ein Schuft«, flüsterte Della.) Er war noch da, saß mit seiner üblichen Clique an einem der runden Tische und trank. Maddy kannte sie fast alle von den Abenden und Wochenenden, die sie gemeinsam in verschiedenen Clubs in der Stadt verbracht hatten; die gesellschaftliche Szene in Bombay war ebenso klein wie umtriebig. An diesem Silvesterabend hatte sie mit den meisten von ihnen getanzt. Unter den Männern war nur einer, den sie nicht kannte: Peters Freund. Er saß zurückgelehnt am Tisch, sein Gesicht war außerhalb des Lichtscheins der flackernden Laternen. Im Gegensatz zu den anderen Männern trug er keinen Abendanzug, nur Hemd und Hose und ein Leinenjackett. Das veranlasste Maddy dazu, genauer hinzusehen, und von Neuem fragte sie sich, wer dieser Mann war.

Als hätte er ihre Neugier gespürt, drehte er sich um. Sie errötete, fühlte sich ertappt und richtete ihre Aufmerksamkeit auf Peter, der sich erhob, als sie und Della näher kamen.

»Della Wilson«, sagte Peter. »Ich will gar nicht wissen, dass du gerade dort unten warst und geraucht hast.«

»Ich …«, setzte Della an.

»Nein, behalte es für dich, ich bestehe darauf. Auf diese Art muss ich nicht wieder lügen, wenn unsere Mutter mir telegrafiert und mich fragt, wie du dich benimmst.« Er warf Maddy einen verzweifelten Blick zu. »In meinem ganzen Leben musste ich noch nie so viel lügen!«

Maddy lachte verlegen. Sie hatte das deutliche Gefühl, dass der Mann in der Leinenjacke sie nach wie vor musterte und sich wahrscheinlich fragte, warum sie ihn derart angestarrt hatte.

»Ich wollte gerade sagen«, gab Della zurück, »wie unfassbar ich es finde, dass du mich einfach in der Villa zurückgelassen hast.«

»Nun, ich wusste, dass du allein zurechtkommen würdest.«

»Ich könnte immer noch dort sein, und dann wäre mir die Party entgangen.«

»Und doch«, sagte Peter, »hast du es irgendwie hierhergeschafft. Maddy, komm her.« Er streckte die Arme aus und küsste sie auf die immer noch gerötete Wange. »Dir scheint sehr warm zu sein«, stellte er fest.

»Oh nein, alles in Ordnung.«

»Du brauchst ein Glas Champagner«, sagte er und drehte sich auf der Suche nach einer Flasche zum Tisch. »Irgendwelche guten Vorsätze für das neue Jahr?«, wollte er wissen.

»Darüber habe ich noch gar nicht nachgedacht«, sagte Maddy.

»Stimmt nicht!«, sagte Della. »Du wirst versuchen, dein Heimweh zu überwinden.«

»Aber das ist ohnehin vollkommen sinnlos«, sagte Peter und reichte jeder ein randvolles Glas.

»Warum?«, fragte Maddy pflichtschuldigst.

»Weil man seine Vorsätze immer bricht«, sagte er.

»Das ist aber sehr pessimistisch«, erwiderte sie und beobachtete aus dem Augenwinkel, wie der Fremde den Kopf drehte. Er stand immer noch zu weit entfernt, als dass sie ihn deutlich hätte erkennen können; sie spürte sein Lächeln eher, als dass sie es sah.

»Nein, nur aufrichtig«, sagte Peter. »So ist es doch immer.«

»Nun«, sagte Maddy und spähte verstohlen zu seinem Freund hinüber (hatte er gelächelt?), »da es eigentlich nicht mein Vorsatz ist, halte ich ihn ja vielleicht doch.«

»Das«, sagte Della, »ergibt überhaupt keinen Sinn.«

»Allerdings«, stimmte Peter zu. »Aber heute ist Silvester.« Er hob seinen Drink. »Vergessen wir also einfach, was Maddy gesagt hat, und trinken aus. Oh, sieh mal«, sagte er, abgelenkt von zwei indischen Kellnern, die mit Tabletts voller Kebabs auf der Terrasse herumgingen, »Nahrung! Ich komme gleich wieder. Schön brav sein …«

Und schon verschwand er in der Menge.

Kaum war er fort, erklärte Della, dass sie selbst auch gern hineingehen und sehen würde, wie es im Saal war. Einige der am Tisch Versammelten protestierten (»Bleib hier, trink noch etwas Champagner. Lass uns hier nicht allein!«), aber Della blieb unbeeindruckt, und Maddy, die keinen Grund zum Bleiben sah, war ebenfalls bereit weiterzuziehen.

»Ja, brich uns nur das Herz, warum auch nicht?«, rief ihnen einer der Offiziere nach, als sie gingen.

Zuversichtlich, dass niemandes Herz in echter Gefahr war, verspürte Maddy nicht das geringste Schuldgefühl. Und als sie sich dabei ertappte, wie sie auf dem Weg über die schwüle dunkle Terrasse noch einmal zurücksah, galt ihr Blick nicht jenem Offizier. Sie musterte den

Fremden mit dem Leinenjackett. Sie wusste nicht, warum sie das tat, und sie wünschte, sie hätte es unterlassen, denn wie schon zuvor drehte auch er sich um. Sein Gesicht war ein dunkler Fleck über der weißen Kleidung. Allzu schnell wandte sie den Blick ab und hatte erneut das Gefühl, sich töricht zu benehmen.

»Wer war das?«, fragte sie Della, um ihre Verlegenheit zu überspielen.

»Wer war *wer*?«

»Der Mann dort«, sagte Maddy. »Der, den Peter aus dem Taj mitgebracht hat.«

»Ich weiß es nicht«, sagte Della und blickte über die Schulter. »Warum fragst du?«

»Ach, nur so«, sagte Maddy rasch, ehe der Unbekannte Dellas suchenden Blick bemerken konnte, »es spielt keine Rolle.«

Natürlich nicht.

»Typisch Peter, dass er uns nicht einmal vorgestellt hat«, grollte Della.

»Ja, vermutlich«, sagte Maddy. Dann gingen sie zurück in den lärmenden Ballsaal, zu Licht, Musik und Lachen, und sie vergaß den Fremden.

Die Tanzfläche war noch voller und noch heißer als zuvor, wenn das überhaupt möglich war. Innerhalb von Sekunden war Della am Arm eines Sergeant Majors zwischen den Tanzenden verschwunden. Maddy, die ihren Vater und seine Tupfen an der Theke entdeckt hatte – und der wieder einfiel, wie niedergeschlagen er gewirkt hatte –, ging schnurstracks auf ihn zu, zog ihn auf dieselbe Weise auf das schweißnasse Parkett, wie er es zuvor mit ihrer Mutter versucht hatte, und versicherte ihm, dass er ihr auf keinen Fall auf die Nerven ging. »Vielleicht geht es ja ohne den Hut …?«

Richard war kein besonders versierter Tänzer und sicherlich nicht das, was man geschmeidig nennen würde, aber was ihm an Geschicklichkeit fehlte, machte er mit der Begeisterung wett, mit der er sie über das Parkett drehte. Als sie andere Paare anstießen und nur knapp einem Zusammenstoß mit dem Bananen-Mango-Weihnachtsbaum entgingen (»Nächstes Mal geben wir uns mehr Mühe«, sagte er), strahlte Maddy ihm in das lächelnde Gesicht und schaffte es beinahe, ihre Mutter nicht zu beachten, die am Rand des Parketts stand und sie beide mit undurchdringlicher Miene beobachtete. Obwohl Maddy bereits glühte, willigte sie, ohne zu zögern, ein, als Richard sie um einen weiteren Tanz bat.

Von da an verließ sie die Tanzfläche nicht mehr. Auf der Party waren doppelt so viele Männer wie Frauen (so war es in Indien immer), und nur selten endete ein Lied, ohne dass nicht bereits jemand auf sie zugekommen wäre und sie um die nächste Runde gebeten hätte. Sie tanzte mit Richards Sekretär (»Willst du das wirklich riskieren, Maddy?«), dann mit einigen weiteren Mitarbeitern und noch einmal mit dem sonnenverbrannten Marineoffizier. Dellas Karte war ebenso voll, und Maddy versuchte nicht länger, die Übersicht über ihre zahlreichen Tanzpartner zu behalten. Die Band spielte weiter, immer mehr Leute kamen von der Terrasse herein, füllten den glühend heißen Saal, bis für niemanden mehr Platz und kein bisschen feuchtheiße Luft zum

Atmen mehr übrig zu sein schien. Maddys Haut war verschwitzt, ihr Haar, aus dem sich die Nadeln gelöst hatten, fiel ihr in feuchten Wellen in den Nacken, genauso chaotisch, wie inzwischen vermutlich auch Dellas braune Locken aussahen.

Erst kurz vor Mitternacht verließ sie endlich das Parkett, wobei sie sich vor Seitenstechen die Rippen hielt und überzeugt war, dass sie sterben würde, wenn sie sich vor dem nächsten Tanz nicht ein wenig abkühlte. Da Della immer noch fröhlich über die Bretter fegte, vergeudete Maddy keine Zeit, indem sie ihr Bescheid sagte, und ging einfach allein aus dem Saal.

Auf der Terrasse war es herrlich still, die zuvor noch vollbesetzten Tische waren verlassen. Ein paar Windlichter waren heruntergebrannt und erloschen, sodass es noch dunkler war als früher am Abend. Auf dem Weg zum Meer ließ Maddy die Musik hinter sich, lehnte sich an die Mauer und spürte den Druck der Steine durch den Stoff ihres Kleides hindurch. Sie lächelte, als sie sah, dass die Kinder noch immer unten am Strand spielten. Weiter draußen auf dem ruhigen Wasser dümpelten ebenfalls Boote, es mussten Hunderte sein; die Stimmen der Menschen an Bord schwebten über die Wellen hinweg, ebenso der Duft von auf Holzkohle gegrilltem Essen. Maddy atmete tief durch und nahm alles in sich auf. Sie überlegte, ob ihr noch Zeit für eine Zigarette blieb, beschloss, dass dem so war, und fluchte, als ihr einfiel, dass sie ihre Streichhölzer verloren hatte.

Sie kehrte zu der Stelle zurück, an der sie sie hatte liegen lassen, ging auf dem gepflasterten Boden in die

Hocke und betastete mit beiden Händen die schwarzen Steine. Als sie nichts fand, kniete sie sich hin und beugte sich vor, um besser sehen zu können. Aber nein, sie waren tatsächlich nicht mehr da.

»Wie seltsam«, sagte sie, und als ihre Stimme die Nacht durchbrach, überraschend laut in der Stille, bemerkte sie, dass drinnen die Musik verstummt war.

Sie blickte sich zu den beleuchteten Türen des Clubs um, in denen sich die Umrisse der Menschenmenge abzeichneten. Alle schienen auf die Uhr zu blicken. Sie konnte den Druck der aneinandergepressten Körper fast fühlen, die verschwitzte Vorfreude der Gäste, und da sie den Gedanken, einfach draußen zu bleiben, verlockend fand, sagte sie sich umso entschiedener, dass es doch aber zu schade wäre, das neue Jahr allein zu begrüßen, und dass sie sich beeilen musste, wenn sie Mitternacht nicht verpassen wollte. Ein letztes Mal suchte sie ohne große Hoffnung den Boden ab, dann seufzte sie verärgert, stand auf und überquerte erneut die dunkle Terrasse.

Hinterher hätte Maddy nicht mehr zu sagen vermocht, warum sie unterwegs stehen geblieben und dann abgebogen war, zu dem Tisch, an dem Peter gesessen hatte. Oder warum sie die Hand ausgestreckt und die Lehne des Stuhls berührt hatte, in dem Peters Freund, der Fremde, gesessen hatte, an den sie nun erneut denken musste.

Doch kaum hatte sie die Finger um den Holzrahmen geschlossen, schreckte sie auf, erschüttert von mehreren Explosionen draußen auf dem Meer, am nahegelegenen Strand und hinter ihr in der Stadt. Sie blickte sich um.

Überall erfüllte Feuerwerk die Luft mit Rauch und den Himmel mit knisternden Farbblitzen.

Oje, dachte sie, *schon Mitternacht,* lachte dann aber. Denn es machte sie nicht traurig, allein draußen zu sein, überhaupt nicht. Dafür war es viel zu schön.

Aus dem Club drangen Jubelrufe, und gleich darauf folgten die Eröffnungsakkorde von »Auld Lang Syne«. Doch Maddy lief nicht los, um dabei zu sein. Sie blieb, wo sie war. Das Feuerwerk ging weiter, und sie genoss es als ihre eigene private Vorstellung.

Hatte sie ihn bereits bemerkt? War das einer der Gründe, warum sie geblieben war?

Diese Frage stellte sie sich in den Wochen danach noch oft.

Sie wusste es nicht. Sie wusste nicht, wann ihr seine Silhouette aufgefallen war, keine hundert Meter von ihr entfernt auf der Promenade, das Gesicht ihr zugewandt, die Hände in den Taschen des Leinenjacketts, das in der Brise flatterte.

Und obwohl über ihr weiterhin die Feuerwerkskörper explodierten, spürte sie, wie ihre Aufmerksamkeit sich auf ihn verlagerte. Langsam löste sie den Blick vom Himmel, drehte das Kinn zu ihrer nackten Schulter.

Ihre Blicke trafen sich durch die Dunkelheit hindurch, und diesmal wusste sie, dass er lächelte.

Er hob eine Hand und winkte.

Ohne nachzudenken, tat sie dasselbe.

Es dauerte nur wenige Sekunden.

Aber danach war nichts mehr wie vorher.

Kapitel 2

Maddy wartete, ob er den Abstand zwischen ihnen verringern und auf die Terrasse des Clubs zurückkehren würde, sodass sie ihm ins Gesicht sehen konnte. *Hallo.* Seinem Winken und der Art nach zu urteilen, wie er langsam die Hand gesenkt hatte, nahm sie an, dass er das vorhatte. Fast wäre sie auf ihn zugegangen. Sie machte sogar einen Schritt, spürte, wie ihre Muskeln sich anspannten in Erwartung von … *etwas.*

Doch dann zerriss Lärm die Stille hinter ihr, Gelächter und Stimmen erklangen. Sie erschrak, die Unterbrechung verwirrte sie. Sie hatte fast vergessen, dass es die Party überhaupt gab. Innerhalb von Sekunden war sie von lauter Menschen umgeben, die aus dem Tanzsaal strömten und in den brennenden Himmel blickten – nichts war mehr privat, nichts gehörte nur ihr.

»Maddy!«, rief ihr Vater, der in der Terrassentür stand. »Da bist du ja. Komm schnell her und wünsch deinem alten Vater ein frohes neues Jahr. Die letzten fünfzehn habe ich verpasst.«

Aber Maddy rührte sich nicht vom Fleck. Sie war dermaßen abgelenkt, dass sie nur ein Nicken andeutete und ihrem Vater flüchtig zulächelte, ehe sie ihre Aufmerksamkeit erneut auf die Promenade richtete – gerade rechtzeitig, um zu sehen, wie sich der Fremde von ihr abwandte und in Richtung des Stadtzentrums davonging.

Er ging fort?

Er verschwand einfach?

»Maddy!«, rief Richard erneut. »Was machst du da?«

Sie blickte dem Fremden noch eine Sekunde nach, war fest davon überzeugt, dass er seine Meinung ändern und kehrtmachen würde.

Aber er ging weiter in die Dunkelheit hinein. Sie runzelte die Stirn.

»Maddy?«

Sie zwang sich, den Blick von der Promenade abzuwenden, und steuerte auf ihren Vater zu, zurück zu der dichtgedrängten, heißen Menschenmenge.

Dennoch konnte sie nicht widerstehen und blickte dem Fremden ein letztes Mal verstohlen hinterher. Er war bereits verschwunden. Sie stellte sich vor, wie auch er, gerade außerhalb ihres Sichtfelds angelangt, innehielt und erneut in ihre Richtung blickte. Vielleicht tat er das ja tatsächlich.

Warum ist er gegangen?

Sie konnte nicht mehr klar denken. Begriff nicht, warum ihr das so viel ausmachte. Sie wusste nur, dass es so war, und versuchte gar nicht erst, es zu verstehen.

Es war, wie es war.

In der folgenden Stunde fand Maddy mühsam zum gewohnten Gang der Dinge zurück. Sie war sich der Gegenwart des Fremden kaum bewusst gewesen, doch nun, nachdem er fort war, spürte sie seine Abwesenheit umso deutlicher. Auch Peter konnte sie nicht mehr finden. Sobald sie ihrem Vater ein frohes neues Jahr gewünscht hatte, machte sie sich auf die Suche nach ihm, begierig, alles zu hören, was er ihr über seinen Freund erzählen konnte (wer er war zum Beispiel), aber sie stellte nur fest, dass auch Peter gegangen und auf dem Weg zu einer anderen Party war.

»Er ist nun mal ein geselliger Mensch«, sagte eine puterrote Della, die immer noch auf der Tanzfläche war.

»Kommt er noch mal wieder?«, fragte Maddy und hörte selbst, wie ausdruckslos ihre Stimme klang.

»Ich glaube nicht«, sagte Della und presste sich den Handballen an die nassgeschwitzte Stirn. »Er sagt, er hat deinen Vater gebeten, mich nach Hause zu bringen. Also, suchen wir dir jemanden, mit dem du noch mal tanzen kannst, in Ordnung?«

Maddy wusste nicht, ob sie dazu noch in der Lage war. Auf einmal schmerzten ihr in den engen Slippern die Füße, die Hitze war erdrückend.

Als ihre Mutter kurz darauf verkündete, dass sie nach Hause fahren würde, Maddy und Della aber später von Richard gebracht werden würden, hörte Maddy sich sagen, dass sie schon jetzt mitkommen wollte, falls Alice nichts dagegen hatte.

»Tatsächlich?«, fragte Alice sichtlich überrascht.

Maddy konnte es ihrer Mutter nicht verdenken. Schließlich war sie selbst überrascht, denn normalerweise vermied sie es, mit ihrer Mutter allein zu sein. Dieses schreckliche Schweigen …

Dennoch sagte sie: »Ja, ich glaube, ich bin bereit zu gehen.«

Und so war es. Obwohl das übliche Schweigen beinahe die ganze Heimfahrt über anhielt (angespannt und äußerst ungesellig), machte ihr die missliche Situation ausnahmsweise nichts aus. Oder jedenfalls nicht viel. Der Chauffeur fuhr durch die dunklen, von Bäumen gesäumten Straßen im Zentrum von Bombay, vorbei am Telegrafenamt aus Sandstein, den prächtigen Gebäuden der britischen Stadtverwaltung, den verborgenen Gassen, in denen zehnköpfige Familien in einem einzigen Zimmer wohnten, eingepfercht in dieser Stadt, die niemals schlief und in der es mehr Menschen als Platz gab. Während dieser Fahrt starrte Maddy hinaus in den modrigen Windhauch und sah *ihn* vor ihrem geistigen Auge unaufhörlich winken.

So sehr war sie in ihre Träumerei vertieft, dass sie viel zu lange brauchte, um zu bemerken, dass Alice sie aus der Dunkelheit heraus erwartungsvoll musterte.

»Entschuldige«, sagte Maddy. »Hast du etwas gesagt?«

»Ich habe dich gefragt, ob Guy dich gefunden hat«, sagte Alice.

»Guy?«, fragte Maddy törichterweise.

»Er hat nach dir gesucht.«

»Ich habe den ganzen Abend nicht mit ihm gesprochen.«

»Ich glaube, er wollte mir dir tanzen«, sagte Alice.

»Das hat er mir nicht gesagt.«

»Nein?«

»Nein.«

»Schade«, sagte Alice.

»Ja«, sagte Maddy.

Wie höflich sie doch beide waren.

Darauf folgte Schweigen.

Maddy, die glaubte, dass das Gespräch zu Ende war, wandte sich ab und nahm ihre Nachtwache über die dunklen Straßen wieder auf.

Doch dann fragte Alice: »Hast du das Feuerwerk genossen?«

»Ja«, sagte Maddy, plötzlich auf der Hut. Hatte Alice sie draußen auf der Terrasse gesehen? Hatte sie *ihn* gesehen?

Wenn es so war, ließ sie es sich nicht anmerken. »Früher hast du Feuerwerke geliebt«, bemerkte Alice nur, »als du noch klein warst.«

»Ach ja?«

»Erinnerst du dich nicht mehr?«

»Ich weiß nicht«, sagte Maddy. Sie war noch so klein gewesen, als sie fortgegangen war, nicht einmal acht Jahre alt, so vieles war in ihrer Erinnerung verblasst. »Ich erinnere mich an die Bonfire Night, in Christ Church Meadow …«

»Davon will ich nichts wissen«, schnitt Alice ihr das Wort ab.

Es war ihr barscher Ton, der Blick ihrer blauen Augen. Zu spät erkannte Maddy, dass es – natürlich – ein Fehler gewesen war, Oxford zu erwähnen. Sie spürte, dass sie sich besser entschuldigen sollte.

Doch ehe sie dazu kam, beugte sich Alice vor, tippte

dem Fahrer auf die Schulter und befahl ihm, schneller zu fahren.

Wiederum folgte Schweigen. Diesmal konnte Maddy es nicht ignorieren, ebenso wenig wie die Anspannung in Alice' schmalen Schultern unter dem Umschlagtuch. Sie suchte nach Worten, um das Unbehagen zu mildern, aber als sie zögerlich wieder auf das Feuerwerk zu sprechen kam, indem sie fragte: »Haben wir hier in Bombay früher welche gesehen?«, antwortete Alice mit gerunzelter Stirn: »Das spielt doch nun wirklich keine Rolle, Madeline.«

Maddy war erleichtert, als sie endlich die Stadt hinter sich ließen und nahe der Küste den sanften Anstieg zu den stilleren, belaubten Straßen von Malabar Hill, wo so viele Briten lebten, hinauffuhren. Die Villa ihrer Eltern war ein cremefarbenes dreistöckiges Herrenhaus, das ebenso schön wie einsam gelegen war. Es verfügte über große Veranden, einen Balkon vor jedem Fenster und von Palmen gesäumte Rasenflächen. Die Villa war eine der größten und lag knapp unterhalb der Spitze des Hügels. Sie lehnte den Kopf an das Fenster, nahm verschwommen die ruhige See unter ihnen war, die nur durch den Widerschein von Mond und Sternen auf dem Wasser überhaupt zu sehen war, und wartete darauf, dass sie endlich ankommen würden. Es dauerte nicht lange. Da es sonst keinen Verkehr gab, rasten sie wie eine seltsame Nachtrikscha an den von Laternen beleuchteten Villen entlang, die von urwaldartigem Laubwerk umgeben waren, dann verlangsamte sich die Fahrt, und sie fuhren durch das eiserne Tor der Villa und die gewundene Zufahrt hinauf. Alice seufzte, als sie zum Stehen kamen, auch sie war offensichtlich glücklich, zu Hause zu sein. Maddy hätte hinterher nicht zu sagen gewusst, wer von ihnen zuerst aus dem motorisierten Wagen gestiegen war. Sie wünschten sich nur kurz eine gute Nacht, dann nahm sich jede eine Kerze von der Veranda und begab sich in ihr Zimmer.

Maddy schloss die Tür, lehnte sich von innen daran und atmete durch. *Endlich.* Sie ging zu ihrem Bett, stellte die Kerze ab, zog die Falten des Moskitonetzes zur Seite und ließ sich auf die weiche Matratze fallen. Draußen sangen die Zikaden, die Bäume rauschten. Sie legte eine Hand auf ihren Brustkorb, spürte, wie sich ihr Korsett hob und senkte und schloss die Augen. Sofort sah sie ihn wieder vor sich, dort auf der Promenade, als hätte er dicht unter der Oberfläche ihres Bewusstseins bereits auf sie gewartet.

Aber warum war er einfach fortgegangen, so schnell und ohne ein Wort?

Da er es getan hatte, war es vermutlich lächerlich, dass sie auf diese Art an ihn dachte.

Und doch … dieses Winken.

Dachte er in diesem Augenblick auch an sie?

Als Maddy am nächsten Morgen erwachte und die rosafarbenen Strahlen der aufgehenden Sonne durch die Ritzen der Fensterläden drangen, schwirrte ihr noch immer der Kopf.

Sie drehte sich um, hörte die Schreie der Pfauen im Garten und das gleichmäßig wischende Geräusch eines

Besens unten auf der Veranda. Es war früh, zu früh, um wach zu sein, sie erkannte es am gedämpften Licht und der Schwere ihres warmen Körpers.

Sie starrte durch den rosa getönten Schleier des Moskitonetzes und überlegte, ob sie versuchen sollte, wieder einzuschlafen, stieg dann aber aus dem Bett, weil sie wusste, dass ihr das nicht gelingen würde, zog sich an und schlich leise nach unten.

Der Frühstückstisch im Schatten des Verandadachs war bereits gedeckt: frisch aufgeschnittene Früchte unter einem Fliegennetz, in Scheiben geschnittenes Bananenbrot, weiche Brötchen vom örtlichen Bäcker und Schüsseln mit Sahnequark, Honig und Pistazien. Jenseits der Veranda, auf dem Rasen, stolzierten die Pfauen auf ihrem Territorium umher, einstweilen sicher vor den Kindern des Gärtners, die sie später jagen und versuchen würden, ihnen Federn aus dem Schwanz zu ziehen.

Maddy setzte sich in einen Korbsessel, goss sich Kaffee ein, und als sie spürte, wie hungrig sie war (die Curry-Puffs am Vorabend hatte sie gemieden: der Weihnachtstruthahn …), bediente sie sich an dem Bananenbrot, nahm sich ein Brötchen und dazu etwas Honig.

Sie hatte gerade den ersten Bissen im Mund, als Ahmed – der Diener, der sie mit Zigaretten versorgte – in der Tür des Salons erschien. Er trug eine makellos weiße Tunika und hielt ein Paket in der Hand.

»Memsahib«, sagte er.

So nannte er sie immer, obwohl sie nicht verheiratet war und ihn unzählige Male gebeten hatte, sie stattdessen mit dem Vornamen anzusprechen.

Sie wiederholte ihre Bitte. »Ich heiße Maddy«, sagte sie und schluckte. »Bitte. Ganz ehrlich, ich habe sonst das Gefühl, dass Sie mit jemand anders reden.«

Er lächelte (was er immer tat), sagte erneut »Memsahib« und reichte ihr das Paket. »Das hier ist gekommen für Sie.«

»Für mich?«

Er nickte.

Sie griff nach dem Paket in der Annahme, dass es aus England kam, obwohl sie sich nicht vorstellen konnte, wer es ihr geschickt haben könnte. Tante Edie, die in letzter Zeit nur noch über wenig Geld verfügte, hatte ihr zu Weihnachten bereits Talkum geschickt; Maddys alte Freundinnen vom College hatten sich zusammengetan und ihr ein Paket mit Leckereien geschickt (Früchtebrot, Puddingpulver mit Vanillegeschmack, Kakao und eine Dose Jacob's High Class Biscuits). Hatte sich Onkel Fitz etwa an sie erinnert? Glaubte er wirklich, dass sie sich das wünschte?

Es sah nicht danach aus.

Das Paket kam gar nicht aus England. Nicht mal ein Stempel war darauf.

Sie blickte zu Ahmed auf. »Woher kommt das?«, fragte sie.

»Ein Junge bringt von Eisenbahn«, sagte er.

»Vom Bahnhof?«

Wieder ein Nicken.

»Vom Bahnhof in Bombay?«, fragte sie. »Vom Victoria Terminus?«

»Genau da, Memsahib.«

Noch neugieriger als zuvor riss sie das Papier auf, dann lachte sie vor Überraschung lauf auf: In dem Paket befand sich ihre Streichholzschachtel, dazu ein zerlesenes Exemplar eines *Guide to Bombay* mit einem Blatt Papier darauf.

Der erste Brief, den er ihr je geschickt hatte.

Ich habe zufällig Ihren Nicht-Vorsatz für 1914 mitgehört und finde ihn sehr gut. Mir gefällt der Gedanke nicht, dass Sie Heimweh haben. Hoffentlich hilft dieser Reiseführer Ihnen, Ihre Zeit in Bombay etwas mehr zu genießen, so wie er mir geholfen hat, als ich noch hier lebte.

Es ist eine Leihgabe, Miss Bright. Ich komme wieder und hole ihn mir zurück.

Und ich habe gesehen, wie Sie Ihre Zündhölzer verlegt haben. Ich denke, Sie können sie noch gebrauchen, vielleicht helfen sie auch gegen das Heimweh.

Luke Devereaux

Erneut lachte sie, las die Worte ein weiteres Mal und blickte von dem Brief zu dem Buch und den Streichhölzern, dann wieder auf das Blatt Papier.

Luke, dachte sie und fuhr mit dem Daumen über seine Handschrift. *Luke Devereaux.*

Das gefällt mir.

Ihr gefiel auch, dass er ihren Namen kannte. Dass er ihren Namen herausgefunden hatte und ihre Adresse. Ihre Haut begann vor Hitze zu prickeln, als ihr klar wurde, dass er jemanden danach gefragt haben musste – wahrscheinlich Peter –, noch bevor er ihr auf der Promenade zugewinkt hatte. Dass er gesehen hatte, wie sie die Streichhölzer fallen ließ, und sich die Mühe gemacht hatte, sie aufzuheben.

Er hatte sie von Anfang an bemerkt.

Mit zitternder Hand drehte sie den Brief um, denn sie wollte wissen, ob es eine Adresse gab, einen Hinweis darauf, wohin er gegangen war.

Nichts.

Ich komme wieder, hatte er geschrieben.

»Wann?«, fragte sie. »Wann kommen Sie wieder?«

Ahmed bedachte sie mit einem argwöhnischen Blick, als hätte sie den Verstand verloren.

Es war ihr gleichgültig. Sie konnte an nichts anderes denken als daran, dass sein Name Luke Devereaux war. Dass er sie überrascht und das hier getan hatte.

Dass er nicht einfach verschwunden war.

Sondern ebenfalls an sie gedacht hatte.

Kapitel 3

Natürlich sehnte sie sich nun noch verzweifelter danach, mit Peter zu sprechen. Es gab so vieles, was sie wissen wollte: woher Peter Luke Devereaux kannte, woher Luke Devereaux stammte, welchen Zug er genommen hatte … die Liste war nahezu endlos. Sie hatte Peter am Nachmittag gesehen, dessen war sie sich sicher. Auf dem Oval, einer großen, sehr britischen Rasenfläche, die von Flammenbäumen, Palmen und Banyanbäumen umgeben war und in unmittelbarer Nachbarschaft der Universität lag, fand ein Krickettturnier für Offiziere der Husaren und der Gurkhas statt. Maddy war alles andere als versessen gewesen auf das Turnier oder den langen Nachmittag in der Stadt, abgeschirmt gegen den kühlenden Wind vom Meer her, aber jetzt konnte sie es kaum noch erwarten, dort hinzufahren. Endlich würde sie mit Peter sprechen können.

Aber er war nicht da.

Alle anderen Gäste der vorherigen Party waren gekommen und räkelten sich träge auf den Rattan-Liegestühlen, die den Rand des Rasens säumten. Sie hatten sich Sonnenschirme über die Schultern gelegt, die in Flanellhosen steckenden Beine überkreuzt und applaudierten träge, wenn der Schlagmann vier oder sechs Punkte holte – aber Peter fehlte.

»Er kotzt wie ein Reiher«, sagte Della.

»Die Curry-Puffs?«, fragte Maddy.

»Eher der Champagner, nehme ich an«, meinte Della, die ebenfalls recht blass war. »Was willst du denn von ihm?«

»Nichts Wichtiges«, antwortete Maddy. Eine Lüge, aber obwohl ein Teil ihres Selbst danach lechzte, sich jemandem anzuvertrauen und über alles zu reden, hielt sie ein anderer, größerer Teil zurück, sogar Della gegenüber, denn sie fürchtete, dass ihre Freundin alles ruinieren würde, indem sie anfing, die Sache haarklein auseinanderzunehmen. Und außerdem: Was gab es schon zu erzählen? Lediglich ein Winken und ein Paket …

Den ganzen heißen Nachmittag lang dachte sie an das Paket. Sie saß neben Della auf einem Liegestuhl, schwitzte in ihrem Teekleid vor sich hin und ging im Geist immer wieder Luke Devereaux' Brief durch. Sie kannte ihn bereits auswendig. Die Kricketspieler spielten weiter, schlugen den Ball über die gelb werdende Rasenfläche, ohne dass sie ein einziges Mal hätte sagen können, wer jeweils schlug, ob es die Gurkhas oder die Husaren waren. Nur mühsam fand sie die Sprache wieder, als Guy Bowen, elegant in einem cremefarbenen Anzug und mit flachem rundem Strohhut, vorbeikam, um sie zu begrüßen. Er hielt Gläser mit kühler Limettenlimonade für Della und sie in der Hand und fragte, ob sie sich am Abend zuvor gut amüsiert hatten.

»Ein bisschen zu gut«, sagte Della.

»Schade, dass wir nicht miteinander getanzt haben«, sagte er zu Maddy, und um seine grauen Augen bildeten sich Lachfältchen.

»Nächstes Mal«, versprach sie.

»Ich werde darauf zurückkommen«, rief er über die Schulter, denn er war bereits auf dem Rückweg zu seinem Sitzplatz unter den wedelnden Stofffächern im Pavillon. »Ich freue mich schon.«

»Wie ein Onkel«, sagte Della und unterdrückte ein Gähnen.

»Trink deine Limo.«

Ausnahmsweise tat Della, worum sie gebeten wurde. Glücklicherweise war sie zu sehr mit ihrer eigenen Müdigkeit beschäftigt, um Maddy weiterhin aufzuziehen oder für den Rest des Turniers allzu viel Gesprächsbereitschaft von ihr zu erwarten.

»Heute gehen vermutlich alle früh zu Bett«, sagte Richard, als das Turnier endlich zu Ende war. (Wer hatte gewonnen? Maddy wusste es nicht; sie konnte nur noch daran denken, dass sie bald – endlich – wieder in ihr Zimmer gehen konnte.)

Dort angekommen ließ sie sich auf ihr Bett fallen, ohne auch nur den Hut abzusetzen oder die Stiefel abzustreifen, ehe sie Luke Devereaux' Buch zu lesen begann. Sie musste es wieder beiseitelegen, um zu baden und sich für ein frühes Abendessen anzukleiden, aber in jener Nacht las sie es von Anfang bis Ende, den Kopf auf das weiche Kissen gebettet und bei geöffneten Fensterläden, vor denen die Libellen unsichtbar in der Dunkelheit tanzten. Sie blätterte langsam um, verweilte bei den spannenden Beschreibungen von Tempeln und Märkten, die sie vor ihrem geistigen Auge deutlich sehen konnte. Sie dachte, wie seltsam es war, dass er einst vermutlich dasselbe getan hatte. Dass sie nun sein Buch besaß, aber nichts über ihn wusste, ihn noch nicht einmal kennengelernt hatte.

Noch nicht.

Sie beendete die letzte Seite und klappte das Buch auf ihrer Brust zu. Mit schweren Lidern dachte sie, dass es keine Rolle spielte, dass sie noch nicht mit Peter hatte sprechen können. Sie sah ihn oft, sie würde nicht lange warten müssen. Ihr fielen die Augen zu. Ja, bald würde sie mit Peter sprechen.

Doch am nächsten Morgen, noch ehe sie vollständig angezogen war, kam ihr Vater zu ihr ins Zimmer und sagte, er habe eine Nachricht vom Vizekönig erhalten. Er würde für Geschäfte in Delhi gebraucht und müsse von dort aus zu einem Freundschaftsbesuch der unabhängigen Fürstenstaaten aufbrechen. »Für unsere Leute, die dort ansässig sind, hat sich in letzter Zeit vieles verändert«, sagte er, »wir müssen die Wogen glätten, die ›Könige‹ auf Kurs halten. Peter nehme ich mit. Ich habe gerade mit ihm gesprochen, wir treffen uns am Terminus. Wir werden mehrere Monate unterwegs sein.«

Eine Haarnadel in der Hand, starrte Maddy ihren Vater ungläubig an. Machte er Witze?

Nein, er scherzte offenbar nicht. Tatsächlich blickte er sie an, als würde es noch schlimmer kommen.

»Della wird uns begleiten«, sagte er.

»*Was?*«

»Es tut mir leid.«

»Ihr fahrt alle zusammen?«

»Ehe du dichs versiehst, sind wir wieder zurück.«

»Nein, das seid ihr nicht!« Sie ließ die Haarnadel auf den Sekretär fallen, als ihr die Ungeheuerlichkeit aufging, dass sie in den kommenden Monaten mit ihrer Mutter allein sein würde. Sie konnte sich nicht mehr auf die allabendliche Heimkehr ihres Vaters freuen, keine Della würde mehr bei ihr sein ... »Kann ich nicht auch mitkommen?«, fragte sie mit einem Anflug von Verzweiflung in der Stimme.

»Deiner Mama wäre es lieber, wenn du hierbliebest.«

»Warum?«, fragte Maddy verwirrt.

»Sie hat dich vermisst, Liebes, du warst so lange weg.«

»Aber sie hat mich nie besucht«, sagte Maddy. »Nur ein einziges Mal, als ...«

»Ich habe dir bereits gesagt, dass sie ihre Gründe hatte.«

Maddy fragte nicht, was für Gründe das gewesen waren. Im Lauf der Jahre hatte sie diese Frage oft genug gestellt. Weder Richard noch Tante Edie würden sie ihr jemals beantworten. *Es steht mir nicht zu, es dir zu sagen.*

»Ich kann einfach nicht glauben, dass ihr mich hier alleinlassen wollt.«

»Du wirst mir fehlen«, sagte Richard. »Aber glaub mir, du willst nicht mit nach Delhi fahren. Um diese Jahreszeit ist es dort kalt und ausgesprochen öde.«

Es ist unglaublich lustig hier, schrieb Della einige Tage später. Tage, in der sich die Stadt in einer Art nachweihnachtlicher Flaute befand und Maddy kaum das Haus verließ, und wenn, dann nur für ein paar abendliche Drinks mit ihrer Mutter und Guy in der allgemeinen Lieblingsbar im Gymkhana Club. Vor lauter Verzweiflung fuhr sie auch morgens zum Club, wo es brühheißen Tee, Scones und fade Gurkensandwiches gab, auf der langen unteren Terrasse mit Alice und deren Memsahib-Freundinnen. (Unendliches Gejammer über die Diener, den Mehlpreis und den ewigen Kampf, die Lebensmittel vor den roten Ameisen zu schützen. »Tischbeine ins Wasser«, sagte eine Gattin namens Diana Aldyce aus dem Armeequartier, »das ist das Einzige, das hilft. Ich habe es dem Koch schon tausendmal gesagt.« Und Maddy hatte es schon tausendmal gehört ...) *Wir wohnen im Haus des Vizekönigs,* fuhr Della in ihrem Brief fort, *welches im Grunde ein Palast ist. Er schmeißt jeden Abend eine großartige Party mit Drinks und Dinner für uns, es gibt mehr Brandy und Gin, als sogar Peter trinken kann. Morgen brechen wir nach Rajasthan auf, erster Halt ist ein Jagdschloss in Ranthambhore. Es ist von einer Tigersafari die Rede. Tiger, Maddy!*

Maddy antwortete postwendend.

Du bist wirklich herzlos, schrieb sie, *aber erzähl mir trotzdem mehr, dann kann ich es wenigstens indirekt miterleben.*

Jeden Morgen suchte sie auf dem silbernen Tablett mit der Post nach Dellas Antwort oder nach einer Nachricht von Tante Edie oder einer ihrer Freundinnen aus Oxford; irgendetwas, das die heiße Eintönigkeit der Tage durchbrechen würde, die sie mit ihrer Mutter verbrachte. Die beiden liefen einsam durch die allzu große Villa und begegneten sich nur zu den Mahlzeiten, bei denen sie – abgesehen von gelegentlichen Kommentaren zu der immer schlimmer werdenden Hitze (Alice) und Überlegungen, was die anderen im Norden wohl gerade machten (Maddy) – sehr wenig miteinander sprachen. Da Maddy ihre Mutter kaum ertragen konnte, verbrachte sie ihre Zeit möglichst an Orten, an denen Alice sich nicht aufhielt. Sie verließ ihr Zimmer, um auf der Veranda zu lesen oder im Salon Klavier zu spielen, oder sie brach zu einem weiteren Spaziergang zwischen den Schmetterlingen und Pfauen im Garten auf. Die Nächte waren kaum besser. Zwar hatten in Bombay erneut die üblichen Abendgesellschaften, musikalischen Darbietungen und Tanzveranstaltungen begonnen, und Maddy ging mit, allerdings nur, um *irgendetwas* zu tun, denn ohne die anderen war es nicht dasselbe. Wenn sie dem Yachtclub entfloh, um eine Zigarette zu rauchen, vermisste sie Della noch mehr. Dann holte sie ihre Streichhölzer hervor, drehte sie langsam in der Hand und dachte an Luke Devereaux. Manchmal zog sie in Erwägung, seinem Rat zu folgen und den Reiseführer zu nehmen, hinauszugehen und einfach die Umgebung zu erkunden. Ihre Sehnsucht nach England mit seinen grünen Parks, den warmen Cafés, in denen die Leute sich leise unterhielten, nach Tante Edie und – in den schlimmsten Momenten – sogar nach Onkel Fitz wurde immer größer, aber jedes Mal aufs Neue sagte sie sich: *Morgen breche ich auf.* Doch während die Tage vergingen und Neujahr immer weiter in die Vergangenheit rückte, ging Maddy nirgendwohin. Aus der zweiten Januarwoche wurde die dritte, und allmählich bezweifelte sie, dass er jemals kommen und seinen Reiseführer zurückfordern würde. In der glühend heißen Einsamkeit der Villa fiel es ihr weitaus leichter zu glauben, dass er sie voll und ganz vergessen hatte.

An einem der seltenen bewölkten Tage, einem Montag gegen Ende des Monats, ging sie zum Frühstück ins Erdgeschoss hinunter, sah nach der Post und hielt inne, als sie auf einem Stapel geprägter Briefumschläge eine sepiabraune Postkarte erblickte. Darauf war ein Feldweg zu sehen, mit Frauen in Saris, Rikschas und einer Gruppe Elefanten. Maddy griff danach, drehte die Karte um, überprüfte, von wem sie kam (vermutlich entweder von Della oder von ihrem Vater in Rajasthan) und stieß vor Überraschung einen leisen Schrei aus.

Hallo aus Secunderabad,
gelegentlich ertappe ich mich bei der Frage, ob Sie mein Buch wohl seinem Zweck entsprechend verwenden, Miss Bright. Ich hoffe es. Ich freue mich auf Ihren vollständigen Bericht. Gehen Sie zu dem Wasserreservoir am Fuß Ihres Hügels, falls Sie es noch nicht getan haben. Darin befindet sich Wasser aus dem Ganges, und die Hindus treffen sich dort, um die Asche ihrer Verstorbenen zu verstreuen. Oder sehen Sie sich die Gewürzmärkte an, wenn Sie etwas weniger Tödliches bevorzugen.

Inzwischen sende ich Ihnen einen Vorgeschmack

auf einen weiteren Ort, den Sie eines Tages vielleicht entdecken werden.
Luke Devereaux

Sie drückte die Postkarte an ihr Mieder und hielt sie gleich darauf etwas weiter weg, um sich zu vergewissern, dass sie echt war.

Ja.

Sie war echt, wirklich und wahrhaftig.

»Du siehst glücklich aus«, sagte Alice, die in diesem Augenblick aus dem Salon hereinkam.

»Das bin ich auch«, sagte Maddy, weil sie für eine Sekunde vergessen hatte, mit wem sie redete, zu selig, um Hemmungen zu haben. »Ich bin sogar überglücklich.« Sie las die Karte ein weiteres Mal – ich freue mich auf Ihren vollständigen Bericht – und sagte aus einem Impuls heraus: »Kann ich mir das Automobil leihen?«

Alice griff nach der Kaffeekanne. »Wozu?«

»Um mich ein bisschen umzusehen.«

Alice füllte ihre Tasse und fügte Milch hinzu, frisch von der Küchenkuh. »Um dich *wo* umzusehen?«

»In Bombay«, sagte Maddy.

»Das ist mir klar, Madeline, aber wo in Bombay?«

»Ich weiß es nicht«, antwortete Maddy, der nun wieder einfiel, mit wem sie sprach, und auch, dass ihre Mutter kein Mensch war, dem sie sich anvertrauen würde, schon gar nicht, wenn es um Luke Devereaux' Buch ging. »Es gibt so vieles, was ich noch nicht gesehen habe.«

»Du kannst nicht einfach allein ausgehen«, sagte Alice. »Ich könnte dich begleiten ...«

»Oder Ahmed?«, fragte Maddy ein bisschen zu schnell.

Alice schien ihre Eile nicht zu bemerken. Im Gegenteil, sie lächelte. Selten hatte sie ein aufrichtigeres Lächeln von ihr gesehen. Es stand ihr, ließ ihr feingeschnittenes Gesicht milder wirken.

Beinahe hätte auch Maddy gelächelt.

Aber dann fragte Alice: »Wie wär's mit Guy?«

Bombay in Begleitung von Guy zu erkunden war nicht gerade das, was Maddy sich vorgestellt hatte. Sie vermutete, dass es auch nicht Luke Devereaux' Vorstellungen entsprach. Doch Alice war unerbittlich. Sie schlug sogar vor, Guy an demselben Abend zum Dinner einzuladen. »Bei der Gelegenheit können wir ihn fragen.«

»Das ist doch nicht nötig«, sagte Maddy. »Mach dir nicht so große Umstände.«

Sie speisten bei Kerzenlicht im Esszimmer, milde Luft wehte durch die halb offenstehenden Fenster herein.

Guy war zwar direkt aus dem Krankenhaus gekommen, hatte sich aber für den Abend einen Frack angezogen. Er hörte auf die ihm eigene liebenswürdige Art zu und nickte, als Alice ihm erzählte, dass ihre Tochter einen Fremdenführer benötigte. Maddy betrachtete ihn im flackernden Kerzenschein und konnte nicht leugnen, dass er gut aussah mit seinem dunklen pomadisierten Haar, dem feingeschnittenen Gesicht und dem gründlich rasierten Kinn; außer Della hielten ihn viele Frauen für ausgesprochen attraktiv. Allerdings würde sie das Della gegenüber niemals erwähnen, denn das wäre ein gefundenes Fressen für ihre Freundin (falls sie jemals von ihrer ach so lustigen Tigerjagd zurückkehren sollte). Eigentlich wollte Maddy gar nicht daran denken. Sie wusste nicht, warum sie es dennoch tat. Endlich straffte sie die Schultern und schüttelte die misslichen Grübeleien ab.

Guy lächelte sie über den Tisch hinweg an. »Maddy«, sagte er, »ich wünschte, du hättest mir das früher gesagt. Ich führe dich sehr gern herum. Wir können morgens fahren, bevor es zu heiß wird.«

»Aber du bist doch so beschäftigt«, wandte Maddy ein.

»Oh nein, es ist mir ein Vergnügen«, sagte er. »Eine verantwortungsvolle Position hat auch ihre Vorteile; ich werde gewiss alles unter einen Hut bringen.«

»Also wirklich, Guy«, beharrte Maddy. »Das ist zu viel verlangt.«

Von nun an tauchte er zweimal wöchentlich in seinem Cabrio auf, hatte Glasflaschen mit abgekochtem Wasser im Kofferraum und die Reiseroute für den Vormittag sorgfältig geplant. Er sagte, dass sie das Wasserreservoir in der Nähe ganz gewiss nicht besuchen wollte – »Ich fürchte, wir müssen damit rechnen, dass sich die Männer entkleiden, ehe sie mit der Asche ins Wasser waten«. Stattdessen fuhr er mit ihr zu den britischsten Sehenswürdigkeiten, die es gab: den Victoria Gardens, zum Flora-Brunnen, zu Watson's Esplanade Hotel – lauter Orte, die sie mit ihrem Vater längst besucht hatte, und keiner davon wurde in Luke Devereaux' Buch erwähnt.

Guy fragte nicht, ob es noch andere Orte gab, die sie gern sehen würde. Ehrlicherweise muss gesagt werden, dass er vermutlich annahm, ihr würde diesbezüglich nur wenig einfallen, da sie erst seit kurzer Zeit wieder in

Indien war. Und er gab sich so große Mühe, ihr zu helfen, dass sie nur ungern seine Gefühle verletzt hätte, indem sie ihm sagte, wie sehr er mit seinen Ausflugszielen ihren Geschmack verfehlte. Also spielte sie mit, beteuerte, wie wundervoll es sei, unterwegs zu sein, hörte seinen Geschichten aus dem Krankenhaus zu und musste tatsächlich lachen, als er ihr von einer Schlange erzählte, die in den Operationssaal gelangt war, sodass er eine Blinddarmoperation zu Ende führen und währenddessen das Tier im Auge behalten musste, das sich in einer Ecke zusammengerollt hatte. Sie begann selbst zu plaudern, als er sie nach ihren Freundinnen in Oxford fragte, wissen wollte, ob sie im Lyons Corner House auf dem St. Giles' Boulevard gegessen hatte (aber ja) oder ins Lichtspielhaus gegangen war (ein- oder zweimal; Tante Edie war ein großer Fan von *Calamity Anne*). Es war ja nicht so, dass Maddy die morgendlichen Ausflüge nicht durchaus genossen hätte. Sie entsprachen nur nicht dem, was sie wirklich gern getan hätte.

Sie beschloss, die Dinge selbst in die Hand zu nehmen. (Selbst ist die Frau und so weiter.) Jeden Montag fuhr ihre Mutter im Automobil zum Teetrinken mit ihren Memsahibs, und diese Treffen dauerten immer mehrere Stunden. Genug Zeit, um etwas zu unternehmen. Maddy hatte Alice auch zuvor nur gelegentlich begleitet, darum war es nicht ungewöhnlich, dass sie sich nun dagegen entschied. Sie wartete, bis Alice weggefahren war, steckte ihren Hut auf dem Kopf fest, bat Ahmed, ihr eine Rikscha zu rufen (gegen ein geringes Entgelt natürlich), und schon war sie verschwunden.

Bei der ersten Ausfahrt wagte sie sich nicht weit hinaus. Sie fuhr nur einige Minuten die Straße hinunter zum Wasserreservoir, das sie sich als winziges Becken zwischen den Bäumen vorgestellt hatte – das aber tatsächlich breit wie ein Fluss war und abfallende, von Stufen gesäumte Ränder aufwies. Das Meer lag gleich dahinter, und überall ringsum standen Schreine. Daneben ließen sich Männer (die in der Tat geneigt waren, sich zu entkleiden) die Haare scheren, vermutlich als Teil des Trauerrituals, dachte Maddy. (»Ja, Memsahib«, sagte Ahmed später, »es ist eine Art, Opfer zu bringen.«) Im Wasser standen weitere Männer und verstreuten den Inhalt ihrer Urnen, während Hunderte Frauen und Kinder ihnen von den Stufen aus zusahen. Sie selbst hielt sich wohlweislich zurück, denn sie war sich überdeutlich der Tatsache bewusst, dass sie nicht hierhergehörte. Da sie sich nur ungern aufdrängen wollte, hielt sie angesichts der Jenseitigkeit vor ihr den Atem an, und zum ersten Mal, seit sie im Oktober erneut in dieses Land gekommen war, versetzte sie die Tatsache, in *Indien* zu sein, in einen Zustand erregter Wonne.

Beflügelt von dem wunderbaren Anblick nahm sie sich vor, sich am folgenden Montag weiter hinauszuwagen, mit einer Rikscha zur Straßenbahn und von dort in die Stadt und auf den Gewürzmarkt zu fahren.

Es wurde kein Erfolg.

In England war sie ständig allein ausgegangen. Tante Edie war nicht der Typ, der auf einer Anstandsdame bestand, und auf dem College hatten die Tutoren die Studentinnen ohnehin sich selbst überlassen. (Wer an der nächsten Kundgebung für das Frauenwahlrecht teilnehmen würde, bereitete ihnen weitaus größeres Kopfzerbrechen als die Frage, ob gesellschaftliche Gepflogenheiten eingehalten wurden). Aber die glühend heißen, fremdartigen Straßen Bombays unterschieden sich sehr von den Kopfsteinpflaster-Gassen in Oxford; zu ihrem großen Verdruss kam sie kaum weiter als bis zur zentralen Straßenbahnhaltestelle. Dort nahm sie erneut eine Rikscha, aber nachdem der Fahrer sich eine Minute lang hektisch seinen Weg zwischen Kamelen, Karren und hupenden Automobilen hindurch gebahnt hatte, ließen ihre Nerven sie im Stich, und sie sagte ihm, dass sie nicht zu den Märkten wollte, sondern stattdessen eine nahegelegene Moschee besichtigen würde. Sie war derart nervös, dass sie jedem aufzufallen glaubte, als sie auf den überfüllten Platz vor dem kunstvoll verzierten Kuppelbau trat. Allzu deutlich war sie sich ihrer weißen Haut, der blonden Haare und des cremefarbenen Kleides bewusst. Es wurde noch schlimmer, als sie die goldfarben bemalten Mauern der Moschee umrundete. Zwischen den Torbogen hindurch betrachtete sie die kahlköpfigen Jaina-Mönche, die im Innenraum beteten (*sehr gut,* dachte sie, *wieder etwas Neues gesehen),* und drang dann weiter in die von Mauern umgebenen Gärten vor, wo die Blicke unzähliger Frauen, die im Schatten saßen und Reis aus Betelblättern aßen, sie als den Eindringling betrachteten, der sie ja war. Irgendwie hielt sie es dort eine halbe Stunde lang aus.

Auf dem Heimweg war ihr Korsett von Angstschweiß durchnässt.

Wie lächerlich!, schimpfte sie mit sich selbst.

Beim nächsten Ausflug schaffte Maddy es bis zu den Gewürzmärkten. Sie musste tief Luft holen, ehe sie sich unter der niedrigen Tür des höhlenartigen Lagerhauses hindurchduckte, aber sie tat es. Sie blickte unter dem Rand ihres Strohhutes hervor, gewöhnte ihre Augen an das Dämmerlicht und den Anblick unzähliger feilschender Einheimischer. Die Luft war stickig und von der Sonne aufgeheizt, es roch berauschend nach einer Mixtur aus Paprika, Safran, Kurkuma und Kardamom. Ein Junge mit nacktem Oberkörper hastete mit einer Schubkarre voller Säcke an ihr vorbei. Ungeschickt trat sie einen Schritt zurück und konnte gerade noch verhindern, niedergemäht zu werden (*nicht wirklich etwas weniger Tödliches,* hätte sie gern zu Luke Devereaux gesagt), dann nahm sie sich zusammen und ging weiter, in die erste penetrant riechende Gasse voller Verkaufsstände, vor denen randvoll mit Chilis gefüllte Säcke standen, und sie spürte, wie die Hitze ihr die Kehle zuschnürte und in die Lunge drang. Ihre Augen tränten, und sie begann zu husten und nach Luft zu ringen. Die Verkäufer lachten, und als ihr klar wurde, wie sie aussah, versuchte auch sie zu lachen, musste aber nur noch heftiger husten. Ein älterer Mann hielt lächelnd eine Chilischote hoch und winkte sie zu sich. »Diese gut«, sagte er. »Diese kein Feuer.« Zögerlich näherte sie sich dem Mann. Sie biss vorsichtig in die Schote und rechnete ernsthaft damit, sich die Mundschleimhaut zu verätzen. »Die ist wirklich gut«, stellte sie fest und hörte das Erstaunen in ihrer eigenen Stimme. »Ja«, sagte sie lächelnd, »gut.«

Weitere Verkäufer riefen nach ihr, boten Zimt, Anis und alle möglichen anderen Gewürze feil. Maddy probierte alles, bedankte sich, *dhanyavaad,* und schlenderte weiter, immer weiter hinein in das Tohuwabohu. Sie blieb stehen, um für Edie ein *chittack* Safran zu kaufen und Ingwer für den Koch.

Sie blieb über eine halbe Stunde.

Und danach zählte sie die Tage bis zu ihrem nächsten Abenteuer, einem Ausflug nach Elephanta, der Insel im Hafen von Bombay: *Gharapuri,* hieß es in Luke Deveraux' Buch, *die Höhlenstadt. Steigen Sie am Kai in ein Boot und lassen Sie die Hitze der Stadt hinter sich, indem Sie in die dunklen, hallenden Höhlen steinerner Gottheiten hineinfahren.* Diesmal war sie nicht die einzige Europäerin. Sie strömten in die kühlen Höhlen und kommentierten mit geschliffenen Konsonanten die vielen aus dem Stein gehauenen Gesichter Shivas, wie sehr sich dies doch von allem unterschied, was man bisher gesehen hatte. Maddy war derart in die Schönheit der Statuen vertieft, in den Versuch, die Gedanken der Bildhauer nachzuvollziehen, die viele Jahrhunderte zuvor an dem Ort gestanden hatten, an dem sie jetzt stand, dass sie die Anwesenheit der anderen völlig vergaß.

In der Woche darauf fuhr sie zur Haji Ali Dargah, dem Grab in der gleichnamigen Moschee. *Sorgen Sie dafür, dass Sie bei Niedrigwasser ankommen, denn dann erscheint ein schmaler Fußweg, der Sie zur dargah führt.* Eingezwängt zwischen drängelnden, schwitzenden Pilgern lief sie über den schmalen Streifen steiniger Erde, während das Meer beinahe ihren Rocksaum berührte.

Die weißen Kuppeln der Moschee funkelten; sie bildeten einen deutlichen Kontrast zu dem blauen Himmel und den ringsum stehenden grünen Palmen. Kinder liefen auf Maddy zu, musterten sie schüchtern und flitzten wieder davon, andere wollten ihr Kleid und ihre Haare berühren. Sie bückte sich und ließ sie gewähren, lachte über ihre Verblüffung, ihre Aufregung. In der folgenden Woche besuchte sie Dhobi Ghat, den riesigen Waschplatz unter freiem Himmel. Nun war sie es, die die Männer, die *dhobis*, anstarrte, die ohne Unterlass in der Sonne arbeiteten. Über tiefe steinerne Wannen gebeugt, schrubbten und schlugen sie bergeweise Wäsche aus: leuchtende Gewänder wohlhabender Inder, Armeeuniformen und Bettzeug aus den Hotels oder Krankenhäusern von Bombay.

Maddy konnte es kaum erwarten, Luke Devereaux zu schreiben und ihm zu erzählen, was sie alles entdeckt hatte. *Ihr Reiseführer hat mir geholfen, sehr sogar.*

Vielen Dank.

Aber sie hatte keine Adresse, an die sie schreiben konnte. Die Briefe mit ihren Dankesworten existierten nur in ihrem Kopf.

Er aber schrieb ihr weiterhin. Etwa einmal in der Woche traf eine Postkarte ein, und jedes Mal stockte ihr vor Freude der Atem. Ein langer Sandstrand in Pondicherry *(Einer meiner Lieblingsstrände in Indien. Sie haben nicht richtig gelebt, Miss Bright, solange Sie kein frisches Gebäck gegessen und dabei den hiesigen Sonnenaufgang betrachtet haben)*, dann, Anfang Februar, eine Karte mit Einheimischen, die an einem Verkaufsstand in Madras

Blumengirlanden anfertigen *(Wenn Sie hier gewesen wären, hätte ich Ihnen vielleicht eine gekauft. Ob Ihnen das gefallen hätte? Warum stelle ich mir eigentlich dauernd solche Fragen?)*. Später in demselben Monat kam ein Bild des majestätischen Regierungsgebäudes in Kalkutta *(Beachten Sie die allgegenwärtigen Kühe davor, die jeden daran erinnern, wem dieses Land tatsächlich gehört)*; es folgten Tiger in Bengalen (*Wie geht es mit Ihren Ausflügen voran?*).

Auch Della schrieb, lauter Geschichten von Elefantentrecks, Festessen in Palästen von Königen, deren Frauen (Mehrzahl) hinter Wandschirmen versteckt waren. Und auch Richard ließ von sich hören (weniger überschwänglich, immer in der Hoffnung, dass es Maddy gut ging und sie mit Alice zurechtkam, stets mit Entschuldigungen, weil die Reise verlängert worden war (*Wir kommen frühestens Ende März nach Hause*). Was Maddy aber jeden Morgen früher aufwachen, sich rasch ankleiden, die Röcke raffen und die Stufen hinuntereilen ließ, war die Aussicht, eine weitere Nachricht von Luke Devereaux auf dem Brieftablett zu finden. Sie sehnte den Tag herbei, an dem eine Karte ankommen würde, auf der er ihr etwas über sich selbst schrieb, warum er kreuz und quer durch das ganze Land reiste, etwa, und wann, oh wann er endlich den Hafen von Bombay anlaufen würde.

Der Februar ging in den März über, und jeden Tag wurde es heißer, und der Sommermonsun rückte näher. Guy nahm sie zu einem weiteren Spaziergang durch die Gärten mit, auf dem er sie davor warnte, *Kulfi* von einem Straßenverkäufer zu essen. Danach unternahmen sie eine Fahrt zu einigen sehr traurig wirkenden Tieren im Zoo.

»Nein«, stimmte Guy ihr zu, »sie sehen wirklich nicht aus, als hätten sie viel Spaß. Und ich glaube beinahe, uns geht es genauso. Wie wär's mit einem großen, kalten Drink im Gymkhana Club?«

Der März schlich dahin, näherte sich dem April … Maddy fuhr zu den Docks, um zuzusehen, wie das Fundament für das neue Gateway of India gelegt wurde – Hunderte schwitzender Arbeiter schleppten Steine, dunkle Haut glänzte im staubigen Sonnenschein. Sie mied die Sea Lounge des Taj und trank stattdessen Chai in einem Eckladen *(Der beste in ganz Bombay)*, dann besichtigte sie weitere Moscheen in der Umgebung und besuchte die nach Koriander duftenden Gassen des Crawford Market. Sie kontrollierte weiterhin die Post, stets voller Hoffnung, und jedes Mal, wenn die Worte ausblieben, auf die so sehnsüchtig wartete, fühlte sie sich ein wenig leerer.

Bis sie endlich doch noch kamen: auf der Rückseite einer Postkarte aus Poona, auf der Kamele an einem von Palmen gesäumten See standen.

Wie unschwer zu erkennen, bin ich inzwischen viel näher an Bombay. Ich würde Sie gern sehen, Miss Bright, sehr gern sogar. Würden Sie sich mit mir treffen? In der Nähe des Terminus (Ende fünftes Kapitel, falls Sie sich erinnern) gibt es ein kleines Café. Ich werde am Donnerstagmittag dort sein.

Sie auch?

Kapitel 4

King's 5th Military Convalescent Hospital, Surrey, 1915

Er traf kurz vor dem Lunch ein, an einem arktisch kalten Novembermorgen. Der Krankenwagen, der ihn brachte, fuhr vorsichtig die gewundene und vereiste Zufahrt herauf, die Scheibenwischer wischten hin und her und malten durchsichtige Halbkreise in den Schnee auf der Windschutzscheibe. Schwester Emma Lytton, die auf die Vordertreppe des Krankenhauses gekommen war, um auf ihn zu warten, hüpfte auf der Stelle und rieb in dem vergeblichen Versuch, sich warm zu halten, über die Ärmel ihrer Queen-Alexandra-Uniform. Sie war eine erfahrene Krankenschwester – seit mittlerweile fünfzehn Jahren im Dienst, davon ebenso viele Monate in diesem abscheulichen Krieg –, und normalerweise konzentrierte sie sich in den letzten Minuten vor der Aufnahme eines Patienten ausschließlich auf diesen und ging im Geist die Informationen durch, die sie über ihn erhalten hatte. An diesem Tag jedoch konnte sie an nichts anderes denken als an die prasselnden Kohlenfeuer im Haus und an die Tatsache, dass sie diese ein wenig verfrüht verlassen hatte.

»Komm schon«, befahl sie dem schwerfälligen Fahrzeug, und ihr Atem umgab sie wie eine Nebelwolke. »Nun komm doch endlich.«

Der Krankenwagen fuhr in demselben gemächlichen Tempo weiter.

Schwester Lytton tröstete sich damit, dass es wenigstens im Krankenzimmer behaglich warm sein würde.

Sie hatte eine der Hilfsschwestern das Feuer schüren und eine heiße Wärmflasche aus Keramik zwischen die Laken legen lassen. Da das Mädchen neu im Dienst war, hatte sie gefragt, wie sie sicher sein konnten, dass dieser Patient – Officer Jones sollten sie ihn nennen, Officer Tommy Jones (was nicht sein Name war – den kannte niemand) – kein Spion war.

»Und wenn die Sache mit seinem Gedächtnis eine Lüge ist?«, hatte die junge Schwester gefragt. »Wenn die *Boches* ihn hergeschickt haben, um uns auszuspionieren?«

»Unsere Geheimnisse in Surrey?«, hatte Emma gesagt. »Sei nicht albern. Der arme Mann ist völlig verloren.«

Die Hilfsschwester war puterrot angelaufen und hatte kein Wort mehr gesagt, während sie weiter die Ecken von Officer Jones' Laken feststeckte.

Jetzt wünschte Emma, sie hätte sie nicht so angeschnauzt. Die langen Nächte waren schuld, die Männer, die immer wieder aufwachten und ihre Gespenster anbrüllten, dazu die kurzen Wintertage, die oftmals anstrengenden Versuche, einen Patienten zu einem kurzen Spaziergang oder einer Plauderei zu bringen. Und jetzt dieser Kälteeinbruch, der die Leitungen des alten Krankenhauses hatte einfrieren lassen … Emma war bewusst, dass viele Menschen mit viel Schlimmerem zurechtkommen mussten (sie schloss sie jeden Abend in ihre Gebete ein), aber dennoch forderte all das seinen Tribut. Sie beschloss, später zu der Hilfsschwester zu gehen, ihr ein wenig Früchtebrot aus der Vorratskammer der Schwestern mitzubringen und sich bei ihr zu entschuldigen; schließlich konnte sie nichts dafür, dass sie so naiv war. Tröstlich eigentlich, wenn man genauer darüber nachdachte, dass das Mädchen sich in dieser verrückt gewordenen Welt ein wenig Unschuld hatte bewahren können; dass sie noch so unbedarft war, Spionage für wahrscheinlicher zu halten als eine verhängnisvolle Kopfverletzung.

Der Krankenwagen kam knirschend zum Stehen und holte Emma aus ihren traurigen Gedanken. Sie rieb sich noch einmal energisch die Arme und sah, wie die Fahrerin – eine weitere junge Frau, diesmal in der gegurteten Khakijacke, dem wadenlangen Rock und der Stoffmütze der wohltätigen First Aid Nursing Yeomanry – aus dem Fahrgastraum kletterte.

»Guten Morgen!«, rief Emma.

»Schön wär's«, antwortete die *FANY* kurz angebunden und verlieh den oft geäußerten Mutmaßungen der Oberin darüber, welcher Typ Frau mit einem Kraftfahrzeug umgehen konnte, neue Nahrung. »Es ist verdammt kalt.«

»Nichts, was man nicht mit einer heißen Schokolade beheben könnte«, sagte Emma und zuckte innerlich zusammen angesichts ihres fröhlichen Tonfalls, bei dem sie sich auch ertappte, wenn sie mit ihren missmutigsten Patienten sprach.

Die *FANY* ließ sich nicht freundlicher stimmen. (Bei ihren Patienten gelang ihr das auch nie.) »Ich glaube, mir frieren gleich die Zehen ab«, sagte die Fahrerin und stampfte mit den Füßen – vermutlich, damit das Gefühl in sie zurückkehrte –, dann ging sie zum Heck des Krankenwagens und öffnete die Türen mit dem roten Kreuz darauf.

Sie schwang die Flügel weit auf und sagte etwas Unverständliches zu dem Patienten im Inneren des Wagens. Emma faltete die Hände vor dem Schoß und wartete, dass er auftauchen würde, aber es gab eine Verzögerung. Sie verspürte einen Anflug von Panik. Was, wenn Officer Jones weniger beweglich war, als man sie hatte glauben lassen? Sie hatte keinen Rollstuhl mitgebracht. Die Oberin hatte ihr versichert, dass sie keinen brauchen würde, aber vielleicht hatte sie sich ja geirrt? Fehler passierten immer wieder. Was, wenn die Kopfwunde dieses Mannes sich auf seine Bewegungsfähigkeit ausgewirkt hatte? Sie würde ihn in dem eiskalten Wagen mit seiner einsilbigen Fahrerin zurücklassen müssen, während sie sich auf die Suche nach einem Krankenpfleger machte. Das fing ja gut an. Warum um alles auf der Welt war sie nicht auf Nummer sicher gegangen? *Sei stets für alle Eventualitäten gerüstet.* Das war ihr Motto, und sie gab es an all ihre Probekandidatinnen weiter, aber nun stand sie da und war für gar nichts gerüstet.

Sie schimpfte noch mit sich selbst, da tauchte Officer

Jones in der Tür des Krankenwagens auf, im Wintermantel der Armee, mit dem Rücken zu ihr und durchaus bewegungsfähig. Sie erlaubte sich, in der eisigen Luft kurz durchzuatmen, doch ehe sie ihrer Erleichterung vollständig Ausdruck verleihen konnte, drehte Jones sich um und blickte an der Sandsteinfassade des Krankenhauses empor. Sie hielt die Luft an und starrte ihn an, obwohl sie wusste, dass man nie, wirklich niemals jemanden anstarren durfte.

Es dauerte mehrere Sekunden, bis sie überhaupt bemerkte, dass sie es tat.

Es bedurfte ein paar weiterer Sekunden, bis sie den Grund ihres Starrens verstand.

Es lag gewiss nicht an seinem Gesicht. Zwar waren seine Züge attraktiv und perfekt gezeichnet, aber sie war nicht der Typ, dem wegen solcher Dinge die Knie weich wurden. (Nicht mehr.) Nein, nein. Es war etwas ganz anderes an diesem Offizier, das sie verblüffte.

Allmählich wurde ihr klar, was es war. Er war zwar offensichtlich erschöpft (allzu deutlich waren die verräterischen Blutergüsse zu sehen, die sein markantes Gesicht verdunkelten), aber er wirkte nicht krank. Nicht im Geringsten. Nicht auf die Art, wie ihre anderen Patienten krank waren, mit Augen, die zu viel gesehen hatten, mit krummen, hängenden Schultern und wächserner Haut. Officer Jones wirkte so … so … *lebendig.* Sein Rückgrat war gerade, die Schultern breit, und er hatte die Fäuste auf eine Art geballt, die derart viel Energie verriet, dass sie, die sich nach fünfzehn (fünfzehn!) Dienstjahren einiges auf ihre Unerschütterlichkeit einbildete, beinahe mit den Worten herausgeplatzt wäre, er sei hier am falschen Ort.

Die *FANY* hüstelte höflich, um Emma darauf hinzuweisen, wie lange sie den Patienten bereits anblickte. Sie spürte, wie sich angesichts ihrer unprofessionellen Haltung Hitze auf ihrer eiskalten Haut ausbreitete, die noch zunahm, als sie das Grinsen der *FANY* sah und begriff, welchen Schluss diese gezogen hatte.

Ich schwöre, das ist es nicht, hätte sie am liebsten zu der jungen Frau gesagt, *für diese Dinge habe ich absolut nichts mehr übrig.*

Natürlich schwieg sie. Sie hatte sich bereits lächerlich genug gemacht. (Was würde die Oberin von ihr denken?) Sie richtete ihre Aufmerksamkeit erneut auf Jones, indem sie sich energisch ins Gedächtnis rief, dass sie Krankenschwester und der Officer ihr Patient war, der, wie auch immer er aussehen mochte, auf keinen Fall in bester gesundheitlicher Verfassung war. *Eine Blutung des Gemüts,* sagte Dr. Arnold immer, *kann ebenso kritisch sein wie eine körperliche Blutung.* Im Stillen wiederholte sie die Worte, dann noch einmal, um ihre Verlegenheit zu vertreiben. *Reiß dich zusammen.* Sie ging einen Schritt auf Officer Jones zu, der schließlich gedient und sehr viel gegeben hatte und darum dieselbe Fürsorge und dasselbe Mitgefühl verdiente wie all ihre anderen Jungs. Die Art Fürsorge, die Freddie, ihr geliebter Verlobter, hoffentlich erfahren hatte, ehe er an der Marne gefallen war.

Die Art, die seinem kleinen Bruder Billy im Feldlazarett in Loos begegnet war, daran musste sie einfach glauben. (Und dass er nicht unbeaufsichtigt, durstig und mit dem Tod ringend auf einer Krankentrage gelegen hatte, bitte, nur das nicht!)

Sie atmete tief durch, um die quälenden, stets am Rand ihres Bewusstseins lauernden Bilder zu vertreiben. Stattdessen lenkte sie ihre Aufmerksamkeit auf Officer Jones. Sie sah zu, wie er nach dem Türrahmen des Krankenwagens griff, auf den vereisten Kies sprang und eine stolze Haltung annahm. Mit den Gedanken noch halb bei Freddie und Billy spürte sie, wie ihr das Herz schwoll beim Anblick dieses einsamen, leidenden Mannes.

»Officer Jones«, sagte sie.

Er zuckte zusammen. Sie wusste nicht, warum. Vielleicht hatte ihn die lange Fahrt arg mitgenommen. *Nichts, was man nicht mit einer heißen Schokolade beheben könnte.* Sie trat einen Schritt vor, ohne auf den Schnee zu achten, der durch ihre Schwesternhaube und den Umhang auf ihren Schultern sickerte, und streckte die Hand aus in der Erwartung, Officer Jones am Arm zu fassen und ihn ins Haus zu führen.

Der arme Mann ist völlig verloren, hatte sie zu der Hilfsschwester gesagt.

Jetzt nicht mehr, gelobte sie im Stillen.

Er hatte sie gefunden.

Sie würde auf ihn aufpassen.

Er schwieg, als sie die Zufahrt verließen, dankte nur der Fahrerin mit leiser, höflicher Stimme und teilte Emma mit, dass er ihre helfende Hand nicht brauche, wirklich nicht, und dass er seine kleine Tasche selbst tragen könne. »Ich bestehe darauf.«

Emma, an die knappe Ausdrucksweise ihrer Patienten gewöhnt, war geübt darin, peinliche Momente des Schweigens zu überbrücken. Während sie Officer Jones in den warmen vertäfelten Eingangsbereich des Krankenhauses führte, in dem es nach Rauch, Schinkenspeck aus den Küchen im Keller und dem Desinfektionsmittel Jeyes Fluid roch, plauderte sie mit ihm und sagte, es müsse eine Wohltat für ihn sein, dem kalten Krankenwagen entronnen zu sein. Er antwortete nicht. Sie kam zu dem Schluss, dass er bei einer solch ungeselligen Fahrerin vor der Eingangsuntersuchung gewiss ein wenig Unterhaltung gebrauchen konnte. Eigentlich sollte sie ihn unverzüglich zum Arzt bringen, aber …

»Wollen wir einen kleinen Rundgang machen?«, fragte sie.

»Einen Rundgang?«

»Ja, warum nicht? Lassen Sie Ihre Sachen einfach hier, genau, gleich hier neben der Treppe. Ich werde sie in Ihr Zimmer bringen lassen.«

»Ich kann sie mitnehmen …«

»Nein, ist nicht nötig. Bitte, hier entlang.«

Sie ging weiter, ihr Rock wischte über den Boden des langen vorderen Flurs, an brennenden Petroleumlampen und Kaminfeuern vorbei, bis zu dem Speisezimmer, an dessen Mahagonitisch Platz für zwanzig Personen war. »Jede Mahlzeit findet in drei Abschnitten statt«, sagte sie, »und wir stellen die Gruppen immer wieder neu zusammen, damit es unterhaltsam bleibt.« Sie erwähnte nicht, wie wenig beim Abendessen gesprochen wurde oder wie viele Themen vom Gespräch ausgeklammert bleiben mussten (Frankreich, Belgien, Kitcheners Massenarmee, die *Boches* … eigentlich alles, was mit dem Krieg zu tun hatte); er würde genug Zeit haben, es selbst herauszufinden. Rasch ging sie weiter und führte ihn in den Salon, in dem sich viele Sessel, Landschaftsgemälde, eine Handvoll Patienten in blauer Uniform und ein stummes Grammofon befanden. Sie erzählte Jones, dass es nicht eingeschaltet werden durfte, wenn bestimmte Kranke hier unten waren, und verstummte dann, denn sie hatte ihren am schlimmsten verletzten Patienten entdeckt: ein tragischer Hauptmann, der die ganze Zeit unbeherrschbar zitterte und eine Maske über seinem zerstörten Kiefer und Schädel trug und jedes Mal weinte, wenn seine Mutter ihn besuchte, denn er wollte sie nicht gehen lassen.

»Was ist mit ihm passiert?«, fragte Jones, der ihrem Blick gefolgt war.

Emma zögerte, dann log sie, sie wisse es nicht, denn sie wollte ihn nicht mit den grauenvollen Einzelheiten aufregen. Seufzend forderte sie Jones zum Weitergehen auf, in die Bibliothek. »Sehen Sie, wir haben einen Billardtisch. Spielen Sie?«

»Billard?«, fragte er, und die Muskeln in seinem Kiefer spannten sich an. Sie wusste nicht, ob er gleich lächeln oder die Stirn runzeln würde. »Billard kenne ich nicht.«

»Natürlich«, sagte sie und verfluchte sich für ihre Gefühllosigkeit. (Es muss ein Stirnrunzeln gewesen sein, ja, ein Stirnrunzeln.) »Nun«, fuhr sie fort, »wir werden sicherlich einen Freund für Sie finden, der es Ihnen beibringt.«

Er musterte den Tisch, die Bücherregale, schien über etwas nachzudenken.

»Würden Sie …«, setzte sie an.

»Ich frage mich«, schnitt er ihr das Wort ab, ehe sie anbieten konnte, ihm den Werkraum zu zeigen, »ob ich vielleicht in mein Zimmer gehen kann? Der Morgen war lang.«

»Sie müssen zunächst mit Dr. Arnold sprechen«, sagte sie, »aber ich wollte Ihnen gerade den …«

»Zu Dr. Arnold?« Zum ersten Mal sah er ihr unverwandt ins Gesicht. »Jetzt?«

»Nun … ja«, sagte Emma. »Er wartet auf Sie.«

»Na, dann wollen wir ihn nicht länger aufhalten.«

»Natürlich«, antwortete sie. »Selbstverständlich.«

Erneut wollte sie ihm die Hand reichen, aber er bemerkte es nicht, also ließ sie den Arm wieder sinken und führte ihn durch die Bibliothek, zu der Eichentür auf der anderen Seite hinaus und zu den Arztzimmern.

Officer Jones wurde noch stiller, als sie durch die rückwärtigen Flure des Krankenhauses liefen, seine Aufmerksamkeit war auf die beschlagenen bleiverglasten Fenster und den Schnee gerichtet, der draußen fiel. Weil sie befürchtete, dass er sentimental werden könnte (warum eigentlich nicht? Der arme Mann!), versuchte Emma ihn mit Geschichten abzulenken und erzählte ihm, dass das Gebäude im Elisabethanischen Zeitalter einst ein Herrenhaus gewesen war, im Jahr zuvor jedoch in ein Militärkrankenhaus umfunktioniert worden war, und zwar vor allem für Kopfverletzungen. (Sie vermied es zu erwähnen, dass es zuvor eine Nervenheilanstalt für hysterische Frauen gewesen war; das schien ihr in diesem Fall das Beste zu sein, genau wie sie die ausgeschlossenen Gesprächsthemen beim Abendessen unerwähnt gelassen hatte.)

Vor Dr. Arnolds Tür blieb sie stehen. »Wir sind da«, sagte sie unnötigerweise. »Der Doktor ruft mich, wenn Sie fertig sind, und dann bringe ich Sie nach oben.«

»Danke«, sagte Officer Jones. »Sehr freundlich von Ihnen.«

»Keine Ursache«, sagte Emma, und trotz seiner zerstreuten Miene schwoll ihr erneut das Herz in der Brust. »Es ist mir ein Vergnügen.«

*

Er sah sie davoneilen, und ihr Geplauder, ihr gut gemeintes Lächeln und das Gerede über Herrenhäuser verschwanden mit ihr. (Er wusste, dass das Krankenhaus eine Irrenanstalt gewesen war; die Fahrerin des Krankenwagens hatte es ihm erzählt. »Angeblich spukt es dort«, hatte sie ihn wissen lassen und seinen zerrütteten Nerven zum Glück keinerlei Beachtung geschenkt.) Sobald er sicher war, dass Schwester Lytton weg war, atmete er durch, wurde durch die Stille wieder ruhiger und hob dann die Hand, um an die Tür des Doktors zu klopfen. Erschöpft, wie er war, freute er sich, dass es endlich so weit war. Seitdem sein Arzt im London General ihm von Arnolds Ruf als Wundertäter erzählt hatte, wartete er ungeduldig auf einen Platz im King's 5th.

Jones (er hasste den Namen, hatte aber gelernt, ihn auf sich selbst anzuwenden, das aufreibende Gefühl zu akzeptieren, dass er falsch war, ohne zu wissen, was richtig gewesen wäre) – Jones brauchte ein Wunder. Er wusste nicht, wie er das Leben an diesem missmutigen, hallenden Ort ertragen sollte – die Art, wie sich die Männer im Gesellschaftsraum in den Sesseln fläzten; der Mann, der so gezittert hatte –, aber er musste einfach glauben, dass Arnold ihm helfen würde, gesund zu werden und dieses Krankenhaus wieder zu verlassen.

Erinnern.

Er musste sich unbedingt erinnern.

Die Tür öffnete sich. Ein schlanker älterer Mann spähte heraus. Er hatte sorgfältig gekämmtes weißes Haar, einen noch weißeren Schnurrbart und trug eine lange Stoffhose, eine Fliege und eine Weste, darüber eine Strickjacke. Er lächelte und legte den Kopf schief, sodass er über den Rand seiner Brille blicken konnte. »Da sind Sie ja«, sagte er. »Ich habe die ganze Zeit auf die Uhr geschaut.« Er trat einen Schritt zurück und streckte den Arm in Richtung des mit Büchern verkleideten Arbeitszimmers aus. »Herein mit Ihnen.«

Er hatte ihn nicht Officer Jones genannt. Auch nicht Tommy. Oder Tom.

Dafür mochte Jones ihn sofort.

Arnold deutete auf den Sessel zu seiner Linken, neben dem Kamin. Jones ging darauf zu. Es war warm in dem Zimmer, ein starker Gegensatz zu dem zugigen Korridor und dem Schnee draußen. Seine Haut kribbelte unter der blauen Krankenuniform.

Arnold goss ihnen beiden Tee ein. »Wissen Sie schon, wie Sie ihn trinken wollen?«

Jones lächelte schwach. »Nur Milch.«

»Genau wie ich«, sagte Arnold, »sehr gut. Und jetzt sage ich Ihnen, was wir tun werden ...«

Er teilte ihm mit, dass ihre Sitzung an diesem Morgen kurz sein würde, nicht einmal eine Stunde. Die folgenden würden länger dauern, aber er wollte ihn nicht erschöpfen. »Ich weiß, dass Sie sehr, sehr müde sein müssen.«

Das stimmte. Müdigkeit war das Einzige, woran sich Jones erinnerte.

»Heute werde ich derjenige sein, der am meisten redet«, erklärte Arnold, und er hielt Wort. Er erzählte Jones, dass die zweiundfünfzig Männer im King's 5th allesamt an neurologischen Störungen litten. Einige hatten ihr Gedächtnis teilweise verloren, andere – wie Jones – vollständig; wieder andere erinnerten sich an allzu vieles. »Ich könnte nicht sagen, welches dieser beiden Übel das kleinere ist«, sagte Arnold.

»Vielleicht ist beides gleich schlimm«, sagte Jones. Er hatte sich in London ein Zimmer mit einem Offizier geteilt, dessen Geist in Frankreich gefangen war, in den Schützengräben. Er kam nicht mehr heraus und erwachte schreiend, immer wieder, während er verzweifelt versuchte, sich unsichtbare Ratten vom Körper zu reißen.

»Ja«, sagte Arnold. »Vielleicht schreibe ich eines Tages ein Buch darüber. Aber ...«, er griff nach einem ledergebundenen Tagebuch hinter sich, »... das hier ist für Sie. Wie man Ihnen gewiss gesagt hat, gehen wir hier behutsam vor. Keine Schocktherapie, keine Eingriffe, nur … gutes Zureden für Ihr Gemüt. Diese Seiten hier«, er hob das Journal hoch, »sind unbeschrieben und warten auf Ihre Erinnerungen.« Er reichte es Jones. »Alles, was Ihnen einfällt«, sagte er, »schreiben Sie es sofort auf. Sehen Sie Ihre Vergangenheit wie ein Puzzle, das Sie zusammensetzen müssen. Lassen Sie kein Teil unter den Tisch fallen.«

»Ich habe keine Teile«, sagte Jones.

»Überhaupt keine?«

Jones zögerte.

»Was ist?« Arnold beugte sich vor, seine wachen Augen sprühten Funken, die Federn seines Stuhls quietschten.

»Es sind nur Träume«, sagte Jones.

»So etwas wie ›nur Träume‹ gibt es nicht«, erwiderte Arnold. »Erzählen Sie mir etwas darüber.«

»Das ist schwer zu beschreiben.« Jones starrte ins Feuer, durchlebte im Geist noch einmal, wie er aufwachte, schweißbedeckt, meistens schreiend oder vor Frustration keuchend, sein Geist ein Kaleidoskop, dessen Bilder sich niemals scharfstellten. »Ich sehe nichts, das irgendeinen Sinn ergibt.«

»Was sehen Sie?«

»Ich kann es nicht genau sagen.« Wie sollte er diese anonymen Stimmen, die gesichtslosen Gesichter in Worte fassen?

»Vielleicht fühlen Sie etwas«, hakte Arnold nach.

»Hitze«, sagte Jones. »Ich glaube, ich war an einem sehr heißen Ort.«

Arnold nickte, sein Blick hielt Jones' stand. »Noch etwas?«

Erneut zögerte er. Sollte er es aussprechen?

Ergab das irgendeinen Sinn?

»Sagen Sie es mir«, drängte Arnold. »Was haben Sie schon zu verlieren?«

Jones seufzte. Ja, was hatte er zu verlieren?

Es war bereits alles verloren.

»Da war eine Frau«, sagte er schließlich. »Ich bin mir sicher, dass da eine Frau war.«

»Ja«, sagte Arnold und lächelte traurig. »Die gibt es meistens.«

In der Nacht träumte er erneut von ihr.

Er hatte ein eigenes Zimmer. Dafür war er dankbar, der Stille wegen. Der Raum war warm, mit Teppichboden ausgelegt, es gab einen Sekretär, eine Leselampe, und er konnte die verschneiten Rasenflächen vor dem Gebäude sehen. Eine Wärmflasche lag im Bett. In den zurückliegenden Monaten hatte er es deutlich schlechter gehabt.

Hatte in deutlich schlechteren Betten geträumt.

Nach einem schweigsamen Abendessen (»Ich habe Sie noch mit Mühe und Not in den ersten Abschnitt einteilen können«, sagte Schwester Lytton, die ihn abholte, »es gibt Trifle zum Desert«) war er in sein Zimmer geflüchtet, und seine Energie hatte gerade noch gereicht, um sich auszuziehen und zu waschen, ehe er sich ins Bett fallen ließ. Innerhalb von Sekunden verlor er das Bewusstsein. So war es immer. Er wusste nicht, wie lange es dauerte, bis der Traum begann, aber bald gab es für ihn nichts anderes mehr. Er fühlte die Eiseskälte, die Dunkelheit hinter sich und spürte, wie ihm Hitze ins Gesicht und auf die Schultern schlug.

Er befand sich in einer schmalen Gasse; auf beiden Seiten engten ihn Gebäude ein, bunte Baldachine verdeckten das grelle Sonnenlicht. Menschentrauben umringten ihn. Da war eine Frau in einem zitronengelben Kleid mit einem Strohhut auf dem weich gewellten Haar.

Das war *sie*.

Er war sicher, dass sie es war.

Er bahnte sich den Weg zu ihr. Er versuchte zu rennen.

Sie ging weiter, schneller, immer schneller, bis sie verschwunden war.

Er blieb stehen, stieg auf eine steinerne Stufe, seine Brust hob und senkte sich. Dann sah er sie erneut. Zu weit weg, ein Mann stand vor ihr, grinste zahnlos. Er spürte, wie er selbst den Mund öffnete und Luft in die Lunge sog. Er dachte, dass er vielleicht gleich einen Namen rufen würde, ihren Namen …

Er riss die Augen auf. War wach. Dunkelheit umgab ihn; ein herzloser Kontrast zu den Farben des Ortes, den er soeben verlassen hatte. Er blinzelte, versuchte, sich darauf zu besinnen, wo er jetzt war. Seine Haut unter den Laken war klitschnass. Sein Puls raste. Sein Zeh berührte die kalte Wärmflasche, und er erinnerte sich, dass er im King's 5th lag.

Der Traum trat bereits den Rückzug an, verschwand so schnell, wie er gekommen war.

Zitternd griff er nach seinem Tagebuch und notierte die wenigen Dinge, an die er sich erinnerte.

Zahnloser Mann.

Lärm.

Ein Markt?

Er ließ den Stift fallen und den Kopf auf das klamme Kissen sinken.

Er hatte nicht die geringste Ahnung, was diese Bilder zu bedeuten hatten.

Kapitel 5

Bombay, Frühling 1914

Luke Devereaux' Postkarte traf an einem Samstag ein, drei Tage, ehe er in dem Café am Bahnhof auf Maddy warten würde. *Drei Tage.* Es erschien ihr wie eine Ewigkeit, und gleichzeitig stand das Treffen aufregend, fast beängstigend nahe bevor. Maddy konnte nicht glauben, dass es wirklich dazu kommen würde. Sie schmiedete bereits Pläne, um der Villa ohne lästige Fragen seitens ihrer Mutter zu entkommen (sie würde behaupten, dass sie sich im Gymkhana Club mit Guy zum Lunch treffen wollte; Alice würde zweifellos herausfinden, dass sie gelogen hatte, aber darüber konnte Maddy sich zu gegebener Zeit Gedanken machen). Trotz ihrer Überlegungen kam ihr dieses Vorhaben zu surreal vor, als dass sie es wirklich in die Tat umsetzen würde. Sie versuchte, sich die Situation bildhaft vorzustellen. Wie sie in das unbekannte Café gehen und Luke Devereaux dort vorfinden würde; wie sie beide zusammen an einem Tisch sitzen, dieselbe Luft atmen, einander in die Augen blicken und über … *was* reden würden? Sie wusste es nicht. Sobald sie daran dachte, überlief sie ein nervöser Schauer.

An diesem heißen, endlos scheinenden Wochenende konnte sie sich zu nichts aufraffen. Mit Ausnahme der Messe in der St.-Thomas-Kathedrale am Sonntagmorgen verbrachten sie und Alice die ganze Zeit zu Hause. Kein Polo- oder Kricketturnier sorgte für Abwechslung, es gab keine abendlichen Drinks und keine Dinnerparty, zu der sie hätten gehen können. Der Himmel war wolkenlos, und die Hitze drückte sie gnadenlos nieder, versengte den Rasen, die Palmen und den Dschungel dahinter, verwandelte die Zimmer hinter den geschlossenen Fensterläden der Villa in Backöfen voller goldfarbenen, staubigen Lichts.

Maddy suchte nach Ablenkung. Sie badete mehrmals, genoss die kurze Atempause, die ihr das kühle Wasser verschaffte, die Möglichkeit, sich von Korsett und Strümpfen zu befreien. Sie versuchte zu lesen, ertappte sich aber dabei, dass sie immer wieder denselben Absatz las, ohne den Sinn der Sätze zu verstehen. Sie begann einen Brief an Tante Edie: *Wie geht es Dir da oben in Schottland? Gibt es bereits Vorboten des nahenden Frühlings? Ich hasse die Vorstellung, dass Du ganz allein bist. Ich wünschte, Du könntest herkommen und hierbleiben. Wenn Du mir wenigstens erlauben würdest, Mama zu fragen …* Aber noch bevor sie die erste Seite beendete, auf der etliche Buchstaben von Schweiß verschmiert waren, ging ihr die Puste aus. Sie fing einen Brief an Della an – *Wann um alles auf der Welt kommst Du endlich zurück?* –, brach aber auch diesen ab. Ihr Blick wanderte zu Luke Devereaux' Postkarte auf dem Schreibtisch, zu seiner schrägen Handschrift.

Ich werde am Donnerstagmittag dort sein.
Sie auch?

Hatte er gemerkt, dass sie sich nicht lange bitten ließ?

Gedankenverloren ging sie vom Schreibtisch zum Wandschrank, wo sie beschämend viel Zeit damit verbrachte, sich den Kopf darüber zu zermartern, welches Kleid für ein Café am passendsten war. (Was wohl die Frauenrechtlerin Sylvia Pankhurst dazu sagen würde?) Immer wieder unternahm sie kurze Spaziergänge, fächelte sich im Garten im gesprenkelten Schatten der Bäume Luft zu und ging aus einer Laune heraus sogar in die Küche, um zu sehen, ob sie dem Koch helfen konnte, den sonntäglichen Victoria Sponge zu backen.

»Memsahib«, sagte er, »Sie mögen nicht mein Essen?«

»Was?«, fragte Maddy. »Nein!«

Er starrte sie an. »Nein, Sie mögen nicht?«

»Doch, ich mag es, ich bin …«

Er senkte den Blick auf den Arbeitstisch (dessen Beine im Wasser standen, keine rote Ameise weit und breit), den Unterkiefer schmollend nach vorn geschoben.

»Oh Gott«, sagte Maddy, »ehrlich, ich wollte nur helfen. Ich liebe Ihr Essen, vor allem das Truthahncurry zu Weihnachten …«

Er schloss die Augen.

Sie ging hinaus.

Allerdings wurde das Wochenende kein komplettes Desaster. Ein erfreuliches Ereignis gab es doch, und seltsamerweise sorgte Alice dafür.

Es war am Sonntag, die sengende Sonne ging bereits

unter und tauchte den Rasen der Villa in ein ätherisches Licht; der Himmel hinter den Palmen und dem dichten Dschungel war ein Rausch aus Rot-, Violett- und Goldtönen. Vögel flogen in Schwärmen über das Dach des Hauses hinweg zu den Bäumen, die flatternden Flügel und der Gesang der Zikaden vermischten sich mit dem Lachen der Kinder des Gärtners, die auf dem Rasen mit den Pfauen Fangen spielten. Maddy, die die drei Kinder von der Veranda aus beobachtet hatte, beschloss, dass auch ihnen eine kleine Ablenkung guttun würde. Sie holte Alice' Ölfarben aus dem Salon, schickte die Kinder auf die Suche nach weißen Steinen und setzte sich dann mit ihnen auf den Rasen, um die Steine mit Farbe zu verzieren: Äffchen, Pünktchen und alle möglichen Muster. (Sie hoffte, dass die Pfauen ihr dankbar waren.)

Als sie ungefähr die Hälfte der Steine bearbeitet hatten, kam Alice heraus, um nachzusehen, was sie trieben. Sie näherte sich so leise, dass Maddy sie erst bemerkte, als sie das Wort ergriff.

»Früher habe ich oft so mit dir gemalt, Madeline«, sagte sie.

Maddy drehte sich um und begegnete ihrem Blick. Alice war bereits für das Dinner umgezogen, sie trug ein hochgeschlossenes weißes Kleid. Sie verschränkte die Arme, als sie sich vorbeugte und Maddy über die Schulter blickte.

»Und so etwas haben wir auch immer gemacht«, fuhr Alice fort und sprach ebenso mit sich selbst, dachte Maddy, wie mit ihrer Tochter.

»Ich erinnere mich«, sagte Maddy, denn es stimmte.

Im Gegensatz zu den Erinnerungen an das Feuerwerk dachte sie gern an die Stunden, in denen sie auf dem Schoß ihrer Mutter gesessen hatte, während die ihr Kinn auf Maddys Kopf stützte und mit schlanken Fingern ihre Kinderhand führte. Einige der gemeinsam bemalten Steine hatte sie sogar nach England mitgenommen, und je älter sie wurde, desto schwerer fiel es ihr, die Erinnerung an jenen Schoß mit der Mutter in Einklang zu bringen, die sie nie besucht hatte. »Du hast Orchideen gemalt«, sagte sie. »Das konntest du ziemlich gut.«

Alice lächelte, was sie nur selten tat. »Tatsächlich?«

Aus einem Impuls heraus hielt Maddy ihr den Pinsel hin. »Willst du probieren, ob du es noch kannst?«

Sie rechnete nicht damit, dass Alice zustimmen würde. Gewiss würde sie sich dagegen sträuben, die Hände heben und auf dieselbe Weise ablehnen, wie sie Richards Aufforderung zum Tanz an Silvester abgelehnt hatte.

Aber Alice griff nach dem Pinsel. Sie raffte ihre Spitzenröcke, kniete sich in das harte Gras und bat das kleinste der Kinder, ihr einen hübschen flachen Stein auszusuchen. »Ja, Suya, der ist perfekt.« Sie fuhr mit dem Daumen darüber, fand die glatteste Stelle, dann tauchte sie den Pinsel in Magenta und begann, eine äußerst elegante und komplizierte Blume zu malen. Alle sahen ihr zu, niemand sagte ein Wort, die Kinder atmeten schwer, so gespannt waren sie. Die Dunkelheit brach herein, und die Fenster der Villa begannen zu leuchten, als die Diener die Petroleumlampen in den Zimmern anzündeten.

»Da«, sagte Alice, nachdem sie endlich das letzte

Detail hinzugefügt, den Stein umgedreht und ihn im Dämmerlicht gründlich überprüft hatte. »Gar nicht mal übel.«

»Alles andere als übel«, sagte Maddy.

»Für dich.« Alice reichte ihr den Stein.

Maddy nahm ihn in die Hand, ebenso gerührt wie überrascht. »Danke«, sagte sie.

»Sehr gern«, sagte Alice. Für eine Sekunde – nur eine Sekunde lang – hielt sie Maddys Blick stand, und in ihren Augenwinkeln bildeten sich erneut Lachfältchen.

»Ich möchte auch einen, Memsahib Alice!«, riefen die Kinder im Chor. »Ich auch, ich auch!«

»Nein, nein«, sagte Alice, »es ist schon viel zu spät«, aber sie lachte dabei. Sie lachte tatsächlich: ein sanfter, perlender Laut, der Maddy im Gegensatz zu den Kindern erneut überraschte.

Und obwohl Alice darauf bestand, dass es spät war und alle ins Haus gehen mussten, bevor die Moskitos sie auffraßen, obwohl sie beim Dinner wieder war wie sonst immer, legte Maddy den Stein vor dem Zubettgehen auf ihren Nachttisch. Sie blies die Kerze aus und schloss die Augen, während sie an das Lächeln ihrer Mutter dachte, an ihr Lachen.

Auch wenn ihr beides immer noch seltsam erschien, war sie froh, dass sie die Farben mit in den Garten genommen hatte.

Der Stein war das Erste, was sie am nächsten Morgen beim Aufwachen sah. Sie streckte die Hand danach aus, berührte die inzwischen trockene Farbe mit den Fingerspitzen, und als ihr erneut Alice' Lachen durch den Sinn ging, zog sie kurz in Erwägung, ob sie ihr anbieten sollte, sie an diesem Morgen zum Tee mit den Memsahibs zu begleiten. Zum ersten Mal kam ihr der Gedanke, dass ihre Mutter ihr gegenüber vielleicht doch nicht ganz so gleichgültig war, wie es immer den Anschein hatte. So schnell, wie er gekommen war, ließ sie den Gedanken wieder fallen. Nach dem schleppend verlaufenen Wochenende und einer unruhigen Nacht, in der sie zwischen den verhedderten Laken nur mit Mühe zur Ruhe gekommen war, fühlte sie sich abgespannt und dünnhäutig. Nach einer mehrstündigen Lektion in guter Haushaltsführung mit Diana Aldyce und all den anderen Frauen würde sie wahrscheinlich endgültig den Verstand verlieren.

Da sie ein weiterer Tag in der stickigen Villa vermutlich ebenso zuverlässig in den Wahnsinn treiben würde, beschloss sie, in die Stadt zu fahren, sobald Alice aus dem Haus war. Sie stand auf, ging zum Wandschrank und holte ein zitronengelbes Kleid heraus, das sie auf das Bett legte. Erleichtert, weil sie endlich ein Ziel hatte, bewegte sie sich rasch, und ihre Haut wurde in dem bereits sehr aufgeheizten Zimmer feucht. Sie konnte kaum glauben, wie viel Zeit sie in den vergangenen Tagen einfach tatenlos vergeudet hatte. In Oxford hatte sie stets irgendein Ziel gehabt: das College, Ausgehen mit ihren Freundinnen, Treffen in der Schule, an der sie bald arbeiten würde, eine Zugfahrt zum Theater in Paddington, eine Demonstration … Sie fragte sich, was mit dieser geschäftigen Person passiert war. Vielleicht hatte das

Leben in der ständigen Schwüle Indiens sie verändert. Wenn sie nicht aufpasste, würde sie vielleicht bald zu den Leuten gehören, die sehnsüchtig darauf warteten, dass die Sonne hinter einem hohen Baum versank, damit sie unter Wahrung von Sitte und Anstand den ersten Gin des Tages trinken konnten.

»Oh Gott«, sagte sie, und ihre Stimme erfüllte den stickigen Raum, »bloß nicht.«

Sie griff nach ihrem Badetuch und beschloss, den Morgen auf einem Basar zu verbringen. Es gab einen, den sie gern sehen wollte, zufällig war er nicht weit vom Victoria Terminus entfernt. Das war zwar keine angemessene Betätigung, würde den Tag aber hoffentlich schneller vergehen lassen. Ein kleiner Sieg.

Sie erwischte eine Straßenbahn zum Victoria Terminus und drückte sich während der quietschenden Fahrt in die Stadt in einen Sitz am Fenster. In der Bahn war es heiß und stickig und roch nach Schweiß. Es wurde immer schlimmer, je näher sie dem Zentrum kamen und die ans Ufer plätschernden Meereswellen, die üppigen Pflanzen und das Vogelgezwitscher von Malabar Hill von staubigen Straßen, Wellblechhütten und Häuserblocks abgelöst wurden. Weitere Fahrgäste stiegen zu, bis in dem Abteil ebenso viele Menschen standen wie saßen: Frauen in Saris, die Körbe voll süß duftender Früchte, Wäsche und Gemüse auf dem Kopf trugen; Männer in locker sitzenden Hosen und Tuniken, ein Paar in gestärkten Blazern auf dem Weg zur Arbeit im Büro. Maddy war erleichtert, als die Bahn endlich den Bahnhof erreichte.

Dankbar rannte sie die Stufen hinunter, und um das Schicksal nicht herauszufordern und entdeckt zu werden, vermied sie es bewusst, in Richtung des nahegelegenen Büros ihres Vaters zu blicken.

Auf den von der Sonne aufgeheizten Straßen rund um die neugotischen Mauern des Hauptbahnhofs wimmelte es von Menschen. Kamele und Ochsenkarren konkurrierten mit Rikschas, Automobilen und *dabbawallahs* – Essenszustellern, die den Sahibs auf Fahrrädern das Essen brachten – um Platz auf den unbefestigten Schotterstraßen. Kulis drängten sich vor dem Bahnhofseingang; die Handwagen griffbereit, scherzten und lachten sie neben der Statue von Königin Victoria, wobei sie aufmerksam nach ankommenden Kutschen und mit Gepäck beladenen Automobilen Ausschau hielten. Bettler ließen sich im dürftigen Schatten der Mangobäume auf den Boden sinken; beim Anblick ihrer knochigen Körper zuckte Maddy zusammen; ein Baby, in ausgefranstes Sackleinen gehüllt, versuchte, an der Brust seiner vor sich hin starrenden Mutter zu trinken. Die meisten hatten die Augen geschlossen, den Kopf auf die Brust gesenkt, und genau wie im Hafen schenkten sie auch hier weder den Gärten noch den Straßen der Stadt Beachtung. *Man vergisst einfach, dass sie da sind,* hatte Diana Aldyce beim Tee auf der makellosen Terrasse des Gymkhana Clubs angemerkt, als Maddy frisch eingetroffen war und naiverweise gefragt hatte, ob man nicht etwas für diese Menschen tun könnte, *so ist es viel angenehmer.* Alice hatte Diana derart kühl gemustert, dass Maddy sich immer noch fragte, wie sehr sie Diana tatsächlich mochte. Zurechtgewiesen hatte Alice ihre Freundin angesichts ihrer Kälte allerdings nicht; niemand tat das, alle machten sich schweigend mitschuldig. Die Erinnerung daran ließ Maddys Haut, die ohnehin schon heiß war, regelrecht brennen. Sie griff nach ihrer Geldbörse und warf der Frau mit dem Baby ein paar Münzen in den Schoß. Die Frau blieb reglos sitzen, nickte auch nicht zum Dank, und Maddy konnte sie verstehen. Beim Anblick ihrer britisch-europäischen Erscheinung und des teuren Kleides wäre sie an ihrer Stelle auch nicht sonderlich dankbar gewesen.

Schuldbewusst ging sie weiter und blieb an der Straßenecke stehen, mit Luke Devereaux' Reiseführer in der Hand. Blinzelnd sah sie in Richtung des Basars, wischte sich den Schweiß von der Stirn und ging weiter, an den gewölbten Seitenwänden des Bahnhofs entlang. Räder kreischten auf den Schienen, als ein Zug quietschend zum Stehen kam; Dampf quoll hervor. Durch den Dunst erblickte sie einen jungen Mann mit einem Tropenhelm auf dem Bahnsteig, gleich am Anfang des Bogengangs. Innerlich fluchend erkannte sie einen der jüngeren Sekretäre ihres Vaters in ihm. Seine Augen weiteten sich, als er sie entdeckte und offenbar ebenfalls erkannte. Er nahm den Hut ab, schien nach ihr rufen zu wollen. Da sie nicht erklären wollte, was sie hier tat, eilte sie davon und verlor sich in der Schar der Menschen, die zu den Märkten unterwegs waren.

Mit kreischenden Rädern kam der verspätete Zug aus Poona bebend zum Stehen. Luke, der in dem ansonsten leeren Abteil der ersten Klasse gearbeitet und sich auf das Treffen vorbereitet hatte, zu dem er unvermeidlich zu spät kommen würde, packte seine Unterlagen ein: Listen mit den Bataillonen der britischen Streitkräfte in Indien, ihren Dienstgraden und Befähigungen, noch ausstehendem Schulungsbedarf, den Richtlinien zur Mobilisierung der indischen Truppen für den Krieg in Europa, sollte je die Notwendigkeit einer Mobilisierung bestehen. (Selbstverständlich hoffte er, dass es dazu nicht kommen würde, aber nach der zurückliegenden Dekade der Wiederaufrüstung kam es ihm bedrückend wahrscheinlich vor; die eine Hälfte des Kontinents wollte sich ein Imperium aufbauen, die andere Hälfte sie daran hindern, und wenn jemand versuchte, beides zu tun, konnte das Netz der bestehenden Abkommen durchaus alle in einen Kampf hineinziehen.) Luke stand auf, dehnte Nacken und Rücken, überaus erleichtert, endlich zurückgekehrt zu sein. Das vergangene Vierteljahr war unbarmherzig gewesen. Eigentlich war er nur für zwei Monate nach Indien bestellt worden, aber der Generalstab in England war nervös; ständig hatten sie telegrafiert und weitere Regionen hinzugefügt, aus denen er Bericht erstatten sollte. *Äußerst dankbar für Ihre Geduld und Dienste STOP.* Die heiligen Badestellen, die er besichtigt hatte, konnte er nicht mehr zählen, ebenso wenig die Besuche in Quartieren, die Unterredungen mit befehlshabenden Offizieren, die unzähligen Stunden, die er mit der Beobachtung örtlicher Truppen verbracht hatte, bestehend aus Sepoys (indische Soldaten der britischen Army), die größtenteils von den Balkanstaaten noch nie etwas gehört, geschweige denn darüber nachgedacht hatten, wem welcher Teil von Europa gehörte. Je mehr Gespräche er geführt und dabei sein eingerostetes Hindustani aufpoliert hatte, desto unbehaglicher wurde ihm bei dem Gedanken, die Männer möglicherweise von ihren Familien und Dörfern trennen und sie Tausende Meilen über das Meer schleppen zu müssen. Er hatte keine Ahnung, wie all das praktisch durchgeführt werden sollte. Viele der befehlshabenden Offiziere, denen er begegnet war, teilten seine Besorgnis: Wie würden die Männer damit zurechtkommen, von Offizieren angeführt zu werden, die ihrer Sprache nicht mächtig waren, die weder ihre Religion noch ihre Gebräuche oder das Kastensystem kannten? Wie würden sie nach einem Leben unter indischen Wetterbedingungen mit dem Krieg in Nordeuropa zurechtkommen? Luke war mehrmals in Versuchung gewesen, dem Generalstab zu telegrafieren und ihnen zu sagen, dass sie die Sepoys bloß in Ruhe lassen sollten. *Äußerst dankbar für Ihr Verständnis STOP.* Er hätte es getan, hätte er die geringste Hoffnung gehabt, dass es etwas nützen würde.

Fürs Erste schloss er seinen Aktenkoffer und zog den Kopf ein, um durch das trübe Fenster des Waggons hinauszuspähen. Mit dem Blick suchte er den dunklen, von Dampf erfüllten Terminus nach dem Mann ab, der Luke, so hatte Peter es in seinem Brief angekündigt, vom Bahnhof abholen würde. *Frisch von Bord gegangen, aber ungemein eifrig und recht nützlich.* Der Bahnsteig war überfüllt von Passagieren, die aus den Waggons anderer Züge strömten und ihre Habseligkeiten in abgenutzten

Koffern oder Säcken unter dem Arm trugen. Sein Blick ging über die Menschenmenge hinweg und erfasste schließlich einen von der Sonne verbrannten Mann mit einem Tropenhut, der in der Nähe der Bogen stand und unbehaglich auf und ab wippte. Luke kam zu dem Schluss, dass es sich um den fraglichen Mann handeln musste. Er holte seinen Koffer aus der Ablage über seinem Kopf, riss die Tür auf und stürzte sich in die Menge. Er blieb gerade lange genug stehen, um einen Kofferträger zu bezahlen, der sich um seine Sachen kümmern sollte, dann machte er sich auf den Weg zu seinem ungeduldigen Begleiter.

»Fraser Keaton, nehme ich an!«, rief er, um den Lärm zu übertönen.

Keaton wirbelte herum und atmete derart erleichtert auf, dass es Luke schwerfiel, nicht zu lächeln. »Mr Devereaux«, sagte er. »Gott sei Dank.«

»Tut mir leid, dass Sie warten mussten«, sagte Luke.

»Oh nein, so war das nicht gemeint. Ich warte natürlich gern. Hoffentlich habe ich Sie nicht gekränkt …«

»Überhaupt nicht.«

»Es ist nur …« Keaton warf einen Blick in das Sonnenlicht draußen, dann sah er wieder Luke an. »Es tut mir schrecklich leid«, sagte er, »aber könnten Sie vielleicht allein zum Büro gehen, ohne mich?«

»Ohne Sie?«

»Ich bitte Sie nur sehr ungern darum.«

Luke sah deutlich, dass dem tatsächlich so war.

»Es ist nur …«, fuhr Keaton fort. »Nun, ich habe jemanden gesehen … Und ich habe das Gefühl, ich sollte mal nachsehen. Was ich damit sagen will, ist …« Er verstummte, es war offensichtlich zu viel für ihn.

Luke riet ihm, erst einmal durchzuatmen.

Keaton befolgte den Rat.

»Also«, sagte Luke, der den Kampf gegen den Drang zu lächeln verloren hatte. »Was genau wollen Sie mir sagen?«

Noch ein tiefer Atemzug. »Es geht um Richard Brights Tochter.« Keaton riss die Augen auf. »Ich glaube, sie ist irgendwo da draußen. Ganz allein.«

Das Licht in den Gassen voller Verkaufsstände war gedämpft und von den bunten Markisen gefärbt, die an den stufenförmig angeordneten Gebäuden zu beiden Seiten der Straße hingen. Die Luft war heiß und stickig und erfüllt vom Duft nach gebratenen Zwiebeln und Knoblauch: Pakora, das in den Töpfen der Verkäufer brutzelte. Maddys Magen knurrte unter ihrem durchgeschwitzten engen Korsett. Sie war versucht, alle Vorsicht in den Wind zu schlagen und sich eine Portion zu kaufen. Wahrscheinlich hätte sie es getan, wäre sie nicht einem Mann gefolgt, der mit einem Ballen pinkfarbener Seide auf der entblößten Schulter in einiger Entfernung vor ihr ging. Sie hatte ihn wenige Sekunden nach Betreten des Basars entdeckt, und sofort war ihr der unvollendete Brief an Tante Edie in den Sinn gekommen. Maddy hatte beschlossen, ein Geschenk hinzuzufügen und beides als Paket aufzugeben – den Brief und einen Schal, der Tante Edie gewiss ein Lächeln entlocken und sie für eine Weile von Onkel Fitz und seinem neuen Leben ablenken würde, wenn überhaupt etwas das bewirken konnte. Darum folgte sie nun diesem Mann. Der ging allerdings so schnell, dass sie nur mühsam mithalten konnten; sie beschleunigte ebenfalls ihren Schritt, stieß mit den Füßen gegen Misthaufen, halb gegessene Früchte und weggeworfenes Gerümpel, und je schneller sie lief, desto stärker schwitzte sie, sodass der Schweiß ihre Haut feucht werden ließ und sich in der Vertiefung über ihrem Schlüsselbein sammelte.

»Probieren Sie«, rief ihr der Verkäufer an einem Stand mit Armreifen zu. »Passt perfekt. Farbe perfekt.«

»Später«, rief sie, ohne anzuhalten, »vielleicht später.«

Maddy ging weiter, schob sich durch die lärmende Menschenmenge, bog um eine Ecke, dann um eine weitere, blieb stehen, fand sich in einer Gasse wieder, die noch überfüllter war als die zuvor und vor lauter Ständen, die allesamt Kleidung verkauften, aus den Nähten zu platzen drohte: Baumwolle, Seide, Musselin in unzähligen Farbschattierungen reflektierten das dämmerige Licht. Sie reckte sich auf die Zehenspitzen und versuchte angestrengt, den Mann wiederzufinden, dem sie gefolgt war. Es war unmöglich. Zu viele Menschen drängten sich auf zu engem Raum. Die Ladenbesitzer entdeckten sie dennoch. Sie war kaum wieder zu Atem gekommen, da riefen sie im Chor: »Memsahib, Memsahib!« Sie kamen hinter den Ständen hervorgestürmt und hielten ihr Stoffmuster vors Gesicht. »Sehen Sie, Memsahib, sehen Sie!«

»Schön«, sagte sie und schob sich weiter durch das Gedränge, »sehr hübsch.«

»Ich habe beste Stoff in ganze Stadt«, rief ihr der Mann am nächsten Verkaufstisch zu, »Sie kaufen bei mir. Beste in Bombay. Beste in Indien.«

»Memsahib!«, rief sein Nachbar, »Sie kommen hierher. Hier!«

Maddy hörte die Verzweiflung in seiner Stimme und drehte sich um. Seine schwarzen Augen funkelten hoffnungsvoll, als er auf die Stoffe deutete, die auf dem Gestell vor ihm lagen, dann trat er einen Schritt zurück und enthüllte weitere Ballen, die an dem zerfallenden Gebäude hinter ihm lehnten.

Sie sah genauer hin. Da war eine Farbe, die sie noch nie gesehen hatte. Ein intensives Zitronengelb, kräftiger als das ihres Kleides, durchzogen von leuchtenden Fäden. Die Farbe sah fast aus wie der Sonnenschein selbst und war perfekt für Edie und die grauen schottischen Gefilde geeignet.

»Sie kaufen«, sagte der Mann. »Ich habe viele Kinder, große Familie. Muss essen.« Er führte die Hand zum Mund und tat so, als äße er etwas. »Für Sie mache ich gute Preis. Volle Kraft gute Preis.«

Maddy wusste zwar nicht, was ein Volle-Kraft-gute-Preis sein sollte, aber es klang immerhin interessant. »Ich brauche so viel«, sagte sie und zog mit dem Finger eine Linie auf dem Ständer. »Wie viel Rupien?«

Er nannte eine exorbitant hohe Summe.

Sie lächelte.

Er strahlte sie an.

Er hatte keine Zähne.

»Weniger«, sagte sie.

Er nannte einen anderen Preis. »Familie«, sagte er, »Sie helfen meine Familie.«

»Ich kaufe ihr aber kein Haus«, sagte sie, immer noch lächelnd.

In diesem Moment hörte sie den Ruf zum ersten Mal. Sie erkannte die Stimme nicht, verstand nicht einmal die Worte, aber irgendetwas ließ sie erstarren.

Erneut erklang die Stimme, lauter und nachdrücklicher diesmal.

Jetzt drehte sie sich um, ihr Herz schlug schneller.

Es hatte eindeutig geklungen wie *Miss Bright*.

Und obwohl viele Menschen sie so nannten, überlief sie ein Schauer. Sie suchte die Menschenmenge ab, blickte in alle Richtungen, sah aber nichts als die Gesichter der anderen Kunden und der Standbesitzer, die nun erneut nach ihr zu rufen begannen. »Memsahib, jetzt Sie sehen meine an. Memsahib, kommen Sie.«

Sie schüttelte den Kopf. *Sei still*, hätte sie gern gesagt, *lass mich doch hören*.

Aber sie hörte nichts mehr.

Hatte sie sich alles nur eingebildet?

»Memsahib?« Es war der zahnlose Mann. »Memsahib, Sie kaufen.«

»Warten Sie noch«, sagte sie. »Bitte.«

Sie hielt den Atem an.

Nichts.

Sie kam sich ein bisschen albern vor und wollte gerade ernüchtert aufgeben, da hörte sie erneut ihren Namen, nur dass sie jetzt *Maddy* und nicht mehr *Miss Bright* gerufen wurde, was ihr nicht richtig vorkam.

Dennoch wirbelte sie herum und reckte den Hals, voller Hoffnung und doch machtlos …

Und erstarrte.

Denn sie sah den Mann, der sich zu ihr durchkämpfte.

Und es war nicht das, worauf sie gehofft hatte, ganz und gar nicht.

Kapitel 6

Luke stand mit einem Fuß auf der Stufe, umfasste mit der Hand das Mauerwerk und beugte sich vor, freudig erregt, obwohl in diesem Moment ein älterer Mann in Uniform auf Maddy zusteuerte. Er war in Hochstimmung, weil sie nach so langer Zeit dort war und ihr gerötetes Gesicht noch schöner aussah, als er es in Erinnerung hatte, und weil er sich beinahe sicher war, dass sie ihn gerade gehört hatte.

Dass sie sich gewünscht hatte, er wäre es.

Doch jetzt konnte er sie nicht mehr richtig sehen. Obwohl es das war, was er wollte, was er unbedingt wollte. Sie aber blickte in die andere Richtung, zu dem Mann in Uniform – den Streifen nach zu urteilen ein Major –, und ihr Hut verdeckte ihre Züge, ihren Gesichtsausdruck.

»Maddy«, rief der Major ihr zu. »Maddy. Bleib, wo du bist. Gerade habe ich zufällig Keaton getroffen …«

Verdammter Keaton.

Luke hatte ihm doch gesagt, dass er zu ihr gehen würde. Auf dem Bahnsteig hatte er nicht lange gefackelt, sondern war losgelaufen, um genau das zu tun.

»Das geht nicht!«, hatte Keaton gerufen, »Sie kommen viel zu spät.«

»Ich fürchte, ich werde noch später kommen müssen«, hatte Luke entgegnet, lachend trotz Keatons entgeisterter Miene und ein bisschen auch ihretwegen, vor allem aber ermutigt durch ihre Nähe. In den langen Wochen seiner Abwesenheit hatte er sich gefragt, ob er dabei war, den Verstand zu verlieren, denn er war absolut unfähig, sie aus seinen Gedanken zu verbannen, und nun war sie hier, ausgerechnet hier im Augenblick seiner Rückkehr.

»Machen Sie sich keine Sorgen um sie?«, hatte Keaton gerufen. »Sie sehen nicht so aus.« Der Vorwurf, so respektvoll er ihn auch formuliert hatte, war deutlich.

»Nein, ich bin nicht besorgt«, hatte Luke gesagt, und in Gedanken sah er, wie sie sich für eine Zigarette zu dem Versteck bei der Ufermauer begab. »Ich bin mir sicher, dass es ihr gut geht.«

»Kennen Sie sie?«

»Noch nicht!«, hatte Luke über die Schulter gerufen. »Aber bald. Warten Sie's ab.«

Keaton war eindeutig nicht geneigt, irgendetwas abzuwarten. Denn da war dieser Major, den er offensichtlich selbst losgeschickt hatte und der nun nach Maddys Arm griff.

Luke sah, wie ungezwungen und vertraut die Geste war, und er spürte, wie sich seine Stirn in Falten legte. Aber nein. Gewiss nicht. Der Mann war alt genug, um ihr Vater zu sein.

Doch etwas in seinem Gesichtsausdruck brachte Luke dazu, von der schmutzigen Stufe zu springen und sich durch die wimmelnde Menschenmenge zu der Stelle zu schieben, an der die beiden standen; auf einmal war er unfähig, noch eine Sekunde länger zu warten, er musste einfach mit ihr sprechen.

Aber zu ihr zu gelangen war schwieriger, als er gedacht hatte. Ständig standen ihm Leute im Weg. Er ging, so schnell er konnte, den Kopf über das verschwitzte Gedränge erhoben, aber es dauerte zu lange.

Als er die Stelle erreichte, wo sie gestanden hatte, war sie verschwunden.

Er ließ den Blick schweifen, wünschte sich verzweifelt, sie zu entdecken, war überzeugt, dass er sie noch sehen würde, und weigerte sich zu akzeptieren, was klar zu Tage lag: Sie war nicht mehr dort.

»Sie geht mit Sahib«, sagte der zahnlose Verkäufer. Er grinste nicht mehr, im Gegenteil. Offenbar machte auch ihm die unerwartete Wende der Ereignisse zu schaffen.

»Haben Sie gesehen, wohin?«, fragte Luke.

Der Mann schüttelte den Kopf. »Sie kaufen?«, fragte er und hielt den goldfarbenen Stoff hoch.

Luke zog frustriert die Luft ein. Er konnte sie unmöglich verloren haben!

Fluchend, weil es offensichtlich doch so war und weil *sie geht mit Sahib*, bat er den Verkäufer, auf ihn zu warten, und machte sich auf den Weg zum Eingang des Basars. Er ging auf demselben Weg zurück, auf dem er vom Bahnhof gekommen war, in der Hoffnung, dass der Major und Maddy dasselbe getan hatten.

In der kurzen Zeit seit Lukes Ankunft waren noch mehr Menschen in den Basar geströmt (es war schwer, keine Abneigung gegen sie zu empfinden). Sie nahmen ihm den Platz und erhitzten die Luft, die ohnehin schon heiß wie ein Backofen war, noch weiter. Als Luke sich zum Ausgang durchgekämpft hatte, klebte ihm das Hemd an Brust und Schulterblättern; seine Lunge brannte von der Verfolgungsjagd. Er trat in das grelle Mittagslicht hinaus, in den Lärm der klingelnden Rikschas und hupenden Automobile, beschirmte mit dem Unterarm seine Augen und hielt auf den Gehwegen zwischen Saris und Leinenkaftanen nach ihrem Strohhut oder einem flüchtigen Aufblitzen ihres gelben Kleids Ausschau.

Aber er sah nur Keaton, der nun seinerseits auf ihn zueilte. Sein fleckig gerötetes Gesicht wirkte noch besorgter als auf dem Bahnhof, wo Luke ihn hatte stehen lassen. (Keine geringe Leistung.)

»Keaton«, rief Luke, »ich dachte, wir sind Freunde!«

»Freunde, Mr Devereaux?« Keaton blieb stehen und hielt sich die Seite.

»Freunde, Keaton.«

»Ich kann Ihnen nicht ganz folgen«, sagte Keaton. »Und wir müssen jetzt wirklich gehen.

Das stimmte, Luke wusste es. Trotzdem. »Warum haben Sie diesen Mann hinter Miss Bright hergeschickt?«

»Major Bowen?«

»Ich nehme es an«, sagte Luke. »Hoffen wir, dass er es war.«

»Wer sollte es sonst gewesen sein?«

»Ich habe keine Ahnung, Keaton. Ich weiß auch nicht, warum Sie ihn geschickt haben. Was mich erneut zu der Frage bringt ...«

»Warum ich das getan habe?«

»Genau, sehr gut.«

»Weil er sie gut kennt, Mr Devereaux. Sie hingegen sagten, dass Sie sie nicht kennen. Ich war mir nicht sicher, ob Sie sie finden würden.«

»Sie ist eine weiße Frau und allein auf einem indischen Basar.«

»Nun«, sagte Keaton, »natürlich. Aber da sie und Major Bowen bald heiraten werden …«

Die Worte trafen Luke wie ein Schlag gegen den Solarplexus. »Was?«, sagte er. »Heiraten?«

»So hat man es mir zumindest gesagt.«

»Sie wissen es nicht genau?«

Keaton schüttelte den Kopf. War das ein Ja oder ein Nein?

Luke brachte es nicht fertig nachzufragen.

Heiraten.

Heiraten?

»Sie sind jedenfalls da drüben«, sagte Keaton und deutete auf die andere Seite der breiten Straße, wo Luke sie in etwa hundert Metern Entfernung endlich entdeckte. Sie stieg gerade in ein luxuriöses Cabrio.

Er beobachtete sie. Wie sie anmutig ihre Röcke raffte und sich in derselben fließenden Bewegung auf dem Sitz niederließ. Erneut sah er sie so, wie sie am Silvesterabend ausgesehen hatte, ihre schlanke Silhouette auf der dunklen Promenade, ihre Hand auf seinem Stuhl. Die Art, wie sie sich umgedreht hatte – zu ihm.

Heiraten?

Das ergab keinen Sinn.

Er konnte keinerlei Sinn darin sehen.

Er behielt sie fest im Blick. Ihm wurde bewusst, dass

er darauf wartete, dass sie sich umdrehte und ihn ansah, auf dieselbe Art wie bei dem Feuerwerk.

Aber sie tat es nicht.

Der Motor heulte auf, und das Automobil fuhr davon und Maddy mit ihm.

Luke starrte in die Staubwolke, die das Cabrio hinterließ, und konnte gerade noch erkennen, dass sie sich mit einer Hand den Hut auf dem Kopf festhielt. Auch zuvor hatte sie etwas in der Hand gehalten. Bei dem Gedanken runzelte er die Stirn. Er war sicher, dass sie etwas in der Hand gehabt hatte …

»Wir müssen uns wirklich beeilen«, sagte Keaton. »Wir kommen bereits mehr als zu spät. Wenn Sie mich nun bitte begleiten würden. Oh nein, Mr Devereaux. *Nein!* Wohin wollen Sie denn jetzt schon wieder?«

Maddy griff gerade rechtzeitig nach ihrem Hut, um ihn am Davonfliegen zu hindern. Guy fuhr so rasch los, dass die Rikschas ihnen erschrocken ausweichen mussten. Er fuhr schneller als üblich und wesentlich weniger höflich. Ohne ihrem Protest Beachtung zu schenken, hatte er sie eilig zu seinem Automobil bugsiert. Sie hatte noch auf dem Basar bleiben oder wenigstens die Seide kaufen wollen, die sie sich angesehen hatte (der arme Verkäufer und seine Familie. Arme Tante Edie). »Maddy, *bitte*«, hatte Guy gesagt, als sie sich gesträubt und ihn gebeten hatte, auf sie zu warten. »Ich sollte jetzt eigentlich im Operationssaal sein.«

»Dann fahr doch hin«, hatte sie gesagt, unfähig, ihre Ungeduld noch länger zu verbergen. Er nahm an, dass sie einen Retter brauchte, sie hingegen war enttäuscht, weil er nicht der Mann war, für den sie ihn gehalten hatte. Maddy ärgerte sich über sich selbst, über die Hoffnungen, die sie gehegt hatte. (Warum nur?) »Ich komme hervorragend allein zurecht.«

»Selbstverständlich nicht«, hatte Guy mit freundlicher, versöhnlich klingender Stimme gesagt, genauso, wie er einem Patienten eine schlechte Nachricht überbracht hätte.

Das hatte sie noch mehr verärgert.

»Warum um alles in der Welt sollte ich *nicht* zurechtkommen?«

»Du bist zu klug, um solch eine Frage zu stellen«, hatte Guy geantwortet und sie auf dem Weg zu seinem Wagen in eine Seitengasse dirigiert. »Und jetzt komm, hier entlang, das geht schneller.«

Sie hatte nachgegeben, nicht weil sie besänftigt gewesen wäre (das war sie nicht), sondern weil ihr klar war, dass er nicht einlenken würde, und weil sie an den unbekannten Soldaten dachte, der ängstlich auf dem Operationstisch auf ihn wartete.

»Ich bin so froh, dass ich dich gefunden habe«, sagte Guy nun laut, um den Motor zu übertönen. Es knackte, als er den Gang wechselte. »Beinahe wäre ich gar nicht hier entlanggefahren. Stell dir vor, dann hätte ich Keaton gar nicht gesehen.«

»Ja, stell dir vor«, sagte sie und biss angesichts dieser Laune des Schicksals und bei dem Gedanken, dass Bombay für eine so riesige Stadt unglaublich klein war, die Zähne zusammen.

»Ich weiß nicht, was du dir dabei gedacht hast«, fuhr Guy fort, »einfach so hinauszugehen.«

Beinahe hätte sie ihn erneut angefahren: *Um Himmels willen, ich bin doch kein Kind mehr.* Aber sie hielt sich zurück, *weil* sie kein Kind mehr war und weil derjenige, den sie beinahe angefaucht hätte, Guy war: der freundliche Guy, der stets ein paar Flaschen mit abgekochtem Wasser für sie im Kofferraum hatte und der schließlich nur tat, was er für richtig hielt. Auch wenn es ihr furchtbar auf die Nerven ging.

»Versprich mir, dass du so etwas nicht noch einmal machst«, sagte er.

»Guy …«

»Bitte. Wenn nicht, muss ich ein Wörtchen mit deinen Eltern reden.«

Sie drehte den Kopf und musterte ihn von der Seite. »Du willst mich verpetzen?«

Sein Mund zuckte, und sie hätte beinahe gelacht, denn ihr gefiel, dass er in der Lage war, das Lustige an der Situation zu sehen, aber sie unterdrückte den Drang, denn sie war immer noch ein bisschen ärgerlich.

»Versprich es mir einfach«, sagte er.

»Wenn du unbedingt willst«, seufzte sie und unterdrückte die Schuldgefühle, die sie quälten, weil sie vorhatte, ihn sehr bald als Alibi zu benutzen und ihr Wort zu brechen. Gleich am nächsten Tag.

Bis dahin dauert es nicht mehr lange, redete sie sich gut zu.

Sie wünschte, es käme ihr nicht so schrecklich lange vor.

Oder sie hätte die leiseste Idee, was sie mit dem Rest des Nachmittags anfangen sollte, nachdem Guy es nun auf sich genommen hatte, sie viel früher als vorgesehen nach Hause zu bringen.

Er ließ die Straßen der Stadt sehr bald hinter sich. Viel zu rasch wurde der Verkehr um sie herum dünner, der Dschungel hingegen dichter, und schon waren sie wieder in Malabar Hill. Wie Scherben fiel das Sonnenlicht durch den Baldachin aus Laub, wurde von den Palmen und den stillen, verschlafenen Häusern reflektiert. Gelegentlich lief ein indischer Diener am Straßenrand entlang, der vom Markt zurückkam und einen Korb mit Obst und Gemüse auf dem Kopf balancierte. Doch abgesehen von sporadisch vorbeifahrenden Rikschas war ihr Fahrzeug das einzige auf der Straße. Maddy, die durch das Blattwerk auf das glänzende Meer unter ihnen blickte, unternahm keinen Versuch, ein Gespräch anzufangen. Immer wieder hörte sie in ihrem Geist den Ruf auf dem Markt, und je öfter sie ihn hörte, desto unsicherer wurde sie, ob sie überhaupt etwas gehört hatte. Guy, offenbar ganz auf die Straße konzentriert, schwieg ebenfalls.

Erst als er das Schweigen brach, wurde Maddy bewusst, wie lange es gedauert hatte.

»Es tut mir leid, dass ich dich verärgert habe«, sagte er auf eine Art, die erkennen ließ, dass er eine Weile darüber nachgedacht hatte.

Während sie sich an all das erinnerte, was er für sie getan hatte, zwang Maddy sich zu einem Lächeln, das ihre Augen nicht erreichte. »Ich bin nicht ärgerlich.«

Auch sein Lächeln wirkte angestrengt. Er wusste, dass sie log.

»Wenigstens bist du jetzt zu Hause«, sagte er, bog ab und fuhr durch das Einfahrtstor der Villa ihrer Eltern.

»Ja«, sagte sie, »wenigstens das.«

Er brachte sie nicht ins Haus. Sie stand auf den Verandastufen und sah zu, wie er davonfuhr, fühlte sich schlechter denn je, weil sie wusste, dass er nun auch verärgert war. Dieser Morgen war das reinste Chaos gewesen. Sie wartete, bis sein Automobil die Zufahrt verlassen hatte und das Geräusch des Motors sich im Vogelgezwitscher und dem trägen Rauschen der Bäume auflöste, dann ging sie ins Haus. Sie klemmte sich ihre Handtasche und das Buch unter den Arm, zog die Handschuhe von den schwitzigen Händen und ging zur Treppe hinüber.

Davor blieb sie stehen.

Sie ging zurück, reckte den Hals und blickte durch den gefliesten Korridor zur sonnenbeschienenen Tür des Salons, auf die Gestalt, die dort stand, mit braunen Locken und strahlendem Lächeln.

Und obwohl sie es wenige Sekunden vorher noch für unmöglich gehalten hatte, spürte sie, wie sich ihr Gesicht zu einem Lachen verzog und ein ekstatischer Freudenschrei aus ihr herausbrach.

Della lachte. »Hallo, hallo«, sagte sie und breitete die Arme aus. »Ich dachte schon, du kommst nie mehr.«

Sie waren alle sehr früh am Morgen mit dem Zug eingetroffen, erzählte Della. Richard und Peter hatten direkt vom Terminus ins Büro gehen müssen, aber sie hatte es nicht erwarten können, herzukommen und Maddy zu begrüßen. »Euer Diener hat mir Lunch angeboten, und ich habe ganz frech Ja gesagt«, erzählte sie auf dem Weg zur hinteren Veranda, wo auf dem Tisch tatsächlich ein halb leerer Teller Kedgeree stand. »Ich hatte schon Angst, hier zu versauern. Du hast lange auf dich warten lassen.«

»Dasselbe könnte ich von dir behaupten«, sagte Maddy. »Warum hast du nicht telegrafiert, dass du kommst?« Sie dachte an ihre Mutter beim Tee mit den Mems. »Ich glaube, Mama weiß noch gar nicht, dass du wieder da bist.«

»Es kam auch alles recht überstürzt«, sagte Della und setzte sich. »In einem Moment sollten wir noch eine Woche bleiben, und im nächsten sind wir wegen dieser Treffen Hals über Kopf aufgebrochen.«

»Was für Treffen?«, fragte Maddy und griff nach der Karaffe, um sich einen Drink einzuschenken.

»Hat irgendetwas mit der Armee zu tun«, sagte Della und winkte ab. »Reden wir über was anderes, es gibt viel Interessanteres zu besprechen. Zum Beispiel«, sie warf Maddy einen verschmitzten Blick zu, »die Frage, ob das Guy Bowens Automobil war, das dich gerade hergebracht hat.«

»Oder«, erwiderte Maddy lächelnd, »was du während deiner Abwesenheit alles angestellt hast.«

Dellas Augen funkelten. »Also gut«, sagte sie. »Über Guy reden wir später.«

»Nein, tun wir nicht«, sagte Maddy, »aber bitte bleib genau so, wie du bist.«

»Oh, das werde ich, keine Sorge.« Della nahm Messer und Gabel in die Hand. »Isst du auch etwas?«

»Lädst du mich zum Lunch in meinem eigenen Haus ein?«

»Ja, das tue ich vermutlich«, antwortete Della und gluckste erneut vor Lachen. »Hast du mich vermisst?«

»Du ahnst ja nicht, wie sehr«, sagte Maddy und lachte ebenfalls, denn was sie sagte, stimmte, und nach den letzten Stunden war sie geradezu glücklich, dass sie keine weiteren einsamen Ausflüge mehr unternehmen musste. »Kannst du den ganzen Nachmittag bleiben?«

»Irgendwann werde ich ein Schläfchen brauchen«, sagte Della. »Diese Züge! Aber eine Stunde bleibe ich noch.«

Es wurden vier.

Ahmed brachte Essen für Maddy und weitere Drinks. Sie leerten Teller und Gläser und redeten ununterbrochen. Je mehr sie redeten, desto mehr gab es offenbar zu erzählen und zu fragen. Della füllte die Lücken, die ihre Briefe offengelassen hatten, neckte Maddy mit schwärmerischen Beschreibungen des Sees in Udaipur und der Paläste, die sie in der blauen und der rosafarbenen Stadt, Jodhpur und Jaipur, besucht hatte, mit den Safaris, die sie auf dem Rücken eines Elefanten unternommen hatte. Maddy, der bewusst war, dass ihre Ausflüge nach Bombay im Vergleich dazu verblassten, erzählte Della dennoch davon und lachte über sich selbst, weil sie anfangs so ängstlich gewesen war. »Tja, immer noch keine Tiger oder Jagdhütten, tut mir leid.«

»Und du warst wirklich ganz allein unterwegs?«, fragte Della.

»Ganz allein«, sagte Maddy.

»Ich bin stolz auf dich, du Wagemutige.«

»Ich freue mich, dass ich dich stolz gemacht habe.«

»Aber warum hast du das getan?«, fragte Della und faltete ihre Serviette zusammen. »In deinen Briefen hast du es nie erwähnt.«

»Ich …«, setzte Maddy an und hätte beinahe – endlich – über Luke Devereaux gesprochen. Aber sie biss sich auf die Lippe und hielt sich zurück, genau wie in den Briefen. Es kam ihr immer noch zu früh vor, zu unbedeutend, um darüber zu reden, die ganze Sache (was auch immer es eigentlich war) erschien ihr seltsam zerbrechlich. Sie wollte nichts beschreien. »Ich habe beschlossen, dem Heimweh ein Ende zu setzen«, sagte sie und lieferte eine andere Version der Wahrheit, obwohl ihr nicht wohl dabei zumute war.

Als Della begeistert in die Hände klatschte, verspürte sie erneut leichte Gewissensbisse. »Wie schön für dich«, sagte sie. »Und deine Mutter hat keinen Verdacht geschöpft?«

»Nicht dass ich wüsste.«

»Wie läuft es mit ihr?«

»Besser«, sagte Maddy und dachte an den bemalten Stein oben in ihrem Zimmer. »Etwas besser.«

»Ich sollte eindeutig öfter wegfahren«, stellte Della fest.

»Bitte nicht.«

Ahmed räumte das Geschirr ab und brachte ihnen aufgeschnittenes Obst und ein Stück von dem Victoria Sponge des Kochs für jede.

»Ich weiß nicht, ob ich dafür noch Platz habe.« Della lehnte sich zurück und zuckte zusammen, als sie auf die Mitte ihres Korsetts drückte.

»Iss ihn«, sagte Maddy. »Bitte. Sonst muss ich es tun.«

Sie verließen den Tisch nur einmal, um am Ende des Gartens eine Zigarette zu rauchen. Wie zwei ungezogene Schulmädchen versteckten sie sich hinter den Schmucklilien-Beeten, für den Fall, dass Alice, die viel länger als üblich wegblieb, nach Hause kommen sollte.

Tatsächlich kam sie, kurz nachdem Della gegangen war, und Maddy war bereits auf dem Weg nach oben, um ein Bad zu nehmen.

»Dein Vater hat mich mit einem Lunch im Club überrascht«, sagte Alice. Ihre leicht geröteten Wangen verrieten, dass die Überraschung nicht ganz unwillkommen gewesen war, und Maddy fragte sich, was dieser seltsame Tag wohl sonst noch bringen mochte.

Auf jeden Fall ein Dinner mit Della und Peter, denn Alice erzählte, dass Richard eine entsprechende Verabredung mit Peter getroffen hatte.

»Richard kommt erst später«, sagte Alice. »Offenbar ist ein Mann aus England eingetroffen, und mit dem sind jetzt alle vollauf beschäftigt.«

Ohne nachzufragen, stieg Maddy weiter die Treppe hinauf. Es kamen ständig Männer aus England und trafen sich mit ihrem Vater. Außerdem war sie viel zu sehr von ihrer Vorfreude auf das Wiedersehen mit ihm in Anspruch genommen, um über etwas anderes nachzudenken.

Sie kleidete sich sorgfältig für das Dinner an und empfand eine prickelnde Vorfreude wie seit Monaten nicht mehr. Sie entschied sich für eines ihrer Lieblingskleider, schwarz mit tiefem Rückenausschnitt und perlenbestickten Flügelärmeln, steckte sich sorgfältig das Haar hoch und flocht ein paillettenbesetztes Band hinein, dann zog sie ihre Handschuhe an. Dabei lauschte sie mit einem Ohr zum offenen Fenster und hoffte, ein Motorengeräusch und die leise Stimme ihres Vaters zu hören – ungeduldiger denn je, ihn wiederzusehen, weil sie wusste, dass er bereits unterwegs war.

Als die Sonne in flammenden Farben untergegangen war, ließ Richard noch immer auf sich warten, aber Peter und Della trafen ein. Peter kam in der milden, nach Blütenstaub duftenden Luft lässig die Zufahrt hinaufgeschlendert, elegant und schlank im Frack und mit Krawatte, während Della in einem dunkelroten Kleid neben ihm herhüpfte.

Maddy rannte hinaus, um die beiden zu begrüßen.

»Ah, da ist sie ja«, sagte Peter, »welch eine Augenweide. Dein Vater ist schon auf dem Weg«, fügte er hinzu, ehe Maddy fragen konnte. »Er beschließt gerade einen nahezu *endlosen* Nachmittag. Beim Lunch durfte er flüchten, darum war ich beim Dinner dran.« Er legte sich eine Hand auf die Brust. »Ein Gentlemen's Agreement.«

»Meinst du, du kannst nach dem Dinner mit uns ausfahren?«, fragte Della an Maddy gewandt. »Wir möchten dich gern ein bisschen entführen.«

»Meine Idee«, sagte Peter.

»Deine Idee gefällt mir«, sagte Maddy. »Wo fahren wir hin? Sagt nicht, zum Gymkhana Club.«

»Zum Gymkhana Club«, sagte Peter. »Aber bevor du

protestierst oder uns erzählst, dass es dort viel zu langweilig ist und wie ärgerlich du bist, weil wir dich so lange alleingelassen haben«, er verzog entschuldigend das Gesicht, »nimm dies.« Er griff in seine Tasche und zog ein in dünnes Papier eingewickeltes Paket heraus.

»Ein Geschenk?«, fragte Maddy, als sie es entgegennahm.

»Nicht von uns, fürchte ich«, sagte Della. »Aber mach es auf. Peter wollte mir nicht verraten, was es ist.«

»Tatsächlich?«, sagte Maddy und lächelte Peter, der auf einmal recht selbstzufrieden wirkte, neugierig an.

»Mach weiter, Maddy-Darling«, sagte er.

Sie tat wie ihr befohlen und riss das Seidenpapier auf.

Und keuchte.

Denn in dem Paket lag der Stoff, den sie sich auf dem Markt angesehen hatte.

Langsam zog sie ihn heraus, die Seide ergoss sich über ihre Finger und ihr Handgelenk und schien in der Dämmerung förmlich zu leuchten.

»Oh, nun sehe sich einer das an!«, sagte Della. »Wie wundervoll! Von wem ist das?«

Maddy antwortete nicht. Sie hob den Kopf und blickte Peter an. Das Herz schlug beunruhigend schnell in ihrer Brust.

»Da ist noch eine Mitteilung«, sagte er.

»Was für eine Mitteilung?«, fragte Della.

»Oh, wirklich?«, fragte Maddy leise, denn innerlich war sie auf einmal wieder auf dem Basar, hörte den Ruf und war sich nicht mehr so sicher, dass sie ihn sich nur eingebildet hatte. Ganz und gar nicht mehr sicher.

Mit zitternden Fingern tastete sie zwischen Seide und Papier herum. *Bitte,* dachte sie, *mach, dass ich mich nicht irre.*

Dann entdeckte sie das Papier und die Handschrift darauf, und ihre Finger zitterten noch stärker.

Ich habe Sie gesehen, mit meinem Reiseführer in der Hand. Das hat mich sehr glücklich gemacht.
Ich hoffe, dass Sie es genossen haben.
Und dass Sie heute Abend kommen. Bis morgen zu warten erscheint mir viel zu lang.

Kapitel 7

Den Seidenstoff noch in den zitternden Händen starrte Maddy auf die Notiz, unfähig, den Blick von beidem zu lösen. Wie aus weiter Entfernung nahm sie alles wahr: ihr eigenes ungläubiges Lächeln, Dellas Fragen und Peters Aufforderung an Della, doch bitte für eine Sekunde den Mund zu halten, Dellas Weigerung, das zu tun, ihre miteinander verschmelzenden Stimmen und auch Luke Devereaux' Worte, deren Tinte ineinanderzufließen schien, je länger Maddy daraufstarrte.

Er war dort gewesen, wirklich und wahrhaftig.

Bis morgen zu warten erscheint mir viel zu lang.

»Was soll denn morgen geschehen?«, fragte Della, lauter nun. »Wer ist Luke Devereaux? Maddy? Madeline Bright?« Sie entwand Maddy das Stück Seide. »Hörst du mir überhaupt zu?«

»Ja«, sagte Maddy und nahm den Stoff wieder an sich.

»Gut«, sagte Della. »Dann erzähl mir jetzt bitte alles.«

»Da gibt es nicht viel zu erzählen, wirklich nicht.«

»Das glaube ich dir nicht.«

»Wie scharfsinnig du bist, Della«, sagte Peter. »An deiner Stelle würde ich ihr etwas zum Nachdenken geben, Maddy, sie hat wieder diesen entschlossenen Blick.«

»Ich bin allerdings verdammt entschlossen«, ließ Della sie wissen. Sie runzelte auf übertriebene Art die Stirn und verschränkte die Arme vor der Brust. »Ich mag es nicht, wenn ihr zwei Geheimnisse vor mir habt.«

»Ich habe kein Geheimnis«, sagte Maddy, und während sie es aussprach, wurde ihr bewusst, dass es genau wie ein Geheimnis wirkte. Sie sah, dass Della ein wenig gekränkt war, und das war das Letzte, was sie wollte. »Ehrlich«, sagte sie. »Reg dich bitte nicht auf …«

»Wenn du es mir erzählst, rege ich mich nicht auf.«

»Also gut«, sagte Maddy, »in Ordnung.« Sie zwang sich weiterzureden und wünschte, sie hätte das ein bisschen eher getan, berichtete von Silvester, dem Reiseführer und den zurückgegebenen Zündhölzern, von den zahlreichen Postkarten – »Eine nette Geste«, sagte Peter, »sehr nett sogar« –, beim Sprechen huschte ihr Blick erneut zu der Seide, sie wurde nervös, ein Schauer überlief sie, denn er hatte sie aufs Neue überrascht, und natürlich dauerte es bis zum nächsten Tag immer viel zu lange, aber dieser Abend war dieser Abend, und er fühlte sich an wie eine Unendlichkeit.

»Was du da erzählst, ist das Gegenteil von ›nicht viel‹«, sagte Della. »Warum um alles in der Welt hast du nicht geschrieben? Oder beim Lunch etwas gesagt?«

»Ich wollte ja«, antwortete Maddy. »Wirklich. Ich hatte nur diesen … Aberglauben, nehme ich an …« Ihre Stimme verklang, und die Angst, dass auch jetzt noch alles schiefgehen könnte, nagte an ihr.

Della seufzte entnervt. »Was ist mit dir?«, fragte sie Peter. »Du hättest ruhig etwas sagen können.«

»Geht mich nichts an«, erwiderte der.

»Aber du hast ihm Maddys Adresse gegeben?«

»Ja«, bestätigte Peter und setzte sich in Richtung auf das Haus in Bewegung. »Eine untypische Einmischung meinerseits, aber für *dich*«, er lächelte Maddy an, »habe ich mich sehr gern geopfert. Ich hätte es für keine Geringere und keinen Geringeren getan.«

»Warte mal«, sagte Maddy, der nun, nachdem der erste Schock nachgelassen hatte, alles wieder einfiel, wonach sie Peter so dringend fragen wollte. »Woher kennst du ihn?«

»Schon seit Jahren«, sagte Peter, der immer noch weiterging. »Luke war hier stationiert.«

»Als was?«

»Als Soldat, Maddy-Darling.«

»Er ist Offizier?«, fragte sie verblüfft, ohne zu wissen, warum. Vielleicht weil seine Nachrichten immer so warmherzig geklungen hatten. Oder weil sie sich daran erinnerte, wie er gemütlich bei Kerzenlicht am Tisch gesessen hatte, so entspannt, ganz anders als die steifen Leutnants und Hauptmänner, die sie aus den Truppenquartieren kannte.

»Er hat den Dienst quittiert«, sagte Peter, und nun ergaben seine Worte einen Sinn. »Aber er gehört noch zur Reserve.«

»Zur Reserve?«

»Hmhm«, sagte Peter, »genau wie ich. Wir stehen bei der Einberufung an erster Stelle, falls wir in einen Krieg stolpern. Was hoffentlich nicht passieren wird. Jedenfalls ist er in letzter Zeit vor allem damit beschäftigt, dem Generalstab und uns anderen zu sagen, was zu tun ist. Kann ich jetzt bitte gehen? Ich bin am Verdursten. So viele *Fragen.*«

Mit einem weiteren vielsagenden Lächeln trabte er die Stufen zur Veranda hoch.

Als er verschwunden war, musterte Della ihre Freundin aus schmalen Augen. »Du tust ganz schön geheimnisvoll!«

Das konnte Maddy nicht leugnen. »Verzeihst du mir?«

»Ja, irgendwann«, sagte Della. »Lass mich noch ein paar Minuten schmollen«, sie hob abwehrend die Hände, »aber danach werde ich mich bemühen, damit aufzuhören.«

»Danke.«

Della beugte sich vor und spähte auf die Nachricht. »Hast du Angst?«

»Nur ein bisschen«, sagte Maddy.

»Wovor?«

»Vor allem Möglichen.«

Della lachte, es klang durchaus mitfühlend.

»Was, wenn ich alles vermassele, Della?«

»Das wirst du nicht.«

»Vielleicht rede ich zu viel …«

»Ziemlich unwahrscheinlich bei deinem derzeitigen Verhalten.«

»Oder nicht genug«, fuhr Maddy fort, »und dann steht er nur da und sieht mich an und denkt, was in aller Welt …«

»Hör auf«, fiel Della ihr ins Wort. »Ich will es nicht hören.«

Maddy atmete zitternd durch.

»Alles wird gut«, sagte Della. »Ich habe das Gefühl, dass es sogar *wundervoll* wird.« Sie blickte an der Villa empor, deren cremefarbene Fassade im Zwielicht nur schemenhaft auszumachen war. »Ich vermute allerdings, dass sich dieses Dinner ziemlich endlos anfühlen wird.«

»Und ich vermute, dass du recht hast«, sagte Maddy.

Und so war es in der Tat.

Dass ihr Vater eine weitere Stunde brauchte, um anzukommen, machte die Sache nicht besser, denn dadurch verschob sich der Beginn der Mahlzeit, bis die Dämmerung längst in die Nacht übergegangen war. Es war auch nicht hilfreich, dass Alice sich zu Maddy, Della und Peter auf die Veranda gesellte, wo sie die Wartezeit verbrachten, und zu den Moskitos, die um Töpfe mit brennendem Zitronellagras-Öl herumschwirrten, zu Gin&It-Cocktails auf Eis, bei denen sie Della und Peter ausführlich über ihre Reise ausfragte. (»Ich fürchte, Madeline bedauert sehr, dass sie euch nicht begleiten konnte.«) Offenbar gab Alice sich Mühe, gesellig zu sein, und Maddy wäre ihr gern dankbar dafür gewesen, aber es gelang ihr nicht, denn ihre Mutter hielt sie davon ab, Peter weiter über seinen Freund auszufragen, und das quälte sie. Della, die weniger dezent war, lächelte immer wieder aufmunternd in Maddys Richtung; mehr als einmal dachte Maddy, dass ihre Mutter verwirrt aussah, so als fragte sie sich, warum um alles in der Welt Della derart aufgekratzt war.

Um neun Uhr tauchte Richard endlich auf, aber nicht einmal der erfreuliche Anblick, wie er sich unter der

Verandatür hindurchduckte, und auch seine feste, wohlvertraute Umarmung konnten Maddys Befürchtungen zerstreuen. Obwohl sie ihn festhielt und ihm sagte, wie sehr auch sie ihn vermisst hatte, spürte sie die Erleichterung über seine Rückkehr nur halb. Während alle gemeinsam das schwüle, von Kerzen erleuchtete Speisezimmer betraten und sich zum Essen an den Tisch setzten, huschten Maddys Gedanken noch immer hin und her, vom Klang jenes *Miss Bright* auf dem Basar zu der Seide, die sie in ihrem Schlafzimmer versteckte, zurück zur Promenade am Silvesterabend, zu der tickenden Uhr, zu Luke Devereaux, der in der überfüllten Bar des Gymkhana Clubs wartete, ob er noch da sein würde, wenn sie endlich dort auftauchten, was passieren würde, wenn es so war … Sie war unfähig, sich zu konzentrieren, denn je mehr sie daran dachte, dass sie ihn möglicherweise sehr bald wiedersehen würde, desto weniger konnte sie es glauben, und doch glaubte sie genug daran, um das Gefühl zu haben, dass sie sich womöglich gleich übergeben musste.

»Hast du keinen Hunger?«, fragte ihr Vater und beäugte ihren Suppenteller, der unberührt vor ihr stand.

»Eigentlich nicht«, sagte sie, und weil sie wusste, wie leicht er sich Sorgen machte (all dieser Typhus, als sie ein Kind war), fügte sie hinzu: »Es ist so heiß heute Abend.«

»Schlägt dir die Hitze immer auf den Magen?«, wollte Della wissen.

Maddy erwiderte ihr Grinsen. »Ja, Della, so ist es, in der Tat.«

Peter schnaubte in seinen Suppenteller.

»Vielleicht solltest du lieber zu Hause bleiben?«, fragte Richard beharrlich nach.

»Mir geht es gut«, versicherte Maddy. »Wirklich.«

»Oder wir begleiten dich«, schlug er vor. »Ich bin nicht allzu müde …«

»Nein.« Sie rief es beinahe.

Richard runzelte die Stirn.

Della grinste.

Maddy senkte die Stimme und fügte hinzu: »Es ist nicht nötig, wirklich nicht.«

»Bist du sicher?« Das kam von ihrer Mutter.

»Absolut.«

»Trink ein Schlückchen Gin«, schlug Della vor.

»Mir wäre lieber, sie äße ihre Suppe«, sagte Alice.

Maddy versuchte es, aber ohne Erfolg. Sie gab auf und verzichtete auch auf die folgenden vier Gänge, die der Koch zu Ehren der Heimkehr des Sahibs aufgetragen hatte. Sie vermutete, dass ihr vergebliches Bemühen, etwas davon zu essen, das Schicksal ihrer Beziehung zum Koch endgültig besiegeln würde, aber es war nichts zu machen.

Wenigstens half Della ihr beim Dessert. »Gib es mir«, sagte sie und streckte die Hand über den Kerzen aus, »ich glaube, ich bekomme es noch irgendwie runter.«

»Wie immer ganz Dame«, sagte Peter.

Endlich war das Essen zu Ende, und Maddy musste nur noch den Absacker überstehen, bevor sie sich zu dritt auf den Weg machen würden. Unruhiger denn je wegen der vorgerückten Stunde kippte Maddy ihren

Drink derart schnell hinunter, dass ihre Mutter zweimal hinsah, und Della nickte anerkennend (»Erfrischend«, sagte sie, »ganz ausgezeichnet«), und dann brachen sie auf, stiegen in das wartende Automobil und fuhren durch die dunklen Straßen der Stadt, wobei Maddy sich die ganze Zeit besorgt fragte, ob er wohl gewartet hatte.

Sie versuchte ihr pochendes Herz unter Kontrolle zu bekommen, was ihr vollständig misslang, aber dann waren sie da, und sie stand am Garteneingang des Clubs und starrte auf die Lampen, die im Foyer brannten, auf die lange untere Terrasse, auf der sie so oft beim Tee gesessen hatte, mit einer Sorglosigkeit, die ihr nun unvorstellbar erschien. Sie legte sich eine Hand auf den rebellierenden Magen und atmete mühsam die schwere Luft ein, während ihr Kleid von einer schwülen Brise bewegt wurde. Aus der Bar im oberen Pavillon drangen Stimmen und Gelächter und das Knistern des Grammofons, das erneut die Aufnahme des großen Vorsitzenden Harry Lauder spielte.

»Bereit?«, fragte Della.

»Ich wünschte, ich wäre zu Hause geblieben«, sagte Maddy.

»Mach dich nicht lächerlich«, sagte Peter, der bereits auf das Foyer zusteuerte.

»Ich bin ehrlich gesagt auch ziemlich aufgeregt«, sagte Della und folgte ihm. »Ich kann es kaum erwarten, ihn zu sehen.«

Maddy schloss die Augen. War er überhaupt noch hier?

Und falls ja, würde sie ihn erkennen?

Sie wusste es nicht.

Sie wusste es wirklich nicht.

Della und Peter waren bereits über die Terrasse bis zu den Treppen gegangen, doch sie selbst schien unfähig, sich zu bewegen, und jetzt würde sie allein in die Bar gehen müssen.

Vielleicht sollte sie noch eine Weile bleiben, wo sie war.

Während sie es noch dachte, ging sie bereits los, ihre Füße schienen sich aus eigenem Antrieb zu bewegen, über die geflieste Terrasse mit den leeren Spielfeldern, die sich zu ihrer Linken erstreckten, dann die Flügeltreppe hinauf, an den Buntglasfenstern und der Standuhr vorbei, der Hitze und dem Stimmengewirr in der Bar entgegen.

Auf der Schwelle hielt sie erneut inne. Die Pankhas an der Decke rauschten über den Köpfen, wehten Luft in ihren klammen Nacken, auf ihre Wangen. Auf jeder verfügbaren Oberfläche standen brennende Lampen, parfümierten die verräucherte Luft mit Öl und verliehen der Mahagonitäfelung des Raums einen tiefen goldbraunen Farbton. Maddys Blick eilte hin und her, suchte nach ihm, nach seiner Gestalt, aber sie war zu nervös und nahm nichts wahr außer verschwommen aufzuckenden Blitzlichtern der Szenerie vor ihr. Ein Wimpernschlag, und sie sah Männer in Abendanzügen, die hinter den geschlossenen Fensterläden Karten spielten, dann weitere Männer, die an der Theke Schlange standen. Noch ein Wimpernschlag, und da saß Diana Aldyce an einem runden Tisch und warf bei den Worten eines jungen

Unteroffiziers den brünetten Kopf in den Nacken. Neben ihr machte sich Captain Aldyce an seinem Schnurrbart zu schaffen. Maddy blinzelte erneut, diesmal sah sie Paare, die auf dem glänzenden Parkett tanzten. Sie hielten einander umschlungen und bewegten sich im Takt der Musik, der deutlich langsamer war als ihr eigener rasender Puls. Maddy drehte den Kopf und sah die *punkhawallahs,* die an den Holzwänden aufgereiht standen und mit ausdrucksloser Miene an den Schnüren der Fächer zogen. Dann der sonnenverbrannte Marineoffizier, mit dem sie am Silvesterabend getanzt hatte; er winkte ihr von der anderen Seite des Raumes zu, aber Guy in seinem Abendanzug tat das nicht, denn er stand mit dem Rücken zu ihr, redete mit seinem Stellvertreter aus dem Krankenhaus und hatte sie noch nicht entdeckt.

Ebenso wenig, wie sie Luke Devereaux entdecken konnte.

Sie ging weiter, auf Della und Peter zu, die bereits am Ende der Theke standen. Ihre Angst nahm zu, doch gleichzeitig empfand sie eine schreckliche Leere, denn er war nicht dort.

Er schien tatsächlich nicht mehr da zu sein.

Wir kommen zu spät, dachte sie.

Doch dann drehte sich Diana Aldyce zu ihr um, den geschminkten Mund noch zum Lachen aufgerissen. Sie schaute auf einen Punkt hinter Maddys Schulter und erstarrte. Maddy sah, wie ihr Blick sich scharfstellte und neugieriger wurde, und sie spürte, wie sich die Härchen in ihrem Nacken aufstellten.

Sie zögerte.

Hielt den Atem an.

»Hallo, Miss Bright«, erklang eine leise Stimme hinter ihr, voller Wärme, voller Freude. Eine Stimme, die sie mochte.

Die sie sehr mochte.

Ohne nachzudenken – weil sie unmöglich etwas anderes tun konnte –, drehte sie sich um.

Dunkle Augen blickten ihr ins Gesicht. Dunkel und strahlend, funkelnd vor Freude. Für eine Sekunde waren diese Augen alles. Dann aber folgte viel mehr: seine Schultern, schlank und dennoch stark in dem eleganten Jackett, die lässige Haltung, an die sie sich so gut erinnerte; die Art, wie er dastand, Hände in den Taschen, genau wie auf der Promenade, völlig entspannt und ganz nah. Seine von der indischen Sonne gebräunte Haut, die Form seines Kinns, seine Wangenknochen; sein Gesicht, das sie erkannte. Und von dem sie nun wusste, dass sie es überall erkannt hätte.

Und dass sie es mochte.

Sehr sogar.

Auch er musterte sie, nahm sie in sich auf, und sie fragte sich, was er sah und was er dachte. »Ich freue mich sehr, Sie endlich zu sehen.«

Irgendwie brachte sie es fertig zu erwidern: »Ich freue mich auch sehr, Sie zu sehen, Luke Devereaux.«

Seine Lippen verzogen sich zu einem Lächeln.

Sie spürte, wie ihr Mund dasselbe tat.

Er ist hier, dachte sie, *wirklich und wahrhaftig.*

Das hier geschieht tatsächlich.

Die Stille zwischen ihnen dehnte sich, war gleichzeitig wundervoll und unerträglich, und ihr Lächeln wurde immer breiter, ihre Haut heißer, bis sie es nicht mehr aushielt und das Schweigen brach. Sie dankte ihm für die Seide, den Reiseführer und die Postkarten, redete ein bisschen zu viel (sie wünschte beinahe, Della wäre da und könnte sie hören), die Worte strömten nur so aus ihr heraus. »Aber ich habe Ihnen ja gar nichts geschenkt«, sagte sie, »das kommt mir sehr einseitig vor.«

»Überhaupt nicht«, erwiderte er. »Ich hoffe, es war die richtige Seide?«

»Ja«, sagte sie.

»Gut.« Er lächelte erneut, die Muskeln in seinem Gesicht bewegten sich geschmeidig, so als lächelte er häufig. »Ich wollte gern, dass Sie sie bekommen.«

»Ich liebe diesen Stoff«, sagte Maddy und verschwieg, dass er eigentlich für ihre Tante vorgesehen war. »Aber was wollten Sie auf dem Markt?«

»Ich habe nach Ihnen gesucht«, antwortete er so rundheraus, so selbstverständlich, dass sie froh war, ihn gefragt zu haben. Und als er ihr erzählte, wie besorgt Fraser Keaton gewesen war, weil Luke sich durch die Jagd auf Maddy stark verspätet hatte, ertappte sie sich dabei, dass sie lachte, ihrer Nervosität zum Trotz, und sie fand es wundervoll, dass er das getan hatte.

»Ich wünschte nur, Fraser hätte es Guy nicht erzählt«, sagte sie.

»Das wünschte ich auch.«

»Sie hätten lauter rufen müssen«, sagte sie.

»Ja, das hätte ich, Miss Bright.«

»Sie können Maddy zu mir sagen, Luke Devereaux.«

Wieder dieses verhaltene Lächeln. »Ich werde es mir merken.«

Das Grammofon lief aus und verstummte. In diesem Moment, als die Musik verklang, war es, als verschwände auch der Club und nur sie beide wären noch da und blickten einander an.

Ihr wurde bewusst, wie sehr sie sich wünschte, mit ihm allein zu sein.

Aber dann setzte jemand die Nadel auf die Platte zurück, und erneut erfüllten Jazzklänge den Raum. Della und Peter kamen zu ihnen, überall war es laut, und die Leute schwatzten. Peter fragte, ob sie und Luke sich irgendwann zu bewegen gedachten, und gratulierte Luke, weil er den Nachmittag überlebt hatte, »ich entschuldige mich für Aldyce, er redet wirklich ununterbrochen!«. Della bestand darauf, mit Luke bekanntgemacht zu werden. »Ich würde Ihnen gern sagen, dass ich schon viel von Ihnen gehört habe«, sagte sie zu Luke, »aber« – schelmischer Seitenblick zu Maddy – »ich fürchte, dann müsste ich lügen.«

»Nein!«, rief Luke.

»Doch! Ist das nicht schrecklich?«

Maddy holte Luft, um etwas zu sagen, aber auf einmal waren da noch mehr Menschen: Peters Leute, die wissen wollten, warum Luke sich hier herumtrieb (»Oh hallo, Maddy-Darling«) und Peter die Hand schüttelten, Maddy und Della auf die Wange küssten und sich erkundigten, ob man ihnen bereits einen Drink angeboten hatte.

»Von wegen«, sagte Della. »Ich glaube, ich sollte in den Norden zurückkehren.«

»Nein!«, riefen alle im Chor. »Mach das nicht!«

»Das darfst du nicht«, sagte auch Diana Aldyce und stolzierte herbei, weil sie es, wie vorherzusehen war, nicht fertigbrachte, sich von ihnen fernzuhalten. (Jetzt, wo sie hier war, wunderte sich Maddy, dass sie so lange gewartet hatte.) »Es ist sehr ungezogen von dir, uns einfach sitzenzulassen.«

»Nächstes Mal werde ich dich vorher um Erlaubnis bitten«, sagte Della.

»Braves Mädchen«, sagte Diana.

»Das war nicht ernst gemeint«, sagte Della.

Maddy hörte kaum zu. Sie war zu sehr durch Lukes Blick abgelenkt, die Art, wie er sie betrachtete.

»Oh Gott«, sagte Peter, »da kommt der Ehemann.«

Sonst noch jemand?, dachte Maddy.

»Devereaux«, begrüßte ihn Captain Aldyce. »Ich muss mit Ihnen reden.«

»Müssen Sie das?«, fragte Luke, der immer noch Maddy ansah.

»Ja, das muss ich«, sagte Aldyce.

Aber er kam nicht dazu, denn einer von Peters Freunden fiel ihm ins Wort und schlug vor, dass sie alle am Tisch zusammenkommen sollten. »Und keine Fachgespräche mehr, Aldyce. Arbeit allein macht nicht glücklich.« Und schon brachen sie auf, gingen zur anderen Seite des Raums, zogen Stühle hervor, gossen Champagner in Gläser, und Ernest Aldyce forderte Luke auf, Platz zu nehmen, was er ihm zu sagen habe, werde wirklich nicht lange dauern (»Das habe ich schon mal gehört«, sagte Luke, ohne sich zu setzen). Der sonnenverbrannte Marineoffizier fragte, ob er sich zu ihnen gesellen dürfe, Guy blickte zu ihnen herüber, als zöge er in Erwägung, das ebenfalls zu tun, und plötzlich wusste Maddy, die sich auch nicht gesetzt hatte, dass sie das nicht tun durfte, dass, wenn sie es tat, die Nacht, die bereits mehr als zur Hälfte vergangen war, vorüber sein würde, ohne dass Luke und sie noch eine Chance bekommen würden, allein zu sein. Die anderen würden das nicht zulassen.

»Mr Devereaux«, sagte Diana, als hätte es noch weiterer Beweise bedurft, »ob Sie mich jemals zu einer Runde auf die Tanzfläche führen werden?«

Es war, als steckten sie und Ernest unter einer Decke.

»Ich werde mit dir tanzen, Diana«, erbot sich Peter großmütig.

»Aber mit dir habe ich schon hundert Mal getanzt«, gab Diana zurück.

»Und was spricht gegen das hundert und erste Mal?«, fragte Della mit gezwungenem Lächeln.

Maddy war sich ziemlich sicher, dass Diana auf dieses hundert und erste Mal verzichten würde. Vermutlich wusste das auch Peter, denn er füllte bereits sein Glas nach. Sie wartete nicht lange genug, um es herauszufinden. Sie blieb kurz stehen und suchte Lukes Blick, damit er sah, was sie vorhatte, dann machte sie auf dem Absatz kehrt, wandte sich von Diana und allen anderen ab, verließ den Saal und konnte selbst kaum glauben, dass sie das tatsächlich tat.

Beim Durchqueren des überfüllten Raums ging ihr Atem schnell und flach, denn jetzt war sie tatsächlich wieder nervös. Ihr Rock streifte den Tisch, an dem die anderen saßen, und sie hatte das Gefühl, dass alle sie beobachteten und genau wussten, was sie vorhatte: Guy, Peters Freunde, Diana. Die unerwünschte Aufmerksamkeit prickelte wie feine Nadeln auf der geröteten Haut ihrer Arme und ihres nackten Rückens.

Doch ohne zu zögern, ging sie weiter, beschleunigte den Schritt, zur Tür hinaus und hinunter auf die Terrasse, auf die Spielfelder jenseits davon, und sie sorgte sich nur um eines: ob Luke sie verstanden und gesehen hatte, wohin sie ging.

Und ob er ihr folgen würde.

Die Spielfelder waren verlassen, das Gras hart und verdorrt, uneben durch die Hufspuren der Poloponys, die jeden Tag im Galopp darüber hinwegfegten. Die schattenspendenden Palmen am Rand zitterten, die Blätter raschelten, eine sanfte Begleitung zu den Jazzklängen, die weiterhin gedämpft aus dem Club dahinter drangen, das entfernte Geräusch der Hupen und Rikschaklingeln in der Stadt.

Da sie nicht länger in der Nähe der anderen bleiben wollte, ging sie weiter, zu den Liegestühlen aus Rattan auf der anderen Seite des Spielfelds, und die ganze Zeit fegten ihre Röcke über den ausgedörrten Rasen. Als sie stehen blieb, blickte sie sich verstohlen zum Clubhaus um. Der Rasen hinter ihr war immer noch leer, noch immer herrschte Stille.

Sie atmete ein weiteres Mal tief durch, dann setzte sie sich. Fledermäuse flogen durch die lautlose Nacht, die Flügel schnalzten, dunkel vor noch dunklerem Hintergrund. Zikaden nisteten überall. Eine ganz andere Welt als in Oxford, England, und sie konnte sich nicht erinnern, wann sie je zuvor weniger Heimweh gehabt hatte.

Allerdings wünschte sie, sie hätte sich ein Glas Champagner mitgenommen. Oder Brandy. Etwas *Erfrischendes*. Eigentlich wollte sie keine Zigarette, aber weil sie zu nervös war, um gar nichts zu tun, griff sie trotzdem in ihre Handtasche.

Und erstarrte.

Hatte sie Schritte gehört?

Sie saß ganz still und lauschte.

Ja.

Sie schluckte, rührte sich nicht, fürchtete sich beinahe zu sehr, um nachzusehen, ob vielleicht jemand gekommen war, um sie zu fragen, was sie hier draußen ganz allein machte, womöglich Della. *Er ist nach Hause gegangen, es tut mir leid.*

Aber sie wusste, dass es weder Guy noch Della war. Ihr Herz schlug schneller, weil es ebenfalls Bescheid wusste. Sie starrte auf ihren Schoß, malte sich aus, wie er auf sie zukam. Als sie sich umdrehte, weil sie endlich doch nachsehen musste, war er bereits näher gekommen, als sie sich vorgestellt hatte, so nah, dass sie fast erschrak, als er ihr ins Gesicht sah und seine Augen blitzten, halb belustigt, halb herausfordernd.

»War das ein Test, Miss Bright?«, fragte er. »Wollten Sie wissen, ob ich in der Lage bin, Sie zu finden?«

»Nun, Sie haben den Test bestanden«, antwortete sie und konnte nicht fassen, wie normal ihre Stimme klang.

Er blieb stehen. »Ich wollte uns gerade vom Tisch weglotsen, wissen Sie.«

»Tatsächlich?«

»Ja. Ich wollte Sie zum Tanzen auffordern.«

Sie reckte den Hals, blickte zu ihm auf, musste sich immer noch daran gewöhnen, dass er da war, wirklich und wahrhaftig. »Und danach?«, fragte sie.

»Noch ein Tanz.«

»Und dann?«

Er lachte leise. »Noch einer.«

»Ja«, sagte sie, noch immer verwundert ob ihrer eigenen Gelassenheit. »Ich verstehe, worauf Sie hinauswollen.«

»Peter hat mir erzählt, wie klug Sie sind.«

Nun war sie es, die lachte. »Wir hätten also einfach die ganze Zeit getanzt. Zu Harry Lauder. Ich warne Sie, den spielen sie hier ständig.«

»Das hatte ich bereits bemerkt.«

»Und es war so heiß da drin.«

»Ja«, sagte er. »Auch das war mir bereits aufgefallen.«

»Hm.« Sie legte den Kopf schief. »Ich glaube, da ziehe ich meinen Plan vor.«

»Ich glaube, ich auch«, sagte er. »Aber sie werden uns nicht lange in Ruhe lassen.«

Luke setzte sich, seine Knie berührten beinahe die ihren.

»Nein?« Diesmal hörte sie die Anspannung in ihrer Stimme.

»Nein. Peter war besorgt. Es hatte etwas mit Ihrem guten Ruf zu tun.«

»Bin ich bei Ihnen denn nicht sicher?«, fragte sie, ohne nachzudenken, und spürte sofort, wie ihre Wangen heiß wurden.

Er erwiderte ihr Lächeln. *Ich weiß es nicht genau*, schien er zu sagen.

Ich weiß nicht genau, ob mich das stört, dachte sie und fühlte sich ertappt.

Sein Lächeln wurde breiter, so als hätte er ihre Gedanken gelesen.

Der Augenblick ging vorüber. Sie musste sich anstrengen, um den Kopf nicht zu senken.

Auch er hielt ihrem Blick stand.

Endlich sagte er: »Wir haben nur wenig Zeit, also sollten wir sie besser nicht verschwenden.«

»Nein, lieber nicht.«

»Wir kennen einander nicht.«

»Überhaupt nicht«, stimmte sie zu.

»Sollten wir das vielleicht ändern?«, fragte er.

»Ja, ich denke, das sollten wir.«

Und das taten sie.

Er begann mit der Frage, wie lange sie in England gelebt hatte, ehe sie nach Bombay zurückgekehrt war. »Peter hat mir erzählt, dass Sie hier geboren sind.«

»Ja«, sagte sie und nahm schweigend zur Kenntnis, dass er und Peter offensichtlich häufiger über sie gesprochen hatten, ein Gedanke, der ihr Genuss bereitete. »Ich bin weggegangen, als ich sieben war, vor fünfzehn Jahren.«

»Das ist lange her.«

»Sehr lange«, sagte sie und fuhr fort, zunächst zögerlich, weil sie sich noch an die Vorstellung gewöhnen musste, dass er ihr zuhörte. Sie erzählte ihm die Geschichten, die sie über ihre Kinderkrankheiten gehört hatte, verschwommene Erinnerungen an sanfte Hände auf ihrer Stirn (»War das Ihre Kinderfrau, Ihre *ayah*?, fragte er. »Ich weiß es nicht«), von den kleinen Äffchen, die damals jemand auf ihr Moskitonetz genäht hatte, dann von der Reise nach England – wie wenig ihr davon im Gedächtnis geblieben war. »Nur dass es umso kälter wurde, je näher wir der Insel kamen. Und dass ich mit meinem Vater an Deck mit Wurfringen gespielt habe.«

»War Ihre Mutter nicht dort?«

»Sie ist in Indien geblieben. Warum weiß ich nicht.«

»War es zu schwer für sie?«

»Vielleicht«, sagte Maddy und dachte an das Feuerwerk und die bemalten Steine.

»Sie wissen es nicht genau?«

Sie zuckte mit den Schultern. »Meine Mutter ist kein Mensch, den man leicht durchschauen kann.«

»Aber Sie versuchen es.«

»Ich glaube, wir versuchen es beide.« Während sie die Worte aussprach, wurde ihr bewusst, dass sie stimmten. »Es ist nicht leicht.«

»Weil Sie nicht hier sein wollen?«

Sie verzog das Gesicht zu einem schiefen Lächeln. »Ich hatte jedenfalls nicht vor hierzubleiben«, sagte sie und redete gleich weiter, obwohl sie es eigentlich nicht wollte. Aber mit ihm zu reden fiel ihr wunderbar leicht.

Sie legte ihm dar, wie schockiert sie war, als ihre Ferien zu einem Dauerzustand wurden, als sie die Nachricht vom Verlust ihrer Lehrerinnenstelle in Oxford erhielt. Sie erzählte ihm sogar von Edies und Fitz' Scheidung und von Fitz' Heirat mit ihrer alten Schulfreundin. »Die Tochter eines der Direktoren an der Schule, an der ich arbeiten sollte, man stelle sich das vor.«

Sein fester Blick ruhte weiterhin auf ihr, und sie begriff, dass er über Edie und Fitz bereits Bescheid wusste, vermutlich auch darüber, dass Fitz und seine neue Frau ein Baby erwarteten, das jeden Augenblick zur Welt kommen konnte. Es überraschte sie nicht, die meisten Leute wussten davon. Aber ihr gefiel, dass Luke weder verlegen noch empört reagierte.

»Ihr Vater macht sich gewiss Sorgen um Ihre Tante«, das war alles, was er dazu sagte.

»Er spricht nicht darüber«, sagte Maddy, »aber vermutlich haben Sie recht.« Beim Gedanken an Edie, die mutterseelenallein in Schottland saß, gestand sie ihm schließlich, dass die Seide ein Geschenk für sie sein sollte.

Luke starrte sie verblüfft an, und sie lachte, sodass sich die Ernsthaftigkeit, die sich zwischen ihnen entwickelt hatte, wieder auflöste. »Es tut mir leid«, sagte sie.

»Was tut Ihnen leid?«

»Ich weiß nicht genau«, sagte sie, immer noch lachend.

Luke lächelte. »Ich glaube, wir suchen ihr lieber etwas anderes aus.«

»Ja«, sagte sie – das *Wir* gefiel ihr –, »ich glaube, das ist eine gute Idee.«

Und da sie nicht länger über traurige Dinge sprechen wollte, wechselte sie das Thema und erklärte, sie habe wohl mehr als genug geredet, nun sei er an der Reihe.

»Was möchten Sie wissen?«, fragte er. Er lehnte sich zurück, zündete eine Zigarette an – die Flamme ließ seine gebräunte Haut leuchten, betonte die markanten Konturen seines Gesichts – und reichte sie ihr. Geistesabwesend nahm sie sie und fragte ihn endlich, was er in Indien machte, wie lange er bereits hier war, warum er den Militärdienst quittiert hatte und warum er ursprünglich überhaupt Soldat geworden war.

Er nahm eine weitere Zigarette aus seinem Etui und zündete sie an. »Das sind ziemlich viele Fragen auf einmal, Miss Bright.«

»Also gut«, sagte sie. »Warum sind Sie in die Armee eingetreten?«

»Weil ich achtzehn war und keine Ahnung hatte, was ich sonst tun könnte.«

»Und warum haben Sie sie wieder verlassen?«

Er blies den Rauch aus, als wäre das eine lange Geschichte, erklärte dann aber nur, dass ihm die Härte des Soldatenlebens und die Abgeschlossenheit der Quartiere nicht gefielen und dass er das Militär darum so schnell wie möglich hinter sich gelassen hatte. »Das Einzige, was mir daran je richtig vorgekommen ist, war mein Abschied.«

»Waren Sie bei der indischen Armee?«, fragte sie. Es gab kaum britische Regimenter in Indien, fast alle britischen Offiziere waren hier, um Sepoys anzuführen.

»Ja.«

»Dann sprechen Sie also Urdu?«

»Das ist Pflicht.«

Sie nickte. Sie wusste das. Anders als in anderen Kolonien erwartete man hier von den eingeborenen Soldaten nicht, dass sie Englisch sprachen, obwohl sie keine Befehlsbefugnis erlangen konnten. »Und arbeiten Sie immer noch für die Armee?«

»Eigentlich nicht. Ich bin bereits seit fünf Jahren in Whitehall. Aber man hat mich gebeten, dieses Projekt zu übernehmen.«

»Was für ein Projekt?«

»Es ist geheim«, erklärte er und streifte die Asche ab, »und gänzlich uninteressant.« Nun war er es, der das Thema wechselte, indem er sie bat, ihm zu erzählen, was sie während seiner Abwesenheit getan hatte.

Beinahe hätte sie nachgehakt, konnte sich jedoch gerade noch zurückhalten. Es war offensichtlich, dass er nicht länger über seine Arbeit sprechen wollte, und wenn es ihm Unbehagen bereitete, würde sie ihn nicht darum bitten. Bereits jetzt wollte sie nichts anderes, als ihn glücklich zu machen.

Also sagte sie stattdessen: »Ich habe die Gegend erkundet, das verdanke ich Ihnen«, und erzählte ihm, wie sehr sie die Lektüre seines Buches genossen hatte. Sie lachte über ihren gescheiterten Ausflug zum Gewürzmarkt und berichtete von der Moschee, die sie stattdessen besichtigt hatte.

»Ich glaube, von dieser habe ich noch nie gehört«, sagte er.

»Ich weiß nicht, ob außer mir überhaupt schon jemand davon gehört hat«, sagte sie kleinlaut.

»Und haben Sie es schließlich noch zum Gewürzmarkt geschafft?«

»Ja.« Sie bemerkte, dass ihre Zigarette erloschen war, legte sie ab und sagte, dass sie über sich selbst erschrocken war, weil sie sich so lange auf dem Markt aufgehalten hatte. Dann erzählte sie ihm von den Kindern bei der *dargah*, von den überfüllten Straßenbahnen und dem Betrag, den sie aufgewendet hatte, um Ahmed zur Zusammenarbeit zu bewegen.

»Und Sie haben sich nie unsicher gefühlt?«, fragte er. »Ich hoffe, dass es so war.«

»Kein einziges Mal.«

»Gut.« Er nahm einen letzten Zug von seiner Zigarette. »Das ist gut.«

Er berichtete ihr von seinen eigenen Reisen: die Jahre in Bombay, seine Erfahrungen an den Orten, die auch sie besucht hatte, und an anderen, die sie nicht kannte. Er sprach von einem Küstenabschnitt in der Nähe, wo jedes Jahr etwa um diese Zeit bei Vollmond Schildkröten aus ihren Eiern schlüpften.

»Das würde ich zu gern einmal sehen.«

»Ja«, sagte er und lächelte, als läge auch ihm daran, dass sie dieses Schauspiel zu sehen bekam.

Im Hintergrund spielte noch immer Jazz. Gelegentlich war Gelächter zu hören, ein Ruf zerriss die schwüle Luft und erinnerte sie an das Clubhaus, in dem die anderen noch versammelt waren. Ansonsten dachte sie kaum an ihre Freunde. Sie betrachtete Lukes Mienenspiel beim Reden, spürte seine Energie und ihre eigene Reaktion darauf und dass der Drang, ihn zu berühren, von Minute zu Minute stärker wurde. Er beugte sich zu ihr, noch näher, spürte es auch, bis schließlich nur noch wenige Zentimeter Luft sie voneinander trennten. Eine kleine Bewegung nur, und die Lücke wäre verschwunden.

Sie verstummten. Maddy wusste nicht, wie lange sie geredet hatten. Er blickte sie an, als sähe er sie zum ersten Mal. *Ich mag ihn,* dachte sie. *Ich mag ihn sehr.* Ein sanfter Windhauch fuhr durch die Bäume, über das Gras hinweg. Sie spürte, wie sich ihre Brust hob und senkte; diese Ahnung, dass etwas kommen würde.

»Haben Sie sich je Sorgen gemacht?«, fragte er.

»Sorgen?«

»Dass wir uns irren könnten.«

»Nein, eigentlich nicht.«

»Ich auch nicht«, sagte er, und als sie seine stille Verwunderung bemerkte, war sie froh, dass die Situation auch für ihn seltsam war. »Es kommt mir nicht so vor, als hätte ich Sie gerade erst kennengelernt«, sagte er.

»Nein«, erwiderte sie leise.

»Können wir uns morgen trotzdem sehen?«, fragte er.

»Das wissen Sie doch.«

»Nun, ich arbeite für Ihren Vater. Ich sollte es ihm besser sagen.«

»Über meinen Vater müssen Sie sich keine Gedanken machen«, sagte sie, ohne sich ihrer Worte recht bewusst zu sein.

Er lächelte. »Ich komme Sie abholen. Dann müssen Sie nicht den Diener bestechen.«

»Zum Kaffee?«

»Nicht zum Kaffee.«

»Wozu dann?«

»Spielt das eine Rolle?«, fragte er, während seine Lippen beinahe die ihren streiften.

»Nein«, sagte sie. »Ich glaube nicht.«

Sie waren einander so nah, dass seine Augen vor ihren verschwammen.

Sie wusste nicht, ob sie noch atmete.

»Maddy!«, erklang Peters Stimme von der Terrasse und riss sie aus ihrer Trance. »Zeit zu gehen!«

Eine Sekunde lang standen sie reglos da. Luke senkte den Kopf, blickte sie erneut an und begann leise zu lachen. Sie lächelte, plötzlich verlegen wegen dem, was beinahe geschehen wäre.

»Maddy!«, rief Peter erneut. »Wenn dein Vater mich entlässt, verklage ich dich auf Schadenersatz.«

Mit einem widerstrebenden Seufzer stand Luke auf. Er reichte ihr die Hand. Sie griff danach, spürte, wie sich seine Finger um ihre schlossen, spürte ihre Wärme durch den Stoff ihres Handschuhs.

Sie spürte sie noch, als er sie bereits hochgezogen und wieder losgelassen hatte.

»Madeline. Madeline Bright! Ich möchte wirklich nicht kommen und dich holen. Es ist *dunkel.*«

Luke blickte lächelnd auf sie herab. »Bis morgen«, sagte er.

»Bis morgen.«

Die Wartezeit war nicht sehr lang.

Kapitel 8

King's 5th Military Convalescent Hospital, 1916

Er schlief; es war der verzehrende Schlaf mitten in der Nacht. Er war draußen, eine große Rasenfläche umgab ihn. Auch sie war dort, entfernte sich von ihm. Er beobachtete ihre Schritte, die langsam waren und zögerlich. Er spürte, dass er kaum merklich lächelte. Sie trug ein dunkles Kleid. Er sah, wie tief es ausgeschnitten war, es formte ein V auf ihrer Wirbelsäule, der Saum streifte das Gras. Ihre blonden Locken wirkten silbern in der Nacht, fielen unter dem Haarband herab bis auf ihren Nacken.

Endlich. Die Stimme – sie gehörte einem Mann – flog durch die Nacht. Sie war ihm auf angenehme Art vertraut. *Diana hat heute ihren großen Tag.*

Er riss die Augen auf und war wach.

Er starrte auf die im Dunkeln liegenden Deckenfriese, sein Atem ging so schnell, dass ihm beinahe übel wurde. *Wo bin ich?*

Wer bin ich?

Es dauerte keine Sekunde, bis ihm wieder einfiel, dass er nicht wusste, wer er war. Und dann folgte der Rest:

Wie er aufgewacht war, verloren in einem lautlosen Wald, ohne Jacke, ohne Erkennungsmarke, dann von dort in die Hektik eines Feldlazaretts, weiter nach Dieppe, die eisig kalte Reise über den Kanal zu der Krankenhausstation in London, auf der er nun lag. Er schlug mit den Fäusten auf die schweißgetränkte Matratze ein und schrie seine Wut hinaus, denn andernfalls hätte er geschluchzt.

Wer war Diana? *Wer?*

Mühsam richtete er sich auf und griff nach seinem Tagebuch. Er schrieb den Namen auf, bevor er verschwinden konnte wie die Frau in seinen Träumen.

*

Auch in jener Nacht schlief er nicht. Er versuchte es gar nicht erst. Ja, er war müde. Er war immer noch ständig erschöpft. Aber er hatte es nicht geschafft, denselben Traum noch einmal zu träumen, und die Enttäuschung über sein Versagen war beinahe unerträglich. Er wollte zurück an einen Ort, an dem er zu lange gewesen war, wo auch immer dieser Ort sein mochte. Darum stand er auf, zündete eine Petroleumlampe an, las den Unsinn in seinem Tagebuch durch und schob es dann weg, weil er sich in der Dunkelheit kurz vor Tagesanbruch immer besonders hoffnungslos fühlte.

Als Schwester Emma Lytton mit dem unvermeidlichen Becher Kakao in der Hand an seine Tür kam, war er bereits angezogen. Er hatte die dicken Brokatvorhänge vor seinem Fenster geöffnet und sein Bett gemacht. Es regte ihn stets von Neuem auf, dass er diese Dinge tun, sich aber nicht erinnern konnte, wer sie ihm beigebracht hatte. Seine Mutter, dessen war er sich sicher. Wie oft schon hatte er verzweifelt versucht, sich an sie zu erinnern. Immer wieder fragte er sich, ob sie und sein Vater noch lebten. Er hatte das Gefühl, dass dem so war, wusste aber nicht, warum. Ihm war bewusst, dass sie ihn vermutlich für tot hielten. (»Und was ist das für ein Gefühl?«, hatte Arnold gefragt. »Es ist schrecklich«, hatte er geantwortet, denn er fühlte den Schmerz seiner Eltern, diesen völlig überflüssigen Schmerz, überall in seinem Inneren. »Ich finde keine Worte, die ausdrücken könnten, wie schrecklich das ist.«)

»Ich vermute, Sie sind bereit fürs Frühstück, Officer Jones?«, sagte Schwester Lytton. »Ich habe gesehen, dass um vier schon Licht bei Ihnen gebrannt hat.«

Er fragte nicht, warum auch sie so früh wach gewesen war. Arnold hatte ihm von ihrem toten Verlobten und von ihrem Bruder erzählt. (»Noch eine verletzte Seele«, hatte er gesagt.) Und sie hatte selbst zugegeben, dass sie schlecht schlief. »Nicht dass ich mich beschweren will, selbstverständlich nicht.«

»Das dürfen Sie aber«, hatte Jones gesagt.

Schwester Lytton hatte gelacht, als hätte er einen Witz gemacht.

»Oh, Officer Jones«, sagte sie, »Sie haben ja schon wieder Ihr Bett gemacht!« Wie jeden Morgen bedachte sie ihn mit einem verzweifelten Blick.

»Wenn Sie so weitermachen«, erklärte die Hilfsschwester, die sie begleitete und die Jones Poppy nennen sollte, »habe ich keine Ausrede mehr, um Sie zu besuchen.«

Poppy verzog die Lippen zu einem zweideutigen Lächeln. »Wo kommen wir denn da hin?«

Nun, Jones hörte diese Witzeleien nicht zum ersten Mal. War das einer von Arnolds Tricks, fragte er sich manchmal, bat er das Personal etwa, immer wieder dieselben Scherze zu machen? Wie auf ein Stichwort runzelte Schwester Lytton die Stirn. Und auch er spielte seine Rolle, indem er Poppy versicherte, dass die Sache mit dem Bett ihm leidtue.

»Ich verzeihe Ihnen, Officer Jones«, meinte sie und lächelte erneut.

Er erwiderte das Lächeln nicht. Das tat er nie.

Er stand auf, um Schwester Lytton nach unten zu begleiten. Sein Tagebuch ließ er auf dem Bett liegen und registrierte kaum, dass Poppys Grübchen sich vertieften, als sie ihn fortgehen sah.

Im Frühstücksraum herrschte rege Betriebsamkeit, als er und Schwester Lytton dort ankamen. Es war nicht laut, denn eigentlich redete niemand (man hörte jeden Biss in eine Scheibe Toast, jedes Klirren einer Tasse und jeden Zuckerwürfel, der in den Tee fiel), aber es war voll. Mehrere Krankenschwestern beaufsichtigten den Verlauf des Frühstücks – die Patienten standen stets unter Aufsicht –, und fast alle Stühle um den Mahagonitisch herum waren von Jones' Mitpatienten belegt, die dort blass und mit hochgezogenen Schultern in der gleichen steifen blauen Uniform saßen wie er selbst.

Als er einen freien Platz neben dem Hauptmann entdeckte, den er bei seiner Ankunft im King's 5th im Salon gesehen hatte – der mit der Maske auf dem zerstörten Gesicht –, steuerte er darauf zu. Er setzte sich und machte sich bereit für die stotternde Vorstellung. Im Gegensatz zu Jones vergaß dieser Hauptmann jeden Tag noch in der Sekunde, in der er zu Ende ging. Jones war ihm inzwischen zweihundertdrei Mal begegnet – an jedem Tag nämlich, den er in seinem Tagebuch markiert hatte. Bei einem der Spaziergänge, die Schwester Lytton gern mit ihm unternahm (»die Einsamkeit ist niemandes Freundin«), hatte sie ihm erzählt, dass sie jeden Morgen bei dem Hauptmann war, und zwar genau in dem Augenblick, in dem er erwachte. Sie sagte ihm, wo er war, ehe er vor Panik laut zu schreien begann. Irgendwo schien es eine Ehefrau zu geben, aber die ließ sich nie blicken, nur seine Mutter besuchte ihn. Je länger sie bei ihrem Sohn blieb, desto mehr ließ sein Zittern nach.

Aber es war furchtbar, den Hauptmann weinen zu sehen, wenn sie wieder ging.

»Hallo«, begrüßte Jones ihn nun.

»G…g… M…m…m…«

»Morgen«, sagte Jones.

»I… ich …«

»… glaube nicht, dass wir uns schon mal begegnet sind«, sagte Jones und ersparte ihm die Qual, die Worte herausbringen zu müssen. Er verlagerte auf seinem Stuhl das Gewicht, als Schwester Lytton sich zwischen ihnen über den Tisch beugte und, eingehüllt in den dezenten Duft von Wäschestärke, Lavendelwasser und Karbolseife, nach den silbernen Servierschüsseln griff. Zuversichtlich legte sie dem Hauptmann Bacon und

Toast auf den Teller, dabei zitterte er so stark, dass es ihm bereits Mühe bereitete, sein Essen kleinzuschneiden.

Jones hingegen lehnte ihre Hilfe ab. Nachdem sie mit wehender Schwesternhaube den Tisch umrundet und überwacht hatte, was die anderen Patienten aßen oder nicht aßen, verließ sie den Raum. Er griff nach dem Teller seines Gefährten, setzte als Antwort auf dessen gestammelten Dank ein gezwungenes Lächeln auf und schnitt den Speck für ihn in Scheiben. Er strich ihm Butter auf den Toast, den er sodann in kleine, mundgerechte Stücke schnitt. Während er das tat, blickte er aus dem Fenster des Speisesaals. Der Winter war vergangen. Der Frühling auch. Der Rasen im Garten war saftig und feucht vom dunstigen Nieselregen, der seit dem Morgengrauen fiel.

Er schob dem Mann seinen Teller mit Bacon und Toast wieder zu. Sanft umfasste er dessen kalten Finger, fühlte die trockene Haut, die Knochen, schloss die Hand um die Gabel und schob die Maske ein wenig zur Seite, damit er das Essen in seinen Mund befördern konnte.

»So«, sagte er, »jetzt ist alles in Ordnung.« Er wusste nicht, warum er das jedes Mal aufs Neue sagte.

Für keinen von ihnen war irgendetwas in Ordnung.

»Vor allem wird er es niemals lernen, wenn Sie ihm immer helfen«, schimpfte Arnold später an demselben Tag mit Jones, als sie zusammen im Obstgarten saßen.

Diese kleine verwilderte Ecke des Geländes war der Teil der ansonsten sorgsam gepflegten Gärten, den Jones am liebsten mochte. Im Gegensatz zu den langen getrimmten Rasenflächen des Krankenhauses war das Gras hier erdig, verwildert und mit Laub und Falläpfeln übersät. Viele Äpfel hingen noch schwer in den Bäumen, auch reifende Birnen gab es, und die Hecken waren voller grüner und tiefvioletter Brombeeren. Es gab ein Bächlein, eigentlich eher ein Rinnsal, und Jones liebte das Geräusch des Wassers, liebte es zu wissen, dass es da war; genau wie diese Stimme in seinem Traum wirkte das Wasser vertraut und tröstlich auf ihn.

Erneut hatte es zu regnen begonnen. Der Regen bestäubte seine wollene blaue Uniform, Arnolds Tweedjackett und dessen Brille. Es nieselte so fein, dass Jones das Gefühl hatte, das Wasser zu atmen. Er legte den Kopf in den Nacken und blickte in den weißen Sommerhimmel, die kühle Feuchtigkeit benetzte sein Gesicht.

»Regen kann man das kaum nennen, nicht wahr?«, sagte Arnold.

»Nein«, stimmte Jones zu, und er empfand den seltsamen Drang, den Regen mit irgendetwas anderem zu vergleichen, ohne zu wissen, was dieses etwas war. Er runzelte die Stirn. Versuchte nachzudenken. Es tat weh, bereitete ihm buchstäblich Kopfschmerzen, das zu tun, und es führte nirgendwohin. Aber ehe er sich darüber auslassen konnte, wie unerträglich frustrierend das war, hörte er ein leises Brummen am Himmel. Es war kein Donner. Arnold hatte in letzter Zeit immer wieder über Frankreich und Flandern mit ihm gesprochen (»Sie kommen schon damit zurecht, und irgendwann sage ich zufällig ein Wort oder einen Namen, der Ihnen etwas bedeutet, dessen bin ich mir sicher«), Arnold hatte ihm erklärt, dass die Geräusche von dem schweren Geschütz an der Somme stammten, von der Schlacht, die dort seit dem ersten Juli tobte und schon viel zu viele Todesopfer gefordert hatte.

Jones schloss die Augen und lauschte auf das Bombardement. Er dachte an die Schützengräben, an die er sich nicht erinnerte, und hoffte, dass es dort nicht auch regnete. Er malte sich schlammige Flüsse aus, Männer und Jungen, die unter zerfetzten Planen Schutz suchten, während die Kugeln an ihnen vorbeizischten, und ihm wurde eng ums Herz, vor Trauer oder vor Wut.

Er erzählte Arnold davon. »Ich weiß nicht, woran das liegt.«

»An der Liebe zu ihren Männern«, sagte Arnold.

»Aber ich erinnere mich nicht mal an sie«, wandte Jones ein.

»Nicht bewusst«, sagte Arnold. »Nein.«

»Ich erinnere mich *überhaupt nicht.*«

Arnold schwieg.

Ein Vogel hüpfte zwischen den Äpfeln herum. Der Himmel grollte weiterhin. *Haubitzen,* dachte Jones und wusste nicht mehr, ob es Arnold war, der ihm gesagt hatte, wie die Kanonen hießen.

»Die Schwestern haben Sie in ihr Herz geschlossen«, sagte Arnold, offenbar um das Thema zu wechseln. »Vor allem Schwester Lytton.«

»Ich glaube, sie schließt alle ihre Patienten ins Herz.«

»Sie hat mir erzählt, dass Sie sie an ihren jüngeren Bruder erinnern«, sagte Arnold.

»Tatsächlich?«, fragte Jones, gleichermaßen überrascht

wie betrübt. Wie unzulänglich er im Vergleich zu ihrem Bruder wirken musste. »Ich wünschte, er wäre noch am Leben.«

»Ich auch«, sagte Arnold. »Sie hat so ein gutes Herz, jemand wie sie sollte nicht so viele Verluste erleiden.«

»Ja.« Jones beschloss, freundlicher zu Schwester Lytton zu sein, wenn sie ihm das nächste Mal einen Spaziergang vorschlug.

»Und dann ist da natürlich noch diese Hilfsschwester«, sagte Arnold.

»Welche Hilfsschwester?«

»Na ja«, sagte Arnold, »die, die immer ein bisschen übermütig wirkt.«

»Poppy?«

»Ja, Poppy. Sie ist sehr hübsch. Sie erinnert mich an ein Milchmädchen.«

»Ich bezweifle, dass sie auch so gesund ist«, sagte Jones.

»Finden Sie sie hübsch?«, fragte Arnold. Sein Tonfall war allzu beiläufig. Offenbar horchte er ihn aus.

Jones musterte den Arzt von der Seite, fragte sich, worauf er hinauswollte. Irgendetwas hatte er immer im Sinn. »Ich habe noch nie über sie nachgedacht«, sagte er.

»Nein?«

»Nein«, sagte Jones wahrheitsgemäß.

»Ich kann Ihnen versichern«, sagte Arnold, »dass sie ungewöhnlich hübsch ist.«

»Na und?« Jones wusste nicht, was er sonst dazu sagen sollte.

»Sie denken also nicht auf *diese* Art an sie«, sagte Arnold.

Es war keine Frage, aber Jones antwortete trotzdem: »Nein, tue ich nicht.« Erneut sah er das schwarze Kleid und die blonden Locken vor sich.

»Inzwischen sind Ihnen wahrscheinlich viele Schwestern begegnet«, fuhr Arnold fort.

»Ja.«

»Und Sie waren nie … in Versuchung?«

»Kein einziges Mal«, sagte Jones.

»Na also«, sagte Arnold, der keineswegs das Thema gewechselt hatte, »Liebe.«

»Ja, Liebe«, wiederholte Jones.

»Ja.« Arnolds Augen hinter den Brillengläsern funkelten. »Sie erinnern sich an eine ganze Menge, mein Freund, das kann ich Ihnen versichern. Wir müssen nur herausfinden, wo Ihre Erinnerungen sich versteckt haben.«

Kapitel 9

Bombay, Frühling 1914

Am Morgen nach jener ersten Nacht mit Luke erwachte Maddy spät. Sie war noch damit beschäftigt zu begreifen, dass es tatsächlich passiert war. Sie lächelte in ihr Kissen und ließ im Geist alles Revue passieren, die Art, wie er sie angesehen und in der Dunkelheit vor ihr gestanden hatte, der Beinahe-Kuss, *es kommt mir nicht so vor, als hätte ich Sie gerade erst kennengelernt,* und sie biss sich vor Aufregung auf die Lippe bei dem Gedanken, dass sie in wenigen Stunden erneut mit ihm zusammen sein würde – auch das konnte sie noch nicht begreifen.

Der Stille im Haus nach zu urteilen war ihr Vater bereits im Büro und saß genau in diesem Augenblick vielleicht sogar mit Luke zusammen. Luke hatte sich bei ihrem Vater nicht ankündigen müssen, das hatte sie ihm bereits abgenommen. Bei ihrer Heimkehr war Richard noch wach gewesen, hatte im Schlafrock auf der vorderen Veranda gesessen, trotz seiner angeblichen Müdigkeit und obwohl es bereits nach Mitternacht war. *Ich wollte nur sichergehen, dass wirklich alles in Ordnung ist mit dir.* So selbstverständlich, wie sie vermutet hatte, nahm er es hin, dass sie mit Luke ausging; er war überrascht, aber nicht auf unangenehme Weise, und teilte ihr mit, dass Luke am Nachmittag den Eindruck eines netten Kerls auf ihn gemacht hatte.

»Ja«, hatte sie gesagt, »ein sehr netter Kerl.«

Richard hatte müde gelächelt. »Peter schätzt ihn jedenfalls sehr«, sagte er und griff nach seiner Kerze. »Gehe ich recht in der Annahme, dass du deine Mutter nicht als Anstandsdame mitnehmen möchtest?«

»Ja, das ist richtig.«

»Hm«, hatte er gesagt und wiederum gelächelt. »Ich weiß nicht recht, was sie davon halten wird.«

Maddy wusste es auch nicht.

Sie drehte sich auf dem Kissen zur Seite, betrachtete die bemalten Steine auf ihrem Nachttisch, und die Aussicht, nach unten zu gehen und herauszufinden, was ihre Mutter davon hielt, versetzte ihrer guten Laune einen leichten Dämpfer. Obwohl Alice in letzter Zeit ein wenig aufgetaut war, verspürte Maddy keine Lust, mit ihr über Luke zu sprechen. Am Abend zuvor hätte sie es tun können – sie hatte Licht in ihrem Fenster gesehen und gewusst, dass auch sie noch wach war. Aber nachdem sie Della während des gesamten Heimwegs hatte Bericht erstatten müssen (»Erzähl mir bloß nicht, du bist zu müde«, sagte Della. »Ich will *alles* wissen.« – »Oh Gott«, stöhnte Peter, »muss das sein?«), hatte sie der Versuchung nicht widerstehen können, in ihrem Schlafzimmer zu verschwinden, um mit ihren sich überschlagenden Gedanken allein zu sein. Außerdem war Alice ihre Mutter, und abgesehen von dem Mal-Intermezzo im

Garten konnte Maddy sich nicht erinnern, wann sie zuletzt über etwas Persönlicheres als die Hitze miteinander gesprochen hatten.

Da sie aber nicht länger darum herumkommen würde, stand sie auf, etwas zu schnell, sodass sich der warme Raum um sie zu drehen begann, und als sie sah, wie spät es war und wie wenig Zeit ihr noch *bis morgen* blieb, ging sie zu ihrem Schrank und hatte es nun eilig, sich anzuziehen und den unvermeidlichen gestelzten Wortwechsel hinter sich zu bringen.

Nach einer atemlosen halben Stunde, in der sie sich Strümpfe über die feuchten Beine gezogen (immer schwierig), das Haar festgesteckt und das mit weißer Spitze besetzte Teekleid geschlossen hatte (ob es Luke gefallen würde? Sie wusste es nicht, sie *wusste* es einfach nicht), ging sie zu Alice, die im Schatten der Veranda saß und stickte. Der Frühstückstisch war bereits abgeräumt; nur ein Teller mit Essen war noch übrig geblieben und wartete unter einem Fliegennetz auf Maddy. (Sie fragte sich, ob das bedeutete, dass der Koch doch noch mit ihr redete.)

Verlegen blieb sie stehen, fragte sich, warum sie an den Koch dachte, und hörte, wie Alice steif bemerkte, sie sei überrascht zu erfahren, dass Maddy einen neuen *Bekannten* hatte.

»Vater hat es dir also gesagt?«, fragte Maddy, obwohl völlig offensichtlich war, dass es sich so verhielt.

»Ja«, sagte Alice. »Er sagt, es handelt sich um einen Freund von Peter.«

Sie war so kurz angebunden, dass Maddy sich fragte,

was Richard ihr noch erzählt haben mochte. Hatte er sie möglicherweise ermahnt, Maddy keine Schwierigkeiten zu machen, wenn sie ohne sie ausgehen wollte? Alice, die angespannt und mit verschlossener Miene die Nadel durch den Stoff führte, wirkte eindeutig wie jemand, dem man gesagt hatte, dass er keinen Wirbel machen soll.

Ging es nur um Maddys Weigerung, sie als Anstandsdame mitzunehmen? Sie bezweifelte es. Sie fragte aber auch nicht nach. Vermutlich missfiel ihrer Mutter ebenso, dass sie mit jemand anders als mit Guy ausging, aber auf die Bestätigung ihrer Vermutung verzichtete Maddy nur zu gern. Sie hatte sich Mühe gegeben – große Mühe –, die Befürchtungen zu ignorieren, die angesichts der Hoffnungen ihrer Mutter in ihr aufgestiegen waren. Genauso wenig wollte sie länger bei dem Gedanken verweilen, dass Guy inzwischen vielleicht mehr als ihren väterlichen Freund in sich sah (die vielen Flaschen mit abgekochtem Wasser).

Alice ergriff erneut das Wort und sagte, es sei ihr lieber, wenn Maddy ihre Pläne für den Nachmittag noch einmal überdächte und Luke zum Tee zu ihnen nach Hause einlüde.

Maddy erklärte, sie habe nicht die Absicht, irgendetwas zu überdenken.

»Du kannst nicht einfach herumlaufen und so tun, als wären wir in dieser Stadt ein Niemand«, sagte Alice. »Denk an deinen Vater. An seine Stellung.«

»Ich hatte nicht den Eindruck, dass er sich Sorgen macht«, sagte Maddy.

»Die Leute werden reden«, sagte Alice.

»Das tun sie immer«, versetzte Maddy, die ohnehin daran gewöhnt war. (Danke, Onkel Fitz.)

Alice runzelte die Stirn; vielleicht dachte auch sie in diesem Augenblick an ihn. Aber sie sagte es natürlich nicht. Sie sprach nie über ihn oder Edie.

Alice riss nur den Faden ab, faltete ihre Stickerei zusammen und stand auf. »Ich habe Kopfschmerzen«, ließ sie sie wissen. »Ich ruhe mich ein wenig aus. Ich werde nicht herunterkommen, wenn er hier eintrifft.«

»Was?« Maddy starrte ihre Mutter verblüfft an. Damit hatte sie nicht gerechnet. »Du willst ihn nicht einmal kennenlernen?«

»Mir ist klar, dass ihr in Ruhe gelassen werden wollt«, sagte Alice.

»Aber …«, setzte Maddy an, verstummte dann jedoch. *Wollte* sie in Ruhe gelassen werden?

Ein Teil ihres Selbst wünschte sich das. Aber es gab einen anderen, überraschenderweise größeren Teil, der das nicht wollte, der sich wünschte, dass ihre Mutter Luke begrüßte, ihn vielleicht sogar anlächelte, wenn er kam. So wie sie neulich abends beim Malen im Garten gelächelt hatte.

Es schmerzte sie tatsächlich, dass sie es nicht einmal versuchen wollte.

Doch bevor Maddy das sagen konnte, wandte Alice sich von ihr ab, trug ihr noch auf, etwas zu essen, ehe sie das Haus verließ, und ging fort.

Mit offenstehendem Mund sah Maddy zu, wie sie den Raum verließ, durch den raschen Aufbruch zu verwirrt, um sie zurückzurufen. Als ihr klar wurde, dass sie sie aufhalten wollte, war es zu spät.

Sie ließ sich in den nächsten Sessel sinken. Was war da soeben vorgefallen? Sie hatte keine Ahnung. Warum war sie dermaßen ernüchtert? War sie wirklich dumm genug gewesen zu glauben, dass Alice auf Luke neugierig sein würde, dass sie wissen wollte, wer er war und woher er kam? Dass sie sich womöglich sogar freute, weil sie, Maddy, glücklich war?

Leise seufzend, weil sie das tatsächlich geglaubt hatte, obwohl sie es inzwischen besser wissen sollte, hob sie das Fliegennetz von dem Teller mit Obst und Brot, ließ es aber sofort wieder sinken, ohne sich etwas zu nehmen. Sie wusste, dass sie keinen Bissen hinunterbringen würde.

Maddy versuchte, jeden Gedanken an Alice beiseitezuschieben, *lass dir das hier nicht von ihr verderben*, lehnte sich zurück und spähte durch den Türrahmen auf die Wanduhr im Salon. Weniger als eine Stunde. Nervös atmete sie durch und stellte sich vor, wie Luke in einem der auf Hochglanz polierten Sitzungszimmer ihres Vaters saß, attraktiv in Hemd und Weste, und über geheime Angelegenheiten sprach (die indische Armee auf einen Krieg vorbereiten, falls es einen geben würde; Peter hatte ihr auf dem Heimweg davon erzählt). Im Geist sah sie ihn aus dem Büro kommen und die große Vordertreppe hinabeilen, auf die chaotische Straße hinaustreten und in einen Dienstwagen steigen, um zu ihr zu fahren. *Zu ihr.*

Sie stand auf, ohne es zu merken und ohne zu wissen,

was sie tun wollte. Aber sie konnte nicht einfach sitzen bleiben und das Essen, das sie nicht reizte, anstarren. Sie ließ es stehen, entschuldigte sich im Stillen beim Koch und ging wieder ins Haus.

Inzwischen deprimierend geübt darin, sich endlos scheinende Stunden zu vertreiben, widmete sie sich ihren üblichen Tätigkeiten. Eine Weile klimperte sie lustlos auf dem Klavier herum und erfüllte die stickige Villa mit schwerfälligen Akkorden, dann betrat sie das Studierzimmer, nahm einen Brontë-Roman aus dem Regal und stellte ihn gleich wieder zurück, um ihre Frisur zu kontrollieren. Schließlich ging sie an Alice' Zimmer vorbei und lauschte an der Tür – kein Laut.

Eine Viertelstunde vor der vereinbarten Zeit glaubte sie, es keine Sekunde länger auszuhalten. Sie versuchte, sich nicht mehr über ihre Mutter aufzuregen, und wartete auf das Geräusch eines Automobils, von dem sie glaubte, dass es niemals kommen würde, steckte ihren Hut fest, zog die Handschuhe an und setzte sich auf die Terrakottastufen vor der Villa.

Es war heiß, eigentlich zu heiß, um draußen in der prallen Sonne zu sitzen. Überall zirpten Insekten. Die lange staubige Zufahrt verschwamm in der flirrenden Luft.

Wo ist er jetzt?, dachte sie und war sofort noch nervöser. Sie legte sich die Handrücken auf die brennenden Wangen. *Ruhig,* ermahnte sie sich, *ganz ruhig.* Vögel pickten auf dem Rasen herum, beneidenswert gleichmütig. Sogar die armen, verfolgten Pfauen bei den Malvenbeeten drüben wirkten entspannter, als sie sich fühlte.

Erneut fragte sie sich, wohin er mit ihr fahren würde. Sie schloss die Augen vor dem grellen Licht, auf ihrer Stirn bildeten sich Schweißperlen, und sie hoffte inständig, dass er sehr bald kommen und sie holen würde, egal, wohin sie fuhren. Sie wusste nicht, wie lange sie die Warterei noch ertragen konnte.

Noch bevor sie ihn entdeckte, sah er sie nachdenklich auf den sonnigen Stufen sitzen; ihr weißes Kleid reflektierte das Licht. Am Tor blieb er stehen, gebannt von ihrem Anblick und der eigenartigen Tatsache, dass sie auf ihn wartete – die Hände im Schoß gefaltet, Hände, die er in der Nacht zuvor gehalten hatte, wenn auch nur kurz. Sie wartete tatsächlich. Auf *ihn.*

Auch er hatte den ganzen Morgen ungeduldig darauf gewartet, endlich zu ihr zu fahren. Er hatte im Büro ihres Vaters gesessen, wo auch Ernest Aldyce anwesend gewesen war und ununterbrochen geredet und ihm erklärt hatte, warum man ihn nicht einmal in die Nähe Europas schicken dürfe, *auf keinen Fall,* dass er in Bombay gebraucht werde (»Es geht heute um die aktuellen Reservistenzahlen«, hatte Luke ihm mehr als einmal ins Gedächtnis gerufen). Und dabei hatte er *sie* vor seinem geistigen Auge gesehen, an ihre Stimme und ihr Lachen gedacht, an die zahlreichen Dinge, die er noch nicht von ihr wusste – was sie mochte und was nicht, was sie las und ähnliche Dinge mehr –, während er sich von Stunde zu Stunde verzweifelter danach gesehnt hatte, endlich aufbrechen zu können.

Immerhin hatte sich ihr Vater wohltuend unkompliziert verhalten und keine Diskussion angefangen, als er ihm sagte, wohin er sie ausführen wollte. »Peter hat sich für Sie verbürgt«, sagte Richard, »und meine Tochter hält eindeutig große Stücke auf Sie. Das reicht mir. Solange sie glücklich ist, bin ich es auch.«

Seine Stimme hatte unbeschwert geklungen, fast erleichtert, dachte Luke. Er schien auch nicht sonderlich überrascht zu sein. Peter hatte erwähnt, wie besorgt Richard wegen Major Guy Bowens Interesse an seiner Tochter war. Das war am Tag zuvor gewesen, als Luke Peter gefragt hatte, warum Fraser Keaton glaubte, Maddy sei mit Guy verlobt.

»Vermutlich, weil Keaton noch immer alles glaubt, was man ihm erzählt«, hatte Peter geantwortet und hinzugefügt, dass Keaton sich bloß vorsehen und solche Gerüchte nicht in Richards Anwesenheit wiederholen solle. »Als wir unterwegs waren, hat Alice ihm immer geschrieben und von den Ausflügen erzählt, die Guy mit Maddy unternommen hat.«

»Billigt er das nicht?«, hatte Luke gefragt, der es selbst nicht billigte.

»Er findet es nun mal nicht richtig«, hatte Peter gesagt, »für Maddy.«

Luke war nicht weiter in ihn gedrungen. Er hatte weder über Guy Bowen noch darüber sprechen wollen, was richtig war oder nicht.

Und auch jetzt wollte er gewiss nicht an Bowen denken, denn er stand vor Maddys Zufahrt und beobachtete selbstvergessen, wie sie in der Sonne saß.

Noch immer hatte er sich nicht vom Fleck gerührt.

Ihm fiel auf, dass er genau wie am Tag zuvor auf dem Basar darauf wartete, dass sie aufblicken und ihn bemerken würde.

Diesmal tat sie es.

Selbst aus der Entfernung sah er, dass ihr Mund sich zu einem Lächeln verzog.

Es berührte ihn tief in seinem Inneren, dieses Lächeln.

Nun hielt er sich nicht länger zurück. Er setzte sich in Bewegung, ging schneller, verringerte den Abstand zwischen ihnen und wusste nun, da er sich auf den Weg zu ihr gemacht hatte, nicht mehr, wie er jemals hatte warten können.

Als er näher kam, stand sie auf, glättete mit zitternden Händen ihre Röcke, blinzelte und ließ seinen Anblick auf sich wirken: Zum ersten Mal sah sie ihn bei Tageslicht. Er trug einen grauen Anzug, dessen Jackett offen war, genau wie der oberste Hemdknopf. Sein welliges Haar unter dem Panamahut war dunkler, als sie es sich vorgestellt hatte, seine Haut heller, nur leicht von der Sonne gebräunt, aber nicht tiefbraun wie bei den meisten hier. Sein Gesicht aber war genau wie zuvor, genauso.

Ruhig, sagte sie zu sich selbst, *ganz ruhig.*

Sie war alles andere als das. Sie hörte es an ihrer eigenen angespannten Stimme, als sie »Hallo!« rief.

Seine Stimme hingegen war leise und warm, wurde von der drückenden, goldflirrenden Luft zu ihr getragen. »Ich wollte Blumen mitbringen«, sagte er und blieb stehen. »Aber dann wäre ich zu spät gekommen.«

»Dann bin ich froh, dass Sie keine mitgebracht haben.«

Er lächelte, um seine Augen herum legte sich die Haut in Fältchen. Es berührte sie tief in ihrem Inneren, dieses Lächeln. Sie spürte die Spannung unter ihrer Ungezwungenheit. Nur ganz leicht.

»Gehen wir rein?«, fragte er und blickte an der Fassade der Villa hinauf.

»Nur wenn Sie wollen«, sagte sie und dachte erneut an ihre Mutter, nachdem sie sie für einen Moment vergessen hatte.

»Wir müssen nicht«, sagte er, und sie, der in den Sinn kam, was sie am Abend zuvor zu ihm gesagt hatte – *Über meinen Vater müssen Sie sich keine Gedanken machen* –, fragte sich, ob auch er an Alice dachte.

Wenn es so war, sagte er es nicht.

Er fragte, ob sie bereit zum Aufbruch war.

»Ich glaube schon«, sagte Maddy. »Aber ich weiß immer noch nicht, wohin wir fahren.«

»Nun, dann finden wir es doch einfach heraus, in Ordnung?«

Kein Automobil wartete auf der Straße auf sie. Auch keine Rikscha oder Kutsche. Luke machte an der Straße nicht halt, sondern ging weiter bis zu den dicht stehenden Bäumen auf der anderen Seite. Er hielt einen Ast zurück, damit sie darunter hindurch in den Wald gehen konnte.

Sie zögerte, zog die Stirn kraus, halb belustigt, halb verwirrt. »Wohin gehen wir?«

»Es gibt nur eine Art, das herauszufinden«, antwortete er.

Einen Moment lang starrte sie noch in den Wald, dann aber duckte sie sich, neugieriger denn je, und spürte, wie ihre Füße in der dicken Laubschicht versanken.

Unter dem Dach aus Baumkronen war es viel dunkler als draußen. Die Äste hielten das Licht ab, die Luft roch nach Laub, nach aufgeheizter, feuchter Erde und ein wenig nach dem Salz des Meeres unter ihnen. Luke ging weiter, und sie folgte ihm, geriet außer Atem, als sie den schroffen Abhang zum Strand hinunterkletterten.

»Hier könnte es Schlangen geben«, bemerkte sie.

»Ja.« Er grinste sie über die Schulter hinweg an. »Wir sollten uns beeilen.«

Außer ihnen war niemand dort, die einzigen Geräusche kamen von ihren Schuhen auf der lockeren Erde, vom Gezwitscher der Vögel und ihren Stimmen, als sie ihn fragte, wie sein Morgen gewesen war und ob er am Nachmittag noch einmal ins Büro zurückfahren musste. Sie spürte, wie ihre Erregung wuchs, als er verneinte.

»Peter hat mir erzählt, was Sie hier tun«, sagte sie. Plötzlich stolperte sie auf dem steil abfallenden Weg und fing sich gerade noch rechtzeitig.

Energisch griff er nach ihrem Ellbogen, hielt sie fest, und sie spürte, wie sich alle Muskeln in ihrem Arm anspannten.

»Dann wissen Sie es ja jetzt«, sagte er, ohne sie loszulassen. »Wie gesagt, es ist vollkommen uninteressant.«

»Ich glaube, das ist Ansichtssache.«

»Vielleicht würden Sie das anders sehen«, sagte er und schob erneut einen Ast zurück, »wenn Sie gerade einen Morgen in Gesellschaft von Aldyce verbracht hätten.«

»Vielen Dank, ich verbringe schon genug Zeit mit Diana.«

Er lachte. Sie mochte dieses Lachen so sehr.

Sie hatten den Strand beinahe erreicht, und das leise Plätschern des Wassers drang zu ihnen herauf. Maddy beugte sich vor und spähte durch das dichte Laubwerk auf den Sand.

»Machen wir ein Picknick?«, fragte sie, weil ihr der Gedanke gerade gekommen war.

»Nicht hier«, sagte er.

»Dann vielleicht woanders?«

»Sehr gut geraten«, sagte er und sprang das letzte kleine Gefällestück hinunter auf den Strand.

Auch sie sprang, ließ den Schatten hinter sich und blinzelte ins Sonnenlicht. Mit einer Hand beschirmte sie ihre Augen und blickte aufs Meer hinaus, das im blendenden Licht blau funkelte, dann die Küste entlang in Richtung Stadt, und sie fragte sich erneut, wohin er sie wohl bringen mochte.

»Wollen wir hier schwimmen gehen?«, versuchte sie ihre Verwirrung mit einem Scherz zu überspielen.

»Wenn das in Ordnung ist?« Lächelnd stieg er auf ihr Spiel ein.

Auch sie lächelte. »Wie weit ist es noch?«

»Nur ungefähr eine Meile.«

Diesmal lachte sie. »Oh, nur eine Meile also!«

»Ich wusste, dass Sie mitmachen würden«, sagte er. »Aber zur Sicherheit habe ich auch ein Boot geliehen.« An einigen Fischern in abgeschnittenen Hosen und salzverkrusteten Hemden vorbei, die ihre Netze zum Trocknen auslegten, deutete er auf eine Stelle, an der ein kleines Segeldingi etwa zwei Meter vom Ufer entfernt schaukelnd vor Anker lag. *Mindestens* zwei Meter. Sie schätzte die Entfernung ab, blickte dann zweifelnd an ihren Röcken hinunter und dachte an ihre Stiefel und die Strümpfe, die sie darunter trug.

Es dauerte eine Sekunde, bis sie merkte, dass er sie beobachtete und offenbar ein Lächeln unterdrücken musste, als hätte er dasselbe gedacht.

»Machen Sie nicht so ein besorgtes Gesicht«, sagte er. Er setzte sich auf einen Felsen, zog seine Schuhe aus und krempelte die Hose hoch. »Sie werden weitestgehend trocken bleiben.«

»Ziehen Sie das Boot an Land?«, fragte sie und versuchte, die Röte aus ihren Wangen zu vertreiben.

»Dann kommen wir nicht wieder aufs Wasser hinaus.«

»Aber …«, setzte sie an, verstummte jedoch, als er aufstand und auf das Meer zuging, denn ihr dämmerte, was er vorhatte.

»Kommen Sie?«

»Ja«, sagte sie und nahm ihren Mut zusammen. »Natürlich.«

Er ging als Erster zum Boot hinaus, ließ Schuhe und Hut in den Rumpf fallen, zog seine Jacke aus und warf sie hinterher. Sie wartete am Rand des Wassers, während er, den Blick auf seine Manschetten gerichtet, die Hemdsärmel aufkrempelte. Wobei sich sein Profil dunkel gegen das Sonnenlicht abhob. Er drehte sich zu ihr, und sie schluckte, zwang ihren Körper, sich zu entspannen, als er auf sie zuwatete.

»Also, Maddy, sind Sie bereit?«

Zum ersten Mal nannte er sie so. Es war äußerst verwirrend. Ehe sie antworten oder ihr Herz einen Schlag aussetzen konnte, schlang er ihr einen Arm um die Taille, schob den anderen unter ihre Beine und hob sie hoch. Instinktiv umfasste sie seinen Nacken, verspannte sich aber vor Schreck, weil sie seine Haut berührte, noch mehr.

»Ist das Wasser warm?«, fragte sie, nur um etwas zu sagen.

»Es ist schön. Waren Sie noch nie drin?«

»Nein.«

»Das müssen wir unbedingt ändern.«

Sie glaubte nicht, dass er *jetzt* etwas daran ändern wollte. Aber dann kippte er sie leicht nach vorn, und sie schrie auf. Sofort zog er sie wieder an seine Brust und zeigte ihr auf diese Art, dass er sie natürlich nicht losgelassen hätte. Er watete weiter; sie spürte, wie sich seine Brust hob und senkte und ertappte sich dabei, dass ihr der Vorschlag ihrer Mutter, zu Hause zu bleiben und Tee zu trinken, wieder in den Sinn kam. Bei der Vorstellung, dass ihr dieses Erlebnis entgangen wäre, schüttelte sie erneut ungläubig den Kopf. Was scherten sie Klatsch und Tratsch? Alles, was sie interessierte, war, dass sie in Lukes Armen lag. Alles, was sie wollte, war, ihren Kopf an seine Brust legen und seinen Herzschlag spüren. Allzu deutlich war ihr bewusst, wie sehr sie sich danach sehnte.

Viel zu schnell hatten sie das Dingi erreicht. Er setzte sie ab, und sie wünschte, er hätte es nicht getan, aber dann kletterte er neben sie, fragte sie, ob sie schon einmal gesegelt war (nein), und befahl ihr, dies als ihre erste Unterrichtsstunde zu betrachten. Er zeigte ihr, wie man das Segel setzt und die Leinen losmacht, erzählte etwas über den Wind und die Pinne, was sie nicht verstand (»Zwecklos«, sagte er. »Wo ist Ihre Aufmerksamkeit?«), und sie lachte, denn ihre Aufmerksamkeit war ganz und gar bei ihm. Plötzlich schrie sie auf und fiel zurück auf die Bank, denn er hatte das Ruder umgelegt (das also hatte er ihr erklären wollen), und schon fuhren sie los und jagten über die Wogen.

»Macht es Spaß?«, brüllte er über Wind und Gischt hinweg. »Ja?«

»Ja!«, brüllte sie zurück, während ihr der heiße Wind ins Gesicht und in die Augen wehte. »Ja!«

Ihr Hut löste sich, vergeblich versuchte sie ihn zu fangen, sah zu, wie er davontrieb, viel langsamer als das Boot, wie er ins Meer eintauchte, auf und nieder. Sie beugte sich über den Rand und spähte in das tiefe Blau, sah unter der Oberfläche Hunderte von Fischen, mit denen sie um die Wette fuhren. Ein weiteres Mal blickte sie auf und in sein lächelndes Gesicht, sah, wie sein Hemd sich bauschte, hielt mit beiden Händen ihr Haar zurück und das Gesicht in den peitschenden Wind.

»Sie werden sich einen Sonnenbrand holen«, warnte er.

»Ist mir egal!«, rief sie.

»Nehmen Sie meinen Hut!«

Sie schüttelte den Kopf. »Ich komme sonst nie dazu, *keinen* Hut zu tragen.«

Sie hielten sich dicht an der Küste. Die Stadt erstreckte sich zu ihrer Linken, jene andere Welt aus Hitze und Geschäftigkeit, Näherinnen und Schmutz. Zu ihrer Rechten war der dunstige Horizont zu sehen, die Silhouette eines weiteren P&O-Linienschiffs, das sich träge in Richtung England bewegte. Sie ertappte Luke dabei, wie er es betrachtete, plötzlich sehr ernst, und sie dachte, dass er vielleicht an seine eigene Heimreise dachte. Sie wollte nicht wissen, ob es so war. Diese Reise sollte niemals enden. Sie fand es wunderbar, dass er sie hierher mitgenommen hatte, dass sie jetzt nicht im Fond eines stickigen Dienstwagens im Verkehr von Bombay festsaßen.

Vermutlich würde er zum Lunch mit ihr zurück zum Yachtclub fahren. Oder zum Taj Hotel. Beide lagen am Wasser. Aber dann fuhren sie an den großen Kuppeln des Hotels vorbei, an den Tischen der Sea Lounge, die ans Ufer grenzte, dann am roten Dach und den gelben Mauern des Clubs, an der Treppe, auf der sie Silvester gesessen hatte, und er blieb noch immer auf geradem Kurs.

Als sie bereits glaubte, sie würde nie erfahren, wohin sie fuhren, rief er ihr zu, sie solle den Kopf einziehen, dann wechselte er das Segel und steuerte zurück in Richtung Land, auf einen langen Sandstrand zu. Die sandige Fläche war voller Menschen, zwischen Strand und Straße wimmelte es förmlich von Leuten; sogar aus der Entfernung konnte sie das Summen der Stimmen hören, die getragenen Klänge der Sitars, den gleichmäßigen Rhythmus der Straßentrommler. Beim Näherkommen sah sie, dass zwischen dem Flickwerk aus Saris und Tuniken Decken lagen, auf denen Schmuck, süß duftendes Räucherwerk, Zierrat, Teppiche und Stoffe feilgeboten wurden. Es war ein weiterer Markt, aber einer, wie sie ihn nie zuvor gesehen hatte. Rauch stieg von der Grillkohle der Verkäufer auf: gegrilltes Gemüse und *Paneer*, brutzelndes Fett. Boote dümpelten im flachen Wasser, quollen über vor Gemüse, Säcken mit Reis, riesigen Korianderbünden und sonnengetränkten Curryblättern.

Sie drehte sich um und begegnete Lukes Lächeln, das sie ebenfalls zum Lächeln brachte, weil er sie offensichtlich beobachtet und darauf gewartet hatte, dass sie etwas sagte.

»Das hier steht nicht in Ihrem Reiseführer«, sagte sie.

»Ich wollte Ihnen etwas Neues zeigen. Und wir brauchen ein Geschenk für Ihre Tante.«

»Es ist unglaublich.« Erneut sah sie sich um und fragte sich, wie sie jemals hatte glauben können, sie würden zum Taj fahren. Sie stellte sich die Kutschen und die Reihe von Gesellschaftsräumen hinter dem Eingang vor, das förmlich-steife Speisezimmer im Inneren – die ausdruckslosen Mienen der *punkahwallahs*, die heiße, abgestandene Luft, das klirrende Geschirr und das gesittete, leichte Lachen –, und jeder, der dort saß, tat ihr unendlich leid.

Dieses Gefühl verstärkte sich im Lauf des Nachmittags. Sie gingen an Land, blieben an Verkaufsständen stehen, um ein wollenes Schultertuch für Edie und in Naanbrot eingerollte Kebabs zu kaufen, die sie auf einem Holzsteg aßen, während die Standbesitzer durch die flachen Wellen wateten und sie aufforderten, zu ihnen zu kommen, sich ihre Waren anzusehen und zu kaufen, unbedingt zu kaufen.

»Später«, sagten sie wie aus einem Mund, »später.«

Sie redeten viel, die Worte kamen mühelos, so frei wie am Abend zuvor. Auf ihr Drängen hin erzählte er ihr mehr darüber, wie er und Peter sich angefreundet hatten und dass sie früher immer Polo gespielt hatten.

»Peter spielt Polo?«, fragte Maddy.

»Er spielt seine eigene Version davon«, sagte Luke, »und wenn es mittlerweile nicht verboten ist, tut er das sicher immer noch.«

Er beschrieb sein Haus in Richmond, seine Stimme klang wehmütig, als er erzählte, wie friedlich es dort war, obwohl es so nah bei London lag. Er erzählte, wie die Themse hinter seinem Garten entlangfloss, erwähnte sein Boot, mit dem er bei jeder sich bietenden Gelegenheit hinausfuhr.

»Daher gehen Sie so geschickt mit dem Segel um«, sagte sie.

»Nein, eigentlich nicht. Das verdanke ich meinem Vater. Ich bin auf Sandbanks aufgewachsen, er ist mit mir immer auf den Solent hinausgefahren. Das tut er heute noch, wenn ich ihn besuche.«

Sie lächelte, genoss die Vorstellung, wie Luke mit einer älteren Ausgabe von sich zusammen war, in dicken Wollpullovern draußen auf der kalten, bewegten See.

Sie aßen die Kebabs auf und holten sich *Kulfi*. An Guy verschwendete sie keinen Gedanken. Sie erzählte mehr über das Dorf in Oxfordshire, in dem sie aufgewachsen war, über Ferien im Lake District, über ihre Zeit in Somerville und die vielen Kundgebungen in London.

»Sind Sie mal festgenommen worden?«, fragte Luke.

»Nein.«

»Das klingt, als wären Sie enttäuscht«, sagte er.

Stunde um Stunde verging, die sengende Hitze wurde allmählich milder, wie die Menschenmenge dünner wurde, ohne dass einer von beiden es sich eingestand; das Wasser leerte sich, vollgepackt machten sich die Boote auf den Heimweg.

Er reckte den Hals, und seine braunen Locken streiften den Hemdkragen, als er in den dunkler werdenden Himmel und zum Horizont blickte, wo blutrot die Sonne unterging, und seine Augen wurden schmal; sie sahen so unwillig aus, wie Maddy sich fühlte.

»Müssen wir gehen?«, fragte sie.

»Ich habe Ihrem Vater versprochen, dass wir bei Einbruch der Dunkelheit zurück sind«, sagte er. »Er schien mir nicht recht zuzutrauen, im Dunkeln zu segeln.«

»Nein?«

»Nein.«

»Immer macht er sich Sorgen«, sagte sie.

Er lächelte. »Warten Sie hier. Ich hole das Boot.«

Die Rückfahrt in der zunehmenden Abenddämmerung war noch schöner als die Hinfahrt, wenn das überhaupt möglich war. Und langsamer. Der Wind hatte die Richtung gewechselt, sodass die See nun stiller war, tiefschwarz, und die Brise blähte das Segel gerade genug, um sie sanft voranzutreiben. Sie saßen nebeneinander. Luke zeigte Maddy, wie man das Ruder betätigt; er führte ihr die Hand. Sie blickte auf ihre miteinander verbundenen Finger: Ihre waren blass, seine dunkel, und sie wunderte sich über ihre anfängliche Nervosität, diese Schüchternheit. Es kam ihr vor, als hätte jemand anders sie empfunden. Nach und nach tauchten die Lichter der Stadt auf, funkelten an der Küstenlinie, und sie lehnte den Kopf an seine Schulter, atmete den leichten Holzkohlegeruch ein, den der Aufenthalt am Strand auf seinem Hemd hinterlassen hatte, den Duft nach Seife und Wärme. Sie schloss die Augen, genoss die warme Brise auf ihrem sonnenverbrannten Gesicht, die unermessliche Weite des Meeres, das sie umgab.

Als sie den Strand erreichten, waren bereits die Sterne zu sehen. Sämtliche Fischer waren nach Hause gegangen. Luke setzte den Anker, sprang ins Wasser, drehte sich um und zog das Boot zu sich hin.

Maddy legte ihm die Hände auf die Schultern und spürte, wie er die Arme um ihre Taille schloss.

Sie blickte nach unten, ihr Haar hatte sich gelöst und fiel nach vorn. »Danke«, sagte sie.

»Wofür?«

»Für diesen Tag.«

»Sie wissen, dass ich ihn nur als Ausrede geplant habe«, sagte er, »damit ich Sie auf diese Weise im Arm halten kann.«

»Das dachte ich mir schon«, sagte sie.

Sie spürte jeden Herzschlag in ihrer Brust, als sie sich langsam zu ihm neigte.

Diesmal kam kein Peter, um sie zu unterbrechen. Niemand war da.

Sie glaubte zu wissen, was kommen würde. Schließlich küsste sie nicht zum ersten Mal. Damals in Oxford hatte es Jungen gegeben; eine Handvoll gestohlener Momente auf dunklen Korridoren bei Bällen und Collegefesten.

Aber das war anders gewesen.

Das hier war anders.

Seine Lippen streiften ihre, noch einmal, und sie fühlte, wie sie fiel, aus dem Boot, in seine Arme, mit einer Hingabe, die sie selbst geradezu schockierte. Sie hinterfragte nichts. Er küsste sie drängender, zog sie an sich, und sie hörte auf zu denken. Sie presste sich an ihn, seine starken Arme hielten sie noch fester, und der wundervolle Kuss ging immer weiter.

Sie wollte nichts anderes, als vollkommen glücklich zu sein. Sie war es beinahe. Aber als sie sich voneinander lösten und sie ihre Stirn an seine legte, während ihr Rock in das flache Wasser getaucht war, als sie sah, wie er sie anblickte, erahnte sie die Gedanken hinter seinem dunklen Blick, und wie aus dem Nichts fiel ihr wieder ein, wie er zuvor das P&O-Linienschiff angesehen hatte, nur dass es diesmal unmöglich war, den Gedanken an seine drohende Abreise zu verdrängen. Sie sahen einander in die Augen, und sie ertappte sich bei der Frage, warum er ursprünglich überhaupt nach Indien gekommen war. Es war wegen dieses Krieges, von dem sie glauben wollte, dass er niemals ausbrechen würde. Aber dafür hatte sie zu viele Artikel über das Wettrüsten in Europa gelesen, über die Gebiete, die die Staaten sich gegenseitig abnehmen wollten –, und erneut fühlte sie den Stachel ihrer alten Angst: dass dieses unerwartete und surreal anmutende Glück nicht von Dauer sein würde; da war ein Schatten, der sich über diesen vollkommenen Tag legte. *Trau der Sache lieber nicht.*

Er zog sie fester an sich, als hätte er ihre Gedanken erraten.

Aber er fragte nicht. Genauso, wie sie ihn nicht gefragt hatte, als sie das Linienschiff hinter dem Horizont verschwinden sahen.

Erneut küsste er sie, und sie versuchte, die Angst loszulassen.

Welchen Sinn hatte es denn, daran festzuhalten?

Dort, in der tiefer werdenden Dunkelheit, im leicht wogenden Wasser, in der Stille um sie her, die die Welt fernhielt und sie, nur sie allein in sich aufnahm, dort sagte sie sich, dass ihre Angst keinen Sinn ergab, absolut keinen Sinn.

Alles wird gut.

Kapitel 10

Alles wird gut.

Das redete Alice sich ein, während sie am Wohnzimmerfenster stand und mit schmerzerfülltem Blick ihre Tochter und diesen Luke Devereaux beobachtete, die, kaum zu erkennen in der inzwischen hereingebrochenen Nacht, durch das Tor des Anwesens und entlang der gewundenen begrünten Zufahrt auf das Haus zukamen. Sie legte die Hände an die Fensterscheibe und sah die beiden langsam näher kommen. Hand in Hand, die Köpfe zueinander geneigt, schienen sie ihre Umgebung kaum wahrzunehmen, und trotz ihrer – unzähligen – Vorbehalte spürte Alice einen Stich in der Herzgegend, den Ursprung eines Lächelns der traurigsten Art. Einerseits erinnerte sie sich daran, wie es sich anfühlte, auf diese Weise mit einem jungen Mann spazieren zu gehen; andererseits erkannte sie bekümmert, dass sie ihre Tochter seit deren Ankunft in Indien noch nie so glücklich gesehen hatte. Und schließlich befürchtete sie, dass Luke bald wieder gehen würde und Madeline entweder gezwungen wäre, ihn zu begleiten, oder aber tief verletzt zurückbleiben würde (Richard hatte erzählt, dass Luke nur noch eine knappe Woche im Land bleiben würde.)

Alice drückte die Hand fester an die warme Scheibe und runzelte die Stirn, als sie bemerkte, dass Madeline keinen Hut trug. Die blonden Locken fielen ihr zerzaust über den Rücken. Sie waren gesegelt, natürlich; Richard hatte Alice auch das erzählt, als er eine Stunde zuvor aus dem Büro nach Hause gekommen war. Alice war wütend auf ihn gewesen, weil er nicht versucht hate, Madeline davon abzuhalten.

»Unsere Tochter war auf einem Boot unterwegs?«, hatte sie gefragt. »Den ganzen Tag?«

»Es gibt Schlimmeres, Alice.«

»Ach ja?«, versetzte sie. »Muss ich dir wirklich erklären, was die Leute dazu sagen werden?«

»Wen zum Teufel interessiert das?«, antwortete er und schenkte ihnen beiden einen Brandy ein. »Lass sie doch reden. Was spielt das denn für eine Rolle?«

»Eine große«, sagte sie, »auch wenn es nicht so sein sollte.«

»Sie ist eine erwachsene Frau, ob es dir gefällt oder nicht.«

»Vielleicht würde es mir ein bisschen besser gefallen, wenn man mir nicht ihre Kindheit gestohlen …«

»Nein«, fiel er ihr ins Wort. »Nein. Das höre ich mir *nicht* noch einmal an.«

Richard hatte sich umgedreht und war die Treppe hinaufgegangen, ehe sie den Brandy auch nur angerührt hatten. Die Gläser aus Bleikristall standen noch immer auf dem Büfett; in einem davon war eine Fliege gelandet und im Alkohol ertrunken (offenbar ein recht glückliches Ende. *Es gibt Schlimmeres*). Seitdem hatte sie Richard nicht mehr gesehen. Sie wollte eigentlich noch ärgerlich auf ihn sein (es war ein altvertrauter Streit), zumal sie ihre Tochter nun in solch derangiertem Zustand sah. Doch als Madeline näher kam, glücklich und von der Sonne geküsst, brachte sie es nicht fertig, weiterhin wütend auf ihn zu sein. Sie ertappte sich dabei, dass sie sich Madeline draußen auf den Wellen vorstellte, den Kopf in den Nacken geworfen – mit diesem glucksenden Lachen, das sie, Alice, an jedem Tag in den vergangenen fünfzehn Jahren zu vergessen gefürchtet hatte –, und sie spürte, wie sie die Lippen erneut zu einem Lächeln verzog.

»Bist du so weit?«

Richards Stimme durchbrach die schwüle Stille, und sie schrak auf. Angekleidet für das Abendessen, mit weißer Fliege, stand er in der Tür. An dem sanften Ausdruck seines wettergegerbten Gesichts erkannte sie, dass er sie hatte lächeln sehen.

»Redest du wieder mit mir?«, fragte sie.

»Ich rede immer mit dir, Alice.«

Er durchquerte den Raum und schlang ihr die Arme um die Taille. Sie erstarrte, entzog sich ihm aber nicht. Was auch immer der Grund für ihren Ärger auf ihn war – das Bedürfnis, ihm auszuweichen, verspürte sie eigentlich nie.

»Es ist, wie ich immer schon gesagt habe«, fuhr er fort. »Guy ist nicht der richtige Mann für sie.«

»Er ist der *perfekte* Mann für sie«, sagte Alice.

»Nein. Er wird nur niemals von hier fortgehen. Das ist nicht dasselbe.«

»Er würde sich gut um sie kümmern, Richard, das weißt du.«

»Sie hat Eltern, die sich um sie kümmern, das reicht.«

»Ich glaube nicht, dass Guy ein Elternteil für sie sein will.«

»Und ich weiß nicht, ob ich darüber nachdenken möchte«, sagte er.

Alice seufzte.

»Er ist fast so alt wie du«, sagte Richard, »fast zwanzig Jahre älter als Maddy.«

»Und du bist fast zwanzig Jahre älter als ich«, versetzte sie, womit sie recht hatte. Er war sechzig, sie hingegen erst vierundvierzig. Sie hatten sich verlobt, als sie einundzwanzig war und Liebeskummer hatte (danke, Fitz; danke, Edie). Richard war auf Heimaturlaub in Oxford gewesen. Er hatte sie zu Spaziergängen am Fluss entlang mitgenommen, zum Tee in Oxfords Kopfsteinpflaster-Gassen, und sie davon überzeugt, dass alles wieder in Ordnung kommen würde. Sie hatten rasch geheiratet – er habe große Angst, dass sie es sich anders überlegen würde, hatte er ihr gesagt (was sie aber nie vorgehabt hatte) –, und zum anhaltenden Verdruss ihrer Eltern waren sie noch am Tag ihrer Hochzeit nach Bombay in See gestochen. Madeline (ein Name, den Alice immer geliebt hatte und es darum nicht über sich brachte, ihn abzukürzen) war zehn Monate danach zur Welt gekommen, das einzige ihrer sehnsüchtig erwarteten Babys, das die Schwangerschaft überlebt hatte, und vom ersten Atemzug an war sie alles, was für Alice noch zählte.

»War es falsch, dass ich dich geheiratet habe?«, fragte sie Richard nun.

»Nein, das war das Klügste, das du je getan hast«, antwortete er. »Aber Maddy ist nicht du.«

»Sie wäre glücklich mit Guy«, sagte sie. »Er hält große Stücke auf sie.«

Richard schwieg.

Erneut richtete sie ihre Aufmerksamkeit auf das Fenster. Die beiden hatten das Haus nun beinahe erreicht. Hinter den Fensterläden verborgen betrachtete sie Luke eingehend. Früher an diesem Tag, als sie ihn vom Schlafzimmerfenster aus zu erkennen versucht hatte, war ihr dazu keine Zeit geblieben. Er war viel jünger als Guy, dreißig vielleicht, zweifelsohne sehr attraktiv, und er hatte ein Gesicht, das auffiel. Das allein hätte sie nicht beunruhigt. Auch Guy war attraktiv, wenn auch auf angemessenere, gewissermaßen vornehmere Art. Was sie verstörte, war die Wärme, die dieser Fremde ausstrahlte, diese nahezu … *unwiderstehliche* Vitalität. Die Art, wie er Madeline und wie sie ihn ansah …

Erneut stieg Furcht in ihr auf. »Ich kann sie nicht verlieren«, sagte sie zu Richard. »Nicht noch einmal.«

Er wies sie nicht darauf hin, dass es zu früh war, um sich darüber Gedanken zu machen. Er pochte nicht darauf, dass auch sie nach England gehen konnte, wenn es so weit kommen sollte. Schließlich war er dabei gewesen, als sie einmal – ein einziges Mal – zurückgegangen war. In jenem schrecklichen Sommer, in dem er Madeline das erste Mal weggebracht hatte.

»Dann hör auf, sie wegzustoßen«, sagte er nur. Sie

drehten sich um, weil sie Schritte über den gefliesten Korridor auf die Veranda zukommen hörten. Er drückte ihre Schultern. »Bitte Luke zum Dinner«, schlug er vor. »Versuch es wenigstens.«

Zögerlich nickte sie und schluckte ihre Nervosität herunter. Wie seltsam, der eigenen Tochter gegenüber schüchtern zu sein. Aber sie würde tun, was Richard ihr gesagt hatte. Obwohl sie hoffte, dass die Angelegenheit so schnell aufhören würde, wie sie begonnen hatte (und so wenig schmerzhaft wie nur möglich), wusste sie, dass sie es tun musste. An jenem Abend neulich im Garten, als sie den Stein bemalt hatte, war Madelines Lächeln … *alles* für sie gewesen. Seitdem warf sie immer wieder einen Blick in Madelines Zimmer, um sich zu vergewissern, dass der Stein noch auf dem Nachttisch lag. Sie hatten Fortschritte gemacht im Umgang miteinander, doch das hatte Alice früher an diesem Tag zunichtegemacht, indem sie Kopfschmerzen vorgetäuscht hatte. So etwas durfte sich nicht wiederholen.

Sie musste es versuchen. Sie *musste* einfach.

Alles wird gut.

Alice wandte sich zur Tür, ihr Blick huschte über Madelines Gesicht, als sie den Raum betrat. Es strahlte vor Freude. *Du siehst aus, als hättest du einen wunderschönen Tag gehabt,* wollte sie sagen.

Sie wusste nicht, warum stattdessen herauskam: »Du hast wohl deinen Hut verloren.«

»War sie wütend?«, fragte Della am nächsten Morgen.

Wie versprochen hatte Maddy sie in Peters Haus

besucht, einer kleinen Villa zwischen Malabar Hill und der City. Sie frühstückten weiche Brötchen und Honig in seinem Garten, der nur briefmarkengroß und umstanden war von Bäumen, die gnädig die bereits heißen Sonnenstrahlen fernhielten, nicht aber den Verkehrslärm und das Bimmeln der Straßenbahn oder das Stimmengewirr, das von der Straße zu ihnen in den Garten drang.

»Wegen des Huts?«, fragte Maddy.

»Nein, wegen … allem.«

»Sie war eher enttäuscht, glaube ich«, sagte Maddy und schluckte hinunter, was sie im Mund hatte.

»Oh nein«, sagte Della. »Das ist ja noch schlimmer.«

»So ist es doch immer«, sagte Maddy, die selbst ziemlich enttäuscht war. Allein die Tatsache, dass sie froh gewesen war, weil ihre Mutter dort im Salon gewartet hatte; ihre Erleichterung, weil Alice überhaupt bereit war, Luke kennenzulernen. »Du hättest hören sollen, wie sie ihn gebeten hat, zum Dinner zu bleiben«, sagte sie zu Della. »Sie hätte ihn ebenso gut auffordern können, ihr alle Zähne zu ziehen.«

»Und er ist nicht geblieben?«

»Nein, er musste um neun bei einem der Quartiere sein. Aber er kommt heute Abend.«

»Zum Dinner mit deinen Eltern?«

»Nein, meine Eltern haben etwas vor, das mit Papas Arbeit zu tun hat. Luke führt mich aus, keine Ahnung, wohin.«

Spielt das eine Rolle?, hatte er auf ihre Frage nach dem Ziel geantwortet, als sie allein auf der Zufahrt standen, ehe er davongefahren war.

Nein, hatte sie gesagt. Er hatte sie bei der Hand genommen, sie an sich gezogen und damit jeden Gedanken an Alice' schroffes Benehmen beiseitegeschoben, *ich glaube nicht.*

»Du lächelst die ganze Zeit«, sagte Della. »Wie eine Geisteskranke. Und nebenbei bemerkt: Dein Gesicht sieht sehr verbrannt aus.«

»Ich weiß«, sagte Maddy und berührte vorsichtig ihre schmerzenden Wangen. »Ich kann nur hoffen, dass es verblasst ist, ehe ich Diana Aldyce wiedersehe.«

»Himmel, ja«, sagte Della.

»*Hoffentlich bekommen wir keine Sommersprossen*«, äfften sie sie gemeinsam nach und brachen in Gelächter aus.

»Sie wird schon mit den Hufen scharren vor lauter Ungeduld, dich zu sehen«, stellte Della klar und griff nach der Teekanne. »Sie ist fast geplatzt vor Neugier, woher ihr euch kennt, Luke und du, als ihr neulich abends verschwunden seid. Natürlich habe ich nichts gesagt.«

»Danke.«

»War mir ein Vergnügen. Diana zu frustrieren könnte mein neuer Lieblingssport werden. Dir ist sicher klar, was sie sagen wird, wenn sie Wind davon bekommt, dass du unbeaufsichtigt mit ihm ausgegangen bist.«

Maddy zuckte mit den Schultern. »Wenn es das nicht ist, ist es irgendetwas anderes.«

»Sieht deine Mutter das genauso entspannt?«

»Leider nein. Was absurd ist, weil sie nie ein Problem damit hatte, wenn ich mit Guy irgendwohin gegangen bin, und weil sie selbst mit meinem Vater ständig ohne

Begleitung unterwegs war.« Richard hatte so etwas beim Dinner erwähnt, als Alice erneut Aufhebens um die Tatsache machen wollte, dass Maddy nun dasselbe vorhatte. Sie war noch dabei, diese Enthüllung zu verarbeiten. »Ich hätte nie gedacht, dass sie so etwas tut.«

»Die Vorstellung gefällt mir«, sagte Della. »Alice, die Rebellin.«

Maddy zog eine Braue hoch. »Ich habe sie jedenfalls gebeten, mir zu vertrauen. Und ihr versprochen, dass wir um Mitternacht wieder zurück sind.«

»Zur Zauberstunde aus dem Märchen.«

Maddy lachte nicht über den Scherz. Auch Della lachte nicht, sondern beäugte sie mit besorgter Miene, sodass Maddy plötzlich selbst auf der Hut war.

Sie fragte, was nicht in Ordnung war.

»Es ist nur …«, setzte Della an, »also … Peter hat gesagt …« Sie seufzte. »Hat Luke dir erzählt, dass er abreisen wird?«

»Oh«, sagte Maddy mit tonloser Stimme. (Darum ging es also.) »Ja.« Er hatte ihr auf dem Heimweg vom Strand davon erzählt. »Aber er kommt bald zurück, oder?«

»Ja, sehr bald«, sagte Della.

Maddy runzelte die Stirn. »Ich will gar nicht daran denken.«

»Na, dann viel Glück«, sagte Della. »Und an Guy denkst du natürlich auch nicht?«

»Genau«, antwortete Maddy. Sie hatte sich den ganzen Vormittag lang große Mühe gegeben, nicht an ihn zu denken. Ebenso entschlossen ignorierte sie, wie merkwürdig es war, dass Fraser Keaton Luke erzählt hatte, sie und Guy seien verlobt (noch etwas, das Luke ihr auf dem Spaziergang nach Hause gesteckt hatte. »Was?!«, hatte sie ausgerufen und war wie angewurzelt stehen geblieben. »*Wie bitte?!*«). Sie dachte auch nicht darüber nach, ob Guy von diesem Gerücht wusste und ob er etwas unternommen hatte, um es zu entkräften, oder ob er verletzt gewesen war, weil sie es im Gymkhana Club nicht einmal geschafft hatte, ihn zu begrüßen. (All diese Flaschen mit abgekochtem Wasser.)

Della rührte ihren Tee um. »Ich schätze, Guy wird schäumen vor Wut, wenn er hört, dass du mit Luke segeln gegangen bist.«

»Ich habe keine Ahnung, ob Guy schäumen wird«, sagte Maddy. Es fiel ihr schwer, sich Guy, der immer so sanft war, wütend vorzustellen, und sie fühlte sich sofort schlecht, weil er so unglaublich liebenswürdig und freundlich war. »Können wir über etwas anderes reden?«

»In Ordnung«, sagte Della. »Weil du es bist.«

Sie plauderte weiter und versuchte zu erraten, wohin Luke ihre Freundin an diesem Abend ausführen würde (»Ein Restaurant? Oder an einen anderen Strand? Nein, das wäre zu viel zu nachtschlafender Zeit, du wärst *erledigt*«), und Maddy entspannte sich wieder und ließ sich nur zu gern von der aufreizenden Vorstellung ablenken, von Luke *erledigt* zu werden. Sie wiederholte Della gegenüber, was sie am Abend zuvor zu ihm gesagt hate.

Ihr war egal, wohin sie gingen.

Völlig egal.

Es kümmerte sie kein bisschen an diesem Abend, an dem Luke weder zu einem Strand noch zu einem anderen Boot, sondern in seinem geliehenen Automobil in den alten portugiesischen Teil der Stadt mit ihr fuhr. Sie parkten in einer winzigen Straße, die auf beiden Seiten von hübschen europäischen Häusern mit gitterartigen Fensterläden und Balkonen gesäumt war, und duckten sich unter der niedrigen Türöffnung einer Mietskaserne hindurch. Luke nahm Maddy bei der Hand und führte sie eine schmale steinerne Treppe hinauf, dem Duft von Curryblättern und gedämpftem Reis entgegen. Er strahlte sie über seine Schulter an, als er sie fasziniert lächeln sah, und öffnete dann eine weitere Tür, hinter der ein wunderschönes Dachrestaurant zum Vorschein kam, voller brennender Laternen, Räucherwerk und rauchender *tandooris*, bevölkert von Indern in feinsten Seidengewändern und Frauen mit klimpernden Armreifen.

»Gefällt es dir?«

»Ob es mir gefällt? Es ist wundervoll!«

Sie setzten sich an einen niedrigen Tisch. In einem Paraffin-Näpfchen zwischen ihnen flackerte ein einzelner Docht, um sie herum war das Summen der Gespräche, die um sie her auf Urdu geführt wurden, zu hören. Der Inhaber – ein korpulenter Mann mittleren Alters in Leinentunika und Hose – brachte ihnen weiches Naanbrot und Teller mit würzigem Gemüse, das sie gegessen haben mussten, obwohl Maddy sich später nicht bewusst daran erinnern konnte. Als sie zu Hause allein in ihrem Bett lag und jede Sekunde des Abends vor ihrem inneren Auge ablaufen ließ (selig grinsend, beinahe töricht), wusste sie nur noch, wie es sich angefühlt hatte, an Lukes Hand die Treppe hinaufzusteigen. Sie erinnerte sich an den Moment, in dem er ihr in die Augen geblickt und sie gefragt hatte, was sie davon halten würde, wenn er seinem Kontakt im Generalstab telegrafieren und länger in Bombay bleiben würde.

»Geht das denn?«, fragte sie, die sich kaum zu erkundigen, geschweige denn zu glauben wagte, dass diese Möglichkeit überhaupt bestand.

»Ja, warum nicht?«, gab er mit funkelndem Blick zurück, offenbar glücklich, weil sie glücklich war. Wie hätte sie auch *nicht* glücklich sein können? »Hier gibt es nach wie vor eine Menge zu tun.«

»Oh mein Gott!«

Luke lachte. »Ist das ein Ja? Heißt das, du möchtest, dass ich bleibe?«

»Natürlich möchte ich das«, sagte sie und lachte ebenfalls, vor Erleichterung und schockiert von dem Wunder, dass er tatsächlich bleiben würde. »Möchtest du nicht zu deinem Fluss in Richmond zurückkehren?«

»Doch, gern sogar«, sagte Luke. »Aber das führt zu nichts.«

»Und wenn sie nicht wollen, dass du bleibst?«

»Dann nehme ich mir Urlaub«, hatte er geantwortet und erneut gelacht, als würde er aus sich selbst nicht recht schlau. »Es ist nicht gerade leicht, dich zu verlassen, Miss Bright.«

Er musste keinen Urlaub nehmen. Sein Kontakt telegrafierte umgehend zurück, dass der Generalstab sich freuen würde, ihn weiterhin in Bombay zu haben. Am nächsten Tag fuhr er zwischen zwei Besprechungen zu Maddy, um ihr das zu erzählen. Er traf sie draußen auf der Veranda an, wo sie sich den Kopf darüber zerbrach, wann sie endlich Genaueres erfahren würden. Sie trank Tee mit ihrer Mutter (die sie überrascht hatte, indem sie das Tablett herausgebracht und Maddy dann, wenn auch steif, nach ihrem Dinner am Abend zuvor gefragt hatte. »Das klingt sehr … exotisch. War das Essen denn einigermaßen sicher?«).

Alice fragte Luke, wie lange er noch bleiben würde, und sprach Maddy – der es vorübergehend die Sprache verschlagen hatte – damit aus der Seele.

»Ich weiß es nicht«, sagte er und blickte Maddy in die Augen. Erneut trug er einen dunklen Anzug und ein frisches weißes Hemd. Ein Lächeln umspielte seinen Mund. »Es kommt darauf an, was in nächster Zeit passiert. Einen Monat bleibe ich sicherlich noch hier.«

»Einen Monat?«, fragte Alice.

Einen Monat, dachte Maddy, während ihr das Herz in der Brust hämmerte. *Einen ganzen Monat.*

»Vielleicht auch länger«, fuhr Luke fort, und Alice fragte ihn, ob das bedeute, dass sein Aufenthalt unbefristet sei.

»Nein«, sagte er. »Ich werde nach England zurückgehen. Mit Sicherheit noch vor Beginn des Sommers. Ich fürchte, ich bin für das Leben im British Raj nicht gemacht.«

Alice starrte ihn an, als hätte sie nicht verstanden.

Maddy verstand sehr wohl. Obwohl sie die Zeit in Indien inzwischen genoss – vor allem die zurückliegenden Tage –, war auch sie nicht dafür gemacht, ihr gesamtes Leben an diesem Ort zu verbringen. Zwar handelte sie nur ungern vorschnell (der alte Aberglaube), aber sie malte sich bereits weichen Rasen unter einer Weide und ein Boot aus, das im Sommer auf der Themse schaukelte.

Und währenddessen verlängerte er wirklich und wahrhaftig seinen Aufenthalt. Ihr zuliebe. *Ihr.*

»Einen Monat«, sagte sie, als sie die Sprache wiedergefunden hatte. Sie wollte aufstehen, ihn umarmen und küssen, wie sie ihn auf dem Meer geküsst hatte.

Von der anderen Seite des Raumes aus blickte er sie mit funkelnden Augen an. Sein Körper wirkte angespannt, als müsste auch er diesen Drang unterdrücken. »Mindestens einen Monat«, sagte er.

Sie strahlte und schrie leise auf, blickte von ihm zu ihrer Mutter (die nicht strahlte), dann wieder zu ihm. »Ist das nicht ein Irrwitz?«

»Ja, wahrscheinlich«, sagte er und lachte.

Alice seufzte. »Ich glaube, Sie sollten heute Abend zum Dinner zu uns kommen«, sagte sie.

Das tat er.

Und es war gut. Nicht so entspannt wie die Stunden, die sie allein miteinander verbracht hatten, aber dennoch … gut. Obwohl Alice sich deutlich spürbar weigerte, auch nur in Betracht zu ziehen, dass sie Luke vielleicht mögen könnte, gab sie sich große Mühe. Sie machte sogar einen Abstecher zur Küche des Taj Hotels, um Austern zu kaufen, die garantiert frisch genug für den ersten Gang waren, und deckte eigenhändig den Tisch. Und sie war höflich, als er ankam. Sie dankte ihm für die mitgebrachten Blumen und bot ihm einen Drink an (»Du hast Blumen besorgt und bist trotzdem pünktlich«, sagte Maddy leise. »Es wäre auch keine gute Idee gewesen, zu spät zu kommen«). Allerdings sprach Alice danach kaum noch. Beim Essen versuchte Luke mehrmals, mit ihr ins Gespräch zu kommen, fragte sie nach allem Möglichen, angefangen bei ihrer Kindheit in England bis zu Orten, die sie in Indien gesehen hatte, aber ihre Antworten beschränkten sich auf das absolut Notwendige. Sie erzählte ihm, dass sie in Oxford aufgewachsen war (was Maddy ihm bereits verraten hatte), dass sie zahlreiche Orte in Indien besucht, aber eigentlich keinen Lieblingsort hatte, obwohl sie die kühle Luft in den Bergen mochte.

»Du bist mit Maddy immer gern rodeln gegangen«, sagte Richard. »Das habt ihr stundenlang gemacht.«

»Ich erinnere mich«, sagte sie.

»Maddy«, fuhr er fort, »erinnerst du dich auch?«

»Dazu war sie sicher noch zu klein«, sagte Alice.

»Ich glaube, ich erinnere mich tatsächlich daran«, sagte Maddy. Sie sagte es nicht, um nett zu sein. Oder zumindest nicht nur aus diesem Grund. Wenn sie sich Mühe gab, konnte sie sich erinnern, wie sie einen Abhang hinaufgestapft war, wobei sie sich an langen Wollröcken festhielt und eine atemlose Stimme sagen hörte: *Ein letztes Mal noch.* Oder war das Edie gewesen? Maddy hatte danach noch viele Winter in Oxford mit ihr erlebt, sodass es schwer zu sagen war.

»Gehen Sie gelegentlich noch in die Berge hinauf?«,

fragte Luke an Alice gewandt und holte Maddy aus ihren Gedanken in die Gegenwart zurück.

»Seit Maddys Abreise nach England war ich nicht mehr dort oben«, sagte Alice. »Also, seid ihr alle fertig?«

»Es liegt nicht an dir«, sagte Maddy zu Luke, als sie gleich nach dem Essen gemeinsam zu seinem Automobil gingen. Es war immer noch heiß, obwohl es auf elf Uhr zuging. Das Abendkleid klebte auf ihrer feuchten Haut. Die nächtliche Hitze hatte in letzter Zeit noch zugenommen; schwer hing der Duft der sonnensatten Erde und der übervollen Blumenbeete in der Luft. »Sie ist einfach so.«

»Tatsächlich?« Er blickte über die Schulter zum Haus und schien über ihre Worte nachzudenken, sein markantes Gesicht wirkte nachdenklich in der Dunkelheit. »Ist dir schon mal aufgefallen, wie sie dich ansieht?«

»Wie sie mich ansieht?«

»Als könnte sie nicht glauben, dass es dich überhaupt gibt«, sagte er.

»Nein.«

»Doch«, sagte er. »Sie beobachtet dich die ganze Zeit. Sie liebt dich über alles, Maddy.«

Maddy lachte, denn der Gedanke war ebenso abwegig wie hinreißend. »Sie hat mich in Oxford nur einmal besucht«, rief sie ihm in Erinnerung. »Ein einziges Mal.«

»Hast du sie nach dem Grund gefragt?«

»Ich habe Papa gefragt und Edie …«

»Aber nicht sie selbst?«

»Ich …«, setzte Maddy an, verstummte aber wieder. »Sie würde es mir nicht sagen.«

»Vielleicht solltest du sie einmal auf die Probe stellen.«

»Vielleicht«, antwortete sie leichthin und ohne jede Absicht, es wirklich zu tun.

Er warf ihr einen gespielt verärgerten Blick zu und öffnete die Fahrertür. »Wir sehen uns morgen um sieben«, sagte er.

Maddy lächelte. »Wohin fahren wir?«

Auch Luke lächelte. Erneut blickte er verstohlen zum Haus, dann legte er ihr sanft eine Hand in den Nacken, und sie erschauerte. »Spielt das eine Rolle?«

»Nein«, sagte sie und beugte sich vor, damit er sie küssen konnte, »ich glaube nicht.«

Er fuhr mit ihr zu einem spärlich beleuchteten indischen Restaurant am Stadtrand, am Ende einer Gasse, in der die Dunkelheit fast schwarz wirkte. Das Lokal war voller Einheimischer, die sie anstarrten, als sie hereinkamen, ihnen aber weiter keine Beachtung schenkten und vollauf mit ihrem eigenen Gelächter und ihren Gerichten, die sie mit den Händen aßen, und mit lautem, unverständlichem Geplapper beschäftigt waren. Maddys Abendkleid wischte über den Lehmfußboden, als sie Luke zu einem der wenigen freien Tische folgte (»Du scheinst dir den Saum ruiniert zu haben«, sagte später Alice, die aufgeblieben war, bis Maddy nach Hause kam). Sie atmete den Duft von gedämpftem Reis und Gewürzen, von dem Kerosin, mit dem die Öfen befeuert wurden, den muffigen Geruch von Körpern und von den Kühen, die darauf lauerten, den Gästen die Bananenblatt-Teller wegzuessen. Sie bestellten Dal und Fladenbrot, Chai in dunklen Tassen, und er erzählte ihr von seinem Tag, von den vielen Dingen, an denen er arbeitete (»Ich bin nun doch zu dem Schluss gekommen, dass du keine Spionin bist«, sagte er. »Hervorragend«, sagte sie, »dann mache ich meine Arbeit offenbar sehr gut«). Er erzählte, wie schwer es war, in einem so riesigen Land alle Reservisten ausfindig zu machen und deren Qualifikationsniveau einzuschätzen. Zusätzliche Eisenbahn- und Schiffskapazitäten mussten auf Abruf bereitstehen, es gab Schulungsbedarf in Indien und drüben in England. »Es ist endlos«, sagte er.

»Und hoffentlich auch sinnlos«, sagte sie.

»Hoffentlich«, gab er zurück, und sie wünschte, er hätte überzeugter geklungen.

»Schön wär's«, sagte er.

Am folgenden Abend fuhren sie mit Peter und Della – ein Zugeständnis an Alice, die nach wie vor nicht glücklich damit war, dass sie so häufig allein ausgingen – zu dem Restaurant im Watson's in der Nähe des Kricketfelds. Diesmal waren noch weitere Briten dort, überwiegend Touristen und niemand, den sie kannten. In einer Ecke des geschäftigen Speisezimmers saßen sie alle zusammen. Sie redeten und aßen, bis Maddy das Gefühl hatte, dass ihr gleich das Mieder platzen würde (»Ich glaube, meins ist schon geplatzt«, sagte Della), und die Stunden vergingen wie im Flug. Da Maddy ihn danach fragte, erzählte Luke mehr von seiner Familie: Sein Vater war Anwalt, seine Mutter Ärztin.

»Oh, eine Ärztin«, sagte Maddy. »Jetzt fühle ich mich noch schlechter, weil ich überhaupt nichts bin.«

»Du bist nicht *nichts*«, widersprach Luke.

Später, nachdem sie Peter und Della in dem Lokal zurückgelassen hatten, stellten sie das Automobil am Fuß des Hügels ab und gingen langsam Hand in Hand den Malabar Hill hinauf, um eine Weile unbeobachtet zusammen zu sein. Maddy erzählte ihm mehr von Oxford. Sie gestand, wie gern sie sich immer vorgestellt hatte, dass ihre Mutter dort aufgewachsen war, während sie selbst in Edies und Fitz' Dorf lebte. »Ich glaube, dadurch fühlte ich mich ihr näher.«

»Leben ihre Eltern noch?«

»Nein«, sagte Maddy. »Sie sind gestorben, als ich noch klein war. Ich kann mich kaum an sie erinnern. Aber Edie kann das. Sie sagte, sie seien immer sehr streng zu meiner Mutter gewesen.«

»War Edie mit Alice befreundet?«

»Ja, gut sogar«, sagte Maddy, »früher. Edie sagt, sie hätten sich nach der Schule aus den Augen verloren. Aber ich glaube, da steckt mehr dahinter.«

»Ist das noch etwas, wonach du deine Mutter nie gefragt hast?«

»Du bist ja ein ganz Schlauer.«

Er lächelte. »Kannte dein Vater damals schon deine Mutter?«

»Nein, er hat bereits hier gearbeitet. Edie hat mir erzählt, dass er auf Heimaturlaub in England war, als sie und Mama achtzehn waren, und er hat sich Hals über Kopf in Mama verliebt, aber sie wollte nichts von ihm wissen. Erst als er drei Jahre später wiederkam, war sie bereit, ihn zu heiraten.«

»Und dann kamst du.«

»Wie du siehst.«

»Nun, Gott sei Dank hat Alice eingewilligt«, sagte er. Behutsam zog er sie an sich, mit ernster Miene und einem Funkeln in seinen dunklen Augen. Er berührte ihre Wange, und sie drehte den Kopf, drückte die Lippen in seine Handfläche und hörte, wie er scharf einatmete. Er beugte sich über sie, noch tiefer – ein weiterer Kuss, der hoffentlich niemals enden würde.

Woche um Woche verging, jede schneller als die vorhergehende. Sie besuchten das Dachrestaurant ein weiteres Mal und auch andere indische Restaurants. Zwar begleiteten Peter und Della sie gelegentlich (»Blätter anstelle von Tellern«, sagte Peter. »Wie ulkig.« – »Bist du wohl still!«, schimpfte Della), aber meistens blieben sie allein, verbrachten Stunden in verborgenen Gartenrestaurants voller Mangobäume und Frangipanis und sorgten damit bei Aldyce' und ihren Freunden für jede Menge Gesprächsstoff. (»Im Club sind alle wie elektrisiert«, sagte Della, »aber wenn deine Eltern in der Nähe sind, halten sie sich natürlich bedeckt. Trotzdem, ich wünschte, du könntest sie hören, Maddy.«)

An den Wochenenden besuchte Luke sie zu Hause. Er bemühte sich beharrlich um Alice, redete mit ihr über Bombay, das so rasch wuchs, über den Lärm, darüber, wie leicht man ihn vergaß, wenn man nicht hier war. Und ob wohl jemand die Kinder daran hindern würde, den Pfau zu quälen?

»Das übernehme ich«, sagte Maddy und ging auf

Suya zu, die zwischen ihren Geschwistern stand, die kleinen Füße in den Boden gestemmt, den Schwanz des schreienden Pfaus in Händen. »Suya. *Suya ...!*«

»Suya!«, rief Richard in Maddys Windschatten, »was hat dieser Vogel dir je getan?«

Suya antwortete nicht. Sie zog weiterhin an den Federn des Pfaus, das engelgleiche Gesicht vor Anstrengung verzerrt, während das Tier kreischend mit den Flügeln schlug.

»Stopp!«, rief Maddy.

»Es reicht!«, rief Luke von der Veranda, halb lachend und halb schimpfend.

Suya strahlte ihn an. Angestachelt von der Begeisterung ihres Bruders und ihrer Schwester zog sie ein letztes Mal kräftig am Pfauenschwanz, und exakt in dem Augenblick, in dem Maddy und Richard bei ihr waren, heulte sie triumphierend auf. Sie ließ das entsetzte Tier los und reckte die geraubte Feder dem Himmel entgegen.

»Jesus Christus«, sagte Richard.

Bei anderen Gelegenheiten unternahmen Luke und Maddy Spaziergänge zu den Hängenden Gärten oben auf dem Hügel. Sie schlenderten über die gepflegten Rasenflächen, während Libellen sie umschwirrten und Vögel über ihren Köpfen kreisten – darunter auch Geier, angelockt von den Leichnamen, die die örtliche Gemeinschaft der Parsen bei den nahegelegenen Türmen des Schweigens für sie hinterlassen hatte.

»Nein!«, sagte Maddy entsetzt, als Luke ihr von dieser Tradition erzählte.

»Doch«, antwortete er und lachte ihr ins Gesicht.

»Tja, daran muss ich nun jedes Mal denken, wenn ich hierherkomme«, sagte sie.

»Das ist nicht gut«, antwortete er. »Mal sehen, ob ich dich ablenken kann.«

Sie blieben stehen, um so kurz wie möglich mit einigen Leuten zu sprechen, die ihnen entgegenkamen (»Meine Güte«, sagte der sonnenverbrannte Marineoffizier, »Maddy! Sie machen sich in letzter Zeit aber rar. Welche Ehre!«). Sie setzten sich in den Schatten der Palmen, und sie legte den Kopf auf Lukes Schulter. Hand in Hand saßen sie da, blickten auf das Meer hinaus und auf die Stadt, die sich unter ihnen erstreckte.

Ich möchte, dass es niemals aufhört, dachte sie.

Bitte, mach, dass es nicht aufhört.

Erneut gingen sie zu dem Strand, von dem aus sie losgesegelt waren, und verzehrten das Picknick, das der Koch ihnen auf Maddys Bitte eingepackt hatte. (Sie hatte versucht, ihn mit dem Hindustani zu becircen, das Luke ihr auf ihren Wunsch hin beigebracht hatte. »Vielleicht sollten Sie lieber Englisch sprechen«, hatte der Koch gesagt. »Damit ich Sie verstehe.«) Die Fischer waren wieder da und säumten das Ufer. Luke kaufte ihnen frischen Schnapper ab, den sie zu Safranreis und Tomatensalat aßen. Beim Versuch, ein Feuer zu entfachen und den Fisch darüber zu grillen, scheiterte er so gründlich, dass sie in ihrer Tasche wühlte und die Streichhölzer herauszog, die er ihr nach Neujahr zurückgeschickt und die sie die ganze Zeit über aufbewahrt hatte. Maddy musste dermaßen lachen, dass ihr Tränen über die Wangen liefen.

Er musterte sie aus schmalen Augen. »Wusstest du wirklich nicht mehr, dass du die noch hattest?«, fragte er.

»Ich habe es vergessen«, sagte sie, immer noch lachend. »Ich schwöre. Verbrauch nicht zu viele, ich möchte sie gern behalten.«

»*Jetzt* brauche ich nur eins«, sagte er und kniete sich erneut in den Sand.

Als es auf Mai zuging und kein Brief aus England kam, um Luke zurückzubeordern, verließ er das Taj Mahal Hotel und bezog private Räume am Wasser, in der Nähe der Docks. Er erklärte Maddy, er zöge die Ungestörtheit vor, die Gewissheit, im Foyer nicht auf die Aldyce' zu treffen, die aus der Stadt zurückkamen. (»Sie haben mein volles Verständnis«, sagte Richard und seufzte.) Maddy besuchte ihn dort nicht. Sie fürchtete, dass sie selbst für ihre Verhältnisse zu weit ging, wenn jemand sie in seiner Wohnung verschwinden sah. Allerdings war sie sehr versucht, es dennoch zu tun. Mittlerweile sehnte sie sich verzweifelt danach, länger mit ihm allein zu sein als nur für ein paar gestohlene Minuten, ehe sie zur Villa zurückkehrten, um Mitternacht, die wie immer zu früh kam. Mit jedem Kuss fiel es ihr schwerer, sich von ihm zu lösen. An der widerstrebenden Art, wie er sie losließ, erkannte sie, dass er dasselbe empfand.

»Maddy«, sagte er. »Ich weiß nicht, was du da tief in meinem Inneren berührst.«

Sie wusste nicht, was er in ihr berührte.

Der Mai verging. Die Temperatur stieg, kletterte langsam die Quecksilbersäule hoch. In den brütend heißen

Stunden vor der Dämmerung fiel es ihr schwer zu schlafen. Sie dachte an nichts anderes als an ihn, ob auch er wach und ruhelos im Bett lag. Wie es sich anfühlen würde, an seiner Seite zu sein.

Jede Nacht wünschte sie sich, dass es weiterging, dass *sie* weitergingen.

Aber sie wusste nicht, wie sie es ihm sagen sollte.

Gab es für eine Frau eine angemessene Art, einen Mann zu bitten, sie ins Verderben zu stürzen?

»Nein«, sagte Della eines schwülen Morgens beim Tee. Wie eine feuchte Decke lag die Hitze auf den herabhängenden Blättern an Peters Bäumen und auf dem vertrockneten Gras. »Eindeutig nicht.«

»Das bringt mich nicht weiter«, stellte Maddy fest.

»Tut mir leid.« Della biss in ihr Kardamombrötchen. »Vielleicht solltest du mir einfach nicht glauben. Ich habe mit solchen Dingen absolut keine Erfahrung.«

»Ich auch nicht.«

»Mitleid habe ich keines«, sagte Della. »Dazu bin ich viel zu neidisch. Ach, da wir gerade davon reden: Diana hat gestern Abend nach dir gefragt und sich beklagt, dass sie schon viel zu lange nicht die geringste Spur von dir oder Luke gesehen hat. Ich glaube, sie hätte selbst gern ein wenig ruinöse Aufmerksamkeit von Mr Devereaux.«

»Da wird sie mit Ernest vorliebnehmen müssen«, sagte Maddy.

»Argh«, sagte Della, »stell dir das nur mal vor!«

Dazu hatte Maddy absolut keine Lust.

»Um auf deine schwierige Frage zurückzukommen«,

fuhr Della kauend fort, »meiner Meinung nach musst du es entweder frech hinausschmettern, denn schließlich leben wir im 20. Jahrhundert. Oder du musst warten, bis er es an deiner Stelle tut.«

Maddy runzelte die Stirn und dachte erneut an Lukes Worte. *Ich weiß nicht, was du tief in meinem Inneren berührst.* »Ich könnte mir vorstellen, dass er auch wartet.«

»Na«, sagte Della, »dann weißt du, was du zu tun hast.«

***

Er hatte gewartet.

Beim Warten hatte er sich so gut wie möglich abgelenkt. Zwar mochten sie im 20. Jahrhundert leben, aber er wusste, wie es auf der Welt lief, und sie erregten ohnehin schon genug Aufsehen. (Peter hielt ihn in Sachen Klatsch und Tratsch sorgfältig auf dem Laufenden: »Die Mems können ihr Glück kaum fassen: Alice' und Richards *Tochter …«)* Luke war sich selbst völlig egal, aber er machte sich Gedanken um Maddy – ob es sie womöglich aufregen würde, ob es zu viel war, wenn er sie um mehr bat.

Nacht für Nacht dachte er immer nur an sie. Schwitzend und schlaflos lag er in seinem Bett, unter ihm plätscherten die Wellen an die Hausmauer, und im Geist durchlebte er erneut jede gemeinsam verbrachte Minute: den Klang ihrer Stimme, ihr Lachen, jede Kopfdrehung, jeden Blick und jedes Lächeln – zu Tausenden erfüllten sie seine Gedanken.

Er wusste nicht, was sie tun würden. Er konnte nicht

länger in Indien bleiben, so viel war sicher. Es hatte bereits Glück gehabt, dass er überhaupt noch einmal hier sein konnte und zum zweiten Mal in den Genuss all der Dinge kam, in deren Bann er damals als Hauptmann der Armee geraten war – die große Schönheit des Landes, das raue, unverfälschte Leben, die Hitze, die Farben –, aber ein paar Monate hatten gereicht, um ihn daran zu erinnern, warum er damals so verzweifelt hatte abreisen wollen. Nichts anderes als das Zusammensein mit ihr hätte ihn nun dazu bringen können, sich so lange dem hektischen Chaos und den allgegenwärtigen Ansprüchen auszusetzen. Der Gedanke, sie jeden Abend zu sehen, ließ ihn die endlosen Tage voller Besprechungen durchstehen, das Exerzieren auf ungeschützten, von Fliegenschwärmen verseuchten Paradeplätzen, die Stunden, die er verschwitzt im Verkehr vergeuden musste. Nur deshalb konnte er höflich mit Leuten umgehen, die ihren einheimischen Gastgebern gegenüber häufig alles andere als das waren.

Er wollte Maddy mit nach England nehmen, natürlich (obwohl er sich grauenhaft fühlte wegen der Auswirkungen auf ihre Mutter. »Das solltest du auch«, sagte Peter. »Arme Alice. Richard sagt, sie ist außer sich«). Er wünschte es sich bereits seit seiner Rückkehr nach Bombay, seit er sie auf jenem überfüllten Basar entdeckt hatte. Aber das war erst wenige Monate her. Er wollte sie nicht zur Eile drängen, wollte nichts überstürzen. Nicht solange es sich vermeiden ließ. Schließlich setzte ihn niemand mit der Forderung unter Druck, nach England zurückzukehren. (Ganz im Gegenteil. *Äußerst dank-*

bar für Ihre Dienst STOPP.) Vermutlich war es besser, noch etwas abzuwarten, ehe er ihr diese Frage stellte.

Und wenn er sich in dieser Hinsicht zurückhielt, konnte er sie gewiss auch um etwas anderes nicht bitten.

Also hatte er gewartet.

Um sie nicht zu bedrängen.

An jenem Abend Anfang Juni, an dem er erneut ein Boot vom Yachtclub auslieh, um wie versprochen mit ihr zu dem Strand zu segeln, von dem er im Gymkhana Club gesprochen hatte, und dort nach den schlüpfenden Schildkröten zu sehen, hatte er – Hand aufs Herz – keinerlei Hintergedanken, die über einen Segeltörn und Händchenhalten am Strand hinausgingen.

Natürlich machte es ihn glücklich, dass sie sich diesen Abend durchaus anders vorstellte. Es versetzte ihn in Ekstase, verdammt. Aber er selbst hatte keine Absichten.

Eigentlich nicht.

Nicht ernsthaft.

Nein, hatte er nicht.

(»Lügner«, sagte sie hinterher.)

Schon als sie ihm auf der Zufahrt entgegenlief, war sie seltsam überdreht. Ihre cremefarbene Haut fühlte sich ungewöhnlich heiß an, ihr Lächeln war schelmisch und schief. Dennoch interpretierte er nichts hinein. Er dachte sich auch nichts dabei, als sie auf dem Weg hinunter zum Strand ruhiger war als sonst – was auch so blieb, während sie unter einem von der untergehenden Sonne durchglühten Himmel über die rosa getönte See segelten. Er war zu sehr damit beschäftigt, sie beim Betrachten des Wassers zu beobachten, die blonden Locken offen, das Kinn auf die Schulter gedrückt, die nackt war bis zu den überschnittenen Ärmeln ihres dunklen Kleids.

Sie erreichten das Ufer, als die Sonne am Horizont verschwand. Der Strand war verlassen. Abgesehen vom leisen Brechen der Wellen und den herabstoßenden Möwen war es still. Nur der Rauch, der aus der dichten Vegetation hinter der Küstenlinie aufstieg und den Geruch von Holzkohle und gegrillten Gewürzen herübertrug, verriet, dass sich überhaupt jemand in der Nähe aufhielt.

Er half ihr in das Boot und lenkte sie am Ufer entlang. Sie beugte sich über den Rand, spähte ins Wasser und biss sich auf die Lippe. Erneut lag ein glühend heißer Tag hinter ihnen, und noch immer war die Hitze am Horizont so heftig wie mittags in Europa. Er konnte die Versuchung nahezu körperlich spüren.

»Du solltest reingehen.«

»Wie warm ist es?«, fragte Maddy.

»Wie in der Badewanne«, sagte er. Er schwamm jeden Morgen in der Bucht vor seiner Wohnung.

»Wie in der Badewanne«, wiederholte sie.

Sie zog die Handschuhe aus. Er sah ihr dabei zu. Er konnte den Blick nicht abwenden. Ihre Finger zitterten, als sie sie ins Wasser tauchte.

Sie war nervös. Die Erkenntnis traf ihn wie ein Blitz. Er verstand den Grund nicht sofort, aber seine Brust zog sich zusammen, als er es sah. Er wollte nicht, dass sie nervös war. Nicht bei ihm. Niemals. Es war das Letzte, was er wollte. Genauso, wie er den Gedanken an ihr Heimweh unerträglich gefunden hatte. Er hatte sie kaum fünf Minuten gekannt, da wollte er bereits, dass sie immer glücklich war.

Und jetzt, genau in diesem Augenblick, während sein Rücken vor Schweiß kribbelte, wollte er ihr zeigen, wie es sich anfühlte, wenn einem das Arabische Meer den Schweiß von der Haut wusch, wenn man keine Sekunde länger in Strümpfen und Korsett und Gott weiß was sonst noch vor sich hin schmoren musste.

»Damit kannst du nicht ins Wasser gehen«, sagte er.

»Nein?« Sie drehte sich um, wieder war da dieses schiefe Lächeln.

»Ich glaube, das weißt du«, sagte er und wusste noch immer nicht recht, was er als Nächstes tun würde, außer zu ihr zu gehen, in diesem Boot, das unter ihnen schaukelte, und zu lachen, weil sie mit ungläubig geweiteten Augen in Gelächter ausbrach. »Du kannst doch schwimmen?«, fragte er.

»Ja, aber …«

Er wartete nicht, bis sie den Satz beendet hatte. Er hob sie hoch, spürte ihr Lachen im ganzen Körper, liebte dieses Gefühl, ignorierte ihren Protest wegen des Kleides, wegen seiner Kleider und ließ sich mit ihr hineinfallen. Er hielt sie sogar fest, während das Wasser über ihnen zusammenstürzte und sie unter sich begrub.

Als sie zum Luftholen wieder auftauchten, lachte er noch immer. Genau wie sie, der die Haare an den Wangen klebten und deren Miene ebenso erbost wie entzückt wirkte.

»Ich kann nicht glauben, dass du das getan hast«, sagte sie. »Meine Mutter bringt dich *um*.«

»Ich will nicht über deine Mutter reden«, sagte er und küsste sie. »Hör auf, über deine Mutter zu reden.«

Sie lachte noch immer, während sie den Kuss erwiderte, stärker, nachdrücklicher, als er es bisher von ihr kannte; mit derselben Dringlichkeit, die auch er empfand. Er schloss sie fester in die Arme, trug sie halb, obwohl das schwere Abendkleid sie hinunterzog, und spürte, wie ihre Lippen sich für ihn öffneten. Ihre Hände wanderten an seinem Rücken hinab, streiften sein klatschnasses Hemd, die Muskeln auf beiden Seiten der Wirbelsäule, die sich unter ihrer Berührung anspannten. Er küsste ihren Hals, ihr Schlüsselbein, schmeckte Salz und die Hitze der Nacht auf ihrer Haut. Ohne zu denken, griff er um sie herum, um ihre Mieder aufzuhaken, hielt dann aber inne, zögerte ein letztes Mal.

Sie blickte ihn an, der Himmel hinter ihr wurde schwarz. Sie neigte sich zu ihm und flüsterte ihm ins Ohr: »Du hast meine Erlaubnis.«

Innerlich stöhnte er auf und wusste, dass er nicht länger warten würde. Jetzt nicht mehr.

»Bin ich schamlos?«, fragte sie.

»Du bist eine richtige Hure«, sagte er. »Aber ich liebe dich dafür.«

»Du liebst mich?«, fragte sie mit einem Lächeln in der Stimme.

Erneut küsste er sie. »Du weißt, dass ich dich liebe.«

In jener Nacht blieben sie lange im Wasser. Sie zogen sich aus und warfen die Kleider in das Boot, ohne sich je loszulassen, nicht mal für eine Sekunde. »Wie eine Badewanne«, flüsterte sie atemlos. Er übersäte ihren Körper mit Küssen, auf die Art, nach der er sich gesehnt hatte, langsam, jede Sekunde genießend, ohne sie zu bedrängen oder etwas zu überstürzen. Er spürte jede ihrer Bewegungen, jede Berührung, und nichts wünschte er sich mehr, als dass es weiterging, immer weiter.

In jener Nacht sahen sie keine Schildkröten schlüpfen. Er vergaß, dass sie ursprünglich deshalb hierhergekommen waren. Sie schwammen zum Boot zurück, die Rettungswesten als Kissen unter sich, ihr Kopf auf seiner Brust, ihre Hand in seiner Hand, und für ihn gab es nichts anderes mehr auf dieser Welt als sie. Nichts spielte mehr eine Rolle. Es gab keine Mutter, die nicht wollte, dass jemand ihre Tochter stahl. Keinen Kaiser. Keine Sepoys. Kein Exerzieren mit aufgesetztem Bajonett, keine Zeitungen, die über das sich verschärfende Klima in Europa berichteten, darüber, dass Deutschland, Österreich-Ungarn, ja tatsächlich alle Länder außer Großbritannien ihre imperialistischen Bestrebungen in Schach halten mussten.

Es gab nur sie beide.

Alles, was sie brauchten.

Hinterher war er immer froh, dass sie wenigstens das gehabt hatten. Dass sie während der Stunden, in denen sie zusammen in dem schaukelnden Boot gelegen und zum ersten Mal über ein Flussufer in Richmond und über ein Haus gesprochen hatten, das sich ohne sie viel zu leer anfühlen würde, völlig vergessen hatten, dass all dies reine Fantasie war. Dass sie glücklich gewesen waren, rückhaltlos glücklich.

Ohne die geringste Ahnung, wie bald sich all das ändern würde.

Kapitel 11

King's 5th Military Convalescent Hospital, 1917

Im Gesellschaftszimmer herrschte geschäftiges Treiben, tatsächlich sogar eine gewisse Hektik, weil sich dort etliche Krankenschwestern und Sanitäter und zahlreiche Patienten aufhielten. Das Feuer im Kamin loderte. Auf den Couchtischen, den Fensterbänken und dem Kaminsims brannten Lampen in verschiedenen Formen und Größen und ließen das trübe graue Licht wärmer wirken.

Es war Winter.

Mal wieder.

Und es schneite, genau wie an jenem Novembertag, an dem Jones angekommen war.

Ein paar Stunden zuvor hatte er sich in einen Wintermantel gehüllt, Stiefel angezogen und war mit einigen Sanitätern durch den dichten Schnee gestapft, hinaus in die umliegenden Wälder, um eine Tanne zu schlagen. Er ging schnell, genoss es, draußen zu sein und außer Atem zu kommen, etwas anderes als Patient zu sein, und sei es nur für eine flüchtige Stunde. Zum dritten Mal machte er sich nun auf diese Wanderung. Zum dritten Mal verbrachte er Weihnachten im King's 5th.

Er hatte so sehr gehofft, nur ein Weihnachtsfest hier zu erleben. (»Das haben wir alle gehofft«, sagte Arnold traurig.)

An klaren Tagen konnte er die Geschütze noch hören, in den letzten Monaten nicht mehr an der Somme, sondern aus Passendale. Die Schlacht, die sich nun dem Ende zuneigte, hatte weitere Hunderttausende von Menschen das Leben gekostet. Jones war einem der Männer begegnet, die dort draußen gewesen waren. Ehe Schwester Lytton eingeschritten war, damit er sich nicht zu sehr aufregte, hatte der Mann ihm erzählt, dass der Boden in Ypern sich im Regen in einen Sumpf verwandelt hatte, dass die Männer fielen und im Schlamm versanken.

»Ja, daran erinnere ich mich.« Jones hatte sich bei diesen Worten ertappt und war verstummt, weil ihm bewusst wurde, dass er von *Erinnern* gesprochen hatte. Sein Herz hatte schneller geschlagen, vor Verwunderung und Vorfreude auf …

Nichts.

Sonst war nichts gekommen. Er konnte sich nicht erklären, warum er das überhaupt gesagt hatte. Es war ein Scherz seines Bewusstseins, die Erinnerung an eine Erinnerung, mehr nicht.

Der Soldat hatte das Krankenhaus bereits verlassen, war zu seiner Frau in Portsmouth und einem dort ansässigen Arzt zurückgekehrt, an den Doktor Arnold ihn wegen der Symptome verwiesen hatte, die er Granatenschock nannte. Auch viele andere waren bereits fort, kaum einer der Patienten aus Jones' Anfangszeit war noch da. Viele waren so weit genesen, dass sie von ihrer

Familie gepflegt werden konnten. Andere waren – scheinbar über Nacht – völlig gesund geworden (ein Wunder, das sich Jones wider besseres Wissen auch für sich selbst wünschte, obwohl es bedeuten würde, dass er zurück in den Schützengraben müsste). Im Jahr zuvor hatten einige aufgegeben und das Krankenhaus auf anderem Weg verlassen, eine Tatsache, die Jones tieftraurig machte und dafür sorgte, dass er sich selbstsüchtig davor zu fürchten begann, ebenfalls auf diese Weise zu enden.

»Nein, Sie nicht«, sagte Arnold. »Sie haben zu viel, wofür es sich zu leben lohnt, Mann.«

Schwester Lytton nahm den Tod der Männer sehr schwer, immer wieder sagte sie, sie habe ihre Jungs im Stich gelassen. Nachdem der zweite gegangen war, im Vorjahr gleich nach der Schlacht an der Somme, hatte auch sie das Hospital für einen kompletten Monat verlassen.

»Nur ein bisschen Urlaub«, hatte Arnold gesagt. »Sie wird im Nu wieder zurück sein, sie und ihr Kakao, warten Sie's ab.«

»Hoffentlich«, hatte Jones gesagt. So anstrengend er Schwester Lyttons Heiterkeit manchmal fand, so schrecklich war es, sie dermaßen ausgelaugt zu sehen.

Als sie im Oktober zurückkam, sagte er ihr, dass sie ihm gefehlt hatte.

»Haben Sie mich wirklich vermisst, Officer Jones?«, fragte sie und sah bei der Vorstellung so glücklich aus, dass er antwortete: »Ja, natürlich habe ich Sie vermisst.«

Vermutlich stimmt es sogar, dachte er. Soweit er überhaupt fähig war, jemanden zu vermissen.

»Was ist während meiner Abwesenheit hier passiert?«, fragte sie weiter, und er berichtete ihr von dem Besuch der Frau des Hauptmanns mit der Maske – eine reservierte, übertrieben gepflegte Frau –, und auch, dass er, Jones, sie nur flüchtig bei ihrer Abreise gesehen hatte, als sie mit Hilfsschwester Poppy über den Flur geeilt war. Die beiden hatten das schluchzende Wrack, das sie zurückließen, offenbar bereits vergessen. Jones hatte dem Paar kaum Beachtung geschenkt. Er war zu sehr damit beschäftigt, seinen seltsamen Freund zu trösten. (»Ste… Ster… ben«, hatte der Hauptmann gestammelt. »Nein«, hatte Jones ihm versichert, »Sie wollen nicht sterben. Gestorben wurde schon genug.«)

»Was hat Hilfsschwester Reid hinterher über die Frau gesagt?«, wollte Schwester Lytton wissen.

»Eigentlich gar nichts«, antwortete er, um die zornigen Worte nicht wiederholen zu müssen, die sie nach dem Besuch gewechselt hatten.

»Das sieht ihr gar nicht ähnlich«, sagte Schwester Lytton. »Es mag sie überraschen«, fuhr sie fort, »aber anfangs, bevor Sie kamen, war sie viel sanftmütiger.«

Das hatte ihn in der Tat überrascht.

Auch jetzt noch konnte er es kaum glauben, wenn er Poppy im Gesellschaftsraum sah. Sie war alles andere als sanft. Sie erteilte Anweisungen, und ihre Röcke wehten hin und her, wenn sie vor dem Weihnachtsbaum auf und ab lief, den Sanitätern befahl, ihn nach links, nein, lieber nach rechts, wieder zurück nach links, nein, nein, nicht so nah an den Kamin zu rücken.

»Was meinen Sie, Officer Jones?«, fragte Poppy und

bedachte ihn mit einem schelmischen Blick. »Mache ich denn alles falsch? Brauche ich jemanden, der mir *zur Hand geht*?«

Irgendwie brachte sie es fertig, zweideutig zu klingen. Jones zog jedoch keine Braue hoch, denn genau darauf schien sie zu warten.

Auch sah er ihr nicht zu, als sie nach einer Christbaumkugel griff, sich umdrehte und die Röcke raffte, um auf die Trittleiter zu steigen, wobei sie dicke Wollstrümpfe zur Schau stellte.

Er schloss die Augen. Wie immer fielen sie fast von selbst zu, und nach dem Spaziergang war er noch müder als sonst. Ob diese Müdigkeit je wieder aufhören würde?

Er lehnte sich im Sessel zurück. Sein ganzer Körper wurde schwer, schien ihn in den Schlaf saugen zu wollen. Er fühlte Vorfreude aufflackern: Ein Traum kündigte sich an.

Aber diesmal war es keiner, in dem er gern sein wollte. Es gab keine Farbe, kein Licht, überhaupt nichts Warmes oder Vertrautes. Schwarze Formen zogen vor seinen Augen dahin: Ovale Blätter wirbelten vor einem bedrohlichen Himmel voller dicker Sturmwolken.

Das war alles. Überall Dunkelheit.

Dunkelheit und ein überwältigendes Gefühl von Trauer.

Kapitel 12

Bombay, Juni/Juli 1914

Vierzehn Tage blieben ihnen, ehe die Nachricht von der Ermordung des Erzherzogs von Österreich-Ungarn sie erreichte. Vierzehn Tage, in denen Wolken am Himmel aufzogen, dicker wurden und den Regen ankündigten. Vierzehn Tage, in denen die Aldyce' in den Sommerurlaub nach England fuhren und viele andere sich auf eine Ruhepause in den Bergen vorbereiteten. Maddy und Luke ließen ihre Eltern weiterhin in dem Glauben, sie gingen jeden Abend in ein Restaurant oder auf einen Markt, während sie sich tatsächlich in Lukes Wohnung am Wasser schlichen. In seine Wohnung hatte er Maddy bereits am Abend nach dem gemeinsamen Ausflug, auf dem sie keine einzige Schildkröte gesehen hatten, mitgenommen. Bei jenem ersten Mal ging sie im Licht der Laternen durch die Wohnung und war sich überdeutlich der Tatsache bewusst, dass sie absolut nicht dort sein sollte, sosehr sie es auch liebte. Ihre Füße tappten über den warmen Terrakottaboden, ihr Blick wanderte umher, nahm die kunstvoll geschnitzten Türen wahr, die gitterartigen Fensterläden, das silbrig glitzernde Meer, das durch das Gittermuster gerade eben zu erkennen war, und sie dachte, dass sie noch nie an einem schöneren Ort gewesen war.

»Ich verstehe, warum du diese Wohnung dem Taj vorziehst«, sagte sie.

»Ja«, antwortete Luke und küsste sie auf Ohr und Hals. »Aber es gibt natürlich weitere Gründe dafür.«

Wenn sie in diesen Räumen eingesponnen waren wie in einem Kokon, verschwand die Welt um sie herum, und sie waren unberührbar, unbesiegbar. Sie sorgten sich um nichts. Zwar sprachen sie gelegentlich darüber, ob sie nicht vorsichtiger sein sollten, um keine Schwangerschaft zu riskieren, aber keiner von ihnen *unternahm* etwas dagegen. Maddy wusste nicht, ob sie das überhaupt wollte. Tatsächlich dachte sie kaum darüber nach. Sie dachte an Luke, nur an Luke.

Wenn sie Hunger bekamen, zog er sich Hemd und Hose an und kaufte ihnen bei einem Straßenverkäufer in der Nähe etwas zum Dinner. Solange er fort war, wartete Maddy, in ein Laken gewickelt, auf ihn und goss warmen Champagner in Keramiktassen. Sie aßen bei Kerzenlicht und kuschelten sich im Schlafzimmer behaglich in den Sessel am Fenster, verborgen hinter den offenen Fensterläden, durch die die feuchte Brise von der schwarzen See hereinwehte, die sich unter ihnen kräuselte.

An dem Abend, bevor der Erzherzog erschossen wurde, lagen sie auf seinem niedrigen Bett. Luke hatte einen Arm um ihre Taille, Maddy beide Arme um seine gebräunten Schultern geschlungen und ließ die Finger träge über seine Armbeuge und die muskulöse Rundung seines Oberarms gleiten. Er habe etwas für sie, sagte er auf einmal.

»Hmm?«, fragte sie schläfrig.

»Hmm«, wiederholte er, weitaus wacher. »Ja.« Er drehte sich auf dem Kissen um und hob mit einer geschmeidigen Armbewegung etwas vom Boden vor dem Bett auf.

Inzwischen war sie etwas wacher und beobachtete ihn, ohne jedoch sogleich Verdacht zu schöpfen.

Er legte sich wieder auf das Bett und blickte sie an. In der Hand hielt er einen kleinen Samtbeutel.

Maddy musterte ihn. »Das ist kein Reiseführer«, sagte sie nachdenklich.

»Nein.« Die Kerzenflammen spiegelten sich in seinen Augen. »Ist es nicht.«

»Auch keine Seide.«

»Auch keine Seide«, bestätigte Luke und hielt ihr das winzige Säckchen hin.

Mit wachsendem Argwohn starrte sie darauf, ohne es zu berühren, und sie spürte, wie sich ihre Lippen zu einem Lächeln verzogen.

»Sind das vielleicht Ohrringe?«

Das brachte ihn zum Lachen. »Sieh doch mal nach.«

Also setzte sie sich auf und nahm den Beutel in die Hand. Mit Fingern, die alles andere als ruhig waren, zog sie an dem Bändchen, und ihr Lächeln wurde breiter. Sie spürte die Hitze seines Blicks auf ihrer Haut. Sie spähte in den Beutel, und ihre Augen weiteten sich beim Anblick von zwei einzelnen funkelnden Diamanten.

»Vermutlich wären sie gut für Ohrringe geeignet«, sagte er. »Oder für eine Brosche.«

»Eine Brosche? Das will ich nicht.«

»Gut«, sagte er, ebenfalls lächelnd, »ich hatte nämlich an einen Ring gedacht.«

Sie blickte ihm ins Gesicht und fing an zu lachen, bis sie beinahe schluchzte, dann beruhigte sie sich wieder. Sie nahm sein geliebtes Gesicht in beide Hände und küsste ihn, als wollte sie nie wieder damit aufhören.

»Heißt das Ja?«, fragte er.

»Das heißt natürlich Nein«, sagte sie und schrie auf, als er sie hochhob und wieder auf das Bett fallen ließ.

In jener Nacht planten sie vieles: die Hochzeit, die so bald wie möglich stattfinden sollte, damit sie wenigstens einen Teil des Sommers in England verbringen konnten; die Hochzeitsreise, die mit der Überfahrt zusammenfallen sollte und auf der sie Zwischenstation in Port Said machen und vielleicht sogar die Pyramiden besichtigen würden (»Das habe ich mir schon immer gewünscht«, sagte Maddy, und ihre Aufregung wuchs mit jedem Atemzug). Dann sprachen sie darüber, dass sie zur Villa zurückkehren und Maddys Eltern alles sagen mussten, ehe sie seinen Eltern telegrafieren würden, gleich am Montagmorgen, da der nächste Tag ein Sonntag war.

»Auch Edie«, sagte sie, »wir dürfen Edie nicht vergessen. Und Della bringt mich um, wenn sie nicht unter den Ersten ist, die es erfahren.«

»Wir gehen morgen bei Peter vorbei«, sagte Luke.

»Guy will es sicherlich auch wissen«, meinte Maddy, obwohl der Gedanke an seine Reaktion ihre Stimmung vorübergehend trübte. Sie hatte ihn in den Wochen zuvor nur selten gesehen. Er besuchte sie nicht mehr zu Hause. Wenn sie ihm zufällig begegnete – was manchmal geschehen war, in der Kirche, oben bei den Hängenden Gärten und einige Male, als sie mit Della zum Lunch in den Gymkhana Club gegangen war –, verweilte er nie länger als für ein kurzes Hallo und ein sanftes, Schuldgefühle weckendes Lächeln. (»Oh, dieses *Lächeln*«, sagte Della. »Ich fühle mich schuldig, obwohl ich überhaupt nichts gemacht habe. Wenn er mich doch nur in Ruhe ließe!«)

»Guy wird schon damit zurechtkommen«, sagte Luke.

»Meinst du wirklich?«

»Wahrscheinlich nicht«, versetzte er, und sie boxte ihm gegen den Arm. »Ich wäre außer mir«, fuhr er lachend fort und rieb sich den Arm, »wenn du ihn und nicht mich heiraten würdest.«

»Als könnte ich das jemals tun«, sagte sie.

»Wirst du es ihm sagen?«

»Nein. Das überlasse ich meiner Mutter. Nenn mich ruhig feige.«

»Mache ich nicht. Mir ist es nur recht, wenn du kein gefühlvolles Tête-à-tête mit Guy Bowen hast. Obwohl«, er runzelte die Stirn, »es vermutlich auch nicht leicht sein wird, mit deiner Mutter zu reden.«

Maddy seufzte, denn sie wusste, dass er recht hatte.

Inzwischen war ihr bewusst, dass ihre Mutter sich vor ihrem Weggang fürchtete. Sie wusste nicht, warum sie so lange gebraucht hatte, um zu erkennen, wie groß Alice' Angst war (»Ach nein«, hatte Luke gesagt. »Wo bist du noch mal zur Uni gegangen?«). Aber seitdem er mit ihr darüber gesprochen hatte, wie Alice sie anblickte, hatte auch sie begonnen, ihre Mutter wirklich anzusehen, und seitdem erschien sie ihr in einem anderen Licht. Erst kürzlich hatte sie die kaschierte, aber nicht gänzlich verborgene Sanftheit in den klaren blauen Augen ihrer Mutter bemerkt, die Anspannung in ihrer Stille, und wie sie – nur für eine Sekunde – die Fassung verlor, wenn Maddy ihr in die Augen blickte. Obwohl ihre ausbleibenden Besuche in Oxford Maddy noch immer sehr ärgerten – sie konnte einfach nicht anders –, verließ sie inzwischen *nicht* mehr den Raum, sobald Alice ihn betrat. Sie gab sich mehr Mühe, mit ihr zu reden, egal, worüber: Luke, Della, ihre zahlreichen Missgeschicke mit dem Koch, und sie bildete sich mit Sicherheit nicht nur ein, dass Alice in letzter Zeit öfter lächelte. (»Nein«, sagte Richard, ebenfalls lächelnd, »das ist mir auch aufgefallen.«) Vordergründig war Alice völlig unbeeindruckt, als Maddy und Luke mit feuchten, zerknitterten Kleidern, Maddy zudem mit zerzaustem, vom Salz stumpfem Haar, von ihrem Ausflug ohne Schildkrötenbesichtigung zurückkamen, denn sie hatte ihnen keine Szene gemacht. (»Oh, ihr seid ins Wasser gefallen«, hatte sie nur gesagt und den Blick über sie schweifen lassen. »Beide?« – »Ja, beide«, hatte Luke geantwortet. »Mein Fehler. Bitte, seien Sie Maddy nicht böse.« – »Bin ich nicht«, hatte sie erwidert.) Eigentlich wirkte sie vor allem resigniert. Sie war seitdem nahezu … lieb. Sie wartete mit dem Frühstück auf Maddy, damit sie zusammen essen konnten, machte Bemerkungen darüber, wie erleichtert sie war, dass so viele Menschen Bombay jetzt verließen, und wie sehr sie die Stille liebte.

»Vermisst du Diana gar nicht?«, hatte Maddy gefragt.

»Ich finde mich damit ab, so gut es eben geht«, hatte ihre Mutter geantwortet, und da war es wieder: dieses Lächeln.

An demselben Nachmittag hatte sie sogar vorgeschlagen, mit Maddy die kleine Schule im Ort zu besichtigen, die die drei Kinder des Gärtners besuchten. »Sie können dort immer Hilfe gebrauchen«, sagte sie. »Ich merke ja, dass du hoffst … na ja, dass Luke …« Alice verstummte und atmete durch, als müsse sie sich beruhigen. Maddy schnürte es vor Traurigkeit die Kehle zu. »Wenn es eine Chance gibt, dass er hierbleibt«, fuhr Alice fort, »wäre es ein großes Glück für die Kinder, dich zu haben.«

Oh Gott, hatte Maddy gedacht.

»Alles wird gut«, sagte sie nun zu Luke.

»Tatsächlich?«

»Nein, wahrscheinlich nicht.«

Und nichts wurde gut. Absolut gar nichts.

Ihr Vater gratulierte ihnen begeistert, als sie ihm die Diamanten zeigten, und er nickte, als sie ihm von der Hochzeit und den Flitterwochen im August erzählten, die sie sich wünschten. Er erhob sich aus seinem Sessel im Salon, schüttelte Luke die Hand und nahm Maddy sehr lange in den Arm (sodass es ihr erneut die Kehle zuschnürte). Er sagte, es mache ihn traurig, sie weggehen zu sehen, ja es breche ihm geradezu das Herz, aber er könne sie verstehen, natürlich verstehe er sie, und er würde sie besuchen kommen, daran könne ihn niemand hindern. »Wart's nur ab, ich werde euch richtig auf die Nerven gehen.«

»Und Sie, Alice?«, fragte Luke. »Kommen Sie auch?«

»Ich …«, setzte Alice an. »Ich … bitte entschuldigen Sie mich einen Moment.« Offenbar hatte es ihr die Sprache verschlagen. Sie erhob sich so rasch, dass sie an den Beistelltisch stieß, auf dem ihr und Richards Drinks standen, und verließ den Salon.

Maddy blickte ihr nach. Auf einmal wünschte sie sich sehnlichst, ihr hinterherzugehen, aber sie war unfähig, sich zu bewegen, und hätte auch nicht gewusst, was sie sagen sollte.

Schließlich war es ihr Vater, der Alice folgte. »Überlass mir das«, sagte, drückte Maddys Schultern und steuerte auf die Tür zu. »Macht euch bitte keine Sorgen.«

Maddy drehte sich zu Luke und fühlte sich noch schlechter, als sie das Mitleid in seinen dunklen Augen sah. »Wie sollte ich mir keine Sorgen machen?«, fragte sie.

Er schwieg. Er durchquerte nur den Raum und nahm sie in die Arme. Sie ließ den Kopf an seine Brust sinken, schloss die Augen und spürte, wie sich seine Brust bei jedem tiefen Atemzug langsam hob und senkte.

»Wir müssen nicht nach England gehen«, sagte er, dabei wusste sie, wie gern er dorthin zurückkehren wollte. Wie schwer es ihm fallen musste, diesen Satz zu sagen!

Dafür liebte sie ihn noch mehr.

»Das müssen wir sehr wohl«, widersprach sie, und auf einmal kamen ihr all die Dinge in den Sinn, die sie dort erwarteten (Flussufer, Weiden und violette Abenddämmerungen, all das). »Ich kann nicht hierbleiben, dazu wünsche ich es mir zu sehr.«

»Dann besuchen wir sie eben hier«, sagte Luke. »Wenn sie wirklich nicht zu uns kommen wollen, kommen wir eben zu ihnen.«

Maddy blickte an die Zimmerdecke und stellte sich vor, wie ihre Mutter weinend im Obergeschoss saß. »Ich verstehe einfach nicht, warum sie nicht nach England fahren will.«

»Dann frag sie.«

Sie nickte. Ja, das würde sie tun.

Aber am nächsten Morgen sprach sie nicht mit ihrer Mutter, sondern mit ihrem Vater, denn Alice kam nicht zum Frühstück herunter, diesmal unter dem Vorwand, Bauchschmerzen zu haben.

»Versuch bloß nicht, mich hinzuhalten«, sagte Maddy zu Richard, bevor er nach der Kaffeekanne greifen konnte. »Dazu ist es zu wichtig.«

Er hielt inne, seine Hand schwebte nur Zentimeter über der Kanne, während er sie mit gerunzelter Stirn musterte. Sein von Falten durchzogenes Gesicht wirkte müde. Maddy wusste nicht, wie lange er in der Nacht aufgeblieben war. Er war noch wach gewesen und hatte mit ihrer Mutter gesprochen, als sie selbst bereits zu Bett gegangen war.

»Ich will dich nicht hinhalten«, sagte er. »Du ahnst ja nicht, wie sehr ich mir wünschte, du könntest verstehen …«

»Dann sag mir, was los ist«, fiel sie ihm ins Wort.

Er seufzte.

»Bitte, Papa«, sagte Maddy, denn sie spürte, dass er schwankte, dass die Wahrheit in greifbarer Nähe war. »Warum will sie nicht reisen?«

»Ach Liebling«, sagte er bedrückt. »Es geht nicht darum, dass sie nicht *will*. Sie kann nicht.«

Maddy spürte, wie sich ihre Stirn in Falten legte. »Sie *kann* nicht?«

Erneut musterte Richard sie lange, wie um abzuwägen, ob er weiterreden sollte.

Sie beugte sich in ihrem Sessel vor und musterte ihn auffordernd.

Aber er schüttelte den Kopf wie jemand, der wieder zu sich kommt, und sagte: »Du musst selbst mit ihr reden. Ich habe ihr versprochen, dass du es nicht von mir erfährst.« Erneut griff er nach der Kanne und goss sich endlich eine Tasse ein; offensichtlich brauchte er den Kaffee. »Aber lass sie vorerst bitte in Ruhe. Sie ruht sich noch aus.«

»Aber …«, setzte Maddy an.

»Bitte, Liebes«, sagte ihr Vater mit flehend geweitetem Blick.

Sie zögerte eine Sekunde, und Richard sah ihr nach wie vor in die Augen. Er wirkte tatsächlich sehr müde.

Schließlich nickte sie bedächtig und gab nach.

Was blieb ihr auch anderes übrig?

»Ich rede mit ihr, wenn es ihr wieder besser geht«, sagte sie zu Luke, als er kurz darauf ankam, um mit ihr zu Peter und Della zu fahren.

Luke beugte sich über das Lenkrad und musterte Maddy von der Seite. »Versprochen?«, fragte er.

»Versprochen«, sagte sie.

»Bist du sicher, dass du immer noch zu den Wilsons willst?«

»Absolut. Sonst bin ich den ganzen Tag lang traurig.«

Er lächelte schwach. »Nun, das können wir nicht zulassen«, sagte er.

»Auf keinen Fall«, sagte Della, nachdem sie bei Peter angekommen waren und den beiden die Neuigkeit verkündet hatten. »Ich freue mich *wahnsinnig* für euch, ich bin überglücklich! Es ist wirklich an der Zeit.«

»Ja, allerdings«, sagte Peter. Er schob sich das Haar aus dem strahlenden Gesicht, griff nach Lukes Hand, küsste Maddy und führte alle zusammen in den stickigen Salon, wo er erst die Fenster und dann eine Flasche Champagner öffnete. »Heißt das, dass du nun auch nach England zurückgehst, Della?«, fragte er an seine Schwester gewandt. »Kann ich dich also einfach an Mama zurückschicken?«

»Tut mir leid, nein«, sagte Della. »Ich werde dich eine weitere Saison nerven, und jetzt tu nicht so, als würdest du mich nicht vermissen, wenn ich fortginge.«

Seine Augen wurden schmal, als er ihre Worte weder bestätigte noch leugnete und die Gläser auffüllte.

»Was ist mit der Kirche?«, fragte Della.

»Lass uns zu spät kommen und die Messe verpassen«, sagte Luke, der es ohnehin immer so hielt. »Gott hat bestimmt Verständnis für uns.«

Vielleicht auch nicht.

Oder er ärgerte sich gerade über jemand anders (Franz Ferdinand, zum Beispiel).

Am selben Abend kamen sie erneut zusammen, diesmal, um im Gymkhana Club auf die Verlobung anzustoßen. (Richard hatte darauf bestanden; Alice gab immer noch vor, sich nicht wohlzufühlen, und fuhr nicht mit, überraschte Maddy jedoch, indem sie herunterkam und sich von ihr verabschiedete. »Ich möchte, dass du glücklich bist«, hatte sie leise gesagt, als sie in ihrem Morgenmantel auf der Treppe stand. »Ich hoffe, das weißt du.«

»Ja«, hatte Maddy geantwortet. *Ich wünschte nur, es würde dich auch glücklich machen).*

An diesem Abend verlautete aus dem Haus des Vizekönigs, Erzherzog Ferdinand sei von serbischen Nationalisten erschossen worden. Nicht jeder war deshalb besorgt. Della zum Beispiel erklärte, sie könne nicht verstehen, warum so viel Aufhebens darum gemacht wurde. »Was haben wir mit diesem Erzherzog zu tun?«

»Hoffentlich nichts«, sagte Peter und klang alles andere als überzeugt.

Auch Maddy war beunruhigt. Sie drehte sich zu Luke und sah, dass er plötzlich sehr ernst wirkte. Sie wusste, was er dachte. Sie hatten häufig über die Vorgänge in Europa gesprochen, und sie wusste, dass er ebenso besorgt war wie sie. Er befürchtete, dass Österreich-Ungarn, das schon lange nach einem Vorwand gesucht hatte, um Serbien anzugreifen und die Vormachtstellung auf dem Balkan zu erringen, genau diesen Vorwand nun bekommen hatte. Wenn sie tatsächlich angriffen, würde auch Russland in den Konflikt hineingezogen werden, weil es sich verpflichtet hatte, Serbien beizustehen. Frankreich würde folgen, weil es ein Abkommen mit

Russland geschlossen hatte, dann auch Großbritannien (danke, Triple Entente) und damit Deutschland (das mit Österreich-Ungarn verbündet war). Sie schloss die Augen, als sie das ungeheure Ausmaß dessen erkannte, was sich über ihnen zusammenbraute. *Es funktioniert wie ein Dominospiel,* hatte sie noch am Abend zuvor gesagt. *Nur ist es leider kein Spiel.*

»Vielleicht kommt es ja nicht so weit«, sagte Maddy nun, um vor allem sich selbst zu beruhigen.

»Dem schließe ich mich an«, meinte Luke. »Und darauf trinke ich.«

Alle folgten seinem Beispiel.

Und der Abend wurde schön. Fast alle, die den Sommer über in Bombay blieben, waren gekommen (mit Ausnahme von Guy, der sich mit einer Karte entschuldigt hatte. *Ich fürchte, ich muss heute Abend arbeiten, aber ich wünsche Euch alles erdenkliche Glück.* »Fühlst du dich schuldig?«, hatte Della Maddy gefragt. »Ja, absolut.«) Das von Kerzenschein erleuchtete Clubhaus war überfüllt, Harry Lauders Stimme ließ die stickige Luft vibrieren, Gläser klirrten, das Summen von Glück lag in der Luft. Maddy tanzte mit Luke, und er wirbelte sie herum, senkte sie bis zum Boden und brachte sie zum Lachen, bis ihr das Zwerchfell wehtat. Sie neckten einander, lächelten und sprachen noch einmal über alles, was sie im Sommer erwartete (die Hochzeit, ihre Flitterwochen, das Flussufer in Richmond), nicht aber über seine Arbeit und dass sie vermutlich doch nicht sinnlos gewesen sein würde. Richard brachte einen Toast auf die Zukunft aus, und alle hoben jubelnd die Gläser.

Niemand wollte sich mit dem ermordeten österreichischen Adligen befassen. Nicht an jenem Abend.

Aber es schien das letzte Mal gewesen sein, dass niemand daran dachte. Vom nächsten Tag an waren Gespräche über die Frage, ob Österreich-Ungarn an Serbien Vergeltung üben würde, so normal wie Gespräche über das Wetter.

Über Nacht ging es nur noch darum, wann es so weit sein würde, und Maddy konnte den Gedanken kaum ertragen.

Kapitel 13

Danach ging alles sehr schnell.

Gleich am Morgen nach der Ermordung des Erzherzogs suchte Maddys Vater den Bischof der St.-Thomas-Kathedrale auf und überzeugte ihn davon, dass die Verlesung des Aufgebots unbedingt kurzfristig erfolgen musste. Er buchte die Hochzeitszeremonie für den 3. August. Am selben Nachmittag suchte Luke das zentrale Telegrafenamt auf und teilte Edie und seinen Eltern die Neuigkeit mit (*Außer mir vor Freude,* schrieb Edie zurück. *Absolut wundervoll,* sagten Lukes Eltern, *freuen uns sehr, Schwiegertochter kennenzulernen).* Er fuhr mit Maddy zum Hafen, wo sie die überfüllte Ticketverkaufsstelle von P&O betraten und ihre Überfahrt in die Heimat für den 7. August buchten.

»Nicht mal mehr ein Monat«, sagte Maddy, als sie vor dem glänzenden Schreibtisch des Angestellten saßen und ihre persönlichen Angaben in das Formular für Passagiere eintrugen (wobei sie sich auf die Lippe biss, als sie zum ersten Mal Devereaux als Name angab). »Das ist bald.«

»Sehr bald«, sagte Luke und lächelte.

Sie blickte zu ihm auf, ließ den Füller in der Luft

schweben. »Vorher wird doch mit den Serben nichts passieren, oder?«, fragte sie. »So schnell kann das doch nicht gehen …«

»Nein«, antwortete er. »Bestimmt nicht.«

Aber am 6. Juli, als die Hochzeitseinladungen gerade aus der Druckerei zurück waren – ein Päckchen geprägter Karten, das Maddy ungeduldig und mit einem Lächeln im Gesicht öffnete, während sie vor Aufregung bebte –, am 6. Juli riss mit einem Mal die schwere Wolkendecke über Bombay auf und ließ ungehindert Ströme von Regen auf die City niedergehen. An diesem Tag kam Richard mit der Nachricht nach Hause, Deutschland habe Österreich-Ungarn einen Blankoscheck ausgestellt und angekündigt, das Land im Kampf gegen Serbien zu unterstützen.

»Was immer noch nicht heißt, dass es Krieg geben wird«, meinte Della, die gekommen war, um die Einladungskarten zu bewundern.

»Das ist die richtige Einstellung«, sagte Richard.

Allerdings schien niemand Dellas Optimismus zu teilen. Tatsächlich schienen ziemlich viele sogar zu hoffen, dass sie sich irrte.

»Fraser Keaton scharrt schon mit den Hufen, weil er endlich Uniform tragen will«, sagte Peter an jenem Abend, als sie alle – mit Ausnahme von Alice, die zu aller Beunruhigung nach wie vor behauptete, sich nicht wohlzufühlen – bei Kerzenschein in dem schwül-feuchten Salon versammelt waren, um endgültig die kleine Gästeliste festzulegen. »Er wiederholt ständig, dass er seine Pflicht und Schuldigkeit tun will.«

»Und was glaubt er, worin genau die besteht?«, fragte Luke und steckte sich eine Zigarette an.

»Darin, eine schnittige Uniformjacke zu tragen natürlich«, sagte Peter.

»Tja, die kann ich ihm auch im Armeeladen besorgen«, gab Richard zurück.

»Ich werde ihm eine Jacke schenken«, sagte Luke. »Und ihm sagen, dass er es dabei bewenden lassen soll.«

Tatsächlich sprach Luke nie mit Fraser darüber. Er hatte keine Gelegenheit mehr dazu. Jetzt, wo jeder (bis auf Della) glaubte, dass Europa mit größter Wahrscheinlichkeit eine indische Armee brauchen würde, hatte er mehr zu tun denn je. Er pendelte zwischen Bombay und Poona hin und her, weil er eine der ersten Divisionen ausbildete, die für die Mobilmachung vorgesehen waren. Zwar nutzten Maddy und er jede Gelegenheit, gemeinsame Zeit zu verbringen, wenn er tatsächlich einmal in Bombay war, aber er verpasste praktisch sämtliche Hochzeitsvorbereitungen. (Maddy beneidete ihn fast, weil er den endlosen Diskussionen über Sitzordnungen und die Vorteile von Früchtekuchen oder Sponge Cake aus dem Weg gehen konnte. »Mir ist egal, was es für Kuchen gibt«, sagte Luke, als er eines Abends neben ihr im Bett lag und sie küsste. »Hilft dir das weiter?« – »Nein«, sagte sie, »leider nicht. Können wir nicht die Arbeit tauschen?«) Er saß ständig in Besprechungen – mit Schiffsoffizieren, Quartiermeistern der Armee, Kompaniechefs –, bereitete Transportpläne vor, erörterte den Bedarf an Munition, Proviant und provisorischen Unterkünften für die Flut von Truppen, die die Stadt überschwemmen würde, bereit zum Auslaufen, wenn die Situation sich weiter verschlechterte.

Allerdings herrschte Mangel an Offizieren. Da mehr als ein Viertel der befehlshabenden Offiziere auf Heimaturlaub in England war, hielten sich nicht genug vor Ort auf, um die Sepoys auf den Exerzierplätzen zu befehligen oder sie gar in einen Krieg zu führen.

»Es ist absurd«, sagte Luke zu Maddy, als sie gegen Mitte des Monats auf seinem Fensterbrett Platz nahm, während sich der Regen in Strömen in die schwarze Nacht ergoss und auf das unsichtbare Meer prasselte. »Ich habe keine Ahnung, was passieren wird …«

»Aber uns betrifft das doch nicht, oder?«, fragte Maddy, in der bereits die düstere Vorahnung aufstieg, dass es sie vielleicht doch betreffen würde. Schließlich war Luke Reservist. *Die Ersten, die einberufen werden, wenn wir in einen Krieg stolpern,* hatte Peter einmal gesagt. Beim Gedanken an seine Worte lief es ihr kalt den Rücken hinunter. »Aber du musst doch gewiss nicht hierbleiben, um Soldaten anzuführen?« Sie setzte sich auf und sah ihm ins Gesicht. »Wir haben unsere Überfahrt schon gebucht …«

»Nein«, sagte er. »Noch ist es nicht so weit. Della hat recht, vielleicht kommt es gar nicht dazu.«

»Oh Luke …«

»Nein, im Ernst. Solange sich Frankreich aus der Sache heraushält, können wir das auch.«

Aber Frankreich hielt sich natürlich nicht heraus.

In der dritten Juliwoche besuchte der französische Präsident Poincaré Russland und sicherte ihm Frankreichs unverbrüchliche Treue bei der Verteidigung Serbiens gegen Österreich zu. Maddy, die inzwischen befürchtete, der Krieg würde ausbrechen, ehe sie und Luke heiraten konnten, dachte gerade daran, wie schnell offenbar alles außer Kontrolle geraten konnte, als sie zur letzten Anprobe das geflieste Atelier der Schneiderin im Keller des Taj Hotels betrat. Alice leistete ihr Gesellschaft; sie hatte darauf bestanden, Maddy zu allen Terminen zu begleiten, obwohl sie nach wie vor über Bauchweh klagte und von Tag zu Tag blasser wurde. Bei einer Fahrt im Automobil hatte Maddy endlich mit ihr gesprochen, so wie sie es Luke – und sich selbst – versprochen hatte. Mit trockenem Mund, weil sie sich auf einmal vor den Antworten fürchtete, hatte sie gefragt, warum es Alice so sehr widerstrebte, nach Richmond zu fahren, was sie all die Jahre davon abgehalten hatte, sie in Oxford zu besuchen, und warum sie sie bei jener ersten Reise, als sie, Maddy, zu Edie und Fitz gebracht worden war, nicht begleitet hatte. *Ich glaube, es hat dir das Herz gebrochen, mich wegzuschicken.* Die Worte strömten nur so aus ihr heraus, ihre Stimme überschlug sich fast vor Erleichterung, dass sie sie endlich freilassen durfte.

Zuerst antwortete Alice nicht. Sie starrte ins Leere, ihre blauen Augen flackerten, ihr Blick wirkte fast ängstlich, als fürchtete sie sich bereits seit langer Zeit vor diesen Fragen, und Maddy wünschte beinahe, sie hätte sie nicht gestellt.

Das Gefühl wurde noch stärker, als Alice zu reden begann. Jede Silbe klang steif und gezwungen, geradezu gequält. »Ja, es hat mir das Herz gebrochen, Madeline«, sagte sie. »Es war das Schwerste, das ich je getan habe. Ich wäre so gern mit dir gegangen.«

»Aber …«

»Es war unmöglich«, sagte Alice. »Es fühlte sich an, als wäre es unmöglich.«

»Unmöglich?«, wiederholte Maddy, verwirrter denn je. »Wegen Edie?«, riet sie aufs Geratewohl. »Ihr wart doch Freundinnen. Habt ihr euch gestritten?«

Alice seufzte, was Maddy als ein Ja interpretierte, aber ehe sie sich überlegen konnte, wie sie ihre Mutter dazu bringen sollte, ihr mehr über das lange vermutete Zerwürfnis zu erzählen, hatte Alice ihr versichert, dass Edie nichts mit ihrer Weigerung zu tun hatte, die Schiffsreise zu unternehmen. »Und Fitz auch nicht. Von so etwas hätte ich mich niemals aufhalten lassen.«

Aber was ist denn zwischen euch vorgefallen?, hätte Maddy beinahe gefragt.

Erst jetzt bewegte sich Alice. Sie legte sich eine Hand auf den Bauch und runzelte die Stirn, hatte offenbar erneut Schmerzen. Maddy hatte schreckliches Mitleid mit ihr und fühlte sich außerdem schuldig, weil sie glaubte, dazu beigetragen zu haben, und sie brachte es einfach nicht über sich, Alice' Unbehagen noch zu vergrößern.

Zu Lukes und Dellas Enttäuschung hatte sie das Thema danach kein weiteres Mal angesprochen.

Und sie tat es auch jetzt nicht, als sie sich um die eigene Achse drehte und an ihrem schlichten Brautkleid aus weißer Spitze vorbei Alice' aschfahles Bild in dem beschlagenen Spiegel betrachtete. »Perfekt«, sagte Alice leise. »Wunderschön.« Und Maddy spürte, wie ihr

Magen rebellierte, als sie an Poincarés Versprechen und die entsetzliche Unberechenbarkeit dessen dachte, was als Nächstes kommen würde.

»Ich will, dass sie damit aufhören«, sagte sie zu Luke. »Ich will hinfahren und ihnen *befehlen*, damit aufzuhören.«

»Dann solltest du das tun«, sagte er und drückte ihr einen Kuss in den Nacken. »Ich möchte nie wieder Soldat sein, und dir würden sie zuhören, da bin ich mir sicher.«

Aber natürlich fuhr Maddy nicht nach Europa, und am 23. Juli stellte Österreich-Ungarn Serbien ein Ultimatum, in dem es freie Hand bei den Ermittlungen zum Tod des Erzherzogs forderte, was Serbien kurzerhand ablehnte.

Und dann, wenige Tage vor der Hochzeitsfeier, fielen die Dominosteine um.

Am 31. Juli, nachdem Maddy vor Sonnenaufgang aufgestanden und mit Ahmed und Della zu Bombays duftendem, prächtigem Blumenmarkt gefahren war – im Schutz gesenkter Schirme bahnten sie sich im frühmorgendlichen Gedränge ihren Weg zwischen den ächzenden, überladenen Ständen hindurch, um Wagenladungen üppiger, süß duftender Blüten für die Kirche auszuwählen –, am 31. Juli also kam die trostlose Nachricht, dass Russland seine Truppen zur Unterstützung Serbiens mobilisiert hatte.

»Das bedeutet doch nicht …«, setzte Della an, verstummte aber sogleich wieder.

Nicht einmal sie konnte noch so tun, als wäre nichts passiert.

Trotzdem ließen sie die Blumen zur Kathedrale bringen. Alle versicherten einander, dass nichts weiter passieren würde, bevor die Hochzeit vorbei war. Ganz bestimmt nicht.

Aber gleich am nächsten Tag – Maddy stand in der Küche der Villa und brachte ihre Begeisterung angesichts des tatsächlich atemberaubenden Hochzeitskuchens des Kochs (Früchtekuchen, kein Biskuit) zum Ausdruck – tauchte Luke bei ihr auf und teilte ihr mit, dass die Deutschen ins neutrale Belgien einmarschiert waren.

»Wir heiraten trotzdem«, sagte er, sobald sie sich in die Abgeschiedenheit des leeren Salons zurückgezogen hatten. »Nichts kann daran etwas ändern.«

»Aber danach …«

»… ist danach«, sagte er und zog sie an sich. »Darum kümmern wir uns, wenn es so weit ist.« Ihre Blicke trafen sich. »Alles wird gut.«

Seufzend schmiegte Maddy sich an ihn und ließ sich nur zu gern überzeugen – zumindest vorübergehend. »Du gehst doch jetzt nicht weg, oder?«, fragte sie.

»Ich muss im Quartier bleiben.«

»Mir wäre lieber, du bliebest bei mir«, sagte sie.

»Mir auch.« Er küsste sie lange. »Und das habe ich auch vor, sobald dieses Chaos vorüber ist. Nichts anderes werde ich tun.«

»Und wird es tatsächlich schon vor Weihnachten zu Ende sein, wie es immer heißt?«

»Vielleicht sogar noch früher«, sagte Luke.

Maddy betete zu Gott, dass er recht behalten würde.

Und sie betete noch einmal am nächsten Tag, als Frankreich und Belgien mit der vollen Mobilmachung begannen. Sie holte ihr Kleid aus dem Taj ab und machte in der Lobby halt, um sich die Zeitungen anzusehen, die dort auslagen – Bilder glücklicher englischer Feiertagsausflügler, Schlagzeilen, die verkündeten, dass das von einer Hitzewelle heimgesuchte Land zum Kampf bereit war –, und sie betete im Stillen, all das möge nicht mehr als ein kurzes Intermezzo allgemeinen Wahnsinns sein.

Natürlich stellte Großbritannien den Deutschen ein Ultimatum und befahl ihnen, sich aus Belgien zurückzuziehen, andernfalls hätten sie mit einer Kriegserklärung zu rechnen. Als der Morgen des Hochzeitstags graute, waren sämtliche britischen und indischen Truppen einsatzbereit, aktive Soldaten wie Reservisten. Luke und Peter gehörten notgedrungen dazu.

Obwohl Maddy vor Angst außer sich war, zog ein hartnäckiges Lächeln ihre Mundwinkel nach oben, als sie am Morgen der Hochzeit viel zu früh erwachte. Sie war voller euphorischer Vorfreude auf den beginnenden Tag und bei der Vorstellung, wie Luke gerade in seiner Wohnung erwachte. Sie erschauerte angesichts der wundervollen Tatsache, dass sie in wenigen Stunden verheiratet sein würden.

Verheiratet.

Die Aufregung ergriff vollends Besitz von ihr, als sie ein Bad nahm, das weiße Hochzeitskleid anzog und sich mit zitternden Fingern das Haar hochsteckte. Ihre Angst wegen der politischen Lage ließ nach, während sie mit ihrem Vater zur Kirche fuhr, seine Hand in ihrer zitternden Hand, und ihn schließlich am Arm fasste, um mit ihm durch den prasselnden Regen zum Portal der St.-Thomas-Kathedrale zu rennen, wo der Schleier hinter ihr über die schlüpfrigen Stufen der Treppe schleifte. Sie stand am Anfang des marmornen Gangs im Mittelschiff, blickte zu Luke, der vor dem Altar stand – so attraktiv in seinem Cutaway (keine Uniform, noch nicht!), so glücklich, als er sie anblickte, *sie* –, und dachte an nichts anderes als an ihn und das, was sie jetzt tun würden. Sie machte einen Schritt nach vorn, benommen, weil sie vor Aufregung nur flach atmete, und die Gedanken an die Mobilmachungsstützpunkte für Reservisten, die überall in Indien errichtet wurden, verblassten. Sie vergaß die leeren dampfbetriebenen Schiffe, die genau in diesem Augenblick auf Bombay zusteuerten, bereit, die Soldaten davonzutragen. Sie fragte sich nicht, welche Armee welche verbotene Grenze überschritt, oder warum ihre Mutter auf der hölzernen Bank in der ersten Reihe so betrübt aussah. Sie dachte auch nicht daran, dass Guy erneut eine Karte geschickt und seine Teilnahme an der Hochzeit abgesagt hatte. *Ich bin mir sicher, dass es ohne mich sehr schön sein wird.* Neben Luke blieb sie stehen, der Schleier fiel ihr um die Schultern, und er beugte sich zu ihr herab; seine Lippen berührten beinahe ihr Ohr. »Endlich«, sagte er, und sie glaubte, noch nie so glücklich gewesen zu sein.

Die Begrüßung durch den Bischof registrierte sie kaum. Sie spürte Lukes Arm an ihrem, die Wärme seiner Gegenwart, und sie musterte ihn immer wieder verstohlen, so wie er auch sie anblickte, während sie beide vergeblich ihr Lächeln zu unterdrücken versuchten. Der Bischof kündigte das erste Kirchenlied an, die Orgelakkorde erklangen, und als alle mit raschelnden Kleidern aufgestanden waren und über *Amazing Grace*, wunderbare Gnade, sangen, beugte Luke sich erneut zu ihr herab und sagte ihr, wie gut ihr die Farbe Weiß stand.

»Danke«, flüsterte sie zurück.

»Keine Ursache. Du siehst sehr unschuldig aus.«

Sie spürte, wie ihr Lächeln breiter wurde. »Tatsächlich?«

»Ja«, sagte er und kam noch näher, »ich bin fast ein bisschen enttäuscht …«

Sie lachte, was ihr ein missbilligendes Stirnrunzeln des Bischofs eintrug, das sich vertiefte, als sie weiterlachen musste, einfach wegen der Art, wie der Bischof sie ansah.

»Hör auf.« Lukes dunkle Augen funkelten. »Du bringst uns in Schwierigkeiten.«

Della las sehr hübsch aus dem Korintherbrief (»Sie hat geübt«, sagte Peter hinterher), und alle sangen gemeinsam ein weiteres Lied, diesmal eins über Hoffnung. Der Bischof hielt seine Predigt (die glücklicherweise kurz war) und fragte dann, ob jemand der Anwesenden etwas gegen die Verbindung zwischen Luke und Madeline einzuwenden habe, und niemand – nicht einmal Alice – ergriff das Wort.

Sie gaben sich das Eheversprechen. Ohne einander aus den Augen zu lassen, gelobten sie, einander zu lieben, bis der Tod sie scheiden würde, und im Konfettigestöber, das feucht war vom Monsunregen, liefen sie aus der Kirche und fuhren zu einem kleinen Hochzeitsfrühstück in die Villa zurück. Das war alles, was sie sich gewünscht hatten. Während der Regen die Rasenflächen und die Palmen durchnässte und ein Streichquartett unter dem Sonnendach der Veranda aufspielte, schnitten sie den großartigen Kuchen des Kochs an, tranken Champagner, tanzten und lachten und erwähnten den Krieg mit keinem Wort. Bei Einbruch der Dunkelheit traten sie wieder in das schlechte Wetter hinaus – diesmal wurden sie von den Gästen mit Küssen übersät – und fuhren zu Lukes Wohnung zurück.

»Ich werde dich immer lieben«, sagte Maddy, als er sie aus dem Auto in den heißen, stillen Unterschlupf trug, der seine Wohnung war. »Ich werde dich sogar noch länger lieben als für immer.«

»Gut«, sagte er an ihrem Mund und an ihrem Hals, ehe er sie auf die Füße hinunterließ. »Ich werde dich daran erinnern.«

Kapitel 14

Alice hatte sich eigentlich nicht gut genug gefühlt, um an der Hochzeit teilzunehmen. Sie hatte sich auch nicht gut genug gefühlt, um zu den Anproben zu gehen, aber hätte sie sie verpasst, hätte sie es ebenso sehr bereut, wie wenn sie Madeline nicht vor den Altar hätte treten sehen. Schon während sie in dem Atelier und in der Kirchenbank saß, (*meine Tochter*, dachte sie und betrachtete ihr geliebtes Gesicht, *meine Tochter*), wusste sie, dass sie Erinnerungen erschuf, die sie neben den unzähligen anderen Bildern ablegen würde, die bereits in ihrem Gedächtnis gespeichert waren und die sie in den kommenden Monaten und Jahren immer wieder betrachten konnte. In ihren hoffnungslosesten Momenten wünschte Alice sich beinahe, Madeline wäre nie zurückgekehrt. In gewisser Weise wäre es einfacher gewesen, denn dann hätte sie ihre Tochter kein zweites Mal verlieren müssen.

In der Kirche und auch im Lauf des Nachmittags in der Villa musste sie um Fassung ringen. (Sie war so erleichtert gewesen, als Madeline um eine ruhige Veranstaltung ohne Pomp und viel Aufhebens gebeten hatte. *Kein Aufhebens*, hatte sie gedacht, *das schaffe ich.*) Sie tanzte nicht.

Schon das aufrechte Sitzen fiel ihr schwer. Alice hatte die Bauchschmerzen in den letzten Wochen nicht vorgespielt, sie waren auch keine Ausrede, hinter der sie ihren Kummer und ihre Furcht verstecken wollte – obwohl sie auch dazu gedient hatten. Die Schmerzen waren echt, und sie wurden schlimmer, genau wie die Übelkeit. Sie hatte geglaubt, der Grund für beides sei Angst.

»Nein«, sagte Guy leise, als er spät am nächsten Abend auftauchte, »es ist dein Blinddarm.«

Richard hatte ihn gerufen, nachdem Alice den ganzen Tag fiebernd im Bett verbracht hatte, mal bei Bewusstsein gewesen war und mal nicht, und von der Hochzeit geträumt hatte und von Madeline als weinendem kleinen Mädchen, das sie, Alice, bat, sie nicht nach England zu schicken (*Ich will nicht weg, bitte nicht, ich werde mich bessern, versprochen*). Dann hatte sie von Madeline als Erwachsener auf dem Landungssteg eines anderen Schiffs kurz vor dem Ablegen geträumt, ein Schiff, auf das Alice niemals einen Fuß würde setzen können, davon war sie überzeugt. Im Lauf der nächsten Stunden waren die Bauchschmerzen immer schlimmer geworden, und ihr ganzer Körper hatte im Fieber unkontrolliert zu zittern begonnen, die Villa um sie herum war eine beklemmende Insel, die im prasselnden Regen von Bombay schwankte.

»Du hättest zu mir kommen sollen, Alice«, sagte Guy. Sein freundliches Gesicht wirkte müde und faltig vor Sorge. Er holte eine Spritze aus seinem Koffer, versicherte, sie würde die Schmerzen lindern, und stach Alice die Nadel in den Arm.

Sie schloss die Augen und spürte, wie die Opioide in ihre Vene sickerten und sich ein köstlicher Schleier über ihre Empfindungen senkte. Sie ließ den Kopf nach vorn sinken. Gut so.

Guy verließ den Raum. Sie hörte ihn vor der Schlafzimmertür mit Richard sprechen, ihre gedämpften Worte waren durch den Regen kaum zu verstehen. Etwas wie: *in Guys Krankenhaus bringen* und *Operation*. Benebelt, wie sie war, dachte sie, dass sie sich vor einer Operation eigentlich fürchten sollte. Sie schwebte an dem Gefühl vorbei. Und tatsächlich – solange sie keine Schmerzen mehr hatte, war doch eigentlich alles egal, nicht wahr?

»Ich glaube, er ist geplatzt«, sagte Guy. (Das war vielleicht nicht egal.) »Mit deiner Erlaubnis würde ich die Operation gern selbst durchführen.«

»Natürlich«, sagte Richard, »selbstverständlich.«

Selbst in ihrem benebelten Zustand erkannte Alice, wie steif die beiden Männer miteinander umgingen. In letzter Zeit waren sie nur selten zusammengekommen; es hatte keins der üblichen Dinner oder Drinks gegeben. Sie selbst hatte Guy nur anlässlich Madelines Verlobung geschrieben und dann noch einmal, um ihn zur Hochzeit einzuladen, ansonsten waren sie einander aus dem Weg gegangen. *Das mussten wir,* dachte sie. Jeder von ihnen wusste nur zu gut, wie sich der andere fühlte, ohne jedoch darüber sprechen zu können. Darum war es viel einfacher gewesen, erst gar kein Gespräch anzufangen, etwas, das Alice' Meinung nach häufig der Fall war.

Auch jetzt konnte sie nicht sprechen, selbst wenn sie gewollt hätte. An ihren Lippen schienen Gewichte zu hängen, ihr Gesicht und ihre Glieder wurden immer gefühlloser. Wie durch einen Nebel sah sie, dass Richard zurückgekommen war. Der Raum schwankte und drehte sich, als er sie hochhob und die Treppe hinuntertrug; die immer wieder überraschende Zärtlichkeit seiner kräftigen Arme. Dann lag sie auf der warmen ledernen Rückbank des Automobils, ihr Kopf auf seinem Schoß, seine Hand auf ihrem Haar. Wie viele solcher mitternächtlichen Spritztouren hatten sie früher unternommen? Und all diese Babys …

Der Wagen fuhr abrupt an. Sie musste das Bewusstsein verloren haben, denn als sie die Augen öffnete, wurde sie erneut hochgehoben und in ein Bett gelegt, das sich bewegte und auf den Fliesen unter ihr ein seltsames Geräusch erzeugte. *Ein Krankenbett,* dachte sie, *wir sind im Krankenhaus.* Es war eine Art gedämpftes Wissen. Sogar die Panik, die sie empfand, als ihr ein Mann eine Maske aufs Gesicht drückte und sagte, er würde sie jetzt in den Operationssaal bringen, wo Major Bowen bereits wartete, schien nicht aus ihr selbst zu kommen.

Nur eines wusste sie mit einiger Klarheit: Madeline würde fortgehen, sehr bald, sie hingegen wollte, dass sie blieb. Sie wollte ihre Tochter bei sich haben. Alice wünschte, sie wäre in der Lage gewesen, Madeline das zu sagen, ihr klarzumachen, wie sehr sie sie liebte, und ihr … alles zu erklären.

Es war ihr letzter Gedanke, während eine Flüssigkeit auf die Maske tropfte.

Irgendjemand schien noch zu sagen, Großbritannien habe Deutschland den Krieg erklärt, aber die Maske schmeckte inzwischen so merkwürdig, und die Stimme verklang und schwand. Alice schwamm, nicht in Wasser, denn sie vermied es seit Jahren, auch nur in die Nähe von Wasser zu geraten, sondern in Dunkelheit. Nur Dunkelheit.

Der vom Regen durchnässte Bote kam im Morgengrauen des 5. August. Er hämmerte an Lukes Tür, weckte ihn und Maddy, die auf dem niedrigen Bett geschlafen hatten, mit zerknüllten Laken zwischen ihnen, das Moskitonetz schlaff in der schweren, feuchten Luft.

Maddy richtete sich schwankend zum Sitzen auf, ihr Herz stolperte, weil sie aus dem Schlaf gerissen worden war, und das Blut gefror ihr in den Adern, als auch ihr Verstand erwachte und ihr sagte, was diese Ruhestörung bedeutete.

Sie hatten darauf gewartet.

Zwar hatte es ihnen widerstrebt, die Wohnung zu verlassen, und sei es nur für Minuten, aber die Frage, wie viel gemeinsame Zeit ihnen noch blieb und wie Deutschland auf Großbritanniens Ultimatum reagiert hatte, bereitete ihnen zu viel Sorge, um sie zu ignorieren. Am Abend hatten sie den Colonel in seinem Büro im Hauptquartier aufgesucht, um herauszufinden, was er wusste, in der verzweifelten Hoffnung, er würde ihnen mitteilen, dass Deutschland sich aus Belgien zurückgezogen hatte.

»Leider nicht«, sagte Colonel Whittaker seufzend und holte eine Flasche Rum aus der Schreibtischschublade, »und Sie haben nur noch wenige Stunden Zeit.«

Er bot ihnen beiden ein Gläschen an. Sie lehnten ab, waren bereits auf dem Weg zur Tür. Als Whittaker darauf bestehen wollte, weil er über so vieles mit Luke reden müsse, vor allem darüber, dass Ernest Aldyce und zahlreiche andere Offiziere Hunderte Soldaten ohne Befehlshaber zurückgelassen hatten, verstärkte Luke den Griff um Maddys Hand und sagte: »Morgen. Reden wir morgen darüber.«

Durch den dunstigen Regen waren sie zu ihrem Automobil geflüchtet, und Luke fuhr schnell, um den Wolkenbruch hinter sich zu lassen. Sie schwiegen fast die ganze Fahrt über, sodass sie nicht darüber sprachen, was als Nächstes kam (und dass es mit höchster Wahrscheinlichkeit nicht ihre Heimreise sein würde). Maddy hatte das Gefühl, sie würde ersticken, wenn sie das Thema auch nur erwähnte. Sobald sie wieder bei Lukes Wohnung angekommen waren, hatten sie sich zueinandergedreht, sich geküsst und die klitschnassen Kleider ausgezogen, um sie auf die Schrankkoffer neben der Tür fallen zu lassen, die dort standen, bereit – herzzerreißend bereit – für die Reise. Sie hatten es nicht einmal ins Schlafzimmer geschafft. Jetzt, wo Zeit ihr größter Luxus war, hatten sie es eilig.

Ihre Kleider hingen noch immer über den Koffern. Luke, der hastig in eine Hose gestiegen war, kam auf dem Weg zur Wohnungstür daran vorbei. Maddy legte sich eine Hand an die Kehle und sah ihn durch den dunklen Raum gehen, die schwarzen Umrisse und Schatten, die drückende Stille. Er öffnete die Tür, ließ den tosenden Sturm herein und mit ihm das Telegramm aus London. Sie sah, wie er es dem Boten aus der Hand nahm, es durchlas und danach mit ein paar Dankesworten auf Urdu die Tür schloss. Er beugte sich vor und legte eine Hand auf den Rahmen, als suchte er Halt.

Ohne dass er sich umdrehen und sie seine starre Miene sehen musste, war ihr klar, was in dem Telegramm stand.

Sie musste die Nachricht nicht selbst lesen.

Sie tat es trotzdem. Als er zu ihr zurückkam, sich neben sie auf die Matratze kniete und ihr das durchweichte Blatt Papier hinhielt, griff sie mit kalten Händen danach.

Großbritannien im Krieg mit Deutschland STOPP Nicht nach England zurückkehren, sondern bei Colonel Whittaker melden STOPP Alle in Indien ansässigen Offiziere benötigt STOPP Glückwunsch zur Hochzeit STOPP Äußerst dankbar für Ihre Dienste und Geduld STOPP

»Wir gehen also nirgendwohin«, sagte sie, und die Worte klangen seltsam, furchtbar unecht und zutiefst falsch.

Luke schwieg.

Sie blickte zu ihm auf. Seine Augen glänzten, sie funkelten geradezu vor Zorn.

»Weißt du«, sagte er, »wie oft ich Leuten wie Colonel Whittaker gesagt habe, dass sie allen Offizieren den Heimaturlaub streichen sollen?« Er sprach leise, voll mühsam zurückgehaltener Wut. »Wenn diese Leute mir zuhören würden«, fuhr er fort, »gäbe es jetzt sehr viele Offiziere hier. Ich könnte mit dir nach Hause fahren und dort in die Armee eintreten, aber stattdessen muss ich auf Ernest Aldyce' Männer aufpassen, solange er sich in Dorking entspannt – mit einer Frau, die ihm zuwider ist, verdammt noch mal!«

Da lachte sie. Es war ein merkwürdiger, erstickter Laut, der auf keinen Fall ein Schluchzer werden wollte und sie überraschte, indem er überhaupt über ihre Lippen kam. Der Grund war die Vorstellung, wie Ernest und Diana zusammen in Dorking beieinanderhockten, obwohl Diana es mit Sicherheit hasste, nicht von Personal umgeben zu sein und sich womöglich sogar selbst die Butter auf den Toast streichen zu müssen. Luke starrte Maddy nach wie vor an, ohne zu lachen, denn es gab keinen Grund dazu. Und nun lachte auch sie nicht mehr, sondern weinte, sie weinte bitterlich.

»Nicht«, sagte er und zog sie an sich. »Bitte …«

»Ich kann nichts dagegen tun.« Sie vergrub den Kopf an seiner Brust, spürte seine Wärme, seinen Herzschlag, spürte, wie furchtbar zerbrechlich er war. »Du wirst wieder Soldat sein.«

»Das bin ich bereits.«

»Ich hätte doch mit Poincaré sprechen sollen.«

»Ja, das hättest du.«

»Ich ertrage es nicht«, sagte sie, während ihr noch immer die Tränen über die Wangen strömten. »Ich ertrage es einfach nicht.« Sie konnte es nicht fassen. Es würde weder eine Reise noch eine Kabine nur für sie beide geben und auch keinen August in Richmond. Luke würde kämpfen, vielleicht verwundet werden oder … »Ich habe Angst«, sagte sie. »Ich habe solche Angst.«

Er nahm sie fester in die Arme und schwieg. Sie dachte, dass er sich möglicherweise auch fürchtete, und fühlte sich noch schlechter. Die ganze Zeit hatte sie geglaubt, vorbereitet zu sein, bereit zu sein – dieses seltsame, quälende Gefühl, dass alles schiefgehen würde; *verlass dich lieber nicht darauf* –, aber sie war überhaupt nicht bereit. Ab einem gewissen Punkt hatte sie offenbar darauf vertraut, dass alles gut ausgehen würde, aber nun verließen sie das Glücksgefühl und die aufgeregte Vorfreude, und sie konnte es nicht verhindern. Sie wusste nicht, wie.

»Du kannst trotzdem zurückfahren«, sagte Luke, um nicht nur Maddy, sondern auch sich selbst zu beruhigen. »Ich bin hier und kann mich von dir verabschieden; für die Divisionen von Bombay ist noch kein Einsatz geplant. Nur für Poona, Lahore …«

»Dann bleibe ich bei dir.«

»Nein«, entgegnete er. »Bitte geh. Ich weiß nicht, wie lange die Passagierschiffe noch fahren. Ich komme bald nach.« Er küsste sie und schob sie ein Stück von sich weg, sodass sie einander ins Gesicht sahen. »Die Sepoys müssen ausgebildet werden«, sagte er, »und das machen wir gewiss in England. Ich nehme mir Urlaub und besuche dich. Wenn wir kampfbereit sind, ist vielleicht schon alles vorbei. Für uns muss sich nicht zwangsläufig etwas ändern.«

Sie nickte, schluckte die Tränen hinunter und schwieg.

Es fühlte sich auf schreckliche Weise so an, als würde sich *alles* ändern.

Aber es war angenehmer, es nicht laut auszusprechen.

Auch Peter war zu Whittaker zum Rapport einbestellt worden. Gleich nach Sonnenaufgang, die ersten Strahlen drangen durch die dicken schwarzen Wolken, kam er vorbei, um es Maddy und Luke zu erzählen.

Peter hatte bereits mit dem Colonel gesprochen. »Und darum bin ich hier«, sagte er und trat über die Schwelle. Er schüttelte seinen Schirm aus und warf Luke einen schmerzerfüllten Blick zu. »Ich soll dich holen und zum Quartier bringen, mein Freund.«

»Whittaker will mich *jetzt* sehen?«, fragte Luke, der erst seit wenigen Minuten angezogen war.

»Ja, aber lass uns noch ein bisschen warten und die Verspätung auf den Verkehr schieben. Ich habe es nicht eilig, dorthin zurückzugehen.« Er zog einen Stuhl heraus und nahm Platz, wobei ihm eine Haarsträhne in die Stirn fiel. »Whittaker meinte, du sollst deine Zeit nicht verschwenden, indem du ihn davon zu überzeugen versuchst, dass du deine Flitterwochen brauchst«, sagte er. »Mein Urdu ist offensichtlich noch schlechter als das seines vierjährigen Sohns, und du bist bereits zum Major befördert worden. Gut gemacht, Luke, wirklich.«

Luke hatte große Lust, mit der Faust gegen die Wand zu schlagen.

»Wir hätten schon letzte Woche heiraten sollen«, sagte Maddy und umklammerte eine Tasse mit kaltem Tee so fest, dass die Haut über ihren Fingerknöcheln weiß wurde und spannte; Luke hatte nicht gewusst, dass

Hände so ängstlich aussehen können. Es tat ihm weh. Er wünschte, er könnte ihr – ihnen beiden – helfen, aber er konnte es nicht. Er hatte keine Ahnung, was er tun sollte. »Dann wären wir jetzt schon auf einem Schiff«, fuhr sie fort, »und lägen auf Liegestühlen auf dem Deck.«

»Hör auf«, sagte Luke. »Bitte, hör auf.«

»Ich fürchte, es wird noch schlimmer«, sagte Peter.

»Wie meinst du das, noch schlimmer?«, fragte Luke, obwohl er es im Grunde nicht wissen wollte.

Peter verzog das Gesicht. »Wir bleiben nicht in Bombay.«

Luke starrte ihn an. »Wohin gehen wir?«

»Nach Karachi«, sagte Peter. »Heute Abend.«

Diesmal hielt Luke seinen Zorn nicht zurück.

Peter seufzte, als hätte er dafür Verständnis, und teilte Luke dann mit, was dieser bereits wusste, wovon er aber nicht betroffen zu sein geglaubt hatte: dass die 3rd Lahore Division, eine der größeren, zur sofortigen Entsendung vorgesehenen Einheiten, sogar noch weniger Offiziere hatte als die Divisionen in Bombay.

»Wir sollen zu ihnen stoßen«, sagte Peter, »und von Karachi aus mit ihnen auslaufen.«

»Was ist mit den hiesigen Männern?«, fragte Luke, der verzweifelt nach einem Ausweg suchte. »Die von Aldyce …«

»Die Hälfte von uns geht mit«, sagte Peter, »um die anderen kümmert sich Whittaker. Er ist nicht besonders glücklich.«

»Er hätte sich dagegen zur Wehr setzen sollen«, sagte Luke.

»Das habe ich ihm vorgeschlagen«, sagte Peter. »Aber er hat mich nur daran erinnert, dass ich jetzt in der Armee bin.«

»Jesus Christus«, sagte Luke gepresst.

»Wohin werdet ihr fahren?«, fragte Maddy. »Nach England?«

»Wahrscheinlich«, sagte Luke und klang überzeugter, als er war. Tatsächlich war ihm fast übel. Er hatte keine Ahnung, wohin die Lahores fahren würden, wusste nur, dass sie im Gegensatz zur 6th Poona Division zumindest irgendwo in Europa und nicht im Persischen Golf landen würden.

Peter fuhr fort. Er habe es Della noch nicht gesagt, aber er könne sie selbstverständlich nicht allein zurücklassen. Er drehte sich zu Maddy und fragte, ob sie am siebten mit ihr aufbrechen könne.

»Ja«, sagte Maddy mit tonloser Stimme, während sie Luke nicht aus den Augen ließ, »selbstverständlich.«

Er erwiderte ihren Blick, versuchte vergebens, sich vorzustellen, wie er sie verlassen würde, an diesem Abend, noch an *diesem* Abend, und er suchte erneut fieberhaft nach einem Ausweg. Es gab keinen, das wusste er. Keinen einzigen.

Sie kam zu ihm und schlang ihm die Arme um die Taille. Instinktiv zog er sie an sich, seine Muskeln entspannten sich, als er ihren Körper berührte, die Geborgenheit spürte, auf die er – ein erschütternder Gedanke – bereits in wenigen Stunden würde verzichten müssen. Sie hatten nicht genug Zeit gehabt, sie beide als Paar. Es war nicht genug. Es würde nie genug sein …

»Wir laufen zur selben Zeit aus«, hörte er sich sagen, ebenso zu Maddy wie zu sich selbst. »In vierzehn Tagen sind wir wieder zusammen.«

»In vierzehn Tagen«, wiederholte sie und blickte auf, mit Augen wie aus Glas, blauer denn je.

Er lächelte gezwungen, wollte, dass sie zurücklächelte.

Sie versuchte es. Er sah es an ihren zuckenden Wangen. Aber das Lächeln kam nicht. Zum ersten Mal überhaupt sah er, dass ihr so etwas passierte, und er glaubte, es müsse ihn innerlich zerreißen.

Hatte sie – oder er – damals schon gewusst, was kommen würde?

Diese Frage stellte er sich noch sehr oft bei dem, was dann folgte. Und in seinen Briefen fragte er auch sie danach.

Nein, schrieb sie zurück, *woher hätte ich das wissen sollen?*

Sie verabredeten, dass er zum Quartier gehen würde, um Whittaker zu treffen. Danach sollte er zurückkommen, damit sie den Nachmittag zusammen verbringen konnten, so wie Peter den Nachmittag mit Della verbrachte. (»Ich bin ziemlich traurig, dass ich sie verlassen muss«, sagte Peter, »obwohl ich ihr das natürlich nicht sage.«) Whittaker, der kein gefühlloser Mann war, hatte allen Männern mit Familie vor Ort Zeit gegeben, sich zu verabschieden. »Sie brechen um acht nach Karachi auf«, sagte er. »Seien Sie pünktlich für den Transport zum Hafen zurück.«

Luke wollte nicht an den Transport zum Hafen denken.

Er wollte nur mit seiner Frau im Bett liegen, dieser Frau, die ihm wie ein Glück vorkam, an das er niemals würde glauben können. Und er wollte die Uniform vergessen, die Whittaker ihm gegeben hatte, die gestickten Majorstreifen auf den Ärmeln, den Seesack, das Gewehr und das Bajonett, die nun allesamt seinen Namen trugen.

Das Letzte, womit er gerechnet hatte, war, dass er in seiner Wohnung nicht Maddy, sondern nur eine hastig hingekritzelte Nachricht finden würde, dass ihr Vater mit ihr zu Guy Bowens Krankenhaus gefahren war. Nicht eine Sekunde lang hätte er geglaubt, dass sie den Rest des Tages Seite an Seite in einem geschäftigen Korridor auf unbequemen Holzstühlen verbringen und ängstlich darauf warten würden, dass ihre Mutter wieder zu Bewusstsein kam. Sie versuchten, ruhig zu bleiben, obwohl niemand wusste, ob Alice wieder gesund werden würde, und es fühlte sich an, als stünde die Welt auf dem Kopf. Sie starrten auf die Tür zu ihrem Krankenzimmer, auf die erbarmungslos tickende Uhr, und hielten einander bei der Hand, denn mehr konnten sie nicht tun. Überall wären sie lieber gewesen als an diesem Ort, an dem das Schweigen in der Luft hing, schwer von der Angst vor ihrer bevorstehenden Trennung.

Guy kam aus dem OP. Luke musste ihm lassen, dass er sich tadellos benahm, indem er Maddy in aller Ruhe erklärte, sie müsse sich keine Sorgen machen. Alice' Operation war bestmöglich verlaufen, sagte Guy auf dieselbe unerschrockene Art, auf die Lukes Mutter immer über medizinische Angelegenheiten gesprochen hatte. (Er dachte ständig an seine Mutter. Er wusste, auch sie wäre an diesem Tag voller Angst gewesen. Ihre Karriere als Krankenschwester hatte im ersten Burenkrieg begonnen, und ihr graute vor Schlachtfeldern. Das Wiedersehen mit ihr war der einzige Silberstreifen am Horizont, wenn er an seine bevorstehende Abreise dachte.) Guy beteuerte, wie leid es ihm tue zu hören, dass Luke am Abend aufbrechen würde, und er schien es ehrlich zu meinen. Hätte er nicht gewusst, dass er Maddy liebte, hätte Luke ihn vielleicht sogar gemocht.

»Ich werde auch bald fort sein«, sagte Guy, »aber ich bleibe noch eine Weile hier und kümmere mich um euch alle, Maddy.«

»Ausgezeichnet«, sagte Luke.

»Wie lange wird Mama im Krankenhaus bleiben?«, fragte Maddy.

»Kommt drauf an«, sagte Guy. »Das Wichtigste ist, sie vor einer Infektion zu schützen.« Er blickte zur Zimmertür. »Wir wollen ja keine Wiederholung von …« Er verstummte, straffte die Schultern und fragte sich offenbar, warum in aller Welt er das gesagt hatte.

Maddy fragte sich offensichtlich dasselbe, denn sie hatte die Stirn in Falten gelegt. »Keine Wiederholung wovon?«, fragte sie.

»Nichts«, sagte Guy. »Entschuldige, ich war die ganze Nacht auf. Ich weiß nicht, warum ich das gesagt habe.«

»Wissen Sie schon Genaueres?«, fragte Luke.

»Nein, wirklich nicht«, sagte Guy und drehte sich wieder um. »Außerdem muss ich jetzt weitermachen.«

»Warten Sie«, sagte Luke, der selbst hörte, wie ungeduldig er klang.

»Guy«, sagte Maddy in ähnlicher Tonlage, »bitte.«

»Es tut mir leid«, sagte Guy. »Bitte ruft mich, wenn sie wach wird.«

Und damit ging er davon.

Maddy blickte ihm nach und gab einen Laut von sich, der halb resigniert, halb frustriert klang.

»Soll ich ihm nachgehen und dafür sorgen, dass er es dir sagt?«, fragte Luke.

»Verlockender Gedanke«, antwortete sie. Sie richtete die rotgeränderten Augen wieder auf Alice' Zimmertür, hinter der Richard an ihrem Bett Wache hielt. »Aber ich werde Papa danach fragen, sobald sie wach ist.«

Als der Abend dämmerte, war Alice noch immer nicht aufgewacht. Luke, der sich des im Hafen wartenden Schiffs überdeutlich bewusst war, konnte seine Rückkehr ins Quartier nicht länger hinauszögern, wollte er nicht als Deserteur erschossen werden. (Alles andere als ideal.) Außerdem war er nun für Hunderte von Männern verantwortlich, Männer, die genau wie er ihre Familien und ihre Häuser verlassen mussten. Er war gegen seinen Willen wieder Soldat geworden, aber daran waren nicht diese Männer schuld. Sie würden bereits auf ihn warten.

»Und müssen unterdessen mit Peters rudimentärem Urdu vorliebnehmen«, sagte Maddy und lächelte erneut gequält, als sie gemeinsam aufbrachen und sehr langsam durch die dunkler werdenden Flure des Krankenhauses zum Eingangsportal gingen.

»Was hast du jetzt vor?«, fragte er. »Du kannst doch jetzt noch nicht in See stechen.«

»Nein, wohl kaum.« Sie blickte über die Schulter zu Alice' Zimmer. »Aber ich breche auf, sobald ich kann.«

Er atmete tief durch und verzichtete bewusst darauf, seine Warnung zu wiederholen, dass man nicht wisse, wie lange die Passagierschiffe noch verkehren würden. Er konnte nicht von ihr verlangen, dass sie ihre Mutter verließ. Er *würde* es nicht von ihr verlangen. Stattdessen versicherte er ihr, alles zu tun, damit er sie in England am Kai abholen konnte. Und wenn das nicht möglich war, würde er dafür sorgen, dass seine Eltern dort auf sie warteten. »Sie können dir das Haus zeigen. Ich bin mir sicher, dass sie dich gern bei sich aufnehmen, wenn du willst …«

»Mir wäre lieber, du wärst da«, sagte sie.

»Wenn es möglich ist, werde ich dort sein.«

Sie erreichten das Portal. Er stieß einen Türflügel auf, konnte kaum glauben, dass er einen Fuß vor den anderen setzte, obwohl es ihm aberwitzig vorkam, nicht einfach an Ort und Stelle stehen zu bleiben. Dennoch hielt er ihr die Tür auf, damit sie hinausgehen konnte.

Es regnete so sintflutartig wie immer in letzter Zeit. Die Tropfen sprangen von der ungepflasterten Zufahrt auf, zerplatzten auf den Fliesen, auf ihren Füßen. Die Palmen erhoben sich bedrohlich vor den schwärzer werdenden Wolken, die ovalen Blätter neigten sich unter dem prasselnden Regen. Er betrachtete sie aus schmalen Augen, und wie ein Faustschlag traf ihn unvermittelt eine ungute Vorahnung, der Gedanke, dass er solche Bäume womöglich nie mehr sehen würde, wenn er erst einmal fort war.

»Luke«, sagte sie, als spürte sie seine Angst. »Luke …« Sie berührte seinen Nacken und holte ihn in die Gegenwart zurück. Er merkte, dass sein Blick sanfter wurde, als er ihrem begegnete. Ihre Haare waren zerzaust, weil sie zigmal mit den Händen hindurchgefahren war, und auch wegen der Nässe. Ihre Haut war leicht gerötet, vor Hitze und vor Kummer, und er wollte, dass sie wieder glücklich war. Er wollte sie glücklich machen. Und er wollte am nächsten Morgen aufwachen und bei ihr sein. Er wollte an jedem Tag mit ihr zusammen sein, mit ihr reden, sie ansehen, wollte niemals vergessen, wie sich das anfühlte.

Aber da er das nicht konnte, küsste er sie und sagte ihr, dass er sie liebte, wieder und immer wieder.

Sie erwiderte seine Küsse. »Ich liebe dich auch. Ich werde dich immer lieben. Und wir sehen uns bald wieder.«

»Bald«, wiederholte er. »Sehr bald.«

Er legte die Stirn an ihre, nahm ihr Gesicht in beide Hände und dachte an den Moment zurück, als er sie das erste Mal gesehen hatte: eine schöne Fremde auf der dunklen Promenade in Bombay. Er sah sich selbst unter den gewölbten Decken der Wandelhalle im Terminus, auf dem Mosaikfußboden hockend, damit beschäftigt, ihre Streichhölzer, seinen Reiseführer und all das Glück einzusammeln, das noch vor ihnen lag. Sein Geist füllte sich mit all den Blicken und Worten, die sie seitdem miteinander geteilt hatten, und weil es ihm vorkam, als sähe er ein ganzes Leben vor seinen Augen vorbeiziehen, schob er die Bilder beiseite und versprach sich, dass es mehr davon geben würde. Sehr viel mehr.

»Wir sehen uns in England«, sagte er. »Wir sehen uns zu Hause.«

»Zu Hause«, sagte sie, und diesmal war ihr Lächeln echt. »Ja.«

Auch er lächelte, unendlich dankbar für ihr Lächeln, dafür, dass er es noch einmal sehen durfte.

Er wollte ihr noch so vieles sagen. Aber ihnen blieb keine Zeit. Er wusste, dass sie keine Zeit mehr hatten. Und einstweilen blieb ihnen nur noch ein Wort zu sagen.

Mehr denn je zuvor in seinem Leben wünschte er, dieses Wort würde nicht lauten: »Adieu.«

Kapitel 15

Sie brachte es nicht fertig, die Überfahrt nach England zu stornieren. Sie schaffte es nicht einmal, in Lukes Zimmer zu gehen und ihren Koffer zu holen. Die Vorstellung, den leeren Raum zu betreten, das Bett zu sehen, in dem sie geschlafen hatten, die Tassen, aus denen sie getrunken hatten, den Platz am Fenster, auf dem sie so viele Stunden verbracht hatten, war unerträglich qualvoll. Della verstand, ohne dass Maddy ein Wort sagen musste; darum sorgte sie dafür, dass der Koffer zu Maddys Eltern gebracht wurde. »Ich habe alles eingepackt«, sagte sie, als sie Maddy an dem Morgen, nachdem Luke und Peter nach Karachi aufgebrochen waren, in Alice' Krankenzimmer antraf. »Den Schlüssel habe ich nebenan abgegeben. Ich hoffe, das ist in Ordnung.«

»Ja«, sagte Maddy, obwohl überhaupt nichts in Ordnung war. »Danke.«

Della blickte Alice an, die erneut schlief, wenn auch sehr unruhig. »Gibt es denn wirklich nichts mehr, was sie ihr noch verabreichen könnten?«, fragte sie mit sorgenvoll gerunzelter Stirn.

»Nein, nichts«, sagte Maddy, die diese Frage ebenfalls gestellt hatte, weil sie entsetzt war über das hochrote, fleckige Gesicht ihrer Mutter, wegen der Art, wie sich ihre trockenen Lippen bewegten, ohne einen Ton herauszubringen, wegen der flatternden Lider. »Sie hat die höchstmögliche Dosis Morphium bekommen. Das Problem ist das Fieber.« Es hatte in den frühen Morgenstunden begonnen: eine Infektion, die nicht einmal Guy hatte verhindern können. Erst eine Stunde zuvor hatte er gesagt, dass sie nichts anderes tun konnten, als zu warten und zu hoffen, dass es von selbst wieder sank.

»Hoffen?«, hatte Maddy gefragt. Ihre Augen brannten vor Erschöpfung, und Zorn stieg in ihr auf, denn es war zu viel, es war einfach alles zu viel.

»Hoffen«, hatte Guy hilflos wiederholt.

Ich dachte, du wolltest auf uns aufpassen! Beinahe hätte sie es herausgeschrien. Sie konnte den heftigen Impuls gerade noch rechtzeitig unterdrücken. Es war nicht seine Schuld. Nichts davon. Er hatte sein Bestes getan, hatte versucht, ihnen zu helfen.

Und nun wusste sie, dass er das nicht zum ersten Mal getan hatte.

Sie hatte ihren Vater gefragt, was Guys Worte zu bedeuten hatten, draußen im Flur, als er mit ihr und Luke gesprochen hatte. *Wir wollen keine Wiederholung von …* Sie hatte nicht sofort daran gedacht, ihn zu fragen. Als sich Richard im Eingangsportal zu ihr gesellt hatte, nachdem Luke die durchnässte Zufahrt hinuntergefahren und verschwunden war, hatte er sie fest umarmt, um sie daran zu hindern, ihm hinterherzulaufen (*es hilft nichts, es hilft doch nichts)*, und sie hatte geschluchzt, zu erschöpft vor Kummer, um an irgendetwas anderes zu denken. Aber später, nachdem die Tränen getrocknet waren und sie mit Richard an Alice' Bett gesessen und dem Atem ihrer Mutter gelauscht hatte, waren ihr Guys seltsame Worte wieder eingefallen.

Ihr Vater hatte nicht überrascht gewirkt, als sie ihm davon erzählte. Er hatte einfach weiterhin auf Alice geblickt und geseufzt, als hätte er gerade selbst an den fraglichen Vorfall gedacht.

Er hatte ihr nur wenig erzählt, aber doch mehr als je zuvor. Er schockierte sie mit der Enthüllung, dass ihre Mutter auf der Heimreise nach Indien operiert worden war, nach ihrem einzigen Besuch bei Maddy in England. »Es war … grauenhaft«, sagte er und blickte ins Leere, während er alles erneut durchlebte. »Nach unserer Rückkehr nach Indien war sie lange im Krankenhaus. In diesem hier. Guy war damals noch ein sehr junger Arzt, aber er konnte ihr helfen.«

»Was für eine Operation war das?«, fragte Maddy.

Richard schüttelte den Kopf. *Ich habe ihr versprochen, dass du es nicht von mir erfährst.* »Frag deine Mama selbst«, sagte er, »sobald es ihr wieder besser geht. Sorg dafür, dass sie es dir sagt.«

»Ich kann nicht *dafür sorgen.*«

»Natürlich kannst du das«, hatte ihr Vater erwidert. »Liebes, sie würde den Mond für dich vom Himmel holen, wenn sie könnte.«

Als sie ihrer Mutter nun die Hand streichelte, dachte sie an diese Worte. Wie lange schon hatte sie nicht mehr ihre Hand gehalten!

»Wo ist dein Papa?«, fragte Della.

»Im Büro«, sagte Maddy, »erzählt seinen Mitarbeitern, dass er eine Weile fort sein wird.« Ihre Stimme zitterte. »Er bittet Fraser Keaton, meine Fahrkarte zu stornieren.«

»Oh«, sagte Della und umrundete das Bett. »Komm her.«

Das tat Maddy. Sie spürte, wie sich die Arme ihrer Freundin um sie schlossen, und war mehr als dankbar für diesen Trost, den sie so sehr brauchte. Sie versuchte, auf keinen Fall daran zu denken, wie es wäre, in jene anderen Arme zu sinken, Arme, die nun auf See waren, sich der Küste vor Karachi näherten, doch dann weinte sie trotzdem wieder, denn sie hatte seit zwei Tagen kaum geschlafen und keine Kraft mehr zum Kämpfen.

»Ich breche erst auf, wenn du es tust«, sagte Della. »Ich weiß nicht, vielleicht hilft dir das.«

Maddy umarmte sie fester. »Natürlich hilft mir das«, sagte sie.

Er bittet Fraser Keaton, meine Fahrkarte zu stornieren.

Alice hörte Madelines Worte, sie spürte die Traurigkeit ihrer Tochter, ihre schreckliche Enttäuschung, und sie griff nach ihrer Hand, wollte erneut ihre Finger umfassen, Finger, die sich immer so mühelos in ihre Hand geschmiegt hatten (jeden Tag, *an jedem einzelnen Tag)*, aber sie berührte nur schwüle Luft.

Nicht weinen, versuchte sie Madeline zu sagen. *Bitte, hör auf zu weinen.*

Hörte sie zu?

Hörte ihr irgendjemand zu?

Nein, offenbar nicht. Madeline redete mit Della. Anscheinend sollte Della bei ihr in der Villa wohnen. Das wäre nett. Das Haus hatte sich immer zu leer, zu still angefühlt, in den Räumen fehlte der Herzschlag von Menschen: der von Madeline, zu viele Jahre lang, und der Herzschlag all der Babys.

Stopp, sagte sie zu sich selbst, *tu das nicht.*

Aber sie konnte nicht anders. Weil sie erneut in diesem Krankenhaus war. Sie hätte nie geglaubt, dass sie eines Tages zurückkommen würde, aber nun war sie hier, und ihre Sinne waren erfüllt vom Geruch nach Desinfektionsmittel, Krankheit und Schweiß, vom metallischen Geräusch rollender Krankenbetten, den Stimmen der Schwestern und der klebrigen Wärme des Gummilakens auf ihrer Matratze. Sie konnte an nichts anderes denken als an das, was sie beim letzten Mal hierhergeführt hatte. Der kleine Junge, der lebensfähig zur Welt kommen würde, sie hatte daran geglaubt, aber der Chirurg auf dem Schiff hatte ihr gesagt, dass auch dieses Kind zu früh und am falschen Tag kommen würde. *Sie werden jetzt ein bisschen schlafen, Mrs Bright. Wenn Sie aufwachen, ist alles wieder gut.* Auch damals hatten sie Chloroform benutzt. Sie hatte den Geschmack völlig vergessen. Es schmeckte schrecklich.

Sie hatten nicht zugelassen, dass sie ihn zu Gesicht bekam. Als sie aufgewacht war, war er schon weg. *Auf See bestattet,* hatte Richard ihr erzählt, und sie hatte geschrien, wieder und immer wieder, hatte nicht zugelassen, dass er sich ihr näherte, weil er ihnen erlaubt hatte, das zu tun. Sie hatte ihrem Mann die Schuld dafür gegeben, sie konnte nicht anders.

Auch sich selbst machte sie verantwortlich. Natürlich. Schließlich hatte Richard sie davor gewarnt, nach England zu reisen. *Es ist zu viel, zu anstrengend.* Im Sommer davor, als er Madeline das erste Mal mitgenommen hatte und Alice erneut ein Kind erwartete, hatte sie auf ihn gehört und war in Bombay geblieben. Vermutlich war ein Teil ihres Selbst tatsächlich erleichtert, weil sie nun eine Entschuldigung hatte, um Edie und Fitz nicht zu besuchen – ihr nicht in die Augen sehen zu müssen, während sie ihr erneut etwas wegnahm, das ihr gehörte –, aber es war nur ein winziger, bedeutungsloser Teil. Von der Sekunde an, in der Madeline abgefahren war, hatte sie bereut, dass sie nicht mitgefahren war. Die Reue wurde noch stärker, als sie erneut eine Fehlgeburt erlitt, während Richard fort war.

Zwei Kinder in einem Jahr.

Danach hatte sie sich an jedem einzelnen Tag auf den Augenblick gefreut, in dem sie allein an Bord eines Schiffes gehen würde; sie hatte sich ausgemalt, wie es sein würde, Madeline wieder in den Armen zu halten.

Aber ihre Tochter lief immer wieder zu Edie zurück, als Alice in Oxford ankam, sie entschied sich für sie, genau wie Fitz (der erste Mensch, der Alice geküsst und ihr einen Ring angesteckt hatte) sich für sie entschieden hatte. Der Schmerz, den es ihr bereitete, Madeline in Edies Arme flüchten zu sehen, ihr kleines Gesicht, das unter Tränen über Edies Schulter linste. Die Abscheulichkeit, dass Edie ihr unbedingt erklären musste, warum sich Madeline, ihre eigene Tochter, so verhielt. *Es ist nur, weil sie mich jetzt gut kennt.* Das Unbehagen, mit der

Fitz – der attraktive, anspruchsvolle Fitz – Alice musterte, als täte sie ihm leid. Die. Ganze. Zeit. *Bemitleide mich nicht!*, hätte Alice ihn am liebsten angeschrien, *wage es nicht, mich zu bemitleiden!*

Ihre eigene Mutter hatte kein Mitleid mit ihr gehabt. Sie war noch lange wütend auf Alice gewesen, weil sie Fitz verloren hatte und dann nach Indien geflüchtet war, *du hast dich einfach nicht genug um ihn gekümmert.* Als Alice und Richard sie einmal mit Madeline besucht hatten, war sie so frostig gewesen, dass Alice wünschte, sie wären gar nicht hingefahren.

»Du wirst mich niemals davon überzeugen, dass du meine Tochter glücklich machen kannst«, hatte Edna ihm als letzte spitze Bemerkung mit auf den Weg gegeben. »Sieh sie dir doch an. Weißt du, Alice, Traurigkeit macht alt.«

Alice' Vater, bereits geschwächt von der Lungenkrankheit, an der er schließlich sterben würde, hatte geschwiegen und selbst furchtbar traurig und alt gewirkt.

An diesem Tag hatte Madeline ihre Mutter zum ersten Mal umarmt, ohne dass diese sie darum bitten musste. *Ich mag diese Menschen auch nicht.* Danach hatte sie kein Interesse an Edie mehr gezeigt, ja nicht einmal an Richard. Nur Alice durfte jeden Abend an ihrem Bett sitzen (dieser warme, kleine Körper), und Madeline flehte sie an, sie mit nach Indien zu nehmen. *Bitte, Mama, bitte.*

»Kann sie nicht mitkommen?«, fragte Alice ihren Mann. »Sie ist größer geworden, vielleicht wird sie gar nicht krank…«

»Sie ist größer geworden, *weil* sie nicht krank war«, hatte Richard gesagt. »Das weißt du, Alice.«

Und so war es. Tief in ihrem Inneren hatte sie es gewusst. Sonst hätte sie niemals nachgegeben. Aber genau wie bei ihrem kleinen Jungen auf See war es leichter für sie gewesen, Richard verantwortlich zu machen.

War es ihre Schuld, dass er gestorben war? Hatte sie nicht aufgepasst und war zu müde und zu überreizt gewesen?

Nein, hatte Guy ihr damals versichert, *natürlich ist es nicht deine Schuld.*

Dennoch hatte es sich so angefühlt, aber über so etwas redete man einfach nicht. Nach der Entlassung aus dem Krankenhaus hatte niemand mehr auch nur erwähnt, dass es überhaupt ein Kind gegeben hatte. Sie wusste, dass sie vergessen sollte, aber das wollte sie nicht, denn dann wäre es gewesen, als hätte es seine kleinen Tritte und den Schluckauf in ihrem Bauch nie gegeben.

Danach hatte Alice nie wieder an Bord eines Schiffes gehen können. Sie hatte es versucht, oft sogar. In den ersten Jahren hatte Richard auf ihr Bitten hin eine Überfahrt nach der anderen für sie gebucht. Aber sobald sie einen Fuß auf einen Landungssteg setzte und die Holzbretter unter sich schwanken fühlte und das Drängen der Passagiere hinter ihr, sobald sie den Dampf roch und die salzige Luft, befand sie sich wieder in jenem Operationssaal, schreiend, und dachte an den winzigen Körper, der irgendwo dort draußen *auf See bestattet* worden war. Dann erstarrte sie, machte kehrt und lief zum Rand des Kais, wo sie stehen blieb, schweißgebadet, mit getrübtem Blick und schwer atmend, ohne Luft zu bekommen.

Schließlich hatte sie vor ihrem Entsetzen kapituliert und war nicht einmal mehr zum Kai gegangen. Zu jenem Zeitpunkt war ihr bereits viel Zeit mit Madeline, viele Jahre ihres Lebens, entgangen; in gewisser Weise war es leichter zu glauben, dass ihre hoffnungslosen Versuche, ihr näherzukommen, sinnlos waren. Also hatte sie aufgegeben und gespürt, wie Madeline sich mit jedem Geburtstag und jedem Weihnachtsfest ein bisschen weiter von ihr entfernte, bis sie irgendwann genauso weit weg war wie ihre verstorbenen Brüder und Schwestern.

Bis sie zurückgekommen war.

Und nun war sie hier. Sie redete nicht mehr mit Della, sondern saß erneut an ihrem Bett und hielt ihr die Hand.

Sag es ihr. Unzählige Male hatte Richard sie dazu aufgefordert. *Solange du es ihr nicht erzählst, wird sie dir immer Vorwürfe machen.*

Konnte sie das tun? Konnte sie ihrer Tochter all das wirklich erzählen?

Die ganze Zeit hatte sie sich eingeredet, Madeline mit ihrem Schweigen vor der Trauer zu schützen.

Nun wurde ihr bewusst, dass sie sich selbst geschützt hatte.

Vor ihrer Scham.

Langsam ging es Alice wieder besser. Sehr langsam. Am 7. August hatte sie noch hohes Fieber, und Maddy – erschöpft und mit steifen Gliedern nach einer weiteren schlaflosen Nacht in ihrem Stuhl – dachte kaum an das

Linienschiff, das nun ohne sie vom Kai in Bombay ablegte, Fahrt aufnahm und hinaus aufs offene Meer fuhr. Sie beobachtete Alice aus geröteten Augen und war wie gelähmt, als sie wahrnahm, dass ihre Mutter ihren heißen Körper verlassen zu haben schien. Sie wehrte sich gegen die Erkenntnis, dass ihr Tod eine durchaus reale Möglichkeit war. Sie versuchte, Trost in Guys Versicherung zu finden, er habe so etwas schon oft gesehen, es werde immer erst schlechter, bevor es besser werde. Jetzt, wo sie ihre Mutter vielleicht tatsächlich verlieren würde, konnte sie an nichts anderes mehr denken als an den Klang ihres Lachens und an die Tatsache, dass sie ihr nicht ausreichend Grund zum Lachen gegeben hatte. Sie wollte dieses Lachen noch einmal hören.

»Das wollen wir alle«, sagte Richard.

Auch am nächsten Tag lachte Alice nicht, aber das Fieber war gesunken, und sie war klar genug, um die Augen zu öffnen und Maddy ins Gesicht zu sehen. (*Du bist da, Madeline,* wollte sie sagen, *ich bin so glücklich, dass du da bist.* Sie wusste nicht, warum sie stattdessen sagte: »Du siehst aus, als könntest du ein Bad gebrauchen.«)

Obwohl sie so traurig war, lächelte Maddy. »Hallo, Mama«, sagte sie.

Am Tag darauf war Alice' Temperatur wieder normal, und die Schwellung um die Narbe herum war zurückgegangen. Guy bat Maddy und Richard auf den Flur hinaus, um sie vor möglichen Sekundärinfektionen zu warnen, und sagte, Alice solle mindestens zwei weitere Wochen im Krankenhaus bleiben, bis die Narbe gut verheilt war.

»Aber vorerst ist sie außer Gefahr?«, fragte Richard.

»Vorerst ja«, sagte Guy und klang beinahe so erleichtert, wie Maddy sich fühlte.

»Danke«, sagte sie und umarmte ihn spontan, zog sich jedoch rasch wieder von ihm zurück, weil sein ganzer Körper erstarrte.

»Ich habe doch gar nichts getan«, sagte er, wobei sein gebräuntes Gesicht eine Farbe annahm, die sie nie zuvor gesehen hatte.

»Du hast eine Menge getan«, sagte Richard.

An jenem Nachmittag kehrte Maddy zum ersten Mal in die Villa zurück. Sie nahm das Bad, das sie so dringend benötigte, und zog sich um – Della hatte ihre Kleider bereits ausgepackt und in den Schrank gelegt. Maddy stand davor, schwer vor Müdigkeit und angesichts der Erkenntnis, dass sie erneut in dem Raum war, den sie einige Tage zuvor am Morgen so glücklich verlassen hatte. Da sie zum Teil von der Sorge um ihre Mutter befreit war, ließ sie ihre Gedanken zu Luke und zu ihrem Verlangen nach ihm wandern.

Als sein Telegramm kam, befand sie sich noch in der Villa; es war, als hätte er gespürt, wie dringend sie etwas von ihm hören wollte. Er erzählte ihr, dass Peter und er wohlbehalten in Karachi angekommen waren, gab ihr die Adresse des Hotels, in dem sie untergebracht waren, während sie auf die Truppen aus Lahore warteten, die allesamt auf dem vom Monsunregen überfluteten Landweg kamen. *Schreib, bitte schreib STOPP Wir bleiben noch hier STOPP*

Das tat sie auf der Stelle und erzählte ihm alles, was

seit seiner Abreise geschehen war, vor allem aber, wie sehr sie ihn vermisste. *Ich komme nach, so schnell ich kann.*

Als Alice auch am nächsten Tag fieberfrei blieb, ging Richard wieder ins Büro. Da so viele den Sommer auswärts verbrachten und andere, wie Peter und Luke, bereits Uniform trugen, fehlte es an Personal, aber die Präsidentschaft musste dennoch verwaltet werden. Handelsverträge mussten genehmigt, Transportlizenzen und Bauangebote nochmals überprüft werden; es gab Lohnstreitigkeiten, Wasserknappheit, Gleisarbeiten.

»Manchmal frage ich mich, ob wir nichts als Papierkrieg nach Indien gebracht haben«, sagte er resigniert, als er an jenem Abend ins Krankenhaus kam. »Ich vermisse Peter jetzt schon.«

»Ich schätze, er vermisst Sie auch«, sagte Della mit einem Lächeln, das eher tapfer als amüsiert wirkte. »Ich kann ihn mir als Soldat einfach nicht vorstellen.«

»Nein, in der Tat nicht«, sagte Alice.

Und alle Anwesenden tauschten Blicke, weil sie sich vergewissern mussten, dass sie die Worte tatsächlich gehört hatten. Niemand glaubte auf Anhieb, dass Alice beinahe wieder wie sie selbst klang.

An jenem Abend ließen sie sie zum ersten Mal allein, und Maddy legte sich in ihrem alten Zimmer schlafen. Diesmal hielt sie sich nicht mit der Frage auf, wie traurig es war, wieder dort zu sein. Sie schloss nicht einmal ihr Moskitonetz, nachdem sie in die weichen Laken gesunken war. Sie blickte auf Lukes Telegramm, das neben ihr auf dem Kissen lag, hörte eine Weile zu, wie Della im Zimmer nebenan herumlief, schloss die Augen und schlief ein. Sie schlief und schlief und schlief. Sie wusste nicht mehr, wann sie zuletzt so tief oder so lange geschlafen hatte.

In den folgenden Nächten wiederholte sich das. Maddy hatte gedacht, die Angst würde sie wach halten, aber das Gegenteil trat ein: Sie konnte die Augen kaum offen halten. Immer früher flüchtete sie sich ins Bett, zu Dellas Verdruss tat sie es häufig gleich nach der Rückkehr von einem Tag im Krankenhaus. Manchmal hielt sie nicht einmal bis zum Abend durch, sondern nickte an der Seite ihrer Mutter ein, den Kopf auf die verschränkten Arme gelegt.

»Ruh dich aus«, sagte Alice, die sie niemals weckte. »Offensichtlich brauchst du es.«

Maddy verschlief nicht die ganze Zeit, die sie bei ihrer Mutter im Krankenzimmer verbrachte. Sie sprachen miteinander, denn sie wussten beide, dass sie kurz davor gewesen waren, überhaupt nicht mehr miteinander zu reden, und keine von ihnen wollte diese zweite Chance ungenutzt verstreichen lassen. (*Dank sei Gott dafür,* schrieb Luke, *ich wünschte nur, ich wäre da und könnte sehen, wie erleichtert Du bist, wie erleichtert auch sie sein muss. Ich wünsche mir aus vielen Gründen, jetzt bei Euch zu sein.*) Vielleicht lag es zum Teil an den Opioiden, aber ohne dass Maddy sie danach fragen musste, kam Alice sogar auf ihren vorherigen Aufenthalt in dem Krankenhaus und auf die Operation auf hoher See zu sprechen.

»Ich war schon mal hier, weißt du«, sagte sie am ersten Tag, nachdem das Fieber gesunken war. Beim Reden blickte sie ihre Tochter aus blauen Augen an. Es war offensichtlich, dass sie sich dazu zwang.

»Ja?«, fragte Maddy, leise, damit ihre Mutter nicht erneut verstummte.

»Ja«, sagte Alice und machte eine so lange Pause, dass Maddy befürchtete, sie würde es dabei belassen.

»Papa hat gesagt, dass du auf der Überfahrt von England unpässlich warst«, sagte sie, um sie zum Weiterreden zu ermuntern.

»Unpässlich?« Alice verzog vor Schmerz das Gesicht. »Nein, Madeline, ich war nicht *unpässlich.*«

Was folgte, war kein Geständnis aus einem Guss. Die Dinge, die Maddy so gern schon vor langer Zeit erfahren hätte, strömten nicht plötzlich aus Alice heraus. Nein, nach der ersten tränenreichen Enthüllung, dass Maddy beinahe einen kleinen Bruder bekommen hätte (»Oh«, sagte sie mit erstickter Stimme, »oh Mama, das tut mir so leid!«), gab Alice im Lauf mehrerer Tage ein Detail nach dem anderen preis, und jedes enthüllte Geheimnis schien das nächste ans Licht zu holen zu wollen. Dieser winzig kleine Junge, *auf See bestattet,* und Alice' wochenlanger Krankenhausaufenthalt danach. »Der Chirurg an Bord war nicht sehr … erfahren. Ich konnte danach … auf kein weiteres Kind mehr hoffen.« So wie Fitz und Edie selbst keine Kinder bekommen konnten, dafür aber sie, Maddy, zu sich genommen hatten.

»Wenn ich das gewusst hätte …«, sagte Maddy, obwohl sie keine Ahnung hatte, was sie sagen oder tun sollte, und nur wusste, *dass* sie etwas sagen oder tun wollte.

»Du warst noch zu klein«, sagte Alice.

»Ich bin froh, dass du Papa gewählt hast und nicht Fitz«, sagte Maddy.

»Tatsächlich hat er mich gewählt«, sagte Alice. »Aber ich bin auch froh.«

Dann die anderen Babys, acht insgesamt, die nie zur Welt gekommen waren; eines in demselben Sommer, in dem Maddy das erste Mal nach England gereist war. (»Du hättest es mir sagen sollen«, sagte Maddy, der endlich aufging, warum ihre Mutter sie nicht begleitet hatte, und ihr wurde schwer ums Herz. *Es war unmöglich. Ich hatte das Gefühl, es war unmöglich.* »Ich wusste nicht, wie«, sagte Alice.) Die langen Jahre, in denen ihre Mutter vergeblich versucht hatte, Bombay zu verlassen.

»Deine Briefe«, sagte Maddy. »Die waren so …« Sie verstummte und wischte sich mit dem Handballen die Tränen aus dem Gesicht. »Ich hatte immer das Gefühl, dass du mich … nicht gernhast.«

»Oh Madeline.« Alice' blaue Augen waren tränenfeucht. »Das tut mir so schrecklich leid.«

Nicht dass sich nun wie durch ein Wunder alles zwischen ihnen änderte. Sie waren schon so lange in ihrem Unbehagen gefangen, dass es ihnen schwerfiel, die Gewohnheit abzulegen. Und Maddy, die betroffen war, weil Alice derart viel durchgemacht hatte, konnte sich nicht einfach entspannen und über Dinge reden, die ihre Mutter noch mehr verletzen würden – nicht zuletzt darüber, dass sie nach wie vor entschlossen war, nach England, *nach Hause,* zu fahren und dort ihr Leben mit Luke zu beginnen.

Aber sie lasen gemeinsam und aßen das *tiffin*, das der Koch ihnen durch einen *dabbawallah* zukommen ließ. Sie lösten Kreuzworträtsel und redeten über Luke, darüber, wie sehr Maddy ihn vermisste und dass sie sich fürchtete, weil er in den Krieg ziehen musste. Manchmal saßen sie einfach schweigend da, was sich allmählich nicht mehr bedrohlich anfühlte. Die Tage vergingen, und vor Maddys Augen nahm Alice allmählich wieder zu; die schreckliche Blässe verschwand. Wenn es so weiterging, dürfe sie am Ende des Monats nach Hause zurückkehren, versicherte ihnen Guy.

»Gott sei Dank«, sagte Alice.

Gott sei Dank, dachte Maddy.

Nachrichten aus Europa sickerten durch: über Gefechte zwischen französischen, deutschen und belgischen Truppen an der Grenze zwischen Deutschland und Frankreich, über deutsche Vorstöße und die Landung des Britischen Expeditionskorps, das nach allgemeiner Überzeugung dem Krieg innerhalb weniger Tage ein Ende setzen würde. Aber die Deutschen besiegten auch das Korps und verschoben die Frontlinie von Mons in Richtung Paris, sodass Meile um Meile französischen Bodens in deutsche Hand geriet. *Die Truppen sind jetzt alle hier in Karachi*, schrieb Luke, *aber die Hälfte leidet an Malaria, und es gibt keine Winteruniformen. Morgen gehen wir an Bord, und ich finde es furchtbar, dass wir in eine andere Richtung fahren werden als Du. Maddy, es tut mir sehr leid, aber wir werden nicht in England an Land gehen. Ich kann Dir nicht sagen, wohin es geht, nur dass es irgendwo in Frankreich sein wird.*

Irgendwo in Frankreich, schrieb Maddy tieftraurig zurück. *Ich kann Dir gar nicht sagen, wie groß meine Angst ist.*

»Mir macht es auch Angst«, sagte Della, die nicht einmal mehr den Versuch zu lächeln unternahm, wenn sie sich nach all den Niederlagen in Frankreich Peter als Soldat vorstellte. Er hatte ebenfalls geschrieben und sich darüber lustig gemacht, dass die Truppen in Tropenausrüstung nach Europa fuhren, obwohl es beinahe Oktober sein würde, wenn sie an Land gingen. Aber eigentlich war das nicht lustig. »Ich habe kein gutes Gefühl, Maddy.«

»Nein, ich auch nicht«, pflichtete Maddy ihr bei, die den starken Drang verspürte, möglichst bald nach England zu reisen, und den Sog, bei ihrer Mutter zu bleiben, gern ignoriert hätte. Auch wenn Luke in Frankreich war, würde sie sich besser fühlen, sobald sie in der alten Heimat ankam. Nicht nur, weil sie zu ihrem Haus in Richmond fahren würde – der Gedanke war beinahe nebensächlich –, sondern weil sie das deutliche Gefühl hatte, dass sie unbedingt dort sein sollte.

»Warte noch, bis deine Mutter aus dem Krankenhaus entlassen wird«, sagte Richard.

»Ich werde gehen, wenn du gehst«, sagte Della.

Die Zeitungen brachten täglich neue Nachrichten über den fortdauernden Rückzug aus Mons: ein Wettlauf zum Meer, über den niemand reden wollte, denn für die Briten war die Tatsache, dass sie zurückgedrängt wurden, etwas nahezu Unaussprechliches. Ganze Zugladungen von Soldaten trafen in Bombay ein, bereit, an

Bord zu gehen und der Defensive zur Seite zu stehen. Das Taj Mahal Hotel war überfüllt mit Offizieren, alle in der Uniform, die auch Luke nun tragen würde, aber keiner davon war er. Maddy ging gelegentlich mit Della zum Tee in die Sea Lounge, eine willkommene Pause an den langen Tagen, die sie auf den harten Stühlen im Krankenhaus verbrachte. Sie ertappte sich mehrmals dabei, dass sie sich in ihrem Rattan-Liegestuhl aufsetzte, den Rücken streckte und für den Bruchteil einer Sekunde glaubte, sie habe tatsächlich einen Blick auf sein dunkles Haar erhascht oder eine Andeutung seines Profils gesehen, als er um die Ecke bog und das Hotel betrat – nur um sich dann wieder auf den Stuhl sinken zu lassen, weil er es natürlich nicht gewesen war. Es war unerträglich. Sie betrachtete die Männer, die im Foyer oder draußen auf der überdachten Veranda der Lounge rauchten und lachten, und sie fragte sich, ob ihre wilde Entschlossenheit angesichts dessen, was ihnen noch bevorstehen mochte, nur gespielt war.

»Überhaupt nicht«, sagte einer der vielen Männer, die ihr und Della etwas Stärkeres als Tee anboten (eine Vorstellung, die Maddy immer widerwärtiger fand). »Ich sage meinen Männern immer, dass das Ganze ein großes Abenteuer ist. Hoffen wir, es ist noch nicht vorüber, wenn wir endlich dort ankommen.«

»Nur damit Sie's wissen«, sagte Maddy, »ich hoffe genau das Gegenteil.«

Im Hafen wurden lange Reihen von Zelten aufgebaut, die die kurzzeitigen Bewohner von Bombay beherbergen sollten. Maddy konnte das Zeltdorf, das grau und trostlos im Regen stand, nicht betrachten, ohne daran zu denken, dass Luke gewiss an der Planung beteiligt gewesen war, es möglicherweise sogar genehmigt hatte. Diejenigen Soldaten, die nicht in den Zelten übernachteten, wurden in Lagerhäusern am Hafen untergebracht oder in den Kajüten überladener Schiffe, die auf dem spiegelglatten Monsunmeer lagen. Auf dem Weg ins Krankenhaus sah Maddy jeden Tag Sepoys auf eilig organisierten Besichtigungstouren durch die Stadt laufen – Hunderte Männer, die sich an der Hand hielten und verwundert die Straßenbahnen und den Verkehr betrachteten –, und sie dachte, dass sie sich gern ehrenamtlich zur Verfügung gestellt hätte, wäre sie nicht so furchtbar müde (und eine Frau) gewesen. Della, die tatsächlich ehrenamtlich tätig war (in einer für eine Frau akzeptablen Stellung in einer Kantine im Hafen) brachte sie zum Lachen mit einer Geschichte über ein Gurkha-Regiment, dessen Mitglieder das Meer noch nie gesehen und darum versucht hatten, sich darin zu waschen. »Offenbar konnten sie gar nicht verstehen, warum die Seife nicht schäumen wollte«, sagte sie, »oder warum sie von dem Wasser noch durstiger wurden, als sie ohnehin schon waren.«

»Ein paar von ihnen waren sogar bei uns«, sagte Guy, der in Alice' Zimmer saß und ihr Kurvenblatt überprüfte, als Maddy die Geschichte zum Besten gab. »Salzwasser macht einen nämlich nicht einfach nur durstig.«

Beim Gedanken an den Geschmack verzog Maddy den Mund.

»Nun, Alice«, sagte Guy und blickte von dem Kurvenblatt auf. »Ich glaube, du bist so weit. Du kannst nach Hause gehen.«

»Wirklich?«, fragte sie und richtete sich auf dem Kissen auf. Das blonde Haar fiel ihr offen über die Schultern und ließ sie viel jünger aussehen. »Guy, vielen Dank für alles.«

»Sehr gern geschehen«, sagte er. »Ich freue mich, dich bei besserer Gesundheit zu sehen, bevor ich aufbrechen muss.«

Maddy fragte nicht, wohin er gehen würde. Sie verschwieg ihm, dass sie ihn vermissen würde, obwohl es stimmte. Jemand kochte Reis, und der feuchtheiße Geruch stieg ihr in die Nase und gab ihr nach der Vorstellung, Meerwasser zu trinken, endgültig den Rest. Sie schaffte es gerade noch zu dem großen Emaillebecken im Zimmer, ehe das Bedürfnis, sich zu übergeben, sie vollends überwältigte.

Sie umklammerte das Becken mit beiden Händen, während ihr aus Joghurt und Mango bestehendes Frühstück wieder auftauchte, so furchtbar abstoßend, dass sie erst recht würgen musste und schließlich zu weinen begann, weil sie immer weinte, wenn ihr schlecht wurde, weil Guy und ihre Mutter anwesend waren und ihr zusahen, was demütigend war, und weil sie Luke wollte. Sie *wollte* ihn.

»Madeline«, hörte sie ihre Mutter im Bett sagen. »Madeline ...«

»Oh mein Gott«, flüsterte sie und wischte sich den Mund ab.

»Madeline«, sagte ihre Mutter noch einmal.

Weil sie wusste, dass sie es früher oder später tun musste, drehte sie sich langsam um.

»Hast du etwas Falsches gegessen?«, fragte Alice.

»Ich weiß es nicht«, sagte Maddy, was eigentlich nicht stimmte, aber sie war nicht bereit, ihre Vermutung zu äußern, noch nicht. Es war zu kostbar, zu wundervoll. *Nur nichts beschreien.*

Doch Guy bedachte sie mit einem merkwürdigen Blick. Er lächelte nicht mehr. Als er merkte, dass sie ihn musterte, setzte er sich in Bewegung. Er sagte, er würde ihr Wasser holen, aber sie hatte sein Schweigen bereits bemerkt, hatte sein verzerrtes Gesicht gesehen, und sie war erschüttert.

Es war beinahe, als hätte sie etwas in ihm zerbrechen sehen.

Zu ihrem Bedauern brach er drei Tage später nach Europa auf. Er lief mit dem ersten Konvoi aus dem Hafen von Bombay aus, zusammen mit fast allen Männern, die im Taj Champagner getrunken hatten, und auch mit denen, die in der Zeltstadt geschlafen hatten. Die plötzliche Leere würde nicht von langer Dauer sein; schon wurde irgendwo in Indien der nächste Schwung Soldaten in Züge verladen, bereit, nach Bombay zu fahren und an Bord zu gehen.

Vor seiner Abreise kam Guy zur Villa, um sich zu verabschieden. Auch er sollte nach Frankreich fahren, mit der Aufgabe, eines der neuen Feldlazarette aufzubauen, die entlang der sich abzeichnenden Front errichtet wurden. Alle baten ihn, auf sich achtzugeben, *pass gut auf dich auf,* und Maddy litt, weil sie nicht wusste, was auf ihn zukam, und weil er tatsächlich ganz allein war.

Sie gesellte sich zu ihm auf die Veranda. An der Tür steckte er ihr eine Karte zu: die Adresse eines Arztes.

»Er ist der beste«, sagte Guy. »Konsultiere keinen anderen.«

»Guy …«, setzte sie an.

»Und bitte«, schnitt er ihr das Wort ab, ehe sie ihnen beiden das Herz brach mit einer Entschuldigung für etwas, das keiner von ihnen zur Kenntnis nehmen wollte, »geh nicht auf Reisen. Tu es nur, wenn es unbedingt sein muss. Es regnet zwar nicht mehr, aber die See ist trotzdem rau.«

»Ich hoffe, dass es dir dort drüben gut ergehen wird«, sagte sie, ohne ihm etwas zu versprechen. Wie immer war sie mit den Gedanken auch bei Luke. Sie fragte sich, wie er und Peter mit ihren ohnehin bereits kranken Männern auf dem tobenden Meer zurechtkommen würden.

»Ich bin aus hartem Holz geschnitzt«, sagte Guy, und sie wusste, dass er sie nicht nur in Bezug auf den Seegang beruhigen wollte.

Sie reckte sich auf die Zehenspitzen und hauchte ihm einen Kuss auf die Wange. »Du wirst mir fehlen«, sagte sie.

Er sagte nicht, dass er sie ebenfalls vermissen würde.

Er zögerte, dann schenkte er ihr ein letztes, flüchtiges Lächeln, drehte sich um und eilte über die Veranda zu seinem Automobil. Zu dem Wagen, in dem er so viele Flaschen mit abgekochtem Wasser transportiert hatte.

Maddy hatte immer noch vor abzureisen. Zwar hatte sie es nicht über sich gebracht, das Thema ihrer Mutter gegenüber anzusprechen, ihrem Vater hatte sie jedoch gesagt, dass sie in England sein musste, wenn Luke zum ersten Mal Heimaturlaub bekommen würde. Den Rest des Monats würde sie mit Alice verbringen, danach die Schiffsreise antreten und sie so schnell wie möglich wieder in Indien besuchen.

Aber am 5. September griff das erste deutsche U-Boot an und versenkte einen britischen Aufklärungskreuzer, die HMS *Pathfinder*. Kurze Zeit später, als in Frankreich die Schlacht an der Marne tobte und an der Aisne dem deutschen Vormarsch endlich Einhalt geboten wurde, gingen in rascher Folge einige weitere britische Kriegsschiffe unter. Della und Richard mussten Maddy nicht erst darauf hinweisen, dass es reiner Irrsinn war, eine Schiffsreise zu unternehmen. Für sie zählte nur, ob Luke – und auch Guy und Peter – heil in Frankreich ankommen würden. Zwar liefen Maddy genau wie vielen anderen Menschen Schauer der Erleichterung über den Rücken, als endlich Telegramme aus Frankreich mit der Nachricht eintrafen, dass sie alle wohlbehalten an Land gegangen waren, aber dennoch fiel es ihr schwer, glücklich zu sein, nachdem die Listen der Verwundeten und Gefallenen veröffentlicht worden waren. Mehr als einer der Jungen, die Maddy noch von der Universität her kannte, stand darauf. Im Kampf gefallen, verwundet, vermisst und wahrscheinlich gefallen … Der Gedanke, dass sie gestorben waren, einfach so, war niederschmetternd für Maddy. Sie wollte glauben, dass es nicht stimmte, dass es nur Druckfehler waren und dass diese Männer immer noch irgendwo existierten, so wie sie sie in Erinnerung hatte – mit dem Fahrrad in Oxford unterwegs, mit wehendem Schal, die Wangen von der Sommersonne gerötet, während sie in den Gärten am Flussufer warmes Bier tranken –, aber die Welt kam ihr leerer und viel trauriger vor.

Nur eine gute Nachricht gab es, überbracht von dem recht betagten, sehr distinguierten und ganz und gar weltmännischen Dr. Tully, zu dem Guy sie geschickt hatte.

»Er hat sich entschuldigt, ehe er mich untersucht hat«, sagte Maddy, tiefrot im Gesicht nach der Tortur, als sie wieder zu Della ins Wartezimmer gegangen war. »Ich glaube, ich werde vor Scham zusammenzucken bis in alle Ewigkeit.«

»Aber …?«

»Aber«, wiederholte Maddy, und ihre Wangen rundeten sich, als sie lächeln musste, weil sie nicht fassen konnte, dass *tatsächlich* ein kleiner Mensch in ihr heranwuchs (ihr *gemeinsamer* kleiner Mensch). Sie schäumte fast über vor Freude. »Ich werde Mama, Della«, sagte sie lachend und breitete die Arme aus, um ihre Freundin zu drücken. »Ich werde bald eine *Mummy* sein.«

Allem Glück zum Trotz machte sie der Gedanke nervös, dass sie es ihren Eltern erzählen musste. Da sie nun wusste, was sie erlitten hatten, kam sie sich in ihrer Euphorie wegen dem, was sich in ihrem Inneren abspielte, geltungssüchtig, ja beinahe schuldig vor. Ihr zitterten die Beine, als sie später an diesem Abend neben Della auf die Veranda hinaustrat, wo ihre Eltern im Licht der duftenden Zitronellagras-Lampen Aperitifs tranken. Das Zitrusöl schnürte ihr die Kehle zu; ihr war immer noch sehr übel (»Ich wette, es ist ein Mädchen«, hatte Dr. Tully gesagt, »ohne jeden wissenschaftlichen Grund, außer dass Mädchen ihren Mamas immer besonders heftig zuzusetzen scheinen«). Sie musste schlucken, ehe sie sprechen konnte, aber als Della ihr sanft den Ellbogen in die Seite stieß, kamen glücklicherweise Worte aus ihr heraus und kein Mageninhalt.

»Ich hoffe, ihr habt im März noch nicht allzu viel vor«, sagte sie.

»Warum?«, fragte Richard.

»Ihr – und vor allem du, Mama – seht dafür zwar noch viel zu jung aus – aber ihr werdet Großeltern.«

Oh, ihre Gesichter! Ihre *Mienen*!

Richard heulte auf, wirklich und wahrhaftig, er johlte. Alice schlug keuchend die Hände vor den Mund, blickte von Maddy zu Della zu Richard und wieder zu Maddy. »Ein Baby!«, sagte sie. »Hier?«

»Ja, ich schätze schon«, sagte Maddy. Es fiel ihr im Traum nicht ein, ausgerechnet jetzt eine Begegnung mit einem U-Boot zu riskieren. Allmählich fand sie sich damit ab, dass der Krieg an Weihnachten noch nicht vorbei sein würde, sosehr sie auch das Gegenteil gehofft hatte. Ohne das Wunder des in ihr heranwachsenden kleinen Bündels Mensch hätte sie nicht gewusst, wie sie die Qualen ertragen sollte.

Und der Anblick ihrer glücklichen Eltern, die Tränen

in den Augen ihrer Mutter, waren all den Schmerz beinahe wert. Sie war glücklich, weil sie ihnen dieses Glück schenken konnte. Das war sie *wirklich.*

Dennoch hätte sie umstandslos darauf verzichtet, um Luke nicht per Telegramm mitteilen müssen, dass er Vater wurde.

Unter den gegebenen Umständen würden sein Lächeln und seine Freude angesichts dieser Nachricht wohl nur in ihrer Vorstellung existieren.

Das Telegramm erreichte Luke erst Mitte Oktober, denn es folgte ihm vom Stützpunkt in Marseille nach Orléans, wo es ihm sein Offiziersbursche – ein junger Sepoy, der mit ihm und Peter aus Bombay übergesetzt war – mitten auf einem nassen, windgepeitschten Truppenübungsplatz überreichte. Um die Stacheldrahtzäune herum hatten sich Einheimische versammelt, die dem Wetter trotzten, um einen weiteren Blick auf die Sepoys zu erhaschen; ein Novum, von dem sie offenbar nicht genug bekommen konnten. Die Männer selbst, größtenteils von der Malaria genesen, die ihnen die lange Überfahrt nach Frankreich noch schwerer gemacht hatte, als sie ohnehin schon war, standen in Reih und Glied auf dem steinernen Pflaster. Ihre dünnen Uniformen waren vom Nieselregen durchnässt, und Wasser tropfte aus ihren Turbanen, während sie – mit flinken Händen trotz der Kälte – ihre Gewehre entluden, erneut luden und auf die aufgehängten Sandsäcke schossen, sobald ihre Vorgesetzten, zu denen auch ein bibbernder Peter gehörte, den Befehl dazu bellten.

Luke sah, wie Peter sich bückte und einem seiner Männer half, die Ladehemmung seines Gewehrs zu beheben. Beim Reden (wobei er sein Urdu zweifellos noch mehr verstümmelte) hing seine Atemwolke in der Luft; für Oktober war es eiskalt. Sie froren alle, denn sie trugen nach wie vor ihre indischen Uniformen, obwohl Luke wiederholt Wintermäntel und Khakis aus dickem Serge beim Quartiermeister angefordert hatte. Er legte den Kopf in den Nacken und blickte in den diesigen Himmel, spürte die Feuchtigkeit auf seinem Gesicht und runzelte die Stirn bei dem Gedanken an die vor ihnen liegenden Wochen in den morastigen Feldern um Ypern. Dort hatte sich eine Art Front aus französischen, belgischen und britischen Streitkräften gebildet, damit die Seehäfen möglichst nicht in deutsche Hände fielen. Es funktionierte, aber nur mit Mühe und Not, und da noch keine anderen ausgebildeten britischen Truppen in Frankreich standen, war der indischen Armee die Aufgabe zugefallen, sich an die Arbeit zu machen und zu helfen. Colonel Whittaker, der ebenfalls in Orléans war, würde auch kommen. Am folgenden Abend würden sie in die Züge steigen und sich auf den Weg zu einem Gemetzel unbekannten Ausmaßes machen. In Orléans hatten sie mehr als genug Männer gesehen, die direkt vom Schlachtfeld kamen. Luke war erschüttert von ihren Geschichten über Kompanien, die von Maschinengewehrfeuer dahingerafft wurden, über die ungeheure Kraft von Haubitzengranaten …

All das vergaß er jedoch in dem Augenblick, als sein Bursche angelaufen kam und ihm das hauchdünne Telegrammpapier überreichte. Luke riss es ihm fast aus der Hand, denn er wusste, dass es von ihr war; wie ein Süchtiger verzehrte er sich nach ihren Worten, egal, was sie aussagten. Während um ihn herum das Stakkato aus Gewehrschüssen und Befehlen auf Urdu weiterging, überflog er die maschinengeschriebene Nachricht.

Das haben wir gut hingekriegt STOPP Baby bereitet Ankunft im Frühjahr vor STOPP Noch ein Grund, gut auf Dich aufzupassen STOPP

Er atmete tief durch und empfand eine Euphorie, der nicht einmal Maddys Vorstellungskraft gerecht werden konnte. Ein Kind. *Ihr* Kind.

»Mein Gott«, sagte er und las den Text ein weiteres Mal, lächelnd, lachend, unfähig, seinen Augen zu trauen. Er stellte sie sich im Telegrafenamt in Bombay vor, in einem hellen Kleid, die Haut leicht gerötet von der Art Hitze, die sein Verlangen zu reizen schien, schreibend, lächelnd, und für eine Sekunde – nur eine einzige Sekunde – war er dort bei ihr.

Er wollte bei ihr sein. Er spürte das Verlangen im ganzen Körper.

Pass auf Dich auf, hatte sie geschrieben.

Pass auf Dich auf, sagte er zu sich selbst und erschrak, als eine Kugel aus einem Gewehr mit Fehlzündung bedrohlich nah an seinem Gesicht vorbeizischte.

»Tut mir leid!«, rief Peter. »Blockiert immer noch!«

Luke richtete seine Aufmerksamkeit wieder auf die Gegenwart, auf den Exerzierplatz, den Nieselregen und die Kälte, auf die Männer, die sich nie beklagten, und die er am nächsten Tag zum ersten Mal ins Gefecht führen würde.

Pass auf Dich auf.

Das musste er. Irgendwie musste er es schaffen und zu ihr zurückkehren, zu diesem Baby, zu ihrer Familie.

Nie zuvor in seinem Leben hatte ihm etwas so viel bedeutet.

Kapitel 16

Die Deutschen drangen in jenem Winter nicht bis zu den Seehäfen vor. Tag für Tag kreischten Granaten und regneten Kugeln herab, aber trotz der unerbittlichen Angriffe und Gegenangriffe beider Seiten auf der überschwemmten, nicht befahrbaren Ebene von Ypern kam die Front kaum von der Stelle, sodass außer weiterer Verwüstung nichts erreicht wurde. Während der seltenen Feuerpausen bat Luke seine Männer, die Gewehre mit den Bajonetten abzulegen und sich auszuruhen. Noch immer in Tropenausrüstung drängten sie sich unter gespaltenen Bäumen schutzsuchend aneinander. Sie versuchten, im eiskalten Schlammbad zu schlafen und die Leichen rundum zu vergessen, die schweren Geschütze, die sich in jedem Augenblick gegen sie richten und ihnen dasselbe antun konnten wie ihren Brüdern, ihren Freunden. Sie versuchten die unsichtbaren, stets lauernden Scharfschützen zu vergessen. *Das hier ist kein Krieg,* schrieb ein *Havildar,* ein indischer Sergeant, in einem der Briefe in die Heimat, die Luke allabendlich zensieren musste, in einem Granattrichter hockend, den Regenmantel schützend über das Papier gebreitet, *es ist das Ende der Welt.*

Jeden Tag starben Männer, auf eine Art, die Luke nicht für möglich gehalten hätte, wäre er nicht mit ihnen dort gewesen – er schrie sie an, sie sollten sich bewegen, Sekundenbruchteile zu spät, und dann hielt er sie im Arm, wenn sie starben.

»Es ist der Blick«, sagte Peter eines stürmischen Abends und griff nach einer Zigarette, als die Fassade der Unbeschwertheit, die er stets wie einen Schild vor sich hertrug, einzustürzen drohte. »Die Art, wie sie einen anstarren.« Er selbst starrte nun Luke an, mit einem Ausdruck nackter Verzweiflung, der Luke dazu brachte, seinen klitschnassen Arm zu drücken, als könnte ihm das irgendwie helfen. »Ich will nicht, dass dies das Letzte ist, was ich sehe«, sagte Peter.

»Dann sorg um Himmels willen dafür, dass es nicht dazu kommt.«

»Und wie ist der Plan?«, fragte Peter.

»Ist noch in Arbeit«, antwortete Luke, der natürlich keinen Plan hatte und sich inzwischen trostlos sicher war, dass es letztlich auf ein makabres Glücksspiel hinauslief, ob er diese Farce überlebte oder nicht.

Peter zog an seiner Zigarette, denn auch er war sich dieser Tatsache bewusst. Doch er sagte nur: »Halt mich auf dem Laufenden.« Und irgendwie schaffte er es, ein Lächeln aufzusetzen, denn er war Peter, und Peter machte das nun einmal so.

Die Tage schleppten sich dahin, einer schlimmer als der andere. Wie sie es schafften, immer wieder mit allem fertigzuwerden, wusste Luke nicht. Er fühlte sich elend, weil er dazu beigetragen hatte, die Männer hierherzubringen, und nichts wollte er lieber, als sie wieder nach Hause zu schicken (einschließlich sich selbst). Stattdessen erhielt er den Befehl, seine Kompanie an jeden Ort zu führen, an dem das Britische Expeditionskorps Unterstützung benötigte, sodass sie sich unaufhörlich über die Landzunge bewegten und von einem Kampf in den nächsten taumelten. Sie schliefen kaum, froren ständig und hatte immer Hunger, während sie von kalter Rinderpastete aus der Dose lebten. Lukes eigener befehlshabender Offizier hatte durch eine Granatexplosion schwere Verbrennungen erlitten und war zu einem der neuen plastischen Chirurgen in Blighty geschickt worden. (»Plastisch«, hatte er zwischen geschmolzenen Lippen hervorgepresst, als Luke sich in dem überfüllten Feldlazarett von ihm verabschiedete. »Klingt nach Folter.«) Die nachgeordneten kommandierenden Offiziere – Männer, mit denen Luke und Peter aus Karachi angereist waren, Männer, die exerziert und ausgebildet und damit die Truppen am Laufen gehalten hatten; Männer mit eigenen Familien, Leben und Hoffnungen – diese Männer verschwanden. *Ich bin zum Oberstleutnant befördert worden,* schrieb Luke in einem Brief an Maddy, *es ist keiner mehr da, der diese Aufgabe übernehmen könnte. Peter ist jetzt Major. An der Westfront wird man schnell befördert. Ich habe keine Ahnung, warum wir beide noch am Leben sind. Allmählich habe ich das Gefühl, dass wir einer des anderen Glücksbringer sind. Von den Kommandanten, die mit uns zusammen hergekommen sind, ist kaum noch einer übrig, und das macht mir unsagbar zu schaffen. Wir haben neue britische Unteroffiziersanwärter bekommen, aber ihr Urdu ist noch schlechter als Peters. Sie versuchen es, aber niemand versteht sie, und wir verlieren auch diese Männer. Maddy, die meisten gingen letztes Jahr um diese Zeit noch zur Schule, sie sind fast noch Kinder. Die Scharfschützen nehmen uns ins Visier. Sie wissen, dass Offiziere Schirmmützen und keine Turbane tragen.*

Um Himmels willen, schrieb sie Ende Oktober zurück, *setzt euch Turbane auf.*

Was selbstverständlich eine hervorragende Idee war.

»Das ist doch mal ein Plan«, sagte Peter. »Gut gemacht, Maddy.«

Alle Offiziere unter Lukes Kommando tauschten ihre Kopfbedeckung aus, ehe sie das nächste Mal zum Angriff übergingen und über den mit Kratern übersäten Boden von Nuns' Woods – oder Nonneboche – stürmten; ein weiterer hektischer, schmauchender Vorstoß, diesmal, um die Deutschen zurückzudrängen, die versucht hatten, nach der Menin Road zu greifen. Whittaker gefiel die veränderte Uniform nicht, und er weigerte sich, den Turban zu tragen. *Sie sind hier bei der Armee.* Aber dann fiel auch er, wurde bei diesem Angriff von einem Scharfschützen getötet, obwohl er eigentlich nicht daran hatte teilnehmen sollen. Er hatte jedoch darauf bestanden, seinen Teil beizutragen, und behauptet, die Männer hätten ein Recht darauf, den Angriffsbefehl in ihrer eigenen Sprache zu hören, verdammt. Er wurde erschossen, ehe sie die deutsche Stellung erreichen und die völlig unterkühlten Soldaten dort gefangen nehmen konnten. (»*Danke*«, stammelten die Männer. »*Danke.*«) Noch am selben Tag benachrichtigte Luke Whittakers

Frau, nachdem er und die anderen unverletzt gebliebenen Männer sich in den steinernen Überresten einer Kapelle auf den Boden geworfen hatten, das gespenstische Licht der Suchscheinwerfer über ihren Köpfen. Sein Stift fuhr über das klamme Papier und wiederholte dieselben sinnlosen Plattitüden von Tapferkeit und raschem Ende, die er schon viel zu oft geschrieben hatte.

Auch Maddy schrieb unentwegt. Täglich kamen ihre Briefe in Bündeln an, die immer zu lange brauchten, und ihre Worte hoben ihn mit Erzählungen über das Leben, nach dem er sich sehnte, über sein Entsetzen empor. Sie erzählte davon, als wären sie Seite an Seite – am Strand, im Restaurant, im Bett –, als stellte auch sie sich vor, sie wären an einem dieser Orte. Sie beschrieb die Bewegungen des heranwachsenden Kinds, das ihm noch immer unglaublich vorkam, erzählte ihm auf seine Bitte hin von ihren Untersuchungsterminen bei Dr. Tully (*er redet die ganze Zeit über das Baby – das offensichtlich kräftig wächst –, als wäre es ein Kuchen des Kochs. Der redet übrigens nicht nur wieder mit mir, sondern er tut es auf Urdu! Bestimmt ist er sehr zufrieden mit sich, weil mir seine Chutneys so gut gegen die Übelkeit geholfen haben*). Sie berichtete, dass sie an der Schule zu lehren begonnen hatte, die die wilden Kinder des Gärtners besuchten. Dort gab es keine lächerlichen Regeln gegen verheiratete weibliche Lehrer (oder gegen Geschiedene).

Ich freue mich sehr, dass Du unterrichtest, schrieb er zurück. *Genießt Du es?*

Und wie, antwortete sie, *ich hätte schon viel früher damit anfangen sollen. Mama kommt auch manchmal.*

Wie geht es Deiner Mama?, fragte er.

Mal so, mal so, schrieb sie, *ich kann es Dir nicht genau sagen. Aber auf jeden Fall viel besser. Sie ist immer noch schweigsam (Papa glaubt, sie hat vergessen, dass es auch anders geht), aber sie ist sanfter, weniger … verstohlen, sodass ihre Gesellschaft recht angenehm ist, und man kann viel besser mit ihr reden, vor allem, wenn es um das Baby geht. Das sagt sogar Della. Alice bestickt ein nagelneues Moskitonetz für ihn oder sie, sie bedeckt es mit wunderschönen Sternen und Monden. Jetzt weiß ich, wer die Äffchen auf mein Netz genäht hat! Natürlich ist sie verblüfft, dass ich mich noch daran erinnere. Allmählich wird mir klar, wie sehr sie Kinder liebt, und ich bin furchtbar traurig, dass sie außer mir keine mehr bekommen konnte. Wenn sie zur Schule kommt, behauptet sie immer, sie wolle nur dafür sorgen, dass ich mich mit dem Heimweg nicht übernehme, aber sobald sie den Klassenraum betritt und die Kinder sie bitten, mit ihnen zu malen, stimmt sie zu und tut so, als hätte sie nicht die ganze Zeit schon vorgehabt, noch dazubleiben …*

Und wissen die Kinder, dass Du ein Baby erwartest?, fragte er.

Ja, schrieb sie. *Sie mögen es, wenn es tritt und sich dreht.*

Was Diana Aldyce wohl dazu sagen würde?, schrieb er zurück.

Was sollte sie dazu sagen?

Ich bin eifersüchtig, gestand er, während ihm der Regen auf die Schultern prasselte und in den Nacken lief. *Ich möchte diese Tritte auch spüren.*

Es wurde kälter. Lukes Mutter, die noch nie gern gebacken hatte, schickte ihm einen Wintermantel. *Pass bitte gut darauf auf. Keine Risse. Keine Löcher. Wir sind in jeder Sekunde bei Dir. Vergiss nie, dass Du auch unser Leben in Deinen Händen hältst. Du bist alles, was wir haben.* Luke lieh den Mantel seinem Burschen, der vor dieser Hölle keine kühleren Temperaturen kennengelernt hatte als die Nächte von Bombay. Er fragte, ob auch sein Bruder, ein *naik*, ein einfacher Soldat in Peters Kompanie, den Mantel tragen dürfe, und von da an wechselten sich die Männer ab, sodass jeder ein paar warme Momente genießen konnte. Erst gegen Ende November, als der erste Kampf um Ypern endlich ergebnislos versandet und es totenstill auf der Landzunge geworden war, als die ausradierte Landschaft unter einer weißen Decke lag, kamen dicke Winteruniformen aus Serge an. Es waren zu viele. Fast die Hälfte der Männer, für die die Uniformen bestimmt waren, lebten bereits nicht mehr. Man hatte sie notdürftig in der gefrorenen Erde verscharrt. Nie wieder würden sie in die Hitze Indiens zurückkehren, nach der sie sich so sehr gesehnt hatten.

Ich habe die Hitze nicht vergessen, schrieb Luke an Maddy. *In meinen Träumen kann ich sie manchmal noch fühlen. Aber Dich sehe ich nie. Kannst du bitte eine Fotografie von Dir anfertigen lassen? Ich muss unbedingt Dein Gesicht sehen.*

Sie tat, worum er sie gebeten hatte, und schickte ihm ein sepiafarbenes Porträt, das Richard auf der Veranda von ihr gemacht hatte. Es erreichte Luke an seiner neuen Stellung an der Front, etwas weiter südlich gelegen, in der Nähe des von den Deutschen besetzten Städtchens Neuve Chapelle, zu der er auf Befehl des neues befehlshabenden Offiziers – eines zermürbten Colonels aus Ipswich – mit den ramponierten Überresten seiner Division hatte marschieren müssen, um sich den Winter über dort zu verschanzen. Es war ein ruhigerer Abschnitt, obwohl es Gerüchte über eine Frühlingsoffensive gab. Auch war es dort erträglicher (relativ gesehen, natürlich), denn es gab tiefe, von Pionieren ausgehobene Schützengräben, Bohlenwege, um ihre Füße vor den eiskalten Pfützen zu bewahren, und den kleinen Luxus von Sandsäcken, mit denen sie ihre Köpfe gegen das Feuer der Heckenschützen abschirmten. Dazu Unterstände zum Schlafen, in denen sie vor Regen und Wind geschützt waren.

Luke legte sich auf sein Feldbett, um Maddys Brief zu öffnen. Von der Decke über ihm regnete Erde herab, die sich beim täglichen Granatfeuerwechsel mit den Boches löste (wohl um alle daran zu erinnern, warum sie hier waren – als könnte das jemand vergessen). In einer Ecke des Erdraums widmete sich eine Gruppe *naiks*, darunter sein eigener Bursche, einem Würfelspiel. Am Tisch spielte Peter mit ein paar Unteroffiziersanwärtern eine Partie Rommé, und sie stritten sich darüber, ob es die Moral der Truppe heben würde, wenn man einen Wettkampf daraus machen würde, wer die meisten feindlichen Soldaten erschoss.

»Dass ihr euch über so etwas streitet«, sagte Luke und schnitt den Umschlag auf, »sagt mir, dass wir schon zu lange hier sind.«

Er nahm den Inhalt aus dem Briefumschlag, seine

Finger berührten das Papier, das sie berührt hatte, als er die Fotografie in seinen rissigen, schlammverkrusteten Händen hielt. *Papa hat eine Boxkamera von Brownie gekauft,* hatte sie geschrieben, *also bekommst Du Bilder von dem Baby, sobald es auf der Welt ist. Deine Eltern wollen ebenfalls welche haben, und auch Edie kann es kaum noch erwarten.* Er starrte auf das Bild, nahm es nur verschwommen wahr vor lauter Anstrengung, jedes Detail in sich aufzunehmen. Sie trug ein helles Kleid, keinen Hut. Ihr Haar war lockig, einige Strähnen liebkosten die weiche Haut an ihrem Hals. Sie blickte direkt in die Kamera und lächelte ihn unverwandt an. Er sah die hübsche Wölbung ihres Bauches und spürte, wie er vor Schmerz die Zähne zusammenbiss, vor unerträglichem Schmerz darüber, dass er nicht bei ihr war. Auf dem Tisch neben ihr standen ein halb volles Glas Wasser und ein Teller mit aufgeschnittenem Obst. Er malte sich aus, wie sie das Wasser trank und das Glas wieder abstellte. Er hörte ihre Stimme. *In Ordnung, mach weiter, ich bin so weit. Nein, warte … Soll ich lächeln? Darf man auf Fotografien lächeln?*

Danke, schrieb er zurück. *Du ahnst nicht, wie viel mir dieses Bild bedeutet.*

Jetzt bitte eins von Dir, antwortete sie.

Und er schickte ihr ein Bild, das sein Offiziersbursche von ihm und Peter aufgenommen hatte, mit einer Kamera, die er sich vom örtlichen Tabakhändler geliehen hatte, als sie eine Woche Erholungsurlaub in einem Dörfchen in der Nähe verbrachten. Sie standen beide auf der gepflasterten Straße und trugen über ihren Khakisachen die Schaffelle, die sie bei einem Bauern vor Ort gekauft hatten.

Sehr elegant, schrieb sie, *steht Dir gut. Ich schicke Dir auch Socken und Handschuhe, vielleicht sind sie hilfreich. Die Kinder in meiner Klasse haben mitgeholfen, sie zu stricken (sehr aufgeregt, weil es eine Pause vom Rechnen gab). Einige Kinder haben große Brüder und Väter, die auch an der Front sind, darum stricken wir jetzt jeden Tag eine Stunde lang. Eine fleißige Klasse. Wir sind alle beschäftigt. Hat Peter Dir erzählt, dass Della nicht mehr in der Kantine arbeitet, sondern stattdessen als Ehrenamtliche in Guys altem Krankenhaus tätig ist? Sie hat dort einen ziemlich netten Zahnarzt namens Jeffrey kennengelernt, beteuert aber, dass sie nicht nur seinetwegen dort ist. Heutzutage mangelt es überall an Arbeitskräften, und weder Della noch ich ertragen es, untätig zu Hause herumzusitzen und zu warten. Ich denke ständig daran, dass letztes Jahr um diese Zeit unser erstes Treffen im Yachtclub kurz bevorstand. Seitdem Du weg bist, war ich nicht mehr dort. Ich kann nicht. Sie veranstalten dieses Jahr keine Silvesterparty. Das wäre nicht angemessen, und ohnehin steht niemandem der Sinn nach Tanzen. Nicht dass ich dazu in der Lage wäre. Dem Koch (der uns versichert hat, dass es dieses Jahr kein Truthahncurry zu Weihnachten geben wird) ist es zu verdanken, dass dieses Baby mit Sicherheit ein sehr prächtiges sein wird …*

Ich würde mit Dir tanzen, antwortete er. *Wenn ich dort wäre, würde ich mit Dir zu unserem Strand fahren und mit Dir über den Sand tanzen …*

Was für eine schöne Vorstellung, schrieb sie.

Mitte Dezember trafen neue Truppen ein, um die gefallenen Männer zu ersetzen, darunter einige Offiziere, die Urdu sprachen. Fraser Keaton, direkt aus Bombay, war unter ihnen. *Hab ein Auge auf ihn, ja?*, schrieb Richard. *Er wollte partout nicht hierblieben, aber er scheint mir viel zu jung, um fortzugehen.* Auch Ernest Aldyce kam.

»Herrgott!«, sagte Peter und brannte sich ein paar Läuse von den Nähten seines Hemds, »es geht wirklich immer noch ein bisschen schlimmer.«

Aber Ernest war stiller als sonst. Wirkte ausgelaugt. Auch er war beim Britischen Expeditionskorps in Ypern gewesen, weil er gerade in England Urlaub machte, als die Truppen mobilisiert wurden, und er gehörte zu den wenigen seiner Kompanie, die durchgekommen waren. Alles an ihm war dünner geworden, seine Haare, sein Körper, sogar die wächserne Haut lag dünn wie eine feuchte Oblate auf seinen schwammigen Gesichtszügen. Er hielt den Kopf schief, das Kinn auf die knochige Schulter geneigt, mit unstetem Blick, als fürchte er sich davor, ihn irgendwo länger verweilen zu lassen. Ein völlig anderer Mensch als der selbstsichere Offizier der indischen Armee, der Luke in Bombay mit Fragen und endlosem Gerede ermüdet hatte. Hätte Luke nicht seine Papiere gesehen, hätte er ihn möglicherweise nicht einmal erkannt.

»Er wollte nicht herkommen«, rief Luke Peter ins Gedächtnis. »Weißt du noch, wie er felsenfest darauf bestanden hat, in Bombay zu bleiben?«

»Klüger, als ich ihm zugetraut hätte«, sagte Peter, diesmal nicht ohne Mitgefühl. Ernests Veränderung erschütterte sie alle. Sie machte ihnen auch Angst, obwohl niemand es zugab; die unaussprechliche Furcht, dass das, was ihn befallen hatte, möglicherweise auch ihnen unmittelbar bevorstand.

»Allmählich glaube ich auch, ich hätte in Bombay bleiben sollen«, sagte Fraser in seiner ersten Nacht im Schützengraben und zuckte bei den Vibrationen des weit entfernten Granatfeuers zusammen.

»Und das fällt dir jetzt erst ein?«, seufzte Luke.

Er behielt die beiden Männer in seiner Nähe. Fraser unterstellte er direkt seinem Kommando und platzierte Ernest in dem Abschnitt des Schützengrabens zwischen Peter und sich. Dabei hatte er reichlich Gelegenheit zu sehen, wie viel Zeit Ernest auf dem Boden des Grabens hockend verbrachte, während er auf das Feuerwerk am Himmel starrte und die Hände rang. Auch seine Sepoys sahen es. Sie kamen zu Luke und verlangten, einem anderen Abschnitt zugeteilt zu werden.

»Ich kann sie nehmen«, sagte Peter. »Gern sogar. Es sind gute Männer …«

Das stimmte, und Luke wünschte, er könnte sie unter Peters Kommando stellen. Stattdessen sagte er nur müde: »Das geht nicht. Wenn ich das täte, müsste ich es melden.« Und er wusste nur zu gut, was dann mit Ernest geschehen würde. Sie hatten die Geschichten alle gehört. Wenn Ernest keine äußerlich sichtbaren Verletzungen hatte, würde er vor das Militärgericht gestellt und wahrscheinlich wegen Feigheit vor dem Feind standrechtlich erschossen werden.

Luke beschloss, selbst etwas für Ernest zu tun und ihn wiederaufzubauen, indem er ihn für kleinere Einsätze aus dem Graben holte und ihm half, wieder belastbarer zu werden, ehe er ihm befehlen würde, an massiveren Gefechten teilzunehmen. Für den 30. Dezember war ein Angriff geplant, der letzte im Jahr 1914. Nur eine kleine Sache, um ein paar Beobachtungsposten in der gegenüberliegenden deutschen Stellung außer Gefecht zu setzen. Er würde darüber nicht einmal Meldung machen. Dazu konnte er Ernest mitnehmen.

»Keaton sollte auch mitkommen«, sagte Peter. »Seine Unerfahrenheit ist erschreckend …«

In aller Frühe, lange vor Sonnenaufgang, brachen sie auf. Luke, der zahllose Expeditionen dieser Art angeführt hatte, kam nicht einmal ins Schwitzen, so wenig Adrenalin strömte durch seine Adern, als er die Absprungleiter hinaufkroch und den anderen mit einem Wink bedeutete, ihm zu folgen. Er rechnete nicht mit Schwierigkeiten. Über Weihnachten hatte so etwas wie Waffenruhe geherrscht – nicht so freundschaftlich wie die Fußballspiele in anderen Sektoren, von denen er gehört hatte, kein »Stille-Nacht«-Gesang über das verlassene Niemandsland hinweg, aber immerhin schwiegen die Waffen. Es war friedlich genug, damit alle ein bisschen schlafen oder Briefe in die Heimat schreiben konnten. Luke blickte in den winterlichen Himmel und betete zu einem Gott, der vorübergehend den Verstand verloren zu haben schien, dass dies sein einziges Weihnachtsfest in Frankreich sein würde. (»Das ist das falsche Gebet, verdammt«, hatte Peter gesagt und ihm gegen den Arm geboxt. »Du könntest an einem schlimmeren Ort landen.« – »Wo ist es denn noch schlimmer?«, hatte Luke gefragt. »Ich bin mir ziemlich sicher, dass 1915 in dieser Hinsicht noch etwas in petto hat«, sagte Peter.) Die Lage hatte sich entspannt, und die Boches würden an diesem Morgen nicht mit einem Angriff rechnen. Es war stockdunkel. Solange sie sich unverdächtig verhielten, würde kein Wachdienst ihr Näherrücken bemerken. Wenn alles gut verlief, würden sie ihre Mörser werfen, die Beobachtungsposten ausschalten und zusehen, dass sie ohne Verletzte davonkamen.

Insgesamt waren sie fünfzehn Männer. Vier Offiziere – er selbst, Peter, Ernest und Fraser –, dazu eine Handvoll kampferprobter Pioniere und einige *naiks*, die Ypern überlebt hatten und genau wussten, was sie taten. Luke musste ihnen nicht erst sagen, dass sie leise zu sein hatten, wenn sie über den eiskalten, narbigen Erdboden auf die Schützengräben der Boches zurobbten. Auf den Gedanken, Ernest zu ermahnen, kam er gar nicht erst, denn der war ohnehin immer schweigsam.

Doch als sie sich ihrem Ziel näherten, den deutschen Kaffee, der gerade aufgebrüht wurde, beinahe riechen und das Zischen des bratenden Specks fast hören konnten, gab Ernest plötzlich ein seltsames Geräusch von sich, etwas zwischen Blöken und Heulen, durchsetzt mit atemlosen Schluchzern.

Entgeistert fauchte Luke ihn an, er solle still sein. Die anderen Männer taten dasselbe.

»Um Himmels willen«, sagte Fraser mit vor Angst

zitternder Stimme, »kann ihn jemand zum Schweigen bringen?«

»Aldyce«, sagte Luke, der selbst allmählich in Panik geriet, »Sie müssen aufhören.«

Ernest hörte nicht auf. Er fing bitterlich an zu weinen und vergrub das Gesicht in der kalten Erde, vielleicht vor Scham, vielleicht, um seine eigene Stimme zu dämpfen. Es war ein grauenhafter Anblick. Wäre Luke dazu in der Lage gewesen, hätte er ihn aufgesammelt, zum Schützengraben zurückgebracht und ihm dort notfalls in die Hand geschossen, nur um einen Vorwand zu haben, ihn nach Hause und in Sicherheit zu bringen.

Aber in diesem Augenblick aufzustehen wäre Selbstmord gewesen. Also schob er sich über den Boden zurück, bis er neben Ernest angekommen war, und griff nach dessen bebender Schulter. »Aldyce«, sagte er. »Komm.«

»Ich kann nicht«, sagte Ernest zum Erdboden. »Ich kann nicht, ich kann nicht, ich kann nicht …«

Er wurde immer lauter.

»Los jetzt«, zischte Peter, »wir übertönen ihn mit den Mörsern, und dann bringst du ihn zurück.«

Aber ehe Luke zustimmen konnte, schüttelte Ernest ihn ab, mit einer Kraft, die Luke überraschte, und dann stand er mitten im Niemandsland und brüllte aus Leibeskräften. Die anderen Männer starrten ihn entsetzt an, es fühlte sich an wie eine Ewigkeit, obwohl es sich vermutlich nur um wenige Sekunden handelte, und dann eröffneten die Boches mit einem Maschinengewehr das Feuer. Die Männer sprangen auf, Luke schrie sie an, sich zu trennen und wegzulaufen. Einer der Pioniere hörte nicht auf ihn. Mit einem Mut, der ihm eine Tapferkeitsmedaille einbringen würde, stürmte er mit seinen Mörsern weiter bis an die vorderste Linie und schaltete den MG-Schützen aus. Im selben Augenblick packte Luke Ernest und warf ihn sich über die Schulter. Ohne zu bemerken, wie schlaff dessen Körper geworden war, rannte er mit brennender Lunge seinen Männern hinterher, zurück in die Sicherheit des Schützengrabens.

Dank des Pioniers und seiner Mörser blieben all seine Männer am Leben. Fraser wurde von einer Kugel an der Wange gestreift, was ihn wenigstens für eine Weile von der vordersten Front fernhalten würde. Der Pionier mit den Mörsern hatte mehrere Kugeln in die Schulter abbekommen. Er schrieb Luke aus dem Indian Convalescent Hospital in Brighton und teilte ihm mit, dass er nach Hause geschickt werden würde, nach Lahore zu seiner Frau und seinen Kindern, und er dankte ihm, er *dankte* ihm tatsächlich, dass er sein Oberstleutnant gewesen war.

Sie hätten eher Grund, sich bei mir zu bedanken, wenn Sie nicht angeschossen worden wären, schrieb Luke zurück. *Nicht einmal Sie können die Kugeln lenken,* sahib, antwortete der Mann. *Wir hätten keinen anderen als Sie gewollt.*

Ernest hätte gern einen anderen als ihn gehabt, davon war er überzeugt. Ohne Luke hätte er das Niemandsland nicht betreten müssen, hätte nicht dort draußen gestanden und herumgebrüllt, bis dieser Granatsplitter ihm die Hälfte seines Gesichts wegriss. Luke hatte die Verletzung anfangs nicht einmal bemerkt. Erst bei der Ankunft im Graben sah er Ströme von Blut aus Ernest herausfließen und spürte, wie schlaff er war. »Oh nein«, hatte er gesagt, und die Hand auf das gedrückt, was von dessen Kiefer noch übrig war, »nein, nein, nein …«

Auf einer Krankentrage hatten sie ihn zu einem Verbandsplatz und von dort in eines der vielen Feldlazarette gleich hinter der Front gebracht, dann nach London auf eine Station für Gesichtsrekonstruktion und schließlich in eine Nervenklinik in Surrey, das King's 5th. Luke schrieb an das Krankenhaus und hoffte inständig, dass es ihm gut ging. Eine der Schwestern – Schwester Lytton hieß sie – teilte ihm freundlich mit, dass es Ernest überhaupt nicht gut ging. Er konnte sich an nichts mehr erinnern, *an keinen einzigen Tag seiner Vergangenheit, aber seien Sie versichert, dass wir uns nach Kräften um seine Genesung bemühen. Er liebt heißen Kakao und besonders die Wochenenden, an denen seine Mama ihn besucht.* Luke wurde schlecht, als er den Brief las. Er zerknüllte das Papier in der Faust, und Scham überwältigte ihn bei dem Gedanken, was er Ernest angetan hatte. Nur noch zu atmen und rein körperlich zu funktionieren, ohne Gesicht in seinem Körper gefangen zu sein, kein Leben, keine Erinnerungen zu haben … Peter hatte recht, es gab tatsächlich Schlimmeres als Frankreich. Das hier war beinahe schlimmer als der Tod.

»Es war nicht deine Schuld«, versicherte Peter ihm von Zeit zu Zeit.

Und Maddy schrieb es ihm. *Das muss Dir doch klar sein,* sagte sie. *Wenn du jemanden dafür verantwortlich machen willst, dann den Schützen. Oder Ypern. Gib Ypern die Schuld, den Generälen, diesem ganzen abscheulichen Krieg. Aber bitte beschuldige nicht Dich selbst.*

Luke konnte nichts dagegen tun. Der Februar ging in den März über, und die Tage wurden zwar länger, aber nicht wärmer, sondern nur feuchter – die Schützengräben waren überflutet und quälten die Männer mit geschwollenen, schwarz angelaufenen Füßen und Erfrierungen. Er versuchte, sie mit Versprechungen auf Urlaub im Frühling aufzuheitern, und hoffte, dass er ihnen auch tatsächlich gewährt werden würde. Immer wieder musste er an seine Entscheidung denken, Ernest im Morgengrauen jenes Dezembertags mitzunehmen. Er sah sich selbst auf dem Boden liegen, während Ernest aufsprang, quälte sich mit dem Gedanken, dass er nicht schnell genug bei ihm gewesen war, um ihn wieder hinunterzuziehen.

In der zweiten Märzwoche kam Fraser Keaton aus dem Krankenhaus zurück. Hunderte weiterer Soldaten strömten in ihren Frontabschnitt, zusätzliche Munition und Granaten für das Trommelfeuer trafen ein, und sie wurden für die Offensive zur Wiedereroberung des Städtchens Neuve Chapelle, von der schon länger gemunkelt wurde, alle aus dem Schützengraben beordert. Es wurde ein weiteres Blutbad mit Zehntausenden Verwundeten auf beiden Seiten. Jungen und Männer wurden niedergemäht, etliche ließ man einfach auf dem Schlachtfeld liegen, bis der Beschuss mit Granaten und aus Maschinengewehren verebbte und die Überlebenden zu ihnen laufen, ihnen Wasser geben und versuchen konnten, sie auf sicheres Gebiet zu schleppen. Doch in den Depeschen wurde die Schlacht als Erfolg gepriesen. *Neuve Chapelle wieder in britischer Hand. Front über eine halbe Meile vorgerückt.*

»Eine halbe Meile«, sagte Peter, als sie endlich weggetreten durften, um in die zerstörte Stadt einzumarschieren und sich für eine sechstägige Kampfpause in irgendein Gebäude einzuquartieren, das noch stand. »Eine. Halbe. Meile. Wie viele Verwundete sind das pro Yard?«

»Hundert«, sagte Fraser, der das Gemetzel zum Glück überstanden und die trostlose Berechnung offensichtlich bereits durchgeführt hatte.

»Hundert«, wiederholte Luke. Finster ließ er den Blick über die Schlange der Überlebenden schweifen; ihre Turbane und Uniformen waren mit Schlamm und Blut bespritzt, und erneut stellte er fest, wie aufrecht sie sich hielten trotz ihrer Grabenfüße, trotz der Kälte und des Schlafmangels, trotz der Männer, die sie begraben oder erschossen oder deren Erschießung sie mit angesehen hatten. Wie lange konnten sie wohl noch so weitermachen und den erbarmungslosen Befehlen Folge leisten? Ihre Briefe klangen in letzter Zeit manchmal zorniger, sie waren mit einer Wut gewürzt, die Luke verstand und niemals melden würde. Waren die Tage ihrer Untertänigkeit gezählt? Er kam zu dem Schluss, dass es vermutlich so war, und weil er in Gedanken sehr oft bei Ernest war, fragte er sich, was er zu alldem sagen würde, wäre er noch recht bei Verstand. Er fragte sich, ob auch Ernest sich nach den drei Tagen, die sie gerade durchgestanden hatten, noch an diesem Ort befunden hätte, wenn er, Luke, ihm ein wenig mehr Zeit gelassen hätte, um wieder zu Kräften zu kommen.

Ich hätte ihn irgendwie nach Hause schaffen müssen, schrieb er Maddy, kurz bevor sich das Bataillon erneut in Bewegung setzte, zu seinem Entsetzen zurück in Richtung Ypern, wo angeblich eine weitere Schlacht um die Seehäfen bevorstand. *Ich muss ständig an ihn und an dieses Krankenhaus denken.*

Dir steht gewiss bald Heimaturlaub zu, schrieb sie postwendend. *Fahr hin, besuch ihn dort.*

Das werde ich, sagte er, *ich muss.*

Doch der Gedanke, tatsächlich einen Fuß in dieses Krankenhaus zu setzen, erschreckte ihn.

*

Wäre Maddy in England gewesen, hätte sie Ernest unter ihre Fittiche genommen. Wenn es ihm geholfen hätte, wäre sie ständig in diesem Krankenhaus gewesen. Sie wäre im King's 5th ein und aus gegangen, hätte bei ihm gesessen, seine Hand gehalten und über all die Dinge mit ihm gesprochen, die seinem Gedächtnis auf die Sprünge helfen könnten – den Gymkhana Club, Polo auf staubigem Rasen, Gin Tonic bei Sonnenuntergang –, und dann hätte sie Luke geschrieben und ihm versichern können, dass Ernest an diesem Tag Gesellschaft gehabt hatte, dass man sich um ihn kümmerte. *Du hast für ihn getan, was Du konntest.*

Maddy hatte versucht, Kontakt zu Diana aufzunehmen, die, von der Außenwelt abgeschnitten, immer noch in Dorking war. Im Januar hatte sie ihr geschrieben und ihr mitgeteilt, wie sehr sie bedauerte, dass Ernest verwundet worden war. Diana hatte nicht geantwortet. Inzwischen war fast April, und Maddy, die in ihrem Schlafzimmer auf Kissen gestützt dalag, die Fensterläden geöffnet in dem vergeblichen Versuch, einen Windhauch in das heiße Zimmer zu locken, hatte sich damit abgefunden, dass sie keine Antwort mehr bekommen würde. Vielleicht war Diana zu erschüttert.

»Ich wette, sie tut sich nur selbst leid«, sagte Della, die an jenem Tag nicht im Krankenhaus war, um Bettpfannen zu schrubben oder sich ihr *tiffin* mit Jeff zu teilen, sondern stattdessen neben ihrer Freundin saß und ehrfürchtig das kostbare kleine Bündel in deren Armen betrachtete. »Lass es gut sein, Maddy. Du hast schon genug, worüber du nachdenken musst.«

Das hatte Maddy in der Tat; Della hätte sie nicht daran erinnern müssen. Sie hob kaum den Blick von dem perfekten kleinen Menschen, den sie im Arm hielt. Ihre Tochter war in der Nacht zuvor endlich auf die Welt gekommen, über eine Woche nach dem von Dr. Tully errechneten Termin, und wie Maddys verlorener Bruder lag auch sie falsch herum. Dr. Tully, der sie gewarnt hatte, dass ihr eine Steißgeburt bevorstand, hatte verständnisvoll genickt, als Maddy blass geworden war und Alice ihr Entsetzen angesichts dieser Neuigkeit mit deutlichen Worten zum Ausdruck brachte. Er hatte ihnen feierlich versprochen, dass diesmal niemand aufgeschnitten werden würde. Er hatte viele gesunde Steißbabys *auf traditionelle Art und Weise* entbunden und keinerlei Bedenken, sodass auch sie unbesorgt sein sollten.

In der qualvollen, schweißtreibenden Nacht, die hinter ihr lag, hatte Maddy kritische Augenblicke erlebt. Sie war sich sicher, dass dies auch für ihren Vater galt, der in der Villa auf und ab gegangen war und alle halbe Stunde an die Tür geklopft und nach Neuigkeiten gefragt hatte. Sie war überzeugt, dass auch ihre leidgeprüfte Mutter und sogar Della auf die Probe gestellt worden waren. Die beiden waren ihr nicht von der Seite gewichen, sondern hatten neben ihrem Bett gekniet und ständig wiederholt, dass alles gut werden würde, egal, was geschah, und dass auch sie wünschten, Luke wäre da, unbedingt, aber sie musste weitermachen, einfach weitermachen … Dr. Tully hingegen hielt Wort und zeigte nicht das geringste Anzeichen von Panik. Ruhig wies er sie an, zu atmen, zu pressen und wieder loszulassen, pressen, atmen, pressen, weiter und immer weiter, bis die kleine Iris endlich da war. Mit glänzenden schwarzen Locken und riesengroßen dunkelblauen Augen lag sie in ihren zitternden Armen, warm und weich. »Danke«, sagte Maddy zu Dr. Tully und schluckte Tränen der Freude und Dankbarkeit hinunter. Im Stillen dankte sie auch Guy, der genau gewusst hatte, was er tat, als er ihr empfahl, sich an diesen und keinen anderen Arzt zu wenden.

»Sie ist Luke wirklich wie aus dem Gesicht geschnitten«, sagte Della nun. »Abgesehen von den Augen weiß ich nicht, ob sie überhaupt etwas von dir hat, Maddy.«

»Ist mir egal«, sagte Maddy und wünschte, Luke könnte sie selbst sehen, ihre schöne gemeinsame Tochter. Alice war bereits zum Telegrafenamt gefahren, um ihm und seinen Eltern zu telegrafieren. Dass sie angeboten hatte, auch Edie zu informieren, verriet, wie euphorisch (und erleichtert) Alice war.

»Wenn es dir lieber ist, übernehme ich das«, hatte Richard gesagt.

»Nein«, hatte Alice geantwortet und sich vorgebeugt, um Iris erneut einen Kuss auf das flaumige Haar zu drücken. »Ich denke, das schaffe ich schon.«

Maddy wünschte, sie wüsste, wo Luke sein würde, wenn er das Telegramm erhielt. *In Sicherheit,* dachte sie, *lass ihn irgendwo in Sicherheit sein.* In den vergangenen zwei Wochen hatte er selbst einige Telegramme geschickt, irgendwo aus Frankreich oder Flandern, doch zu ihrer qualvollen Enttäuschung hatte er nie sagen können, in welchem Teil des Landes er sich befand. Er schrieb nur, dass er ständig an sie dachte und auf Nachricht von ihr wartete. *Peter ebenfalls außer sich vor Ungeduld STOPP* Auch Maddy war außer sich. Sie wartete dringend auf die Nachricht, dass die beiden auf Heimaturlaub nach England geschickt worden waren. Die Aussicht, Luke bei seiner Ankunft zu überraschen, war so verlockend, dass sie immer stärker in Versuchung geriet, ebenfalls aufzubrechen – allen U-Booten zum Trotz. Sie hatte Ahmed sogar Geld angeboten, damit er zum P&O-Büro fuhr und einen Fahrplan für sie holte. Er war hingefahren, hatte sich aber geweigert, ihr Geld zu nehmen. »Memsahib«, hatte er gesagt und ihr mit besorgtem Blick den Plan überreicht, »ich empfehle Ihnen dies nicht.« Er hatte recht gehabt (das musste sie ihm noch sagen). *Ich fahre nirgendwohin.* Sie streichelte Iris' weiche, rosige Wange, zog ihr das Spucktuch vom Kinn und erschrak über sich selbst, weil sie in Betracht gezogen hatte, ihre Tochter einer solchen Gefahr auszusetzen. Allein der Gedanke, mit ihr auf die Straßen von Bombay hinauszugehen, ließ sie schaudern. So schmerzlich es auch war, sie würde noch warten müssen, um mit Luke zusammen zu sein. Das mussten sie beide.

Della griff nach ihrer Hand, als wüsste sie, woran sie dachte. »Er bekommt die Fotografie«, sagte sie.

Maddy nickte. Sie würden die Aufnahme am Nachmittag im Garten machen; ein Bild musste reichen, bis Luke Iris zärtlich an sich drücken, sie in seine Arme nehmen konnte, die Maddy seit Monaten schmerzlich vermisste.

»Es geht ihm bestimmt gut«, sagte Della leise. »Er wird sich dort drüben nicht umbringen lassen. Keiner von ihnen.«

»Ich weiß«, sagte Maddy, ohne zu wissen, warum.

So etwas konnte niemand wissen, natürlich nicht.

Es ging ihm *nicht* gut. Er war in Ypern, in einer Hölle, die durch den langen Winter nicht besser geworden war und die es schaffte, im sonnigen April noch schlammiger zu werden als im Novemberregen.

»Wie poetisch«, sagte Peter neben ihm in dem hastig ausgehobenen Graben, in dem sie – Fraser und mehrere Hundert andere – dichtgedrängt standen und mit aufgesetztem Bajonett darauf warteten, zum zweiten Mal an diesem Tag zum Angriff herauszuklettern.

»Ich werde es auf eine Postkarte drucken lassen«, sagte Luke. Er warf einen Blick auf die Uhr, dann hob er die Pfeife an den Mund, bereit, das Signal zum Angriff zu geben.

Über ihre Köpfe flogen Granaten hinweg und bombardierten etwas, das hoffentlich die deutsche Stellung war. Sie würden den Angriff wagen, obwohl es sich ebenso gut um ein verlassenes Waldgebiet handeln konnte. Sie kämpften seit zwei Tagen, die gegnerischen Seiten nahmen sich unter Dauerbeschuss, zogen sich zurück, rückten wieder vor, zogen sich erneut zurück, bis niemand mehr wusste, wer sich wo befand. Die Offiziere, die aufgebrochen waren, um vor dem Angriff das Gelände zu erkunden, waren nicht zurückgekehrt, und die Haubitzen schossen blindlings. Luke konnte nur raten, in welche verdammte Richtung sie rennen sollten. Eine Stunde zuvor hatte er die Hälfte der Männer, die er nun anführte, noch nie gesehen. Die Bataillone hatten sich zu einem heillosen Durcheinander vermischt, Briten und Inder krochen im Chaos des Kampfes umher, rannten panisch vor dem Gas davon, das die Deutschen erstmals einsetzten, und sie buddelten sich ein, wo immer sie gerade waren. Keiner besaß eine Gasmaske. Die einzige Strategie, die giftigen Wolken zu überleben, bestand darin, unter ihnen hindurch oder, besser noch, so schnell wie nur möglich vor ihnen davonzulaufen. »Das«, hatte Luke ihnen erklärt, »ist der Plan.«

Luke drückte eine Hand auf seine Jackentasche und spürte Maddys Brief darin knistern. Er hatte ihn am Morgen zuvor erhalten. Obwohl er sehnsüchtig darauf gewartet hatte, nachdem er bei einer kurzen Marschpause in Poperinghe Alice' Telegramm erhalten hatte –

er hatte aufgeschrien und die Faust in die Luft gereckt –, war der Umschlag noch nicht geöffnet. *Schöne Iris angekommen STOPP Fotografie unterwegs STOPP Madeline großartig STOPP Familie erwartet dich STOPP Pass gut auf Dich auf STOPP* lautete das Telegramm. Solange er in Ypern war, hatte er den Brief nicht öffnen wollen, denn er brauchte etwas, wofür es sich durchzuhalten lohnte. Aber jetzt … jetzt war es so weit … Er ließ die Trillerpfeife fallen, schluckte trocken und zog sich an dem mit Kalk besprengten Erdwall hoch. Er spähte in den Rauch, hörte die Kakofonie aus Gewehrfeuer und Geschützen, die auf die Bäume in der Ferne hielten, was auch immer dort auf sie warten mochte. Er spürte sein Herz in der Brust hämmern. Ohne es bewusst wahrzunehmen und in dem Wissen, dass ihm nur noch wenige Sekunden blieben, griff er in die Tasche, holte den Umschlag heraus und riss ihn auf.

»Nein«, sagte Peter, der erkannte, was er da tat, »das darfst du nicht, noch nicht …«

Luke schenkte ihm keine Beachtung. Er beachtete nichts um sich herum. Er atmete nicht, sondern starrte nur. Denn da war sie. Seine Tochter. Seine *Tochter.* Ein sepiafarbenes Wunder, in Maddys Arme geschmiegt, während Palmenblätter Schatten auf Maddys gesenkte Lider warfen, auf ihre Wangenknochen und auf Iris' vollkommene – *vollkommene* – Augen, ihre kleinen Lippen, den winzigen Fuß, der sich aus den Tüchern herausgeschoben hatte, das zerzauste dunkle Haar. Wie hatte er nur glauben können, dass es Unglück bringen würde, die beiden anzusehen? Er drückte das Bild an seine

Lippen, und zum ersten Mal seit Monaten erfüllten ihn Hoffnung und Stärke. Er fühlte sich unbesiegbar.

»Aber das bist du nicht!«, schrie ihm Peter über den Gefechtslärm hinweg zu. »Sie ist so schön, wie es zu erwarten war, also pass endlich auf, verdammt noch mal. Schließlich will sie einen Papa haben.«

»Den hat sie«, sagte Luke und spähte ein letztes Mal verstohlen auf das Bild, ehe er erneut zu seiner Pfeife griff. »Ich gehe nirgendwohin.«

»Nur aus dem Schützengraben.« Peter hob sein Bajonett.

»Genau«, sagte Luke und pfiff.

Eine Weile, fast eine ganze Minute, verlief der Vorstoß wie nach Lehrbuch. Geordnet krochen sie voran, bewegten sich in langen Reihen langsam auf die Bäume zu, blieben im Schutz des Artilleriefeuers, das nicht nachlassen würde, ehe sie den Wald erreichten. Von vorn kam kein Antwortfeuer. Niemand fiel, niemand schrie, und dann waren sie dort, hatten die Baumreihe fast erreicht. Luke warf Peter einen Seitenblick zu und sah, dass er ihn erwiderte. *Kann es tatsächlich so einfach sein?*

In diesem Augenblick begannen Kugeln von dem blauen, wolkenlosen Himmel zu regnen. Lautlos fielen sie ins Gras und setzten ätzende gelbe Dunstschwaden frei, die das Sonnenlicht verfinsterten und ihnen in Augen, Nase, Lunge drangen …

Würgend riss sich Luke die Jacke vom Leib und drückte sie sich auf den Mund, wobei er sich die Erkennungsmarke abriss. Er sah, wie Fraser Keaton sich bückte, um sie aufzuheben, und er schrie ihn an, sich um Gottes willen nicht darum zu kümmern, aber seine Stimme wurde von Gewehrfeuer übertönt. Auch die Deutschen hatten sich nun in Bewegung gesetzt. Sie übersäten das Feld mit Granaten und Kugeln aus Maschinengewehren. Von der Seite des Waldes aus, nicht aus der Mitte, wie sie geglaubt hatten, sirrten die Geschosse über das Gras, rissen die Männer zu Boden, ließen sie blindlings losrennen, egal wohin, zwischen die explodierenden Granaten, in den Regen aus Erde und Blut, unfähig, zu sehen oder zu atmen.

Luke bückte sich unter dem aufsteigenden Gas hindurch, die Hände an der Kehle, nach Luft schnappend. Keine zwanzig Schritte entfernt sah er seinen Offiziersburschen, der seinem erstickenden Bruder hektisch die Jacke auszuziehen versuchte. Halb rannte, halb kroch Luke auf die beiden zu, riss sich die Jacke vom Körper, drückte sie dem Jungen aufs Gesicht, schrie die beiden an, sich dicht über dem Boden zu halten und sich in Sicherheit zu bringen, *jetzt*.

Als sie losliefen und in dem Nebel aus Rauch und Gas verschwanden, entdeckte er Peter, der sich einen Arm auf Mund und Nase drückte und hinkte, offensichtlich getroffen.

»Peter!«, rief Luke. »Peter, runter mit dir!«

Mit geweiteten, leeren Augen blickte sich sein Freund um. Wie aus dem Nichts fielen Luke Peters Worte vom Winter zuvor ein: *Ich will nicht, dass dies das Letzte ist, was ich sehe.*

»Geh runter!«, brüllte Luke erneut und hustete vor Anstrengung.

»Luke?«, rief Peter zurück. »Luke?«

»*Runter* mit dir!«, brüllte Luke ein letztes Mal, und dann fluchte er, denn aus Peters Bein strömte Blut, und er war offensichtlich nicht mehr in der Lage, *irgendetwas* zu tun. Ringsumher brachen Männer zusammen, und sie würden alle an diesem Ort den Tod finden. An diesem *Ort*. Einige, wie zum Beispiel Lukes Bursche und dessen Bruder, versuchten, zu den Bäumen durchzubrechen, aber Peter ging nirgendwo mehr hin. Er schnellte hoch, dann, erneut getroffen, stürzte er auf den Boden.

»*Peter!*«, brüllte Luke.

Noch immer um Luft ringend und mit tränenden Augen stand er auf und rannte auf ihn zu, wobei er den Granaten auswich. Plötzlich tauchte wie aus dem Nichts Fraser vor ihm auf, taumelnd, ohne Jacke, das Hemd in Fetzen und seine jungenhaften Gesichtszüge zu einem grauenhaften Brei zerschossen. Er trug keine Erkennungsmarke mehr um den Hals – der ebenso übel zugerichtet war wie sein Gesicht –, aber seine Hand hielt irrsinnigerweise immer noch Lukes Marke umklammert. Nur daran erkannte Luke ihn. Entsetzt bewegte er sich auf ihn zu und umfasste ihn an der Taille, während er langsam in sich zusammensank. Er ging in die Hocke, bedeckte ihn mit seiner eigenen Jacke, um ihn warm zu halten, bis er sich erneut um ihn kümmern konnte, dann, heftiger würgend als zuvor, rannte er weiter zu Peter, der das Bewusstsein verloren hatte, aber noch flach atmete. Luke lud ihn sich auf den Rücken und rannte keuchend auf die Bäume zu.

Er war fast dort, als die Granate einschlug.

Er hörte sie nicht. Aber plötzlich war es totenstill, und er spürte, wie ihm das Blut in einer abscheulichen Vorahnung in den Adern gefror, ehe ihn eine Hitzewelle traf, ihm ins Gesicht schlug, auf den Kopf, auf das Rückgrat, ihm ins Blut fuhr. Er flog hoch, immer höher in den Himmel über Ypern hinein. Das Letzte, woran er sich erinnerte, war Peter auf dem grasbewachsenen Boden, der kurz die Augen öffnete und zu ihm emporblickte, während sich ein Ausdruck des Entsetzens auf seinem blassen Gesicht ausbreitete.

Sein letzter bewusster Gedanke galt seiner Liebe zu seiner Tochter und zu Maddy, dem Bild der beiden, das er mitsamt seiner Jacke auf Frasers gesichtslosem Körper zurückgelassen hatte.

Und er dachte, wie froh er war, dass er es sich angesehen hatte.

Kapitel 17

Als er wieder zu sich kam, hinkte er in gebückter Haltung über belaubten Boden, um sich herum nur Bäume, und hielt seinen Arm umklammert. Die Zweige bewegten sich. Er blickte auf, hörte kein Rascheln, nur Klingeln. Die Erde unter seinen nackten, geschundenen Füßen vibrierte. Er wusste nicht, warum.

Er trug nur eine Hose und ein zerrissenes Unterhemd. *Ich müsste eine Jacke haben,* dachte er und hatte das Gefühl, dass das wichtig war, ohne zu wissen, warum oder wo seine Jacke sein könnte. Als er seinen Kopf berührte – der sehr wehtat, fast so sehr wie seine Arme, die Rippen und Füße –, färbte sich seine Hand rot.

Blut, dachte er. *Ich blute.*

Erneut hatte er keine Ahnung, was er hier tat.

Oder warum ihm das Atmen so schwerfiel.

Sein Arm hing nicht richtig an seiner Schulter. Er hielt ihn fest, damit er nicht herunterfiel. Seine Hände waren mit Schnittwunden übersät. Auch in seinem Mund war der Geschmack von Blut. Sein Unterhemd war damit besudelt. *Ich muss jemanden finden, der mir hilft,* dachte er und stolperte weiter, wie lange, wusste er nicht, aber jedenfalls bis die Dunkelheit hereinbrach, und er erreichte eine lautlose Straße, die von anderen blutenden, stolpernden Männern überfüllt war, von Fahrzeugen mit roten Kreuzen darauf, aus denen eine müde wirkende Frau sprang, die ihm in die Augen sah, ihn auffing, als er umzufallen drohte, und nach einer Krankentrage rief.

Sie hilft mir, dachte er. *Gut. Das ist gut.*

Wo bin ich?

»Wie heißen Sie?«, fragte die Frau. Er sah, wie ihre Lippen die Worte formten.

Er starrte sie an.

Sie wiederholte die Frage.

Er schüttelte den Kopf, eine schreckliche Erkenntnis dämmerte ihm.

Er wusste seinen Namen nicht.

Zu seinem Entsetzen hatte er absolut keine Ahnung, wer er war.

Die Telegramme trafen gleichzeitig in Bombay ein. Die Familie, einschließlich Iris, die in ihrem Kinderwagen schlief, hatte sich zum Mittagessen auf der Veranda versammelt. Die Stimmung war gedämpft. Eine knappe Stunde zuvor hatte Richard gehört, dass der liebe, eifrige Fraser Keaton, der es immer allen recht machen wollte, als im Kampf vermisst und wahrscheinlich gefallen gemeldet worden war. Obwohl alle ihm versicherten, dass durchaus noch Hoffnung bestehe (*wenn sie keine Leiche gefunden haben, wie kann man dann sicher sein?*), hatte Richard die Hoffnung offenbar aufgegeben und beschimpfte sich stattdessen selbst, weil er Fraser nicht vom Dienst in der Armee hatte abhalten können.

Trotz der Trauer um den armen Fraser ahnte Maddy nichts Böses, als der Telegrammbote vor der Villa auftauchte. Schließlich kam er in letzter Zeit sehr häufig und brachte Telegramme für ihren Vater oder Nachrichten von Luke für sie. Sie war auch nicht beunruhigt, als Ahmed den Boten durch die Salontüren hinausführte, empfand nur einen Hauch von Vorfreude, von törichter Hoffnung, dass Luke erneut geschrieben hatte.

Aber der Junge fragte nach Della, nicht nach ihr. Della, die jeden Augenblick mit Jeff rechnete, weil er sich beim Lunch zu ihnen gesellen wollte, bekam nie Telegramme, obwohl ihre Mutter ihr per Brief versprochen hatte, ihr eines zu schicken, sobald sie etwas von Peter hörte.

Della erhob sich argwöhnisch, schob ihren Stuhl zurück und nahm dem Jungen das Stück Papier ab. Maddy beobachtete ihre Bewegungen, ein Schauer der Furcht kroch ihr über das Rückgrat. Auch ihre Eltern saßen schweigend da.

Linkisch öffnete Della das Telegramm und las. »Oh«, sagte sie, und ihre runden Augen füllten sich mit Tränen. »Oh Gott …«

»Was ist los?«, fragte Alice. »Was ist passiert?«

»Er hat ein Bein verloren«, sagte Della. »Er liegt in Frankreich im Krankenhaus.«

»Oh nein«, sagte Richard. »Peter …

Mit zitternder Stimme fuhr Della fort. Sie sagte, es ginge ihm gut, er lebe, würde allmählich genesen und bald zurück nach Blighty kommen.

»Wenigstens ist er da raus«, sagte Richard. »Immerhin etwas …«

Maddy wusste, dass sie zu ihrer Freundin gehen, sie in den Arm nehmen und ihr sagen sollte, wie leid es ihr für Peter tat – das stimmte tatsächlich, es tat ihr furchtbar leid –, aber nun wandte sich der Telegrammbote an sie. Er hielt ein weiteres Stück Papier in der Hand, aber dieses hatte eine andere Farbe, es kam direkt von der Armee.

»Ich will das nicht haben«, hörte sie sich sagen. Die Stimme schien nicht zu ihr zu gehören. Sie schien von jemand anders zu kommen. »Nehmen Sie es wieder mit. Bitte.«

Undeutlich nahm sie wahr, dass sich ihre Eltern zu ihr umdrehten. Auch Della, die unter Tränen von dem Boten zu ihr und wieder zu dem Boten blickte.

»Memsahib, Sie müssen es lesen«, sagte der Junge und legte das Telegramm auf den Tisch. Er verzog entschuldigend das Gesicht und zog sich dankenswerterweise sogleich zurück.

Maddy starrte auf das Telegramm. Sie starrten alle darauf. So ein kleines Stück Papier.

Iris regte sich, ihre Windel löste sich, und sie schlug die Augen auf, als hätte sie das Entsetzen gespürt, das auf einmal in der Luft lag. Maddy ging zu ihr und hob sie hoch, wobei sie bemerkte, dass ihre Arme zitterten. Dann drehte sie sich um und blickte erneut auf das Telegramm.

»Soll ich es für dich aufmachen?«, fragte ihr Vater.

»Ich kann es öffnen«, sagte Alice.

Benommen schüttelte Maddy den Kopf. Einige Sekunden lang starrte sie auf das Papier, wollte es zwingen, ihr eine andere Botschaft zu überbringen als die, die sie am meisten fürchtete. Da sie wusste, dass keine Wartezeit etwas an dem ändern konnte, was bereits geschrieben worden war, und dass der Junge recht hatte – sie musste es lesen –, reichte sie Iris an ihre Mutter weiter und riss das Telegramm auf, wobei ihre Hände noch stärker zitterten als zuvor.

Sie rührte sich nicht. Atmete nicht. Sie las nur die Worte, noch einmal und dann ein weiteres Mal, aber es fühlte sich einfach nicht echt an.

Irgendwoher kamen die besorgten Stimmen ihrer Eltern, auch Dellas Stimme, alle stellten ihr Fragen. Draußen auf dem Rasen schrie einer der Pfauen, und im Obergeschoss fiel eine Tür zu. All das geschah in einer anderen Welt, einer Welt, zu der er offenbar nicht mehr gehörte. *Im Kampf gefallen,* stand dort. Nicht *vermisst* wie bei Fraser. Nicht *verwundet und im Lazarett behandelt.* Sondern *gefallen.*

Sie glaubte es nicht.

Sie *konnte* es nicht glauben. Er konnte nicht tot sein. Das war einfach nicht möglich. Das hätte sie gewusst, geahnt …

Sie ließ den Zettel auf den Boden fallen, drehte sich zu ihrer Mutter und nahm Iris wieder in die Arme. Sie zitterten nicht, jetzt nicht mehr.

»Madeline?«, fragte Alice. »Was ist geschehen?«

»Ich muss an Lukes Vorgesetzten schreiben«, sagte Maddy. »Da ist ein schrecklicher Fehler passiert.«

Guy besuchte Peter im Lazarett am Quai d'Escale, einem umfunktionierten Bahnhof in Le Havre, sobald er Zeit

nung sei. Er selbst war einem der Gefreiten begegnet, die an Lukes Bestattung teilgenommen hatten. *Aber geh bitte nicht überstürzt zu* irgendwem *mit ihr,* schrieb er, denn alles in ihm sträubte sich gegen die Vorstellung, dass Maddy diesen speziellen Weg einschlagen würde. *Lass sie noch eine Weile in Ruhe. Ich bin mir sicher, dass all dies ziemlich natürlich ist. Wie kommt sie mit Iris zurecht?*

Vernarrt ist sie in das Kind, hatte Alice zurückgeschrieben, *wie wir alle. Iris ist der einzige Mensch, der seiner Mutter ein Lächeln entlocken kann.*

Dann glaube ich tatsächlich, dass Du keinen Grund zur Sorge hast, hatte er geantwortet, und als er sich Maddy mit ihrer Tochter vorstellte, zog sich sein Herz zusammen. *Ich rate ihr, so viel Zeit wie möglich mit dem Baby zu verbringen. Ich bin sicher, dass sie alles andere akzeptieren wird, sobald sie dazu bereit ist. Bitte richte Della aus, dass ich morgen ihren Bruder besuchen werde. Ich schicke ihm ihre Liebe.*

Nun stand er auf Peters Station. Es waren dort noch die Uhren und riesigen Fenster des Bahnhofswartesaals, der sie einmal gewesen war, aber anstelle von Passagieren hielten sich nun Patienten dort auf. In langen Reihen standen Betten, die durch Trennwände abgeschirmt waren. Peter lag ganz am Ende des Raums, in der hinteren Ecke. Obwohl er bereits Tausende Amputationen durchgeführt hatte, schmerzte es Guy, das akkurate, flache Stück Stoff an der Stelle zu sehen, wo Peters linkes Bein hätte sein müssen. Er erinnerte sich, wie er sich auf dem Polofeld amüsiert hatte …

»Wie geht es ihm?«, fragte er die diensthabende Schwester Owen. (»Sehr hübsch«, sagte Peter traurig, als Guy sich zu ihm gesetzt hatte. »Viel zu anmutig für einen solchen Ort.«)

»Er ist am Boden zerstört«, antwortete Schwester Owen. »Die ganze Zeit redet er von einem Luke.«

»Sie waren befreundet«, sagte Guy. »Gut sogar. Sie waren von Anfang an zusammen hier.«

»Ist er definitiv tot?«

»Ja«, sagte Guy matt und dachte erneut an die Worte des *naiks* und an Maddy und ihre Briefe. »Warum fragen Sie?«

Sie blickte zu Peters Bett hinüber. »Er sagt immer wieder, dass er glaubt, ihn gesehen zu haben.«

Das überraschte Guy nicht. Er war in seinem Krankenhaus schon zu vielen Männern begegnet, die ihre Brüder und Cousins in den Betten neben sich zu sehen glaubten, um dem noch allzu viel Bedeutung beizumessen. Es brach ihm allerdings das Herz, dass die Gespenster niemals echt waren.

»Er kam mir aber so echt vor«, sagte Peter ein paar Minuten später, als Guy noch immer an seinem Bett saß. Jemand hatte ihm die blonden Haare gewaschen, sie gekämmt und einen Seitenscheitel gezogen. Er trug einen eleganten gestreiften Pyjama, den man ihm vermutlich von zu Hause geschickt hatte. Er war zu groß; er hatte besorgniserregend viel Gewicht verloren. »Er wurde vor meinen Augen getötet«, fuhr Peter fort. »Die Männer haben ihn mit seinem Bild von Maddy und Iris begraben, aber trotzdem habe ich gesehen, wie sie ihn auf der verdammten Menin Road in einen Krankenwagen geschoben haben.«

»Wie viel Blut hattest du zu diesem Zeitpunkt verloren?«, fragte Guy.

»Das habe ich nicht gemessen.«

»Ich schätze, es war eine ganze Menge.«

»Er hat mir das Leben gerettet, Guy.« Eine Träne lief über Peters eingefallene Wange, dann noch eine. »Er hätte nicht sterben dürfen.«

»Es tut mir sehr leid«, sagte Guy, und wünschte, es gäbe mehr und Besseres zu sagen.

Peters Gesicht war schmerzverzerrt. Guy zuckte beim Anblick seiner Tränen nicht zusammen und befahl ihm auch nicht, hart gegen sich selbst zu sein, wie manche Ärzte es zu tun pflegten. Er tat das Einzige, was er tun konnte: Er blieb an Peters Seite sitzen, um ihm zu zeigen, dass er nicht allein war, und wartete, bis Peter sich ausgeweint hatte.

Als es so weit war, fragte Guy ihn, was er jetzt vorhabe.

»Ich will nicht nach Hause zurück, wo meine Mutter auf mich aufpassen kann«, sagte Peter, und seine Mundwinkel zuckten, eine makabre Andeutung seines früheren Lächelns.

Guy, dem nie zuvor weniger zum Lachen zumute gewesen war, brachte dennoch ein Lächeln zustande, weil er wusste, dass Peter genau das brauchte. »Wohin dann?«

»Zunächst in eine Rehabilitationsklinik in London«, sagte Peter, »sobald sie nicht mehr befürchten müssen, dass ich ihnen das Schiff vollblute. Ich werde Ernest Aldyce besuchen, sobald ich auf einem Holzbein laufen gelernt habe. Luke würde es so wollen.«

»Ja«, sagte Guy, der alles über Ernest wusste. Diana hatte ihm geschrieben und gefragt, ob es tatsächlich so hoffnungslos war, wie man ihr gesagt hatte. *Guy, Darling, kannst Du mir irgendwie helfen? Ich fühle mich jetzt so einsam. Ich komme mir vor wie eine Witwe. Und ich denke ständig an Dich armen Kerl, ganz allein irgendwo in Frankreich. Vielleicht können wir uns treffen, wenn Du auf Urlaub hierherkommst, und Du kannst mir einen wundervollen Rat geben.* Er hatte ihren Brief in einer Pause an einem besonders schlimmen Tag im OP gelesen, und seine Antwort war recht kurz ausgefallen. *Schätz Dich glücklich, dass Du keine Witwe* bist, hatte er geschrieben. *Ich kann Dir keinen Rat erteilen, fürchte ich, denn das ist nicht mein Fachgebiet. Aber Dr. Arnold hat einen hervorragenden Ruf. Bitte richte Deinem Mann meine besten Grüße aus.* Diana hatte kein weiteres Mal geschrieben. Das war eindeutig nicht, was sie hören wollte.

»Della ist noch in Bombay«, fuhr Peter fort, »und da wird sie auch bleiben, wenn dieser Typ namens Jeff vernünftig ist.«

»Das ist er«, sagte Guy. »Alice hat mir von ihm und Della erzählt. Ich kenne ihn nicht gut, er kam gerade erst an, als ich von der Bildfläche verschwunden bin, aber was ich von ihm gesehen habe, gefällt mir.«

Peter nickte, als wäre wenigstens das eine gute Nachricht. »Richard hat gesagt, dass mein Job auf mich wartet«, sagte er. »Vielleicht riskiere ich eine Begegnung mit den U-Booten, fahre zurück und bestelle der kleinen Iris beste Grüße von ihrem Vater. Und kümmere mich um die arme Maddy.«

»Du sagst es ihr doch nicht, oder?«, fragte Guy. »Dass du glaubst, Luke gesehen zu haben?« Das wäre zu viel für Maddy.

»Nein«, sagte Peter, »mache ich nicht.« Er drehte sich um, wobei das Kissen unter ihm knisterte, und starrte an die Decke. »Della hat mir von ihren Briefen berichtet.«

Guy nickte bedächtig. »Maddy wird froh sein, wenn du wieder da bist«, sagte er, und diesmal war er es, dessen Stimme unsicher klang. Er war ein Idiot, denn obwohl er sich dagegen wehrte, wünschte er sich, selbst zu ihr fahren zu können. »Du kannst mit ihr reden. Ihr helfen, es … endlich zu glauben.«

»Ja«, sagte Peter, dessen Mundwinkel erneut zuckten.

»Bitte sag ihr, dass es mir sehr leidtut, ja?«, bat Guy. »Es tut mir schrecklich leid, Peter.«

»Ich weiß«, sagte Peter mit erstickter Stimme. »So geht es uns allen.«

Bald darauf verabschiedete sich Guy. Er musste zur Nachtschicht wieder im Dienst sein und war bereits spät dran, weil der Zug immer wieder wegen Granatfeuer anhalten musste. Bevor er ging, warf er einen Blick auf Peters Stumpf, um sich selbst und auch Peter davon zu überzeugen, dass die Wunde tatsächlich gut heilte. Er versprach ihm, ihn auf einen Drink einzuladen, sobald sie wieder in Bombay waren.

»Ich nehme dich beim Wort«, sagte Peter und reichte ihm die Hand.

Guy ergriff sie und verbarg nur mit großer Mühe, wie sehr ihn Peters schwacher Händedruck schockierte.

Auf dem Weg nach draußen sprach er erneut mit Schwester Owen. Auf dem Weg zu den Stationstüren hielt sie ihn auf und gab ihm ein Stück Papier mit der Adresse eines Feldlazaretts, das nicht weit von Guys eigenem entfernt war.

»Was ist das?«, fragte er.

»Das ist das Lazarett, in dem Peter war«, sagte sie. »Ich dachte nur … na ja …«, sie errötete, »… vielleicht können Sie einmal vorbeischauen und fragen, ob sie dort einen Zugang hatten, auf den Luke Devereaux' Beschreibung passt.«

Guy musterte sie lange. Meinte sie das ernst?

Sie errötete noch mehr, hielt seinem Blick aber stand, also schien es tatsächlich ihr Ernst zu sein.

»Schwester Owen …«, setzte er an.

»Ich weiß, ich weiß.« Sie hob die Hände. »Es ist wahrscheinlich hoffnungslos.«

»Nicht nur wahrscheinlich. Er wurde getötet, Schwester Owen. Ich bin dem Mann begegnet, der ihn begraben hat.«

»Peter klingt manchmal so überzeugt …«

»Ich glaube, er ist absolut nicht überzeugt«, versetzte Guy.

»Aber ein paar Fragen können doch nicht schaden?«, beharrte Schwester Owen. »Erst heute Morgen ist ein Sergeant gestorben, obwohl wir alle geglaubt haben, dass es ihm gut genug ging, um morgen nach Hause zu seiner Mutter zu fahren. Ein Blutgerinnsel, von dem wir einfach nichts geahnt haben.« Sie blickte zu ihm auf. »Wäre es bei all dem Grauen nicht schön, daran zu glauben, dass es auch noch schöne Überraschungen geben kann?«

Er zögerte, sein Widerstand wurde schwächer.

»Soviel ich weiß, ist Colonel Devereaux gerade Vater einer Tochter geworden«, sagte sie und versuchte den Moment zu nutzen. »Würden Sie es ihr zuliebe tun?«

Er zauderte eine weitere Sekunde.

Sie blickte ihn immer noch an.

»In Ordnung«, sagte Guy widerstrebend und steckte das Stück Papier mit der Adresse ein. »In Ordnung.«

Er hatte tatsächlich vor, sein Versprechen zu halten, obwohl er wusste, dass es sinnlos war. Aber als er an jenem Abend wieder in sein eigenes Feldlazarett kam, hatte es erneut einen Angriff auf die britischen Linien gegeben. Er musste sich einen Weg zwischen tuckernden Krankenwagen, Pferdewagen und Tragen hindurch bahnen, um das Gelände überhaupt betreten zu können. In jener Nacht kam er nicht aus dem Operationssaal heraus. Er bekam nur wenige Stunden Schlaf, und so ging es am nächsten und auch noch am übernächsten Tag weiter. Er arbeitete pausenlos und teilte sich den Zelt-OP mit drei weiteren Chirurgen; seine Augen waren trocken, die Beine zittrig vom langen Stehen; bis zu den Ellbogen steckte er in Milzen und gerissenen Lebern, in Lungen und Gedärmen; seine Hände bewegten sich, flickten Risse, verbanden Arterien miteinander und taten das Menschenmögliche, bis der nächste Mann auf dem Tisch lag. Als der Ansturm der Verwundeten endlich verebbte und er eine Stunde Zeit hatte, um bei der Mobilen Einsatztruppe anzurufen, zu der Peter gehört hatte, war diese bereits ins Artois weitergezogen und bereitete sich auf die unvermeidlichen Verluste der nächsten Offensive vor.

Guy verbrachte noch den Frühling und den Sommer in Ypern. Es gab keine bedeutenden Kampfhandlungen mehr, aber immer noch jeden Tag Artilleriefeuer zwischen den Schützengräben. Ein steter Strom von Schusswunden und Granatsplitterverletzungen, schweren Blutungen und Amputationen hielt ihn auf trostlose Weise beschäftigt. Im September wurden sie alle nach Loos geschickt. Ein gewaltiger Angriff, der angeblich der Anfang vom Ende des Krieges sein sollte, tatsächlich aber nichts beendete außer Zehntausende von Leben, allzu viele davon auf Guys Operationstisch. Als der Herbst ins Land zog und Gerüchte über eine bevorstehende Meuterei in den Reihen der Inder die Runde machten – Einheiten, die sich zu kämpfen weigerten oder ihre Stellungen verließen; Männer, die genug davon hatten, in den Tod geführt zu werden, die Offiziere zu verlieren, denen sie vertrauten, und stattdessen dem Kommando junger Kerle unterstellt zu werden, die weder ihre Sprache noch sonst etwas von ihnen verstanden –, im Herbst also beschlossen die Generäle, dass sie den Sepoys keinen weiteren eiskalten Winter mehr zumuten konnten. Besser war es, sie nach Gallipoli zu schicken. Auch Guy zog nach Osten. An einem arktisch kalten Novembermorgen ging er an Bord eines Schiffes nach Ägypten, das ihn zu einem Krankenhaus in Alexandria bringen würde, auf den Tag genau sieben Monate nachdem er Peter besucht hatte. Schwester Owen hatte er inzwischen vergessen.

In dem Grauen und der Erschöpfung des vergangenen Sommers war ihm völlig entfallen, dass sie sich jemals über so etwas wie *schöne Überraschungen* unterhalten hatten und sie ihm ein Stück Papier gegeben hatte.

Kapitel 18

King's 5th Military Convalescent Hospital
Bombay, 1915–16

Er traf kurz vor dem Mittagessen ein, an einem arktisch kalten Novembermorgen. All die quälenden Operationen in Frankreich und London, die seinen zerstörten Körper und seinen arg mitgenommenen Schädel reparieren sollten, lagen glücklicherweise hinter ihm. Körperlich war er für gesund erklärt worden. Nur sein Geist musste noch in Ordnung gebracht werden.

»Diese Straßen«, sagte die Fahrerin des Krankenwagens, deren behandschuhte Hände das Lenkrad umklammerten wie Schraubstöcke und die ihr Gesicht so dicht an die eisige Windschutzscheibe drückte, dass ihr Atem das Glas beschlagen ließ.

»Sie machen das sehr gut«, sagte er.

»Wissen Sie, gerüchteweise soll es dort spuken.« Sie richtete den Blick fest auf das Sandsteingebäude vor ihnen. »War früher mal eine Irrenanstalt.«

Er zog eine Braue hoch. »Soviel ich weiß, ist es das immer noch.«

Ihre vor Kälte geröteten Wangen verzogen sich zu

einem Grinsen. »Jedenfalls erwartet Sie das Begrüßungskomitee schon.« Sie deutete durch die Halbkreise, die die Wischerblätter hinterlassen hatten, auf die Vordertreppe des Krankenhauses, wo eine ihre von der Kälte klammen Hände reibende Krankenschwester auf sie wartete und fror. »Scheint eine von den Guten zu sein. Bestimmt sorgt sie im Handumdrehen dafür, dass Sie Freunde finden und Billard spielen.«

»Ausgezeichnet«, sagte er und lehnte den Kopf an die Wand der Kabine, denn er war müde, sehr müde …

Knirschend kam das Fahrzeug zum Stehen.

»Gott sei Dank«, sagte die Fahrerin und zog die Handbremse an. Sie stieg aus und wechselte ein paar Worte mit der Schwester.

»Nichts, was man nicht mit einer heißen Schokolade beheben könnte«, hörte er die Krankenschwester sagen.

Definitiv eine von den Guten, dachte er.

»Ich glaube, mir frieren gleich die Zehen ab«, sagte die Fahrerin (die ganz sicher keine von den Guten war).

Er stand auf, als sie die Tür der Kabine aufriss und die eiskalte Luft hereinließ.

»Sind Sie bereit?«, fragte sie.

»Ich weiß nicht.«

»Hm. Ich glaube, an Ihrer Stelle wäre ich das auch nicht.«

Er nickte, dankbar für ihre Offenheit.

»Ich hoffe, Sie müssen nicht allzu lange hierbleiben«, fügte sie hinzu.

»Ich auch«, antwortete er und stieg aus. Sie wünschte ihm Glück, und er dankte ihr. Er würde alles hinnehmen, solange es dazu führte, dass dieser Ort für ihn funktionierte.

Auf dem Trittbrett zögerte er. Er reckte den Hals, starrte durch das Schneegestöber auf die bepuderten Mauern des Krankenhauses und weigerte sich, auch nur die Möglichkeit in Betracht zu ziehen, dass es nicht gut ausgehen könnte. Das konnte er sich nicht erlauben. Wenn er das tat, wenn er seiner Furcht, eines Tages alt und einsam dazustehen, immer noch seinen Träumen nachzujagen und ohne große Hoffnung darauf zu warten, dass sein gebrochener Geist ihm wieder zu dem Leben verhelfen würde, das er so leichtsinnig aufs Spiel gesetzt hatte, wenn er dieser Furcht nachgab, würde sie ihn vermutlich zerstören.

Also stieg er von dem Trittbrett hinunter. Und obwohl er irritiert war, als Schwester Lytton ihn mit Officer Jones ansprach (er konnte den Namen nicht ausstehen), schwieg er; es war offensichtlich, dass die Schwester ebenso freundlich wie tüchtig war, und er wollte sie nicht in Verlegenheit bringen. Wie sollte sie ihn denn sonst nennen? Er folgte ihr auf dem Rundgang und ertappte sich dabei, wie er im Gesellschaftszimmer den maskierten Hauptmann anstarrte (»Was ist mit ihm passiert?«, fragte er Schwester Lytton. »Mit Ernest? Ich weiß es nicht«). Er schaffte es, nicht zu reagieren, als sie ihm den Billardraum zeigte, und schließlich lernte er Dr. Arnold kennen und stellte erleichtert fest, dass er ihn sehr mochte.

Er nahm das Tagebuch, das Arnold ihm gegeben hatte, stocherte schweigend in seinem Abendbrot herum, ohne das Trifle auch nur zu kosten, und dann legte er sich in das Bett mit der heißen Wärmflasche darin und schlief ein. Als er mitten in der Nacht schwitzend und keuchend aufwachte und verzweifelt zu der Frau in dem zitronengelben Kleid zurückzugehen versuchte, die er gerade verlassen hatte, griff er nach dem Tagebuch und schrieb zum ersten Mal etwas hinein (*ein zahnloser Mann; Lärm, ein Markt?*), dann ließ er den Kopf entnervt auf das Kissen sinken, weil er keine Ahnung hatte, was diese Dinge zu bedeuten hatten.

Der November ging zu Ende. Er unternahm Spaziergänge, flüchtete sich in die weißen Gärten, manchmal für mehrere Stunden. Danach setzte er sich an den Kamin und spürte seine kalte Haut auf eine Art prickeln, die ihn wehmütig stimmte, obwohl er immer noch nicht wusste, warum.

»Geduld«, sagte Arnold, den er täglich für eine Stunde sah, »nur Geduld.« Er spielte kein Billard, weil er den Scherz der Fahrerin nicht vergessen hatte, aber zu Schwester Lyttons händeringender Freude schloss er eine Art Freundschaft mit dem armen, stotternden Ernest. Nicht dass er die tägliche gestelzte Vorstellung oder Ernests unter Qualen geäußerte und häufig wiederholte Kommentare zum Geschützlärm genossen hätte – oder seine zitternden Hände und die Schwierigkeiten, die es ihm bereitete, mit der Maske auf dem Gesicht Suppe zu essen. Er fühlte sich einfach verpflichtet, ihm Gesellschaft zu leisten, sobald er ihn irgendwo allein sitzen sah.

»Sie müssen nicht Ihre ganze Zeit mit ihm verbringen«, sagte Hilfsschwester Poppy eines Dezembermorgens und ließ sich im Gesellschaftsraum neben ihm und Ernest in einen Sessel plumpsen. »Sie können jederzeit mit mir spazieren gehen.« Sie beugte sich zu ihm und flüsterte: »Ich verspreche Ihnen, mit mir ist es viel lustiger als mit Schwester Lytton.«

»Mir geht's gut«, sagte Jones. »Uns geht es gut.«

»K…kenne i…ch S…sie?«, fragte Ernest.

»Wie wär's mit einer schönen Tasse heißer Schokolade?«, fragte Schwester Lytton, die schwungvoll in den Raum gefegt war. »Ernest, ich hole Ihnen einen Strohhalm.«

Weihnachten kam. Niemand spielte Weihnachtslieder ab, denn Ernest hätte sie ohrenbetäubend gefunden, aber im Bastelraum stellten einige Patienten Papiergirlanden her, um den Flur und das Gesellschaftszimmer zu dekorieren. Jones war nicht zu vorweihnachtlichen Schneide- und Klebarbeiten zu überreden (aus Prinzip, denn er wusste zwar nicht viel, aber immerhin doch, dass er kein Kind mehr war). Stattdessen hüllte er sich in seinen Wintermantel, zog sich Stiefel an und begab sich mit vier Krankenpflegern – allesamt zu alt oder zu plattfüßig, um auf dem Schlachtfeld zu kämpfen – auf eine Wanderung durch die in Nebel gehüllten Wälder, um eine Tanne zu schlagen. Er ging wegen der körperlichen Anstrengung mit, um etwas zu tun; er rechnete nicht damit, den Ausflug zu genießen. (Ehrlich gesagt wehrte er sich dagegen, überhaupt etwas im King's 5th zu genießen. »Warum?«, fragte Arnold. »Das wäre, als hätte ich mich damit abgefunden, dass ich hierbleiben muss«, sagte Jones.) Als er mit den anderen über die Felder marschierte, begann der älteste Pfleger auf einmal zu fluchen. Er hatte vergessen, den Weihnachtstruthahn für seine Frau zu bestellen. Jones bot ihm an, sich eine Notiz ins Tagebuch zu machen und ihn daran zu erinnern, dass er zum Metzger gehen musste, woraufhin der Mann lachend erwiderte: »Ich weiß was Besseres. Machen wir doch jetzt einen Umweg und gehen noch auf einen Drink ins *Bull.*«

Der Pub im Dorf war brechend voll. Wegen des offenen Kamins roch es nach Holz, es war warm und laut und voller Männer, deren Söhne an der Front waren. Sie erkannten Jones' trübe Stimmung und bestanden darauf, ihm ein Bier nach dem anderen auszugeben. Anfangs protestierte er. »Ich habe kein Geld für die nächste Runde«, sagte er, aber sie versicherten ihm, dass er bereits mehr als genug bezahlt hatte.

»Nehmen Sie das Bier«, zischte ihn der truthahnlose Pfleger an und verzog die Mundwinkel zu einem kleinen Lächeln, »nehmen Sie es!«

Und das tat Jones. Er betrank sich. Irgendwann waren sie alle sternhagelvoll, und sie kehrten erst bei Einbruch der Dunkelheit ins King's 5th zurück – im Schlepptau eine Tanne, die sie auf dem Rückweg schief abgesägt hatten. Sie stolperten die Stufen zu den hallenden, von Petroleumlampen erleuchteten Fluren des Krankenhauses hinauf.

»Na, Sie sehen ja munter aus«, stellte Poppy fest und

kam über die breite Vordertreppe herunter, als hätte sie bereits nach ihnen Ausschau gehalten und auf dem oberen Absatz auf sie gewartet. »Wir haben schon aus dem Pub gehört, dass Sie sich gut amüsiert haben.«

»Ich möchte, dass sich so etwas nicht wiederholt«, sagte Schwester Lytton, die aus dem Gesellschaftszimmer aufgetaucht war. Sie schimpfte mit Jones, weil sie sich große Sorgen gemacht hatte, ehe der Wirt des Pubs sie angerufen hatte. (Es täte ihm *ss…sehr* leid, versicherte ihr Jones.)

»Nehmen Sie mich nächstes Mal mit?«, fragte Dr. Arnold am Tag darauf. Er schimpfte nicht, sondern freute sich, weil er es als gutes Zeichen betrachtete, dass Jones einen solch großen Schritt in Richtung Freiheit getan hatte.

Ich weiß nicht, ob es überhaupt ein Zeichen ist, schrieb Jones nicht in sein Tagebuch, sondern auf ein Blatt Papier – einer der vielen Briefe, die er der Frau, an die er sich verzweifelt zu erinnern versuchte, inzwischen geschrieben hatte. *Aber es ist eine Erleichterung, an diesem Ort, der so gnadenlos gleichbleibend ist, einen anders gearteten Tag zu verbringen. Ich hatte das Gefühl, ich selbst zu sein, als ich dort draußen war. Zum ersten Mal, seit ich auf der Menin Road in den Krankenwagen gebracht wurde, hatte ich das Gefühl zu wissen, wer ich bin.*

Ich erinnere mich an diese Straße. Ich sehe den Fahrer vor mir, der mir geholfen hat. Ich spüre die Spurrinnen unter den Reifen des Krankenwagens. Ich kann mir das Feldlazarett vorstellen, in das ich gebracht wurde, schmecke das Blut in meinem Mund, spüre die Angst, mit der ich mitten auf diesem von Krankentragen übersäten Feld lag und mich fragte, ob ich sterben oder mein Gedächtnis wiedererlangen würde. Eine Krankenschwester kam. Sie heftete mir ein Etikett ans Hemd und schickte mich zu einem Zug, und dann war da das Krankenhaus in Dieppe, wo alle erschöpft und freundlich waren. Sie entfernten die Granatsplitter aus meinem Schädel und meinem Körper und richteten meine gebrochenen Rippen. Das alles weiß ich, weil es mir im Gedächtnis geblieben ist. Und doch will ich diese Erinnerungen nicht. Ich brauche sie nicht.

Ich brauche Dich.

Wo verbringst Du Weihnachten? Sitzt Du draußen und spürst die Hitze im Gesicht? Dieses Gesicht, das ich nie sehen kann. Lächelst Du? Bist Du glücklich? Ich möchte gern glauben, dass es so ist.

Und wartest Du auf mich, so wie ich auf Dich warte?

Denkst Du in diesem Augenblick an mich?

Er legte den Füllhalter ab und stützte den schmerzenden Kopf in die Hände.

Gibt es Dich überhaupt?

Maddy blickte in den strahlend blauen indischen Himmel, die Sonne auf den Wangen, und wiegte die inzwischen acht Monate alte Iris in ihrem Schoß. Gedankenverloren hielt sie ihre Hand, damit sie nicht am Spitzenkragen ihres Kleides zog, und dachte dabei wie immer an Luke. Ihre Augen tränten im grellen Licht des Nachmittags, und sie versuchte zu tun, was sie nach Meinung aller anderen tun musste: Sie versuchte zu glauben, dass er tatsächlich tot war.

»Ich sollte die Hoffnung längst aufgegeben haben«, flüsterte sie ihrer Tochter zu. »Aber ich weiß nicht, wie das gehen soll.«

Iris, die ihre Worte aus unerfindlichen Gründen lustig fand, lachte.

»Du herzloses Wesen«, sagte Maddy und küsste sie. »So herzlos.«

Es war Heiligabend. Am nächsten Tag würde Iris ihr erstes Weihnachtsfest erleben. Trotz aller Versprechungen ihren Eltern, Della und Peter gegenüber – der den Torpedos dankenswerterweise ausgewichen und im September zurückgekommen war, wieder seiner alten Arbeit nachging und bei ihnen in der Villa wohnte, weil sie reichlich Platz hatten und niemand den Gedanken ertrug, dass er ganz allein war –, träumte sie noch immer von einer Nachricht von Luke. Eine Nachricht, die ihr sagen würde, dass er doch noch am Leben und auf dem Weg zurück zu ihnen war. Besser noch: Er würde auf der Veranda auftauchen, die Hände in den Taschen, das attraktive Gesicht ihnen zugewandt, während sie im Garten saßen. *Hast du wirklich geglaubt, ich würde mir noch ein Weihnachtsfest entgehen lassen?* Maddy blickte zur Veranda hinüber, nur für den Fall, dass …

Aber nein. Er war nicht dort.

Er stand *nie* dort.

Die letzten Briefe an die Front waren zurückgekommen. Die Umschläge, die Beschreibungen von Iris enthielten, von ihrem Lächeln, ihren Stimmungen und ihrem Glucksen, waren ungeöffnet geblieben und mit den herzlosen Worten beschriftet: Im Kampf gefallen. Sie hatte sie weggeworfen, denn sie hasste sie. Und sie versuchte nicht mehr, jemanden zu finden, der einzuräumen bereit war, dass Luke vielleicht doch noch am Leben sein könnte. Nicht weil sie glaubte, dass es hoffnungslos sei, es weiterhin zu versuchen, sondern weil es keine Leute mehr gab, denen sie noch schreiben konnte. (»Gott sei Dank«, hatte sie ihren Vater eines Abends vor dem Dinner zu ihrer Mutter sagen hören und sich gerade noch zurückhalten können, um nicht zu ihnen ins Ankleidezimmer zu stürmen und ihnen zu sagen, wie sehr ihre Worte sie verletzten. *Lasst mir doch meinen Glauben, warum bringt ihr das nicht fertig?)* Jedenfalls hatten die Briefe zu nichts geführt. Lukes befehlshabender Offizier war der Erste, der sie abserviert hatte. Auf ihr Flehen, er möge anerkennen, dass möglicherweise ein Irrtum vorlag, antwortete er mit taktvoll formulierten Versicherungen, dass dem keinesfalls so war, und er gab ihr den scheußlichen Rat, sich auf das vor ihr liegende Leben zu konzentrieren. *Ich würde nicht wollen, dass meine Frau ihr Leben vergeudet, indem sie auf mich wartet.* Wutentbrannt hatte sie den Brief weggeworfen.

Lukes alter Kontakt im Generalstab hatte nicht einmal geantwortet. Dasselbe galt für dessen Vorgesetzten. Und den Vorgesetzten des Vorgesetzten.

»Kannst *du* nicht deine Verbindungen spielen lassen?«, hatte Maddy ihren Vater angefleht.

»Liebling«, hatte er leise gesagt. »Die Verbindungen, die du brauchst, gibt es nicht.«

Die Sekretärinnen sämtlicher Stützpunktlazarette hatten ihr immerhin geantwortet, aber es handelte sich um

Standardbriefe des Inhalts, es gebe einfach zu viele Verwundete, um mit den Verwandten jedes einzelnen zu sprechen. *Bitte seien Sie unserer aufrichtigen Anteilnahme versichert.* Dasselbe wiederholte sich mit den Sekretärinnen in London. Wäre Maddy in England gewesen, hätte sie die Krankenstationen selbst abgesucht, aber es gab immer noch überall U-Boote, und sie war nach wie vor nicht bereit, Iris dieser Gefahr auszusetzen. Edie hatte sich rundheraus geweigert, die Recherche für sie zu erledigen (*Ich will Dir keine falschen Hoffnungen machen, Liebes, in dieser Hinsicht bin ich mir mit Deinem Vater einig),* und Maddy wusste nicht mehr, was sie tun sollte.

»Lass es ruhen, Maddy-Darling«, hatte Peter gesagt, gleich nachdem er zurückgekehrt war, blass, still und viel zu dünn.

Zu zweit waren sie langsam durch den Garten gegangen und hatten dem letzten Monsunregen die Stirn geboten. Della war mit Jeff, dessen Dienste glücklicherweise noch nicht vom Expeditionskorps angefordert worden waren, zu einem Sonntagslunch gefahren – »Zähne sind ihre geringste Sorge«, sagte Peter –, und Maddys Eltern blieben im Haus und kümmerten sich um Iris.

»Ich kann es nicht ruhen lassen«, sagte Maddy. »Ich kann einfach nicht.«

»Aber das musst du.« Peter blieb stehen. Krumm stand er unter dem Schirm auf seiner Beinprothese, das weiße Gesicht schmerzverzerrt. »Er ist tot. Es tut mir schrecklich leid …«

»Was, wenn er in einem ähnlichen Zustand ist wie

Ernest Aldyce?«, fiel sie ihm ins Wort. »Was, wenn er vergessen wurde und nur darauf wartet, dass ich …«

»Er wartet auf gar nichts«, hatte Peter gesagt, so leise, dass sie beinahe geweint hätte. Er rief ihr ins Gedächtnis, dass er Ernest Ende August besucht hatte. Luke war nicht bei ihm gewesen. »Ich habe sogar die gottverdammte Krankenschwester gefragt, ob sie jemanden gesehen hat, der ihm ähnelt.«

Maddy klammerte sich an diese Vorstellung wie an einen Strohhalm. »Dann glaubst du also auch, dass er vielleicht noch lebt …«

»Nein. *Nein!*« Peter hielt das Gesicht in den strömenden Regen, sein zerbrechlich wirkender Kiefer zuckte. »Ich … ich würde es gern glauben. Er fehlt mir. Jeden Tag. Und ich fühle mich so schuldig, weil ich hier bin und er nicht. Die Schwester hat gesagt, dass ihnen ständig Leute schreiben und nach Menschen fragen, die sie nicht loslassen können. Hunderte Briefe, jeden Monat.«

»Aber …«

»Nein!« Er schrie es beinahe heraus. »Kein Aber!« Er streckte eine Hand nach ihr aus. Sie wollte zurückweichen, fürchtete sich davor, von ihm berührt zu werden, weil es ihm vielleicht gelingen würde, sie zu überzeugen. Er nahm ihre Hand trotzdem. »Ich war dort, Maddy.«

»Hast du seine Leiche gesehen?«, fragte sie und begann zu ihrem eigenen Entsetzen tatsächlich zu weinen. »Hast du ihn mit eigenen Augen gesehen?«

»Ich habe *alles* gesehen.« Auch Peter weinte nun. »Zwing mich nicht, dir zu sagen, was ich gesehen habe …«

»Was?«, fragte sie. Die Worte brachen gegen ihren Willen aus ihr heraus. »Was hast du gesehen?«

»Ich habe ihn sterben sehen.«

»Nein«, sagte Maddy und sah Luke in diesem Augenblick selbst, nicht in Uniform, nicht in Frankreich, sondern in einer Leinenjacke auf der Promenade, im Abendanzug im Gymkhana Club, ihr gegenüber in dem Dachrestaurant, vor der St.-Thomas-Kathedrale, im Meer, wo er sie in den Armen hielt …

»Er ist in die Luft gesprengt worden«, sagte Peter und riss sie aus ihren Erinnerungen, während er noch ihre Hand hielt. »Maddy, du musst mir vertrauen.«

»Das ist nicht dasselbe wie sterben«, wollte sie erwidern, war aber vor lauter Schluchzen nicht dazu in der Lage.

»Sie haben ihn gefunden«, sagte Peter, »und ihn mit der Fotografie von dir und Iris auf der Brust begraben. Er hat ein Grab.« Und Maddy weinte, sie weinte und konnte nicht mehr aufhören. Er ließ den Schirm fallen und nahm sie in die Arme, sie wurden beide klitschnass. Schließlich war Alice aus der Villa zu ihnen gelaufen und hatte, selbst völlig durchnässt, darauf bestanden, dass sie wieder hereinkamen. »Das hier ist sinnlos, es bringt dich nicht weiter …«

Danach glaubten alle, Maddy habe sich mit der Tatsache abgefunden, dass Luke tot war. Sie ließ sie in dem Glauben. Letztlich war es angenehmer, nicht ständig daran erinnert zu werden, dass sie sich damit abfinden musste.

Sie weinte jetzt häufiger. Sie weinte fast jeden Abend,

sobald Iris zu Bett gegangen war und sie nicht hören konnte (sie ließ nicht zu, dass sie es hörte, denn sie befürchtete, dass ihre Trauer die glückliche Unschuld ihrer Tochter zunichtemachen könnte). Sie weinte, denn obwohl sie noch immer nicht glaubte, dass Luke an dem Ort war, an dem ihn alle vermuteten, war er auch nicht bei ihr, und sie vermisste ihn. Sie vermisste ihn so sehr.

»Ich brauche ihn«, flüsterte sie nun.

Diesmal lachte Iris nicht. Sie zog Maddy am Spitzenkragen zu sich herunter, legte ihr eine mollige Hand an die Wange und drückte ihr einen feuchten Kuss auf den Mund.

»Oh, das ist schön«, sagte Maddy. »Danke.« Noch mehr Babyspucke. »Iris, danke. Was für ein Glück, dass ich dich habe.«

»Du hast mehr als nur Iris«, sagte ihre Mutter später an diesem Abend zu ihr, als die Kleine bereits in ihrem Kinderzimmer schlummerte. Bei flackerndem Lampenlicht packten sie im Salon die Rasseln ein und die Bauklötze und die neuen Plüschtiere, nach denen sie die knappe Handvoll Spielzeugläden von Bombay durchkämmt hatten. Die Geschenke warteten auf den Morgen, bereit, sich unter den Christbaum aus Bananenbaumästen zu schmiegen. Della war mit Jeff zur Weihnachtsfeier des Gymkhana Clubs gefahren. Peter und Richard tranken auf der Veranda einen Absacker. »Du bist nicht allein«, fuhr Alice leise fort. Sie ließ das Band los, das sie gerade zur Schleife binden wollte, und blickte zu Maddy hinüber. Ihre blauen Augen leuchteten im Schein der Lampen.

»Du bist von Menschen umgeben, die … dich gernhaben … sehr sogar.«

»Das weiß ich«, sagte Maddy leise. In ihren Augen brannten Tränen, denn natürlich wusste sie das, und sie war unendlich dankbar dafür. Es bedeutete ihr viel, es aus dem Mund ihrer Mutter zu hören, die Liebe in ihrem Blick zu sehen; eine Liebe, die sie noch immer nicht als selbstverständlich betrachten konnte.

»Ich möchte dich … *lächeln* sehen bei diesem Weihnachtsfest«, sagte Alice. »Und ich möchte gern wissen, wie ich dir dabei helfen kann.«

»Mir geht's gut«, sagte Maddy.

»Oh Madeline …«

»Wirklich«, sagte Maddy. »Hauptsache, Iris freut sich Das ist das Einzige, was zählt …«

»Nein«, sagte Alice, »ist es nicht.«

»Mama …«

»Nein«, wiederholte Alice. Sie griff nach Maddys Hand. »Du bist *meine* Iris«, sagte sie und drückte ihr die Hand. »Du bist auch wichtig.«

Die Worte ihrer Mutter, ihre Sorge, machten Maddy traurig, und sie versuchte tatsächlich, mehr zu lächeln als sonst. Sie tat es für die anderen. Sie war gerührt von den Anstrengungen, die alle unternahmen, damit sie einen fröhlichen Tag erleben konnte – der Strumpf voller Bücher, Badesalze und importierter, nur leicht angeschmolzener Cadbury-Pralinen, den ihre Eltern am Fußende ihres Bettes für sie versteckt hatten; die lärmende Fröhlichkeit, die Peter, Della und Jeff entschlossen an den Tag legten, der Wirbel, den sie um Iris machten, wie sie sich in das Automobil quetschten, um zur Kirche zu fahren; wie sie, Richards Papierhüte auf dem Kopf, das (vegetarische) Festmahl des Kochs auf der Veranda genossen. Maddy spielte mit, so gut sie konnte. Ihr war schmerzlich bewusst, dass sie in diesem Jahr längst nicht die Einzige war, die litt (armer Peter, armer Fraser, armer Ernest …), und sie wollte nicht so tun, als wäre es anders. Wenn sich Peter trotz seines fehlenden Beins und seines Kummers in die Festlichkeiten stürzten konnte, würde auch sie gewiss hin und wieder ein Lächeln zustande bringen.

Aber es fiel ihr schwer. Obwohl sie angestrengt versuchte, innerlich präsent zu bleiben, wanderten ihre Gedanken umher – zu winterlichen Krankenstationen in Europa, zu einem echten Tannenbaum in einem unbekannten Krankenhaus; zu einem Bett, in dem er lag und darauf wartete, dass sie ihn fand. Und oftmals schrak sie auf, weil sie auf einmal merkte, dass sie eine Frage nicht beantwortet, über einen Witz nicht gelacht oder ein Knallbonbon nicht geöffnet hatte. Sie schrie auf wie alle anderen, als Iris zu dem Baum aus Bananenästen krabbelte und daran zog, sodass sich die Christbaumkugeln zum gefühlt hundertsten Mal in diesem Jahr auf dem Boden verteilten (»Oh Iris!«, riefen sie im Chor). Doch als sie ihre Tochter in die Arme nahm, konnte sie an nichts anderes denken als daran, wie sehr Luke das Chaos genossen hätte, das ihre kleine Abenteurerin angerichtet hatte, und wie viel er von ihrem Leben verpasste. Sie setzte sich Iris auf die Knie, damit sie das

Geschenk öffnen konnte, das ihr Nina und Theo, seine untröstlichen Eltern, geschickt hatten. Sie schrieben jede Woche, seitdem Maddy gezwungen gewesen war, ihnen jenen Brief mit der quälenden Nachricht vom mutmaßlichen Tod ihres Sohnes zu schreiben. Nun nahm Maddy das gravierte roségoldene Medaillon aus dem liebevoll geschnürten Päckchen – *Für unsere geliebte Enkelin* – und versuchte nicht einmal zu lächeln. Sie war froh, dass sie nicht völlig die Beherrschung verlor.

»Wir waren alle froh, dass wir die Fassung wahren konnten«, sagte Della, als die Sonne nach dem erschöpfenden Tag endlich untergegangen war und sie das Kinderzimmer verließen, nachdem sie Iris ins Bett gebracht hatten. »Aber da dich jetzt niemand sehen kann: Wie wär's mit ein paar Tränen, ehe Jeff auf Partyspielen besteht?«

Nachdem sie eine Weile geweint hatte, fühlte sich Maddy für den Rest des Abends besser gerüstet. Und gestärkt von dem Glas Brandy, das Jeff ihr großzügig einschenkte (*ausgezeichnet*), brachte sie es sogar fertig, bei Peters Scharade Dickens' *The Old Curiosity Shop* pantomimisch darzustellen.

»Ich wusste es eigentlich schon nach ›old‹«, sagte er, »aber es war einfach zu lustig, wie du ›curiosity‹ dargestellt hast, darum habe ich es nicht gesagt.«

Trotzdem atmete sie erleichtert durch, als ihr Vater bereits vor zehn Uhr vorschlug, Schluss zu machen. Der bereitwilligen Zustimmung der anderen – *ja, es ist wirklich schon spät* – entnahm sie, dass nicht nur sie froh über das Ende der Lustbarkeit war.

Und sie blieb dem Silvesterball fern, den die Behörde ihres Vaters im Taj zugunsten der Kriegsanstrengungen veranstaltete. Wohltätiger Anlass oder nicht, es wäre ihr einfach zu schwergefallen, ausgerechnet in *dieser* Nacht mit so vielen Menschen zusammen zu sein. Sie wusste nicht, ob sie es ertragen würde, das Feuerwerk zu hören, geschweige denn, es zu betrachten. Während also Della, Jeff und – weil sie der Feier schlecht fernbleiben konnten – auch ihre Eltern hingingen, blieb sie in der Villa. Auch Peter blieb zu Hause, mit Richards Segen.

»Er hat dieses Jahr schon genug durchgemacht«, sagte Richard zu Maddy. »Ihr zwei könnt einander Gesellschaft leisten. Auf diese Art haben deine Mutter und ich ein besseres Gefühl dabei, dass wir nicht hierbleiben.«

Sie wollten lediglich auf der Veranda zu Abend essen und das obligatorische Gläschen Champagner trinken. Tatsächlich verbrachten sie den Großteil des Abends genau damit. Sie sprachen sehr lange über Luke. Beim Gesang der Zikaden und dem Rauschen der Bäume erzählte Peter Geschichten aus der Zeit, bevor Maddy ihn kennengelernt hatte: lauter fabelhafte Geschichten von Poloturnieren, Yachtrennen, weinseligen Nächten und Anhörungen in Disziplinarverfahren, weil sie sich aus dem Quartier hatten aussperren lassen. Maddy bekam nicht genug von diesen Geschichten. Sie hingegen erzählte ihm von Lukes Briefen von der Front: Wie oft er von Peter gesprochen und wie sehr er sich auf ihn verlassen hatte.

»Glaub mir«, sagte Peter, »das beruhte auf Gegenseitigkeit.«

Während die Champagnerflasche sich leerte und die milde Nacht voranschritt, schwelgten sie in Erinnerungen an die Party im Yachtclub zwei Jahre zuvor, und sie lachten, als sie Dellas Empörung nachahmten, weil Peter nicht nach Hause gefahren war, um sie abzuholen (*was für ein Schuft*). Sie lachten auch über Maddys hoffnungslose Suche nach ihren Streichhölzern.

»Hast du sie noch?«, fragte Peter.

»Natürlich.«

Vielleicht lag es am Champagner oder am Gerede über den Yachtclub, aber als es auf Mitternacht zuging, wurde Maddy klar, dass sie sich das Feuerwerk doch noch ansehen würde.

»Bist du sicher?«, fragte Peter.

»Ja«, sagte sie, »ich glaube schon.«

Sie sahen kurz bei Iris und ihrer *ayah* vorbei und holten sich neuen Champagner, dann gingen sie hinab zum Fuß des Hügels, langsam, wegen Peters Bein. Sie suchten den von Urwald gesäumten Strand auf, an dem Maddy so oft mit Luke gewesen war und den sie seit seiner Abreise nicht mehr besucht hatte. Dort angekommen blieb sie zwischen den Palmen stehen, während Erinnerungen auf sie einstürmten. Der mondbeschienene Strand sah genau so aus, wie sie ihn in Erinnerung hatte. Die schwarze gekräuselte Uferlinie, herzzerreißend unverändert.

»Wir können jederzeit wieder zurückgehen«, sagte Peter mit sanfter Stimme. In dem silbrigen Licht wirkte sein blasses Gesicht angespannt und besorgt. »Wir müssen nicht hierbleiben.«

»Ich möchte aber bleiben«, sagte sie aufrichtig. »Ich möchte hier sein.«

Es fühlte sich fast an, als wäre auch Luke dort.

Wie könnte sie diesen Ort verlassen? *Ihn* verlassen?

Bis Mitternacht war es nicht mehr lang. Ihnen blieb gerade noch Zeit, die Gläser zu füllen, dann begann das Feuerwerk. Es explodierte in der Ferne über der Silhouette der Stadt. Sie hielten einander an der Hand und sahen schweigend zu.

Sie hoben die Gläser.

»Auf Luke«, sagte Peter und richtete den Blick nach oben in die Lüfte hinter dem bestirnten Firmament.

Maddy folgte seinem Blick nicht. Sie schaute auf die Stadt, die lebendig pulsierende Erde, und hielt an ihrem stillen Glauben fest, dass Luke sich nach wie vor darauf befand. Und hoffentlich wach war.

Nicht allzu schlimm verletzt, betete sie.

An einem sicheren, warmen Ort. Atmend.

Einfach *da*.

Gut die Hälfte der Patienten des King's 5th blieb auf, um das Jahr 1916 willkommen zu heißen, aber Ernest war nicht dabei. Das bedeutete, dass sie das Grammofon einschalten und die Schwestern singen konnten. Als sie »Auld Lang Syne« anstimmten, fielen einige Männer mit ein – diejenigen, die allmählich an Gewicht zulegten, mehr redeten, sich seltener erschraken und die Arnold wohl oder übel bald wieder für wehrdiensttauglich würde erklären müssen, wie er selbst sagte. Jones jedoch blieb still, nicht, weil er den Text nicht kannte –

should old acquaintance be forgot –, sondern gerade, *weil* er ihn kannte. Die Worte durchströmten ihn, und seine Nerven zuckten. Bilder schossen ihm durch den Kopf. Er hörte nicht, wie Poppy ihm ein Glas Holunderblütenwein anbot; er sah nicht, dass Schwester Lytton ihn neugierig anlächelte. In Gedanken bei seinem Tagebuch machte er auf dem Absatz kehrt, nahm auf dem Weg ins Obergeschoss immer zwei Stufen auf einmal und schrieb alles auf. Der Liedtext, das Gefühl von Hitze, das ihn überkommen hatte, das Bild, wie er auf einem Mosaikboden (*ein Bahnhof?*, schrieb er) in die Hocke ging, und die schmale behandschuhte Hand, die die Lehne eines Terrassenstuhls berührte.

»Das ist gut«, sage Arnold am nächsten Morgen. »Sehr gut. Das könnte unser Jahr werden.«

Aber so kam es nicht.

Der Januar ging in den Februar über, aus Winter wurde Frühling, der Frühling wurde zum Sommer. Sie hörten die schweren Geschütze an der Somme, und Jones war verzweifelt wegen der Männer, die noch immer dort drüben in den Schützengräben lagen. Obwohl er erschöpft war, machte ihm Schlaflosigkeit zu schaffen, seine zersplitterten, sinnlosen Träume. Als Poppy eines Morgens im September hereinkam, um sein Bett zu machen – obwohl er das immer selbst erledigte –, albern lachte und sagte, sie würde ihn bald tüchtig ausschimpfen – »Na, was sagen Sie dazu, Officer Jones?« –, verlor er die Beherrschung und brüllte, Jones sei nicht sein verdammter Name, und sie könne ihn ausschimpfen, sooft sie wolle, es sei ihm verdammt noch mal egal.

Er bereute den Ausbruch sofort. Er fürchtete sich schon länger davor, diese Sorte Patient zu werden, und er drehte sich zu ihr um und wollte sich entschuldigen. Doch als er Poppy erneut ansah, wirkte sie nicht im Geringsten bedrückt, sondern eher verlegen, und ihre Wangen waren gerötet. Er kam zu dem Schluss, dass sie mit weniger Aufmerksamkeit vermutlich besser zurechtkommen würde als mit mehr davon, und verstummte.

Später in jenem Monat brachten sich zum Entsetzen aller kurz nacheinander zwei Offiziere um. Einem der beiden hatten die Entlassung aus dem Krankenhaus und die Rückkehr in den Schützengraben unmittelbar bevorgestanden.

»Schwester Lytton macht sich selbst dafür verantwortlich«, sagte Arnold und putzte seine blitzblanken Brillengläser, »aber meinem Gefühl nach bin ich hier derjenige, der Blut an den Händen hat.«

»Es ist nicht Ihre Schuld«, sagte Jones und hatte plötzlich das deutliche Gefühl, dass jemand etwas Ähnliches auch einmal zu ihm gesagt hatte.

»Doch, ist es«, erwiderte Arnold mit einem tiefen Seufzer. »Jedenfalls habe ich Schwester Lytton weggeschickt. Ein bisschen Urlaub …«

Ernests stets abwesende Frau besuchte das Krankenhaus ausgerechnet während des Urlaubs der Schwester. Jones, der bei ihrem Besuch überwiegend in seinem Zimmer geblieben war, sah sie nur flüchtig. Er kam auf dem Weg ins Gesellschaftszimmer an ihr vorbei, als sie es in Poppys Begleitung gerade fluchtartig verließ.

Er drehte sich um und starrte ihr schwarzes Haar an,

ihr geschminktes spitzes Gesicht. Stirnrunzelnd fragte er sich, was ihn ein zweites Mal hatte hinsehen lassen.

Doch dann hörte er Ernest in seinem Sessel schluchzen. Er ging sofort zu ihm – erneut der vertraute Drang, ihn zu beschützen und zu trösten. Er achtete nicht darauf, dass Ernests Frau einen Blick über die Schulter warf. Er war zu sehr damit beschäftigt, die Scherben zusammenzusetzen, die sie hinterlassen hatte.

»Ste… Ster… ben«, stammelte der Hauptmann. »Nein«, hatte Jones ihm versichert, »Sie wollen nicht sterben. Gestorben wurde schon genug.«

Nach und nach begriff er, dass die Frau Ernest gebeten hatte, einige Formulare zu unterzeichnen, und dass sie ärgerlich geworden war, als er daran scheiterte. Jones war selbst ärgerlich, und zwar auf Poppy, weil sie Ernests Frau erlaubt hatte, sich ihm in Arnolds Abwesenheit zu nähern, und weil sie nicht eher eingeschritten war.

Später sagte er ihr das. »Was haben Sie sich dabei gedacht? Haben Sie nicht gesehen, wie er geweint hat?«

»Und wo waren *Sie*?,« versetzte Poppy. »Haben Sie mal wieder einen Brief geschrieben?«

»Was zum Teufel wissen Sie über meine Briefe?«

Schweigend hielt sie seinem Blick stand. Sie biss sich auf die Lippen, und er hätte nicht zu sagen vermocht, ob sie Tränen oder ein Lächeln unterdrücken musste, und ehrlich gesagt war es ihm auch egal.

»Haben Sie mir nichts zu sagen?«, fragte er.

»Weniger, als Sie mir zu sagen hätten«, versetzte sie.

Sollte das ein Witz sein?

Er fragte nicht weiter nach. »Lassen Sie die Finger von meinen Sachen«, sagte er nur und drehte sich um.

Er notierte den traurigen Vorfall nicht in seinem Tagebuch. Er wusste, dass er sich ohnehin daran erinnern würde.

Schließlich war es nicht die Gegenwart, die ihm zu schaffen machte.

Sondern die Vergangenheit. Und nur die.

Dianas seltsamer Brief kam an einem sonnigen, leicht windigen Morgen Ende 1916 in der Villa an. Im Haus war es still. Richard war bei der Arbeit. Della und Peter waren früher im Jahr ausgezogen – Della, die glücklich mit Jeff verheiratet war, wohnte jetzt nur wenige Hundert Meter die Straße hinunter; Peter, der inzwischen wieder besser laufen konnte und ein wenig zugenommen hatte, wohnte wieder in dem alten Bungalow der Regierung am Fuß des Hügels. Allerdings kam er nach wie vor fast jeden Abend zum Dinner herauf. Er redete mit Madeline über Luke und las Iris Geschichten vor, zum Teil, weil er die beiden liebte, dachte Alice, aber vermutlich auch, um für Lukes Tod zu büßen, für den er sich nach wie vor die Schuld gab.

Genauso wie Luke sich für das verantwortlich gemacht hatte, was Ernest widerfahren war. Aber davon wusste Alice nichts.

Ernest, dessen Frau ihr geschrieben hatte.

Alice runzelte die Stirn, als sie Dianas schräge Handschrift auf dem Umschlag sah. Vorsichtig nahm sie ihn vom Silbertablett für die Post. Über zwei Jahre lang hatte sie nichts von sich hören lassen. Was sie jetzt wohl wollte?

Offenbar Mitgefühl, weil sie *praktisch* verwitwet war. Auch Zustimmung zu ihrem offensichtlichen Plan, sich von dem armen Ernest scheiden zu lassen und erneut zu heiraten.

Genau wie Edie und Fitz, schrieb sie, *hoffe auch ich auf einen Neuanfang für mich. Ich weiß, dass viele Leute darüber die Nase rümpfen werden, vor allem im Club (in der Vergangenheit habe ich mich in dieser Hinsicht möglicherweise selbst schuldig gemacht). Da aber Deine eigene Schwägerin geschieden ist, wirst Du mich sicherlich nicht verurteilen. Wer im Glashaus sitzt usw. Ich bin noch so jung, ich kann noch mein ganzes Leben mit jemandem teilen. Ich hatte da an einen alten Freund gedacht, wurde jedoch daran erinnert, dass Deine Tochter viele Verehrer hat.*

Alice biss verärgert die Zähne zusammen. Meinte sie mit dem *alten Freund* etwa Guy? Der hatte noch nie Zeit für Diana gehabt, das musste sie doch bemerkt haben.

Wie dem auch sei, fuhr Diana fort, *ich bin in Whitehall einem ganz reizenden Mann begegnet, der sehr darauf erpicht ist, das Leben im britischen Raj zu kosten, sollte Richard für diesen Gedanken zugänglich sein.*

Darum ging es also. Beinahe hätte Alice den Brief einfach weggelegt. Sie war absolut nicht daran interessiert, Diana bei der Rückkehr nach Bombay zu helfen.

Aber dann nahm ein Wort ihre Aufmerksamkeit gefangen. Ein Name am Ende der Seite: Luke.

Stirnrunzelnd und beunruhigter denn je las sie weiter.

Ehrlich, dieser Mann war ihm wie aus dem Gesicht geschnitten. Eigentlich kaum denkbar, dass ihnen ein solches Gesicht zweimal unterkommt. Ich habe sogar die Hilfsschwester nach ihm gefragt, aber sie hat mir versichert, er habe weder Frau noch Kinder. Sie vermittelte eher den Eindruck, dass es eine Übereinkunft zwischen ihr und ihm gab. Was für ein Glück für Poppy Reid, würde ich sagen. Und dennoch: wie lustig.

Alice, die nichts daran auch nur ansatzweise lustig fand, schloss die Faust um den Brief, und die Worte waren zerknittert, als sie ihn ein weiteres Mal durchlas. *Eigentlich kaum denkbar, dass ihnen ein solches Gesicht zweimal unterkommt.* Mit trockenem Mund blickte sie in den Garten hinaus, wo sich die neuerdings schwangere Della mit Madeline aufhielt. Sie klatschten in die Hände und schrien begeistert auf, als die anderthalbjährige Iris auf Bäume, Blätter und Pfauen zeigte und sie nacheinander beim Namen nannte. Madeline ging in die Hocke – die kürzeren Röcke, die jetzt so viele Frauen trugen, enthüllten ihre bestrumpften Knöchel – und nahm Iris in die Arme. Sie kitzelte sie am Bauch, sodass Iris ihre glänzenden schwarzen Locken zurückwarf und entzückte Schreie ausstieß.

»Kleines Äffchen«, sagte Madeline und lachte ebenfalls: dieses schöne Lachen, das Iris, und nur sie, ihr entlocken konnte und das die anderen noch immer viel zu selten zu hören bekamen.

Entsetzt hatte Alice mit angesehen, wie Madeline im Lauf der vergangenen anderthalb Jahre immer mehr zu einem Schatten ihrer selbst geworden war. Alice wusste nicht, wann sie sich je zuvor derart machtlos gefühlt hatte, so herzzerreißend unfähig, ihrer eigenen Tochter zu helfen. Nachdem sie zu Beginn des Krieges aus dem Krankenhaus zurückgekehrt war, hatte sie jede Sekunde ihrer wachsenden Vertrautheit genossen – die Vormittage in der Schule, die Stunden, in denen sie das Kinderzimmer geschmückt hatten, ihre Spaziergänge, die Gespräche, dann die übergroße Freude, als Iris geboren wurde. Aber es war, als hätte sie Madeline nur zurückbekommen, um sie schließlich doch noch zu verlieren.

Sie alle hatten sie verloren, schon lange.

Obwohl es ihr in letzter Zeit besser ging, sogar *viel besser*, war Alice davon überzeugt, dass sie Luke noch nicht aufgegeben hatte. Sie sah Maddys hoffnungsvollen Blick, wenn der Telegrammbote mit einer Nachricht für Richard am Tor auftauchte. Sie besuchte keine Party und keinen Club – zu sehr widerstrebte es ihr, sich zu amüsieren oder von einem anderen Mann zum Tanzen aufgefordert zu werden.

Sie wartete.

Alice fand es schrecklich. Obwohl ihr vor dem Abschied von Maddy gegraut hatte, hätte sie Luke sofort zurückgeholt, wäre sie dazu in der Lage gewesen. Aber Peter hatte ihn sterben sehen. Man hatte ihnen seine von Kugeln zerfetzte Uniformjacke geschickt, seine Briefe, seine Dokumente und Zigaretten. Er war tot. Tot und begraben von einem Mann, dem Guy, ausgerechnet *Guy*, begegnet war.

Erneut betrachtete sie Dianas zerknitterten Brief.

Gewiss wäre es grausam, Madeline davon zu erzählen. Alice hatte so viele Jahre ihres Lebens mit der Trauer über Verluste vergeudet, die nicht mehr rückgängig zu machen waren. Wie könnte sie ihre Tochter ermuntern, dasselbe zu tun?

Sie schob den Brief langsam in den Umschlag zurück, und um nicht schwach zu werden, setzte sie sich und antwortete Diana postwendend.

Ich bin mir sicher, dass Richard Deinem Freund gern helfen würde, schrieb sie. *Ich verlange nur eines. Dieser Mann, den Du bei Ernest im Krankenhaus gesehen hast, kann nicht Luke gewesen sein. Das ist unmöglich, Diana, und ich kann einfach nicht zulassen, dass Madeline sich Hoffnungen macht. Die Enttäuschung würde sie umbringen. Du musst mir versprechen, zu niemandem ein Sterbenswörtchen über das zu sagen, was Du gesehen hast, und am allerwenigsten zu ihr.*

Dianas Antwort traf weniger als einen Monat später ein.

Aber selbstverständlich, meine liebe Alice, schrieb sie. *Meine Lippen sind versiegelt, ich gebe Dir mein Wort.*

Vier Jahre später

Kapitel 19

Bombay 1920

Erst Ende September 1920, fast zwei Jahre nachdem das Waffenstillstandsabkommen den Krieg endgültig beendet hatte, kam Guy aus Alexandria, wo er die Verwundeten des katastrophalen Feldzugs im Mittleren Osten versorgt hatte, nach Bombay zurück.

Die Stadt war ein trauriger Ort geworden. Zu viele der Männer, die bei der Silvesterparty 1913 im Yachtclub geraucht und getrunken hatten, waren verschwunden: der sonnenverbrannte Marineoffizier, fast alle Freunde von Peter; jener affektierte Offizier, der zu Maddy und Della gesagt hatte, sie brächen ihm das Herz. Von den anderthalb Millionen indischen Soldaten, die in den Kampf gezogen waren, waren über sechzigtausend nicht zurückgekehrt. Die Stadt fühlte sich anders an ohne sie. *Indien* war anders. Es war nicht nur das allgegenwärtige Gefühl von Verlust. Auch die vielen Verwundeten verliehen den heißen orientalischen Tagen eine neue Bitterkeit, eine schwelende Nervosität, die es Maddys Erinnerung nach früher nicht gegeben hatte. Bereits vor den schrecklichen Verlusten in den Dardanellen war ihr

Vater ständig zu dringenden Besprechungen nach Delhi gefahren. Es ging um die Unterdrückung der zunehmenden Proteste und Demonstrationen gegen die britische Herrschaft, aber Maddy war zu sehr mit ihrer Trauer um Luke und der Sorge um Iris beschäftigt, um sich näher damit zu beschäftigen. Obwohl sich ihr Vater besorgt über die neuen Maßnahmen geäußert hatte – der *Defence of India Act* erlaubte der Regierung, ohne Haftbefehl oder Prozess jeden Inder einzusperren, der möglicherweise eine Bedrohung für den Raj darstellte –, begriff Maddy erst später, warum Richard so besorgt gewesen war: als nämlich Provinzbeamte ihre Macht zu missbrauchen begannen, indem sie zu viele Menschen verhafteten und damit noch mehr Unzufriedenheit und Gewalt verursachten. Im Jahr zuvor, 1919, hatte sich die Lage verschlechtert, weil der Rat des Vizekönigs wegen Leuten wie Mahatma Gandhi, die Unabhängigkeit verlangten, in Panik verfallen war und beschlossen hatte, den *Act* auszuweiten, obwohl der Krieg vorüber war. Das führte zu Tumulten in der höchsten indischen Gesellschaftsschicht, und nirgendwo war es schlimmer als im Punjab, wo Hunderte Aufständische von britischen Waffen getötet wurden.

»Auch Frauen und Kinder«, hatte Richard mit gebrochener Stimme gesagt, als er mit der Neuigkeit nach Hause gekommen war. »Wir sollten uns alle schämen.«

»Stattdessen«, sagte Peter, der noch immer in seinem alten Bungalow wohnte und als Richards Stellvertreter fungierte, »geht das Gemetzel weiter.«

Sie hatten die Feindseligkeit verdient, die ihnen entgegenschlug, dessen war sich Maddy auf trostlose Weise bewusst. Sie staunte, dass die meisten Menschen ihnen nach wie vor freundlich gesinnt waren. Die Schulkinder, die sie erneut zu unterrichten begonnen hatte, als Iris drei Jahre alt war, waren so ausgelassen wie eh und je, und ihre Eltern lächelten und waren so dankbar wie zuvor. Das Trio des Gärtners war inzwischen zu alt, um Pfauen zu jagen, und sie spielten mit Iris wie mit einer kleinen Schwester. Der Koch hatte keine Mühe gescheut, um ein Mittel gegen Maddys morgendliche Übelkeit zu finden und dafür zu sorgen, dass sie nach Lukes Verschwinden wieder anständig aß (indem er ihr Currys und *Kathi*-Brötchen zubereitete, weil er aufgeschnappt hatte, dass sie durch Luke eine Vorliebe dafür entwickelt hatte). Entgegen allen Erwartungen war er allmählich zu einem Freund geworden, und dasselbe galt für Ahmed. Sie saßen oft zusammen in der Küche, tranken Chai und stritten sich auf Urdu darüber, ob Hardys Bücher deprimierend oder schön waren. Sie redeten über Politik, die Familie des Kochs in Goa und Ahmeds Angehörige in Poona, über den Kummer des Kochs, dessen jüngerer Bruder auf Gallipoli gefallen war …

Doch draußen auf der Straße begegneten ihr oftmals harte, anklagende Blicke, sodass Maddy sich nicht mehr so wohlfühlte wie früher, wenn sie allein irgendwo hinging.

»Dann hör auf damit«, sagte Della. »Bitte. Tu es deiner eigenen geistigen Gesundheit zuliebe.«

Aber das konnte Maddy nicht. Nach all den Jahren saß sie immer noch stundenlang allein zwischen Libellen und überquellenden Blumenbeeten in den Hängenden Gärten, auf der Bank, auf der sie einst mit Luke gesessen hatte, und stellte sich die Hitze seines Körpers neben ihrem vor. Sie hörte seine Stimme (*mal sehen, ob ich dich ablenken kann*), wenn sie übers Meer auf die Stadt blickte, die ihr ohne ihn so leer vorkam, und ihre Angst, dass er nie wieder zurückkommen würde, wurde dermaßen groß, dass sie ihr das Herz brach. Wenn sie nachts nicht schlafen konnte, schlich sie sich manchmal aus der Villa und lief durch den dunstigen Wald, um mit einer Rikscha zu Lukes alter Wohnung zu fahren. Dort strich sie mit den Fingern über die Fensterbretter, versuchte, durch die Läden in die stille Leere im Innern des Hauses zu spähen oder setzte sich auf die Vordertreppe. Dort blieb sie oftmals bis Sonnenaufgang sitzen, nur weil auch er diese Stufen berührt hatte.

Mir geht es genauso, schrieb seine Mutter, Nina, die immer noch häufig von sich hören ließ; lange, warmherzige Briefe, die ihr Luke in gewisser Weise näherbrachten, solange Maddy sie las. *Ich habe es sicher schon erwähnt, aber er war bei uns zum Lunch, kurz bevor er Dir in Indien begegnet ist. Wir haben einen wundervollen Tag miteinander verbracht, sind mit Coco am Strand spazieren gegangen und haben vor dem Kamin zu viel Wein getrunken. Luke hat mir einen Schrank repariert. Ich hatte seinen Vater schon seit Wochen immer wieder gebeten, ihn sich anzusehen. Luke hat es nicht richtig hinbekommen – der Wein! –, und er hängt bis heute schief. Manchmal verbringe ich einen ganzen Sonntagmorgen damit, auf diese Schranktür zu starren. Ich hoffe, Du kommst uns einmal besuchen. Wir würden Dich furchtbar gern kennenlernen und endlich die kleine Iris in die Arme schließen.*

Bald würden sie aufbrechen. Auch Edie, die schließlich doch noch zugelassen hatte, dass Fitz ihr als Entschädigung ein Cottage in Sussex kaufte, hatte geschrieben und gefragt, ob Maddy und Iris sie vielleicht an Weihnachten besuchen wollten.

»Es wird Zeit«, hatte Maddy zu ihrer Mutter gesagt. »Und es sind doch nur Ferien. Du weißt, dass ich Iris niemals aus ihrem Leben hier reißen würde. Und ich würde dich nie verlassen.«

»Ja, ich weiß«, hatte Alice geantwortet. »Das weiß ich doch«, hatte sie gesagt und ein Lächeln zustande gebracht. »Du klingst aufgeregt.«

Und Maddy *war* aufgeregt: Sie würde Edie wiedersehen, in Lukes Elternhaus schlafen, die Luft in den Räumen atmen, in denen er aufgewachsen war, seine Eltern kennenlernen, seinen Spaniel Coco ausführen, an jenen Strand ... Zum ersten Mal seit langer Zeit freute sie sich auf etwas. Sie hatte vor, sich mit Iris eine Show im West End anzusehen und bei Hamleys ein Spielzeug für sie zu kaufen. Endlich konnte sie auch Ernest besuchen. Den armen Ernest. Diana, die im neuen Jahr selbst nach Indien zurückkehren würde, hatte es exakt in diesem Monat geschafft, sich von ihm scheiden zu lassen.

»Ich fürchte, er wird dich nicht erkennen«, hatte Peter sie gewarnt.

»Das stimmt. Ich werde ihn erkennen.«

»Aber dein Ticket ist nicht für mehrere Monate gültig«, sagte ihr Vater an dem heißen, stickigen Abend, nachdem Guy an Land gegangen war.

Maddy kam gerade wieder herunter, nachdem sie Iris ins Bett gepackt hatte. (Die Kleine schlummerte unter ihrem verzierten Moskitonetz ein, während ihre Großmutter ein wachsames Auge auf sie hatte). Sie räumte ein, dass Richard recht hatte.

Er griff nach seinen Zigaretten auf dem Verandatisch. »Warum nutzt du deine wiedergefundene Energie nicht, indem du dich hier ein bisschen amüsierst?«, fragte er. »Neunundzwanzig ist zu jung, um wie eine Einsiedlerin zu leben.«

»Ich bin fast dreißig«, entgegnete Maddy.

»Also praktisch uralt«, sagte er ironisch und schnipste sein Feuerzeug an. »Bitte, geh heute Abend in den Club.«

»Ja, mach das«, sagte Della, die mit Peter zum Dinner gekommen war. Jeff war bereits zu ihnen unterwegs. Nach der Spätschicht im Krankenhaus zog er sich zu Hause um und gab den beiden Töchtern einen Gutenachtkuss: der dreijährigen Lucy, die mit ihren wilden braunen Locken und den runden Wangen und Augen Dellas Ebenbild war, und der einjährigen Emily, die Jeffs kräftigen Knochenbau und sein großes Kinn geerbt hatte, was vor allem er selbst beklagte. (»Hoffen wir, dass sie auch mein sonniges Naturell besitzt«, sagte er, »damit kann man offenbar alles kompensieren.«)

»Wenn du es schrecklich findest, Maddy-Darling«, sagte Peter, »bringe ich dich unverzüglich wieder nach Hause.«

»Das wird nicht passieren«, sagte Della.

»Du willst nur, dass ich Guy begegne«, sagte Maddy, die diese Aussicht seltsam nervös machte. Einige Monate nach Lukes Verschwinden hatte er ihr geschrieben, dass es ihm sehr leidtue. Sie hatte geantwortet, ihm gedankt und ihre Hoffnung zum Ausdruck gebracht, dass es ihm gut ging und er in Sicherheit war, ohne jedoch zuzugeben, wie viel ihr sein Brief bedeutet hatte, oder ihn zu bitten, ihr noch einmal zu schreiben. So verlockend es war, Trost in seiner Freundschaft zu suchen – es hätte sich für alle wie Betrug angefühlt.

Seitdem hatte sie nichts mehr von ihm gehört. So ging es nun schon lange. Ob er sie jetzt, wo er wieder da war, überhaupt sehen wollte?

»Mit Guy hat unser Wunsch, du mögest ausnahmsweise einmal ausgehen, nicht das Geringste zu tun«, sagte Della.

»Er arbeitet heute Abend sowieso«, meinte Richard und blies Rauch aus.

»Oh.« Dellas tonlose Stimme verriet ihre wahren Absichten.

»Wie schade«, sagte Peter. »Er schuldet mir einen Drink. Ich muss ihm unbedingt sagen, dass ich das nicht vergessen habe.«

»Mal abgesehen von Guy«, sagte Della. »Wann hast du das letzte Mal nach Einbruch der Dunkelheit einen Fuß in den Club gesetzt, Maddy?«

Es war eine rhetorische Frage, und Maddy antwortete nicht. Jeder im Raum wusste, dass sie das seit Jahren nicht mehr getan hatte. Warum sollte sie auch? Sie würde nur ständig über die Schulter blicken, erfüllt von der schmerzlichen Hoffnung, dass *er* sie noch einmal überraschen würde.

»Reden wir nicht weiter um den heißen Brei herum«, sagte Della. »Du kommst mit und basta.«

Aber Maddy blieb zu Hause. Darum war sie nicht dabei, als Peter, Della und Jeff in der Bar eintrafen und feststellten, dass Guy tatsächlich auf dem Heimweg vom Krankenhaus hereingeschaut hatte. Sie sah nicht, wie Guy aufblickte, Peter entdeckte und den Mund zu einem Lächeln verzog. Weil sie es nicht sah, lächelte sie auch nicht, als er quer durch den Raum auf Peter zusteuerte und ihn in die Arme schloss. (»Ich hätte beinahe geschluchzt«, sagte Della. »Dir wäre es genauso ergangen.«) Sie hörte nicht, wie Guy Della und Jeff zu ihrer Ehe und den Kindern gratulierte und nach ihr, Maddy, fragte. Sie bemerkte nicht, wie er zur Tür spähte, als hoffe er, dass sie doch noch hereinkommen würde. (»Es war offensichtlich«, sagte Della.) Auch sah sie nicht die neuen Falten um seine Augen herum, sein markantes Kinn, und sie wurde nicht schwach, weil er mit zunehmendem Alter noch attraktiver geworden war. (»Ehrlich Maddy, einfach himmlisch!«) Sie beruhigte Iris, die aus einem bösen Traum erwacht war – und war erleichtert, dass sie dort war –, als all das passierte.

Erst am folgenden Nachmittag sah sie Guy zum ersten Mal selbst.

Sie hatte Iris eine zu große Schürze angezogen und sie beim Koch gelassen, der Pistazienkekse mit ihr backen wollte. Langsam war sie den Hügel hinaufgegangen, um sich in den Hängenden Gärten auf die vertraute Bank zu setzen. Die Sonne brannte heiß nach dem Monsun, sie knallte förmlich auf die Wege aus roter Erde, auf die grünen Rasenflächen und pinkfarbenen Blumen. Maddy schwitzte unter ihrem Glockenhut. Das locker sitzende Kleid klebte ihr am Rücken und an den Seidenstrümpfen. Sie schloss die Augen und dachte an den Dezember in England, der sie erwartete. Wie schön es sein würde, endlich wieder einmal Kälte zu spüren und eine Pause vom Sitzen auf dieser Bank einzulegen, wo immer wieder dieselben verblassenden Erinnerungen vor ihrem inneren Auge abliefen. Wie üblich sagte sie sich, dass sie lieber nach Hause gehen sollte. *Das hier nützt dir überhaupt nichts.*

In diesem Augenblick hörte sie seine Stimme, direkt hinter ihr.

»Hallo, Maddy.«

Sie schrak aus ihrem Tagtraum auf, drehte sich um, und ihre Lippen formten ein stummes *Oh*, als sie sah, dass er es war.

Er lächelte auf sie herab. Dieses zärtliche Lächeln, bei dem die Falten sichtbar wurden, die Della erwähnt hatte. Ihr wurde warm ums Herz, obwohl der Anblick sie auch erschreckte, denn sie konnte sich vorstellen, was diese Falten verursacht hatte.

Blinzelnd hob sie eine Hand an den Hutrand und nahm nach und nach seine restliche Erscheinung in sich auf. Er trug keine Uniform, sondern ein weißes Jackett und eine Flanellhose. Er hielt seinen Panamahut neben dem Körper. Er wirkte schlanker, und auf seinen Wangen langen Schatten, aber er war immer noch der alte

Guy. Sie erkannte es an seinem Lächeln und der Zuneigung in seinem Blick. Obwohl ihr immer noch beklommen zumute war – beinahe noch mehr, jetzt, wo er plötzlich aufgetaucht war –, lächelte auch sie.

»Was für eine nette Überraschung«, sagte sie, nur um etwas zu sagen, meinte es aber durchaus ernst.

»Es ist kein Zufall«, sagte er.

»Nein?«

»Nein. Peter hat mir erzählt, dass du gern hierherkommst.« Er hielt ihrem Blick stand. »Ich bin ja versucht, dir zu sagen, dass du lieber nicht allein herumlaufen solltest, aber ich weiß noch, was passiert ist, als ich es das letzte Mal getan habe.«

Sie lachte traurig und dachte ebenfalls daran, wie er sie auf dem überfüllten Basar abgefangen hatte. Die goldfarbene Seide, die Luke ihr gekauft hatte, lag noch immer in der Schublade ihres Nachttischs.

»Es tut mir leid, dass ich so ungehalten war«, sagte sie.

»Nun, vermutlich habe ich es verdient«, sagte er. Und nach einem kurzen Innehalten: »Es ist so schön, dich zu sehen, Maddy.«

»Es ist auch sehr schön, dich zu sehen.«

»Und du bist jetzt eine Mum«, sagte er.

»Ja. Iris ist fünf. Fünfeinhalb, würde sie sagen, wenn sie hier wäre.«

Er lachte. Und ging dabei einen Schritt auf sie zu. »Darf ich mich setzen?«, fragte er.

Sie zögerte. *Das ist Lukes Platz,* hätte sie beinahe gesagt.

Aber sie schwieg. Denn es war Guy, und sie hatte ihn bereits genug verletzt. Und außerdem war sie es wirklich furchtbar leid, so traurig und allein dazusitzen.

»Ja«, sagte sie und rückte auf der Bank ein Stück zur Seite. »Natürlich darfst du dich setzen.«

Kapitel 20

King's 5th Military Convalescent Hospital 1920

Im Sommer darauf wurde das King's 5th geschlossen. Luke war erst kurz zuvor in das Krankenhaus zurückgekehrt. Seit Beginn des Jahres 1918 war er zunehmend verzweifelt. Er ärgerte sich, weil er einfach nicht genesen konnte, und er hatte Arnold überredet, ihn in eine andere Art Einrichtung zu überweisen: weniger freundlich und behaglich, dafür aber (hoffentlich) wirksamer. Arnold hatte ihm von derartigen Einrichtungen abgeraten, ihn vor der Brutalität von Elektroschocks und den Gefahren weiterer Operationen gewarnt, aber Jones hatte dennoch auf einem Wechsel bestanden.

Im Sommer 1918 hatte er sich in ein umgewandeltes Kloster in Hertfordshire begeben, in die Obhut von Dr. Gibbon. Es war die Hölle. Zwei Jahre in der Hölle. Jones war überaus erleichtert, als er sie endlich hinter sich lassen konnte. Nach zahlreichen qualvollen Prozeduren, um den Druck in seinem Schädel zu mildern, nach unzähligen Elektroschocks und Hypnosesitzungen hatte Gibbon verkündet, er habe sein Bestes getan, alles gegeben und sei nun zuversichtlich, dass es für Jones an der Zeit sei, nach Surrey zurückzukehren und einfach abzuwarten, *sich zu gedulden.*

Schwester Lytton war gekommen, um Jones mit dem Krankenwagen abzuholen. Sie hatte ihn in Hertfordshire regelmäßig besucht, war alle zwei Wochen an ihren freien Tagen angereist und hatte stets eine Thermoskanne mit heißer Schokolade in der Tasche gehabt. Im Lauf der Zeit war sie dazu übergegangen, die immer länger werdenden Meldungen vermisster Personen mitzubringen. Gemeinsam durchkämmten Jones und sie die Listen – tragisches Flehen von Eltern und Ehefrauen auf der Suche nach ihren Liebsten – und warteten, dass ein Name daraus hervorstechen würde: sein eigener. Aber es waren zu viele. Tausende Namen standen in den Zeitungen. Es war unmöglich, sie alle zu lesen. Das Einzige, was sie auf diesen Seiten je fanden, war Traurigkeit.

Die Reisen mit Schwester Lytton, die er auf Vorschlag von Arnold unternahm, wenn er sich gerade einmal nicht von einer Behandlung erholen musste, waren glücklicher verlaufen. Zu zweit waren sie mehrmals in den Zug nach London oder zur Küste gestiegen, immer in der Hoffnung, einem Anblick, einem Geräusch oder einem Geruch zu begegnen, der sein Gedächtnis wieder in Gang setzen würde. Vor Kurzem, in Windsor, war er nahe dran gewesen an … *etwas.* Sie gingen am grasbewachsenen Flussufer und an den Weiden entlang, die im Licht der Sommersonne gebadet wurden; er blickte auf die Ruderer in den Achtern, sah, wie die Blätter das Wasser durchschnitten, und wurde jäh von einem warmen Gefühl der Zugehörigkeit durchströmt.

»Ja?«, fragte Schwester Lytton, deren gerötete Wangen unter dem Strohhut verrieten, wie aufgeregt sie war. »Und weiter?«

Er hatte sich gewünscht, da wäre noch mehr in ihm gewesen, beinahe ebenso sehr für sie wie für sich selbst.

Aber da war nichts mehr.

Und nun war er erneut hier im King's 5th.

Und wartete.

Arnold hatte die Nachricht der bevorstehenden Schließung des Krankenhauses noch nicht an alle Patienten weitergegeben. Als er Jones an einem regnerischen Nachmittag in seinem Arbeitszimmer davon erzählte, bat er ihn, es für sich zu behalten, damit niemand unnötigerweise beunruhigt wurde.

»Wir kümmern uns um jeden Einzelnen«, sagte Arnold und verlagerte in dem knarrenden Sessel das Gewicht, um nach seinem Tee zu greifen. »Bis es so weit ist, dauert es noch fast ein Jahr, und wir werden niemanden einfach auf die Straße setzen. Viele Krankenhäuser bleiben noch in Betrieb. Ich selbst gehe nach Swansea«, sagte er und blickte Jones über den Rand der Tasse hinweg an, »und ich hoffe, dass ich Sie nicht mitnehmen werde.«

Das hoffte Jones auch.

»Was ist mit den Schwestern?«, fragte er, ohne dabei an Poppy zu denken. Die hatte ihn irgendwann aufgegeben, kurz bevor er 1918 das Krankenhaus gewechselt hatte. Und dann war sie selbst entlassen worden, weil man sie auf frischer Tat mit einem Rittmeister der

Armee erwischt hatte. Der hatte zwar vergessen, wie man ein Pferd reitet, aber manch anderes war ihm offenbar doch wieder eingefallen. Jones dachte an Schwester Lytton, die, wie er inzwischen wusste, weder Eltern noch einen Bruder oder Verlobten hatte, sondern nur ein Zimmer mit Frühstück in ihrer Heimatstadt Norfolk, wo sie, wie sie ihm gestanden hatte, auch ihre einsamen Urlaube verbrachte.

»Wir werden auch den Schwestern neue Stellen besorgen«, sagte Arnold. »Und für Schwester Lytton sind Sie nicht verantwortlich.«

»Ich fühle mich aber für sie verantwortlich«, sagte Jones. Nicht nur, weil sie in den Jahren zuvor so viel für ihn getan hatte (wofür er ihr sehr dankbar war), sondern vor allem wegen des Grundes, aus dem sie es getan hatte. *Sie hat mir erzählt, dass Sie sie an ihren jüngeren Bruder erinnern,* hatte Arnold einmal gesagt. Jones hatte es nie vergessen. Und je besser er Schwester Lytton kennengelernt hatte, desto schrecklicher fand er es, dass sie so allein war. Der Gedanke, dass sie bald völlig entwurzelt sein würde und irgendwo anders von vorn anfangen musste, zudem der Gedanke, dass ihr dieser Ort, der beinahe ein Zuhause für sie geworden war, genommen werden würde, war unerträglich. Sie, mit ihrem Kakao und dem großen Herzen, sie, die jeden Tag extra früh aufstand, um Ernest zu helfen, und sich ein paar Urlaubstage nahm, wenn sie den Umgang mit dem Tod nicht mehr ertragen konnte – sie hatte etwas weit Besseres verdient.

Jones wünschte, er könnte ihr das geben. Auf der

Rückfahrt von ihrem Ausflug nach Windsor hatte sie ihm im Zug praktisch gestanden, dass auch sie sich das wünschte. Schweigend saß er in dem gepolsterten Abteil und zerbrach sich den Kopf darüber, warum dieser Fluss einen solchen Nachhall in ihm erzeugt hatte. Sie blickte ihn an, mit hochgezogenen Brauen, die rissigen Hände gefaltet, und schluckte. Sie runzelte die Stirn und schluckte erneut, bis er sie schließlich fragte, was los war. Da sprudelten die Worte aus ihr heraus, so nervös war sie. Sie wolle ihn nicht aufregen, sagte sie, wirklich nicht, und sie wolle, dass er sich erinnerte, ganz ehrlich, aber ob er je daran gedacht habe, dass er vielleicht genauso glücklich oder zumindest einigermaßen glücklich sein könnte, wenn er ganz von vorn anfing?

»Von vorn anfangen?«, wiederholte er.

»Sie sind noch so jung«, sagte sie mit ernstem und mitfühlendem Blick. »Ich weiß, wie es ist, etwas … jemanden … zu verlieren …« Sie legte die Hände auf die Brust. »Aber ich hasse den Gedanken, dass Sie vielleicht noch mehr verlieren …«

»Schwester Lytton …«

»Sie könnten sich eine Arbeit suchen«, fiel sie ihm ins Wort, offenbar unfähig, an sich zu halten, nachdem sie einmal zu reden begonnen hatte. »Ich würde Ihnen helfen. Ich habe Geld, ich könnte ein … ein Cottage kaufen oder was immer Sie möchten. Wir könnten einander … Gesellschaft leisten. Mehr nicht. Nur … gute Freunde sein.«

Er zögerte eine Weile, ehe er antwortete, wählte seine Worte mit Bedacht.

»Das kann ich nicht«, sagte er schließlich leise. »Ich kann nicht aufgeben. Ihr Verlobter hätte das auch nicht getan, davon bin ich überzeugt.«

»Er ist tot, Officer Jones.«

»Und das tut mir sehr leid«, sagte er, »furchtbar leid. Aber ich lebe noch. Ich habe Menschen, die darauf warten, dass ich mich an sie erinnere.

»Ja«, sagte sie, nickte allzu rasch und schluckte erneut. »Ja natürlich. Wie dumm von mir.«

»Es ist nicht dumm, Schwester Lytton.«

Sie atmete zitternd durch, vermutlich vor Verlegenheit, dachte er, und vor Enttäuschung, und er hatte großes Mitgefühl mit ihr.

»Sie haben Menschen«, hatte sie stoisch seine Worte wiederholt, »Menschen, zu denen Sie gehören. Natürlich.« Energisches Nicken. »Wir müssen Sie zu ihnen zurückbringen.«

Nicht lange danach begannen sich Jones' Träume zu verändern. Gibbon schrieb es der letzten Operation zu, die er an ihm durchgeführt hatte. Arnold meinte, es sei ebenso wahrscheinlich, dass sich nun die Jahre, die Jones davor bei ihm in Surrey verbracht hatte, endlich auszahlten. Jones wusste nicht, wer von beiden recht hatte. Es interessierte ihn auch nicht besonders. Für ihn zählte nur, dass die Träume nun häufiger kamen und länger dauerten.

Und immer kam *sie* darin vor.

Er hatte sich selbst vor einem Altar gesehen, ihre schöne, gesichtslose Gestalt in einem Spitzenkleid neben ihm. Als er nach diesem Traum aufgewacht war, hatte er vor Freude und Kummer beinahe geweint. Sie war seine Frau. Er hatte eine *Frau*. Eine Frau, die er anbetete, die in einem Abendkleid mit schwarzen Pailletten Feuerwerke betrachtete, Champagner auf Fenstersimsen trank und ihn im Meer endlos küsste.

Eine Frau, die sich für eine Fotografie in Pose gesetzt hatte, ein Baby auf dem sepiafarbenen Arm, während die Schatten von Palmen auf ihren Händen und auf den vollkommenen, winzigen Zehen des Kindes spielten.

Die Zehen seiner Tochter.

Er hatte auch eine Tochter.

Jedes Mal, wenn er an sie dachte, begann sein Herz vor Panik zu rasen: wie viel er bereits verpasst hatte und wie viel er auch weiterhin verpasste. Die Tage kamen ihm nun noch wertvoller vor. Jeder, den er vergehen ließ, ohne zu ihr zurückzugehen, war ein weiterer Tag, an dem seine Tochter ohne ihn aufwuchs.

Wenn sich Diana Aldyce nur melden würde.

Ernests Scheidungspapiere hatten ihm ihren Namen verraten. Dianas Anwälte hatten sie einen Monat zuvor vorbeigebracht, in der Woche, in der Jones ins King's 5th zurückgekehrt war. Ernests betagte Mutter, die das hätte übernehmen können, war auf tragische Weise während der Grippeepidemie bei Kriegsende ums Leben gekommen. Zu Jones' Kummer blickte Ernest – obwohl er sich an nichts erinnern konnte – immer noch erwartungsvoll zur Tür des Gesellschaftszimmers, sobald ein Besucher hereinkam. Weil er das Bedürfnis hatte, seinem Freund zu helfen, kniete Jones sich neben ihn, als der Anwalt eintraf, hielt Ernests zitternde Hand und überzeugte ihn davon, dass es keinen Grund zum Weinen gab. Er müsse sich zwar nicht dafür schämen, aber er solle keine Angst haben, denn es würde ihm viel besser gehen, sobald all dies hinter ihm lag. Der Anwalt, der den Anstand besaß, angesichts Ernests Verzweiflung beschämt zu wirken, entschuldigte sich und händigte Jones die Papiere aus. Jones nahm sie an sich und las den Namen *Diana,* schwarz auf weiß. Er spürte, wie sein Rücken sich streckte. Sein Geist wanderte zu seinen Tagebüchern im Obergeschoss, zu dem Namen, den er im ersten Sommer nach seiner Ankunft im King's 5th niedergeschrieben hatte. Der einzige Name, an den er sich erinnern konnte. *Diana hat heute ihren großen Tag.* Er starrte auf die Tinte auf Ernests Dokument und sah vor seinem inneren Auge Dianas einzigen Besuch in diesem Krankenhaus, durchlebte ihn von Neuem.

Nachdem er Ernest bei der Unterschrift geholfen hatte, lief er schnurstracks zu Arnolds Büro.

»Ich habe sie erkannt«, sagte er, atemlos vor Eile. »Darum habe ich ihr hinterhergesehen. Und sie hat sich zu mir umgedreht. Ich dachte, sie meint Ernest, aber das stimmt nicht, sie meinte mich. Ich bin mir sicher, dass sie mich auch erkannt hat.«

»Dann hätte sie doch sicherlich etwas gesagt«, erwiderte Arnold.

»Ich glaube, das hat sie auch.« Vor Wut und vor Adrenalin spannten sich Jones' Muskeln an, als er sich erinnerte, wie Poppy Diana hinausbegleitet hatte, die Art, wie auch sie in seine Richtung gespäht hatte, und ihr seltsames Verhalten hinterher. (*Haben Sie mir nichts zu sagen?*, hatte er sie gefragt. *Weniger, als Sie mir zu sagen hätten,* hatte ihre Antwort gelautet.)

Schwester Lytton in ihrer grenzenlosen Güte war es, die in den Wochen zuvor alles Erdenkliche unternommen hatte, um Poppy aufzuspüren. Schließlich fand sie sie in einem Café in Kingston, wo sie als Kellnerin arbeitete. Sie konnte ihr entlocken, dass Diana tatsächlich gesagt hatte, Jones sähe aus wie jemand, den sie einmal gekannt hatte; jemand mit einer Frau und einer Tochter.

Aber Officer Jones ist doch nicht verheiratet, hatte Poppy offenbar gesagt und Ahnungslosigkeit vorgetäuscht. *Wie kann er es dann sein?*

»So ein selbstsüchtiges Mädchen«, hatte Schwester Lytton gesagt, als sie zurück im King's 5th war. »Was für ein selbstsüchtiges, gedankenloses Mädchen.«

Arnold hatte Diana sofort geschrieben. Er hatte auch im Haus ihres neuen Ehemanns angerufen. Und Jones war bitter enttäuscht, dass keine Antwort gekommen war, weder bei diesem Versuch noch bei einem der zwanzig weiteren Anläufe, die Arnold unternommen hatte.

Sie nahmen an, dass sie in den Flitterwochen war.

Es war qualvoll, aber ihnen blieb nichts anderes übrig, als bis zu ihrer Rückkehr zu warten.

Kapitel 21

Bombay 1920

Guy blieb nicht lange neben Maddy auf der Bank in den Hängenden Gärten sitzen. Er hatte ihr Zögern gespürt, als er sie fragte, ob er sich zu ihr setzen dürfe, und hätte Peter ihm nicht gesagt, dass sie noch trauerte, hätte er es an der Schwermut gemerkt, die ihr wie ein Schleier auf den schmalen Schultern lag, und an der Art, wie sie verloren auf das Meer hinausblickte. Noch vor der Begrüßung hatte er gewusst, dass es dumm von ihm gewesen wäre, sie zu bedrängen. Er konnte sie nicht drängen, zu … gar nichts. Für ein paar Minuten unterhielten sie sich – wie es war, wieder in Bombay zu sein (»Merkwürdig, sagte er, »und wunderbar.« *Denn du bist hier,* hätte er am liebsten hinzugefügt), über die kleine Iris, die, wie er erfuhr, dunkles, lockiges Haar hatte, gern zeichnete und Picknicks am Strand liebte und am liebsten »Kuchen, viel Kuchen« aß. Schließlich brachte er widerstrebend heraus, er müsse sie nun wohl in Ruhe lassen.

»Nein, musst du nicht«, sagte Maddy.

Aber Guy bestand darauf und hoffte, dass er sich den

Anflug von Bedauern in ihren dunkelblauen Augen nicht nur einbildete.

Danach ging er behutsam vor, sehr behutsam. Zweimal lehnte er Alice' Einladung zum Dinner ab und führte sie und Richard stattdessen ins Taj aus: zwei äußerst erfreuliche Abende, an denen sie bei Kerzenschein im Speisezimmer aßen und Versäumtes nachholten wie alte Freunde, was sie ja auch waren – wobei er so wenig wie möglich über Frankreich und Ägypten sprach, denn was für einen Sinn hätte es gehabt, sich damit aufzuhalten? Stattdessen redeten sie über die wachsende Unabhängigkeitsbewegung in Indien, fragten sich, ob es wirklich zur Loslösung kommen konnte (»Ich glaube nicht«, sagte Guy, »andererseits habe ich in den letzten Jahren vieles erlebt, was ich nicht für möglich gehalten hätte«). Sie sprachen auch darüber, dass Richard, der nun Mitte sechzig war (Guy war fast achtundvierzig; wann war das denn passiert?), allmählich in Betracht zog, in den Ruhestand zu gehen und in den ruhigeren Süden zu ziehen. Nur ein Thema blieb tabu. Guy war sich seines Verdachts, dass Richard sein Interesse an seiner Tochter nie gebilligt hatte, noch immer überaus bewusst, und er vermied es, Maddy zu erwähnen. Zu seiner Bestürzung – aber nicht überraschend – kam auch Richard nicht auf sie zu sprechen. Alice, die, so vermutete Guy, ebenso behutsam vorging wie er selbst, schwieg sich über ihre Tochter ebenfalls aus.

Unter Aufbietung all seiner Willenskraft hielt sich Guy in der folgenden Woche von der Villa fern. Er betrat die Hängenden Gärten nicht, ging auch nicht an der winzigen, von Urwald umgebenen Schule vorbei, an der sie angeblich unterrichtete, spähte nicht zu den maroden Fenstern hinein, um einen Blick auf sie zu erhaschen, wie sie, umgeben von Kindern, Jahreszahlen aufsagte. Und als Alice ihn zum Dinner einlud, lehnte er erneut ab.

»Gehst du mir aus dem Weg?«, fragte Maddy, als er schließlich in die Kirche ging und dafür sorgte, dass sie einander beim Verlassen der Kathedrale nach der Frühmesse über den Weg liefen, zehn Tage nachdem sie in den Gärten auf der Bank gesessen hatten. Ihre Eltern unterhielten sich mit einigen Mitarbeitern von Richard und waren noch auf dem Weg aus der Kirche heraus. Maddy kam die Stufen herunter und stand nur Zentimeter von Guy entfernt in der Sonne, so nah, dass er den Schweiß auf ihrem Schlüsselbein schimmern sah und die aufreizenden Umrisse ihrer Figur unter dem wadenlangen blauen Kleid wahrnahm. Sie hielt ein Kind an der Hand, das nur Iris sein konnte: ein kleines Mädchen. Guy hatte sich vor der Begegnung mit ihr beinahe gefürchtet. Sie musterte ihn neugierig unter ihrem Strohhut hervor und war so hübsch, wie ihr Vater markant gewesen war. Tatsächlich war sie Luke wie aus dem Gesicht geschnitten, abgesehen von den Augen, die hatte sie von ihrer Mutter.

»Natürlich gehe ich dir nicht aus dem Weg«, sagte er und war erleichtert, weil er es fertigbrachte, recht entspannt zu klingen.

»Guy«, sagte Alice, die sich zu ihnen gesellte. »Hast du zum Lunch schon etwas vor?«

»Ich wollte eigentlich arbeiten«, sagte er wahrheitsgemäß. Er musste einen Stapel Papiere durchsehen: Anträge auf Forschungsstipendien für einige leitende Chirurgen, Beschaffungsaufträge und ein Vorschlag zur Modernisierung der Operationssäle, der noch nicht fertig war.

»Komm doch stattdessen lieber zu uns«, sagte Alice, bereits weniger behutsam. »Heute ist Sonntag. Du kannst doch sonntags nicht arbeiten.«

»Ahmed arbeitet sonntags«, meldete sich dankenswerterweise Iris zu Wort. »Und der Koch. Und alle anderen eigentlich auch …«

Guy musste lachen.

»Iris«, ermahnte Alice sie leise.

»Kinder und Narren sagen die Wahrheit«, sagte Maddy und lachte.

»Ich bin aber kein Narr«, versetzte Iris und zog eine Schnute.

Guy lächelte erneut. Es ließ sich einfach nicht unterdrücken.

Iris strahlte ihn keck an, und er war froh, dass er gelächelt hatte.

»Sag du es ihm«, sagte Alice zu Maddy.

»Nein, wirklich«, erwiderte Guy, »es ist in Ordnung.«

Maddy blickte zu ihm auf, ihre Augen lagen im Schatten ihres Huts. Er konnte nicht erkennen, ob ihre Miene Zuneigung, Sorge oder Misstrauen verriet. Vielleicht alles zugleich.

»Du solltest den Tag nicht allein verbringen«, sagte sie endlich. »Begleite uns.«

»Bist du sicher?«, fragte Guy.

»Ja«, sagte Maddy, allerdings nach kurzem Zögern, sodass er ihr nicht glaubte.

Dennoch fuhr er mit ihnen zu der Villa, in der er Maddy 1914 hatte zurücklassen müssen. Er konnte nicht widerstehen, jetzt, wo er endlich wieder vor ihr stand. Nervös presste er die Lippen aufeinander, während er sein Automobil auf die Zufahrt lenkte und sich der prächtigen Fassade mit den Balkons näherte. Obwohl er Alice und, ja, auch der strahlenden, hocherfreut wirkenden Iris willkommen sein würde (sie mochte ihn, sie schien ihn tatsächlich zu mögen; ihm schwoll vor Freude die Brust), war er sich nicht sicher, ob es klug war, der Einladung Folge zu leisten. Nicht nur Maddys Verschlossenheit bereitete ihm Sorge. Auch Richard würde sich nicht vorbehaltlos freuen, ihn zu sehen. Würde das Treffen womöglich furchtbar angestrengt verlaufen?

Zu seiner Erleichterung waren Della und Jeff mit ihren Kindern bereits auf der Veranda, als Ahmed ihn hereinführte, und auch Peter war dort. »Hey, hallo!«, rief Della und löste mit ihrem breiten Lächeln die allgemeine Anspannung.

»Guy«, sagte Jeff. Er trat vor und schüttelte ihm die Hand, was ebenfalls hilfreich war.

»Wein?«, fragte Peter. »Er ist köstlich und warm.«

Sie aßen mit den Kindern auf der Veranda, tranken und redeten bis zum Einbruch der Dämmerung. Guy, der sich mit jedem Gang ein bisschen mehr entspannte, schnitt Iris lustige Grimassen und lachte über die immer einfallsreicheren Gesichter, die sie als Antwort darauf zog. Er plauderte mit Jeff über die Kollegen im Krankenhaus, fragte Della, wie ihr der kurze Ausflug in die Pflege dort gefallen hatte (»Nicht ganz so gut, wie ich gehofft hatte. An Bettpfannen ist absolut nichts Romantisches.« – »Nein«, stimmte Guy zu, »absolut nicht«). Erleichtert stellte er fest, dass Peter wieder ganz der Alte zu sein schien. Er sah ihn lächeln und lächelte seinerseits Maddy an, die ihm gegenübersaß. Aber sie war still, viel stiller, als er sie in Erinnerung hatte, und sie redete hauptsächlich mit Richard und der süßen kleinen Iris, die links und rechts neben ihr saßen. Als die Dessertteller abgeräumt wurden, hoffte er, dass Maddy aufstehen und sich zu ihm setzen würde.

Stattdessen gesellte sich Iris zu ihm. Mit wippenden Löckchen umrundete sie in ihrem spitzenverzierten Trägerkleidchen den Tisch.

»Bist du wirklich ein Doktor?«, fragte sie und legte ihre warme Hand auf seine, so unbefangen und vertraulich, dass es ihn auf nahezu absurde Weise rührte. Er hatte nur wenige Stunden in ihrer Nähe verbracht, und doch spürte er bereits, wie er sich bereitwillig von ihr um den vollkommenen kleinen Finger wickeln ließ.

»Ja, das bin ich«, sagte er und unterdrückte sein Lächeln diesmal, weil sie ihn überaus ernst musterte.

»Dann kannst du also Leute zunähen?«

»Ich tue mein Bestes«, sagte er.

»Meine Puppe hat einen kaputten Bauch.«

»Oje.«

»Das war Suya«, fügte sie mit finsterer Miene hinzu.

Er nickte verständnisvoll, obwohl er keine Ahnung

hatte, wer Suya war. (»Die Jüngste unseres Gärtners«, klärte Alice ihn hinterher auf.)

»Kann ich sie runterholen, damit du sie dir ansiehst?«, fragte Iris.

»Aber ja, natürlich. Bring mir auch Nadel und Faden mit.«

Er brauchte weniger als eine Minute, um den zerrissenen Stoff der Puppe zu flicken. Während er nähte, stand Iris neben ihm und verfolgte jede seiner Bewegungen: die glücklichste Operation, die er seit langer Zeit vorgenommen hatte. Auch Alice kam, setzte sich zu ihnen und legte Iris den Arm um die Taille. Während Guy die Nadel durchzog, sah er, wie sie ihrer Enkelin einen Kuss auf den Scheitel drückte, und er freute sich sehr für Alice. Sie war zu lange allein gewesen und hatte zu viel gelitten; es war wundervoll zu sehen, dass sie erneut von ihrer Familie umgeben war. Sie war beinahe wieder die Frau, die mit Maddy im Garten Fangen gespielt hatte. (Obwohl er natürlich nicht gern an Maddy als Kind dachte.)

»Danke, dass du heute gekommen bist«, sagte Alice leise. »Bitte lass nächstes Mal nicht so lange auf dich warten.«

Er blickte Maddy an, die behutsam ihr Weinglas in der Hand hielt. Sie sah erst ihn und dann Iris an, offensichtlich in Gedanken verloren, und er wusste, dass er bald wiederkommen würde. Er hörte auf zu nähen. Erstaunt ob ihrer Aufmerksamkeit, ihrer unglaublichen Nähe, hielt er einen Augenblick inne.

In den vorangegangenen Jahren hatte er versucht, sie

zu vergessen. Er hatte so darum gekämpft, hatte in den Clubs von Alexandria mit anderen Frauen getanzt, hätte beinahe aufgegeben und einer Stationsschwester, die er kennengelernt hatte, einen Antrag gemacht. Ein Teil von ihm wollte Maddy auch jetzt noch vergessen: der logische, ehrliche Teil, der ihn brutal daran erinnerte, dass sie ihre Liebesgeschichte bereits gelebt hatte. Aber als er sah, wie sie geistesabwesend das Glas an die Lippen setzte, glaubte er beinahe, die Berührung selbst zu spüren, und er wusste, dass er sie niemals vergessen würde. Sie war *seine* Liebesgeschichte. Leugnen war zwecklos.

Und die Hoffnung aufzugeben war vollkommen unmöglich.

Von nun an war er häufiger in der Villa zu Besuch. Er war immer noch vorsichtig, wie Alice erkannte. Er besuchte sie nicht so oft wie damals, als Madeline nach Bombay zurückgekehrt war und er zahlreiche Ausflüge in die Stadt mit ihr unternommen hatte. (Madeline hatte Alice längst gestanden, dass sie diese Fahrten mit Touren auf eigene Faust ergänzt hatte. »Wie bitte?«, hatte Alice entsetzt ausgerufen. »Du warst beim Wasserreservoir?« – »Mama«, hatte Madeline gesagt, »ich war *überall.«)* Aber er fing an, auf dem Weg zum Krankenhaus vorbeizuschauen und den Morgentee bei ihnen zu trinken. Auf Alice' Einladung kam er sonntags erneut zum Lunch. Erklärte sich bereit, gelegentlich zum Dinner vorbeizuschauen. Wenn er kam, ließ Iris alles stehen und liegen – ob sie nun im Kinderzimmer ihr Abendessen einnahm oder im Garten spielte – und stürmte herbei, um ihn zu begrüßen, sodass ihm nichts anderes übrigblieb, als sie zu umarmen (was ihm, wie jeder sehen konnte, große Freude bereitete).

Bei seinem zweiten Besuch brachte er ihr eine neue Puppe mit.

»Ich stelle immer wieder fest, dass Patienten, die Besuch bekommen, viel schneller genesen«, sagte er und ging in die Knie, damit Iris nicht zu ihm aufblicken musste. »Vielleicht freundet sich deine andere Puppe mit ihr an.«

»Danke«, sagte Iris und drückte sich die Puppe an die Brust. »Vielen Dank.«

»Sehr gern geschehen«, sagte er und lachte, als Iris ihn küsste.

Alice sah, wie Madeline die beiden nachdenklich beobachtete. Ihr schien dabei nicht ganz wohl zumute zu sein, genau wie an jenem Tag, als Guy Iris' Puppe am Tisch repariert hatte. Alice glaubte fast sicher zu wissen, was sie dachte. Lange Zeit hatte sie es selbst geglaubt: Peter mochte als Patenonkel amüsant und Richard zweifellos ein vernarrter Großvater sein, aber keiner von ihnen würde die Stelle eines Vaters ausfüllen. (Der liebe, aber exzentrische Peter würde natürlich niemals jemandes Vater sein.)

»War es nicht sehr aufmerksam von Guy, diese Puppe mitzubringen?«, fragte Alice sie am Abend beim Dinner, denn sie wollte sichergehen, dass Madeline seine Großzügigkeit auch wirklich wahrgenommen hatte.

»Ja«, sagte Madeline. »Er war immer schon sehr nett.«

»Iris war so glücklich«, sagte Alice und war sich ihrer mangelnden Raffinesse durchaus bewusst. »Es war fast, als betrachte man Emily und Lucy mit Jeff.«

»Kannst du mir bitte das Wasser geben?«, bat Richard sie, der ebenfalls durchschaute, was vor sich ging.

Bereits bei Guys erstem Besuch hatte er Alice davor gewarnt, Maddy zu irgendetwas zu drängen. »Ich weiß, was du dir erhoffst«, sagte er, »aber sie hat sich schon damals gegen Guy entschieden. Ich kann mir nicht vorstellen, dass es ihr guttut, wenn sie jetzt mit ihm vorliebnimmt.«

»Ist es dir lieber, sie bleibt allein?«, fragte Alice.

»Mir wäre es lieber, wir überließen die Entscheidung ihr«, gab er zurück. »Und sie ist nicht allein. Sie hat uns. Iris. Della und Peter …«

»Das reicht nicht«, hatte Alice gesagt und gehofft, dass sie sich irrte.

Aber wenn es genug war, warum hörte sie Madeline dann nachts noch immer weinen?

Alice war kein Dummkopf. Die Wochen vergingen, und als der Oktober anbrach und Madeline bereit war, mit Iris und Guy in der Sea Lounge im Taj Eis und im Watson's zu Mittag zu essen, als sie sogar zum Polospielen in den Club gingen (weil Iris die Ponys liebte), begriff Alice, dass Iris von Guys Aufmerksamkeit offensichtlich begeistert war. Allerdings vermochte sein zögerliches Werben ihre Tochter nicht recht zu packen. Ihr heller Teint rötete sich nicht vor Vorfreude, wenn sie Guys Automobil vorfahren hörte; nie rannte sie die Treppe herunter, ihm entgegen, wie sie es bei Luke immer getan hatte. Aber ja, sie lächelte tatsächlich, wenn er lächelte. Sie saß mit ihm auf der Veranda, während Iris spielte, und sie redeten, manchmal stundenlang. Alice beschäftigte sich derweil im Salon mit Näharbeiten und überließ die beiden sich selbst. Sie hörte Madeline über die Kinder sprechen, um die sie sich in der Schule so wundervoll kümmerte, über ihre Pläne für die Weihnachtsferien mit Iris (vor denen Alice graute, nicht nur wegen der unausweichlichen Stille im Haus, sondern weil sie möglicherweise beschließen würde, nicht wiederzukommen). Madeline schaffte es sogar, Guy in ein Gespräch über seine Kriegerlebnisse zu verwickeln.

»Ich habe sie medizinisch versorgt und verbunden«, sagte Guy stockend und rührte in seinem Tee. »Ich habe sie immer wieder verbunden, nur um einen Monat später zu erfahren, dass sie tot waren.«

»Oh Guy«, sagte Madeline tieftraurig, »das tut mir leid.«

In gewisser Weise liebte sie ihn, Alice hörte es an ihrer Stimme. Hätte sie daran gezweifelt, hätte sie ihre Tochter auf keinen Fall zu irgendetwas ermutigt.

»Natürlich liebe ich ihn«, sagte Madeline. »Er ist ein Freund, das war er immer schon.«

»Ein Freund ist gut«, sagte Della, die um Madeline beinahe ebenso besorgt war wie Alice. »Ein Freund ist ein Anfang.«

»Ich weiß nicht«, sagte Madeline und runzelte die Stirn. »Ich weiß es einfach nicht.«

»Er würde dich sehr glücklich machen«, sagte Della. »Du musst es nur zulassen.«

Madeline schüttelte den Kopf. »Bitte, hör auf, darüber zu reden.«

»Lasst es ruhen«, sagte Richard später zu Alice und Della, »bitte.«

»Wenn ihr sie dazu drängen müsst«, meinte Peter, »ist es höchstwahrscheinlich falsch.«

Aber das konnte Alice nicht akzeptieren. Sie *konnte* einfach nicht. Madeline war allein. Guy war allein. Er liebte sie abgöttisch, liebte auch Iris, und das Mädchen war zunehmend vernarrt in ihn.

»Weil er ihr dauernd Eiscreme und Puppen kauft«, sagte Madeline.

»Das ist unfair«, widersprach Alice.

Madeline seufzte, sie wusste, dass ihre Mutter recht hatte.

»Er wäre der beste Vater, den sich ein kleines Mädchen nur wünschen kann«, sagte Alice.

»Iris hat einen Vater«, entgegnete Madeline.

»Nein«, sagte Alice, die sie zu ihrem Glück zwingen wollte. »Hat sie nicht. Sie hat schon sehr lange keinen Vater mehr.«

»Mama, bitte …«

»Ihr könntet eine Familie sein. Eine richtige Familie.«

»Bitte, Mama!«

»Nein«, sagte Alice. »Du trauerst schon viel zu lange.« Sie beugte sich vor und tat, was sie nach und nach wieder gelernt hatte: Sie nahm Madelines Hand. »Ich flehe dich an, denk einmal ernsthaft darüber nach. Du musst nicht mehr trauern.«

Maddy wünschte fast, er wäre nicht zurückgekommen. Vorher hatte sie ihr Leben verstanden. Es war nicht leicht gewesen, aber unkompliziert.

Es hatte funktioniert.

Ich habe das Gefühl, dass ich mit niemandem mehr reden kann. Kein Tag vergeht, ohne dass Mama und Della mich fragen, wann Guy das nächste Mal kommt oder ob er über seine Absichten gesprochen hat (hat er nicht, und ich glaube, ich bin froh darüber). Papa sagt dauernd, ich soll nicht auf Mama und Della hören, Peter meint, ich soll einfach tun, was ich selbst für richtig halte – aber woher soll ich wissen, was richtig ist, wenn alle so neugierig sind und mir ständig ihren Standpunkt klarmachen wollen? Sogar Iris mischt sich ein und besteht darauf, dass wir bei Guys Haus vorbeifahren, um auf dem Weg zur Schule Hallo zu sagen, weil sie unbedingt wissen will, wann wir das nächste Mal mit ihm in die Sea Lounge gehen. Paradoxerweise ist der Umgang mit Guy selbst am einfachsten. Er ist der Einzige, der mir nicht vorzuschreiben versucht, was ich tun soll.

Aber ich glaube, ich liebe ihn nicht auf die richtige Art, Edie. Er ist wundervoll, ein sehr warmherziger, freundlicher Mann, aber wenn ich mit ihm zusammen bin, habe ich keine Schmetterlinge im Bauch. Mir zittern nicht die Knie.

Edie antwortete: *Das hat Fitz bei mir bewirkt*, schrieb sie. *Und auch bei Deiner Mutter. Du siehst, was daraus geworden ist.*

Oh nein, schrieb Maddy, *fang Du nicht auch noch damit an.*

Sie scherzte, aber eigentlich war es nicht zum Lachen. Es war absolut nicht lustig. Inzwischen war fast Dezember, und Guy kam bereits seit zwei Monaten zu Besuch. Er hatte zwar noch nichts gesagt, aber sie wusste, dass es nur eine Frage der Zeit war. Sein Blick, das zögerliche Lächeln, die Aufmerksamkeit, die er der verzauberten Iris entgegenbrachte, verrieten es ihr. Sie würde entweder ins kalte Wasser springen müssen, wozu sie nicht bereit war, oder sie musste ihn sehr verletzen (*noch einmal*). Sie fragte sich, warum sie sich selbst in eine solche Bredouille gebracht hatte. Die Schuld daran gab sie Guy. Sie mochte ihn zu gern, um ihn von sich fernzuhalten, empfand aber nicht genug Liebe, um ihn näher an sich heranzulassen.

Oder konnte sie es vielleicht doch?

Sollte sie sich diese Frage überhaupt stellen müssen?

»Ich weiß es nicht«, sagte Peter bekümmert, »aber ich glaube eher nicht.«

Und dennoch fragte sie sich immer wieder dasselbe.

Nun freute sie sich erst recht auf die Ferien mit Iris. Der Gedanke *daran* ließ ihr Wonneschauer über den Rücken laufen. Wenige Tage vor ihrer Abreise am ersten Dezember faltete sie die dicken Trägerröcke und Kleider, die sie im Armeeladen gekauft hatte, und packte ihre Koffer. Dabei wurde sie noch aufgeregter, weil sie sich vorstellte, wie sie zu zweit an Bord des Linienschiffs gehen, zum ersten Mal ihre Kabine sehen, jeden Tag an Deck Kuchen essen, Wurfspiele spielen und in dem neuen Pool schwimmen würden, mit dem P&O geworben hatte. Sie sah das Schiff in Tilbury anlegen, sah sich

Hand in Hand mit Iris über den Kai laufen, wo Edie und Lukes Eltern sie erwarten würden.

Ich brauche das, schrieb sie Edie, *aus vielen Gründen, nicht zuletzt, um zur Ruhe zu kommen und meine eigenen Gedanken zu verstehen. Ich wünsche mir die ganze Zeit, Luke wäre hier.*

Als er noch bei mir war, musste ich nie innehalten und nachdenken.

Sie beendete den Brief, nachdem sie den Koffer abgeschlossen hatte.

War es ihr vorherbestimmt, fragte sie sich später, dass sie sich immer wieder auf Reisen vorbereitete, die sie dann nicht antreten konnte?

Denn was als Nächstes passierte, war wirklich sehr dumm von ihr.

Immer wieder hatte sie die Schüler ermahnt, die wackligen Stühle nur zum Sitzen zu benutzen. Hinterher vermochte sie nicht zu sagen, warum sie am nächsten Tag selbst auf einen dieser Stühle gestiegen war, um das Lametta aufzuhängen, eines ihrer Abschiedsgeschenke für die Kinder. Jedenfalls war sie vor aller Augen vom Stuhl gefallen und hatte sich den Knöchel gebrochen. Es tat weh. Erschreckend weh. Gegen ihren Willen schluchzte sie vor Schmerzen. Iris, die arme kleine Iris, rannte, so schnell ihre Beine sie trugen, zu Dellas Haus, das der Schule am nächsten lag, damit sie mit dem Automobil kommen und ihnen helfen sollte.

»Madeline Devereaux«, sagte Della, außer Atem, weil sie Maddy auf die Rückbank verfrachtet hatte, »was bist du nur für ein Dummkopf!«

Das hätte sie ihr nicht erst sagen müssen.

Auf Maddys Wunsch bat Della ihren Fahrer, sie ins General Hospital und nicht in Guys Krankenhaus zu bringen, wo Alice so krank gewesen war und Luke Maddy beim letzten Mal zurückgelassen hatte.

»Ich kann an diesem Ort nicht sein«, brachte Maddy mit vor Schmerzen zusammengebissenen Zähnen heraus. »Ich würde die ganze Zeit nur an Luke denken.«

»Dann also ins General«, sagte Della.

Ein junger britischer Arzt richtete ihren Knöchel und verschrieb ihr eine kleine Dosis Morphium und vierzehn Tage im Streckverband, weil es ein komplizierter Bruch war. Danach noch eine Woche Bettruhe im Krankenhaus, *nur zur Sicherheit,* und einige weitere Wochen Ruhe zu Hause.

»Wenigstens bist du dann Weihnachten hier«, sagte ihre Mutter, den Zettel in der Hand, den Della durch ihren Diener hatte überbringen lassen. Alice war vor Sorge fast außer sich und Richard, der vom Büro aus zum Krankenhaus gerast war, ebenfalls. »Wir werden dafür sorgen, dass es trotzdem ein wunderschönes Fest wird.«

Maddy nickte, brachte aber kein Wort heraus. Sie fürchtete zusammenzubrechen, wenn sie über Weihnachten und die langersehnte Reise sprach, die sie nun absagen musste. Sie blickte Iris an und fand es schrecklich, dass sie solche Ängste ausstehen musste. Sie streichelte die tränennassen Wangen ihrer Tochter und versuchte, sich mit der Tatsache abzufinden, dass sie auf ihren gemeinsamen Urlaubsaufenthalt verzichten mussten.

»Es tut mir so leid«, brachte sie mit erstickter Stimme heraus, »ich wollte so gern mit dir nach Hause fahren.«

Iris schenkte ihr ein herzzerreißend zittriges Lächeln. »Aber ich bin doch hier zu Hause, Mummy«, sagte sie, und Maddy begriff zwar, dass ihre Tochter das sagte, um sie zu beruhigen, fühlte sich nun aber aus irgendeinem Grund noch schlechter.

Sie fragte sich, wie sie Lukes Eltern beibringen sollte, dass sie nicht kommen würden. Sie bat ihren Vater, Edie umgehend ein Telegramm zu schicken, damit wenigstens das erledigt war.

Edie telegrafierte sofort zurück.

Werd bald wieder gesund STOPP Ich besuche die Devereaux und informiere sie STOPP Besser persönlich STOPP Sind im Frühling alle noch hier STOPP

»Bis zum Frühling ist es nicht mehr lang«, sagte Guy, als er sie am Abend besuchte, nachdem alle anderen weg waren. Er hielt einen Strauß Blumen aus dem Gewächshaus und Mince Pies aus dem Taj in der Hand, die zwar nur ein schwacher Trost wären, das wisse er, aber gewiss würden sie ihr trotzdem ein wenig helfen.

»Ich wollte aber *jetzt* fahren«, sagte sie, und nun weinte sie wirklich, sowohl wegen der Schmerzen in ihrem Knöchel als auch vor Enttäuschung, vor niederschmetternder Enttäuschung.

»Maddy«, sagte er, legte die Geschenke ab und nahm ihre Hand in seine. Ehe sie wusste, wie ihr geschah, drückte er die Lippen darauf. »Bitte, nicht weinen.«

»Ich kann nichts dagegen tun«, sagte sie.

Sanft, ohne ihr verletztes Bein zu berühren, zog er sie an sich und hielt sie im Arm. Zum ersten Mal tat er mehr, als nur ihre Wange mit seiner zu streifen. Irgendwo tief in ihrem Innern ermahnte sie eine Stimme, der Versuchung zu widerstehen. Aber sie lehnte den Kopf an seine Brust, zu traurig und zu erschüttert, um es nicht zu tun, und er strich ihr übers Haar, küsste sie auf den Scheitel, woraufhin sie noch mehr weinte, weil auch Luke das einmal getan hatte und weil Guy nicht Luke war.

»Sch«, sagte Guy, »sch.«

Und obwohl er nicht Luke war, ließ sie ihn gewähren. Wenn er ging, wäre sie völlig allein, und sie wusste nicht, ob sie das ertragen würde. Nicht an diesem Abend.

»Ich bin hier«, sagte er. »Wenn du mich lässt, bin ich immer für dich da.«

Sie wusste, was er damit meinte. Trotz der Tränen und obwohl sie vom Morphium benebelt war, verstand sie, was er ihr sagen wollte. Erneut flüsterte ihre innere Stimme: *Hör auf.*

Du musst damit aufhören.

Aber sie tat es nicht. Er küsste sie ein weiteres Mal, legte seine Wange auf ihren Kopf. Sie spürte sein Gewicht, die Kameradschaft eines anderen Körpers so nah an ihrem, und schmiegte sich wortlos an ihn.

Er verlangte nichts von ihr.

Endlich spürte sie, wie ihr Schluchzen verebbte.

Trotzdem ließ er sie nicht los.

Er zog sich leicht zurück, sodass sich ihre Blicke trafen, und berührte ihre feuchten Wangen mit den Fingern. Sie erwiderte seinen Blick, fragte sich, ob er sie richtig küssen würde, und sie hatte keine Ahnung, ob sie sich das wünschte oder nicht.

Seine Lippen berührten ihre, ehe sie sich entscheiden konnte, und weil sich die Berührung dieses anderen Mannes so merkwürdig anfühlte, schloss sie die geröteten Augen und wusste immer noch nicht, ob es ihr gefiel. Er beugte sich über sie, fuhr ihr mit der Hand über den Hals, sein sanfter Kuss wurde fordernder, selbstsicherer, und sie wartete auf ... *etwas*.

Aber es kam kein Flattern und kein Beben.

Nur die seltsame, jenseitig anmutende Erkenntnis – eher ein Sichfügen –, dass dies jetzt passierte, dass sie es zugelassen hatte.

Von nun an würde es zwischen ihnen nie mehr so sein wie früher.

An einem nebligen, nasskalten Dezembermorgen suchte Arnold Jones in seinem Zimmer auf. Den Kopf in die Hände gestützt hatte Jones seine Tagebücher durchgelesen, sich die Haare gerauft und versucht, die Erinnerung durch die Schädelknochen in sein Gehirn zu zwingen. Er blickte auf, sah Arnold in der Tür stehen und erhob sich, während sich sein Herzschlag hoffnungsvoll beschleunigte.

»Es tut mir leid«, sagte Arnold jedoch, »ich habe nichts Konkretes für Sie.«

»Und was gibt es sonst noch?«, fragte Jones.

»Ich habe gestern noch einmal bei Diana angerufen

und ihr Dienstmädchen erreicht.« Arnold putzte sich mit dem Rand seiner Weste die Brille. »Diana ist tatsächlich in die Flitterwochen gefahren. Ich fürchte, sie werden etwas länger dauern.«

»Wie lange?«, fragte Jones.

»Sehr lange. Soweit ich weiß, sind sie nach Afrika gefahren, eine Mischung aus Arbeit und Vergnügen. Sie hat gesagt, danach zögen sie nach Osten weiter.« Er runzelte die Stirn. »Sie hat sich nicht sehr klar ausgedrückt.«

»Kommt Diana überhaupt wieder hierher zurück?«

»Kurz. Aber nicht vor dem Frühjahr.«

»Im Frühjahr erst?«, fragte Jones ungläubig.

»Lassen Sie sich nicht entmutigen«, sagte Arnold. »Irgendwann erwischen wir sie, mein Freund. Wir geben nicht auf.«

Kapitel 22

In den drei Wochen, die Maddy im Krankenhaus verbrachte, kam Guy sie täglich besuchen. An manchen Tagen tauchte er sogar zweimal auf. Er ließ sich so häufig sehen, dass sie sich nie fragen musste, wann er sie das nächste Mal besuchen würde. Er sorgte dafür, dass sich jemand um seine eigenen Patienten kümmerte, damit er wenigstens am Morgen vorbeikommen konnte, um kurz Hallo zu sagen, einen Blick auf ihr Kurvenblatt zu werfen und sich zu vergewissern, dass sie über Nacht ordnungsgemäß beobachtet worden war und die passende Dosis Morphium erhalten hatte.

»Sie sollten sie bald herabsetzen«, riet er, »du willst gewiss nicht davon abhängig werden.«

»Sie haben gesagt, dass sie das bald tun werden.«

»Hmm.« Guy blätterte die Seiten durch. »Ich wünschte, du würdest ihnen erlauben, dich an mich zu überweisen.«

»Ich habe hier einen sehr kompetenten Arzt«, sagte Maddy.

»Willst du mir damit sagen, dass ich mich um meine eigenen Angelegenheiten kümmern soll?«, fragte Guy und blickte von dem Klemmbrett auf, mit einem Lächeln, das so verschmitzt war, wie es ein derart aufrichtiger Mensch wie er nur zustande bringen konnte.

»Natürlich nicht«, sagte Maddy in der Überzeugung, die Wahrheit zu sagen.

Wenn außer ihnen niemand im Zimmer war, küsste er sie zur Begrüßung, was dazu führte, dass sie vor Verlegenheit ganz angespannt war, egal, wie sehr sie es zu vermeiden versuchte. Sie hoffte nur, dass er es nicht merkte. (Er merkte es sehr wohl. *Die Nerven,* redete er sich entschlossen ein. *Es sind nur die Nerven.)* Er begann, sie »Liebste« zu nennen. Auch das fühlte sich merkwürdig an. Nie zuvor hatte jemand sie so genannt. Schon gar nicht Luke – weder Darling noch Sweetheart oder irgendeinen anderen Kosenamen. Nur *Miss Bright.*

Sie hatte es geliebt.

»Aber Luke ist fort«, sagte Della, die sie ebenfalls täglich besuchen kam. »Er ist jetzt schon sehr lange fort.«

»Das weiß sie doch«, sagte Peter.

»Aber ich fühle mich trotzdem furchtbar schuldig«, sagte Maddy.

»Tu das nicht«, sagte Della. »Bitte. Luke hätte bestimmt nicht gewollt, dass du allein bleibst.«

»Aber ich habe immer noch das Gefühl, ihn zu betrügen«, sagte Maddy.

»Indem du mit Guy zusammen bist?«, fragte Della.

Indem ich eine Familie mit ihm gründe, hätte sie beinahe gesagt. Aber sie konnte nicht zugeben, dass sie genau das möglicherweise tun würde; sie konnte es nicht einmal sich selbst eingestehen.

Wenn Guy kam, holte er zuvor oftmals Iris ab – um die Maddy sich in jeder Sekunde sorgte und die sie sehr vermisste – und brachte sie mit. An solchen Tagen vergaß Maddy ihr Unbehagen, die nagende Furcht, dass sie möglicherweise dabei war, einen entsetzlichen Fehler zu begehen. Mit pochendem Knöchel lag sie in ihrem heißen Krankenzimmer mit dem gefliesten Boden und wartete auf die beiden. Ihr ganzes Wesen war angespannt vor Ungeduld, endlich Iris' warmen kleinen Körper an sich zu drücken und sich zu vergewissern, dass sie in der Nacht zuvor nicht aus bösen Träumen aufgeschreckt war, dass sie das Frühstück mit ihren Großeltern genossen und ihr Obst aufgegessen hatte. Sie setzte sich in den Kissen auf, als sie das Getrappel von Iris' Schritten näher kommen hörte, und sie spürte, wie sich ihre Mundwinkel zu einem erleichterten, dankbaren Lächeln verzogen, weil sie ihre Tochter fröhlich schwatzen und Guy gutmütig lachen hörte. Sie klangen wie ein Team, ein perfektes Zweiergespann.

»Und sie kennen sich wirklich erst seit September?«, fragten die Krankenschwestern.

»Ja«, bestätigte Maddy.

»Ist er nicht wundervoll zu ihr?«, sagten sie bewundernd. »Was für ein Glück für das kleine Mädchen!«

Guy kam nie mit leeren Händen. Maddys Zimmer füllte sich mit Blumen: ein regelrechter Garten aus Sträußen. Ihr süßlicher Duft erfüllte die Luft und drang ihr in die Nase, eine ständige, wohlriechende Erinnerung daran, was für ein guter Mensch er war; ein Freund, den sie auf keinen Fall verletzen durfte. Wenn er keine

Blumen mitbrachte, eilte er mit Kuchen und Eiscreme aus der Küche des Taj herbei (obwohl Letzteres oft bereits halb aufgegessen und zum Teil auf Iris' rosigen Wangen verschmiert war, wenn die beiden ankamen). Oder er brachte ihr Bücher und Karten mit, mit denen sie sich die Zeit vertreiben konnte.

Und einen Ring.

Guy brachte ihr einen Ring mit, am Tag vor ihrer Entlassung, zwei Tage vor Weihnachten.

Maddy war nicht überrascht, als er vor ihr niederkniete und ihr das rote Samtkästchen mit dem Smaragd darin hinhielt. Sie hatte gewusst, dass es irgendwann dazu kommen würde. Auch ihr Vater hatte sie gewarnt, als er sie am Abend zuvor noch spät besucht und unter seinem Jackett eine Flasche Gin Tonic eingeschmuggelt hatte. Nach dem Gespräch, das er gerade mit Guy geführt habe, brauche er einen Drink, sagte er.

»Er hat bei mir um deine Hand angehalten«, sagte Richard.

»Oh«, antwortete Maddy und wartete darauf, dass die Begeisterung sie überwältigen würde, was aber ausblieb. »Ich vermute, das war dir eher unangenehm.«

»Da vermutest du richtig. Ich habe ihm gesagt, dass du die einzige Person bist, die das entscheiden kann.«

»Du willst nicht, dass ich mich darauf einlasse«, riet Maddy aufs Geratewohl.

»Ich halte große Stücke auf Guy«, antwortete Richard, ohne ihre Frage zu beantworten. »Er würde dich wie eine Königin behandeln, daran zweifle ich nicht im Geringsten. Aber ich möchte, dass du glücklich bist.« Besorgt legte er die Stirn in Falten. »Und ich befürchte sehr, dass du mit ihm nicht glücklich wirst.«

»Und wenn doch?«, fragte sie. »Vielleicht ist dies ja genau das, was ich brauche? Und was auch Iris braucht?«

»Iris hat dich ...«

»Ich glaube, sie wünscht sich mehr.«

»Aber was willst *du,* Darling?«

»Nicht mehr traurig sein«, sagte Maddy, und angesichts dieser kläglichen Wahrheit brach ihr fast die Stimme.

»Oh Liebling ...«

»Ich kann mich nicht für den Rest meines Lebens auf dich und Mama verlassen«, sagte sie. »Ihr geht in den Ruhestand ...«

»Noch nicht.«

»Aber eines Tages wird es dazu kommen«, sagte sie. »Iris und ich, wir brauchen ein eigenes ... Zuhause. Ein Leben.«

Richard seufzte. »Denk noch einmal gründlich darüber nach«, sagte er dann. »Bitte.«

Nichts anderes hatte sie in der endlosen Nacht getan, die hinter ihr lag, in der sie verschwitzt in ihrem schmalen Einzelbett wach gelegen und ihr Bein in dem Gips schrecklich gejuckt hatte. Während sie an den klammen Kissen und Laken zerrte, waren ihr jedes Wort, jeder Blick und jedes Lächeln, das sie je mit Luke getauscht hatte, durch den Sinn gegangen, und sie hatte versucht, sich etwas annähernd Vergleichbares mit Guy vorzustellen. Vergeblich. Und versunken in ihre Erinnerungen an Luke hatte sie geweint vor Schmerz über sein Schweigen. Ihr Verlangen nach ihm war so qualvoll, wie es in der schwarzen Einsamkeit ihres Zimmers immer schon gewesen war.

»Warum bist du gegangen?«, fragte sie in die Dunkelheit hinein. »Warum musstest du sterben?«

Er antwortete nicht. Sie presste sich die Handballen auf die Augen, begann, sich endlich damit abzufinden, dass sie niemals eine Antwort von ihm bekommen würde. Sie hatte große Angst, dass sie sich für den Rest ihres Lebens selbst verrückt machen würde, wenn sie Guy nun abwies, dass sie sich weiterhin nach einer Stimme sehnen würde, die niemals kam. Und gleichzeitig würde sie auch Guy ins Elend stürzen. Und Iris. Die lebhafte, kluge, schöne Iris, für die sie ihr Leben geben würde, um die sich Guy so wunderbar kümmerte und die seit nunmehr sechs Jahren ohne ihren Vater lebte. *Sechs Jahre.*

Ihre Mutter hatte recht: Guy war alles, was sich ein Kind von einem Vater nur wünschen konnte. So war es. Und er war ein Freund, ein sehr anständiger und aufrichtiger Freund.

Ein Freund ist gut, hatte Della gesagt.

Ein Freund ist ein Anfang.

Aber war das genug? Sie versuchte noch, ihre Gedankenfetzen zu ordnen, als Guy ein Knie auf den Boden stützte, attraktiv und nervös in seinem cremefarbenen Anzug, bildschön in jeder Hinsicht bis auf eine. Als er das Kästchen hochhob und ihr stockend erklärte, sie würde ihn zum glücklichsten Mann auf Erden machen, wenn sie einwilligte, seine Frau zu werden, dachte sie gegen ihren Willen nur, wie förmlich all das war, wie sehr es sich von der lockeren, neckenden Art und Weise unterschied, auf die sich Luke über das Bett gebeugt und die Diamanten hervorgeholt hatte, die sie nach wie vor an der linken Hand trug, und wie sie vor Entzücken gleichzeitig gelacht und geweint hatte.

Aber lieb war er. Wirklich sehr lieb.

»Ich weiß, ich kann dir Luke niemals ersetzen«, fuhr er fort, dermaßen aufrichtig, dass sie sich wie eine Kriminelle vorkam. »Aber wenn du es mir erlaubst, werde ich bis zum letzten Atemzug versuchen, dir der gute Ehemann zu sein, den du verdienst. Ich werde mich um Iris kümmern wie um mein eigenes Kind.« Wärme lag in seinem Blick. *Liebe.* »Maddy, für mich *fühlt* es sich *an*, als wäre sie mein Kind.«

Und das reichte.

Das und der plötzliche Lärm vor der Tür; Iris, die kess um den Türrahmen herum ins Zimmer blickte, offensichtlich taub für Alice' geflüsterte Ermahnung, bei ihr zu bleiben, sodass Maddy sofort wusste, dass die beiden dort waren. Guys Lächeln wirkte nun verlegen. Sie hatten sich gegen sie verbündet. Es war nicht fair. Aber als Maddy das Funkeln in Iris' Augen sah, die sich in unbeirrbarer Hoffnung auf die Lippe biss, während Guy sie noch einmal fragte, ob sie, Maddy, ihn in ihre Familie aufnehmen würde, wusste sie, dass es nur eine mögliche Antwort gab.

Und obwohl ihr das Fehlen jeglicher Euphorie störend bewusst war, als ihr das »Ja« über die gefühllosen Lippen kam, verzog sich Guys liebes Gesicht vor Entzücken,

Iris kam jauchzend auf sie zugerannt, und es war viel zu spät, um daran noch etwas zu ändern.

Ihr wurde bewusst, dass es schon in dem Augenblick zu spät gewesen war, als sie Guy in den Hängenden Gärten erlaubt hatte, sich neben sie zu setzen.

Sie wusste nicht, ob sie sich anders entschieden hätte, wenn es möglich gewesen wäre. Als Guy sie in die Arme schloss, Iris auf das Bett kletterte und ihr die Arme um den Hals warf, konnte sie keinen klaren Gedanken mehr fassen.

»Du machst mich zum glücklichsten Mann auf der Welt«, sagte Guy.

»Herzlichen Glückwunsch euch beiden«, sagte Alice. Der Blick ihrer blauen Augen kreuzte Maddys Blick. *Ich weiß, das war nicht einfach,* schien sie wortlos zu sagen, *gut gemacht.* »Wir werden ein Datum festlegen müssen«, stellte Alice laut fest.

»Ich dachte, im März«, sagte Guy, »bevor es zu heiß wird.«

»Perfekt«, sagte Alice.

Maddy erhob keine Einwände. Sie brannte bereits darauf, die Zeremonie hinter sich zu bringen und weiteren Fragen, ob sie das Richtige tat, aus dem Weg zu gehen.

»Darf ich Brautjungfer sein?«, fragte Iris.

»Natürlich darfst du das«, sagte Guy.

Sie plauderten immer weiter, und Maddy ließ sie gewähren. Guy hatte das Kästchen mit dem Ring darin neben sie auf das Bett gestellt. Sie griff danach, der Smaragd verschwamm vor ihren Augen. Sie drehte die Hand, betrachtete Lukes Diamanten, funkelnd und vollkommen. Ihr wurde klar, dass sie sie ablegen musste, die Edelsteine, die sie in den Ring hatte einsetzen lassen, den sie so sehr liebte. Diese Juwelen, die er berührt hatte. Sie würde auch ihren Ehering ablegen müssen.

Zu dumm, daran hatte sie noch gar nicht gedacht.

»Bist du glücklich, Liebste?«, fragte Guy.

Es dauerte einen Augenblick, bis sie bemerkte, dass er etwas gesagt hatte. »Ja.« Sie nickte, und ihre Wangen spannten sich vor Anstrengung an, als sie ein Lächeln aufsetzte und dabei wünschte, sie würden einfach alle weggehen, damit sie ihren Tränen freien Lauf lassen konnte, ehe sie daran erstickte.

Sie blieben. Sie blieben noch mehrere Stunden, und am Ende war sie froh darüber, denn wäre sie mit der Welle des Bedauerns, die sie zu überwältigen drohte, allein geblieben, wäre sie vielleicht tatsächlich darunter zusammengebrochen. So jedoch hatte sie keine Gelegenheit, bei ihren Gefühlen zu verweilen, am wenigsten bei der Traurigkeit, denn alle anderen waren sehr glücklich.

Guy hatte Champagner mitgebracht. »Vermessen, ich weiß«, sagte er und lachte ironisch, als er die Flasche herausholte. »Schwörst du mir, dass du heute noch kein Morphium bekommen hast?«

»Ich schwöre es«, sagte sie und griff nach einem Becher, um den Schaum aufzufangen, als er den Korken löste.

Sie tranken, Iris redete weiter über ihr Kleid, die Blumen, die sie im Haar tragen wollte, und Alice benachrichtigte das Standesamt. Dellas Eltern und Maddys

Vater, Peter, Della und Jeff, sogar Emily und Lucy kamen vorbei, sodass das Krankenzimmer von Glückwünschen und Lärm erfüllt war, allesamt willkommene Ablenkungen.

Niemand erwähnte Luke. Richard, Diplomat durch und durch, blickte Maddy bei seinem Eintreffen nur einmal leicht besorgt an, begnügte sich dann aber damit, Guy freundschaftlich die Hand zu schütteln, und hob sogar fröhlich das Glas, um einen Toast auf das Paar auszubringen. Kein einziges Mal ließ er sich die Sorge anmerken, die er Maddy gegenüber am Abend zuvor geäußert hatte. Obwohl Peter auf Lukes Ringe spähte und leise zu Maddy sagte, dass er ihr eine Kette dafür kaufen würde (sodass sie sich zum tausendsten Mal fragte, was sie ohne ihn nur tun würde), machte niemand sonst eine Bemerkung darüber, dass sie noch immer die Diamanten und nicht den Smaragd trug. Nicht einmal Guy. Der ließ das Thema ruhen, mit solch großem Mitgefühl, dass jedem klar sein musste: Es war richtig von Maddy, seinen Antrag anzunehmen. Absolut richtig.

Als die Dämmerung hereinbrach, holte Jeff etwas zum Essen aus dem Club. Die Schwestern sagten, sie sollten sich allmählich darauf einrichten, nach Hause zu fahren, schließlich würden sie Maddy bereits am nächsten Tag wieder bei sich haben. Dennoch blieben alle noch eine Weile, und die ganze Angelegenheit war warm und lebhaft und sehr, sehr … *nett*.

Erst als alle verschwunden waren, nachdem Guy ihr einen Gutenachtkuss gegeben und ihr erneut versichert hatte, wie glücklich er war, saß sie im flackernden Schein der elektrischen Lampe wieder allein in ihrem Bett. Vor dem Fliegennetz im Fenster sangen die Zikaden, während sie erneut das Kästchen öffnete, das Guy ihr gegeben hatte.

Sie fuhr mit dem Daumen über den Ring, so vorsichtig, als könnte sie sich daran verbrennen. Sie nahm ihn heraus, ließ den Smaragd im Licht funkeln und grüne Muster auf die weißgetünchten Wände werfen. Sie atmete tief ein, hob die linke Hand und atmete wieder aus, als sie Lukes Diamanten betrachtete.

»Ist das in Ordnung?«, flüsterte sie in die Leere, die sie umgab. »Habe ich *deine* Erlaubnis?«

Schweigen.

Sie sank zurück auf das Kissen und blickte an die Zimmerdecke. Sie sah sein Gesicht. Dieses Gesicht, das sie so sehr geliebt hatte. Die Freude, die grenzenlose Energie und die Wärme seines neckenden Lächelns, seiner dunklen, funkelnden Augen. Und dann sah sie Guy. Den verlässlichen, freundlichen Guy, der den ganzen Nachmittag lang sein Herz auf der Zunge getragen hatte; sein Herz, das er ihr so großzügig geschenkt hatte.

Ihr und Iris.

Langsam senkte Maddy den Blick ein weiteres Mal auf ihre Hand. Ohne eine bewusste Entscheidung zu treffen, legte sie Guys Smaragd auf das Bett und zog an den Ringen, die Luke ihr an den Finger gesteckt hatte. Es war nicht leicht. Ihre Hände waren durch die Hitze geschwollen, und sie musste sich das Metallrund mit Gewalt über die Fingerknöchel ziehen. Je fester sie saßen, desto heftiger zog sie, mit zusammengebissenen Zähnen, grimmig entschlossen, es zu Ende zu bringen, nachdem sie einmal damit angefangen hatte.

Erst als sich endlich beide Ringe lösten und einen wunden, blassen Abdruck auf ihrer Haut hinterließen, bemerkte sie, dass sie weinte. Die Tränen liefen ihr über die Wangen, immer weiter: Aus lauter Angst vor dem, wofür sie sich entschieden hatte, wegen der Ungewissheit all dessen, was vor ihr lag, und vor allem vor Kummer, vor herzzerreißender Trauer um das, was ihr und Luke genommen worden war, um die Jahre, die sie verschwendet hatte, indem sie darum kämpfte, an eine Wiederkehr zu glauben, wegen des Gewichts der Ringe, die ihre Hand umklammert hielt, und wegen des Smaragds, den sie nun an ihrer Stelle aufsetzen musste.

Wegen der Endgültigkeit dieses längst überfälligen Abschieds.

Kapitel 23

Nach dieser Nacht weinte Maddy nicht mehr. Sie verbot es sich. Ihre Mutter und Della hatten recht, sie musste sich stattdessen erlauben, glücklich zu sein. Sie musste es ernsthaft versuchen.

Das konnte doch nicht so schwer sein.

Sie war froh, dass Weihnachten vor der Tür stand und sie endlich nach Hause gehen konnte. In der darauffolgenden Woche waren die Tage ausgefüllt mit Geschenken, Kirchgängen und Mahlzeiten bei ihren Eltern sowie bei Della und Jeff. Die Kinder flitzten aufgeregt herum, und Maddy lehnte es ab, sich auf der Chaiselongue auszuruhen, die Ahmed auf die Veranda gestellt hatte. Sie brachte ihre Mutter und Guy zur Weißglut, indem sie auf ihre Krücke gestützt hinter ihnen herhumpelte. Sie half Iris, ihr neues Puppenhaus aufzubauen, schwärmte von dem Blumenbeet, das sie angepflanzt hatte, und brachte ihr bei, »Jingle Bells« auf dem Klavier zu spielen.

»Oh *nein*!«, rief Peter unweigerlich aus, falls er zufällig eintraf, während sie spielte, »nicht das schon wieder.«

»Aber du magst es doch, wenn ich Klavier spiele«, stellte Iris sehr richtig fest.

Manchmal brachten Alice oder Della das Gespräch auf all die Dinge, die vor März noch erledigt werden mussten. (Die Kirche buchen. »Aber nicht St. Thomas«, sagte Della. »Natürlich nicht«, sagte Alice. Das Lokal für den Empfang, die Kapelle, die Kleider ...) Dabei konnte nichts bestätigt werden, ehe im Januar alles wiederaufmachte. Welchen Sinn hatte es also, jetzt schon darüber zu reden?

»Es ist aufregend«, sagte Della, »das ist alles. Wirst du ein weißes Kleid tragen?«

»Della«, sagte Jeff, »du bist unverbesserlich.«

»Das ist das passende Wort«, kommentierte Peter.

»Ich weiß noch nicht, was ich anziehen werde«, sagte Maddy geistesabwesend, denn sie dachte daran, wie Luke sie vor dem Altar in St. Thomas mit den Worten zum Lachen gebracht hatte, sie sehe in Weiß so unschuldig aus. *Ich bin fast ein bisschen enttäuscht ...*

»Du wirst wundervoll aussehen, egal was du trägst, Liebste«, sagte Guy.

Maddy lächelte und fragte sich, wann ihr dieses »Liebste« endlich normal vorkommen würde.

An Silvester gab der Yachtclub, der die jährliche Feier längst wiederaufgenommen hatte, eine Party. Guy teilte Maddy mit, er müsse hingehen, weil der Großteil seines Personals einschließlich Jeff dort sein würde; auch Maddys Eltern gingen hin, praktisch aus demselben Grund. Della begleitete Jeff natürlich. Peter zögerte jedoch noch (»Das blöde Bein«, log er Guy an. »Es ist die reinste Qual, alle anderen tanzen zu sehen«), und auch Maddy war noch unentschlossen. Seit jenem ersten Mal

1915 war sie immer mit Peter an den Strand am Fuß des Hügels gegangen, und sie war äußerst erleichtert, dass ihr Knöchel ihr nun als Vorwand diente, erneut dort hinzugehen.

»Gewiss kannst du dich trotz deines Knöchels im Club amüsieren«, sagte Guy, der keine Ahnung hatte, dass sie seit dem Krieg keinen Fuß mehr in den Club gesetzt hatte. Glücklicherweise hatte er auch vergessen, wie sie einmal dort auf der Promenade gestanden und einen Fremden in einem Leinenjackett angestarrt hatte. »Ich werde dir Gesellschaft leisten.«

»Ohne mich wirst du viel mehr Spaß haben«, sagte sie.

»Ich versichere dir, dass das nicht stimmt. Komm mit. Sonst ist es wirklich kein vielversprechender Jahresbeginn.«

Aber Maddy gab nicht nach. Und er war zu freundlich, zu sehr Gentleman, um auf seinem Wunsch zu bestehen. Sie fühlte sich erbärmlich deswegen und schwor sich, es in Zukunft besser zu machen, aber sie wollte ein letztes Mal mit Peter unten auf dem warmen Strand sein, sich das Feuerwerk über der Stadt ansehen und *sich erinnern.*

Um Mitternacht stießen sie auf Luke an; ihr traditioneller Trinkspruch. Auch diesmal legte Peter den blonden Kopf in den Nacken, blickte in den sternenklaren Himmel über Indien, den zu betrachten sich Maddy normalerweise weigerte.

Doch diesmal hob auch sie den Blick, so wie sie es Anfang 1914 getan hatte.

War Luke tatsächlich dort oben und blickte auf sie herab?

Sie konnte das Gewicht seines Blicks, die Berührung durch sein Lächeln beinahe spüren. Vielleicht war es so. Sie sehnte sich schmerzlich danach zu glauben, dass sich seine Seele irgendwo aufhielt und glücklich war, dass er wusste, wie wundervoll seine Tochter war und dass sie, Maddy, eines Tages wieder mit ihm vereint sein würde.

»Ich wünschte, du hättest sein Gesicht gesehen, als er die Fotografie gesehen hat, die du ihm geschickt hast«, sagte Peter wie schon so häufig zuvor. »Wir wollten gerade zum Angriff aus dem Schützengraben klettern, und es war, als hättest du ihm die ganze Erde auf einem silbernen Tablett präsentiert.«

Sie lächelte traurig (wie schon so häufig zuvor), als sie sich die Szene vorstellte.

»Della hat recht«, sagte Peter. »Er würde wollen, dass du glücklich bist. Er würde sich das sehr wünschen.«

»Ich weiß«, sagte sie, den Blick noch immer in den Sternenhimmel gerichtet.

»Hoffentlich weiß er, wie sehr er geliebt wird«, sagte Peter.

»Ich werde ihn immer lieben«, sagte Maddy und presste die Hand auf ihre Brust, auf seine Ringe, die sie nun an Peters Kette trug, gleich neben dem Herzen.

Jones blieb an diesem Silvesterabend in seinem Zimmer. Er verließ es nicht einmal, als Schwester Lytton ihn zu der unvermeidlichen Feier unten im Gesellschaftszimmer zu locken versuchte. Er saß beim Licht seiner Petroleumlampe und ging immer wieder die Tagebücher durch, die er bereits unzählige Male gelesen hatte. Er ignorierte den Bass des Grammofons, die die Bodenbretter vibrieren ließen, ignorierte auch seine Schuld Ernest gegenüber, der allein und traurig in seinem Zimmer saß, und brütete weiterhin über jedem winzigen Detail.

In den vergangenen Wochen hatten ihn nächtliche Träume förmlich überflutet und ihm Hunderte flüchtiger Einblicke in seine Vergangenheit gewährt: Bruchstücke von Erinnerungen, die so wertvoll wie verwirrend waren. Keines bedeutete ihm jedoch mehr als das Bild jener schmalen Finger, die den winzigen sepiafarbenen Fuß umfassten.

Nun kam alles zu ihm zurück. Das Wunder wartete hinter der nächsten Ecke, er konnte es fühlen; in seinem Atem, in seinen Knochen. Ob es an Gibbons Operationen, an Arnolds Therapie oder sogar, wie Arnold ebenfalls vermutete, schlicht und einfach an der Abnahme vernarbten Gewebes lag – die Träume stürmten weiterhin auf ihn ein, und Jones schrieb eilig jede Einzelheit auf, damit ihm nichts entglitt. Er war nahe dran, sehr nahe …

Aber es dauerte zu lange. Ungeduldig blätterte er die Seiten seines Tagebuchs um, sein Blick erfasste die Worte, die er auswendig wusste – *zahnloser Mann, Segelboot, Vögel im Dschungel, prasselnder Regen, Tränen in einem Krankenhaus, Auld Lang Syne* –, und er spürte, wie sein Herz raste, weil ihm die klare Erkenntnis nach wie vor versagt blieb. Vielleicht lag es an der Schließung des Krankenhauses. An der Angst, dass er Diana im Frühling irgendwie verpassen würde.

Er kannte den genauen Grund nicht, aber er war erfüllt von dem grauenhaften Gefühl, dass ihm die Zeit davonlief.

Bis Ende Januar schien der März noch in weiter Ferne zu liegen und wirkte wie ein seltsames Fantasiegebilde. Die Hochzeitsplanungen liefen an – das Aufgebot wurde in der örtlichen Kirche verlesen (natürlich *nicht* in St. Thomas), Zeitungsanzeigen wurden aufgegeben, Gästelisten erstellt – und Maddy spielte ihre Rolle, *gab sich mehr Mühe,* posierte mit Guy für das Verlobungsfoto, nickte zustimmend, als ihre Mutter die Namen der geladenen Gäste vorlas, kämpfte darum, selbst zu glauben, dass all dies wirklich passierte. Es passierte. Das wusste sie. Sie konnte es nur nicht *fühlen.* Guy half ihr, durch den Ballsaal des Taj zu humpeln. Er stützte sie, als der Hotelmanager auf die Größe des prunkvollen Saals hinwies, auf die Kronleuchter aus Kristall, die Pfeiler, die aus Paris importiert worden waren und von demselben Hersteller stammten, der auch für die Ausstattung des Eifelturms verantwortlich war. Sie hörte sich sagen, dass es die perfekte Lokalität für den Empfang war, ja, gewiss, und sie musste sich ins Gedächtnis rufen, dass es *ihr* Empfang war, über den sie sprach.

»Bekommst du immer noch Morphium?«, fragte Della.

»Nein«, sagte Maddy. »Damit habe ich schon lange aufgehört.«

»Dann hast du vermutlich einfach Bammel«, sagte Della. »Denk nicht so viel darüber nach. Du machst dir immer zu viele Gedanken.«

Tatsächlich?

Sie versuchte, damit aufzuhören.

Aber es gingen Einladungen an über dreihundert Menschen hinaus, einschließlich des Vizekönigs, und ohne es zu wollen, fragte sie sich, warum sie diese riesige Zahl und die Aussicht, vor all diesen Menschen das Eheversprechen zu geben, nicht stärker beunruhigte.

»Es kommt mir beinahe so vor, als würde jemand anders das für mich tun«, versuchte sie es Peter gegenüber lachend herunterzuspielen.

»So ist es aber nicht«, sagte er und lachte kein bisschen. Im Gegenteil, er runzelte die Stirn. Besorgt. »Wenn du deine Meinung geändert hast, ist jetzt der richtige Zeitpunkt, um es zu sagen.«

»Habe ich nicht«, antwortete sie, »natürlich nicht.«

Und das stimmte. Sie hatte sich entschieden. Sie würde *glücklich* sein.

Mit diesem Gedanken zwang sie sich, etwas zu tun, das sie bislang vor sich hergeschoben hatte: Sie schrieb Lukes Eltern, dass sie heiraten würde. *Ich hoffe, Ihr wisst, wie schwierig das für mich ist, und dass niemals jemand den Platz Eures Sohnes einnehmen wird. Es tut mir furchtbar leid, dass wir nicht auf die Reise gehen und Euch dieses Jahr besuchen können.* Sie starrte auf die Worte in ihrer schrägen Handschrift und fragte sich, wie sich Nina fühlen würde, wenn sie sie las, und sie wartete darauf, dass sie der Drang zu weinen überkommen würde.

Aber nichts geschah
Es war sehr seltsam.

»Seltsam, aber gut, glaube ich«, sagte ihr Vater, der sie an einem warmen, sonnigen Morgen Ende Januar zum Hauptpostamt fuhr, damit sie den Brief persönlich aufgeben konnte.

»Sehr gut«, sagte Maddy, überzeugt, dass es stimmen musste.

»Ich würde mir Sorgen machen, wenn du geweint hättest«, fuhr er fort, während er eine Rikscha überholte. »Ich habe dich schon eine ganze Weile nicht mehr weinen hören.«

»Habe ich auch nicht mehr getan«, ließ sie ihn wissen.

»Das hatte ich gehofft«, sagte Richard und verzog das wettergegerbte Gesicht zu einem Lächeln. »Deine Mutter meinte, ich sollte öfter mal auf sie hören.«

»Das kann ich mir vorstellen«, sagte Maddy und zwang sich, ebenfalls zu lächeln.

Anfang Februar wurde ihr endlich der schwitzige, juckende Gipsverband abgenommen, was sie maßlos erleichterte. Obwohl ihr Knöchel noch schwach war, schmerzte er viel weniger, und nach und nach fiel ihr das Gehen wieder leichter. Aber es war noch wacklig, vor allem bei den Kleiderproben im Watson's (natürlich *nicht* im Taj, wohin sie vor der Hochzeit mit Luke zu den Anproben gegangen war). Während sie ihr kompliziertes Abendkleid mit tiefsitzender Taille Gestalt annehmen sah, verwirrte sie ihre eigene Losgelöstheit so sehr, dass sie sich nur mit Mühe auf den Beinen halten konnte.

Noch anstrengender war es, als Guy sie an ihrem dreißigsten Geburtstag mit einem Automobil überraschte: eine silberfarbene Limousine, die in der Sonne funkelte, ein unglaublich großzügiges und vollkommen übertriebenes Geschenk.

»Ach Unsinn«, sagte Guy und nahm sie in die Arme (wenigstens *daran* gewöhnte sie sich allmählich). »Ich zeige dir, wie man fährt.« Er küsste sie (noch einmal, es wurde allmählich vertrauter). »Wenn du weiterhin darauf bestehst, allein auszufahren«, sagte er, während sich seine Lippen ihrem Ohr näherten, »dann weiß ich auf diese Art wenigstens, dass du nicht in der Straßenbahn sitzt.«

»An der Straßenbahn ist aber nichts auszusetzen«, sagte sie und schloss die Augen, weil sie sich aufrichtig wünschte, seine Berührung zu genießen.

Sie erklärte sich bereit, am Abend mit ihm auszugehen. Auch das gehörte dazu, wenn man glücklich sein wollte. (»Sehr gut«, sagte Della.) Sie gingen zu einem der Dinner mit Jazz und Austern, die das Taj neuerdings jede Woche in dem vornehmen und sehr heißen Speisezimmer neben dem Ballsaal ausrichtete, in dem ihr Empfang stattfinden würde. Es war sehr voll. Halb Bombay schien dort zu sein, rauchte, tanzte und kam zu ihnen an den Tisch, um immer wieder Überraschung darüber zum Ausdruck zu bringen, dass Maddy endlich wieder nach Einbruch der Dunkelheit unterwegs war.

»Lasst sie doch bitte in Ruhe«, sagte Guy schließlich. Er lächelte zwar, aber seine Stimme hatte einen harten Unterton, der Maddy daran erinnerte, dass er zwar warmherzig und freundlich, aber eben auch ein hochrangiges Mitglied des Sanitätstrupps der indischen Armee war. »Ich möchte, dass sie auch weiterhin mit mir ausgeht, und wenn ihr sie daran hindert, den Abend zu genießen, bleibt sie in Zukunft wahrscheinlich zu Hause.«

»Du musst dir meinetwegen keine Feinde machen«, sagte Maddy, als sie wieder allein waren (obwohl es sie rührte, dass er dazu bereit war).

»Die Gefahr besteht nicht«, sagte er. »Sie sind viel zu erpicht darauf, an der Hochzeit teilzunehmen, um beleidigt zu sein. Und außerdem,« er griff nach ihrer Hand, »interessierst mich sowieso nur du.«

Da hatte *sie* ihn zum ersten Mal geküsst. Impulsiv hatte sie sich über den Tisch gebeugt und ihre Lippen auf seinen Mund gedrückt. Noch immer gab es kein Erschauern, sie empfand überhaupt nicht viel. Aber als sie sich von ihm löste und die Freude in seinen Augen sah – und ja, auch die Erleichterung –, schwor sie sich, ihn öfter zu küssen.

Der Kellner brachte ihnen einen silbernen Servierteller mit Austern. Die Jazzkapelle spielte noch, und die Deckenventilatoren verteilten schwüle Luft in dem Raum. Ausnahmsweise einmal sprachen sie nicht über die Hochzeit. Sie tranken guten Wein, ziemlich viel sogar, und redeten über all die Dinge, über die sie früher immer gesprochen hatten: seine Arbeit, ihre Arbeit, dass er es *selbstverständlich* unterstützen würde, wenn sie weiterhin unterrichten wollte, sobald ihr Knöchel wieder so stark war, dass sie den ganzen Tag stehen konnte, aber ob sie wohl in Betracht ziehen würde, mit dem

Rauchen aufzuhören? Er hatte da eine Theorie, dass es möglicherweise schädlich für die Gesundheit war.

»Nun, wenn das deine Theorie ist …«, sagte sie und drückte ihre Zigarette aus. Sie lächelte mit einer Ungezwungenheit, die sie in seiner Gegenwart kaum mehr für möglich gehalten hatte, und dachte, dass sie vielleicht häufiger Wein trinken sollte.

»Solche Gedanken hegt kein wirklich zufriedener Mensch«, meinte Peter, als sie sich am Morgen darauf auf einen Kaffee mit ihm traf. »Wie geht es deinem Kopf?«

»Gut«, sagte sie, obwohl ihr Kopf unter dem Glockenhut furchtbar schmerzte und ihre Stirn von kaltem Schweiß bedeckt war.

»Maddy«, setzte Peter zögerlich an. »Der Vizekönig wird in weniger als einer Woche aus Delhi anreisen.«

»Das weiß ich.«

»Sobald er hier ankommt, ist es zu …«

»Peter«, fiel sie ihm ins Wort, und ihre Stimme klang schärfer als beabsichtigt. (Das Kopfweh.) »Ich möchte Guy heiraten.«

»Und hast du immer noch das Gefühl, dass jemand anders es an deiner Stelle tun wird?«

Sie rührte in ihrem Milchkaffee und schwieg.

Aber tatsächlich hatte sie immer noch genau dieses Gefühl.

Am Ende des Monats brach sie mit ihrer Mutter, Della, Iris und Lucy (ebenfalls Brautjungfer) auf, um die Kleider im Watson's abzuholen. Sie probierte ihres ein letztes Mal an und hörte ihre Mutter und Della ausrufen, dass es perfekt war. Sie lachte über Iris' Entzücken, über Lucy, die Iris nachahmte, und hatte das Gefühl, in einem Theaterstück mitzuspielen.

Genauso war es eine Woche später, als Ahmed und Guys Diener ihre und Iris' Habseligkeiten die Straße hinunter zu Guys Villa transportierten. Inmitten zirpender Insekten stand sie draußen auf der Straße und sah den Karren verschwinden. Sie versicherte Iris, dass sie selbstverständlich jederzeit wiederkommen durfte, um Suya und den Koch zu besuchen, obwohl sie sich selbst noch nicht damit abfinden konnte, dass sie woanders leben würden als in dem Haus, in dem sie immer schon gelebt hatten.

»Bist du traurig?«, fragte ihr Vater, als Iris mit Alice losgetrabt war, um ihr neues Zimmer in Augenschein zu nehmen. »Schließlich hat Iris schon als Baby hier gelebt.«

»Ich glaube, mir geht's gut«, sagte Maddy und wusste tatsächlich nicht, ob es die Wahrheit oder eine Lüge war.

Eigentlich empfand sie gar nichts.

Sie erlebte jeden Tag, wie sie ihn auch früher erlebt hatte, aber sie fühlte sich … mechanisch, wie eine Puppe, an deren Fäden eine unsichtbare Person zog. Sie sprach, wie es sich gehörte, lachte, wie es sich gehörte, und da niemand fragte, ob es ihr gut ging und auch niemand sie komisch ansah, nahm sie an, dass sie überzeugender klang, als sie sich fühlte. Sie ging erneut mit Guy zum Dinner aus, aß und lächelte, tanzte sogar mit ihm. Er hielt sie fest, die Falten, die sie nach seiner Rückkehr nach Bombay in seinem Gesicht gesehen hatte, verschwanden unter seinem offensichtlichen Glück, und er schien tatsächlich nicht zu ahnen, wie verlassen sie sich fühlte.

Wenigstens das funktionierte.

Anfang März traf der Vizekönig aus Delhi ein. Sie hießen ihn mit einem gewaltigen offiziellen Dinner auf der mondbeschienenen Rasenfläche um die Villa herum willkommen. Er betastete seinen Schnurrbart, wippte auf den Fersen, zwinkerte Guy zu, küsste Maddy dann auf beide Wangen und machte eine Bemerkung darüber, dass sein alter Freund Guy sich sehr glücklich schätzen könne.

»Ich bin es, die sich glücklich schätzen kann«, sagte Maddy und hatte erneut das surreale Gefühl, etwas aus einem Drehbuch abzulesen.

Am nächsten Morgen, drei Tage vor der Hochzeit, begann sie endlich wieder zu sich zu kommen. Lukes Mutter war es, die sie zurückholte, indem sie Maddys Brief beantwortete. Erst als sie den Umschlag auf dem Frühstückstisch liegen sah, wurde ihr bewusst, wie sehnsüchtig sie ihn erwartet hatte. Als sie danach griff, *fühlte* sie zum ersten Mal seit Wochen etwas: Erleichterung, dass Nina überhaupt geantwortet hatte, und Furcht vor dem, was in dem Brief stehen mochte. Sie schnitt den Umschlag auf, und ihr Herz begann ächzend wieder zu arbeiten; ihr zitterten die Hände. Als sie die unfassbar großzügigen Worte las, verschwammen sie vor ihren Augen.

Bitte sorge Dich nicht. Wir haben nie etwas anderes geglaubt, als dass Du unseren Sohn geliebt hast. Wir wünschen Dir aus ganzem Herzen, dass Du glücklich bist. Und wir hoffen, dass Du uns eines Tages doch noch besuchen wirst. Du hast hier immer ein Zuhause.

Iris kam herausgerannt, während Maddy noch las, und kreischte: »Noch dreimal schlafen!«

Irgendwie schaffte sie es, den Brief zusammenzufalten und die Tränen hinunterzuschlucken.

Aber danach fühlte sie sich nicht mehr ständig wie eine Puppe. Sie wurde stiller, lauschte in sich hinein. Sie hatte auf nichts Appetit.

»Fühlen Sie sich nicht wohl?«, fragte der Koch, als sie sich entschuldigte, weil sie erneut nicht aufgegessen hatte.

»Ich glaube, ich bin ein bisschen nervös.«

Das war sie.

Sie war wie gelähmt.

Sie dachte, dass sie sich die ganze Zeit so gefühlt hatte, seitdem sie zugestimmt hatte, Guy zu heiraten. Sie war nur vor Panik wie betäubt gewesen und hatte es deshalb nicht gemerkt.

Sie war erleichtert, dass alle anderen zu beschäftigt waren, um zu bemerken, wie still sie war. Ihre Mutter war glücklicherweise vollauf damit beschäftigt, mit Dellas Hilfe die Kirche und den Ballsaal zu dekorieren. Ihr Vater und Peter konzentrierten sich darauf, den Vizekönig durch die Stadt zu eskortieren: Sie besuchten alle Quartiere der Armee, gingen zu Empfängen und zum Lunch in verschiedene Clubs und Amtsstuben, erhielten sich die Gunst der wichtigsten indischen Geschäftsmänner der Stadt. Guy war im Krankenhaus und machte vor ihrem zweitägigen Honeymoon Überstunden im OP, und Iris war, wie sie offen gestand, zu aufgeregt, um an etwas anderes als die versprochenen Kuchen, ihr neues Zimmer und an die Frage zu denken, wer ihrer Mutter die Schleppe halten würde.

Mit reiner Willenskraft behielt Maddy die Nerven. Sie nahm jeden glutheißen Tag und jede endlose Nacht in Angriff, Minute für Minute; sie badete, kleidete sich an, hörte Iris zu, versuchte zu schlafen. Sie schaffte es fast bis zur Hochzeit in der Überzeugung, dass alles in Ordnung kommen würde, sobald sie die Trauung überstanden hatte.

In der Nacht davor, als alle bereits im Bett lagen, begann sie die Sachen für den Honeymoon zu packen. Sie faltete ihre Nachtwäsche und legte sie in einen Koffer, damit Ahmed ihn in die Suite im Taj bringen konnte, die Guy reserviert hatte. Die Fensterläden standen halb offen und ließen die Nachtgeräusche des Dschungels herein: Zikaden, das Rauschen der Blätter, das entfernte Plätschern der Wellen.

Sie nahm ihre Strümpfe aus der Schublade; die durchsichtige Seide reflektierte das goldene Licht der Lampe, und wie aus dem Nichts kam ihr der Gedanke: *Guy wird diese Strümpfe sehen.*

Stirnrunzelnd versuchte sie, die erschreckende Vorstellung abzuschütteln.

Aber dann holte sie ihr Negligée heraus, und da war sie wieder, die Stimme, die ihr sagte: *Er wird auch das hier sehen.*

Maddy konnte ihr Unbehagen nicht länger ignorieren. Sie griff nach dem hauchdünnen Gewebe und stellte sich vor, wie er es berührte, sie auszog. Auf einmal konnte sie an nichts anderes mehr denken. Ihr Geist, der wenige Tage zuvor noch so wohlig losgelöst gewesen war, füllte sich mit dem erschreckenden Gedanken, dass sie zwangsläufig in Guys Anwesenheit nackt sein würde. *Guy*. Sie würde dasselbe mit ihm tun, was sie mit Luke getan hatte. Gleich am nächsten Tag.

Sie legte die Hände an den Hals. *Morgen*.

Sie würden es an jedem Abend tun, für den Rest ihres Lebens.

In. Jeder. Nacht.

»Oh mein Gott«, sagte sie. »Oh Gott …«

Sie konnte nicht atmen. Sie bekam tatsächlich keine Luft.

Sie ließ den offenen Koffer liegen und rannte aus dem Zimmer, so schnell ihr geschwächter Knöchel es zuließ. Sie blieb nur stehen, um sich zu vergewissern, dass die *ayah* bei Iris war, dann rannte sie weiter, die Stufen hinunter und auf die Zufahrt, ehe ihre Eltern sie hören und aufhalten konnten, ehe sie sahen, wie groß ihre Angst war. Sie stieg in das Automobil – sie lernte noch, es zu fahren – und legte den Gang ein. Kies spritzte auf, als sie mit aufheulendem Motor die Zufahrt hinunterfuhr, zu dem einzigen Ort, der ihr in diesem Augenblick einfiel. Erst vor Peters kleinem Haus hielt sie an; schwitzend und zitternd stand sie vor der Tür und wartete, dass er ihr aufmachen würde.

Er war bereits im Schlafrock, machte sich bereit, zu

Bett zu gehen. Verwirrt und müde schob er sich das blonde Haar zurück und spähte in die Nacht hinaus, und als er ihren Zustand sah, wurde er bleich und sagte nur: »Um Himmels willen.«

»Peter«, plapperte Maddy drauflos, »ich weiß nicht, was ich machen soll, ich weiß es einfach nicht.«

Seine Augen weiteten sich. »Es ist zu spät, Maddy-Darling. Dafür ist es jetzt zu spät.«

»Aber …«

»Morgen ist es so weit«, fuhr er fort. »Der Vizekönig ist hier. *Alle* sind hier. Das kannst du Guy nicht antun. Es würde ihn vernichten. Dein Vater könnte niemandem mehr in die Augen sehen. Und Iris …«

»Oh Gott«, sagte sie, denn als sie Iris' Namen hörte, schnürte es ihr die Kehle zu. Natürlich durfte Maddy sie nicht verletzen, Iris nicht und auch sonst niemanden. »Oh Gott, ich bin so dumm …«

Peter widersprach nicht. Aber er breitete die Arme aus und drückte sie, lange. Er sagte ihr, dass alles gut werden würde, ganz bestimmt.

»Du hast viele gute Gründe, ihn zu heiraten«, sagte er und hielt sie immer noch fest, »lass uns darüber reden.«

Und das taten sie.

Die ganze Nacht saßen sie zusammen. Sie rauchten unzählige Zigaretten, tranken belebenden Brandy aus großen Gläsern und redeten endlos über Guys Güte und Liebenswürdigkeit. Sie redeten darüber, welch großes Glück es für Iris war, ihn zu haben, wie viel Wertschätzung ihr widerfahren würde.

»Wie sehr er euch beide schätzen wird«, sagte Peter.

»Ja«, sagte Maddy und nippte erneut an ihrem Brandy, »ja.«

Sie spürte, wie ihre Panik angesichts der Tatsache, dass sie mit Guy ein Bett teilen (und ihr *ganzes Leben* mit ihm verbringen) würde, langsam, aber stetig nachließ, während sie sich zwang, an seine zahlreichen bewundernswerten Eigenschaften zu denken – nicht zuletzt daran, dass er einen perfekten Vater abgeben würde.

Aber vielleicht war es auch nur Erschöpfung, die ihre Panik dämpfte. Und Brandy.

Sie dachte nicht weiter darüber nach. Für einen Rückzieher war es tatsächlich zu spät. Tief in ihrem Innern hatte sie das bereits gewusst, bevor Peter es ihr gesagt hatte – darum war sie ja so außer sich gewesen –, und sie würde jede Hilfe annehmen, um die Sache über die Bühne zu bringen.

»Braves Mädchen«, sagte Peter, als er sie bei Tagesanbruch hinausbegleitete, aber es klang alles andere als unbeschwert. »Ich bin immer für dich da. *Immer.*«

»Danke«, sagte Maddy.

»Alles wird gut«, sagte er und versuchte, überzeugt zu klingen.

»Alles wird gut«, stimmte sie zu und klang noch weniger überzeugt als Peter.

Aber sie ließ zu, dass er ihr eine Rikscha rief, denn sie hatte zu viel Brandy getrunken und zu wenig geschlafen, um selbst zu fahren. Sie kehrte zur Villa zurück, wo niemand ihre Abwesenheit bemerkt hatte, und lag wieder in ihrem Bett, bevor Iris erwachte, in ihr Zimmer gerannt kam und lauthals verkündete: »Heute ist es so weit, Mummy, heute!«

Um neun Uhr überbrachte der Bote ein Telegramm von Edie (*Habt einen wundervollen Tag STOPP Ist mit Sicherheit das Beste für Euch alle STOPP)* und ein weiteres von Lukes Eltern (*Denken an Euch STOPP*). Um zehn Uhr nahm sie die Kette mit Lukes Ringen ab, zog sich zum zweiten Mal in ihrem Leben wie eine Braut an, traf bei Sonnenschein und nicht bei Regen vor der Kirche ein, und um elf trat sie am Arm ihres Vaters vor den Traualtar. Vor mehr als dreihundert Menschen einschließlich des Vizekönigs versprach sie einem Mann, zu dem sie niemals Ja hätte sagen dürfen – wie ihr zu spät klar geworden war –, ihn zu lieben, zu ehren und ihm zu gehorchen. Als er sie anlächelte, so elegant und korrekt in seiner Uniform, ohne sie auch nur ansatzweise zu necken (*Ich bin ja fast enttäuscht …*), schwor sie sich, ihn zumindest zu ehren und den Versuch zu unternehmen, ihn so glücklich zu machen, wie er sie machen wollte.

Den Empfang nahm Maddy wie durch eine Nebelwand wahr. Sie posierten für weitere Fotografien, tranken Champagner, lächelten und dankten endlosen Schlangen von Gästen für ihr Kommen, und dann war es vorbei, und es war dunkel, und sie hielt Guys Hand, und dann stiegen sie die prachtvolle Marmortreppe des Taj hinauf, die zu ihrem Zimmer führte.

»Danke«, sagte er, als er sie zur Tür, über die Schwelle und auf ein riesiges Himmelbett zuführte. »Danke, dass du mir den schönsten Tag meines Lebens bereitet hast.«

»Sehr gern geschehen«, antwortete sie, was lächerlich war, aber sie war seit über vierundzwanzig Stunden auf den Beinen und konnte kaum atmen, so sehr fürchtete sie sich vor dem, was nun kommen würde, und darum fiel ihr einfach nichts Besseres ein.

»Bist du nervös?«, fragte er leise.

Ich habe grässliche Angst, hätte sie am liebsten gerufen. *Können wir es nicht einfach sein lassen? Bitte!*

»Ein bisschen«, sagte sie.

»Das musst du nicht«, sagte er. »Bitte, hab keine Angst.« Er beugte sich über sie, küsste sie auf den Hals, auf das Schlüsselbein und machte Anstalten, die Häkchen ihres Kleides zu öffnen. »Ich liebe dich so sehr.«

Er bedrängte sie nicht. Er zog ihr das Brautkleid aus, setzte sie auf das Bett und rollte ihr die Strümpfe von den Beinen, als wäre sie eine äußerst zerbrechliche Porzellanpuppe. Er schnürte ihr Mieder auf, küsste ihre Brust, ließ die Hände an ihrer Taille hinabgleiten, um ihre Schenkel herum, und er tat es langsam und sanft und überaus lieb.

Doch als er sich auf ihr bewegte, konnte sie an nichts anderes denken als an ihren Lachanfall, nachdem Luke sich mit ihr ins Meer hatte fallen lassen. Als Guys Gewicht sie auf die weiche, komfortable Matratze drückte, spürte sie nur die Erinnerung an ihre Erregung, an die Dringlichkeit, mit der Luke und sie einander die klitschnassen Sachen vom Leib gerissen und sich in dem winzigen, vollkommenen Boot geliebt hatten, wieder und immer wieder.

Kapitel 24

King's 5th Military Convalescent Hospital 1921

»Diana hat geschrieben«, sagte Arnold, der in Jones' Zimmertür stand. »Sie sagt, sie möchte lieber nicht zu Besuch kommen. Wegen Ernest.«

Jones saß am Schreibtisch. Er hob den Kopf und starrte Arnold an. Auf diesen Augenblick hatte er so lange gewartet, hatte alle Hoffnung daraufgesetzt, und jetzt, wo er endlich gekommen war, empfand er nichts als Furcht.

»Was schreibt sie?«, brachte er mühsam heraus, denn seine Kehle war wie zugeschnürt.

Arnold legte den weißhaarigen Kopf schief, betrachtete den Brief in seiner Hand und legte die Stirn über der Brille in Falten. In dem Umschlag schien auch ein zusammengefalteter Zeitungsausschnitt zu stecken. Jones kam es seltsam vor, dass Arnold ihm nicht einfach beides zu lesen gab. Verheimlichte er ihm etwas?

Ehe er das Wort ergreifen konnte, fragte der Arzt: »Sagt Ihnen der Name Maddy Bright etwas?«

Jones saß regungslos da. Den Zeitungsausschnitt hatte er vergessen; er wartete darauf, dass ihm zu diesem Namen etwas einfiel.

Maddy, wiederholte er im Geist.

Maddy Bright.

Zögerlich schüttelte er den Kopf, während sich Resignation in ihm ausbreitete.

Er sagte ihm nichts.

Auch der Name Luke Devereaux löste nichts in ihm aus.

Nicht auf Anhieb.

Niedergeschlagen und enttäuscht hörte er schon nicht mehr zu, als Arnold sagte, er solle sich Zeit lassen. »Das hier ist nicht das Ende.« Der Arzt faltete den Brief und den Zeitungsausschnitt zusammen und steckte beides ein, ohne es Jones gezeigt zu haben.

Jones schwieg. *Das hier* fühlte sich durchaus wie das Ende an.

Er schlug Arnolds Einladung aus, ihn in sein Arbeitszimmer zu begleiten und die Sache auszudiskutieren. Als Schwester Lytton mit einem Kakao in der Hand Jones' Zimmer betrat, schickte er auch sie fort. Unfähig, sich irgendwo aufzuhalten, wo andere von ihm verlangen würden, eine tapfere Miene aufzusetzen, die er in diesem Moment nicht zustande brachte, zog er sich Stiefel und Jacke an und ging hinaus in den Wald. Er atmete die neblige, kalte Märzluft, hieb mit einem Stock auf Bäume ein und ließ die Blätter auseinanderstieben. Er wusste nicht, wie lange er unterwegs gewesen war, aber als nach dem Frühlingstag früh die Dunkelheit hereinbrach, wich alle Kraft aus ihm. Er ließ sich auf den bemoosten Boden sinken, lehnte den Kopf an einen Baumstamm und schluchzte wie ein Kind – wegen sich selbst, wegen seiner Frau und seiner Tochter, wegen seiner Eltern und allem, was sie verloren hatten, wegen allem, was er selbst verloren hatte. Die Hoffnungslosigkeit all der Jahre, in denen er sie zu finden versucht hatte, überwältigte ihn. Nun war er bereit, wirklich bereit, endgültig aufzugeben.

Als er ins King's 5th zurückkehrte, hatte sich daran nichts geändert.

Wissen Sie noch, was Sie mir einmal vorgeschlagen haben?, hätte er Schwester Lytton beinahe gefragt. *Nun, ich bin bereit, von vorn zu beginnen und* einigermaßen glücklich *zu sein. Ich habe diesen Ort satt. Ich habe ihn dermaßen satt …*

Er war erschöpft. Er mied den Speiseraum, in dem gerade zu Abend gegessen wurde, und ging schnurstracks in sein Zimmer, ehe er etwas zu Schwester Lytton sagen konnte, das er später vielleicht bereuen würde. Er legte sich aufs Bett und schlief prompt ein.

Und dann träumte er.

Erneut befand er sich inmitten von Bäumen, nicht in einem kalten englischen Garten, sondern in einem Dschungel in Indien.

Er war in Indien.

Er stand vor einem Tor und blickte über eine Zufahrt hinweg auf eine prächtige Villa, an deren Fassade Bougainvilleen emporkletterten. Pfauen stolzierten über den Rasen, Palmen wiegten sich in der Brise. Da war eine Veranda, und auf den Stufen zu dieser Veranda saß eine Frau. Das Sonnenlicht überflutete sie; ihr blondes Haar und die cremefarbenen Jochbeine lagen im Schatten ihres Huts.

Im Traum beobachtete er sie. Er wartete nur darauf, dass sie aufblicken und ihn bemerken würde, dachte er.

Ausnahmsweise erwachte er nicht, ehe sie aus ihrem Tagtraum erwachte.

Sie hob den Kopf und sah ihn an. Trotz der Entfernung erkannte er, dass sich ein Lächeln in ihrem Gesicht ausbreitete.

Es berührte ihn tief in seinem Inneren, dieses Lächeln.

Es bedeutete ihm alles.

Kapitel 25

Pflegeheim High Elms, England, Dezember 1976

Die Freude jenes Augenblicks wollte er nie wieder vergessen. Diese reine, ungedämpfte Euphorie, sie wiederzufinden – und alles andere auch –, immer aufs Neue erleben. Während er an einem Erkerfenster des Heims saß und durch die beschlagenen Scheiben hinausblickte, über reifbedeckte Rasenflächen hinweg, spürte er eine Enge in der Brust, ein Brennen voll Schmerz und Trauer, und zugleich durchlebte er noch einmal die Aufregung und die Hoffnung, die sein ganzes Wesen durchströmt hatten.

Seine verzweifelte Ungeduld, endlich zu ihr zurückzukehren.

Doch während er noch dort saß, trübte sich sein Verstand. Verwirrung brachte seine Gedanken zum Stocken. Sein Atem ging schneller; der vertraute Kampf um geistige Klarheit begann.

Innerhalb von Sekunden hatte er bereits vergessen, dass er überhaupt gekämpft hatte.

Er starrte das Fenster an.

Er konnte sich nicht erinnern, dass er davor Platz

genommen hatte. Er blickte den Umriss seines Spiegelbilds an: dichtes Haar und breite Schultern, die im Vergleich zu früher leicht gesenkt und schwächer waren.

Er war so alt geworden.

Irgendwo aus dem Haus kam der Duft nach Früchtekuchen, der gerade gebacken wurde. Aus dem Radio erklang leise klassische Musik. Im Wohnzimmer waren nur wenige Leute. Ein Paar saß in den Polstersesseln vor dem Kamin und spielte Schach. Neben ihnen aßen eine Frau und ihre Tochter Scones und tranken Tee.

Auch er war nicht allein. Direkt neben ihm saß eine ältere Frau. Sie blickte ihn besorgt an. Er musterte sie stumm von Kopf bis Fuß und versuchte zu erraten, wer sie war. Er wollte seine Verwirrung vor ihr verbergen, wollte sie nicht verletzen – immerhin schien die Frau sich große Mühe mit ihrer Kleidung gegeben zu haben: Sie trug eine puderblaue Jacke mit passendem Rock und einen Pillbox-Hut auf dem weißen Haar –, aber ihrer gerunzelten Stirn und der sanften Art nach zu urteilen, wie sie nach seiner Hand griff, gelang ihm das offenbar nicht.

»Haben Sie sich wieder verloren?«, fragte sie.

»Verloren?«

»In Bombay«, sagte sie.

Er runzelte die Stirn. Warum Bombay?

»Keine Sorge«, sagte sie und verstärkte den Griff um seine Hand. »Ich bin da. Ich helfe Ihnen.« Ihre Augen glänzten, ob vor Glück oder Kummer, konnte er nicht erkennen. »Ich bin da«, wiederholte sie.

Er hatte das Gefühl, dass er ihr vertrauen konnte.

Tatsächlich wäre es tröstlich, das zu tun.

»Sie helfen mir?«

»Ja«, sagte sie und tätschelte ihm die Hand. »Aber wollen wir erst einmal eine heiße Schokolade trinken?«

Kapitel 26

Bombay 1921

Nachdem sie in der Hochzeitsnacht zu Bett gegangen waren, konnte Maddy trotz ihrer Erschöpfung nicht schlafen. Bis zum Morgengrauen lag sie angespannt und mit brennenden Augen neben dem befriedigten Guy und lauschte auf die Geräusche, die durch die Wände des Hotels an ihr Ohr drangen: quietschende Wasserleitungen und Klosettspülungen, Husten und das Gemurmel fremder Menschen. Sie musste selbst zur Toilette, würde sich aber schämen, wenn sie Guy damit weckte. Dann wiederum empfand sie Panik. Wie hatte sie nur einen Mann heiraten können, in dessen Gegenwart sie es nicht einmal fertigbrachte, ins Bad zu gehen? Sie wusste es wirklich nicht. Aber als das Licht der aufgehenden Sonne auf die Kanten der Fensterläden fiel, hielt sie es nicht länger aus. Sie stand auf und schlich quer durch das Zimmer zur Toilette. Sie zuckte zusammen, weil sie so wund war, wie sie es bei Luke nie erlebt hatte, nicht einmal bei ihrem ersten Mal. So leise wie möglich leerte sie ihre Blase, wusch sich dann Hände und Gesicht, aber als sie wieder ins Zimmer ging, war

Guy dennoch wach und lächelte sie vom Bett aus verschlafen an.

»Komm her«, sagte er, setzte sich auf und breitete die Arme aus. An seinem Oberkörper war die Haut viel heller als an seinen Armen, am Hals und im Gesicht. Lukes Haut hatte überall dieselbe Farbe gehabt, eine leichte Bräune, die daher rührte, dass er jeden Tag geschwommen war.

Würde sie jemals aufhören, Guy mit Luke zu vergleichen?

»Maddy?« Besorgnis breitete sich auf Guys Gesicht aus. »Du wirkst aufgewühlt. Ist alles in Ordnung?«

»Ja«, sagte sie. »Es ist nur ... ähm ... ich habe gerade meine Periode bekommen.« Die Lüge war heraus, bevor sie bemerkte, dass sie ihr auf der Zunge gelegen hatte. Sie errötete, eher wegen der Intimität des Geständnisses als wegen ihrer Unaufrichtigkeit.

Er war nicht verlegen. Schließlich war er Arzt. »Ach, Liebste«, sagte er (schon wieder dieses Wort), »du Arme. Komm und leg dich wieder hin.«

Sie ging zu ihm. Was hätte sie auch anderes tun sollen?

Er zog sie an sich, schlang ihr die Arme um die Taille und küsste sie auf den Hals. Es war heiß, zu heiß. Sie fing unter dem Nachthemd zu schwitzen an.

»Vielleicht kommt sie nächsten Monat nicht«, sagte er leise.

»Ja, vielleicht«, sagte sie und verschwieg, dass sie bei Dr. Tully gewesen war und ihn um ein Verhütungsmittel gebeten hatte. Zwar hatte sie beschlossen, eine gute

Ehefrau zu sein – eine so gute, wie Guy sie verdient hatte –, aber sie war nicht bereit, ein Kind von ihm zu bekommen. Noch nicht.

Er küsste sie ein weiteres Mal, flüsterte ihr zu, sie solle sich ausruhen, ehe sie zur Villa zurückfuhren, es sei noch früh, und sie schloss die Augen, dankbar, so tun zu können, als ob sie einschliefe.

In den Tagen und Wochen darauf tat sie noch häufig so, als ob. Sie musste. Die (im Rückblick glückselige) Losgelöstheit einer Puppe erlebte sie nie wieder. Sie und Iris zogen in Guys Villa um, richteten sich in ihren neuen Zimmern mit dem frischen Anstrich, den neuen Möbeln und den frisch polierten Bodenbrettern ein, und Iris gewöhnte sich so schnell an die neue Umgebung wie ein Entenküken ans Wasser. Sie machte es sich gemütlich, wenn Guy ihr Gutenachtgeschichten vorlas, und kroch jeden Morgen zu Maddy ins Bett, wie sie es immer getan hatte. Guy brach mit federndem Schritt zum Krankenhaus auf und kam genauso gutgelaunt wieder nach Hause. Maddy gab sich große Mühe, es ihm gleichzutun. Nervös und ängstlich versuchte sie, vor ihm und sich selbst zu verbergen, dass sie das genaue Gegenteil von glücklich geworden war; sie gab auf jedes Wort acht, das ihr herausrutschen könnte, und auf jeden Blick.

Nachdem ihre erfundene Regel vorüber war, klopfte Guy an die Tür, die ihre Zimmer miteinander verband, und fragte, ob er *dürfe,* und sie redete sich ein, sie müsse sich *mehr Mühe geben, jetzt oder nie,* und sie zwang sich zu nicken und ruhig zu atmen, als er sich neben sie setzte und ihr das Nachthemd über den Kopf zog.

»Du bist einfach vollkommen«, sagte er. Er küsste sie auf die Schulter und drückte sie sanft nach hinten, sodass sie sich hinlegen musste, »*zu* vollkommen. Ich kann nicht fassen, dass ich das hier tun darf.«

Maddy schloss die Augen, versuchte, nicht zusammenzuzucken, als er in sie eindrang, und auch sie konnte kaum fassen, was geschah.

Es fiel ihr schwerer denn je, sich in seiner Gegenwart wohlzufühlen, weil ihre Nächte voll unangenehmer Intimität waren, und auch, weil sie ihn täuschte, indem sie verhütete. Sie hasste sich selbst, als sie erneut flunkern musste, weil sie ihre Regel *tatsächlich* bekam. Sie behauptete, manchmal käme sie alle zwei Wochen, und sie hasste sich noch mehr, als er sich Sorgen um sie machte und sie bat, Dr. Tully zu konsultieren, nur für den Fall, dass etwas mit ihr nicht stimmte.

»Aber ich möchte nicht, dass du dir Sorgen machst«, sagte er und nahm ihr Gesicht in beide Hände. »Gewiss stellt sich heraus, dass alles in Ordnung ist.«

»Ja«, sagte Maddy und kam sich endgültig wie eine Betrügerin vor. »Das glaube ich auch.«

Fest entschlossen, sich eine weitere Beschäftigung zu suchen, beschloss sie, zur Schule zurückzukehren, obwohl Guy sich noch immer Sorgen machte, sie könnte zu lange auf den Beinen sein und ihren Knöchel überanstrengen.

»Wir haben gerade erst die Hochzeit hinter uns«, sagte er. »Du musst dich erholen.«

»Wovon?«, fragte sie. »Della und Mama haben die ganze Arbeit erledigt.«

»Aber du wirkst müde«, sagte er. »Lass dir noch ein bisschen Zeit. Geh in den Club und gönn dir einen ausgedehnten Lunch mit Della. Lern ein paar von den Ehefrauen aus dem Krankenhaus kennen.«

Sie zog eine Braue hoch. »Guy«, sagte sie, »so eine Frau hast du nicht geheiratet.«

Er lächelte und seufzte dann dermaßen resigniert, dass Maddy sich fragte, ob er allmählich zu der Überzeugung gelangte, alles wäre einfacher, wenn er *so eine Frau* geheiratet hätte.

Er erhob jedoch keine weiteren Einwände. Er bat sie nur, zur Schule zu fahren und nicht zu Fuß zu gehen, und sie versprach es ihm, aber auch das war eine Lüge. Den kurzen Spaziergang bei Vogelzwitschern durch schattiges Grün und süß duftende, schwüle Wärme liebte sie viel zu sehr, um darauf zu verzichten.

Und sie liebte es, wieder bei den Kindern zu sein. Dasselbe galt für Iris, die in dem Augenblick, in dem sie das Klassenzimmer mit der niedrigen Decke betreten hatten, losrannte, um ihren Platz neben Suya zurückzufordern. Alle stürmten auf Maddy zu, und sie umarmte einen nach dem anderen, lachte über ihr Entzücken und weil sie ihr begeistert die Arme um den Nacken schlangen. Dann klatschte sie in die Hände und verkündete, dass sie sich an die Arbeit machen sollten. An den Vormittagen, an denen sie die Kinder unterrichtete – Rechenarten mit ihnen paukte, Lieder sang, Geschichten schrieb, sogar ihre Mutter zum Malen mitbrachte –, vergaß Maddy die Nächte und ihre Sorgen. Das schreckliche Gefühl, sich in das Leben einer anderen verirrt zu haben, fiel von ihr ab.

Aber sobald sie wieder in Guys Haus war, kam dieses Gefühl zurück. Mit gebeugten Schultern lief sie mit Iris durch den schattigen Flur, die großen, dunklen Räume mit den unvertraut wirkenden Wänden. Sie fühlte sich schrecklich. Guy hatte sie überaus freundlich empfangen (neue Möbel, frische Farbe). Sie beschloss, auch etwas für ihn zu tun. Er hatte davon gesprochen, seine leitenden Beamten zu einer Dinnerparty einzuladen, weil sie es alle kaum erwarten konnten, Maddy endlich zu sehen, und außerdem hatten sie ihn als Junggesellen ihrerseits so häufig eingeladen, dass er ihnen etwas schuldig war. Obwohl sie tatsächlich nicht *so eine Frau* war – der Typ, der sich gern stundenlang mit Tischdekorationen und Sitzplänen beschäftigt –, war ihr bewusst, dass es Guy Probleme bereiten würde, wenn sie nicht irgendwann anfing, Gäste zu bewirten.

Sie tastete sich vorsichtig heran, indem sie ihre Eltern, Peter, Della und Jeff sonntags zum Mittagessen einlud. Unglücklicherweise versäumte sie es, Guys Diener zu *fragen,* was er von dem Vorhaben hielt, und *teilte* ihm stattdessen *mit,* dass dieses Essen stattfinden würde. Erst als seine Miene versteinerte, wurde ihr bewusst, dass sie einen Fehler gemacht hatte. Er weigerte sich, über das Menü und die Vorräte mit ihr zu sprechen, und versicherte ihr – mit einer Miene, die noch verletzter wirkte als die des Kochs, dem sie viele Jahre zuvor Hilfe bei seinem Victoria Sponge angeboten hatte –, er sei sehr wohl in der Lage, den Haushalt allein zu führen, da er diese Arbeit schließlich bereits länger verrichte, als sie, *memsahib*, auf der Welt sei. Maddy ließ sich nicht auf einen Streit mit ihm ein – sie begrüßte es sehr, dass er den Haushalt *allein* führte –, bat ihn aber dennoch, darauf zu achten, dass das Fleisch frisch war, denn seitdem sie eingezogen waren, war ihr und Iris nach dem Essen manchmal nicht gut gewesen. Oh, was zog er für ein Gesicht! Sie war überzeugt, dass er das zäheste Huhn, das sie je gegessen hatte, nur besorgt hatte, um sie für ihre Einmischung zu bestrafen. Und obwohl es in diesem April fast vierzig Grad heiß war (sogar im Schatten der Bäume im Garten, wo sie essen sollten), wies er Guys Koch an, als Beilage eine klumpige Bratensoße, gekochte Karotten und furchtbar trockene Röstkartoffeln zuzubereiten. Niemand bekam das Essen hinunter, nicht einmal Guy (der ihr leise versicherte, dass sie sich künftig nicht um Fragen des Haushalts kümmern müsse, sein Personal sei äußerst fähig). Alle schwitzten in der glühenden Sonne und stocherten in dem erkaltenden Essen herum, sodass Maddy immer nervöser wurde. Schließlich bezeichnete Emily, Dellas und Jeffs Jüngste, das Essen als *scheußlich*. Sie warf ihren Teller auf den Rasen und beugte sich, ohne eine Spur vom sonnigen Naturell ihres Vaters zu zeigen, zu ihrer nichts ahnenden Schwester hinüber und vergrub die Zähne in deren Arm. Während Lucy brüllte und sich nicht trösten ließ und Emily mit Schimpf und Schande von Jeff nach Hause gekarrt wurde, rief das Krankenhaus auf dem Anschluss im Haus an, den Guy installiert hatte. Er müsse operieren, teilte man ihm mit, weil der diensthabende Chirurg an Typhus erkrankt sei. Im Weggehen gab er Maddy einen Abschiedskuss, und weil er das vor den Augen der Gäste, also quasi in aller Öffentlichkeit tat, verspannte sie sich auf eine Art, die sie sich normalerweise nicht mehr erlaubte. Sie wandte den Kopf ab, sodass er sie auf die schweißbedeckte Wange anstatt auf den Mund küsste, und zuckte zusammen. Sie spürte, wie er zurückwich, und zuckte erneut zusammen, als sie sich umsah. An der Art, wie alle plötzlich angestrengt ihre Servietten herumschoben, merkte sie, dass die peinliche Szene niemandem entgangen war.

»Es tut mir so leid«, sagte Maddy, die ihm auf dem Weg zum Haus hinterhergelaufen war, und blickte blinzelnd zu ihm auf. »Ich war nur so ärgerlich wegen des Essens.«

»Natürlich«, sagte er, und sie spürte, wie sehr ihn ihre Ausrede erleichterte.

»Ich bin eine schlechte Gastgeberin«, sagte sie.

»Es wird besser werden«, sagte Guy. Er schenkte ihr sein übliches freundliches Lächeln, widersprach aber nicht, denn schließlich war er darauf angewiesen, dass sie eine bessere Gastgeberin wurde. Er blickte über ihre Schulter. »Du solltest wieder zu den anderen gehen«, sagte er. »Sie gucken schon alle.« Erneut küsste er sie. Diesmal fiel ihr rechtzeitig ein, dass sie es geschehen lassen musste. »Warte heute Abend nicht auf mich. Wenn es spät wird, übernachte ich im Krankenhaus.«

»In Ordnung«, sagte Maddy und war ebenfalls erleichtert, fühlte sich dann aber genau deswegen schuldig.

Innerlich gewappnet gegen die unvermeidlichen Fragen ging sie zum Tisch zurück. Sie versicherte ihnen, alles sei in Ordnung, ihr sei nur von dem Hühnchen etwas übel gewesen, woran natürlich niemand zweifelte.

Dennoch merkte Maddy, dass im Stillen alle dachten, es müsse mehr dahinterstecken. Ihr Vater, der während ihrer Verlobungszeit glücklicherweise davon überzeugt war, dass es ihr gut ging, musterte sie erneut mit besorgter Miene. Peter füllte sein Glas auf und wirkte ziemlich blass. (Sie fragte sich, ob er daran dachte, wie er ihr in der Nacht vor der Trauung die Panik ausgeredet hatte. »Ja«, sagte er später zu ihr, »es kam mir kurz in den Sinn.«) Sogar ihre Mutter und Della wirkten besorgt.

»Ist die Arbeit in der Schule zu viel für dich?«, fragte ihre Mutter. »Du hast abgenommen.«

»Das stimmt«, sagte Della. »Und du wirkst matt. Vor der Hochzeit warst du so aufgeregt.«

Ich war nicht ich selbst, hätte sie beinahe gesagt, konnte sich aber gerade noch zurückhalten.

»Ist das die Ernüchterung?«, fuhr Della fort. »So etwas soll vorkommen.«

»Ja, vielleicht.« Maddy griff den Gedanken bereitwillig auf. »Wahrscheinlich.« Da ihr bewusst war, dass Iris still und schweigsam neben ihr saß und offenkundig zuhörte, fragte sie, ob sich noch jemand an das Dessert wagen würde.

»Nein!«, riefen alle im Chor und hoben die Hände, »nein danke«, und brachten Maddy trotz ihrer Besorgnis zum Lachen.

Um es auf keinen Fall noch schlimmer zu machen, lachte sie den restlichen Nachmittag über häufiger; sie redete mehr, war *glücklich* und vor allem dankbar, als sich einer nach dem anderen wieder zu entspannen schien. Nachdem Lucy und Iris losgelaufen waren, um zu spielen, hörte sie sich selbst eine Geburtstagsfeier für Iris vorschlagen. In knapp zwei Wochen würde sie sechs werden, am zweiten Samstag im Monat.

»Wir könnten sie damit überraschen«, sagte Maddy. »Drüben in der Villa.« Sie blickte ihre Eltern an. »Wäre das in Ordnung für euch?«

»Es wäre uns ein Vergnügen«, sagte ihr Vater.

»Eine Freude«, fügte ihre Mutter hinzu.

»Aber könnten wir vielleicht davon absehen, Diana und ihren neuen Ehemann einzuladen?«, fragte Peter.

»Ist Diana denn wieder da?«, fragte Maddy.

»Ja, gerade erst angekommen«, sagte Peter, »mit Alfred oder *Alf*, wie wir ihn nennen sollen.« Er verzog das Gesicht. »Am Freitag hat er in der Behörde vorbeigeschaut.« Peter spülte den Wein hinunter. »Alf ist schrecklich.«

»Wenn ich Alf sehe, vermisse ich Ernest«, sagte Richard und seufzte. »Armer Ernest.«

»Hast du Diana schon gesehen?«, fragte Maddy ihre Mutter.

»Noch nicht«, sagte Alice seltsam verhalten. »Ich habe es auch nicht eilig.«

»Könntest du mir noch einmal in Erinnerung rufen, warum ich ihren Ehemann einstellen musste?«, fragte Richard.

»Es erschien mir angemessen, ihnen zu helfen«, sagte Alice ebenso kurz angebunden wie zuvor.

»Nun, dann ist es also entschieden«, sagte Della. »Keine Diana und kein Alf bei der Party. Iris wird es uns danken, wenn sie größer ist.«

»Gut«, sagte Maddy. »Wir feiern im kleinen Kreis. Ich bringe die Kinder aus der Schule mit, das wird ihr gefallen.«

Das hätte es tatsächlich, dachte Maddy später, wenn die Party vonstattengegangen wäre wie geplant.

Aber Guy, der am nächsten Morgen erschöpft aus der Klinik nach Hause kam, bezeichnete das Fest als hervorragende Idee und fragte sich, ob dies nicht der perfekte Anlass wäre, endlich einmal all seine Kollegen einzuladen. Viele von ihnen hätten selbst Familie, sagte er, und Iris könnte weitere Freundinnen finden, die, nun ja, die … *wie sie* waren.

»Du meinst *britisch*«, sagte Maddy.

»Ja, meine Herzallerliebste«, sagte er mit müdem Lächeln. »Daran ist doch nichts auszusetzen.«

Andererseits hatte sie ebenso wenig das Gefühl, dass es *richtig* war, aber da Guy so ungemein müde wirkte (und sie sich immer noch schrecklich fühlte, weil sie seinem Kuss ausgewichen war), gab sie nach und versuchte, ihre Bestürzung zu verbergen, als er ihr eine Liste von Namen vorlegte, die so lang war wie ihr Arm.

»Nun, wenn wir all diese Leute einladen«, sagte ihre Mutter, »sollten wir besser auch die Mitarbeiter deines Vaters einladen. Wir dürfen niemanden vor den Kopf stoßen.«

»Dann wird dieses Fest so groß wie die Hochzeit«, sagte Maddy zu Della.

»Was können wir tun?«, fragte Della.

Nichts, das wusste Maddy. Allmählich wünschte sie, sie hätte diese Geburtstagsfeier nie vorgeschlagen.

Am Tag der Feier selbst würde sie sich das noch sehnlicher wünschen, aber das wusste sie zu diesem Zeitpunkt noch nicht. Da ihr in den folgenden zwei Wochen glücklicherweise nicht klar war, worauf die Sache hinauslaufen würde, ging sie, wenn sie nicht in der Schule war, im Haus ihrer Eltern ein und aus, und zwar häufiger, als es für die Vorbereitung eines Kindergeburtstags tatsächlich nötig war. Die knarrenden Geräusche in der Villa, der Duft nach Holzpolitur und Zitronengras und die lichtdurchfluteten Räume hatten ihr gefehlt, viel mehr, als sie angenommen hatte, während die Diener ihre und Iris' Sachen hinausgetragen hatten. Jedes Mal, wenn sie auf die Veranda trat und sich über das Geländer beugte, atmete sie tief durch und blickte in den Garten hinunter, den sie im Lauf der Jahre lieben gelernt hatte. Gelegentlich schlich sie in ihr Zimmer hinauf, setzte sich aufs Bett und nahm ihre Streichhölzer in die Hand, Lukes goldfarbene Seide, und sie blickte aus dem Fenster in die Sonne und spürte, wie sich ihre innere Anspannung löste. Und es war wundervoll, Zeit mit dem Koch und mit Ahmed zu verbringen, die beide entzückt kicherten, als sie ihnen von dem Debakel mit dem Brathähnchen erzählte. »Sie hätten uns nie verlassen sollen«, sagten sie, und im Stillen stimmte Maddy ihnen zu. Dann kochte sie für alle Chai, den sie tranken, während sie die

Rezeptbücher durchgingen und sich auf die Gästehorden vorbereiteten, die sie bald überfallen würden. Iris ahnte nichts von alldem. Sie ging völlig darin auf, mit ihrer Großmama in ihrem alten Kinderzimmer Geschichten zu lesen und im Garten mit Suya und den anderen Kindern zu spielen. Als ihr Geburtstag näher rückte, wollte sie abends nicht mehr nach Hause gehen. Weinend bettelte sie Maddy an, bitte, bitte noch ein paar Minuten länger zu bleiben. Letztlich trug Maddy sie dann nach Hause, jedoch ohne sie zu tadeln. Stattdessen drückte sie sie fest an sich, denn ihr war klar, dass sie bei Guy zwar zufrieden wirkte, ihr Zuhause aber trotzdem vermisste. In Guys Haus war es immer zu still, wenn sie zurückkamen. Es gab zu viel Personal, das weder Maddy noch Iris kannte, und Guy war nur selten dort, weil erneut ein Chirurg erkrankt war. Er wohnte praktisch in der Klinik.

Obwohl Maddy Guys Anwesenheit als erdrückend empfand, kamen ihr die Stunden nach Einbruch der Dunkelheit ohne ihn sehr lang vor. Iris, die von ihrem langen Tag erschöpft war, schlief bereits um sieben, und wenn er fort war, war ihr leises Schnarchen das einzige Geräusch in dem Haus, in dem es ansonsten vor Leere hallte. Es widerstrebte Maddy, ihre Eltern zu sich einzuladen, denn sie wollte nicht, dass sie sich erneut Sorgen machten wie bei jenem Mittagessen. Aus demselben Grund wollte sie auch Della nicht behelligen, und außerdem war die mit ihrer eigenen Familie und der immer schwieriger werdenden Emily beschäftigt. Peter, der ihr deutlich gemacht hatte, dass sie sich jederzeit an ihn wenden durfte, hatte sie nach jenem grauenvollen Sonntag erneut lange an sich gedrückt, und wenn sie ihn bat herüberzukommen, würde er vermutlich über Dinge mit ihr sprechen wollen, über die zu sprechen keinen Sinn ergab.

Obwohl sie es nie vorgehabt hatte, bat sie deshalb die *ayah*, Iris im Auge zu behalten, und ging selbst aus dem Haus.

Zu Lukes alter Wohnung.

Sie fühlte sich furchtbar schuldig, als sie aus der Villa schlich und in ihre silberfarbene Limousine stieg. Sie wusste, dass Guy, der ihr das Automobil gekauft hatte, das sie nun benutzte, um ihn zu betrügen – und der so hart arbeitete und ständig anderen Menschen half –, am Boden zerstört wäre, hätte er gewusst, was sie da tat. Immer wenn sie vor Lukes stiller, verschlafen wirkender Wohnung hielt und die Holztür anstarrte, wenn sie sich vorstellte, wie ihr eigener Schatten durch die Wohnung lief, sagte sie sich, dass sie zum letzten Mal hergekommen war. Aber so war es nicht. Abend für Abend stieg sie aus dem Wagen und fuhr mit den Fingerkuppen über die Fenstersimse. Sie setzte sich auf die Stufen, die auch er berührt hatte, und hielt seinen Diamantring in der geballten Faust. Sie lehnte den Kopf an die Tür, schloss die Augen und verlor sich in ihren Erinnerungen, manchmal stundenlang.

Das tat sie bis zum Abend vor der Geburtstagsfeier.

Der Feier, auf der sich alles änderte.

Kapitel 27

Um ein Uhr an jenem sonnigen Samstag waren die Feierlichkeiten in vollem Gang. Im weißen Anzug und mit Tropenhelm auf dem Kopf bevölkerten Richards und Guys Kollegen den großen Rasen. Sie rauchten und tranken, und ihre Frauen, deren Gesichter vor Hitze gerötet waren, standen neben ihnen. Lachend fächerten sie ihren rosigen Wangen Luft zu und sanken mit den hohen Absätzen im Gras ein. Überall rannten schwitzende Kinder herum, rasten von den Jongleuren zum Zauberer und weiter zu den Ponys, die Richard unter Mühen hatte herbeischaffen lassen. Die Kinder bedienten sich an den Tischen voller zerlaufender Törtchen und Sandwiches und an den unvermeidlichen Servierplatten mit Curry-Puffs. Es waren tatsächlich viel zu viele Leute da, Alice musste zugeben, dass Madeline in dieser Hinsicht recht gehabt hatte. Mehr als hundert Gäste waren gekommen, und Iris, die sich von Anfang an wie ein Schatten an Madelines Seite gehalten hatte, war eindeutig überfordert von all den Fremden. Sie genoss die Überraschung nicht im Geringsten. Richard, einen seiner Papierhüte auf dem Kopf, strahlte sie an und versuchte, sie zu den Ponys zu locken, aber sie klammerte sich an Madeline, die immer noch viel zu dünn und besorgniserregend müde aussah, mit violetten Schatten von Schlaflosigkeit auf der hellen Haut.

Alice stieß einen schweren Seufzer aus. Sie hatte nicht erwartet, dass Madeline sich mit ihrem neuen Leben so schwertun würde. Sie hatte überhaupt nicht mit Schwierigkeiten gerechnet. Da sie vor Richards anfänglichen Vorbehalten nicht die Ohren verschließen konnte, hatte sie ihre Tochter während der Verlobung aufmerksam beobachtet, denn sie wollte absolut sichergehen, dass sie sie nicht zu etwas gedrängt hatte, das sie irgendwann bereuen würde. Aber Madeline schien es immer … gut zu gehen. Mehr als gut. Sie war beinahe wieder sie selbst. Selbst Richard hatte seine Meinung letztlich geändert und Alice zugestimmt, dass ihre Tochter und Guy als Paar sehr gut zusammenzupassen schienen. Alice konnte sich nicht vorstellen, was seitdem geschehen war. Sie hatte mit Iris gesprochen, doch die hatte ihr versichert, dass es zu Hause weder Streit noch böse Worte gegeben hatte.

»Und lacht Mummy noch? Lächelt sie?«, hatte Alice gefragt.

»Ja«, hatte Iris gesagt, war aber abgelenkt von der Puppe, mit der sie gerade spielte. »Guy nimmt Mummy auch ganz oft in den Arm.«

Nun biss sich Alice auf die Lippe und beobachtete, wie ihre Tochter mit den Fingern über den Kragen ihres locker sitzenden cremefarbenen Kleides strich. Peter hielt ihr ein Glas Champagner hin, aber Madeline schüttelte den Kopf. Zu heiß vielleicht. Oder – Alice spürte, wie ihr ein bisschen leichter ums Herz wurde – vielleicht war sie schwanger. Bei Iris war es ihr schließlich ziemlich schlecht gegangen, Alkohol hatte sie nicht einmal riechen können. Ja, das konnte es tatsächlich sein.

Alice drehte sich zu Guy, der mit Della, Jeff und weiteren Gästen in der Nähe des Zauberers stand – Jeff hielt die bissige Emily an der Hand. Im Gegensatz zu den anderen sah Guy nicht, wie sich der Zauberer an den Hut tippte. Er betrachtete Madeline, als würde er am liebsten in ihren Geist schlüpfen. Nach den vielen Stunden im Krankenhaus wirkte er angeschlagen. Er schien sich in seinem Anzug nicht recht wohlzufühlen, und man sah ihm seine achtundvierzig Jahre ausnahmsweise einmal an. Aber er wirkte nicht mutlos. Keineswegs. Sein Blick war beinahe … beschützend.

So würde er Madeline ansehen, wenn sie ein Kind erwartete.

Je länger Alice darüber nachdachte, desto überzeugter war sie, dass es so sein musste. Sie begann gerade, sich zu entspannen.

Und dann dachte sie an Diana.

Sie hatte sie früher in der Woche gesehen, als sie das Pech gehabt hatte, ihr vor dem Gymkhana Club über den Weg zu laufen, wo Alice sich mit Richard zum Lunch treffen wollte. (In den letzten Jahren hatten sie recht häufig miteinander zu Mittag gegessen. Da es mit Madeline so viel besser lief, hatte sie es geschafft, ihn nicht mehr wegzustoßen wie früher. Es war so schön, dass sie damit aufgehört hatte.) Diana sah aus wie immer: zu viel Rot auf Lippen und Wangen, ein kühles Lächeln im

Gesicht und die schwarzen Haare nach der neuesten Mode kurz geschnitten (ein Fehler in der schwülen Luft Indiens: Es kräuselte sich unter ihrem Hut).

Sie tauschten die üblichen Nettigkeiten aus, und – davon war Alice überzeugt – dachten beide an den Brief, den Diana ihr 1916 geschickt hatte. *Eigentlich kaum denkbar, dass ihnen ein solches Gesicht zweimal unterkommt.* Alice, die normalerweise alles tat, um Dianas lächerliche Vermutung, Luke könnte überlebt haben, zu vergessen, erwähnte ihn natürlich nicht.

Sie hatte absolut nicht damit gerechnet, dass Diana auf Luke zu sprechen kommen würde.

Aber genau das tat sie. »Hast du der lieben Maddy je davon erzählt?«, fragte sie.

»Ich habe dir doch gesagt, dass ich das nicht tun würde«, antwortete Alice und merkte selbst, wie eisig ihre Stimme klang.

»Es ist nur so, dass es *Entwicklungen* gegeben hat«, sagte Diana, und zu Alice' würgendem Entsetzen erzählte sie dann, dass ihr ein Dr. Arnold geschrieben und ihr mitgeteilt hatte, der Mann, in dem sie Luke zu erkennen geglaubt hatte, habe sie offensichtlich auch erkannt. »Aber er hatte noch keine Erinnerung. Ich habe dem Doktor geschrieben, dass Maddy wieder geheiratet hat, und ich habe Zeitungsausschnitte mit Fotos geschickt, damit dieser Patient feststellen kann, ob er sie kennt.« Sie zog einen Flunsch. »Es scheint eine reizende Hochzeit gewesen zu sein, Alice. Man wäre gern dazu eingeladen worden.«

»Du warst nicht hier«, sagte Alice automatisch.

»Ja natürlich«, sagte Diana. »Das muss es gewesen sein.«

»Hast du noch einmal von Dr. Arnold gehört?«, brachte Alice mühsam heraus.

»Nur einmal. Er hat gesagt, er habe seinem Patienten die Ausschnitte gezeigt, und den Rest sollte ich ihm überlassen.« Geziert zuckte sie mit den Schultern. »Ist denn nun anzunehmen, dass dieser Mann Luke Devereaux war oder nicht? Und ist Maddy nun eine Bigamistin oder nicht?« Sie lachte. Sie lachte tatsächlich. »Im Vergleich dazu ist eine Geschiedene ja gar nichts.«

»Das war bestimmt nicht Luke«, sagte Alice hastig und lachte nicht. »Das ist unmöglich. Peter war bei ihm, als er gestorben ist.«

»Tja, wer weiß«, sagte Diana. »Du warst dir dessen so sicher, nicht wahr? Ich habe es auch Dr. Arnold gegenüber erwähnt.« Ihre Augen funkelten. Alice, die noch nie jemanden geschlagen hatte, war versucht, ihr die offenkundige Freude aus dem Gesicht zu wischen. »Wirst du es Maddy sagen?«, war Diana fortgefahren, »damit sie selbst an Dr. Arnold schreiben und sich erkundigen kann?«

Alice hatte geschwiegen.

Und darüber nachgedacht. Immer wieder.

Dasselbe tat sie auch in diesem Moment. Sie blickte von dem armen, müden Guy zu Madeline, die vor Iris kniete und sie offenbar zu etwas überreden wollte, und beschloss, auch weiterhin zu schweigen. Es hatte keinen Sinn. Dieser unglückliche Soldat *konnte* nicht Luke sein. Luke – der *arme* Luke – war tot. Und Maddy hatte jetzt eine Familie. Eine richtige Familie. Sie brauchte Zeit und Hilfe, um sich an ihre neue Rolle zu gewöhnen und sich auf die langen, glücklichen Jahre einzulassen, von denen Alice *wusste,* dass sie vor ihrer Tochter lagen. Hier. In Indien.

Sie brachte es nicht über sich, all das aufs Spiel zu setzen.

Guy musterte Maddy, die mit Iris redete, und bemerkte nicht, dass Alice ihn beobachtete. Er lächelte darüber, wie Maddy mit beiden Händen die Wangen ihrer Tochter umfasste und den Kopf schief legte, während sie sie ermutigte, sich ein bisschen zu amüsieren. Seine Frau, einfach vorzüglich.

Erst wenige Stunden zuvor hatte er ihr beim Ankleiden für die Party zugesehen. Er war gerade aus dem Krankenhaus gekommen – wo sie wegen des vorübergehend aus Poona entsendeten Personals bald nicht mehr so knapp besetzt sein würden –, und hatte sich, frisch gebadet, auf den Bettrand gesetzt, um seine Manschettenknöpfe zu schließen. Er hielt inne, als er durch die halb offenstehende Verbindungstür einen Blick auf sie erhaschte. Sie trug nur ihr Korsett. Das Haar fiel ihr offen über die nackten Schultern. Er sah, wie sich ihre Brust hob und senkte, als sie sich vorbeugte und die Strümpfe über die Waden hochzog, und er meinte, das leise Knistern der Seide auf ihrer Haut zu hören. Ihre Fingerkuppen streiften ihre Knie und Schenkel, und er spürte, wie seine Hände heiß wurden. Er wollte zu ihr gehen. Der Drang war stark. Er wusste, dass er sie besser in Ruhe lassen sollte, dass sie beschäftigt war und sich auf Iris' Feier vorbereiten musste, aber es war einfach zu lange her, dass er sie berührt hatte. Also stand er auf, beinahe gegen seinen Willen, und ging hinüber in ihr Zimmer.

Sie hob den Kopf und blickte ihn an.

»Hallo«, sagte sie und lächelte, dieses kleine träge Lächeln, das offenbar ihm vorbehalten war. »Du siehst aus, als solltest du lieber schlafen, anstatt zu einer Party zu gehen.«

»Ich will sie auf keinen Fall verpassen«, hatte er gesagt und ihre Hände in seine genommen. Er drückte ihr Küsse auf die Handgelenke und hörte, wie sie zitternd einatmete, weil sie so etwas immer noch nervös machte.

Er zog sie an sich und wünschte, er könnte ihr helfen, ruhiger zu werden. Er hob ihre Haare an, streifte mit den Lippen die weiche Haut in ihrem Nacken und verlor sich in ihrem Duft, in der Berührung, und versuchte, sie dazu zu bringen, dasselbe mit ihm zu tun.

Sie zögerte, dann gab sie zu bedenken, sie hätten keine Zeit.

»Lass mich doch«, sagte er. *Bitte, ich möchte dir zeigen, wie sehr ich dich liebe.*

»Heute Abend«, murmelte sie.

»Ich kann nicht warten«, sagte er, und sie zwang ihn nicht dazu. Aber dann hatte er es allzu eilig. Er ließ ihr nicht einmal genug Zeit, um ins Badezimmer zu gehen, obwohl sie ihn darum gebeten hatte. Hinterher schämte er sich. Er entschuldigte sich für sein flegelhaftes Benehmen.

»Du bist kein Flegel«, hatte sie leise gesagt und sich bereits die Strümpfe zurechtgerückt. Er versuchte, den unangenehmen Gedanken zu ignorieren, dass sie vielleicht froh war, dass es nicht sehr lange gedauert hatte.

»Wir sind gleich bei euch«, hörte er Maddy nun zu ihrem Vater und zu Peter sagen. Sie erhob sich und führte Iris über den Rasen.

Stirnrunzelnd fragte er sich, wohin sie wohl gingen.

Ohne weiter nachzudenken, folgte er ihnen.

Sie waren auf dem Weg in die Küche, um mit dem Koch Kuchen zu essen. Das Trio des Gärtners war zu schüchtern gewesen, um zu einem Fest mit so vielen Menschen zu kommen, und Iris befürchtete, sie könnten ihr böse sein, wenn sie sie in der Schule wiedersah. Darum hatte Maddy versprochen, sie abzuholen und wieder nach Hause bringen.

»Ahmed auch?«, hatte Iris gefragt.

»Ahmed auch. Und Peter wird Emily und Lucy abholen …«

»Ja, das mache ich«, hatte Peter gesagt.

»Und ich hole Großmama«, hatte Richard hinzugefügt.

Erst jetzt, als Maddy auf das Haus zuging und Guy rufen hörte, fiel ihr auf, dass sie ihn völlig vergessen hatte. Abrupt blieb sie stehen und verfluchte ihre Gefühllosigkeit.

»Oh nein«, sagte Iris, »armer Guy.« (Kinder und Narren …)

»Geh und sag ihm Bescheid«, sagte Maddy. Sie legte

Iris eine Hand auf den warmen, feuchten Rücken und gab ihr einen sanften Schubs.

Iris trottete los.

Maddy blickte ihr hinterher, sah, dass Guy lächelte und sie mit ausgebreiteten Armen erwartete. »Hallo, Süße.«

Und dann geschah etwas Seltsames.

Als Guy Iris in die Arme schloss, hielt er inne und blickte über ihre schwarzen Locken hinweg zum Haus. Seine Aufmerksamkeit galt offensichtlich der großen, im Schatten liegenden Veranda. Seine Augen weiteten sich, als hätte er etwas Beunruhigendes gesehen.

Ohne zu zögern, folgte Maddy seinem Blick. So natürlich, wie sie den nächsten Atemzug nahm, spähte sie hinüber zum Grund seines Erschreckens. Sie ließ sich keine Zeit, um zu erahnen, was sie im nächsten Augenblick sehen würde. Und wäre es anders gewesen, hätte sie sich trotzdem niemals den Gedanken erlaubt, dass er es sein könnte, der dort stand, die Hände in den Taschen, die Augen dunkel in seinem unvergesslichen Gesicht. *Hast du wirklich geglaubt, ich würde mir noch einen Geburtstag entgehen lassen?*

Neugierig drehte sie den Kopf und hob den Blick. Es dauerte nur den Bruchteil einer Sekunde, bis sie ihn dort stehen sah. Weißes Hemd. Leinenjackett. Dunkle Haare unter einem Panamahut.

Ein Schluchzer stieg ihr in die Kehle. Er schwoll an, drohte sie zu ersticken, weil er nicht herauskonnte.

Er stand direkt hinter dem Geländer und starrte sie an, ohne zu blinzeln, als könnte auch er nicht begreifen, was vor sich ging. Sie betrachtete ihn – die angespannte Starre seines Kiefers, seiner Wangen –, sah sein Gesicht, das sie so sehr liebte, und endlich brach sie mit einem merkwürdig erstickten Ton in Tränen aus, vor Jubel und unbändiger Freude. Eine Sekunde lang gab es nichts anderes als dieses Gefühl. *Er lebt,* dachte sie, *er lebt.* Es war ein Wunder. Es überwältigte sie, erfüllte ihre Lunge, ihre Brust, ihre Finger, jeden Nerv ihres Körpers. Sie sehnte sich danach, zu ihm zu laufen, sich in seine Arme zu stürzen. Ihre Muskeln schrien danach.

Aber sie verharrte regungslos.

Auch er bewegte sich nicht.

Sie fragte sich, was ihn zurückhielt.

Dann blickte er an ihr vorbei zu Guy, der Iris an der Hand hielt. Quälend langsam kehrte sie in die gnadenlose Realität und in den Garten zurück, in dem sie sich befanden. Sie sah, wie Luke (*Luke*) registrierte, dass Guy Iris an der Hand hielt. *Bitte!,* wollte sie schreien, *nicht hinsehen!*

Aber er hatte es bereits gesehen.

Schmerz breitete sich in seinem Gesicht aus, und sie spürte, wie in ihrer Brust etwas zerbrach.

Denn er war gekommen. Endlich. Nach sechs Jahren des Wartens war er nach Hause gekommen.

Und er kam zwei Monate zu spät.

Kapitel 28

Ehe Maddy sich in Bewegung setzen konnte, um ihn aufzuhalten, verließ er die Veranda und verschwand ohne ein Wort. Es war beinahe, als wäre er gar nicht da gewesen, und das bereitete ihr schier unerträgliche Qualen. Irgendwie ging die Party weiter – der Zauberer führte seine Kunststücke vor, die Leute applaudierten und lachten, die Ponys wieherten, und niemand schien mitbekommen zu haben, dass die Erde soeben ihre Umlaufbahn verlassen hatte. Maddy war undeutlich bewusst, dass sie froh sein konnte, weil sie kein großes Publikum gehabt hatten. Aber sie dachte an nichts anderes als daran, dass Luke lebte, *er lebte,* und sie hatte ihn gehen lassen.

Sie musste ihn zurückholen.

Mit vor Ungeduld zitternden Beinen wollte sie loslaufen.

Doch da zerriss Iris' Stimme die Hitze und den Lärm im Garten, sodass sie wie angewurzelt stehen blieb: »Mummy!« Keine andere Stimme hätte sie dazu bringen können.

Maddy drehte sich um. Iris kam auf sie zugelaufen, ihr kleines Gesicht war verzerrt. Als sie die Panik in ihrer Miene und die Verwirrung in ihren blauen Augen sah, schloss Maddy selbst die Augen und spürte einen Anflug von Scham, weil sie beinahe verschwunden wäre, ohne ihr Bescheid zu sagen. Sie hockte sich ins Gras, breitete die Arme aus – die von dem Schock noch zitterten – und hob das Mädchen hoch, hielt seinen bebenden Körper fest.

»Warum weinst du?«, fragte Iris.

»Ich weine nicht«, sagte Maddy und biss sich auf die Innenseiten ihrer Wangen, um die Tränen zu unterdrücken.

»Der sah aus wie mein Daddy auf deiner Fotografie«, sagte Iris.

»Das war er auch«, sagte Maddy und sah ihn im Geist bereits auf der Zufahrt, wo er über die Schulter blickte und sich fragte, warum sie ihm nicht einmal gefolgt war. »Iris, ich muss zu ihm gehen …«

»Nein, Mummy, nein!« Iris klammerte sich an sie. »Bleib bei mir.«

»Es dauert nur ein paar Minuten.«

»Das darfst du nicht!«

»Dann komm doch mit«, sagte Maddy verzweifelt.

»Ich will, dass du hierbleibst!«

»Lasst uns ins Haus gehen«, erklang auf einmal Guys Stimme, sodass Maddy klar wurde, dass er zu ihnen gekommen war. Wann war das geschehen?

»Guy«, setzte sie an und spähte erneut zu der leeren Stelle, die Luke hinterlassen hatte. »Ich muss …«

»Nein«, sagte Iris und verstärkte den Griff um Maddys Hand.

»Lasst uns hineingehen«, sagte Richard, der genauso plötzlich aufgetaucht war. Sein Gesicht wirkte verhärmt unter dem Papierhut, und Alice, die neben ihm stand, sah sehr angespannt aus.

Ich will nicht reingehen!, hätte Maddy beinahe gerufen. Es war Iris, die sie zurückhielt, denn sie haftete an ihr wie eine Klette.

»Ich lasse dich nicht gehen«, sagte Iris, um auch den letzten Zweifel auszuräumen.

Maddy holte Luft, wollte ihre Tochter anflehen. Aber ehe sie dazu kam, begann Iris zu weinen.

»Iris«, sagte Maddy verzweifelt, »Iris, du musst doch nicht …«

Aber das Mädchen ließ sich nicht beruhigen. Von niemandem. Maddy war überzeugt, dass das nicht nur an Luke lag. Schließlich war sie bereits den ganzen Tag über unruhig gewesen, und dass sie nun die Nerven verlor, hatte wahrscheinlich genau so viel mit diesem überwältigenden Fest zu tun wie mit Lukes Erscheinen – die Aufregung, die jede Sechsjährige empfunden hätte, deren Geburtstag nicht recht gelingt. Was es allerdings nicht leichter machte, sie zu trösten. Maddy küsste ihr die Tränen von den heißen runden Wangen, und ihr war übel, weil die Sekunden dahinrasten und Luke mit sich nahmen, während sie noch immer hier stand, unfähig, ihm zu folgen.

»Kommt mit«, sagte ihr Vater und schob sie in Richtung des Hauses.

Irgendwie schaffte Maddy es, einen Fuß vor den anderen zu setzen. Beim Gehen blickte sie über die Schulter, suchte den sonnigen, pulsierenden Garten nach Peter ab. Sie konnte ihn nicht sehen, nur Della, die mit Jeff und den Mädchen immer noch dem Zauberer zusah. Hatte Peter Luke gesehen? War er ihm gefolgt?

Sie hoffte es, denn dann war Luke wenigstens nicht allein. Peter würde ihm alles erklären, Luke daran erinnern, wie sehr sie ihn liebte, dass sie ihn immer geliebt hatte.

Du bist es, sagte sie im Stillen zu ihm, während sie, ihre verstörte Tochter an der Hand, ihrem Ehemann ins Haus folgte. *Du warst es immer schon.*

Luke hatte bereits erfahren, dass sie geheiratet hatten. Darum war er zunächst bei Guys Villa gewesen, von dort aber weitergeschickt worden. Arnold hatte ihm von der Hochzeit erzählt, gleich an dem Morgen, als ihm im King's 5th alles wieder eingefallen war. Er hatte ihm die Fotografien gezeigt, die Diana geschickt hatte, und Luke hatte erneut das Gefühl gehabt, dass die Welt unterging.

Aber er war nach Indien gefahren. Er *musste* herkommen. Drüben in England hatte er sich einfach … keinen Reim auf all das machen können. Nachdem er den ersten heftigen Schlag verdaut hatte, den diese Zeitungsausschnitte ihm versetzt hatten, war er wütend geworden und hatte beschlossen, in Ordnung zu bringen, was offensichtlich auf katastrophale Weise schiefgegangen war. Hätte Maddy einen anderen als Guy geheiratet, hätte er möglicherweise abgewartet und ihr zunächst einmal geschrieben. Vielleicht hätte er sogar in Betracht gezogen, auf Emma Lytton zu hören, die angesichts der

Tatsache, dass Maddy bereits verheiratet war, angedeutet hatte, es sei vielleicht freundlicher, sie in Unkenntnis zu lassen. *Schließlich hat sie geglaubt, Sie seien tot.* Aber noch bevor er Maddy auf dem Rasen erblickt hatte – wie erstarrt angesichts von tausend Dingen, denen auch sein wiederhergestelltes Gedächtnis nicht gewachsen war, nicht zuletzt wegen der überwältigenden Liebe, die sie mit der kleinsten Bewegung ihrer Hand oder ihrer Lippen in ihm hervorrufen konnte –, hatte Luke gewusst, dass sie mit Guy niemals zufrieden sein würde. Sie hatte *Witze* darüber gemacht, ihn zu heiraten. *Das könnte ich niemals tun.* Als er sie allein auf dem Rasen ihrer Eltern stehen sah, so dünn und so traurig, wurde dieses Wissen bestätigt. Er stieß die Fußspitze in die staubige Zufahrt, sodass Steinchen aufflogen, er fluchte, wütend wie noch nie, auf *sie*, weil sie sich auf einen Kompromiss eingelassen und auf ihr Recht auf Glück verzichtet hatte. Das konnte er ihr nicht verzeihen, er *konnte* es einfach nicht.

»Sie wollte deinen Tod nicht akzeptieren«, hatte ihm Nina, seine Mutter, erst vierzehn Tage zuvor erzählt, als sie Coco an dem windigen Strand in der Nähe ihres Hauses ausgeführt hatten. Coco hatte sich an Lukes Fersen geheftet und war über den Strand gerast, wahnsinnig vor Freude. *Treu ergeben.* »Es tut mir so leid«, sagte Nina. Ihre Augen tränten in Wind und Kälte. »Sogar ich habe versucht, sie von deinem Tod zu überzeugen.«

»Du musst dich nicht entschuldigen«, sagte er, denn er fand es schrecklich, dass seine Mutter sich schuldig fühlte, und schrecklich war auch, wie der Kummer sie hatte altern lassen – auch sein Vater war gealtert –, und er wünschte sich sehnlichst, er könnte den beiden die versäumten Jahre zurückgeben.

»Maddy muss sich auch nicht entschuldigen«, hatte sein Vater später, als sie vor dem Kaminfeuer saßen, gesagt. »Denk daran, wenn du dort bist.«

Es gehe ihm nicht um eine Entschuldigung, hatte Luke versetzt.

Und so war es noch immer.

Am Tor der Villa zögerte er, wischte sich den Schweiß von der pochenden Stirn. Es war heiß, viel zu heiß, verdammt noch mal. Und wo war sie? Gefolgt war sie ihm nicht, so viel stand fest. Vielleicht tröstete sie Iris. Iris, die, wie er wusste, an diesem Tag Geburtstag hatte (er hatte ihr bei Hamleys einen kleinen Arztkoffer gekauft; er lag noch bei seinen Sachen). Iris, die ihm mit ihren runden Augen und den wippenden Locken den Atem verschlagen hatte, mit ihrer lebendigen, unglaublichen Existenz, und die ihn dann vernichtet hatte, indem sie sich an Guy klammerte, als wollte sie von ihm beschützt werden. Sie fürchtete sich. Seine eigene Tochter. War vor Angst wie gelähmt. Vor *ihm*.

Er biss die Zähne zusammen, konnte die brennenden, nutzlosen Tränen gerade noch zurückhalten und ging weiter die stille Straße mitten im Grünen entlang.

Er war schon auf halbem Weg zu seinem geliehenen Automobil, da erklang hinter ihm ein Ruf.

»Luke. *Luke!* Zwing mich nicht zu rennen. Das kann ich nun wirklich nicht.«

Er kannte die Stimme. Sie drang durch seinen Kummer, seinen Zorn, und trotz allem spürte er, wie ihm die

Brust schwoll. Als er sich umdrehte und blinzelnd in das scheckige Sonnenlicht spähte, atmete er heftig ein – so viel Glück, wie er ertragen konnte – und sah seinen alten Freund am Straßenrand auf sich zuhumpeln. In seinen hellen Augen standen Tränen, und im Gegensatz zu Luke hielt er sie nicht zurück. Als Luke ihn das letzte Mal gesehen hatte, waren sie beide von Gaswolken umhüllt gewesen, umgeben von Männern – von Jungen wie dem armen Fraser Keaton –, die qualvoll starben, während überall Granaten explodierten. Er hatte geglaubt, dass auch sie sterben würden. Als sein Gedächtnis zurückgekehrt war, war er entsetzt, denn er hatte geglaubt, Peter sei tot. Seine Eltern hatten ihm später versichert, dass Peter nicht nur am Leben, sondern außerdem in Indien bei Maddy und Iris war. Luke hatte sich verzweifelt danach gesehnt, auch ihn wiederzusehen – und ihm zu danken, weil er jahrelang an Maddys Seite und immer für sie da gewesen war –, aber bei den scheußlichen Dingen, die sich soeben vor seinen Augen zugetragen hatten, hatte er vergessen, nach ihm Ausschau zu halten.

Wie hatte er das vergessen können?

Er lief auf ihn zu, schloss Peter in die Arme, überwältigt von Freude und Erleichterung, äußerster Erleichterung, ihn zu sehen.

»Mein Gott«, flüsterte Peter und hielt ihn, so fest er konnte, »meine Güte. Wo warst du?«

»Das ist eine lange Geschichte«, sagte Luke. »Die kann ich dir hier nicht erzählen.«

»Dann nichts wie weg von hier«, sagte Peter.

»Zum Hafen.«

»Oh nein«, sagte Peter. »Nicht …«

»Zum Hafen«, wiederholte Luke. »Und nur dorthin.«

Maddy kehrte nicht sofort in Guys Haus zurück, egal, wie viel Mühe er sich gab, sie davon zu überzeugen, dass sie sich dort gewiss leichter ausruhen könne. Sie wollte sich nicht ausruhen. Sie brauchte die Arznei nicht, die er für sie angemischt hatte. Sie brauchte *Luke*. Ihr verzweifeltes Verlangen, bei ihm zu sein – seine Stimme zu hören, ihn wieder im Arm zu halten –, wurde immer größer und drohte sie zu überwältigen. Ständig stiegen neue Fragen in ihr auf: *Wo warst du? Mit wem warst du zusammen?*

Willst du mich noch?

Willst du uns *noch?*

Sie konnte nichts anderes mehr denken. Doch als sie sich endlich lange genug von Iris und Guy lösen konnte, um überhaupt auf den Gedanken zu kommen, nach ihm zu suchen, war er längst verschwunden und Peter mit ihm.

»Peter hat gesagt, er ruft an«, teilte ihr Vater ihr mit. Er nutzte dazu einen Augenblick, in dem Guy draußen im Garten und abgelenkt war, weil er heldenhaft lächelte und sich von den zahlreichen Gästen verabschiedete. Dabei stand er offensichtlich selbst unter Schock und war dermaßen erschöpft, dass er von Minute zu Minute zu altern schien. »Er meldet sich, sobald er kann.« Richard nahm sie kurz in die Arme. »Ich habe mit ihm geredet, ehe er aufgebrochen ist.«

»Und er hat es versprochen?«, fragte Maddy.

»Ja, er hat es versprochen.«

Maddy nickte und beruhigte sich ein wenig. Sie erzählte Guy weder von dem Anruf noch von der rasenden Ungeduld, mit der sie darauf wartete. Selbst in ihrem angeschlagenen Zustand sah sie die furchtbare Verletzlichkeit in seinen Augen, seine aschfahle Haut, und sie brachte es fertig, ihre eigenen Gefühlswirren lange genug zu vergessen, um schmerzlich zu spüren, wie sehr er sich fürchtete. Sie hätte ihn nicht schlimmer verletzen können.

Aber sie saß den ganzen Nachmittag im glühend heißen Salon ihrer Eltern, wartete auf das Klingeln des Telefons und hielt die Fäuste geballt in der Erwartung, endlich nach dem Hörer zu greifen. Sie sprachen nur wenig. Tatsächlich führten ihre Eltern ein angespanntes Gespräch miteinander, bei dem sie draußen auf dem Flur standen. Sie sah ihre verkrampften Gesichter, hörte aber nichts von dem, was sie sagten. Ihre Mutter war danach sehr still und offensichtlich verärgert, und Maddy fragte sich, ob sie sich wohl darüber gestritten hatten, mit welchem ihrer Ehemänner sie verheiratet bleiben sollte.

Mein Gott, dachte sie und schluckte heftig. *Ich habe zwei Ehemänner.*

Zwei.

»Mummy«, sagte Iris und wand sich auf ihrem Schoß, »du drückst mich zu fest.«

»Tut mir leid«, sagte sie und zwang sich, den Griff zu lockern. »Entschuldige.«

Sie wartete darauf, dass Iris sie nach Luke fragen würde. Aber sie tat es nicht. Sie sagte überhaupt nichts mehr über ihren Daddy von der Fotografie, sondern lutschte nur versonnen am Daumen – vielleicht, weil sie an ihn dachte, vielleicht, weil sie sich über den verdorbenen Tag ärgerte –, und schließlich fiel sie in einen verschwitzten, erschöpften Schlaf, der Maddy zumindest einen gültigen Vorwand lieferte, nicht in Guys Haus zurückkehren zu müssen.

»Ich könnte sie tragen«, sagte Guy.

»Ich möchte sie nicht stören«, sagte Maddy.

»Ja, besser nicht«, meinte Della, die ihre Mädchen mit Jeff zusammen nach Hause geschickt hatte, sobald sie Wind von den Geschehnissen bekommen und von dem erwarteten Anruf erfahren hatte. Wenn Guy außer Hörweite war – weil er noch mehr Wasser für Maddy holte oder sich selbst einen Brandy eingoss (*ausgezeichnet*) –, flüsterte sie Maddy zu, wie jämmerlich ihr zumute war. »Und ich habe dir die ganze Zeit eingeredet, dass er tot ist.«

»Du konntest es nicht wissen«, sagte Maddy.

»Ich hasse mich trotzdem dafür. Was um alles in der Welt wirst du jetzt tun?«

Maddy hatte keine Ahnung.

Sie würde zu keinem Schluss kommen, ehe sie Luke nicht gesehen hatte, davon war sie überzeugt. Aber es wurde drei Uhr und dann vier. Außer Della versuchte niemand über das zu reden, was passiert war – am allerwenigsten Guy –, und noch immer durchbrach kein Anruf die aufgeladene, stickige Stille. Maddy spürte die forschenden, besorgten Blicke ihrer Eltern, konnte sich aber nicht überwinden, sie anzusehen, denn womöglich würden sie ihr dann weitere Fragen stellen, auf die sie keine Antwort wusste. Ihre Mutter, die überhaupt nicht mehr mit ihrem Vater zu reden schien (vielleicht war es aber auch andersherum), goss eine Kanne Tee nach der anderen auf. Sie sprach davon, Sandwiches zu holen, tat es aber nicht. Della machte eine Bemerkung darüber, wie schade es sei, dass die Party nicht besser verlaufen war, und schlug vor, am folgenden Tag erneut eine Geburtstagsfeier für Iris auszurichten. Guy sagte, das sei eine wunderbare Idee, und fragte dann Maddy, ob sie Iris nicht besser wecken sollten, damit sie nachts durchschlafen würde.

»Lass sie noch ein bisschen«, sagte Richard, »offenbar braucht sie die Ruhe.«

Als Iris endlich erwachte, war sie zu Maddys Erleichterung fast wieder die Alte. Sie rutschte von Maddys Schoß, gähnte, reckte sich und verkündete, sie sei hungrig. Das Nickerchen hatte sie offensichtlich gestärkt. (Ließe sich doch alles so leicht in Ordnung bringen!)

»Ist schon Teestunde?«, fragte sie.

»Ja, Kleines«, sagte Della.

»Teestunde?« Maddy blickte erschrocken auf die Uhr. *Fünf?* Wie konnte es schon fünf Uhr sein?

»Ich gehe jetzt mal besser nach Hause«, sagte Della widerstrebend. »Die Mädchen tanzen Jeff bestimmt längst auf der Nase herum.«

»Wir müssen auch gehen«, sagte Guy und stand auf. Diesmal duldete er keine Widerrede und nahm Iris bei der Hand.

»Ja«, sagte Richard mit einem Nicken in Maddys Richtung, offenbar, um ihr zu sagen, dass er sich melden würde, sobald es Neuigkeiten gab. Sie wusste nicht, ob er nach wie vor mit einer Nachricht rechnete; seine gerunzelte Stirn ließ sie daran zweifeln. Auch sie erwartete keinen Anruf mehr, denn ihr war klar geworden, wie viel Zeit seit Peters und Lukes Aufbruch bereits vergangen war. Es war erschreckend, wie lange die beiden schon weg waren.

Was hatte Peter davon abgehalten, sich zu melden?

»Komm, Liebste«, sagte Guy, der nichts von dem kalten Grauen ahnte, das seine Frau erfüllte. »Wir werden etwas zu Abend essen und früh schlafen gehen. Wenn diese kleine Prinzessin hier damit einverstanden ist.«

»Ich bin nicht müde«, sagte Iris.

Natürlich nicht. Gestärkt von ihrem Schläfchen (und erleichtert, die unglückselige Feier hinter sich zu haben, vermutete Maddy) redete sie den gesamten Heimweg über – sie sprach von dem Spielzeugdrachen, den Peter ihr geschenkt hatte, fragte, wann sie die restlichen Geschenke öffnen konnte, und kündigte an, eine Karte für Suya und die anderen zu malen, um sich zu entschuldigen, weil es keinen Kuchen gegeben hatte. Ihr Geplapper hinderte Maddy daran, ein Gespräch mit Guy zu führen, geschweige denn, sich zu überlegen, was sie ihm sagen sollte. Wie zuvor im Salon ihrer Eltern wartete sie ängstlich, ob Iris Luke erwähnen und nach … irgendetwas fragen würde, was ihn betraf. Aber sie tat es nicht. Es war, als hätte sie beschlossen, einfach zu vergessen, dass er aufgetaucht war. Maddy *wünschte* sich beinahe, Iris würde das Gespräch auf ihn bringen, Guys Anwesenheit zum Trotz. Es brachte sie beinahe um, dass sogar Iris so tat, als spielte er keine Rolle. Dabei spielte er eine Rolle. Eine sehr große sogar.

Sie musste ihn sehen. Sie konnte nicht mehr länger warten. Wie viele Orte gab es, die er mit Peter aufsuchen konnte? *Nicht viele,* sagte sie sich, während sie Guy und Iris ins Haus folgte. Sobald Iris im Bett war, würde sie losgehen und ihn suchen. Sicherlich würde Guy verstehen, dass sie das tun musste. Ja, natürlich würde er das. *Selbstverständlich.*

Aber er würde es auch hassen und nicht in der Lage sein, diesen Umstand zu verbergen.

Ihre Stimme war angespannt und voller Sorge, als sie Iris sagte, sie solle schon einmal ins Kinderzimmer gehen, damit sie und Guy über ein paar Erwachsenendinge miteinander reden konnten.

Sie fragte sich, ob er es hörte und ob ihm klar war, was kommen würde.

Maddy nahm an, dass es so war und dass er ihr deshalb widersprach. Er sagte, Iris könne sicherlich noch ein wenig unten bleiben. »Schließlich hat sie Geburtstag. Lass uns heute gemeinsam zu Abend essen.«

»Wirklich?«, fragte Iris mit vor Freude geweiteten Augen. »Ich darf mit euch essen?«

»Das würde dir gefallen, nicht wahr?«, fragte Guy und lachte so gezwungen, wie Maddy ihn nie zuvor hatte lachen hören.

»Darf ich auch Champagner trinken?«, fragte Iris.

»Vielleicht Zitronenlimonade«, sagte Guy und fuhr

an Maddy gewandt fort: »Was meinst du? Nur dieses eine Mal?«

»Bitte, Mummy«, sagte Iris und sah zum ersten Mal an diesem Tag aus, als genösse sie ihren Geburtstag tatsächlich. »*Bitte.*«

Maddy zögerte, hätte beinahe Nein gesagt, aber Iris schien vor Begeisterung buchstäblich die Luft wegzubleiben – nach so vielen Tränen. *Sie hat Geburtstag.* Wie könnte sie ihr diesen Augenblick verderben? Und wenn sie es doch tat, würde das dann nicht dazu führen, dass sie es letztlich Luke übelnahm?

Sie aßen draußen auf der Veranda im Licht der Sturmlaternen. Iris hatte ihre Serviette auf dem Schoß liegen und sah während der gesamten Mahlzeit äußerst selbstzufrieden aus, und Guy, dessen Lider vor Müdigkeit immer schwerer wurden, machte dennoch weiter und versicherte Iris, wie leid es ihm tue, dass all seine Freunde sie auf ihrer Geburtstagsfeier überfallen hatten. Er fragte, ob sie, wie von Della vorgeschlagen, am nächsten Tag noch einmal feiern sollten. »Ich sorge dafür, dass ich zum Lunch von der Arbeit wegkomme, und dann gehen wir zum Eisessen in die Sea Lounge.«

»Wirklich?«, fragte Iris und blickte von ihm zu Maddy, um sich zu vergewissern, dass auch sie seinen wundersamen Vorschlag gehört hatte.

Maddy, die alles genau mitbekommen hatte, wurde immer gereizter. Guy war nicht dumm; ihm musste klar sein, dass Luke (wo er jetzt auch sein mochte) seine Tochter sehr wahrscheinlich am folgenden Tag sehen wollte. Wenn er nun darum bat (darum *bat*, seine eigene

Tochter zu sehen, es brach ihr das Herz), würde Iris ablehnen. Genau wie das Dinner schien auch dieser Leckerbissen dazu bestimmt, Luke auszuschließen. Es war nicht fair von Guy, sich bevorzugen zu lassen. Nichts daran war fair.

»Ja wirklich«, sagte Guy zu Iris. »Wollen wir Emily und Lucy auch mitnehmen?«

»Ja«, sagte Iris und kletterte auf seinen Schoß, »ja bitte.«

Guy gab ihr einen Kuss auf den Scheitel.

Wie auf ein Stichwort brachte der Diener widerwillig den Schokoladenkuchen heraus, den der Koch offenbar aus dem Haus ihrer Eltern hatte herbringen lassen; sechs Kerzen prangten darauf. Iris beugte sich über sie, sodass ihre ekstatische Miene vom Kerzenschein erhellt wurde, und blies sie alle aus. Guy sagte, sie solle sich etwas wünschen, und sie schloss die Augen und bewegte lautlos die Lippen.

»Was hast du dir gewünscht?«, brachte Maddy mühsam heraus.

»Das darf ich dir nicht sagen«, antwortete Iris und strahlte nicht sie, sondern Guy an, »sonst geht der Wunsch nicht in Erfüllung.«

Sag es mir, hätte Maddy sie am liebsten angeherrscht, erfüllt von der widerwärtigen Ahnung, dass ihr Wunsch etwas mit der Frage zu tun hatte, welchen Vater sie vorzog, *ich weiß nicht, ob ich mir wünsche, dass er in Erfüllung geht.*

Es war bereits nach neun Uhr, als die endlose Mahlzeit vorbei war. Irgendwie hatte Maddy Iris überzeugen können, dass sie müde genug zum Schlafen war, und brachte sie nach oben ins Bett. Sie badete sie so schnell wie möglich, obwohl Iris zappelnd darauf bestand, mit dem Badewasser einen Geburtstagstee zuzubereiten, dann las sie ihr eine kurze Geschichte vor und steckte sie ins Bett. Bei alldem war es bestürzend, dass sich Iris zum Auftauchen ihres Daddys auf der Fotografie weiterhin ausschwieg. Mit reiner Willenskraft schaffte auch Maddy es, ihn nicht zur Sprache zu bringen. Sie konnte … *würde* … die Dinge nicht übers Knie brechen.

Erst als sie sich über sie beugte, um sie zu küssen – und sich damit abgefunden hatte, dass sie nichts sagen würde –, nahm Iris den Daumen aus dem Mund und fragte schläfrig: »Wo ist er hingegangen, Mummy?«

»Ich weiß es nicht«, sagte Maddy und strich ihr die Haare aus der Stirn, erleichtert – mehr als das –, dass sie gefragt hatte.

»Werde ich ihn wiedersehen?«

»Würde dir das gefallen?«

»Ich weiß nicht«, sagte Iris.

Maddy gab ihr Bestes, um nicht zusammenzuzucken. »Ich bin mir sicher, dass er dich gern sehen möchte«, sagte sie.

Iris drehte sich auf die Seite und kuschelte sich in die Bettdecke. »Sein Gesicht sieht in echt noch schöner aus.«

»Ja«, sagte Maddy, »er hat ein sehr schönes Gesicht.«

»Aber nicht so glücklich«, sagte Iris und schloss die Augen.

»Nein«, sagte Maddy leise.

Kinder und Narren.

»Gute Nacht, Mummy.«

»Gute Nacht«, sagte Maddy und küsste sie ein weiteres Mal.

Sie zog das Moskitonetz über das Bett herunter und dämpfte das Licht, dann verließ sie das Zimmer und ging hinüber zu ihren Schlafzimmern, entschlossen, Guy zu sagen, dass sie sofort aufbrechen und nach Luke suchen würde, damit er ihr kein zweites Mal entwischte.

Er saß auf dem Bett und blickte zur Tür, offensichtlich hatte er darauf gewartet, dass sie hereinkommen würde. Er hatte Jacke und Kragen abgelegt und den obersten Hemdknopf geöffnet. Jetzt, wo er nicht mehr Iris zuliebe eine Show abziehen musste, wirkte er besiegt. Seine eingefallenen Wangen waren grau im Licht der Lampen, seine Schultern schienen schwer wie Blei. Zögerlich legte Maddy eine Hand an den Türrahmen und spürte, wie ihre Ungeduld bei seinem kläglichen Anblick in sich zusammenfiel.

»Ich möchte das jetzt nicht«, sagte Guy, ehe sie einen Versuch unternehmen konnte, mit ihm zu reden. »Können wir erst einmal schlafen gehen, bitte?«

»Ich glaube nicht, dass ich schlafen kann«, sagte Maddy.

»Dann bereite ich dir einen Schlaftrunk zu«, sagte er. »Du brauchst Ruhe. Die brauchen wir beide.«

»Guy«, sagte sie so sanft wie möglich, »ich muss mich mit …«

»Maddy«, fiel er ihr in Wort, ehe sie »Luke« sagen konnte, »nicht heute Abend. Ich flehe dich an.« Müde hob er den Kopf und sah ihr in die Augen. »Ich werde uns nicht aufgeben. Du bist meine Frau. Iris ist meine Tochter …«

»Guy …«

»Ich bin zu erschöpft, um zu kämpfen«, sagte er, »und wenn ich es versuche, werde ich verlieren, also zwing mich bitte nicht dazu. Nicht jetzt.«

»Ich will nicht mit dir kämpfen.«

»Ich meinte: *um* dich zu kämpfen.« Bei den letzten Worten brach seine Stimme.

Maddy öffnete den Mund, wusste aber nicht, was sie sagen sollte. Plötzlich war ihre Kehle wie zugeschnürt.

»Bitte«, sagte er. »Können wir einfach … warten?«

Sie zögerte.

»Bitte«, wiederholte er.

Sie schaute ihm noch eine Weile ins Gesicht; er musterte sie mit flehenden Augen. Der Anblick tat ihr weh, körperlich weh. Und er hatte in ihrer kurzen Ehe wirklich sehr wenig von ihr verlangt. Nach allem, was er ihr geschenkt hatte, schien eine ruhige Nacht das Mindeste, was sie für ihn tun konnte.

Er bestand darauf, ihr ein Schlafmittel anzumischen, ehe er in sein eigenes Zimmer ging. Maddy trank es nicht, sondern goss den Inhalt des Fläschchens ins Waschbecken. Aber sie badete, schlüpfte in ihr Nachthemd und stieg ins Bett. Sie zog sich das Laken über den Körper und das Moskitonetz über das Bett herunter. Sie schloss sogar die Augen.

Guy kam nicht, um ihr einen Gutenachtkuss zu geben. Selbstverständlich fragte er auch nicht, ob er *durfte*. Sie fragte sich, ob er sich selbst half, aber aus seinem

Zimmer drangen bald die langen, gleichmäßigen Atemzüge an ihr Ohr, die ihr verrieten, dass er im Tiefschlaf lag. Sie wartete ab, hielt das Laken umklammert, bis sie sicher war, dass er nicht aufwachen würde. Dann stand sie auf. Ihr Herz schlug so schnell, dass sie befürchtete, jeder im Haus müsse es hören. Sie legte ihr Nachthemd ab und zog sich ein locker sitzendes Kleid an. Sie nahm ihre Schuhe in die Hand, schlüpfte leise aus dem Zimmer und huschte an Iris' Tür vorbei. Sie warf einen Blick hinein, um sich zu vergewissern, dass sie fest schlief, und sah, wie sich die kleine Brust ihrer Tochter hob und senkte, die Schmusedecke neben ihr. Dann huschte Maddy die Treppe hinunter und hinaus in die milde Wärme des raschelnden Vorgartens.

Sie wusste nicht, welchen Ort in der Stadt sie zuerst aufsuchen würde. Und sie nahm nicht den Wagen, den Guy ihr geschenkt hatte, denn das wäre ihr sehr falsch vorgekommen. Stattdessen hastete sie von der Zufahrt auf die verlassene Straße – abgesehen von Zikaden und Nachtinsekten war nur das Knirschen ihrer Schritte zu hören. Sie lief weiter zum Fuß des Hügels, wo viel mehr Betrieb herrschte und es heller war, weil viele Einheimische ihren langen Tag beendeten: Sie aßen und tranken vor ihren Häusern, hängten Wäsche auf, fegten im Sari die Vordertreppen, fütterten die angebundenen Kühe … Auf dem Weg zur Haltestelle der Straßenbahn und einer Reihe wartender Rikschas lief sie an all diesen Menschen vorbei, aber erst, als sie einen der *wallahs* bat, sie zu Peters Haus zu bringen, wusste sie, dass dies der Ort war, den sie aufsuchen würde.

Aber bei Peter zu Hause waren sie nicht.

Und auch nicht im Taj, nicht in der Sea Lounge an einem der Tische am Wasser oder in der nahezu leeren Bar oder dem noch leereren Restaurant. Luke hatte sich auch kein Zimmer in dem Hotel genommen.

»Sind Sie sicher?«, fragte sie den Angestellten an der Rezeption.

»Ganz sicher, *memsahib*«, sagte der und unterdrückte ein Gähnen.

Maddy dankte ihm stirnrunzelnd und ging hinaus. Den glänzenden Automobilen und Kutschen vor dem prächtigen Vordereingang des Hotels schenkte sie keinerlei Beachtung. Sie bat den Portier, ihr eine Rikscha zu rufen, und stieg ein. Sie machte sich keine Sorgen, noch nicht. Immerhin gab es viele andere Orte, an denen sie nach den beiden suchen konnte.

Sie fuhr zum Watson's und durchkämmte auch dort die Bar und die Restaurants, ohne die Blicke des Personals und einer Handvoll Nachtschwärmer zu beachten, die sie mit ihrer heißen, verschwitzten Atemlosigkeit auf sich zog (*sollen sie doch glotzen,* dachte sie), aber auch hier war er nicht. Dasselbe galt für die verschiedenen Restaurants in der Stadt, die alle gerade schließen wollten, und für den Yacht Club (oh, wie qualvoll es war, dorthin zurückzugehen!). Als sie alle Ecken und Schlupfwinkel des Gymkhana Clubs abgesucht hatte – die Billardräume, die Bar im ersten Stock, die Bar im Erdgeschoss, sogar die von Palmen gesäumten Spielfelder –, konnte sie ihre Panik nicht mehr in Schach halten. Sie stand im belaubten Eingang der Portiersloge, die verschwitzten Fäuste geballt, mit vor Angst und Frustration zusammengebissenen Zähnen. Wo war Luke? *Wo?*

Sie wusste es nicht. Und ihr fiel nur noch ein einziger Ort ein, an dem sie ihn suchen konnte. Diesmal ging sie zu Fuß, schnell, ohne die Gefahren zu bedenken, denen sie sich aussetzte, indem sie so spät allein unterwegs war, denn sie war völlig damit beschäftigt, sich selbst jede Hoffnung und jede Erwartung auszureden. *Es hat keinen Sinn. Warum sollte er dort sein?*

Er wird nicht dort sein.

Ganz bestimmt nicht.

Sie dachte tatsächlich, dass sie ihren eigenen Beteuerungen Glauben schenkte. Sie war überzeugt davon.

Und doch, als sie Lukes alte Wohnung erreichte und sie so verschlossen und verlassen vorfand wie eh und je, zerbrach etwas in ihr. Sie blickte von den schwarzen Fenstern zum Vorhängeschloss an der Tür und versuchte nicht einmal, die Tränen zurückzuhalten. Sie hatte sie seit Stunden hinuntergeschluckt und war erschöpft von der hoffnungslosen Jagd, ihr Knöchel schmerzte heftig, und nun brachen die Schluchzer aus ihr heraus. Sie würgte sie hinunter, ließ sich auf die Stufen sinken, die auch er berührt hatte, stützte den Kopf in die Hände und wünschte sich so vieles, vor allem aber, sie wäre direkt zu ihm gelaufen, als sie ihn auf der Veranda erblickt hatte, und hätte ihn *gezwungen* dazubleiben.

»Wo bist du?«, sagte sie ein ums andere Mal in ihre Handflächen. »Wohin bist du gegangen?«

Maddy wusste nicht, wie lange sie dort gesessen hatte. Sie hatte nicht gemerkt, wie die Zeit vergangen war, hatte nicht wahrgenommen, wie es immer leiser auf den umliegenden Straßen wurde, während der Abend in die Nacht überging. Aber schließlich verebbten ihre Schluchzer, und die Tränen trockneten. Das taten sie am Ende immer. Zitternd kam sie auf die Beine, drückte die Fingerkuppen auf die geschwollene Haut ihrer Wangenknochen und machte sich auf den Heimweg, wobei sie wegen des schmerzenden linken Knöchels leicht humpelte.

Die Fahrt nach Hause nahm sie nicht bewusst wahr. Sie nahm an, dass sie erneut eine Rikscha gefunden und den *wallah* bezahlt hatte, damit er sie zu Guys Haus zurückbrachte, dann schließlich stand sie dort vor dem Tor. Sie dankte dem Fahrer, suchte in ihrem Geldbeutel nach Rupien, gab ihm zu viele (nahm sie zumindest an, weil er die Stirn runzelte), und dann trat sie erschöpft auf das weiche Bankett neben der Straße, ehe er davonstrampelte.

Ihr entging, dass sie nicht allein war.

Sie wollte durch das Tor hindurchgehen und sah nicht, dass er hinter ihr auf sie wartete, auf der anderen Straßenseite, wo der Dschungel sich bis zum Meer hinunter erstreckte.

Als er die Stimme erhob – diese Stimme, die sie viel zu lange nicht gehört hatte, die aber tief und warm und seine war, *seine* –, erschrak sie.

»Hallo, Miss Bright«, sagte er.

Sie atmete hörbar ein und wirbelte herum.

Er stand da, wie er auch auf der Terrasse gestanden hatte: Hände in den Taschen, den Blick fest auf sie gerichtet. Er war nur Dunkelheit und Schatten, ein Umriss unter dem Laubwerk, aber er atmete, lebte, war echt.

Echt.

Erneut füllten sich ihre geröteten Augen mit Tränen; sie hatte also doch noch nicht alle vergossen. »Ich wünschte, die wäre ich«, brachte sie heraus.

»Nicht Mrs Devereaux?«

»Die auch«, sagte sie mit erstickter Stimme.

Für eine Sekunde standen sie noch reglos da. Und dann stürmten sie aufeinander zu, gleichzeitig, schnell, drängend. Sie sank in seine Arme, tat, wonach sie sich jeden Tag und jede Nacht verzehrte, seit er sie 1914 verlassen hatte. Sie packte ihn, unfähig zu begreifen, dass sie es wirklich tat, verstärkte den Griff, atmete seine Wärme ein, seine Berührung, den Duft nach Seife und Zigaretten … Sie spürte, wie seine Arme sich fester um sie schlossen, fühlte seine Wirbelsäule unter dem Hemd, jeden einzelnen Herzschlag. Er drückte sie fester an sich, so fest, als wollte er sie nie wieder loslassen. Sie wünschte, er *würde* sie nie wieder loslassen. Sie blickte zu ihm auf, küsste ihn unter Tränen und erlebte das Wunder, dass er den Kuss erwiderte. Sie weinte noch mehr, weil ihr nun klar wurde, dass sie in den Jahren, in denen sie geglaubt hatte, dass er noch lebte, die Hoffnung auf seine Rückkehr dennoch aufgegeben hatte. Aber er war zurückgekommen, er war tatsächlich wieder da, und sie hatte ihn so schrecklich vermisst.

»Wo warst du?«, fragte er.

»Wo warst *du*?«, erwiderte sie.

Seine Mundwinkel verzogen sich zur Andeutung

eines Lächelns. Dieses Lächeln, das sie liebte. »Du zuerst«, sagte er.

»Ich habe dich gesucht. Peter wollte eigentlich anrufen …«

»Ich habe ihn daran gehindert«, sagte er, und auch in seinen Augen schimmerten Tränen. »Ich brauchte Zeit. Ich bin zum Hafen gegangen und habe meine alte Wohnung wieder angemietet.«

»Da war ich gerade.«

»Ich bin hierhergekommen«, sagte er. »Ich habe auf Guys Fenster gestarrt und mir vorgestellt, dass du dahinter bist.«

»Nicht«, sagte sie und machte Anstalten, ihn erneut zu küssen. »Bitte nicht.«

Luke zog sich zurück, seine Lippen waren nur Zentimeter von ihren entfernt. »Ich habe Angst«, sagte er, »wegen dem, was du getan hast. Ich brauche dich, Maddy. Ich brauche *uns.*«

»Ich brauche uns auch«, sagte sie.

»Peter hat mir erzählt …«

»Nein«, fiel sie ihm ins Wort, und diesmal brachte sie ihn dazu, sie zu küssen. »Ich will nicht über Peter reden. Ich will überhaupt nicht reden.«

Sie wollte nur seine Berührungen fühlen, seine Haut, seine Wärme – sich davon überzeugen, dass er wirklich und wahrhaftig wieder am Leben war –, das war es, was sie wollte, und nichts anderes.

Sanft schob sie ihn in Richtung des Dschungels, auf die Unsichtbarkeit zu. Sie spürte sein Zögern, seine Vorahnungen, *ich habe Angst,* und sie küsste ihn heftiger, denn sie fürchtete sich vor seiner Furcht. »Bitte«, sagte sie, »bitte«, und atmete erst aus, als sie merkte, dass er nachgab, sich ihr ohne weiteren Widerspruch überließ.

Er hob sie hoch, drückte sie rückwärts an einen Baum und küsste sie auf Hals und Schlüsselbein. Auch er musste sich davon überzeugen, dass sie tatsächlich echt war.

»Ich bin hier«, sagte sie, »und du bist hier.«

»Ja, wir sind hier.«

Sie wölbte den Hals, schloss die geschwollenen, geröteten Augen und vergaß die schwarze Villa, die kaum hundert Meter von ihnen entfernt war. Sie fühlte seine Hände um ihre Taille, auf den Schenkeln und verlor sich vollkommen im Schauer seiner Berührungen, seines *Seins.*

Sie dachte nicht an Guy.

Sie malte sich nicht aus, wie er im Bett lag, schlafend und nichts ahnend, voller Vertrauen, gutmütig, sanft und lieb.

Sie klammerte sich an Luke, sagte ihm, wie sehr sie ihn liebte, hörte ihn dasselbe sagen und blendete aus, wie oft sie diese Worte von Guy gehört hatte. Und die Worte, die er wenige Stunden zuvor gesagt hatte: dass sie seine Frau war und Iris sein Kind.

Ich werde uns nicht aufgeben.

Kapitel 29

Pflegeheim High Elms, England, März 1977

An jenem Morgen wurde der Rasen gemäht. Er sah die Arbeiter, die draußen in der Vorfrühlingssonne mühsam die Rasenmäher über die langen Böschungen des Gartens schoben und sie mit hellen und dunklen Streifen markierten. Der Duft von gemähtem Gras wehte zu den offenen Fenstern herein und erfüllte den Raum mit seiner Süße, dem Versprechen des nahenden Sommers.

Er hatte geschrieben, das sah er an dem Block, der vor ihm auf dem Tisch lag. Die Seite war halb voll mit einer regelmäßigen, schrägen Schrift, die vermutlich seine eigene war, obwohl er sich nicht erinnern konnte, nach einem Stift gegriffen zu haben. Und doch hielt er einen in der Hand. Er drehte die vom Alter verwitterten Finger, starrte auf den dünnen, rollenförmigen Gegenstand in seiner Hand und runzelte die Stirn. Er blickte auf die Worte, die er geschrieben hatte, und die Falten auf seiner Stirn wurden noch tiefer.

Diese Nacht zwischen den Bäumen war eine der glücklichsten und zugleich eine der traurigsten Nächte meines Lebens. Ich konnte die Furcht und die schreckliche Eifer-

sucht nahezu vergessen. Ich glaubte Dir, als Du sagtest, Du würdest immer bei mir sein. Ich habe tatsächlich darauf vertraut, dass ich Dich kein zweites Mal verlieren würde.

Aber ich habe mich geirrt. Du hast Dich geirrt.

Heute ist einer meiner klaren Tage. Ich erinnere mich noch an alles, weißt Du. Jeder Teil unserer Geschichte ist mir gegenwärtig, und ich hoffe, so wird es immer sein, abgesehen davon, dass ich gern das Ende vergessen würde, wenn ich könnte.

Den Teil, als Du mich verlassen hast.

Ich wünschte so sehr, Du hättest es nicht getan, Maddy. Es gibt so vieles, was ich Dir noch sagen wollte. Du musst unbedingt wissen, dass …

Er starrte auf den abgebrochenen Satz und konnte sich nicht erinnern, was er als Nächstes hatte schreiben wollen.

Oder wer Maddy war.

Sie war wichtig. So viel entnahm er den Worten, die er geschrieben hatte. Er konnte es auch *fühlen.* Er schloss die Augen und versuchte angestrengt, sich zu erinnern, wer sie war, was sie ihm bedeutet hatte, aber nein, es kam nichts, absolut *nichts.* Er hielt den Stift fest umklammert, zerbrach ihn fast vor Entschlossenheit und Frustration, aber es nützte nichts. Anstelle der vergangenen Jahrzehnte sah er nur Schwärze vor sich. Eine schreckliche Leere, die bis in die Zeit zurückreichte, als er erstmals Patient in einem anderen Krankenhaus gewesen war: ein Soldat in einer blauen Krankenuniform. Damals hatte er Tagebuch geschrieben. Daran erinnerte er sich. So lebhaft, als hätte er die Journale gerade erst zurückgelassen, sah er sie vor seinem inneren Auge auf den Regalen in seinem Zimmer stehen. War er auch damals auf der Jagd nach Erinnerungen gewesen? Vermutlich. Er wusste, dass er die Tagebücher letztlich verbrannt hatte; er und Arnold hatten das zusammen erledigt und vor dem Feuer ihre Whiskygläser erhoben.

Was war aus Arnold geworden?

Er wusste es nicht.

Und wer, *wer nur* war Maddy?

Zitternd und mit einem unerträglichen Gefühl von Verwirrung, das gleichzeitig vertraut und vollkommen fremd war, warf er den Stift auf den Block und schob beides von sich weg.

»Noch ein Brief?«, fragte eine Krankenschwester mit leiser Stimme, eine sommersprossige junge Frau, die ihm über die Schulter blickte, seine Worte las und dann lächelte, aber dermaßen traurig, dass man es kaum als Lächeln bezeichnen konnte.

»Wer ist Maddy?«, fragte er und erschrak, weil seine Stimme so fest war, obwohl er sich alles andere als gefestigt fühlte.

Sie antwortete nicht sofort, sondern biss sich auf die Lippe, als überlegte sie, ob sie es ihm sagen sollte.

»Bitte«, fügte er hinzu.

»Sie war Ihre Frau«, sagte die Schwester zögerlich, und er erkannte, dass sie sich fragte, ob es richtig war, ihm das zu sagen.

»War?«, fragte er.

Aber mehr verriet sie ihm nicht. Sie faltete den Brief

zusammen, steckte ihn in die Schürzentasche und weigerte sich rundheraus, ihm zu erzählen, was mit der Frau passiert war, die anscheinend seine Ehefrau gewesen war, oder wie lange er bereits an dem Ort lebte, an dem er sich nun befand.

»Aber Sie müssen es mir sagen.« Er schämte sich, denn seine Stimme begann zu zittern.

»Dann bekommen Sie nur wieder Panik«, sagte sie beschwichtigend.

»Wie meinen Sie das: *wieder*?«

»Lassen Sie es gut sein«, sagte die junge Frau. »Emma müsste jeden Moment hier sein.«

»Emma?«, fragte er, und sein Herz begann zu hämmern. Wer war Emma?

»Ja«, sagte sie Schwester. »Emma Lytton. Ihre sehr liebe Freundin. Warten Sie nur, sie wird Ihnen alles erklären.«

Kapitel 30

Bombay 1921

In jener Nacht kehrte Maddy nicht in Guys Villa zurück. Nachdem sie und Luke einander atemlos in die Arme gefallen waren, sein Kopf an ihrem Hals, ihre Wange auf seinem Haar, *du bist hier*, gingen sie langsam Hand in Hand zum Strand hinunter, zu dem stillen weißen Sandstrand, zu dem er sie bei ihrem ersten gemeinsamen Ausflug geführt hatte und an dem sie an jedem Neujahrstag um ihn getrauert hatte.

»Ich hasse den Gedanken, dass du das getan hast«, sagte er und zog sie an sich.

»Peter war bei mir«, sagte sie.

»Ich wünschte, er hätte nicht bei dir sein müssen.«

Das wünschten sie beide.

Bis Sonnenaufgang saßen sie unter den Palmen, ohne einander je loszulassen. Maddy wusste, dass sie nicht hierbleiben sollte – dass Guy sich Sorgen machen würde, wenn er aufwachte und sie nicht zu Hause vorfand –, aber sie lag in Lukes Armen. Sie spürte, wie er ein- und ausatmete, und nichts, nicht einmal der Gedanke an Guys Schmerz, konnte sie zum Aufbruch bewegen.

Sie redeten über so viele Dinge. Er bat sie, ihm mehr über Iris zu erzählen. »Jedes Detail«, sagte er, »ich will alles wissen. Lass nichts aus.«

»Das wird aber eine Weile dauern«, sagte sie.

»Ich habe Zeit. Was für ein Baby war sie? Hat sie gut geschlafen?«

»Nein, in den ersten Monaten nicht«, sagte Maddy und fuhr fort, indem sie alles Mögliche aus ihrem Gedächtnis hervorholte: die ersten Schritte, die ersten Worte, worüber Iris gelacht oder geweint hatte, ihr Lieblingsessen, einfach alles. Während sie sprach, ließ er sie nicht aus den Augen. Es blieb ihr nicht verborgen, wie er sie musterte, hungrig, unersättlich, ungeduldig auf mehr wartend.

»Ich liebe sie«, sagte er. »Ich kenne sie nicht, aber ich habe sie immer schon geliebt. So sehr.«

»Sie wird dich auch lieben. Genauso sehr.«

»Vorhin hat sie sich vor mir gefürchtet. Sie ist zu Guy gelaufen.« Luke versuchte, gleichmütig zu klingen, aber sie hörte den Schmerz in seiner Stimme.

Sie hasste es. Es war schrecklich, dass all dies hatte geschehen müssen.

»Sie ist erst sechs«, erklärte Maddy, »und sie war schon aufgebracht, bevor du gekommen bist. Die Feier war nämlich schrecklich.« Sie berührte sein Gesicht – die immer noch schier unglaubliche Wärme seiner Haut – und wollte dafür sorgen, dass er sich besser fühlte. »Sie wird dich lieben«, wiederholte sie.

»Ich habe ihr einen Arztkoffer mitgebracht«, sagte er. »Meine Mutter hatte die Idee …«

»Dank sei Gott für deine Mutter«, sagte Maddy. »Endlich keine Puppen mehr.«

Sie fragte, wie es Nina und seinem Vater ergangen war, als sie erfahren hatten, dass er noch lebte, und er erzählte ihr, wie er die beiden zu Hause überrascht hatte, am Sonntag drei Wochen zuvor.

»Du hast wirklich eine Vorliebe für Überraschungen«, sagte sie.

»Sie sollten es von mir selbst hören.« Luke strich ihr über den Arm. »Es war so … seltsam, in ihrem Haus zu sein. Alles war noch genauso, wie ich es in Erinnerung hatte. Der Garten, die Haustür, die Möwen auf dem Dach … alles genau wie früher.« Er starrte auf die schwarze See hinaus und erinnerte sich. »Meine Mutter … Sie war in der Küche. Sie saß auf einem Stuhl und starrte diesen Schrank an, den ich damals reparieren sollte.«

»Von dem Schrank habe ich gehört«, sagte Maddy.

Er lächelte. (Dieses Lächeln.) »Hat sie dir davon erzählt?«

»Sie hat gesagt, du warst betrunken, als du versucht hast, ihn in Ordnung zu bringen.«

Er lachte.

Sie liebte dieses Lachen.

»Jedenfalls«, fuhr er fort, »hörte sie mich nicht hereinkommen. Ich fragte: ›Warum lässt du mich das Ding nicht einfach reparieren?‹ Meine Güte, ihre Miene, Maddy …« Sein Lächeln wurde breiter, beherrschte sein ganzes Gesicht. »Du hättest sie sehen sollen.«

»Ich wünschte, ich wäre dabei gewesen.«

»Dann kam mein Vater herein«, sagte Luke, »und es war … na ja … es war … unglaublich.«

»Ich nehme an, sie wollten dich gar nicht wieder fortlassen«, sagte sie und versuchte sich vorzustellen, sie müsste Iris gehen lassen, nachdem sie sie gerade erst auf diese Art zurückbekommen hatte.

»Sie wussten, dass ich nicht bleiben konnte.« Erneut wurde seine Miene ernst. »Ich musste zurück nach Indien, Maddy.«

»Selbstverständlich musstest du das«, sagte sie.

Das stand völlig außer Frage.

Sie redeten über den Krieg, natürlich, über das, was ihm und so vielen anderen passiert war. Nicht zuletzt sprachen sie über Fraser Keaton – den lieben jungen Fraser –, den er mit seiner Jacke zugedeckt hatte und der nun schon so lange mit Lukes Erkennungsmarke und seinem Foto unter der Erde lag, weil er im Chaos der Schlacht mit ihm verwechselt worden war.

»Ich habe seine Familie besucht«, sagte Luke, »kurz bevor ich an Bord des Schiffes gegangen bin. Es war schrecklich. Absolut schrecklich.« Er blickte sie an. »Seine Eltern waren so … sie waren dankbar, endlich Gewissheit zu haben. Ich habe sie angelogen und gesagt, es sei schnell gegangen.«

»Ich hätte genau dasselbe getan«, sagte Maddy leise, und ihre Augen brannten, als sie sich vorstellte, wie groß der Kummer der Keatons sein musste.

Sie sprachen auch über Ernest, der noch immer im King's 5th war und darauf wartete, ins nächste Krankenhaus verlegt zu werden. Der schmerzliche Gedanke, wie knapp Peter und Luke sich verpasst hatten, als Peter bei Ernest zu Besuch war, denn Luke war erst 1915, ein Vierteljahr später, in das Krankenhaus eingeliefert worden.

»Ich darf gar nicht daran denken«, sagte Maddy. »Sonst werde ich verrückt.«

»Weißt du, Peter dachte, er hätte mich gesehen«, sagte Luke. »Auf der Menin Road, nachdem ich verwundet worden war.« Er runzelte die Stirn. »Das hat er mir gestern erzählt.«

Maddy brauchte eine Sekunde, um zu begreifen, was Luke da gesagt hatte. Als sie es verstanden hatte, dachte sie daran, wie oft Peter beteuert hatte, Luke sei auf keinen Fall mehr am Leben, und sie spürte, wie sie vor Verwirrung und Unglaube den Rücken streckte. »Er hat dich *gesehen*?«

»Er *glaubte*, mich gesehen zu haben«, korrigierte Luke. »Er nahm an, dass es eine Halluzination war, wegen des Blutverlusts.« Nach einem leisen Seufzer fuhr er fort: »Vielleicht war es so. Dein Ehemann hat jedenfalls sein Bestes getan, um ihn davon zu überzeugen, dass es nur Einbildung war.«

»Guy wusste davon?«, fragte Maddy. »Guy?« Sie setzte sich aufrechter hin, ihre Verwirrung verwandelte sich in Zorn. »Das hat er mir nie gesagt. Keiner von ihnen hat mir etwas gesagt.«

»Peter hasst sich selbst dafür.«

Geschieht ihm recht, hätte Maddy beinahe gesagt, konnte sich aber gerade noch zurückhalten. Sie erinnerte sich an Peters Kummer bei seiner Rückkehr nach Indien, die Qual, die sein allzu blasses Gesicht verzerrt hatte, als er ihr von Lukes Tod erzählte. *Zwing mich nicht, dir zu sagen, was ich gesehen habe.*

»Er war absolut sicher, dass du getötet wurdest«, sagte Maddy.

»Ich mache ihm keinen Vorwurf«, sagte Luke. »Die Art, wie er mich angesehen hat, als die Granate explodiert ist ...« Bei der Erinnerung wurden seine Augen dunkel. »Das kannst du dir nicht vorstellen.« Er schüttelte den Kopf. »Und ich möchte nicht, dass du es dir vorstellst.«

Sie starrte ihn an und stellte es sich dennoch vor. »Trotzdem hätte er es mir erzählen sollen«, sagte sie. »Und auch Guy hätte es mir sagen müssen.«

»Guy hat mehr Tote gesehen als wir alle zusammen«, sagte Luke. »Was einem dort draußen unmöglich vorkam, war das Leben, nicht der Tod.«

»Nimmst du ihn etwa in Schutz?«

»Nein, das will ich nicht«, sagte er und versuchte vergeblich zu lachen, »glaub mir. Aber ich glaube nicht, dass er es dir aus bösem Willen verheimlicht hat.«

»Und was ist mit Diana?«

Luke zog eine Braue hoch. »Müssen wir wirklich über sie reden?«

»Ich möchte wissen, warum sie mir nicht geschrieben hat, nachdem sie dich das erste Mal gesehen hatte«, sagte Maddy, und als sie es aussprach, merkte sie, wie sehr die Frage sie quälte. »Ich wäre gekommen, allen U-Booten zum Trotz.«

»Nun, ich bin froh, dass du es nicht getan hast.«

»Im Ernst, Luke.« Sie reckte sich auf die Knie und sah

ihm unverwandt in die Augen. »Diana hat immer schon gern getratscht, warum also sollte sie das hier für sich behalten haben?«

Er zuckte mit den Schultern und schüttelte den Kopf mit einer Gleichgültigkeit, die sie nicht verstand. »Ich weiß es nicht.«

»Bist du nicht wütend auf sie? Ich *bin* wütend …«

»Das sehe ich.«

»Ich werde sogar mit ihr reden.«

»Nein«, sagte er. »Bitte nicht. Was würdest du damit erreichen?«

»Vielleicht fühle ich mich dann besser …«

»Indem du mit Diana sprichst?«, fragte er, und gegen ihren Willen musste Maddy lächeln. »Bitte«, sagte er und streckte eine Hand nach ihr aus, »lass es auf sich beruhen.«

»Aber es waren so viele Jahre«, erwiderte sie und spürte erneut, wie ihr Tränen in den Augen brannten, obwohl sie lächelte – vor Trauer, vor lauter Trauer um all das, was hätte sein können. »Es fühlt sich so … überflüssig an.«

»Aber es ist vorbei«, sagte er. »All das ist vorbei.«

»Wie kannst du das nur so gelassen sehen?«

»Tue ich nicht«, sagte er. »Nicht, als ich dich heute Nachmittag im Garten gesehen habe.«

»Dann …«

»Ich hatte Zeit«, sagte er, »ich hatte wochenlang Zeit, mich damit abzufinden.« Sein Blick bohrte sich in ihren; so lebendig, so sehr er selbst. »Anfangs war ich außer mir, aber dann habe ich mich erinnert …«

»Erinnert?«

»Warum ich hierhergekommen bin«, fuhr er fort. »Wegen all der Jahre, die uns noch bleiben.« Er drückte seine Stirn an ihre. »Wichtig ist, was jetzt geschieht.«

»Wir wissen, was geschieht«, sagte sie. »Wir fangen von vorn an. Du, ich und Iris.«

»So einfach ist das nicht.«

»Warum?« Sie wich zurück. »Warum nicht?«

»Weil du verheiratet bist.«

»Mit dir«, sagte sie. »Ich bin *mit dir* verheiratet.«

»Nein«, sagte er, »mit Guy.«

»Dich habe ich zuerst geheiratet«, protestierte Maddy, doch noch während sie sprach, dachte sie an das, was er vorhin vor Guys Tor zu ihr gesagt hatte. *Ich habe Angst wegen dem, was du getan hast,* und erneut spürte sie, wie die Angst auch in ihr hochkroch und sich in ihrem Körper ausbreitete. »Luke«, sagte sie, »wir sind *verheiratet.*«

»Ich bin gestorben.«

»Nein«, sagte sie, »bist du nicht.«

»Doch. Rechtlich gesehen bin ich tot. Ich war bei einem Anwalt, ehe ich aufgebrochen bin.« Er starrte ins Leere. »Guy ist dein Ehemann, nicht ich.«

»Nein.« Sie schüttelte den Kopf. »Nein, das kann nicht stimmen.«

Der Schmerz in seinem Blick verriet ihr, dass es stimmte.

»Oh Gott«, sagte sie und legte sich eine Hand auf die Stirn, weil sie versuchte, es zu verstehen. Ihr war übel, sie zitterte vor Entsetzen, denn sie sah keinen Ausweg. Eine Scheidung würde Jahre dauern. Man musste mindestens drei Jahre verheiratet sein. Selbst dann würde Guy sie wegen Ehebruchs verklagen müssen, denn sie durfte sich nicht von ihm scheiden lassen, es sei denn, er hatte ein Verbrechen begangen. Alles würde vor Gericht gezerrt werden, und die arme Iris …

»Es muss keine Scheidung sein«, sagte Luke und nahm ihre Hand. »Wir können die Annullierung der Ehe beantragen.«

»Eine Annullierung?«, sagte sie. »Ist das besser?«

»Es geht schneller«, sagte er. »Und ist offenbar weniger öffentlich. Aber Guy wird seine Zustimmung geben müssen.«

»Dann werde ich ihn darum bitten«, sagte Maddy und spürte, wie die Übelkeit bei dem Gedanken daran schlimmer wurde.

»Bist du sicher?«, fragte Luke.

»Natürlich bin ich sicher«, sagte sie. So groß ihre Angst auch war, nie war sie sich einer Sache sicherer gewesen. Sie drehte sich um und blickte aufs Meer hinaus, auf den Horizont, den sie im Traum Tausende Male überschritten hatte. »Ich will, dass wir nach Hause gehen«, sagte sie. »Ich habe nie aufgehört, von deinem Haus in Richmond zu träumen.«

»Es ist jetzt dein Haus. Du hast es geerbt.«

»Dann ist es unser Haus.«

»Du hast dich also bisher geweigert, es zu verkaufen.«

»Ich habe gewartet, dass der Markt dafür besser wird«, erklärte sie und lächelte, ohne es zu wollen, als er sie erneut in den Arm nahm, sie küsste und ihnen für einige Sekunden all ihre Sorgen nahm.

Sie lehnte sich mit dem Rücken an seine Brust und zog seine Arme um sich herum. So saßen sie eine Weile da, atmeten die schwüle Nachtluft und beobachteten schweigend die sich kräuselnde See. Maddy konnte den Gedanken an Guy nicht länger unterdrücken, daran, was sie ihm antat, indem sie die Familie zerstörte, die sie gerade erst gegründet hatten. Auch Iris würde sehr aufgebracht sein, dessen war sie sich beinahe sicher. Aber es musste sein, es war unumgänglich …

»Peter hat mir erzählt, dass du vor der Hochzeit in Panik verfallen bist«, sagte Luke. Seine Stimme drang in ihr beklommenes Schweigen und teilte ihr mit, wo er in Gedanken gewesen war. »Vorhin, oben bei der Villa, wollte ich dir sagen, dass … Ich wünschte, du hättest es nicht getan.«

»Ich musste«, sagte sie.

»Das hat Peter auch gesagt.«

»Alle waren in der Stadt«, sagte sie, weil sie sich veranlasst sah, sich zu erklären. »Der Vizekönig war gekommen. Ich weiß nicht, was aus meinem Vater geworden wäre. Und was Guy betrifft …« Sie verstummte bei der Vorstellung, wie verletzt er gewesen wäre, und sie fühlte sich noch schlechter, weil sie wusste, dass sie ihn erneut verletzen würde.

»Ihr habt die Hochzeitsnacht im Taj verbracht«, sagte Luke.

»Bitte nicht«, sagte Maddy.

»Der Gedanke ist unerträglich.«

»Dann denk nicht daran«, sagte sie. »Bitte, denk einfach nicht daran.«

»Wann wirst du mit ihm reden?«

»Bald«, sagte sie. »Es muss bald sein.« Und weil sie sich die Frage die ganze Nacht lang gestellt, sie aber nicht auszusprechen gewagt hatte, fügte sie hinzu: »Wie lange kannst du bleiben?«

»So lange, wie du brauchst, um hier wegzugehen«, sagte Luke. Er legte den Kopf schief und sah sie an. »Bitte, lass es nicht zu lange dauern.«

Unweigerlich wurde es hell am Horizont, das blasse Gelb verwandelte sich im Licht der aufgehenden Sonne in Gold. Widerstrebend, ganz langsam brachte Luke sie zu Fuß zur Villa zurück. Es gab keinen anderen Ort für sie. Aber sie brachte es kaum fertig, ihn zurückzulassen. Sie küsste ihn – hielt seine Hände, solange es ging – und versprach ihm, vor Tagesende zu ihm in die Wohnung zu kommen.

»Wirst du Guy erzählen, dass du das tust?«

»Ich weiß es nicht.«

»Ich will keine Heimlichtuerei, Maddy. Ich ertrage dieses Verstohlene nicht.«

»Ich auch nicht«, sagte sie. »Aber ich fürchte mich so davor, ihn zu verletzen …«

»Abwarten macht es nicht einfacher.«

Sie seufzte und räumte damit ein, dass er recht hatte. »Mal sehen, wie es ihm heute früh geht«, sagte sie, »ich erzähle ihm so viel, wie ich für richtig halte.«

Tatsächlich beabsichtigte sie, genau das zu tun. Ihre Entschlossenheit wuchs mit jedem Schritt auf der stillen, von der Morgensonne beschienenen Zufahrt. *Ab-*

warten macht es nicht einfacher. Sie betrat den schattigen vorderen Flur der Villa, machte sich bereit, sogleich nach oben in sein Zimmer zu gehen und ihm mitzuteilen, dass sie sich mit Luke getroffen hatte, wenigstens das.

Aber auf dem Verandatisch lag eine Notiz in Guys Handschrift für sie. Stirnrunzelnd beugte sie sich vor, sodass ihr das offene Haar über die Schultern fiel, und nahm den Zettel in die Hand.

Maddy, Liebste,
in Deinem Zimmer war alles ruhig. Ich wollte Dich nicht wecken. Iris schläft auch noch tief und fest und träumt hoffentlich von Eiscreme. Ich musste schon zur Arbeit, habe Deinen Eltern und Della aber ausrichten lassen, dass wir uns mittags im Taj treffen. Dein Vater kann es Peter sagen. Ich sehe Euch alle dort – hoffentlich kann Iris ihre Begeisterung im Zaum halten, und hoffentlich hast Du gut geschlafen.
Ich liebe Dich, mein Schatz,
Dein Guy

Sie las die Worte erneut, einerseits erleichtert wegen der Galgenfrist, aber dennoch mit großem Unbehagen. *In Deinem Zimmer war alles ruhig.* Hatte er tatsächlich nicht nach ihr gesehen?

Sie an seiner Stelle hätte es getan.

Oder hatte er sich zurückgehalten, weil er lieber gar nicht wissen wollte, dass sie verschwunden war? Sie stellte sich vor, wie er vor ihrer Tür stand, nachdenklich, und auf das Geräusch ihres Atems lauschte, auf das

Quietschen des Bettrosts, und hoffte … Sie schloss die Augen, die Innenseiten der Lider rau vom Schlafmangel, und sah seine bedrückte Miene vor sich, als er nichts hörte. Sie spürte, wie schrecklich verletzt er angesichts dieses Betrugs sein musste.

War er deshalb so früh zum Krankenhaus aufgebrochen? Um ihr nicht über den Weg zu laufen, wenn sie zurückkam?

Maddy kam zu dem Schluss, dass die Antwort mit hoher Wahrscheinlichkeit »Ja« lautete. Sie griff nach dem Zettel. Wie glücklich er in den vergangenen Monaten gewesen war – sein Lächeln, wie er mit Iris zusammen gelacht hatte, seine Euphorie, als sie, Maddy, in die Ehe mit ihm eingewilligt hatte –, und als sie daran dachte, wie lange er davor allein gewesen war, wurde ihr schwer ums Herz.

Ich werde uns nicht aufgeben, hatte er gesagt. Jetzt fiel es ihr wieder ein.

Und das würde er auch nicht, natürlich nicht, er würde weder auf sie noch auf Iris verzichten. Nicht freiwillig. So gütig und nett Guy sein mochte, er war auch klug, sehr entschlossen und keinesfalls ein Opfer.

Es war dumm und naiv von ihr gewesen zu glauben, dass die einzige Schwierigkeit darin bestand, ihn um die Annullierung zu *bitten.* Obwohl das qualvoll sein würde – zumal er überhaupt nichts über Luke von ihr hören wollte –, wurde ihr nun bewusst, dass ihr womöglich noch viel Schlimmeres bevorstand.

Er würde der Annullierung nämlich mit hoher Wahrscheinlichkeit nicht zustimmen.

Auch Luke hielt eine Annullierung für äußerst unwahrscheinlich, als er Maddy hinterherblickte, nachdem sie im Haus verschwunden war, und er sehnte sich danach, sie zurückzurufen. Es fühlte sich falsch an, grundfalsch, sie an einen Ort gehen zu sehen, an den er ihr nicht folgen konnte. Hätte er gekonnt, wäre er für immer mit ihr an diesem Strand geblieben.

Er zögerte noch eine Sekunde, durchlebte erneut den Augenblick, in dem er gemerkt hatte, dass sie es war, die in jener Rikscha gesessen hatte. Er hätte nach ihr rufen, vor Erleichterung und Euphorie die Faust in die Luft recken mögen. Trotz Peters Versicherungen hatte es ihm … *alles* bedeutet, dass sie nicht bei Guy im Haus geblieben war, sondern nach ihm gesucht hatte, so hoffnungslos es auch war.

Luke fuhr sich mit der Zunge über die wunden Lippen. Er konnte ihren Kuss noch fühlen. Er roch ihren Duft. Sie war genau wie früher – ihre Stimme, ihr Lächeln, ihr Lachen, ihre Gesten; all das war jede Sekunde der vielen Jahre wert, in denen er versucht hatte, zu ihr zurückzukehren. Und noch viel mehr.

Wenn es sein müsste, würde er all das noch einmal tun.

Er wandte sich von der Villa ab, weg von den dunklen Fenstern, den Kletterpflanzen und leeren Balkons, denn er konnte den Gedanken nicht ertragen, dass sie in diesem Haus war. Guys Automobil stand nicht auf der Zufahrt. Das tröstete ihn. Zumindest im Augenblick musste er sich nicht mit der Vorstellung quälen, dass Maddy mit ihm zusammen war – oder dass Iris mit Guy plauderte, mit einer Stimme, die er bislang nur in seiner Vorstellung kannte.

Nach einem tiefen Atemzug machte er sich auf den Weg, nicht den Hügel hinunter, sondern weiter hinauf zum Haus von Maddys Eltern. Er hatte nicht mehr geschlafen, seit er am Morgen zuvor auf dem Schiff erwacht war, und sehnte sich verzweifelt danach, sich auf das weiche Bett in seiner Wohnung sinken zu lassen, während das gedämpfte Sonnenlicht durch die Fensterläden drang und eine salzige Brise vom Meer hereinwehte. Obwohl er gern sofort in seine alte Wohnung zurückgekehrt wäre, musste er zuerst Maddys Mutter aufsuchen und ihr berichten, was er Maddy gegenüber nicht einzugestehen gewagt hatte: dass er alles über den Brief wusste, den Diana ihr im Jahr 1916 geschrieben hatte und in dem es hieß, sie habe im King's 5th einen Mann gesehen, der genauso aussah wie er.

Ich wäre ja selbst noch einmal gekommen, hatte Diana in dem Brief an Arnold geschrieben, dem auch die Zeitungsausschnitte beigefügt waren. *Ich hätte es auf jeden Fall getan, wäre Alice nicht felsenfest davon überzeugt gewesen, dass Luke unmöglich noch am Leben sein konnte. Ich musste ihr schwören, seiner Frau, Maddy, keine falschen Hoffnungen zu machen. Was hätte ich tun sollen? Ich hoffe, Sie schieben nicht mir die Schuld zu.*

Luke hätte ihr gern die ganze Schuld zugeschoben.

Anfangs.

Er hatte vor Wut auf Alice förmlich gekocht. Immer wieder war er die endlosen Tage und Monate und Jahreszeiten durchgegangen, in denen er allein dagesessen und gewartet hatte, während seine Eltern und Maddy trauerten. Und er hatte geflucht und geschimpft, weil ihnen all das erspart geblieben wäre, wenn Diana etwas *getan* und Maddy davon erzählt hätte.

Arnold war es, der ihn schließlich überredet hatte.

»Wissen Sie, wie viele Briefe wir von Verwandten bekommen?«, hatte der Arzt gefragt. »Hunderte. Und alle flehen uns an, ihnen zu sagen, dass ihr Sohn oder ihr Ehemann hier bei uns ist.« Sein Blick hinter den Brillengläsern war entschlossen. »Ihre Hoffnung«, er deutete auf Dianas Brief, »diese falsche Hoffnung, vor der Alice solche Angst hatte, ist eine Qual für sie.«

»Aber in meinem Fall war es nicht nur Hoffnung«, entgegnete Luke. »Ich war tatsächlich hier.«

»Alice hielt das nicht für möglich«, erwiderte Arnold. »Sie waren nicht als vermisst gemeldet. Es gab kein *mutmaßlich* oder *wahrscheinlich*. Niemand nahm an, dass der Leichnam dieses armen Jungen nicht Ihrer war. Sie haben Sie begraben. Sie waren tot. Maddy hat vermutlich ein Telegramm bekommen, wahrscheinlich hat man ihr all Ihre Habseligkeiten geschickt, mit einem Brief Ihres Vorgesetzten …«

»Aber Diana …«

»Hat gesagt, dass sie jemanden gesehen hat, der aussah wie Sie. Mehr nicht.« Arnold seufzte. »Sie haben mir erzählt, wie sehr Alice ihre Tochter liebt. Überlegen Sie doch, wie schwer es für sie gewesen wäre, sie weiterhin leiden zu sehen.« Er hielt inne und gab Luke damit Zeit, dasselbe zu tun. »Indem sie schwieg«, fuhr Arnold fort, »hat sie sie geschützt.«

»Vor mir?«

»Vor weiterem Kummer«, sagte Arnold, »der Maddy erwartet hätte, wenn sie der Fährte gefolgt wäre und herausgefunden hätte, dass Diana sich geirrt hatte.«

»Sie hat sich nicht geirrt …«

»Das *wusste* Alice doch nicht«, hatte Arnold entgegnet. »Und ich bin zwar kein Spieler, aber ich würde hohe Beträge darauf wetten, dass sie seitdem an jedem Tag daran gedacht und sich gefragt hat, ob sie sich richtig verhalten hat.«

Inzwischen wusste Alice natürlich, dass sie einen Fehler gemacht hatte. Luke hatte sie am Nachmittag zuvor im Garten gesehen, gleich hinter Maddy. Den Schock und dann die Angst in ihrem Gesicht, als sie ihn gesehen hatte.

Und darum musste er mit ihr sprechen.

Er ging durch das Tor, blinzelte in das rasch heller werdende Sonnenlicht, fühlte den Schweiß auf seiner Haut unter dem Hemd und steuerte auf das Haus zu.

Was er zuvor zu Maddy gesagt hatte, meinte er ernst. Er hatte kein Interesse daran, in der Vergangenheit zu wühlen, in all dem, was hätte sein können. Im Gegensatz zu Millionen anderen wurde ihnen eine zweite Chance gewährt, und das war ein Geschenk, ein Privileg.

Was sie damit anfingen, war tatsächlich das Einzige, das nun zählte.

Kapitel 31

Alice beobachtete Luke vom Salonfenster aus und erinnerte sich, wie sie ihnen zugesehen hatte, damals, als Madeline und er über die Zufahrt schlenderten und einander umwarben. Allerdings versuchte sie sich diesmal nicht einzureden, dass alles gut werden würde.

Nichts würde gut werden, davon war sie überzeugt.

Sie hatte sich bereits angekleidet, obwohl sie die Vorstellung, gleich zur Kirche zu gehen, kaum ertragen konnte. Sie hatte nicht geschlafen. Sie war erschöpft vor Müdigkeit. Und vor Schuld. So viel Schuld und Angst.

Richard redete kaum noch mit ihr. Natürlich hatte sie ihm von Dianas Brief erzählt, sobald sie nach der Party alle ins Haus gegangen waren.

»Und du hast nicht eher daran gedacht, darüber zu reden?«, hatte er gefragt. Seine Stimme klang gepresst, so stark war sein Drang, sie anzuschreien.

»Ich habe keinen Sinn darin gesehen«, sagte sie.

»Es *mir* zu erzählen? Ihrem Vater?«

»Es tut mir schrecklich leid …«

»Welcher Teil der Geschichte tut dir leid?«, fauchte er, denn sein Zorn wurde immer größer, noch nie hatte sie ihn dermaßen außer sich gesehen.

»Alles«, sagte sie, obwohl ihre Gedanken sich überschlugen und sie zwangen, dem Schmerz und der Verzweiflung ins Gesicht zu sehen, zu denen sie unwissentlich beigetragen hatte – nicht nur Madeline hatte gelitten, nicht nur Iris und Luke, sondern auch Lukes Eltern (sie ertrug es einfach nicht), Peter, Lukes andere Freunde, seine Tanten und Onkel – die Erkenntnisse kamen so schnell und geballt, dass sie sie nicht fassen konnte. Alice hielt die Tränen zurück, weil sie wusste, dass es ihr nicht zustand zu weinen, und alles tat ihr so furchtbar leid.

»Ich hätte dich gezwungen, es ihr zu sagen«, fuhr Richard mit leerem Blick fort. »Oder ist das vielleicht der Grund, warum du geschwiegen hast? Du wusstest, was ich tun würde, und du wolltest nicht, dass sie weggeht …«

»Nein«, sagte Alice, entsetzt, dass er ihr so etwas überhaupt zutraute. »*Nein.*«

»Jedenfalls hast du jetzt, was du immer wolltest, Alice. Sie hat Guy geheiratet. Und sieh dir an, wie glücklich sie das macht.«

»Richard …«

Aber er hatte sie stehen lassen. Auf dieselbe Art, wie sie ihn in ihrer Ehe allzu oft hatte stehen lassen.

Sie hätte es nicht so häufig getan, hätte sie die geringste Ahnung gehabt, wie sehr es schmerzte.

Richard musste ihr verzeihen, mit ihr *reden*, verstehen, wie groß ihre Angst war: wegen dem, was sie getan hatte, davor, dass Madeline sie dafür hassen würde und – vor allem – dass sie sich für Luke entscheiden, Indien verlassen und Iris mitnehmen würde. Sie ballte die kalten Finger zu Fäusten, fühlte den Druck des Grauens, das sie zu überwältigen drohte, in ihren Knochen und Muskeln.

Sie wusste nicht, was sie tun würde.

Inzwischen hatte Luke das Haus beinahe erreicht. Sie konnte nicht aufhören, ihn anzustarren. Am Tag zuvor war sie vor lauter Panik nicht fähig gewesen, ihn richtig anzusehen, aber sie sah ihn jetzt. Sie wurde gewahr, dass er wirklich und wahrhaftig am Leben war – die Wärme in seinem attraktiven Gesicht, das sie in der Erde von Flandern begraben geglaubt hatte, seine braunen Locken, seine Brust, die sich hob und senkte, als er die letzten Schritte zur Veranda lief –, und sie spürte, wie sich in ihrem Inneren trotz allem etwas löste. Irgendwann hatte sie begonnen, ihn zu lieben. Auf ihre Weise. Sie hatte sich heftig dagegen gewehrt, aber es war ihm gelungen, sie für sich einzunehmen: mit seiner Herzlichkeit, seinem Witz und weil er Madeline immer glücklich gemacht hatte. Sie erinnerte sich, wie sie geweint hatte, damals, als sie ihm nach Iris' Geburt telegrafiert hatte, voller Trauer wegen allem, was er durchmachen musste und weil ihm so viel entging.

Deine Familie wartet auf Dich, hatte sie geschrieben und sich nichts anderes gewünscht, als dass er zurückkäme.

Sie war froh, dass er lebte. *Wirklich.*

Aber alles hatte sich verändert. Madelines und Iris' Leben war weitergegangen.

War es so falsch, sich zu wünschen, er wäre einfach weggeblieben?

Luke klopfte an die Tür.

Alice drehte sich um, machte aber keine Anstalten, ihm zu öffnen.

Sie wusste, warum er gekommen war. Sie hatte seinen Besuch bereits erwartet. Hatte Diana nicht gesagt, dass sie alles *erwähnt* hatte, was sie, Alice, seinem Arzt verschwiegen hatte?

Alice konnte ihm nicht verübeln, dass er sie zur Rede stellen wollte. Und doch fühlte sie sich nicht in der Lage, sich dem zu stellen, was er ihr zu sagen hatte.

Sie schämte sich zu sehr, um ihm gegenüberzutreten.

Sie hielt sich zurück, als Ahmed ihn hereinließ, wie er es offenbar bereits am Tag zuvor getan hatte. An der warmen Vertrautheit, mit der Ahmed Luke auf Urdu begrüßte und an Lukes freundlicher Antwort (herzzerreißend, seine tiefe, vibrierende Stimme zu hören) erkannte sie, wem Ahmeds Loyalität galt, und sie verspürte einen vertrauten Anflug von Mitleid mit dem armen Guy; er hatte es wirklich nicht verdient, ständig an zweiter Stelle zu stehen.

Da kam Richard die Treppe heruntergepoltert. Sie setzte sich wieder auf das Fenstersims, als auch er Luke mit der Freude und Begeisterung begrüßte, die er Guy immer vorenthalten hatte – sogar nachdem er widerwillig der Verlobung zugestimmt hatte.

»Mein Gott«, sagte er. »Luke. *Luke!* Komm her …«

Alice stellte sich vor, wie er Luke in die Arme nahm und ihm auf den Rücken klopfte.

»Richard«, sagte Luke, »wie schön, dich zu sehen.«

»Es ist verdammt großartig, dich zu sehen, mein Junge.«

Mein Junge.

Alice schloss die Augen.

Wäre sie doch nur in der Lage, solch ungetrübte Freude zu empfinden. Aber Richard saß schließlich nicht hier in Indien fest. Er konnte Madeline und Iris folgen, wenn sie fortgingen. Er war dazu immer schon in der Lage gewesen.

Richard lud Luke zum Frühstück ein. Zu Alice' Erleichterung lehnte er ab und sagte, er könne nicht lange bleiben.

»Hast du Maddy schon gesehen?«, fragte Richard.

»Ja«, sagte Luke, und Alice schluckte trocken. Sogar durch die Tür hindurch konnte sie die Liebe in seiner Stimme hören, so echt wie eh und je.

Sie redeten weiter. Alice legte sich eine Hand an den Hals und hörte genau zu: Luke erzählte Richard auf dessen Nachfrage, was ihm zugestoßen war – die verlorene Jacke, die Erkennungsmarke, die schreckliche Tragödie um Fraser (»Oh«, sagte Richard mit belegter Stimme, »Oh Gott …«), und wie er auf der Menin Road zu sich gekommen war, nur um erneut das Bewusstsein zu verlieren. Schließlich erzählte Luke Richard, wie er wegen Madeline und Iris nach Indien zurückgekehrt war.

»Dafür werde ich mich nicht entschuldigen.«

»Das erwarte ich auch nicht von dir«, sagte Richard.

Sie hörte Luke nach ihr, Alice, fragen und spürte Furcht in sich aufsteigen, aber Richard sagte, sie sei unpässlich (wofür sie ihm feigerweise dankbar war), er könne ihr aber gern etwas ausrichten.

Sie glaubte sich zu verhören, als Luke sagte, Richard solle ihr ausrichten, er würde Dianas Brief Madeline gegenüber niemals erwähnen.

»Bist du sicher?«, fragte Richard zweifelnd.

»Ja«, sagte Luke und fügte hinzu, Maddy sei recht ärgerlich geworden, als er ihr erzählt hatte, dass Peter, der selbst beinahe gestorben wäre, ihn in Ypern gesehen zu haben glaubte. »Alice müsste selbst mit ihr darüber sprechen«, sagte er. »Und wenn sie das nicht will«, er zögerte, »nun, dann muss ich auch das respektieren.«

»Du musst dich nicht verpflichtet fühlen«, sagte Richard.

»Darum geht es nicht. Es gab schon genug Schmerz. Ich möchte nicht, dass dieses Thema zwischen den beiden steht. Nicht mehr als nötig.«

Alice ließ sich erneut auf das Fensterbrett sinken. Sie hatte mit großer Wut gerechnet. Ihr Herz pochte heftig, weil Luke so verständnisvoll, so unfassbar großzügig war.

Sie nahm sich zusammen, wollte aufstehen und sich persönlich bei ihm bedanken.

Wäre er nicht so schnell wieder gegangen, hätte sie es vielleicht sogar geschafft.

Sie wollte gern glauben, dass sie es fertiggebracht hätte.

»So viel Großmut hast du nicht verdient«, sagte Richard, als er zu Alice kam. »Und egal, was Luke dazu sagt: Du musst es Maddy erzählen. Das bist du ihr schuldig.«

»Ich weiß«, brachte Alice heraus.

»Aber nicht heute. Sie hat schon genug, worüber sie nachdenken muss.«

»Auch das ist mir klar«, sagte Alice.

Richard bedachte sie mit einem kalten Blick. »Ich glaube, jetzt weiß ich auch, warum ich in den Genuss von Alfs Diensten komme.«

Alice versuchte gar nicht erst, sich zu verteidigen. Es gab keine Entschuldigung.

Was Lukes Güte noch unverständlicher machte.

»Das ist nicht so schwer zu verstehen«, sagte Richard mit einer Verachtung, die sie lähmte. »Er liebt unsere Tochter.« Ein weiterer harter Blick. »*Das* ist nämlich Liebe.«

»Ich weiß, was Liebe ist«, sagte sie und konnte die Tränen nicht mehr zurückhalten, denn es brach ihr das Herz, dass er ihr etwas anderes unterstellte.

»Tatsächlich?«, fragte er erschöpft.

Ja!, wollte sie ihn anschreien, *das weiß ich! Es ist das, was ich für dich empfinde, für Madeline und für Iris …*

Doch ehe sie den Mund öffnen konnte, machte er auf dem Absatz kehrt und ließ sie einfach stehen.

Es war, als könnte er es nicht ertragen, ihre Antwort zu hören.

An jenem Morgen sprach Richard nicht mehr mit ihr. Er schlug auch nicht vor, zur Kirche zu gehen. Und er hielt ihr zwar die Wagentür auf, als sie losfuhren, um Madeline und Iris zum Lunch abzuholen, aber er tat es schweigend. Während der kurzen Fahrt zu Guys Haus hielt er den Blick auf die schattige Straße gerichtet, und als er anhielt, seufzte er.

Madeline kam heraus, um sie zu begrüßen. Sie sah so erschöpft aus, wie Alice sich fühlte, und ihre Blässe wurde von dem marineblauen Kleid und dem Glockenhut, die sie trug, noch betont. Alice wusste nicht, warum sie diese Farbe gewählt hatte. Normalerweise trug sie nie etwas Dunkles.

Vielleicht lag es an ihrer Stimmung.

Sie fragte sich, ob ihr Treffen mit Luke weniger gut verlaufen war, als sie vielleicht gehofft hatte.

Oder war sie aufgebracht, weil sie sich wieder in diesem Haus aufhielt?

Nein. Im Geist schüttelte sie den Kopf. *Hör mit diesen Vermutungen auf.*

Du wirst noch verrückt.

»Hallo, Liebling«, sagte Richard zu Madeline. Die Zuneigung in seiner Stimme bildete einen starken Kontrast zu der Kühle, mit der er Alice den ganzen Vormittag behandelt hatte.

»Können wir bitte mit dem Reden noch warten?«, fragte Madeline und umarmte ihn. »Iris ist noch nicht wieder sie selbst, und ich möchte ihr nicht noch einen Tag verderben.«

»Versprochen«, sagte Richard.

»Natürlich«, sagte Alice, die ohnehin nicht die Absicht hatte, irgendetwas zur Sprache zu bringen. (Ihre uralte Neigung zu schweigen, wenn es zu viel Unaussprechliches gab.)

»Danke«, sagte Madeline und lächelte müde.

Alice fiel es schwer, das Lächeln zu erwidern. Sie bemerkte, dass sie Madeline auch nicht offen in die Augen sehen konnte. Das schreckliche Geheimnis, das sie gewahrt hatte, und die Aussicht, ihr das gestehen zu müssen, hinderten sie daran.

Stattdessen blickte sie zum Haus. »Wo ist Iris jetzt?«, fragte sie.

»Oben, sie zieht sich um«, sagte Madeline. »Sie hat Milch auf ihr Kleid gekleckert.«

»Ich gehe und hole sie«, sagte Alice und nutzte die Gelegenheit, ihren Schuldgefühlen für ein paar Minuten zu entkommen.

»Es eilt nicht«, sagte Madeline, als Alice sich in Bewegung setzte. »Wir warten noch auf die anderen.«

»Ich weiß«, sagte Alice.

»Mama!«, rief Madeline ihr hinterher, »du darfst Luke nicht erwähnen. Sie hat bereits gefragt, warum er heute nicht kommt, und ich will es nicht noch schlimmer machen.«

»Ich sage kein Wort«, versicherte Alice ihr.

Das hatte sie auch vor. Als sie die Treppe hinaufstieg, hatte sie nichts anderes im Sinn, als ihre Enkeltochter zu herzen. Sie auf ihren Schoß zu setzen und sie festzuhalten, ein Trost, den Alice selbst dringend brauchte.

Sie spähte zu Iris' Tür hinein, in den schönen Raum, den Guy mit solch grenzenloser Zuneigung eingerichtet hatte. Sie sog den Anblick in sich auf: die Bilder an den Wänden, die Spielzeuge in den Regalen – und mittendrin Iris, die sich keineswegs umzog, sondern in ihrem Unterkleid auf dem Fußboden saß. Sie biss sich auf die

Zunge und versuchte, mit einem feuchten Lappen den Milchfleck aus ihrem Kleid zu entfernen.

»Komm, wir suchen dir ein neues aus, in Ordnung?«, sagte Alice, und sie erstickte fast vor Traurigkeit, denn wenn Luke seinen Willen bekam, würde sie diesem kleinen Mädchen vielleicht nie wieder bei etwas helfen.

Um Fassung ringend ging sie zum Wandschrank, um ein Kleid herauszuholen.

Du darfst Luke nicht erwähnen, hatte Madeline gesagt.

Aber Iris brachte selbst die Sprache auf ihn.

»Wo wohnt mein Daddy?«

»Ich weiß es nicht«, sagte Alice knapp.

»Magst du ihn?«

Alice sah die Kleider durch. »Ja natürlich.«

»Will er Mummy und mich mitnehmen?«

Die Frage und das unerwartete Zittern in Iris' Stimme ließen Alice verstummen.

Ja, das will er, schrie alles in ihr, *bitte, lasst es nicht zu!*

»Warum fragst du mich das?«, brachte sie stattdessen heraus.

»Guy hat es mir erzählt.«

Alice drehte sich so, dass sie Iris ins Gesicht sehen konnte, und wich zurück, als sie die Angst in ihren geweiteten blauen Augen sah. Instinktiv nahm sie sie auf den Arm und drückte sie zärtlich an sich, genau wie sie es sich auf dem Weg herauf gewünscht hatte.

»Wann hat Guy dir das erzählt?«, fragte sie.

»Gestern Abend«, sagte Iris. »Ich hatte einen bösen Traum. Mummy ist nicht gekommen.«

Alice' Herz setzte einen Schlag aus. Sie war mit Luke zusammen gewesen. So musste es sein.

»Hat Guy sie zu wecken versucht?«, fragte sie Iris und schaffte es irgendwie, ihre Stimme auf normaler Höhe zu halten.

»Ich weiß nicht.«

»Und hast du deiner Mummy von dem Albtraum erzählt?«

»Guy meinte, ich sollte das lieber nicht tun.«

Alice nickte. »Und was hat Guy noch gesagt?«

»Dass er niemandem erlaubt, mich mitzunehmen, und dass ich in Sicherheit bin, und ich soll Mummy sagen, wie sehr ich mir das wünsche.« Iris blickte zu ihr auf, ihr vor Hitze gerötetes kleines Gesicht war verzerrt und wirkte schrecklich verwirrt. »Er hat gesagt, Mummy würde alles für mich tun.«

Alice schloss die Augen. »Tatsächlich?«

»Stimmt das denn?«

»Ja«, sagte Alice, »natürlich. Das tun alle Mamas.«

»Dann soll ich ihr also sagen, dass ich hierbleiben will?«, fragte Iris mit zitternder Unterlippe, den Tränen gefährlich nah.

Alice zögerte.

Dann küsste sie Iris erneut, und die Worte schienen sich wie von selbst zu formen, als sie sagte, was sie ihr – wie sie nun erkannte – sagen musste.

»Versprichst du es mir?«, fragte Iris.

»Ich verspreche es. Aber du musst tun, was ich dir gesagt habe. Und du darfst deiner Mama niemals erzählen, dass Guy dir aufgetragen hat, ihr das zu sagen.«

»Mache ich nicht«, antwortete Iris feierlich.

»Braves Mädchen«, sagte Alice, die bereits versucht war, ihre Worte zurückzunehmen. Aber es war zu spät. Es gab kein Zurück. Jetzt nicht mehr.

Sie redete weiter, versicherte Iris, dass sie jederzeit zu ihr kommen dürfe, wenn sie sie brauche. »Ich werde dir immer helfen, mein Liebling.«

Iris nickte.

Alice drückte sie fester.

Das hier, redete sie sich ein, *das ist Liebe.*

Kapitel 32

Guy saß bereits an dem von ihm reservierten langen Tisch auf der Seeseite, als die anderen zum Lunch und zum Eisessen eintrafen, worauf er wahrhaftig verzichten konnte. Zuerst erblickte er Della, die allen voran zu den Glastüren des Hotels hereinkam, die Arme wie einen Schraubstock um die Bedrohung namens Emily geschlossen. Seufzend steckte er die Mitteilung ein, die er gerade gelesen hatte – sein Diener hatte sie dem Oberkellner gegeben, damit der sie ihm aushändigen sollte –, und während er noch überlegte, was er vom Inhalt des Briefes halten sollte, fuhr er sich mit einer Hand übers Gesicht, setzte ein Lächeln auf und erhob sich, um alle zu begrüßen. Er war unsicher auf den Beinen. Sein ganzer Körper zitterte vor Übermüdung. Obwohl er nach dem Dinner vor Erschöpfung praktisch in Ohnmacht gefallen war, hatte er nicht wieder einschlafen können, nachdem Iris aufgewacht war und er sich eingestehen musste, dass er sie manipuliert hatte. Er hatte in seinem überhitzten Bett gelegen und die geröteten Augen auf das Moskitonetz gerichtet, angewidert von sich selbst, weil er ein kleines Kind in die Sache hineingezogen hatte und obendrein bereits wusste, dass er nichts von dem, was er gesagt hatte, zurücknehmen würde.

Er tastete nach dem Zettel in seiner Jackentasche und musste sich eingestehen, dass er seine Worte nötigenfalls jederzeit wiederholen würde.

Während die Stunden bis Tagesanbruch verstrichen, hatte er immer wieder zu Maddys Zimmertür geblickt und sich gewünscht, ein Geräusch würde herausdringen und ihn davon überzeugen, dass sie (hoffentlich) nicht selbst zu Iris gelaufen war, um sie zu trösten, nachdem er ihr den Beruhigungstrunk gegeben hatte. Der war nämlich recht stark gewesen.

Nun betrachtete er sie. Seine Frau. Wie so oft ging sie neben Peter, den blonden Kopf zu ihm geneigt, eine Hand auf seinem Arm. Peter hielt ihre behandschuhte Hand, nickte, wenn sie etwas sagte, und wirkte insgesamt recht kläglich. Den Grund konnte sich Guy lebhaft vorstellen. Sein längst vergessenes Gespräch mit Peter im Lazarett am Quai d'Escale kam ihm wieder in den Sinn. Das war eine weitere Sache, die ihn in der Nacht zuvor wach gehalten hatte: wie er Peter versichert hatte, dass er diesen Luke auf der Menin Road nicht wirklich gesehen, sondern sich das nur eingebildet habe – und wie diese Krankenschwester ihn wiederum davon hatte überzeugen wollen, dass es auch anders gewesen sein könnte. *Wäre es bei alldem Grauen nicht schön zu glauben, dass es auch noch schöne Überraschungen geben könnte?* Himmel, er war sich derart sicher gewesen, dass sie sich irrte. Nun beschämte es ihn, wie leichtfertig er ihren Optimismus als reine Fantasie abgetan hatte.

Aber er hatte sie immerhin nicht ignoriert, das tröstete ihn ein wenig. Obwohl der *naik* ihm versichert hatte, er habe gesehen, wie Luke begraben worden sei, hatte er versucht, das Feldlazarett zu finden, von dem die Schwester ihm erzählt hatte. Er hatte es wirklich versucht.

Was hätte er sonst noch tun können?

Nichts, hatte er sich immer wieder eingeredet.

Nichts, sagte er sich auch jetzt.

Entschlossen schob er das Thema beiseite, bevor es ihn in den Wahnsinn trieb.

Ohnehin gab es viele andere Dinge, über die er nachdenken musste.

»Maddy«, sagte er, als sie näher kam.

Sie hob den Kopf, blickte ihn an, ihre unwiderstehlichen Augen blieben unter dem Rand des Huts verborgen. Er konnte nicht erkennen, ob sich ihre Lippen zu einem nervösen oder nur zurückhaltenden Lächeln verzogen. Müde war es gewiss. Viel müder, als er es von jemandem erwartet hätte, der für die Nacht von einem wirkungsvollen Schlaftrunk zur Ruhe gebracht worden war.

Guy schüttelte den unwillkommenen Gedanken ab und ging auf sie zu.

»Hallo, Liebste«, sagte er, drückte ihr die Lippen auf die warme Wange und spürte, dass er trotz seiner Besorgnis leicht erregt war. »Können wir kurz miteinander sprechen, bevor wir uns zu den anderen gesellen?«

Er führte sie ins Hotel, ins große Foyer und hinter eine dekorative Topfpflanze, außer Sichtweite der anderen.

Durch die Blätter hindurch konnte Maddy gerade noch Dellas Hut und Peters blonde Haare sehen. Beide reckten unter dem riesigen Sonnenschirm die Köpfe und versuchten zu erkennen, wohin sie und Guy gegangen waren. Sie hatte kaum Zeit gehabt, mit einem von ihnen zu sprechen, hatte nur eine Minute erhascht, um Peter zu sagen, er solle sich keine Vorwürfe machen, auf keinen Fall, *du hast mehr als genug getan*, und um Della mitzuteilen, dass sie Luke getroffen hatte, ja.

»Und?«, hatte Della mit den Lippen geformt, während Emily sie anbettelte, getragen zu werden. »Was ist passiert?«

»Später«, hatte Maddy kaum hörbar erwidert.

»Maddy«, sagte Guy und zog ihren Blick auf sich. »Hörst du mir überhaupt zu?«

Sie blickte zu ihm auf. Ja, sie hatte ihm zugehört.

»Du hast einen Anwalt aufgesucht«, wiederholte sie mit tonloser Stimme.

Seine Miene wurde weicher. »Bitte«, sagte er, »sei nicht so …«

»Du verlangst zu viel«, sagte sie.

»Zu viel? Ich bin dein Ehemann. Du hast feierlich gelobt, mir zu …«

»Nicht«, sagte sie lauter als beabsichtigt, so laut, dass sich sogar die *punkawallahs* – geübt in der Kunst, eine Tapete zu sein – zu ihnen umdrehten. Es lag an der langen Nacht und an der Übelkeit wegen allem, was er gerade gesagt hatte. Sie konnte sich nicht länger zurückhalten. »Bitte«, sagte sie, »sag nicht *gehorchen*.«

»Ich wollte gerade *mich zu lieben* sagen.« Seine Miene

wirkte so verzweifelt, dass sie den Blick abwenden musste. »So wie ich dich liebe. Und Iris. Darum will ich das alles.«

»Guy«, sagte sie, »sei doch vernünftig. Luke ist Iris' Vater. Er hat … alles verpasst, alles, was er mit ihr hätte erleben sollen. Er wird nicht zulassen, dass du den Aufpasser spielst, wenn er sie sieht. *Ich* werde das nicht zulassen.«

»Ich brauche deine Erlaubnis nicht.«

»Die hast du auch nicht«, sagte Maddy. »Ich weiß nicht, was du dir dabei denkst.«

»So ist es besser für sie.«

»Versuch mir nicht zu sagen, was das Beste für meine Tochter ist.«

»Du musst mir zuhören«, sagte er und machte einen Schritt auf sie zu. »Bitte, hör mir einfach zu.«

Sie wich zurück und stieß ungeschickterweise die Topfpflanze an. »Ich werde mir das hier nicht länger anhören.«

»Hast du Iris überhaupt gefragt, was sie will?«

»Sie ist ein Kind«, sagte Maddy und hielt die Pflanze fest, bevor sie umfallen konnte.

»Du solltest sie fragen.«

»So wie du mich gefragt hast?« Ihre Handschuhe waren voller Erde.

»Ich glaube nicht, dass du weißt, was du willst.«

»Guy«, sagte sie und kümmerte sich nicht weiter um die Pflanze. »Ich weiß *sehr wohl,* was ich will. Es tut mir sehr leid, aber so ist es nun mal.«

»Woher willst du das wissen?«, fragte er und blickte

sie aus flehend geweiteten Augen an. »Es waren nur fünf Minuten.«

»Ein bisschen länger schon. Ich …«

»Nein!«, brüllte Guy so laut, dass sich die *punkawallahs* erneut umdrehten. Er atmete durch und schien sich wieder zu beruhigen. »Ich werde jetzt nicht darüber reden«, sagte er. »Ich habe dir gesagt, dass du mir diesen einen Monat noch geben musst.«

»Ein Monat ist zu lange.«

»Ein Monat ist so gut wie nichts«, widersprach er und machte erneut einen Schritt auf sie zu. Diesmal konnte sie nirgendwohin ausweichen. »Ich werde dir beweisen, dass ich dich glücklich machen kann.« Er griff nach ihren mit Blumenerde verschmierten Händen. »Versprich mir, dass du dich nicht allein mit Luke triffst, dass du uns eine Chance gibst.«

»Guy …« Sie schüttelte den Kopf, war nicht bereit, weitere Versprechen zu geben, die sie nicht halten konnte.

»Einen Monat«, sagte er und verstärkte den Griff. »Und am Ende des Monats reden wir noch einmal miteinander, ich schwöre es.«

»Bitte«, sagte Maddy, »ich …«

»Wir werden sehen, was du willst«, sagte er, »und wir fragen Iris, was *sie* will. Wenn ihr beide sagt, dass ihr gehen wollt, dann«, er schluckte, wandte den Blick ab, das Gesicht angespannt vor Widerwillen, »werde ich euch nicht im Weg stehen.«

»Ich muss mit Luke zusammen sein«, sagte sie, so freundlich, wie man so etwas überhaupt sagen kann.

»Das musste ich immer schon. Iris wird in jedem Fall glücklich sein.« Noch immer mied er ihren Blick. »Guy«, sagte sie und drückte seinen Arm, damit er sie ansah, »bitte, tu das nicht. Ein Monat wird nichts ändern.«

Aber er ließ sich nicht erweichen.

»Wir werden sehen«, sagte er nur, machte auf dem Absatz kehrt und verließ das Foyer. »Wir werden sehen.«

Irgendwie überstanden sie die folgenden zwei Stunden in der brütenden Hitze: die Sandwiches, die sich bereits bogen, den warmen Champagner und die Eisbecher, die schon halb geschmolzen waren, als die Kellner die Gläser zum Tisch brachten.

»Das stört mich nicht«, sagte Iris, die wenigstens wieder glücklicher wirkte. Sie saß auf dem Schoß ihrer Großmutter, hinter ihr glitzerte das Meer, und auf ihrer einen Seite saß ihr Großvater, auf der anderen die entzückende, kichernde Lucy.

Maddy saß gleich neben ihnen zwischen Peter und Della, so weit weg von Guy wie möglich. Sie weigerte sich, ihn anzusehen, dennoch spürte sie an dem Kribbeln auf ihrer heißen Haut, dass er sie anblickte. Sie wollte nur weg, zu Lukes Wohnung und ihm alles erzählen, damit er keine Sekunde länger im Ungewissen bleiben musste. Sie war unglaublich wütend auf Guy. Je höher die Sonne stieg, desto wütender wurde sie, und umso mehr brannten ihre müden Augen: weil er die vorsintflutlichen Gesetze ausnutzte, derentwegen sie in der Falle saß, und ihr ein solches Ultimatum stellte, aber vor allem, weil er angedeutet hatte, dass es Iris schaden könnte, wenn sie Luke ohne ihn sah.

Wie konnte er es wagen?

»Er ist verzweifelt«, flüsterte Della. »Darum hat er es gewagt.«

Maddy stieß einen verärgerten Seufzer aus. »Nicht«, flüsterte sie. »Ich *darf* kein Mitleid mit ihm haben.«

»Tja, dagegen konntest du dich noch nie wehren«, sagte Peter.

Da hatte er allerdings recht. Es war einer der Gründe, warum sie Guy nicht in die Augen sah. Wenn sie es tat und zuließ, die unvermeidliche Besorgnis in seinem Blick zu sehen, würde es ihr schwerfallen, ihren Zorn aufrechtzuerhalten, das wusste sie. Und sie wollte ihren Zorn. Sie *brauchte* ihn.

Ohne die Wut würde es viel schwieriger werden, sich gegen Guy zu wehren.

»Du lässt doch nicht zu, dass er dabei ist, wenn Luke Iris kennenlernt, oder?«, fragte Peter.

»Natürlich nicht«, fauchte sie.

Sie hatte nicht die Absicht, sich Guys Bedingungen zu beugen. Nicht nur würde sie ihn *zwingen,* sich damit abzufinden, dass Iris ihren Vater unbeobachtet kennenlernen würde, sondern auch sie selbst würde sich weiterhin allein mit ihm treffen. Bei jeder sich bietenden Gelegenheit.

Sie würde sehr vorsichtig sein, damit Guy nicht bemerkte, was sie da tat.

Unbehaglich schob sie den Eisbecher von sich, den sie nicht einmal angerührt hatte. Obwohl sie es nicht wollte, war ihr unwohl zumute bei dem Gedanken, ihn zu betrügen. Sehr sogar. So schlecht Guy sich auch benehmen mochte, er war immer noch Guy. Sie musste ihn nicht ansehen, um sich daran zu erinnern. Oder daran, wie er sie all die Jahre geliebt hatte.

Und wie lange er gekämpft hatte, um sie glücklich zu machen.

»Maddy-Darling«, sagte Peter, der natürlich begriff, was vor sich ging.

Auch er hatte immer große Stücke auf Guy gehalten.

Maddy starrte hinaus auf das glitzernde, blendende Meer, auf die Fischer in ihren bunten Booten und dachte an Lukes Worte. *Ich ertrage dieses Verstohlene nicht.* Und sie ertrug es auch nicht.

Aber Guy hatte alle Trümpfe in der Hand. Und er verlangte diesen einen Monat von ihr.

Was blieb ihnen anderes übrig, als ihm diesen Monat zu geben?

»Offensichtlich nichts«, sagte Luke, als sie viel später an demselben Nachmittag – nachdem Guy zurück ins Krankenhaus gefahren und Iris bei Della war – endlich in seiner Wohnung ankamen.

Maddy konnte nicht lange bleiben. Guy hatte gesagt, dass er zum Dinner nach Hause kommen würde, und die Sonne begann bereits unterzugehen. Sie sah durch die hinteren Fenster, wie sie das glasklare Arabische Meer in Farbe tauchte: diese Aussicht, an die sie sich so gern erinnerte. Luke hatte keine Lampe angezündet, sodass die weißen Wände und Mosaikböden der Wohnung immer dunkler wurden und in den letzten rosigen Lichtstrahlen badeten. Maddy wollte nicht gehen. Sie lehnte den Kopf an Lukes Brust und konnte sich auch diesmal nicht vorstellen, ihn zu verlassen.

»Ich möchte zum Krankenhaus fahren«, sagte Luke, »und ihm sagen, was ich von ihm halte.«

»Das geht nicht«, sagte Maddy wie zuvor bereits zu ihrem Vater, nachdem sie Iris bei Della abgesetzt hatten und Maddy ihn und ihre Mutter über Guys Worte in Kenntnis gesetzt hatte.

Ich werde ihn zur Vernunft bringen, hatte Richard gesagt und das Lenkrad fest umklammert.

Glaubst du, das habe ich nicht versucht?, hatte Maddy entgegnet.

»Wir brauchen ihn«, sagte sie nun zu Luke. »Andernfalls stehen uns ein Skandal und jahrelanger Streit bevor. Vielleicht erklärt er sich selbst dann nicht bereit, die Ehe zu beenden. Iris wäre immer das Kind mit …«

»Das weiß ich.« Maddy sah den Zorn in seinem dunklen Blick. »Ich finde es nur schrecklich, dass er es auch weiß.«

»Es ist doch nur ein Monat«, sagte sie ebenso zu sich selbst wie zu ihm. »Ein Monat nur.«

»In einem Monat kann viel passieren«, sagte Luke.

»Nicht in diesem«, erwiderte Maddy. »Wir werden ihn durchstehen und als verheiratetes Paar nach Hause zurückkehren, denn das waren wir, und das sind wir. Außerdem hast du auf diese Art Zeit, Iris besser kennenzulernen, bevor wir mit ihr fortgehen.«

Alice hatte Maddy geholfen, diesen positiven Aspekt

der ganzen Sache zu sehen. Während sie im Gegensatz zu Richard darauf bedacht gewesen war, Guy keine Schuld zuzuweisen (natürlich), und leise darauf beharrt hatte, dass es gut für Maddy sei, keine voreiligen *Entscheidungen* zu treffen, hatte sie auch kein Wort gegen Luke gesagt. Kein einziges Mal versuchte sie, Maddy Schuldgefühle einzuflößen, wenn sie davon sprach, mit Luke nach England zu gehen, obwohl sie wusste, wie sehr Alice sich vor der Trennung fürchtete.

Und Guys Andeutung, er würde hier in Indien den Aufpasser spielen, wenn Luke und Iris zusammen waren, schien sie regelrecht zu schockieren.

»Ich kann mir nicht mal vorstellen, wie ich mich gefühlt hätte, wenn Edie mir so etwas angetan hätte.«

»Das hätte sie niemals getan«, hatte Robert leise gesagt.

»Nein«, hatte Alice noch leiser bestätigt. Die beiden gingen immer noch unerklärlich steif miteinander um. »Aber«, fuhr Alice erneut an Maddy gewandt fort, »vergiss nicht, dass du davon sprichst, Iris' ganze Welt auf den Kopf zu stellen. So etwas sollte man nicht überstürzen.«

Dann hatte sie vorgeschlagen, dass sich Luke bei ihnen in der Villa mit Iris treffen sollte. *Neutraler Boden.* »Ich werde mit Guy darüber sprechen«, sagte sie und stieß einen Seufzer aus, der verdeutlichte, dass ihr diese Aussicht nicht behagte. »Sicher versteht er, dass es auf diese Art angenehmer für Iris ist. Und vielleicht fühlt er sich besser, wenn er weiß, dass ich dabei bin.«

Richard hatte sie missbilligend angeblickt, offensichtlich ebenso erstaunt über ihr offensichtlich unparteiisches Verhalten wie Maddy. Wie sie schien auch er davon ausgegangen zu sein, dass sie vollständig auf Guys Seite stehen würde.

Maddy war sehr gerührt gewesen, dass sich ihre Mutter trotz allem für ihre eigene Seite entschieden hatte.

»Komm morgen vorbei«, sagte sie nun zu Luke. »Besuch Iris nach der Schule.«

»Bist du sicher, dass sie dazu bereit ist?«, fragte er.

»Ich habe keine Ahnung, was *bereit* in diesem Fall bedeutet«, sagte sie aufrichtig. »Aber sie fragt nach dir und will wissen, wo du bist.«

»Mir graut davor, dass sie sich erneut vor mir fürchtet«, sagte er.

»Nein«, sagte Maddy. »*Nein.* Das lassen wir nicht zu. Diesmal wird es anders, und meine Mutter hilft uns dabei.«

»Ich wünschte, das wäre nicht nötig«, sagte er. »Ich wünschte …«

»Ich weiß«, sagte sie und nahm sein Gesicht in beide Hände. Sie drückte ihre Lippen auf seine, als könnte sie ihm und auch sich selbst mit einem Kuss die Angst nehmen. »Es wird leichter«, sagte sie und versuchte, die Überzeugung in jedes Wort zu legen, nach der sie sich so sehr sehnte. »Du wirst sehen. Eines Tages wird es sein, als wäre nichts von alldem je passiert.«

Luke nickte bedächtig. Sie sah, wie gern er ihr glauben wollte. Sie konnte sein Verlangen danach *fühlen.*

Glaub daran, dachte sie und küsste ihn erneut, *bitte glaub daran.*

Dann kann ich es auch.

Wenn wir es nicht tun, wird auch Iris niemals an uns glauben.

Natürlich brach sie viel zu spät auf. Ihr blieb kaum genug Zeit, zu Della zu rasen, Iris abzuholen und dann rasch zu baden – alle Spuren der gestohlenen Stunde mit Luke von ihrer Haut zu tilgen –, ehe auch Guy nach Hause kommen würde.

Er fand sie in ihrem Schlafzimmer vor, wo sie sich gerade fürs Dinner die Haare hochsteckte. Sie blickte auf und sah sein müdes Bild im Spiegel ihres Frisiertisches, und zu ihrer Bestürzung hatte er einen Blumenstrauß in der Hand.

Nachdem er quer durch den Raum auf sie zugekommen war, ohne ihr jedoch die Blumen zu überreichen, erzählte er ihr, dass Alice ihn tatsächlich aufgesucht hatte. »Ich halte mich fern, wenn Iris und Luke zusammen sind«, sagte er, »wenn es wirklich das ist, was du willst.«

»Ja«, sagte sie und drehte sich zu ihm um. Obwohl Erleichterung sie durchströmte, dankte sie ihm nicht. Maddy weigerte sich, hierfür dankbar zu sein.

Und noch weniger Dankbarkeit empfand sie, als er hinzufügte, wenn sie bei den Treffen nicht anwesend sei, müsse eben jemand anders diese Aufgabe übernehmen.

»*Guy*«, setzte sie an und wollte protestieren.

»Es hat nichts damit zu tun, dass ich dir nicht vertraue«, sagte er, und das reichte, um sie zum Schweigen zu bringen. Er kam einen Schritt näher, hielt noch immer die Blumen in der Hand, und seine Miene wirkte gleichzeitig einsam, reuevoll und um Verständnis flehend. »Ich glaube, ich halte es einfach nicht aus, mitten in einer Operation daran zu denken, wie ihr drei da draußen allein seid.« Er starrte ins Leere. »Bei dem Gedanken wird mir übel, Maddy, wirklich.«

In seinem Blick und seiner Stimme lag solche Qual, dass ihr gegen ihren Willen weich ums Herz wurde. Genau das hatte sie beim Lunch befürchtet. Sie kämpfte darum, an ihrem Zorn festzuhalten, und zum Teil gelang es ihr – es gab immer noch zahlreiche Gründe, wütend zu sein –, doch als er ihr nun die Blumen hinhielt, ertappte sie sich dabei, dass sie sie annahm, weil er ihr zu sehr leidtat, um sie abzulehnen. *Nun,* hörte sie Peter sagen, *dagegen warst du immer schon machtlos.* Passiv ließ sie über sich ergehen, dass Guy sich vorbeugte und mit den Lippen ihre Wange streifte; die Wange, die Luke kurz zuvor sehr viel drängender geküsst hatte, während er sie mit dem Rücken an die Wand gedrückt und sie ihn umschlungen hatte. Sie nickte, als Guy vorschlug, zu Iris zu gehen und ihr eine Gutenachtgeschichte vorzulesen, und sie störte die beiden nicht, obwohl sie sie miteinander plaudern hörte und sich Sorgen machte, dass er Verdacht schöpfen würde, wenn Iris ihm zufällig von ihrem ausgedehnten Spiel drüben bei Della erzählte.

Falls Iris es erwähnt hatte, sagte er beim Dinner mit Maddy jedenfalls nichts dazu. Sie sprachen wenig, als sie die Mahlzeit draußen auf der dunklen, dicht umrankten Terrasse zu sich nahmen, murmelten nur Beiläufiges über das Wetter, Iris' Fortschritte beim Lesen oder Stellenbesetzungen im Krankenhaus, sodass Maddy alles sofort wieder vergaß. Sie dachte an Luke, malte sich aus, wie es wäre, einfach aufzustehen, den Tisch mit den flackernden Lampen und den verbrannten Moskitos zu verlassen und zu ihm zu gehen, denn sie sehnte sich verzweifelt danach, bei ihm zu sein, und fragte sich, wie sie es fertigbringen sollte, Guy noch länger etwas vorzuspielen.

Ihr ging der Gedanke durch den Kopf, dass sie sich endlich ihrer wahren Pflichten bewusst wurde.

Aber noch konnte sie sich ihnen nicht vollständig widmen.

Auf dem Weg nach oben und ins Bett drehte sie sich zu ihm um und verkündete – ehe er auch nur daran denken konnte, *darf ich* zu fragen –, dass sie in dieser Nacht lieber allein bleiben wollte.

»Eigentlich sogar den ganzen Monat«, sagte sie. »Ich brauche Zeit.«

Er protestierte nicht, nickte nur, hatte offenbar Verständnis.

»Die sollst du haben«, sagte er, wieder ganz sein altes, sanftes Selbst.

»Maddy, Liebste«, er hauchte ihr einen Kuss auf die Stirn, »Zeit ist alles, worum ich dich bitte.«

Kapitel 33

Guy bekam seine Zeit. Neunundzwanzig Tage.

An keinem einzigen davon konnten Maddy und Luke miteinander allein sein. Ohne sich etwas anmerken zu lassen, machte Guy es Maddy so schwer wie möglich, ihm zu entwischen und allein irgendwo hinzugehen. Entlastet durch das Personal aus Poona, das im Krankenhaus aushalf, kam er jeden Abend früh nach Hause, immer mit Blumen in der Hand, bereit, Iris weitere Geschichten vorzulesen und *schön ausgiebig* mit Maddy zu Abend zu essen. Manchmal tauchte er ohne Vorwarnung in der Schule auf (die Maddy inzwischen von ihren Plänen in Kenntnis gesetzt hatte, damit sie möglichst viel Zeit hatten, Ersatz für sie zu finden) oder bei Della zu Hause (wenn Maddy erwähnt hatte, dass sie Iris vielleicht zu ihr bringen würde), nur um *kurz Hallo zu sagen*. Da sein Verhalten völlig unberechenbar war, wagte Maddy viel seltener, als es sie danach verlangte, eine Rikscha zu rufen und zu Lukes Wohnung zu fahren.

Aber Guy konnte nicht ständig anwesend sein. Er musste immer noch Operationen vornehmen – das gleichbleibende Aufkommen von Blinddarmoperationen, Milzentfernungen und Verletzungen, die die Leute auf

Exerzierplätzen und Polofeldern erlitten und die das Krankenhauspersonal ständig auf Trab hielten –, und gelegentlich gab es die unvermeidliche Nachtschicht. Maddy verschwendete keine Zeit. Sie nutzte jede Minute, die sie mit Luke verbringen konnte. Er erwartete sie bereits auf der Treppe, wenn sie ankam, das Haar oft noch feucht vom Schwimmen, die Haut dunkler nach einem weiteren Tag in der intensiver werdenden Sommersonne. Sie lebte für den Augenblick, wenn er sie am Ende seiner Gasse entdeckte, aufstand, lächelte und die Arme ausbreitete, bereit, sie an sich zu drücken und ihr zu drohen, er würde sie dieses Mal nicht mehr fortgehen lassen.

»Nicht«, sagte sie dann, »bitte nicht.«

Wenn sie abends mit Guy beisammensaß und in ihrem Essen stocherte, träumte sie davon, wieder in Lukes Bett zu liegen, ihr Kopf in seiner Halsbeuge, seine Finger, die über ihr Rückgrat wanderten, während sie beide schwitzend und atemlos dalagen, *zusammen*.

Aber sie machte sich auch große Sorgen um Luke. Sie sah die Granatsplitternarben auf seiner Brust, auf Rücken und Hals, und sie vergaß nie, was er durchgemacht hatte. Wenn sie miteinander redeten, verstummte er manchmal mitten im Satz und verzog vor Schmerz das Gesicht. Er hatte zugegeben, dass ihn seit der Rückkehr in die Hitze und das Chaos Indiens manchmal Schmerzen überfielen. Dann wartete sie ab, nahm seine Hand, sah, wie er litt, und sie hielt die Luft an, bis es vorüber war, küsste ihn dann und fand es schrecklich, dass sie so wenig für ihn tun konnte.

Nie erlaubte sie sich einzuschlafen, wenn sie zusammen waren. Egal, wie müde sie war (und sie war sehr erschöpft), immer behielt sie die Zeit im Blick. Aber Luke schlief gelegentlich ein, und dann lag sie neben ihm auf dem Kissen und betrachtete seine flatternden Lider. Sie malte sich aus, was er wohl träumte, zuckte zusammen, wenn er zusammenzuckte – weil in der Ferne ein Auspuff knallte oder ein Feuerwerkskörper explodierte –, und ihr war schmerzlich bewusst, dass er wieder dort war, in den Schützengräben, in die sie ihm nicht folgen konnte und an die er sich erst seit Kurzem wieder erinnerte.

»Es ist, als wäre ich gerade noch dort gewesen«, sagte er am Anfang ihrer ersten gemeinsamen Woche. »Es kommt mir vor, als ginge es immer weiter. Es fühlt sich nicht real an, dass es vorbei ist, nicht einmal hier. Ständig muss ich an Richmond denken, an den Fluss und den Frieden dort …«

»Noch vor dem Sommer sind wir wieder drüben«, sagte sie und verabscheute die Nutzlosigkeit ihrer eigenen Worte in dieser endlosen Gegenwart. »Ich wünschte, wir könnten morgen schon aufbrechen.«

»Was Iris wohl davon halten würde?«, fragte er.

Darauf wusste Maddy keine Antwort.

In diesen Tagen war Iris eine ständige Sorge, für die sie keine Lösung fanden.

Lukes erstes Treffen mit ihr verlief angespannt, und Maddy vermutete, dass es auch in Zukunft so sein würde. Dass Guy sich zudem bemüßigt gefühlt hatte, Iris davon in Kenntnis zu setzen, noch bevor Maddy an jenem Morgen zum Frühstück erschien, war auch nicht gerade hilfreich.

»Warum hast du das getan?«, fragte sie. Sie hatte Iris am Tisch zurückgelassen und war ihm nach draußen zu seinem Wagen gefolgt. Sie versuchte nicht einmal, ihre Verärgerung zu verbergen. »Hast du ihr Gesicht gesehen? Sie wird sich den ganzen Vormittag Gedanken darüber machen …«

»Maddy«, sagte er. »Du kannst sie nicht einfach vor vollendete Tatsachen stellen.«

»Das hatte ich auch nicht vor«, sagte sie. »Ich wollte nach der Schule mit ihr reden.«

»Nun, das ist jetzt nicht mehr nötig«, sagte er, als hätte er allen Beteiligten einen Gefallen getan.

Auf dem Fußweg zur Schule versicherte Iris ihr, sie mache sich keine Sorgen. »Ich werde mein Bestes tun, ihn zu mögen«, sagte sie, was aus dem Mund eines Kindes ziemlich merkwürdig klang.

Stirnrunzelnd fragte Maddy: »Hat Guy dir aufgetragen, das zu sagen?«

Iris schüttelte den Kopf. Und noch einmal, als Maddy nachhakte.

Aber während der morgendlichen Unterrichtsstunden war sie untypisch still, und als sie danach zu den Großeltern gingen, hielt sie nervös Maddys Hand umklammert.

Auch Maddy war nervös, ihr Mund war unangenehm trocken. Sie versuchte, Iris abzulenken, indem sie sie auf die verschiedenen Vögel in den Baumkronen hinwies, auf den Affen, der hoch oben auf einem Ast saß und auf sie herabspähte. Ihre Hände in den Handschuhen waren klamm. Natürlich, sie *alle* waren nervös, weil ihnen bewusst war, dass dieses Treffen gut verlaufen musste. Vor allem Alice war steif vor Verlegenheit. Trotz ihres Geredes, sie wolle helfen, die Dinge wieder in Ordnung zu bringen, war sie zu Maddys Bestürzung Luke gegenüber so reserviert wie eh und je. Bei seiner Ankunft lief sie puterrot an, und als er sie zur Begrüßung küsste, sagte sie etwas, das wie *danke* klang (schon wieder sagte sie überaus merkwürdige Dinge). Beim Tee auf der stickig heißen Veranda war sie schweigsam, zupfte am Kragen ihres cremefarbenen Teekleids und wich Lukes und Maddys Blicken aus, bis sich sogar Iris – die mit dem neuen Arztkoffer in den Händen auf Maddys Schoß saß – zu der Frage genötigt sah, ob es ihr nicht gut ging.

»Mir ist nur heiß«, sagte Alice.

Heiß war ihnen allen.

Nicht einmal Peter, der sich auf Richards Vorschlag hin einen Tag freigenommen hatte und bereit war, den Verlauf des Gesprächs zu unterstützen, konnte die angespannte Atmosphäre auflockern. Zwar erhielt er die Konversation aufrecht, indem er Iris erzählte, ihr Daddy sei ein hervorragender Polospieler, das wisse sie doch sicher, indem er Maddy fragte, wie es in der Schule gewesen war, und dann anmerkte, welch Luxus es sei, an einem Montag frei zu haben, und indem er gezwungen lachte, als Luke lächelnd erklärte, es sei durchaus möglich, *zu viel* Freizeit zu haben. Doch auch ihm fiel es schwer, Iris keine angstvollen Seitenblicke zuzuwerfen und sich zu fragen, wann sie endlich aus ihrem Schneckenhaus kommen würde.

Jedenfalls war Luke klar, dass er sie nicht bedrängen durfte. Auch er ließ sie nicht aus den Augen. Maddy sah die Verwunderung in seinem Blick, als er förmlich in sich aufsaugte, wie sie mit gesenktem Kopf dasaß und in aller Ruhe ein winziges Teil ihrer Arztausrüstung nach dem anderen in Augenschein nahm. Maddy wusste, dass sie hier etwas sah, das sie nie wieder vergessen würde.

»Ich musste die ganze Zeit an diesen kleinen Sepiafuß auf der Fotografie denken, die du mir geschickt hast«, sagte er hinterher zu ihr.

Er stellte Iris nur wenige Fragen: nach ihren Freundinnen (»Suya und Lucy«, flüsterte sie), was sie in der Schule gern tat (»Malen«, sagte sie, den Blick auf den Arztkoffer geheftet) und was am Wochenende (»Ich weiß nicht«, flüsterte sie), und er brachte sie *beinahe* mit der Frage zum Lachen, ob es Suya gewesen war, die ihr beigebracht hatte, wie man die Pfauen ärgerte.

»Ja?«, fragte er. »Das war ein Ja, oder? Ich habe es gesehen. Die armen Pfauen.«

Aber erst, als er mit Peter aufbrach, tat er, wonach er sich vom ersten Augenblick an gesehnt haben musste (davon war Maddy überzeugt). Er stand auf und ging neben ihr und Maddy in die Hocke.

»Iris«, sagte er, »gehe ich recht in der Annahme, dass du ein bisschen schüchtern bist?«

Sie schwieg, blickte nur von ihrem Spielzeug auf, und ihr warmer Körper auf Maddys Schoß spannte sich an: ein eindeutiges »Ja«.

»Das ist in Ordnung«, sagte Luke. »Du kennst mich noch nicht. Du darfst mir gegenüber so schüchtern sein, wie du willst.«

Immer noch Schweigen.

Er lächelte sie an. Maddy hatte keine Ahnung, wie er das fertigbrachte.

»Magst du Pferde?«, fragte er. »Hat Peter dir deswegen erzählt, dass ich Polo spiele?«

Diesmal nickte sie. Ihre verschwitzten Locken wippten.

»Nun, wie wär's dann, wenn wir morgen zum Quartier der Soldaten gehen? Ich kenne dort nämlich zufällig ein paar Kavallerieoffiziere. Vielleicht lässt sich eine Reitstunde einrichten.«

Bei dem Vorschlag wurde Maddy leichter ums Herz. Eine gute Idee, dachte sie.

Sie hoffte sehr, dass es am folgenden Tag besser laufen würde.

Vor allem, als Della sagte, sie würde mit Lucy vorbeikommen und damit *hoffentlich helfen, allen etwas von dem Druck zu nehmen.*

Maddy stand mit ihr am Rand der Sandkoppel und sah zu, wie Luke und einige Leutnants den Mädchen in den Sattel halfen, sie in der glühenden Sonne über den Platz führten und sie ermunterten, bis sie in leichten Trab fielen. Lucy lachte und kreischte, als sie immer schneller wurden, und sie fragte Della und Maddy, ob sie ihnen auch gut zusahen.

»Natürlich sehen wir zu«, versicherte Maddy ihr. »Keine Angst.«

Sie wünschte sich sehnlichst, auch Iris würde vor Begeisterung quietschen. Doch obwohl sie ein paar Mal lächelte und einmal sogar – oh Wunder! – lachte, kreischte sie nicht vor Begeisterung. Kein einziges Mal.

»Ich verstehe, was du meinst«, sagte Della, die Iris unter ihrem Hut hervor aus schmalen Augen musterte. »Sie ist nicht sie selbst.«

»Ich verstehe das einfach nicht«, sagte Maddy und dachte an Iris' übliches überschäumendes Geplapper, ihre offenherzige Zuneigung. »Es kommt mir vor, als hätte ich kurz weggesehen, und nun ist da ein anderes Kind an ihrer Stelle.«

»Wahrscheinlich braucht sie einfach noch Zeit«, sagte Della.

»Als Guy nach Indien zurückgekehrt ist, hat sie keine Zeit gebraucht. Ihn hat sie von Anfang an vergöttert.«

»Sie hatte keinen Grund, es nicht zu tun«, sagte Della leise. »Sie konnte doch nicht ahnen, wie sehr sich ihr Leben verändern würde. Das arme kleine Ding hat wahrscheinlich nicht weitergedacht als bis zum nächsten Eisbecher in der Sea Lounge.«

Maddy seufzte tief und gestand sich ein, dass Della recht hatte.

»Sie hatte kaum genug Zeit, sich an Guys Haus zu gewöhnen«, sagte Della, »und jetzt das. Sie ist bestimmt völlig überfordert.«

»Ich glaube, da steckt noch mehr dahinter«, sagte Maddy, die Iris' nachdenkliches rosiges Gesicht unter der Reitkappe betrachtete, und registrierte, wie argwöhnisch sie auf alles lauschte, was Luke zu ihr sagte. »Es sieht ihr einfach nicht ähnlich, derart … reserviert zu sein. Allen gegenüber.«

»Hat Guy etwas dazu gesagt?«, fragte Della.

»Er glaubt, dass sie Angst hat«, sagte Maddy. Sie erinnerte sich an seine Worte vom Abend zuvor, nachdem er mit einem frischen Blumenstrauß nach Hause gekommen war und gefragt hatte, wie das Treffen mit Luke verlaufen war. Widerwillig hatte Maddy eingeräumt, dass Iris sehr still gewesen war, denn sie war immer noch ärgerlich wegen Guys Einmischung beim Frühstück. Er sollte zugeben, dass er selbst zu Iris' Verstimmung beigetragen hatte.

Was er nicht tat.

»Die ganze Situation ist sehr verstörend für sie«, sagte er nur. »Mich überrascht nicht, dass es schwierig war.«

»Sie wird sich wieder beruhigen«, versicherte Maddy ihm eilig, ihm und auch sich selbst. »Kinder sind anpassungsfähig. Als ich das erste Mal nach England gefahren bin, soll ich geradezu außer mir gewesen sein …«

»Ich gehe mal nach ihr sehen«, schnitt er ihr das Wort ab, denn er wollte nichts mehr hören. »Ich denke, eine Geschichte wird sie aufmuntern.«

Er hatte sich damit so viel Zeit gelassen, dass sie nach oben gegangen war, um nach dem Rechten zu sehen. Sie hatte die beiden schlafend auf Iris' Bett vorgefunden, und als sie Iris zufrieden in Guys Armbeuge liegen sah, hätte sie am liebsten geweint.

»Hast du mit Iris gesprochen?«, fragte Della und holte sie zurück in die Gegenwart und auf die Koppel.

»Ich habe es versucht«, sagte sie. »Aber sie macht nach wie vor den Mund nicht auf. Es ist fast, als fürchte sie sich vor dem, was herauskommen könnte.«

»Redet sie mit Guy?«

»Ich weiß es nicht«, sagte Maddy, und erneut schweiften ihre Gedanken zu dem Bild, wie die beiden schlafend dalagen, so als könnte sie es nicht lassen, in der Wunde herumzustochern. »Ehrlich, ich bringe es nicht über mich, ihn zu fragen.«

Sie tat es nie.

Es hat keinen Sinn, schrieb sie in einem Brief an Edie, den sie im Lauf eines Monats zu Papier brachte, aber nie abschickte. Der Brief verwandelte sich in eine Art Tagebuch, eine Art, bei Verstand zu bleiben, wenn sie allein im Haus war, sich in ihr Schlafzimmer verkroch und Guy nebenan hörte, während sie sich verzweifelt nach jemandem zum Reden sehnte. *Er würde mir nur noch mehr Schuldgefühle machen, als ich ohnehin schon habe, weil ich ihr all das zumute. Außerdem kann ich mich des Verdachts nicht erwehren, dass er erleichtert ist, weil Iris sich nicht stehenden Fußes in ihren Daddy verliebt hat. Ich weiß nicht, ob er es ertragen hätte, wenn es anders gewesen wäre. Und natürlich stellt er Bedingungen, wenn wir am Ende dieses lächerlichen Schwebezustands gehen wollen. Eine Bedingung lautet, dass Iris einverstanden sein muss. Ich bin mir sicher, dass er sich auf ihre Unterstützung verlässt.*

Aber wir können sie doch nicht fragen, was sie will! Sie ist noch ein Kind, viel zu klein, um in eine solche Auseinandersetzung hineingezogen zu werden. Ich habe ihm klarzumachen versucht, dass wir sie aus diesen Dingen heraushalten müssen, aber er hört nicht auf mich. Er spricht noch immer nicht mit mir über dieses Thema. Er kommt einfach jeden Tag mit einem Blumenstrauß und neuen Büchern für Iris nach Hause und ist entschlossen, mir zu beweisen, wie glücklich wir miteinander sein können.

An einem anderen Tag schrieb sie: *Iris ist Guy gegenüber inzwischen auch stiller geworden.* Maddys Hand klebte auf dem feuchten Papier. *Ich glaube, sie fühlt sich genauso elend wie ich, weil wir ihm Kummer bereiten.*

Vielleicht zwingt sie den armen Luke deshalb, sich so sehr anzustrengen.

Und er gibt sich große Mühe, fuhr sie an einem anderen Abend fort, *ich wünschte, Du könntest ihn mit ihr sehen, Edie. Jedes Mal lässt er sich etwas Lustiges für sie einfallen – fischen am Strand, Picknicks, Tennis im Gymkhana Club, Reitstunden im Quartier –, und obwohl wir regelmäßig wechselnde Aufpasser haben, fühlt es sich allmählich so an, als wüchsen wir zu einer Familie zusammen. Endlich. Mama kommt meistens mit, und ich fühle mich schrecklich, weil ich sehe, wie sehr sie sich davor fürchtet, dass wir weggehen (sie ist fast so still wie Iris, ist aber zu ihrer alten Gewohnheit zurückgekehrt, die Dinge in sich hineinzufressen und so zu tun, als wäre alles in Ordnung – sogar zwischen ihr und Papa, dabei sieht jeder, dass sie immer noch nicht miteinander reden). Manchmal habe ich das Gefühl, dass sie kurz davor ist, mir etwas zu sagen, aber dann tut sie es doch nicht. Ich möchte ihr versichern, dass wir sie besuchen werden, dass ich immer noch hoffe, sie wieder auf ein Schiff zu bekommen (was übrigens stimmt, ich bin fest entschlossen. Ihr letzter Versuch liegt Jahre zurück, und sie ist nicht mehr so allein wie damals), aber ich möchte nicht, dass sie sich noch mehr aufregt.*

Aber, fuhr sie wenige Tage später fort, *ich muss sagen, dass Alice sich Luke gegenüber tatsächlich zu entspannen scheint. Natürlich lässt er ihr kaum eine andere Wahl (er plaudert immer mit ihr, lächelt, fragt sie, was wir ihrer Meinung nach am nächsten Tag unternehmen sollen), und es scheint zu funktionieren.*

Und bei Iris hat es auch gewirkt, Edie! Ich wollte das Schicksal nicht herausfordern, darum habe ich es nicht früher geschrieben, aber ich glaube wirklich, wahrhaftig, absolut und eindeutig, dass ich recht habe, wenn ich sage, dass er dabei ist, sie für sich zu gewinnen – durch reine, zähneknirschende Entschlossenheit. Anfangs habe ich es nicht einmal bemerkt, aber sie lacht wieder viel öfter, vor allem, wenn er lacht. Meistens vergisst sie sogar, sich auf die Lippe zu beißen, wenn sie ihn anlächelt. Ich kann Dir nicht sagen, wie glücklich ich bin, dass sie damit aufgehört hat. Sie hat früher immer viel gelächelt. Und sie hat angefangen, mit ihm zu plaudern, wirklich und wahrhaftig. Es ist, als hätte er ihren Schutzwall überwunden, und sie kann einfach nicht mehr anders. Vor allem möchte sie alles über seinen Gedächtnisverlust erfahren: wie es sich anfühlte, warum er so lange im Krankenhaus war, ob die Ärzte und Schwestern nett zu ihm waren. Erst heute hat sie ihn gefragt, ob er jemals traurig war. »Ja, manchmal«, hat er gesagt, »weil ich dich und deine Mummy so sehr vermisst habe«, und sie sah ebenfalls sehr traurig aus, bis er ihr gesagt hat, das dürfe sie nicht, es sei seine Aufgabe, dafür zu sorgen, dass sie nicht traurig ist. »Weil du mein Daddy bist«, hat sie gesagt. »Weil ich dein Daddy bin. Das ist im Augenblick meine einzige Aufgabe.«

Oh Edie, ist es möglich, dass ich ihn mehr liebe denn je zuvor? Da du nicht antworten kannst, werde ich es an Deiner Stelle tun.

Ich glaube, es ist möglich.

Nein, ich glaube *es nicht. Ich weiß es.*

An demselben Nachmittag, dem neunundzwanzigsten von Guys dreißig Tagen, wuchs ihre Liebe zu Luke noch mehr. Sie hatte gerade die letzten Unterrichtsstunden in der Schule abgehalten, und auf Iris' Bitte hin waren alle mit Richard zum Strand hinuntergefahren, um dort etwas fürs Abendessen zu fangen.

Weder Maddy noch ihr Vater beteiligten sich am Fischen. Sie setzten sich unter die Palmen, überließen Iris und Luke sich selbst und redeten leise miteinander, während Luke die Hosenbeine hochkrempelte und Iris aufforderte, ihre kleinen Stiefel auszuziehen, ehe er sie zum Ufer hinunterführte. Maddy, die erneut versucht hatte, ihrem Vater zu entlocken, was zwischen ihm und ihrer Mutter vor sich ging, seufzte, denn er war (mal wieder) ebenso wortkarg wie Alice.

»Du hast schon genug zu tun, du musst dir nicht auch noch um uns Gedanken machen«, sagte er.

»Trotzdem mache ich mir Sorgen.«

Lächelnd rieb er ihre Hand. »Das sollst du nicht.«

»Ist es das wert, Papa? Worum es auch geht, ist es wirklich weiteren Kummer wert?«

Sein Lächeln wirkte nun traurig. »Wahrscheinlich nicht«, sagte er.

Sie wartete, ob er noch mehr sagen würde.

Aber er schwieg.

Widerstrebend akzeptierte Maddy, dass es sinnlos war, ihren Vater weiter zu bedrängen, also gab sie auf und richtete ihre Aufmerksamkeit auf das Ufer.

Die Sonne brannte vom Himmel und tauchte den Strand und das Meer in goldenes Licht. Luke kniete mit einem Bein auf dem Sand, das Wasser benetzte seinen aufgestellten Fuß, und Iris sah zu, wie er die Rute vorbereitete. Über ihren Köpfen schoss ein Vogel herab und ins Wasser, wo er sein eigenes Futter erbeutete. Iris sah nicht hin. Sie schien völlig davon in Anspruch genommen, wie Luke den Haken auf die Schnur zog. Offenbar ohne nachzudenken, beugte sie sich mit wippenden Locken zu ihm und legte ihm eine Hand auf die Schulter.

Maddy brauchte eine Sekunde, um zu begreifen, was vor sich ging. Sie hielt den Atem an, denn sie befürchtete, es sich nur einzubilden.

Aber dann flüsterte Richard: »Nun sieh dir das an. Sie macht ihn glücklich und ahnt es nicht einmal.«

Luke reagierte nicht. Er arbeitete einfach weiter, als wäre nichts Außergewöhnliches passiert. Maddy hörte seine Stimme, als er mit Iris sprach, verstand aber nicht, was er sagte. Sie sah Iris, deren Hand immer noch auf seiner Schulter lag, zustimmend nicken. Auf einmal kicherte sie und spritzte ihn mit dem Fuß nass. Sie spritzte ihn tatsächlich nass!

Er lachte. Maddys Herz schlug schneller. Und noch

schneller, als Iris erneut kicherte. Luke stand auf, reichte Iris die Rute und half ihr, sie auszuwerfen.

Dann drehte er den Kopf, blickte über die Schulter zu Maddy und Richard und lächelte, ein Lächeln voll reiner, unverfälschter Freude.

Ein Lächeln, das Maddy niemals vergessen würde.

Ein Lächeln, das sagte: *Es wird tatsächlich alles gut.*

Sie glaubte selbst daran.

In dem Augenblick, in dem sie die beiden Seite an Seite stehen und die dunklen Locken in der indischen Sonne glänzen sah, hatte sie absolutes Vertrauen in alles, was die Zukunft ihnen bringen würde.

Und dann kam jener Abend.

Der Abend, der alles zunichtemachte.

Maddy ahnte, was sich in ihrem Körper abspielte. Sie hatte das schon einmal erlebt, es war ihr alles sehr vertraut. Sie war viel müder als sonst, fiel gleich nach dem Dinner ins Bett und schlief wie ein Stein. Erst kürzlich hatte sie diesen seltsamen Geschmack im Mund gehabt und öfter das Badezimmer aufsuchen müssen. Dann war ihre Regel zwei Wochen überfällig. (Ihre Regel, die im Gegensatz zu dem, was sie Guy erzählt hatte, normalerweise pünktlich wie ein Uhrwerk kam.)

Trotz dieser Anzeichen war sie sich nicht sicher gewesen. Oder hatte sich vielmehr nicht *gestattet*, sicher zu sein. Tatsächlich hatte sie sich hartnäckig geweigert, ein zweites Baby überhaupt für möglich zu halten. Der Gedanke an ein weiteres Kind hätte sie glücklich gemacht, hätte Guy nicht auf dieser übereilten, recht unangenehmen Begegnung vor Iris' Geburtstagsfeier bestanden. Hätte sie damals Zeit gehabt, ihre Kappe zu benutzen, wäre sie bei der Aussicht auf das kleine Leben in ihr überglücklich gewesen. Ohne lange zu zögern, hätte sie Luke erzählt, dass ein winziges Geschwisterchen für Iris unterwegs war. Sie wäre vor Freude aus dem Häuschen gewesen bei dem Gedanken, ihn vor Begeisterung nach Luft schnappen zu hören, zu sehen, wie sein Gesichtsausdruck erst Unglauben und Verblüffung, dann aber das Glück zeigen würde, dessen sie damals beraubt worden war, weil sie ihn nur per Telegramm von Iris' Geburt benachrichtigen konnte.

Aber sie hatte keine Zeit gehabt, ihre Kappe zu benutzen.

Darum konnte sie nicht zweifelsfrei wissen, dass das Baby von Luke war, obwohl sie seitdem unzählige Male mit ihm zusammen und jedes einzelne Mal wundervoll gewesen war, geradezu unglaublich, genauso, wie ein beginnendes Leben es sich aussuchen würde. Sie wollte es so gerne glauben.

Sie hatte keine Ahnung, was sie tun sollte. Vorzugeben, dass nichts passiert war, schien das Einzige zu sein, was sie *tun* konnte.

Bis auch das nicht mehr möglich war.

Ihre Mutter war bei ihr, als es passierte, an jenem neunundzwanzigsten Abend.

Alice kam zu ihr herüber, als die Dunkelheit hereinbrach und den Dschungel und Guys ohnehin finstere Villa noch dunkler wirken ließ. Maddy war auf dem Weg nach oben, um Iris bettfertig zu machen, als sie es an der

Haustür klopfen hörte. Vorsichtig, weil ihr ein wenig schwindlig war, ging sie zur Tür und öffnete. Sie fühlte sich zu zittrig, um sich zu fragen, warum ihre Mutter dort draußen in der Dunkelheit stand, mit gefalteten Händen und verkniffenem Gesicht, sodass sie aussah, als wäre sie lieber woanders.

»Wo ist Iris?«, fragte Alice.

»Oben«, sagte Maddy mit belegter Stimme.

»Und Guy?«

»Noch nicht zu Hause«, sagte sie und lehnte sich an die Tür. In der Küche wurde Reis fürs Abendessen gekocht. Der Geruch war unerträglich.

Auch bei Iris war es Reis gewesen, der Übelkeit in ihr ausgelöst hatte.

»Ich muss nur kurz mit dir sprechen«, sagte Alice.

»Komm doch herein.« Maddy legte sich eine Hand auf den unruhigen Bauch.

»Danke, ist schon in Ordnung«, erwiderte Alice. »Es ist nur ... ich bin heute Diana begegnet ...«

»Diana?«, fragte Maddy verwirrt.

»Hast du sie gesehen?«, fragte Alice.

Maddy nahm undeutlich die Anspannung in der Stimme ihrer Mutter wahr. Auch die seltsame Röte auf ihrer hellen Haut. Aber sie konnte nicht weiter darüber nachdenken. Der Reisgeruch überwältigte sie, sie fühlte Schweiß auf ihrer Stirn kribbeln, auf der Brust ...

»Maddy?«, hakte Alice nach.

»Nein«, sagte Maddy, »und ich möchte Diana auch nicht sehen.«

»Aber sie hat gesagt, dass sie dich vielleicht besuchen

wird«, sagte Alice und fing zu Maddys Entsetzen zu weinen an. »Ich muss dir etwas sagen.« Die Tränen liefen ihr übers Gesicht. »Dein Vater hat zwar neulich gesagt, es sei nicht nötig … aber ich glaube, er hatte vorher recht. Ich hätte es dir schon lange sagen sollen …«

Maddy hatte keine Ahnung, wovon Alice sprach. Irgendwie hatte sie den Eindruck, dass es etwas mit dem zu tun hatte, worüber sich ihre Eltern gestritten hatten, aber sie blieb nicht stehen, um es herauszufinden. Obwohl es sie bestürzte, ihre Mutter weinen zu sehen, konnte sie ihre Übelkeit keine Sekunde länger im Zaum halten. Sie schob sich an ihr vorbei und stolperte über die Veranda in den Vorgarten, wo sie sich in die Rosenbüsche erbrach, die Guys Diener mit Stolz und Hingabe pflegte. Für ein paar Sekunden nahm sie nichts wahr außer dem abscheulichen Geschmack von Galle, ihrem Magen, der sich hob und senkte, und den Tränen, die ihr über die Wangen liefen (sie weinte immer, wenn sie sich übergeben musste). Sie war sich der Hände ihrer Mutter, die ihre Schultern berührten, kaum bewusst und hörte auch nicht das Automobil, das durch das Tor gefahren kam, die zuschlagende Tür und dann die raschen Schritte auf dem losen Schotter der Zufahrt.

Erst als die Krämpfe nachließen, wurde ihr vollends bewusst, was geschehen war, und dass sowohl Guy als auch ihre Mutter bei ihr waren.

Die beiden waren auch dabei gewesen, als sie gemerkt hatte, dass sie mit Iris schwanger war.

Zitternd schlug sie sich die Hand vor den Mund und dachte daran, wie rasch Guy damals erraten hatte, was vor sich ging. Sie bezweifelte nicht, dass es diesmal genauso sein würde. Ihr fiel ein, dass er sie seit Tagen beobachtete, sie gähnen und früh ins Bett gehen sah und ihre häufigen Gänge zur Toilette mitbekam.

Noch etwas, das sie zu ignorieren versucht hatte.

Sie brachte es nicht über sich, ihm ins Gesicht zu sehen. Sie spuckte den letzten Rest Galle aus und versuchte die Unabänderlichkeit dessen zu begreifen, was sie gerade hatte geschehen lassen. Es gelang ihr nicht. Dann – weil sie wusste, dass sie es früher oder später sowieso tun musste – drehte sie sich widerstrebend um.

Er stand nur wenige Schritte von ihr entfernt, noch in Uniform nach dem Tag im Krankenhaus. Seine Augen, seine gütigen, freundlichen Augen, fixierten sie: erschöpft, besorgt, aber auch hoffnungsvoll.

Und lächelnd.

Er lächelte.

Ein Lächeln, das Maddy niemals vergessen würde.

Ein Lächeln, das bedeutete: *Jetzt lasse ich dich nicht mehr gehen.*

Ein Lächeln, das ihr sagte: *In einem Monat kann vieles passieren.*

Kapitel 34

Pflegeheim High Elms, England, August 1977

Es war kalt für einen Sommertag, und es regnete; ein dunstiges Säuseln, das den Rasen von High Elms, das Laubwerk und die üppig bewachsenen Blumenbeete mit einem so feinen feuchten Schimmer bedeckte, dass Luke das Gefühl hatte, den Regen einzuatmen.

Regen kann man das kaum nennen, nicht wahr?

Das hatte Arnold einmal zu ihm gesagt. Er erinnerte sich daran. Sie waren in dem alten Obstgarten des King's 5th gewesen. Er musste lächeln beim Gedanken an seinen Arzt und jene Ecke des Klinikgeländes, die ihm schließlich ans Herz gewachsen war: die Falläpfel, das plätschernde Bächlein, das ihn so sehr erdete (vermutlich, weil es ihn an den Garten am Fluss in Richmond erinnerte), die vielen Hecken voller Beeren. Und die Geschütze. Sein Lächeln verblasste, als er sich an die Geschütze erinnerte und daran, wie er mit Arnold auf das düstere Grollen an der Somme gelauscht hatte; der Beschuss war so intensiv, dass er noch jenseits des Kanals zu hören war.

Sogar jetzt konnte er das Hämmern noch hören.

Es war ein Geräusch, das man nie wieder vergaß.

Er erinnerte sich auch, dass er den Regen an jenem Tag mit etwas anderem hatte vergleichen wollen. Aber womit genau, war ihm entfallen, wie so vieles damals.

Und auch heute noch.

Immerhin ahnte er nun, worin der Vergleich bestanden hätte. Er legte den Kopf in den Nacken und blickte in den unendlichen Himmel, fühlte den flüsternden Regen auf seinen Wangen und Lippen und dachte an Indien, an die Regenfälle dort, und wie anders sie in jenem Sommer vor dem Krieg gewesen waren.

Dieser unglaubliche Sommer, in dem sie geheiratet hatten.

Der letzte Sommer in Bombay, den er je erleben würde.

Luke hatte seine Briefe mit in den Garten genommen, sie steckten in seinem Jackett: all die Briefe, die er ihr geschrieben hatte, seit er an diesen Ort gekommen war. Auf seine eigene Bitte hin versteckte das Personal sie vor ihm, wenn er in einen schlechten Zustand geriet, einen seiner verlorenen Tage erlebte. Episoden, in denen ihm seine eigenen Worte nichts bedeuteten, nichts sagten, sodass er befürchtete, bei dem panischen Versuch, etwas zu verstehen, die Seiten zu zerstören, die er geschrieben hatte. Das durfte nicht passieren, nicht wie damals, viele Jahre zuvor, als er mit Arnold seine Tagebücher verbrannt hatte. Sein angeschlagener Verstand ließ ihn erneut im Stich, und er befürchtete, dass seine Briefe nur zu bald alles sein würden, was ihm von den Erinnerungen blieb, vor deren Verlust er sich so sehr fürchtete.

Der Ruf eines Kindes erschreckte Luke und holte ihn in die Gegenwart zurück. Er drehte sich in die Richtung, aus der der Laut gekommen war, drüben bei den Hortensien. Er war nicht der Einzige, der an diesem Nachmittag dem Wetter trotzte. Eine andere Bewohnerin von High Elms ging draußen spazieren; die hatte allerdings ihre Familie dabei: der kleine Junge mit dem Ball, der gerufen hatte, und seine Brüder und Schwestern; so viele Kinder, Enkel und Urenkel.

Miriam, so hieß die Lady.

Sie hatte ein schweres Leben hinter ich. Sie hatte Luke – inzwischen sehr häufig – erzählt, wie sie kurz vor dem Anschluss aus Wien geflüchtet war und fast ihre gesamte jüdische Familie zurückgelassen hatte. Immer wenn sie von ihnen sprach, weinte sie: die verlorenen Schwestern und Brüder, Eltern und Großeltern; die Kinder, die nie groß geworden waren. Er hielt dann immer ihre Hand und hörte zu. Wenn möglich schwieg er, denn meistens gab es keine passenden Worte.

Aber an diesem Tag … lächelte sie, und er lächelte auch, allem zum Trotz, woran er sich erinnert hatte, denn es war einfach wundervoll, sie lächeln zu sehen.

Miriam hatte Geburtstag. Ihr achtzigster. *Ein junger Hüpfer,* hatte er gesagt, als er ihr am Morgen gratuliert und ihr die österreichischen Plätzchen geschenkt hatte, die Emma auf seine Bitte hin in der alten Bäckerei im Ort besorgt hatte. Am Nachmittag würden sie eine Party feiern, mit dem üblichen verdünnten Kräuterlikör und Partyknallern, die nicht knallten. Emma hatte gesagt, dass sie kommen würde.

Die liebe Emma.

Der Junge schoss den Ball hoch in die Luft und fing ihn mit der Innenkante des Fußes wieder auf. Luke sah, wie sein gerötetes Gesicht zu leuchten begann, wie er sich umsah, um sich zu vergewissern, dass seine Eltern seine Meisterleistung gesehen hatten, und er spürte den Schmerz in seiner eigenen Brust, als er sich erinnerte, immer weiter erinnerte …

Miriam lachte mit dem Jungen und forderte ihn mit ihrem leichten Akzent auf, den Schuss zu wiederholen. Sie stand Arm in Arm mit ihrer ältesten Tochter und hielt ihre Hand. Luke sah, wie glücklich sie war, wie zufrieden.

Er atmete zitternd durch, seine Gedanken wanderten – beinahe gegen seinen Willen – erneut zu Maddy.

Würde sie jetzt auch so aussehen, wenn sie mit Iris hier umhergehen würde?

Er atmete tief durch und versuchte, sie sich vorzustellen. Er schirmte seinen Geist gegen die Geräusche im Garten ab, gegen den Regen, das Gelächter und die anderen Menschen, denn er brauchte stattdessen die beiden bei sich.

Aber sie tauchten nicht auf.

Zumindest nicht auf die Art, wie er sie sich vorstellen wollte.

Stattdessen sah er vor seinem inneren Auge, wie sie auf dem hektischen Kai in Bombay gestanden hatte, als er vom Deck jenes Schiffes auf sie hinunterblickte, kurz bevor er Indien zum allerletzten Mal verließ. Er sah, wie Maddy Iris' Hand festhielt, während das kleine Mädchen zu ihm hinaufwinkte, die strahlend blauen Augen von Mutter und Kind auf sein Gesicht gerichtet.

Er hob die Hand und wollte ihnen zuwinken, hier, in diesem Garten. So lebhaft standen sie ihm vor Augen. Er sah, wie Maddys Lippen sich bewegten, las die Worte ab, die sie sagte, und er spürte, wie es ihm die Kehle zuschnürte, bis ihm das Atmen so schwerfiel wie damals.

Er stolperte zu einer Bank in der Nähe, musste sich setzten. Er tastete sich vorwärts, konnte nicht sehen.

Sein Geist wurde von Erinnerungen überwältigt, und seine Augen – die müden, brennenden Augen – waren auf einmal blind vor Tränen, sodass er überhaupt nichts mehr sah.

Kapitel 35

Bombay 1921

Maddy teilte Guy gleich dort auf der Zufahrt mit, dass er möglicherweise nicht der Vater des Kindes war. Sie zögerte keine Sekunde. Es war das Schwerste und zugleich das Leichteste, das sie je getan hatte, denn obwohl es sie deprimierte, ihm sein Glück so schnell und auf so grausame Art wieder wegzunehmen, jagte ihr sein Lächeln eine solche Angst ein, dass sie es nicht ertragen hätte, es noch eine Sekunde länger zu sehen.

»Das hier ist nicht so einfach, wie du es gern hättest«, sagte sie und spürte, wie ihr erneut die Tränen kamen, als sie im Licht der Dämmerung sah, wie seine Freude erstarb.

Guy wusste, was sie ihm damit sagen wollte. Seinen entgleisten Gesichtszügen war schmerzhaft deutlich anzusehen, dass ihm alles klar war.

Aber er sagte: »Natürlich ist es so einfach«, und griff sogar nach ihrer Hand.

Maddy verübelte ihm nicht, dass er so tat, als wäre nichts. (Hatte sie sich nicht genauso verhalten?) Sie empfand keinerlei Groll gegen ihn, nichts von dem

Ärger, an dem sie sich in diesem langen Monat festgehalten hatte. Nur großen Kummer über die aufgebrachte Verletztheit in seinem flehenden Blick.

Dennoch gab sie ihm nicht die Hand. Sie hielt sie zurück, mit geballter Faust, denn sie wusste, dass sie nicht freundlich sein durfte. Diesmal nicht.

Er durfte sich keine Hoffnungen mehr machen.

Stattdessen wich sie einen Schritt zurück. Und während sie das tat, spürte sie, dass Alice gekommen war und sie am Arm berührte. Zitternd atmete sie durch. Sie fühlte sich durch diese Geste, die ihr bestätigte, dass ihre Mutter ihr keine Vorwürfe machte – unglaublich! –, so sehr bestärkt, dass sie nicht einmal erschrak. Einfach so. *Auf ihrer Seite.*

»Du hast mich um einen Monat gebeten«, brachte Maddy mühsam heraus. »Und jetzt ist es so weit, es ist vorbei. Ich verspreche dir, dass ich dich nicht ausschließen werde. Du wirst einen Platz im Leben dieses Kindes ...«

»Einen Platz?« Er starrte sie an, seine Miene wurde hart. »Einen *Platz*?«

»Guy, du bist höchstwahrscheinlich nicht ...«

»Nein«, fiel er ihr ins Wort, wie er es so viele Male zuvor getan hatte. »Ich will es nicht hören.«

»Du musst!«, sagte sie mit vor Verzweiflung lauter werdender Stimme. Dieses Gefühl ließ sie offener sprechen, als sie es andernfalls fertiggebracht hätte. »Ich will mit Luke zusammen sein«, sagte sie. »Ich *liebe* Luke. Er ist Iris' *Vater*, sehr wahrscheinlich auch der Vater dieses ...«

»Es reicht«, sagte er und drehte sich um, sodass sie sein Gesicht nicht mehr sehen konnte (oder vielleicht auch, um ihres nicht mehr sehen zu müssen), »es reicht.«

Ehe sie wusste, wie ihr geschah, entfernte er sich und ging mit großen Schritten auf sein Automobil zu.

»Wo willst du hin?«, rief sie.

Er antwortete nicht. Ohne sich von Alice zu verabschieden, fuhr er davon, viel zu schnell, denn die Reifen jagten Staubwolken über den schwarzen Rasen.

Ihr kam in den Sinn, dass er womöglich Luke zur Rede stellen würde, und bei diesem Gedanken wurde ihre Panik noch größer. Sie selbst hatte noch nicht mit Luke gesprochen. Er durfte das hier nicht von Guy erfahren …

»Geh«, sagte ihre Mutter, als hätte sie ihre Gedanken gelesen. »Ich kümmere mich um Iris.«

»Sag ihr nichts.«

»Natürlich *sage* ich ihr nichts. Und jetzt geh.«

Sie musste Maddy kein drittes Mal auffordern. Sie stieg in ihren eigenen Wagen und hatte es so eilig, zu Luke zu gelangen, dass sie bereits davongerast war, als ihr einfiel, dass die Augen ihrer Mutter noch immer gerötet gewesen waren.

Ihrer Mutter, die ebenfalls geweint hatte.

Maddy hatte sie nicht einmal gefragt, ob es ihr gut ging oder was eigentlich der Grund für ihre Aufregung war. *Es ist nur … ich bin heute Diana begegnet …*

Sie hielt das Lenkrad umklammert und überlegte, was in aller Welt sie ihr hatte sagen wollen, und sie fluchte innerlich, weil sie keine Ahnung hatte, worum es ging.

Aber zum Umkehren war es bereits zu spät. Erneut beschleunigte sie den Wagen, fuhr durch den schwarzen Urwald und sagte sich, dass sie gleich nach ihrer Rückkehr mit Alice reden würde.

Mehr Angst und Verzweiflung, als sie ohnehin schon empfand, konnte sie im Augenblick nicht ertragen.

Guy war nicht bei Luke.

Beinahe hätte sie auch Luke nicht zu Hause angetroffen. Er wollte gerade ausgehen und sich mit Peter auf ein paar Drinks treffen, war nach dem Nachmittag mit Iris am Strand noch immer in Hochstimmung, und er dachte an all das, was ihnen endlich offenstand: die vielen Jahre, die ihnen vielleicht tatsächlich noch bevorstanden und an die er allmählich zu glauben begann.

Iris hatte sich von ihm auf den Schultern vom Strand zurücktragen lassen.

Er hatte seine Tochter auf den Schultern getragen.

Lächelnd richtete er seinen Kragen, weil er daran dachte, wie sie ihm lachend und mit salzigen Händen an die Wangen und ins Haar gefasst hatte. Er lächelte immer noch, als er Maddy die Tür öffnete.

Und dann sah er ihr Gesicht.

»Was ist los?«, fragte er, während ihm die Furcht bereits das Blut in den Adern gefrieren ließ. »Was ist passiert?«

»Alles«, sagte sie, und als er sie in die Wohnung zog, erzählte sie ihm, was vorgefallen war. Sie blickte ihm aus geschwollenen Augen ins Gesicht, während die Worte aus ihr herausstürzten, als befürchtete sie, sie könnte nicht mehr weiterreden, sobald sie einmal aufgehört hatte.

Luke unterbrach sie nicht. Schweigend hörte er sich an, was sie zu sagen hatte – über das Baby, von dem sie sehnlichst wünschte, es wäre von ihm *(ja,* dachte er benommen, *das wünsche ich mir auch),* wie Guy reagiert hatte, ihre Angst, dass er der Annullierung nicht zustimmen würde. Er hielt sie fest, eher instinktiv als aufgrund einer bewussten Entscheidung, und wusste kaum, was er tat. Es war alles zu viel, kam zu plötzlich; es war, als liefen die Geschehnisse knapp außerhalb seines Einflussbereichs ab.

Erst als sie sagte, wie leid es ihr tue, wie schrecklich leid, war es, als legte sich in ihm ein Schalter um und brachte ihn zurück zu ihr und zu sich selbst.

Es musste ihr doch nicht leidtun, das doch nicht.

Was sie denn bereue?

»Ich habe versucht, ihn vor der Party abzuweisen«, sagte sie. »Ich wollte das nicht, ich schwöre es …«

»Maddy«, sagte Luke, als er endlich die Stimme wiedergefunden hatte, »glaubst du, das macht mich froh?« Er betrachtete ihre verzweifelte Miene, kopfschüttelnd, weil sie das womöglich wirklich glaubte. »Es macht mich nicht froh.« Allein der Gedanke, dass sie es … *geduldet* hatte. Es machte ihn fertig.

In diesem Augenblick wollte er Guy töten. Der Zorn, der bereits hell loderte, wenn er nur den neuen Ehemann seiner Frau in ihm sah, explodierte in seinem Innern. Guy musste ihr Widerstreben bemerkt haben. Er *musste* einfach.

Und trotzdem hatte er weitergemacht. Es von ihr verlangt.

»Wo ist er jetzt?«, fragte er.

»Ich weiß es nicht«, sagte sie. »Ich dachte, er wäre vielleicht hier.«

»Ich wünschte, so wäre es«, sagte Luke. Den ganzen Monat lang war er kurz davor gewesen, ihm entgegenzutreten. Er konnte nicht mehr zählen, wie oft er mühsam dem Drang widerstanden hatte, in dieses Krankenhaus zu gehen und Guy zu fragen, was zum Teufel er sich dabei dachte, ihnen all das anzutun.

Wir brauchen ihn, hatte Maddy immer wieder gesagt. *Er wird zur Vernunft kommen.*

Das wird er, hatten ihm Peter und Richard ein ums andere Mal versichert.

Aber jetzt ... *jetzt* ...

»Es tut mir so leid«, drang Maddys Stimme in seine Raserei.

»Warum sagst du das dauernd?«, fragte er, etwas leiser jetzt.

»Ich hätte es dir sagen müssen.«

»Ja«, bestätigte er, denn es war nicht zu leugnen, »das hättest du.«

»Und das Baby ...«

»... wird ein geliebtes Kind sein«, sagte er, ohne zu zögern, und noch während er die Worte aussprach, wusste er, dass sie wahr waren.

»Ja?«, fragte sie und lächelte zum ersten Mal seit ihrer Ankunft, wenn auch sehr zaghaft.

»Ja«, sagte er und spürte in seiner Brust, dass es so

war. Er hinterfragte es nicht. Es war keine Entscheidung, die er abwägen musste. Natürlich hoffte er, dass es sein Kind war, aber er wusste, dass es das sowieso sein würde, in jeder Hinsicht, die zählte.

Wie könnte es anders sein, wenn es doch *ihr* Kind war?

»Aber … Guy.«

»Ich weiß«, sagte Luke, denn es ließ ihn trotz seiner heftigen Wut nicht kalt, wie viel Kummer sie ihm bereiten würden. Er sah, wie sehr Guy Iris liebte – bereits die Art, wie er sie auf der Geburtstagsfeier an sich gedrückt hatte, hatte ihm das gezeigt. Er begriff, dass Guys Verhalten zum Teil auf seiner Angst beruhte, außer Maddy auch Iris zu verlieren. Das entschuldigte sein Verhalten keineswegs, nichts konnte das, aber Luke hätte ein Unmensch sein müssen, um es nicht zu verstehen.

Und nun würden sie ihm auch noch dieses Kind wegnehmen.

»Wir verschwinden ja nicht«, sagte er. »Iris wird ihn besuchen und ihm scheiben wollen.« Damit hatte er längst seinen Frieden gemacht. »Wir werden herkommen müssen, um deine Mutter zu besuchen …«

»Ich weiß nicht«, sagte Maddy verstört, »eigentlich bin ich entschlossen, sie doch noch auf ein Schiff zu verfrachten.«

»Das hast du schon öfter gesagt.«

Mit einem tiefen Seufzer lehnte sie sich an ihn.

»Was meinst du … ob alles wieder ins Lot kommen wird?«

»Das muss es.«

»Er ist ein guter Mensch«, sagte sie. »Ich möchte glauben, dass er sich anständig verhalten wird.«

Das wollte auch Luke.

»Aber wir werden es auf jeden Fall schaffen«, fuhr sie fort. »Selbst wenn er die Annullierung hinauszögert. Wir haben ein Haus, wir sind eine Familie. Deine Arbeit wartet auf …« Sie verstummte und blickte zu ihm auf.

Er sah die Frage in ihren Augen.

»Niemand wird mir meine Arbeit wegnehmen«, versicherte er ihr und hoffte, dass er damit recht hatte. »Wir werden nicht mittellos dastehen. Viele Leute werden uns verstehen.«

Maddy nickte bedächtig.

Aber viele Leute würden sie auch verurteilen, das wussten sie beide.

»Wir werden zusammen sein«, sagte sie dennoch. »Wir gehen.«

»Wir gehen«, wiederholte er. »Niemand kann uns daran hindern.«

*

»Selbstverständlich kannst du sie daran hindern«, sagte Guys Anwalt, ein alter Schulfreund namens Henry Parsons, der zwar kein enger Freund war, ihm aber doch so nahestand, dass Guy ihn zu Hause anrufen zu dürfen glaubte, sogar so spät am Abend noch.

Im Monat zuvor, nachdem Luke wieder aufgetaucht war, war er ihm sehr nützlich gewesen, denn er hatte Guy versichert, dass seine Ehe mit Maddy nicht nur gültig war, sondern dass er und nur er allein über die Macht verfügte, sie zu beenden, sei es durch Annullierung oder Scheidung. »Es ist ihr schlicht nicht gestattet, dich zu verklagen«, hatte Henry gesagt, »es sei denn, du gibst ihr Grund zu der Annahme, dass du eine andere Frau vergewaltigt oder Inzest begangen hast.«

»Nun, das werde ich gewiss nicht tun«, hatte Guy entsetzt gesagt.

Henry hatte gelacht wie über einen guten Witz.

Diesmal war er genauso entspannt. Er kippte seinen Scotch und versicherte Guy, es gebe nichts, worum er sich Sorgen machen müsse, *absolut nichts,* das Gericht würde ihn ohne jeden Zweifel als Vater dieses Kindes anerkennen. Maddys Ehemann war er und niemand sonst.

»Wir können eine Regelung erwirken, dass Maddy in Indien bleiben muss, solange sie *enceinte* ist«, sagte er. »Als sein Vater bist du der Vormund des Kindes. Du kannst das alleinige Sorgerecht an dich bringen, sobald es auf der Welt ist, das steht außer Frage.«

»Nun«, sagte Guy und verlagerte auf dem Stuhl das Gewicht, »ich möchte vermeiden, dass es so weit kommt …«

»Natürlich, natürlich«, antwortete Henry und griff nach einer Zigarre, »aber um Himmels willen: Erzähl ihr das nicht. Die ganze Sache muss nicht einmal vor Gericht landen. Halt einen kleinen Plausch mit ihr, sorg dafür, dass sie versteht, welche Konsequenzen es hat, wenn sie mit diesem Unsinn weitermacht. Sie wirkt auf mich nicht wie die Sorte Frau, die erst an sich und dann an ihre Kinder denkt. Wie ich bereits sagte, steht es dir rechtlich zu, auch die Vormundschaft für Iris zu verlangen.«

Guy starrte in seinen Whisky und fragte sich verwirrt, wie es jemals so weit hatte kommen können. Noch vor kurzer Zeit waren sie alle so glücklich gewesen. *Er* war so glücklich gewesen …

»Guck nicht so besorgt«, sagte Henry. »Maddy geht nirgendwohin und die Kinder auch nicht. Deine Familie ist dir sicher, mein Freund.«

Guy nickte und beruhigte sich tatsächlich ein wenig, obwohl ihm weiterhin unbehaglich zumute war. Die Worte, die Henry mit solch großer Gewissheit ausgesprochen hatte, waren ihm … sinnvoll vorgekommen, als er dort in dem getäfelten Arbeitszimmer voller juristischer Fachzeitschriften gesessen hatte, geradezu vernünftig.

Auch auf dem Rückweg zur Villa fühlten sie sich noch so an.

Sogar als er anhielt, zu Maddys hell erleuchtetem Fenster hinaufblickte und mit einer Mischung aus Erleichterung und Besorgnis bemerkte, dass sie nicht nur zu Hause, sondern auch wach war, obwohl es auf Mitternacht zuging, hielt er es noch für richtig, zu ihr zu gehen und mit ihr zu reden, besagten *kleinen Plausch* mit ihr zu halten.

Ließ sie ihm denn eine andere Wahl?

Er *war* ihr Ehemann. Sie hatte sich entschieden, ihn zu heiraten, Iris seiner Obhut anzuvertrauen, und sie trug sein Kind unter dem Herzen. (Es *war* sein Kind, daran bestand für ihn kein Zweifel. Nicht der geringste. Nicht der allergeringste Zweifel. Es war vollkommen, durch und durch, endgültig … sicher.) Er konnte den galoppierenden Herzschlag des kleinen Wesens beinahe hören. Er hatte sich bereits vorgestellt, wie es sein würde, es zum ersten Mal im Arm zu halten. Er konnte … würde nicht zulassen, dass sie ihm das wegnahm.

Und doch, als er langsam die Treppe hinaufstieg, vor ihrem Zimmer ankam, die Hand zum Klopfen erhob und sich ausmalte, wirklich *ausmalte,* wie er ihr in die Augen sehen und alles sagen würde, was Henry ihm geraten hatte, ertappte er sich dabei, dass er zögerte.

Wie aus dem Nichts fiel ihm die Mitteilung ein, die ihm sein Diener in der Sea Lounge hinterlassen hatte, damals, am Beginn dieser bedauerlichen Angelegenheit, noch vor Iris' Geburtstagslunch. Alice hatte die Nachricht geschrieben und darauf bestanden, dass Guys Diener sie ihm sofort überbrachte (»In der Mittagshitze, *sahib*!«, hatte er hinterher empört ausgerufen), offensichtlich ängstlich darauf bedacht, dass Guy ihre Gardinenpredigt noch vor der Ankunft der anderen Gäste erhielt.

Es war kein einfacher Auftakt zu jenem quälenden Lunch.

Ich werde Madeline nichts erzählen. Du weißt selbst, sie würde Dir niemals verzeihen, dass Du versucht hast, Iris gegen sie zu benutzen. Auch mir fällt es schwer. Dennoch verstehe ich, warum Du das getan hast. Guy, ich habe auch Angst. Aber ich habe Iris versprochen, dass Du so etwas nicht noch einmal tust und dass es niemals eine Welt geben wird, in der sie uns nicht mehr sieht. Ich habe ihr gesagt, dass ihre Eltern dafür sorgen werden, dass sie glücklich ist und nicht traurig, egal, was passiert.

Mach sie nicht noch einmal traurig, Guy. Wenn Du sie so sehr liebst, wie ich glaube, musst Du meine Tochter auf ehrlichere Art davon überzeugen, dass Du sie verdienst.

Bitte, werde kein Geringerer, als Du bist.

Später an demselben Tag hatte Alice ihn im Krankenhaus aufgesucht und ihm dasselbe noch einmal gesagt, um ihm klarzumachen, wie unfair er sich verhielt, indem er sich zwischen Iris und Luke zu stellen versuchte.

»Einen Aufpasser, Guy?«, hatte sie gesagt, und er war sich vorgekommen wie eine Bestie. »Hast du vergessen, was Luke durchgemacht hat? Was ihm entgangen ist? Siehst du nicht, dass du damit alle vor den Kopf stößt?«

Damals hatte sie sich noch gewünscht, Maddy würde sich für ihn, Guy, entscheiden. Davon war er überzeugt. *Ich habe auch Angst.* Darum hatte er auf sie gehört, zumindest was Lukes unbeaufsichtigten Umgang mit Iris betraf.

Doch auch Iris war nach und nach Lukes Zauber verfallen, trotz Guys erniedrigender Bemühungen, sie auf seine Seite zu ziehen – das ganze Gerede von wegen, sie müsse ihr Bestes tun und höflich zu Luke sein, egal, wie sehr sie sich fürchtete; seine Beteuerungen, sie sei bei ihm in Sicherheit, er würde immer auf sie aufpassen, *wie könnte ich es auch ertragen, das nicht zu tun?*

Erschöpft drehte Guy sich um und blickte über den

Flur zu Iris' Zimmer. Er stellte sie sich auf der Seite schlafend vor, sie bewegte im Traum die Lippen, ihre dunklen Locken klebten an den rosigen Wangen, und er senkte den Kopf und dachte daran, wie vorsichtig sie ihn in letzter Zeit immer gemustert hatte. Ihre Unsicherheit. Sie hatte angefangen, an ihm zu zweifeln, dieses süße Kind, das einst so freudig zu ihm gelaufen war. Sie fürchtete sich vor dem, was er als Nächstes versuchen, was er ihr erzählen würde.

Ein Husten aus Maddys Zimmer ließ ihn erneut herumfahren, und ihm fiel wieder ein, wie übel ihr früher am Tag gewesen war. Er spürte, wie sich vor Sorge sein Herz zusammenzog, als er sie ins Badezimmer rennen hörte. Er wollte zu ihr gehen, sie an den Schultern halten. Dort sein.

Nichts wünschte er sich mehr.

Er zögerte noch eine Sekunde und starrte auf die Holztür. Er ging darauf zu und legte eine Hand auf die warme, feuchte Verkleidung, dann die Stirn.

Sie waren vom Weg abgekommen, sie beide, allzu schnell. Sie hatten zu wenig Glück gehabt. Nicht annähernd genug Zeit.

Er schloss die Augen, und alles, was er ihr sagen müsste, kam ihm in den Sinn.

Er würde sich niemals dazu überwinden können, das wusste er. Also versuchte er es gar nicht erst.

Langsam drehte Guy sich um und ging in sein Zimmer, wo er stattdessen alles in einem Brief niederschrieb.

Kapitel 36

Maddy war wach, als Guy den Umschlag unter der Verbindungstür hindurchschob. Die ganze Nacht hatte sie auf dem Bett gelegen und gehört, wie er auf und ab gegangen war und geseufzt hatte. Schließlich schrieb er am Schreibtisch eilig etwas nieder. Sie war beinahe versucht, aufzustehen und zu ihm zu gehen. *Bitte, können wir nicht endlich miteinander reden?* Aber sie fühlte sich zu schlecht, zu ausgelaugt von den Aufregungen des Tages, um mehr zu tun, als dazuliegen, eine Hand auf dem Bauch, und über die hundert verschiedenen Formen zu grübeln, die das, was als Nächstes kommen würde, annehmen konnte.

Außerdem sorgte sie sich um ihre Mutter. Sie war nicht fair zu ihr gewesen, als sie von Luke nach Hause gekommen war und sie im Schlafzimmer angetroffen hatte, wo sie Iris beim Schlafen betrachtete, mit einem Ausdruck äußersten Verlustschmerzes in ihrem blassen Gesicht.

Luke und Maddy waren zusammen gewesen. Er bestand darauf, sie zu fahren, nachdem sie sich in seinem Badezimmer erneut hatte übergeben müssen. Er wollte nicht, dass sie sich allein auf den Weg machte. Als sie

Malabar Hill erreicht hatten, erzählte sie ihm von der seltsamen Begegnung mit ihrer Mutter wenige Stunden zuvor. An der völlig unbeeindruckten, aber missbilligenden Art, wie Luke geradeaus auf die Straße blickte, merkte sie, dass er offenbar wusste, worum es dabei ging. Sie verstummte und hörte im Geist erneut Alice' Worte: *Es ist nur … Ich bin heute Diana begegnet,* und endlich fügten sich alle Puzzleteile zusammen.

Sie verlagerte auf dem Sitz das Gewicht, denn ihr schwindelte, weil auf einmal so vieles Sinn ergab: der lange Streit ihrer Eltern, die verlegene Art, wie Alice Luke bei ihrer ersten Begegnung gedankt hatte, Alfs neue Arbeitsstelle, die Entschlossenheit, mit der Luke sie, Maddy, von Diana fernzuhalten versuchte … Sie legte sich eine Hand an ihren Kopf, in dem sich alles drehte, und fragte sich, warum sie so lange gebraucht hatte, um zu begreifen, und sie versuchte, sich über ihre Gefühle angesichts all dieser … Dinge klar zu werden.

»Warum um alles in der Welt hast du es mir nicht gesagt?«, fragte sie Luke.

»Ich wollte ihr die Chance lassen, es dir selbst zu sagen«, antwortete Luke und fuhr auf das dunkle, belaubte Bankett. Und dann wiederholte er alles, was Arnold ihm erzählt hatte, rationalisierte ihren Zorn weg, ehe er Gelegenheit bekam, sich in ihr festzusetzen. Er rief ihr in Erinnerung, wie verzweifelt besorgt Alice gewesen war, weil Maddy so lange getrauert hatte; wie überzeugt sie von seinem Tod gewesen war. Beim Reden blickte er ihr die ganze Zeit voller Wärme in die Augen, und sie ertappte sich dabei, dass sie sich ihre Mutter vorstellte, damals, nachdem das Telegramm mit der Nachricht von Lukes Tod gekommen war: die Qual in ihrem Gesicht, wenn sie Maddy gehalten und zu trösten versucht hatte, weil sie weinte, unzählige Male. *Du bist meine Iris.*

»Sie wollte es dir sagen«, fuhr Luke fort. »Ich habe mit ihr geredet, oft, immer wenn wir ausgegangen sind. Sie hatte entsetzliche Angst, dich noch einmal zu verlieren, Maddy.«

Maddy lehnte sich an den Sitz, unfähig, auch diesen Gedanken noch zu ertragen. Die Worte, die sie selbst am Strand zu ihrem Vater gesagt hatte, fielen ihr wieder ein.

Ist es weiteren Kummer wert?

Sie hatte die Antwort ihres Vaters gehört – *wahrscheinlich nicht* – und die Augen geschlossen in dem tiefen inneren Wissen, dass er recht hatte.

Sie hatte freundlich zu ihrer Mutter sein wollen, als sie sie wiedersah. Trotz ihres Kummers und der nicht abzuschüttelnden Traurigkeit wegen all der verschwendeten Zeit, hatte Maddy ihr sagen wollen, dass es erledigt war, aus und vorbei.

Keine Sekunde lang hatte sie in Betracht gezogen, ihr Vorwürfe zu machen. Aber der Blick, mit dem Alice Iris musterte, brachte sie am Ende doch dazu. Die Vorstellung, dass noch mehr sinnloser Kummer folgen würde.

Die Worte kamen heraus, ehe sie wusste, dass sie sie aussprechen würde.

»Mach es wieder gut«, sagte sie. »Beweise, dass es dir leidtut.«

»Ja«, antwortete Alice, »ja! Sag mir nur, wie.«

»Fahr mit uns nach England«, sagte Maddy. »Wenn du es mit uns nicht schaffst, wirst du es nie mehr schaffen. Du musst niemanden mehr verlieren. Papa wünscht sich sehnlichst, seinen Ruhestand dort zu verbringen, und ich weiß, dass es dir genauso geht. Es ist die letzte Reise, die du jemals unternehmen musst. Komm mit, und ich verzeihe dir.«

Sie hatte gesehen, wie sich Lukes Augen weiteten. *Ist das dein Ernst?*, schien er sie zu fragen.

Alice hatte sie nur entsetzt angestarrt.

Und es *war* unfair, das wusste Maddy.

Aber als sie nun vom Bett aufstand, eine weitere Welle von Übelkeit unterdrücken musste und den Raum durchquerte, um Guys Brief aufzuheben, konnte sie es nicht bereuen.

Sie würde es nicht zurücknehmen.

Und sie vergaß den Gedanken völlig, als sie den Brief öffnete und sah, was darin war.

Ihr Blick wanderte über die Zeilen, nahm alles auf, was er geschrieben hatte: das Gerede über Eltern, die niemals zuerst an sich selbst und dann erst an ihre Kinder denken, wie leid es ihm tat, wie schrecklich leid …

Ihre Hände zitterten. Sie drehte das Blatt um und las alles noch einmal.

Du hast immer gelächelt, wenn Du mich sahst. Ich brauche die Hoffnung, dass der Tag kommen wird, an dem Du das wieder tun wirst. An dem wir beide wieder lächeln werden.

Sie starrte auf das Blatt, und Tränen traten ihr in die Augen.

Bitte, zwing mich nicht, darüber zu reden. Nicht jetzt. Ich kann nicht.

Den Brief in der geballten Faust, blickte sie auf und zu seiner Tür.

Zwing mich nicht, darüber zu reden.

Sie würde ihm keine Wahl lassen.

Ohne zu zögern, drückte sie die Klinke hinunter und war nicht im Geringsten überrascht, ihn gleich hinter der Tür vorzufinden, noch immer in der Uniform, die er offensichtlich die ganze Nacht getragen hatte. Er lehnte an der Wand, als hätte er ihr beim Lesen zugehört, ginge im Geist noch einmal seine eigenen Worte durch, die sie mit ihrer Stimme wiederholte.

»Ist das dein Ernst?«, fragte sie und hielt ihm das Blatt Papier hin. Ihre Stimme zitterte noch stärker als ihre Hände.

»Ich wünschte, es wäre anders«, sagte er, ebenso zitternd, »aber ja, so ist es.«

Vor ihren Augen verschwamm alles. Sie blickte erneut auf das Blatt; Tränen tropften auf die Bitten, die er an sie richtete.

Dass sie ihm erlauben sollte, sich auf seine Art von Iris zu verabschieden. *Sie darf sich auf keinen Fall schuldig fühlen. Sie darf niemals zu traurig oder zu ängstlich sein, um sich zu wünschen, mich zu sehen.* Dass sie schnell fortgehen sollten, so bald wie möglich. *Ich wäre sehr dankbar, wenn es einfach vorbei sein könnte.* Dass er über Iris auf dem Laufenden gehalten werden wollte und dass sie dem Baby sagen sollte, dass es möglicherweise sein Kind war. *Ich werde nie wieder heiraten, Maddy. Das weiß ich tief in meinem Herzen. Du hast mir die einzige Familie geschenkt, die ich mir je gewünscht habe, und ich kann auf diese Kinder, die mir vorkommen wie meine eigenen, nicht gänzlich verzichten.*

Sie hob den Kopf und begegnete ein weiteres Mal seinem Blick, seinem gütigen, sanften Blick.

»Danke, Guy«, sagte sie und legte ihr ganzes Herz in dieses Wort, denn auch sie wünschte sich sehr, so sehr, dass alles anders hätte sein können.

Sie verließen Indien zwei Tage später auf einem überfüllten P&O-Liniendampfer nach Tilbury, der am späten Nachmittag aus Bombays wogendem, sonnenüberflutetem Hafenbecken auslief. Lukes Eltern und Edie würden sie bei der Ankunft in England erwarten; Maddy und Luke hatten ihnen telegrafiert, sobald sie die Karten für die Überfahrt reserviert hatten, und Iris mit ins Telegrafenamt genommen. Sie wollten sie im Tumult ihrer hastigen Abreise stets sicher und geschützt in ihrer Nähe wissen, damit sie so unbeschwert wie nur möglich war. Luke hatte Iris vor dem Telegrammschalter hochgehoben, sodass sie durch das Metallgitter spähen und sehen konnte, wie der Beamte ihre Nachrichten in den Fernschreiber tippte. *Sind unterwegs STOPP* Iris' geweitete Augen, ihre Verwunderung darüber, dass die Telegramme innerhalb weniger Minuten in England ankommen würden, entlockten Maddy ein Lächeln. Ja, stimmte Maddy zu, das ist wirklich wie Magie, und wie alle anderen auch war sie erleichtert über Iris' Begeisterung und fest entschlossen, ihr die Freude nicht zu verderben, indem sie sich anmerken ließ, wie schlecht sie sich in dem Gewühl und der stickigen Luft des Raums fühlte.

Danach hatten sie übergangslos alles für den Aufbruch vorbereitet und sich von sehr vielen Menschen verabschiedet. Sie stattete der Schule einen letzten, bittersüßen Besuch ab. Sie hatten Kuchen dabei und blieben so lange, dass Maddy und Iris die stürmische Kindermeute zum Abschied ausgiebig herzen konnten. Irgendwann stahlen sie sich inmitten der hektischen Packerei eine Stunde für einen Spaziergang zu den Hängenden Gärten hinauf und eine weitere für einen Gang hinunter zum Strand. Am Abend zuvor hatten Della und Jeff ein Abschiedsdinner für sie ausgerichtet, und die Kinder – einschließlich der drei des Gärtners – durften viel länger aufbleiben als üblich. Niemand wollte ihr Rennen und Lachen und das Fangenspielen auf dem mondbeschienenen Rasen unterbrechen oder den Abend früher beenden als unbedingt nötig.

»Ich weiß nicht, ob ich das ertrage«, sagte Della und stellte unter Tränen ihr Weinglas ab. »Können wir euch nicht doch überreden hierzubleiben?«

»Diesmal nicht.« Maddy griff nach ihrer Hand. »Ich glaube, ich habe allmählich genug Reisen verpasst.«

»Aber du siehst furchtbar blass aus«, sagte Della.

»Das stimmt, Maddy-Darling«, bestätigte Peter. »Hier, noch ein Stück Limette zum Lutschen.«

Es war schwer – sehr schwer –, all diese Menschen zu verlassen, aber das Versprechen, sie in den kühleren Wintern zu besuchen, so wie auch Guy sie besuchen würde, erleichterte es ihnen ein wenig. Sie würden wieder gemeinsam essen, die Kinder konnten miteinander spielen. Iris würde ihre Freundinnen und ihre *ayah* wiedersehen (die bereits bei Della und Jeff eingezogen war, um Emilys sonnigere Seite zum Vorschein zu bringen); sie würde Suya, den Koch, Ahmed und alle anderen wiedersehen, die sie liebte.

Von ihrer Großmutter musste sie sich überhaupt nicht verabschieden.

Dafür hatte Maddy gesorgt.

Luke wartete auf dem glühend heißen Steuerborddeck und blickte über die Schulter zu der Kabine, in der sich Alice bereits befand. Richard hatte mit dem Kapitän gesprochen, einem seiner vielen alten Freunde, und der Kapitän hatte Alice am Morgen an Bord begleitet, durch seinen privaten Eingang und früher als alle anderen Passagiere. Alle hatten ihr geholfen – Maddy, Iris, Peter, Della, die Mädchen, alle; Richard war ihr seitdem nicht von der Seite gewichen. Er begleitete sie, würde aber nur kurze Zeit in England bleiben und dann in Indien alles für seinen Ruhestand vorbereiten.

Ohne dich könnte ich das hier nicht tun, hatte Alice zu ihm gesagt.

Maddy und Iris hatten noch einmal von Bord gehen müssen, nur für eine Stunde, wobei Maddy eine Tüte

Ingwerkekse in der Hand hielt, die nach Ansicht des Kochs gegen ihre Übelkeit helfen würden (Luke hoffte inständig, dass er recht hatte). Guy hatte sie zum endgültigen Abschied zum Eisessen in die Sea Lounge gebeten.

Aber nun waren sie wieder da. Hand in Hand eilten die beiden zwischen rufenden Kulis und Türstehern hindurch, drängten sich durch Hunderte von Briten und Einheimischen, die in Trauben auf dem lärmenden Kai standen. Luke beugte sich vor, stützte die Hände auf die warme, salzige Reling des Schiffs und beobachtete sie. Er hatte befürchtet, Iris würde nach dem Abschied von Guy aufgebracht sein. Er hatte mit Tränen und einem Kampf gerechnet. Aber zu seiner Erleichterung lief sie lachend neben Maddy auf die Landungsstege zu. Sein kleines Mädchen mit dem sepiafarbenen Fuß lachte und war auf dem Weg zu ihm.

»Da bist du ja!«, rief er, sodass sie beide den Kopf hoben und ihre blauen Augen seinem Blick begegneten.

Iris winkte.

Er winkte zurück.

»Wir sind hier!«, rief Maddy, »wir fahren nach Hause«, und als die Worte an seine Ohren drangen, durchflutete ihn die Erkenntnis, dass sie wahr waren, und vor Freude und Stolz schnürte es ihm die Kehle zu.

Ein Glücksgefühl, so überwältigend, dass es ihm beinahe den Atem verschlug.

Epilog

Pflegeheim High Elms, England, Oktober 1977

Ein Brief an Maddy, von Luke

Heute erinnere ich mich, welches Jahr wir haben. Ich weiß, dass ich seit zwei Jahren hier lebe, in diesem Heim, das nicht einmal eine Meile von unserem alten Haus am Fluss entfernt liegt; unser Haus, das am Ende so voll geworden ist, dass wir manchmal von Umzug sprachen, obwohl wir wussten, dass wir das niemals übers Herz bringen würden.

Es war meine Entscheidung, hierher nach High Elms zu kommen, nachdem Du von mir gegangen warst. Ich konnte nicht zulassen, dass mich eins der Kinder bei sich aufnimmt, egal, wie sehr sie darauf bestanden. Sie besuchen mich sehr oft – viel öfter, als mein launisches Gedächtnis anzuerkennen bereit ist –, und das ist alles, worum ich sie je bitten möchte.

Es tut ihnen weh, wenn ich vergesse.

In letzter Zeit vergesse ich zu viel. Unsere gemeinsame Zeit entgleitet mir allmählich, und ich habe Dir inzwischen in verwirrtem Zustand fast so viele Briefe geschrieben – vor lauter Panik, ich hätte Dich nie gefunden – wie in den Zeiten, in denen ich mich mühelos an die zahllosen Dinge erinnern konnte, die wir miteinander erlebt haben, nachdem wir uns wiedergefunden hatten.

Diese Briefe, die Briefe unseres Lebens, sind die, die ich aufbewahre. Sie liegen aufgestapelt neben mir. Einige sind nur hastig hingekritzelte Notizen, andere sind viel länger. Alle sind sie hier bei mir.

Unsere Hochzeit an jenem ersten, eiskalten Weihnachtsfest, nachdem wir aus Bombay zurückgekehrt waren, in der kleinen, von Kerzen erleuchteten Kirche am Ende unserer Straße. Du warst hochschwanger und konntest es kaum noch erwarten, nicht mehr schwanger zu sein. Du hast gelacht, als Du zu mir vor den Altar getreten bist und ich Dir gesagt habe, wie schön du aussiehst. Das bist du wirklich, *sagte ich,* in dieser Hinsicht musst du mir vertrauen, Miss Bright. *Owen kam nur eine Woche später zur Welt und verblüffte uns, weil er Dir und nur Dir ähnelte, und er verlangte, geliebt zu werden – wie er tatsächlich immer geliebt wurde –, von der Sekunde an, in der er seine dunkelblauen Augen öffnete.*

Weniger als zwei Jahre danach kamen die Zwillinge, Ben und Will, und bescherten uns einen schlaflosen Sommer, bis Iris fragte, ob wir sie nicht einfach zurückgeben könnten. Sie hatte sich natürlich eine Schwester gewünscht. Aber im Frühjahr 1926 wurde Jacob geboren und zerstörte ihre letzten diesbezüglichen Hoffnungen.

Sie nahm es ihm nicht übel. Wie hätte irgendjemand *diesem Kind etwas übelnehmen können? Iris war genauso vernarrt in ihn wie wir alle. Ich sehe ihn vor mir, lachend im Garten, wie er versucht, mit den anderen Schritt zu halten,* wartet, wartet auf mich!, *seine in ständiger Bewegung begriffenen Arme und Beine, immer auf der Jagd nach einem Fußball.*

Diese Jahre, als die Kinder noch klein waren … sie waren wundersam. All die heißen Sommer, in denen die fünf über den Rasen rannten, in den Fluss hinein- und wieder heraussprangen. Unsere Spaziergänge im Park, Feuerwerke in der Eiseskälte (was würde ich darum geben, noch ein einziges Mal eines zu sehen, mit dir im Arm!), Geburtstage und Weihnachten mit Deinen Eltern, meinen Eltern, Edie, Guy, Peter und Della – die wir nur einmal in Indien besucht haben, ehe sie uns nach England gefolgt sind – und natürlich mit Emma. Emma, die mit Ernest und Arnold zu unserer Hochzeit und zu Owens Taufe kam, dann ein weiteres Mal, weil sie zufällig in der Gegend war, und so immer weiter, bis sie sich ein Herz fasste und sich um eine Stelle im hiesigen Krankenhaus bewarb. Du hast ihr geraten, die Stelle anzunehmen, und sie gebeten, Wills Patin zu sein. Danach hat sie keinen Geburtstag und kein Weihnachtsfest mehr verpasst.

Doch all das ging so schnell vorüber. Wir waren überrascht, dass die Tage, die uns manchmal so lang vorkamen, sich zu Jahren verflüchtigten, die im Handumdrehen zu vergehen schienen. An einem Morgen brachten wir Iris zu ihrer neuen Schule und am nächsten nach Somerville zur Universität. Sie war so nervös in ihrem neuen Dufflecoat, dass Du darauf bestanden hast, sie zu begleiten, obwohl sie alles versucht hatte, sich die Nervosität nicht anmerken zu lassen.

Und wie böse sie auf ihre Brüder wurde, weil sie zu laut waren, als wir sie alle zusammen in dieses winzige Zimmer begleiteten, weil wir es nicht ertrugen, sie allein zu lassen. Noch ärgerlicher war sie, als Jacob, gerade acht Jahre alt, auf den Rasen im Innenhof lief, seinen entflohenen Fußball zurückholte und mit vor Schreck und Lachen geweiteten Augen angesaust kam, nachdem der Pedell ihn angeherrscht hatte.

»Jetzt bereue ich, dass ich mit ihm geschimpft habe«, sagte Iris am nächsten Tag zu mir.

»Du wusstest doch nicht, was passiert ist«, versicherte ich ihr. »Und er hat dich angebetet.«

Wir hätten nie geglaubt, dass einer von ihnen einmal Uniform tragen würde. Uns allen graute vor einem zweiten Krieg. Aber er kam. Wir konnten ihn nicht verhindern. Niemand konnte das.

Iris ging als Erste. Sie war Mitglied der Women's Auxiliary Airforce und wurde zusammen mit Dellas Töchtern in Kairo eingesetzt. Der Abschied von den Kindern gehörte zum Schwersten, was wir alle durchmachen mussten. Aber sie kamen zurück. Iris war bei ihrer Rückkehr verheiratet und sehr glücklich, und unser erstes Enkelkind, Megan, (die bald selbst Mutter wird) war bereits einen Monat alt.

Owen, der schon damals entschlossen war, der Chirurg zu werden, der er zur großen Freude von Guy und meiner Mutter heute ist, trat in die Sanitätstruppe ein und schaffte es ebenfalls, auf Mittelmeer und Pazifik unverletzt zu bleiben. Wie durch ein Wunder gelang das auch unseren Zwillingen, den Piloten, allerdings nicht, ohne uns erneut unzählige schlaflose Nächte zu bereiten.

Nur auf Jacob, der pünktlich zur Landung in der Normandie achtzehn geworden war, mussten wir warten, immer weiter warten.

Über dreißig Jahre ist das nun her, und ich kann diese Worte nicht schreiben, ohne dass es mir das Herz bricht.

Du hast gesagt, du würdest nach ihm suchen. Ich glaube, als du gingst – obwohl du versprochen hattest, mich niemals auf diese Art zu verlassen –, war es diese Vorstellung, die Dir inneren Frieden gab.

Ich hoffe, Ihr seid zusammen, aber ich kann immer noch nicht aufhören, mir zu wünschen, Ihr wäret beide hier. Die Krankheit kam so plötzlich, und erst, als Du bereits gestorben warst, wurde mir klar, wieviel ich Dir noch sagen wollte: zahllose Dinge, die Du unbedingt wissen solltest, und immer ging es darum, wie viel Du mir gegeben hast.

Ich nehme an, diese Briefe sind auch eine Art, Dir das zu sagen.

Aber jetzt muss ich aufhören. Ich werde müde. Der Füllhalter fühlt sich schwer an, und ich muss schlafen.

Ich möchte schlafen.

Wenn ich schlafe, träume ich. Und meine Träume sind alles, was mir von jener anderen Welt noch geblieben ist.

Die Welt, zu der ich einmal gehört habe, gemeinsam mit Dir.

Dank

Ein riesiges Dankeschön geht wie immer an Becky Ritchie, meine wunderbare Agentin. Jeden Tag wieder denke ich, welch Glück es ist, mit dir zu arbeiten. Dasselbe gilt für den Rest des Teams von AM Heath, vor allem für Alexandra McNicoll und Prema Raj und natürlich auch für Deborah Schneider.

Ein weiteres großes Dankeschön gilt meiner wunderbaren Verlegerin Viola Hayden – für alles. Außerdem Cath Burke, Thalia Proctor und allen anderen bei Little, Brown. Auch für euch gilt: was für ein Glück, mit euch zu arbeiten.

Während der Arbeit an diesem Buch habe ich eine kurze, aber unglaubliche Rechercherereise nach Indien unternommen und bin allen, die mich dort willkommen geheißen und mir geholfen haben, sehr dankbar. Besonders möchte ich mich beim Personal des Royal Yacht Club dafür bedanken, dass sie mir erlaubt haben, mich umzusehen. Pranav von Grand Mumbai Tours danke ich, weil er sich im Morgengrauen mit mir getroffen und mich auf eine maßgeschneiderte Tour mitgenommen hat, die mich in die Zeit des kolonialen Bombays zurückversetzte, sodass ich in die Welt eintauchen konnte, in der Maddy und Luke lebten. Zu guter Letzt danke ich Renjen vom Bombay Gymkhana Club, der mich nicht nur in den Club eingeladen, sondern eine Führung zu den Veranden, Einrichtungen und Zimmern mit mir unternommen und mir damit einen Vormittag geschenkt hat, den ich nie vergessen werde.

Schließlich danke ich all meinen Freunden, meinen Eltern, meinem Bruder und meiner Schwester; Matt, meinem Mann, und unseren Kindern, Molly, Jonah und Raffy. Ich weiß nicht, was ich ohne euch tun würde! Und Raffy: Danke, dass du geschlafen hast. (Manchmal.)